國家社科基金
GUOJIA SHEKE JIJIN HOUQI ZIZHU XIANGMU
後期資助項目

唐别集考

中

齊文榜 著

中華書局
ZHONGHUA BOOK COMPANY

唐别集考卷第七

李遐叔文集

李華(七一五～七六六)字遐叔,趙州贊皇(今屬河北)人。開元中進士及第,天寶初復中博學宏詞科首,官秘書省校書郎、監察御史、右補闕等。以受安禄山僞職,亂平後貶杭州司户參軍。廣德初入李峴幕,永泰初擢檢校吏部員外郎,次年以風痹去官,客隱楚州而卒。

李華乃韓柳古文運動的先驅,與蕭穎士齊名,合稱"蕭李"。其生平著述頗富,獨孤及《檢校尚書吏部員外郎趙郡李公中集序》謂其有《前集》十卷、《中集》二十卷,自志學至校書郎已前所作八卷,尚不在其數。獨孤氏《序》曰:

> 素所著者,多散落人間。自志學至校書郎以前八卷,並《[舜]〔常〕山公主志文》、《竇將軍神道碑》……並因亂失之,名存而篇亡。自監察御史以後迄至於今所著述者,公長男羔字宗叙編而集之。斷自監察御史以前十卷,號爲《前集》,其後二十卷,頌賦詩歌碑表序論誌記讚祭文且一百四十四篇,爲《中集》。……他日繼於此而作者,當爲《後集》。及常遊公之藩也久,故録其述作之所以然,著於篇。(《李遐叔文集》,影印文淵閣四庫全書本)

據此,獨孤氏作《序》時李華尚在世,長子李羔已將其自任監察至作《序》時所著編爲《前集》與《中集》,共三十卷。而自志學至校書郎以前八卷,未列入正集;少年所著,則早已散落人間。若是,中唐至五代時期世人所傳者,當爲《前集》與《中集》三十卷。至於《後集》,由後世公私書目絶無提及這一點看,應未纂集。《舊唐書》本傳謂李華有集十卷,所記僅爲《前集》,而不及《中集》二十卷,非是。

入宋,《崇文總目》卷五十九著録《李華集》二十卷,未提《前集》。稍後

《新唐書·藝文志四》著録《李華前集》十卷、《李華中集》二十卷，可見北宋時三十卷尚完整存世。而自志學至校書郎以前八卷，未見諸家書目著録，當已散逸。但是南宋時晁公武《讀書志》、陳振孫《書録解題》均未著録華集，《文獻通考·經籍考》亦不列華集之目，這表明三十卷本當於兩宋兵燹中散逸。至於《宋史·藝文志七》著録《李華集》二十卷，明焦竑《國史經籍志》著録《李華前集》十卷、《李華中集》二十卷，二《志》均非當時國家藏書實録。《宋史·藝文志》是據宋人幾種書目湊合而成的，《國史經籍志》亦是據前代幾種書目彙集編定的，所以均不能證明華集當時尚存。倒是楊士奇所編《文淵閣書目》，乃明英宗正統初内府文淵閣藏書的實録（見楊士奇《文淵閣書目·題本》），然該目未見著録《李華集》。可見《李華集》三十卷於兩宋兵燹中徹底散逸，殆可無疑。而唐人别集亡於兩宋兵燹者夥矣，《蘇頲集》等都是適例。

明以後所傳《李華集》，乃重輯本，然而何時何地由何人所輯，則不得而知。清以後，最先著録《李華集》者乃《四庫全書總目》，其略曰：

> 《李遐叔文集》四卷，浙江吴玉墀家藏本。……《舊唐書》稱華有文集十卷。獨孤及序則稱自監察以前十卷號爲《前集》，其後二十卷爲《中集》，卷數頗不合。馬端臨《經籍考》不列其目，則南宋時原本已亡。此本不知何人所編，蓋取《唐文粹》、《文苑英華》所載，裒集類次，而仍以及《序》冠之。有篇次而無卷目。今釐爲四卷，著之於録。……集中原有盧坦之、楊烈婦二傳，檢勘其文，皆見於李翺集中，當由誤採，今並從刊削焉。（《四庫全書總目》卷一五〇，頁一二八六）

據此，《四庫》據以入録者乃浙江吴玉墀家藏本，爲後人據《唐文粹》、《文苑英華》裒集類次，不分卷第。至四庫館臣，方分編四卷。而吴氏本爲何人何時所編，則館臣亦不清楚。吴氏藏本中原有盧坦之、楊烈婦二傳，乃李翺作品，故館臣删之。四庫本卷一爲賦三、序十四、書三、頌十、讚十六，凡四十六首；卷二爲論四、銘二、傳二、碑八，凡十六首；卷三爲記十四、墓誌銘二、墓表一、墓碣銘一，凡十八首；卷四祭文四、誄一、吊文一、雜文四、賦一、言一、碑銘二、碑五、記三、墓誌銘一、詩二十八，凡五十一首，詩文共百三十一首。編次稍顯混亂些，如賦既冠卷一之首，然卷四仍有賦一首；卷二既有碑八首，而卷四仍有碑五首；卷三既有墓誌銘二，而卷四仍有墓誌銘一首，等等。此本詩文首數，較《中集》尚相差十三首，更不要説還有《前集》十卷了，可見散逸的確不少。

《善本書室藏書志》著録《李遐叔文集》四卷，精鈔本。丁氏曰："文集佚於南宋，馬端臨《經籍考》不列其目。此本後人取《文粹》、《文苑英華》諸書編集，仍冠獨孤及序於首。向不分卷，館臣以其銓序頗備，析爲四卷。當時書多譌字，吴尺鳬焯校正之。乾隆間鮑渌飲廷博鈔進之，浙江採進遺書載其目也。"（《善本書室藏書志》卷二十四）據此，《四庫》所據底本乃浙江鮑廷博鈔進，且經吴尺鳬校勘，故文字較精。吴尺鳬焯，蓋即《四庫總目》所説的吴玉墀。然浙江進呈本究竟爲誰裒集，丁氏亦未知其詳。丁氏所記四卷精鈔本，所據則爲四庫本。

今國家圖書館藏一清鈔本《李遐叔文集》四卷，由卷數可知爲四庫本的迻録本。又上海圖書館藏清顧氏藝海樓鈔本《李遐叔文集》四卷附録一卷，此本潘景鄭《著硯樓書跋》有著録，謂以墨格鈔寫，所據亦四庫本，長洲顧沅校正，並謂獨孤及《序》稱百四十四篇，今集所存百三十三篇，所失蓋亦無幾焉，且謂《四庫提要》稱是集從《唐文粹》、《文苑英華》裒集類次，然文辭時有闕失，疑未必出於二書矣。不過四庫本各篇究竟輯自何書，潘氏亦未提及之。

臺灣"中央圖書館"藏有清勞權丹鉛精舍傳寫《李遐叔文集》四卷，有勞權校、清鄧邦述題記。此本清吴昌綬嘗見之，並題記曰："《李遐叔文集》久佚，《四庫》著録，乃前人取《唐文粹》、《文苑英華》諸書裒集類次。此勞氏丹鉛精舍傳寫閣本，從所出各善本一一校勘，並據《李太白集》、李瀚《蒙求》、《書苑精華》補文三首。卷中墨筆，皆出巽卿手；朱校未詳何人，或云巽卿兄青主筆也。青主名檢，一字子及，見拙著《勞氏三君子傳》中。授經京卿新自廠肆購得，屬爲題記。"可見勞權此四卷鈔本，所據乃"閣本"，而所謂"閣本"，當爲文淵閣、文源閣、文溯閣、文彙閣等所謂《四庫全書》南北之七閣書也。然勞權所據究竟爲何閣書？吴氏没有明言。所可貴者，此本經勞氏以善本重新校勘一過，並輯補佚文三首，故較之四庫本，此本文字更精、篇目更多一些。

以上所述皆詩文合集。至於李華詩集，今知有明萬曆十三年乙酉（一五八五）吴琯彙編《盛唐詩紀》所收《李華詩》二十六首，與蕭穎士詩合編一卷。再就是統籤本《李華詩》一卷，所據底本乃詩紀本，胡氏又輯補佚詩《雲母泉詩》一首，共二十七首，殘句一。又全唐詩本《李華詩》一卷，《全唐詩》是在《唐音統籤》和《全唐詩稿本》的基礎上編輯而成的；而季氏《稿本》之《李華詩》，乃是將詩紀本之《李華詩》原刻入編，再補入《尚書都堂瓦松》、《海上生明月》二首編輯而成，故《稿本》共二十八首。康熙編《全唐詩》所收《李華詩》一卷，則是將季氏《稿本》之《李華詩》全部入編，再據統籤本補入《雲母泉詩》一首編輯而成的，故《全唐詩》共二十九首，成爲一時收詩最多的本子。

岑嘉州集

岑參（七一五？～七七〇？）荆州江陵（今湖北江陵）人。早歲孤貧，能自砥礪，徧覽經史，尤工屬文。玄宗天寶三載（七四四）進士高第，釋褐右内率府兵曹參軍。嘗兩次隨軍入安西，在高仙芝、封常青幕府任職。肅宗至德二載（七五七）入爲右補闕等，代宗大曆二年（七六七）出任嘉州刺史，世稱“岑嘉州”。後流寓不還，終於蜀。

岑詩辭意清切，迥拔孤秀，多出佳境，每一篇出，人争傳寫，但其作品結集卻在身後三十年，杜確所撰《岑參集序》記載此事甚悉，其略曰：

> 嗚呼不□，歲月逾邁，殆三十年，嗣子佐公復纂前緒，亦以文采登名翰場，有公遺文，貯之篋篋。以確接通家餘烈，忝同聲後輩，因命編次。因令繕録，區分類聚，勒成□卷。（宋刊《岑嘉州詩》八卷殘本）

杜《序》謂岑參子“有公遺文，貯之篋篋”。岑家與杜家爲姻親，確乃後輩，“因命”確“編輯”。據此可見，岑集乃杜確所編，可無疑也。學界或謂，岑集乃其子所編，顯係誤解。關於杜確所編岑集的卷數，因宋本卷數已爲書賈剜去，故後世生出種種歧義，王重民謂“杜確序本凡七卷”（見《中國善本書提要》），萬曼以爲杜氏所勒爲“八卷”（見《唐集叙録》），陳鐵民《岑嘉州詩版本源流考》亦謂杜氏“所編八卷本當是詩集無疑”，後來的十卷本可能是“外加文、賦各一卷，成爲十卷”（陳鐵民、侯忠義《岑參集校注》附録）。以上説法均非是。首先從邏輯上講，岑參“遺文”斷不會純爲詩歌而無散文；其次杜《序》明明謂參子有“遺文”，並未言單存詩歌，故而可以斷定杜氏所編“岑集”決不會撇棄散文，只録詩歌，而應爲詩文兼收並蓄的全集本。至於卷數，清人張金吾以爲當是十卷，後世刊本所載杜序謂"勒成八卷"，"八"字乃後出的八卷本編者所改。張氏曰："歷考《唐書·藝文志》、《崇文總目》、《郡齋讀書志》、《通志》、《通考》、焦氏《經籍志》，並云十卷，從無作八卷者。"因而以爲"或者原作十卷"，宋刊殘本杜《序》謂"勒成□卷"，所缺卷數乃書賈所剜"以泯其跡"；後世諸本，杜《序》謂"勒成八卷"，乃刊八卷本者所改(《愛日精廬藏書志》卷二九，頁五一四至五一五)。張氏的看法，以宋元明三代公私書目爲據，自有道理。然張氏不知，比其所列諸書目更早的日人藤原佐世編《日本國見在書目録·别集家類》，已著録"《岑子集》十卷"(《古逸叢書》影印舊鈔本)。藤原佐世卒於日本醍醐天皇昌泰元年，即唐昭宗光化元年(八九八)，若是則晚唐以前岑集十卷本已傳至日本，這是書目記載岑集的最早文字，證明杜氏原編岑集確實爲十卷本，書名"《岑子集》"，而非宋以後諸家書目著録的《岑參集》或《岑嘉州集》，等等。

入宋，《崇文總目》卷五十九《别集類一》著録"《岑參集》十卷"。此後《新唐書·藝文志四》、鄭樵《通志·藝文略》、晁公武《讀書志》卷四上《别集類上》皆著録"《岑參集》十卷"，卷數皆與藤原佐世著録合，且標《岑參集》，而非單收詩歌之"詩集"。若是唐至南宋中葉以前，中外公私書目並無岑集八卷或七卷的記載，這足以證明杜確原編應爲十卷詩文全編本。南宋中葉以降，《宋史·藝文志》、《文獻通考·經籍考》、明焦竑《國史經籍志》，直到清錢謙益《絳雲樓書目》等皆著録《岑參集》十卷(《藏園群書經眼録》卷十二著録明正德漢嘉郡刊《岑嘉州集》十卷，十行二十字。有學者以爲非十卷本，故不計)，這表明十卷本岑集，清初尚有傳本，其散佚不傳，應爲清以後的事。現傳岑參散文如《招北客文》(載《文苑英華》；《唐文粹》載此文作者爲獨孤及，聞一多謂其誤)，《感舊賦》以及《唐博陵郡安喜縣令岑府君墓銘》與《果毅張先集墓銘》二首等，此類作品應載於原十卷本。可惜岑參文爲詩名所掩，詩集盛傳而十卷本散逸，原十卷中所載其他文章，今已無從考究了。

單收詩歌的八卷本，南宋後期方出現，這可由陳振孫《書録解題》得到證實。《解題》卷十九至二十爲"詩集類"，其類序曰："凡無他文而獨有詩，及雖有他文而詩集復獨行者，别爲一類。"是知《解題》此二卷所録爲詩集，不收文集及詩文合集者。故《解題》卷十九所收"《岑嘉州集》八卷"，乃詩集本無疑。岑參詩名甚盛，所以南宋時别裁其詩單行，乃情理中事，而改杜

《序》"勒成十卷"爲"勒爲八卷"者，據張金吾言，始作俑者蓋八卷詩集之編輯者。此雖出於推測，當距事實不遠。若是改動杜《序》"十卷"爲"八卷"者，應爲南宋人。這種後出集本，依據實刊卷數隨意改動原序卷數之事，在歷代唐集槧本中屢見不鮮。

宋代單收詩歌的本子，除八卷本外，還出現了七卷本。《季滄葦藏書目》(士禮居叢書本)"宋元雜版書"條著録《岑嘉州詩》七卷，又著録《唐岑嘉州集》七卷。這種七卷本蓋亦詩集，不然卷數不會僅有七卷。元代國祚短促，文化相對落後，刊刻唐集也非常少，故季氏著録的"宋元雜版書"内的岑集，蓋爲宋刻本。朱學勤《别刻結一廬書目》亦著録有"《岑嘉州集》七卷，影宋鈔本，二册"，亦可證明宋代的確刻有七卷本岑集。單收詩歌的宋本，還有陸游於乾道九年癸巳（一一七三）刊行的一卷本。陸游《跋岑嘉州詩集》曰：

> 予自少時，絶好岑嘉州詩。往在山中，每醉歸，倚胡牀睡，輒令兒曹誦之，至酒醒，或睡熟，乃已。嘗以爲太白、子美之後，一人而已。今年自唐安别駕來攝犍爲，既畫公像齋壁，又雜取世所傳公遺詩八十餘篇刻之，以傳知詩律者，不獨備此邦故事，亦平生素意也。乾道癸巳八月三日，山陰陸某務觀題。(《渭南文集》卷二十六，見《陸放翁全集》，頁一五八)

此一卷本詩集，後世未見流傳。

宋槧詩集今存者，唯《岑嘉州詩》八卷殘本，存卷一至四，今藏國家圖書館。《中華再造善本·唐宋編·集部》所收《岑嘉州詩》四卷，即據此本影印，半葉十行十八字，左右雙邊，白口單黑魚尾下署"岑詩某"，再下爲葉碼，魚尾上鐫該版字數。書用柳體，筆畫俊秀，結體疏朗，刀法洗練，覽之令人欣然忘倦。首卷卷端題"岑嘉州詩卷第一"，次行下方具銜名"嘉州刺史岑參"。卷前唯杜確序。詩不分體，計卷一詩四十首，卷二五十，卷三五十四，卷四四十四，共百八十八首。此本曾爲山東聊城海源閣舊藏，與宋槧《常建詩集》二卷、《杜審言詩集》一卷、《皇甫冉詩集》二卷合編爲一帙。四家版式相同，《楹書隅録》卷四著録有此本，其略曰：

> 右宋槧《四家詩集》，不詳何人所編，無刊書年月，首常尉、次杜必簡、次岑嘉州、次皇甫茂政。常、杜二集爲一册，岑集二册，皇甫集一

> 册，卷末有明人題識。版刻頗精，古香可挹。余從都中故家得之，重事裝池，並考各本異同附諸於後……《岑嘉州集》，晁、鄭二家作十卷，陳氏作八卷，明正德熊相刊徐氏藏本作七卷，前有杜確序。此本四卷不分體，首尾完具，蓋趙宋時别行本也……四集同出一版，每半葉十行、行十八字……（《楹書隅録》卷四，頁五〇七）

楊氏謂此本"四卷不分體，首尾完具，蓋趙宋時别行本也"。此言非是。二十世紀七八十年代，陳鐵民曾持一明鈔八卷本《岑嘉州詩》（詳下）與此本對勘，發現二本前四卷完全相同，明鈔本唯卷四末溢出《奉和春日幸望春宫應制》一首（此岑羲詩，見《全唐詩》）。這證明此本原爲八卷，今所存四卷，乃宋刻八卷逸去後四卷之殘本，並非宋時别有四卷之單行本也。由於此本詩不分體，每卷各種詩體幾乎都有，不易看出殘缺痕跡，遂被楊氏誤判爲"首尾完具"之四卷本。陳鐵民還言，錢曾《述古堂藏書目》著録之《岑參集》四卷，"宋本影抄"，可能就是這個宋四卷殘本的影鈔本。但錢氏著録時，並未説明所據爲宋刻殘本，故黄丕烈駁斥錢曾宋時有岑集四卷本的説法，其略曰："（岑集）余以宋人《書録解題》及《文獻通考》證之，則八卷爲舊，若影抄四卷，未知其又爲何時□矣！宋刻而已移八卷□□次，吾烏敢信之哉？"（《黄丕烈書目題跋》，頁一四九）而此宋槧四卷，萬曼疑爲宋書棚本（參《唐集叙録・皇甫冉詩集》），此言亦非是，此本乃宋書棚本之仿刻本殘卷。今案現今傳世的宋槧《常建詩集》凡兩種：一種爲陳起所鐫書棚本《常建詩集》二卷，今藏臺北故宫博物院圖書館，卷上末鐫有"臨安府棚北大街睦親坊南陳宅刊印"牌記一個，此牌記乃書棚本的標志；另一種即上述《楹書隅録》著録的宋槧《常建詩集》二卷，今藏國家圖書館，卷上末無牌記。筆者曾將兩種宋槧《常建詩集》影印本比勘，發現二者書名、版式、行格、分卷、收詩，編次、文字等等幾乎分毫不差，且二本皆以柳書結體、筆畫風神極爲相像，遂悟臺灣藏本爲書棚本，而國家圖書館所藏宋槧建集乃宋仿書棚本。楊氏所藏宋槧《常建詩集》既爲宋仿書棚本，而《常建詩集》乃楊氏所藏宋槧《四家詩集》之一，則其餘三家、包括《岑嘉州詩》八卷在内，亦當爲宋"仿書棚本"無疑。由於仿本極其精緻，與原刻幾無差異，所以若非有原槧書棚本《常建詩集》作爲參證，可以比勘辨别，則不易確定其爲仿刻本。此宋槧四卷《岑嘉州詩集》雖是仿書棚本，且爲殘卷，但卻是大陸今存岑集的最早刻本，不僅可以證明宋有書棚本岑集，而且可以證明宋八卷本岑集乃不分體本。有學者謂:宋書棚本岑集“詩依體編次,卷一至卷三爲五古,卷四爲七古,卷五、卷六爲五律,卷七爲五律、五排,卷八爲七律、五絶、七絶”(《唐五代别集叙録》,頁一四二)。此言非是,其所謂“書棚本”,肯定爲明人分體改編本無疑,因爲“排律”一體創自南朝,顔延之、謝瞻等人皆有作品存世。唐代科舉亦用以取士,杜甫與元、白等均有繼作,且使排律長達百韻之多,因稱“長律”,然而終唐宋兩朝,尚無使用“排律”一詞者。迨元末楊士弘《唐音》出,始用“排律”之名編次唐詩。明初高棅《唐詩品彙》繼續沿用,由於《品彙》乃唐詩衆選本中之佼佼者,影響很大,“終明之世,館閣宗之”(《明史》高棅本傳),方使“排律”一詞廣泛使用。徐師曾《文體明辨序説》謂“唐興始專此體,而有排律之名”,乃一時疏於考覈爾。今仿書棚本尚存,而謂書棚本詩分七體,不知何據而出是言。仿書棚本文字上頗有參考價值,如卷四《夜過盤豆隔河望永樂寄閨中效齊梁體》,題中“盤豆”,即今河南靈寶縣西盤豆鎮,位於黄河南岸,與北岸山西境内的永樂鎮隔河相望;然今傳明刊諸本岑集皆作“盤石”,顯誤。書貴古本,於此可見一斑。又此本字裏行間或題下多有注文,參考價值頗高,如卷四《寄韓樽》題注:“韓時使在北庭,以詩代書下時使。”該注爲瞭解此詩的創作年代提供了寶貴綫索。

此本鑒藏印記:各卷均有“陳寅之印”白方,寅《宋史》卷四四九《忠義傳》有傳,謂寅乃漕司兩貢進士,以父恩補官,歷官州縣,紹定初知西和州。西和州乃邊防重地,元兵數十萬攻城,寅自執旗鼓,激勵將士殺敵,數退敵兵,終因寡不敵衆,州城陷落,寅與妻子數口及賓客二十八人殉國,朝廷謚曰“襄節”。“陳寅之印”表明,此本宋時爲忠義之士陳寅生前藏書,極爲珍貴。此本卷一還有“袁氏尚之”白方、“袁褧印”白方,表明此本明後期曾爲袁褧收藏。袁氏與文徵明同時,文氏稍長,二人皆江蘇長洲人,均擅書畫,彼此多有唱和。此本自袁家散出後,輾轉至清代晚期,爲楊紹和所得,故卷中有“東郡楊紹和彦合珍藏”朱文大方印,“協卿讀過”白方,“翰林學士”白方,“東郡宋存書室珍藏”朱文長方,“宋存書室”白方等鑒藏印記多枚。楊家書散出後,此本爲現代人陳群所得,故卷中有“商丘陳群珍藏書畫記”朱文長方。陳群字人鶴,福建閩侯(一説四川華陽)人,商丘蓋其郡望。陳氏早年留學日本,抗戰期間出任日僞政府内務部長,抗戰勝利後畏罪自殺。陳氏喜聚書,抗戰期間利用職權接受大量圖籍,加上個人所藏,總數達百萬册之多。陳氏藏書後爲國民政府接管,部分散入社會,此本遂爲現代藏書家周暹所得，新中國成立後周氏將此本捐獻給國家，故卷中有"周暹"白方，"北京圖書館藏"朱方印記。卷中還有"廬山陽陳徵印"朱方、"陳崇本書畫印"朱文長方、"萬墨主人"白方，"井養山房珍玩"朱方、"伯恭"朱方等鑒藏印記多枚。

元代國祚短促，不聞刊行有岑集。

明代唐集的刊行和傳鈔十分繁榮，岑集也出現了多種版本，其主要者有以下十餘種。

(一)明初刊本。明初刻《岑嘉州詩》七卷。此本今已無傳，然張金吾《愛日精廬藏書志》有著録，其略曰：

> 《岑嘉州詩》七卷，明初刊本。唐岑參撰。金吾初藏明刊八卷本，繼得此本，反覆考核，確知此本爲原本，而八卷本爲重編本也。何以言之？歷考《唐書·藝文志》、《崇文總目》、《郡齋讀書志》、《通志》、《通考》、焦氏《經籍志》，並云十卷，從無作八卷者。此本分類編次，與確《序》所云"區分類聚"合，始五言古詩，終七言絶句，首尾完具，似無脱佚。意者詩七卷，文三卷，合十卷歟？此本或止刊詩集，或并刊文集，而後經散佚，均未可知。確《序》"勒成□卷"，卷字上一字刓去，或者原作十卷，書賈得七卷本，疑係不全，故刓去十字，以泯其迹歟？(《愛日精廬藏書志》卷二九，頁五一四至五一五)

張氏根據歷代書目著録，判定十卷本爲杜氏原編，八卷本與七卷本後出，這無疑是正確的。今天還有學者以爲：杜氏原編爲七卷或八卷，其識見已落清人之後矣。張氏還曰：

> 刊八卷本者，既析七卷爲八卷，又改"勒成十卷"爲"勒成八卷"，而原書面目遂致不可復識。通人碩彦且有以善本許之者，非未見原書之[遇]〔過〕歟！排律之名，始于楊士[宏]〔弘〕。八卷本有排律一類，而此本無之，則此本在八卷本前，尤顯然者也。卷四有《唐博陵郡安喜縣令岑府君墓銘》、《果毅張先集墓銘》二首，八卷本俱未載，餘與八卷本互異者甚夥。《季滄葦書目》有《岑嘉州詩》七卷，與此本合。(《愛日精廬藏書志》卷二九，頁五一四至五一五)

據此，七卷本詩雖分體，然尚無"排律"一體。八卷分體本既有"排律"一體，其爲明人分體改編本無疑。不過張氏以爲八卷分體本，乃是將七卷本分編爲八卷，所言非是。陳振孫《書録解題》已著録八卷詩集本，書棚本及仿宋書棚本亦即此種八卷本，詩不分體（已見）。是此明八卷分體本，乃是由書棚本或仿書棚本改編而成的（詳下），與七卷本無關。《季滄葦書目》即著録有宋本七卷，與宋刊八卷本自是兩種不同的本子。另據張氏著録，此本卷後有陳姓藏者手跋曰："是書先君子所貽，行欵低縮，紙薄而堅，當是宋板。"張氏以爲"宋字似是剜改"，故判爲明初刊本。

（二）明黑口本。明前期刊黑口《岑嘉州集》七卷，今北大圖書館有藏。半葉十行十七字，無刻書年月及刊刻者姓名。此本書名、分卷、行款均同明正德熊相刻本（詳下四部叢刊本），卷一爲五古、卷二七古，兩卷收詩篇目和序次與熊相本同，完整無缺。卷三五律僅有前五十四首，卷四五言長律僅有前六首，卷五七律僅有前十首，卷六五絶僅有前九首，卷七七絶僅有前十三首，餘缺。故共二百三十八首，比熊相本少百五十四首。陳鐵民曾持此本與熊相本對勘，發現二本文字異處極少，如《行軍二首》，熊相本於"無處豁懷抱"句下空十字，表明闕二句待補，此本亦空十字。再如熊相本《優鉢羅花歌》序曰："騈葉外包，異香□□。"兩處缺文，此本亦同，可見二本應屬同一源流系統的本子。元代與明前期所刊唐集，多爲黑口本，故知此本蓋亦明代早期刊本。

（三）銅活字本。明銅活字刊《唐人詩集》所收《岑嘉州集》八卷。《唐五十家詩集》所收《岑嘉州集》八卷，即據天一閣藏本影印，首卷卷端下方鈐"天一閣藏書"朱文方印。半葉九行十七字，左右雙邊，白口單魚尾下署"岑嘉州集卷某"。卷前杜確《序》謂"勒成八卷"。此本詩分體編次：卷一至三爲五古百二首，卷四七古五十，卷五至七前半五律百六十四，卷七後半五排十二，卷八七律十、五絶十九、七絶三十四，共三百九十一首。本書前已言及，明銅活字本唐人集，乃弘治、正德間蘇州地區印本（參《駱賓王文集》）。是此本乃明代刊行較早的八卷分體本。此本所據底本，編者没有交代。今考此本各體詩的編次順序，與其在明鈔本中出現的先後順序相同；而明鈔本所據底本，乃書棚本或仿書棚本（詳下）。這表明此本乃是以書棚本或仿書棚本爲底子，將各體詩分别依次鈔出，然後再分編八卷成書的，换言之，此本乃書棚本或仿書棚本的分體改編本。分體改編唐人詩集，乃明人刊行唐集的常法。就文字而言，此本亦較稍後的正德熊相本（即四部叢刊本）更近於仿書棚本。如此本卷一《送王著作赴淮西幕府》，題中"王著作"，仿書棚本同，而叢刊本作“王著”。此本同卷《澧頭送蔣侯》，題中“澧頭”誤，仿書棚本同，而叢刊本作“灃頭”，甚是。此本卷七《送郭僕射節制劍南》“萬里寄縣旌”句，“縣”字，仿書棚本同，而叢刊本作“旗”。再如此本卷八《奉和相公發益昌》“曉渡巴江雨洗兵”句，“曉”字，仿書棚本同，而叢刊本作“夜”，等等。可見此本所據底本，乃是書棚本或仿書棚本，屬於宋八卷詩集本系統。

（四）四部叢刊本。明正德十五年庚辰（一五二〇）熊相、高嶼刻《岑嘉州詩》七卷。此本今國家圖書館、上海圖書館、南京圖書館有藏：國家圖書館藏本有清王振聲校跋，上海圖書館藏本有清陳塼跋，山西省文史館藏本有傅增湘跋。《四部叢刊》二次印本所收《岑嘉州詩》七卷，即據蕭山朱氏藏本影印，世稱“四部叢刊本”。四周單邊，上邊欄降低，天頭較寬，校記與注釋類文字均鐫於天頭内，乃此本鮮明的版式特徵。卷前唯杜確《序》，卷後附録《文獻通考》岑集叙録一則，最後爲明人邊貢跋、熊相《岑嘉州詩集後序》。此本詩分七體，每卷一體，“以五言古詩始，以七言絶句終”，其中有“五言長律”一體，而無“排律”之名，共三百九十二首（含銘二首）。熊相《後序》略曰：

> 岑嘉州……每以不得見其全集爲恨。今年來巡按山東，華泉邊子廷實，號稱博雅，偶過而問之，邊子曰：“貢有一集，珍襲久矣，請出以視子。”乃相與論之，邊子曰：“貢之意，亦猶夫子也！但是集不復傳於天下，而天下亦徒知參之能詩巳。子盍文以表之，梓以行之……”乃以其事付諸濟南知府高嶼，而同知劉信寔董之云。正德十五年庚辰歲仲秋朔，賜進士文林郎河南道監察御史江瑞熊相書。

據此可知，此本刊於濟南，底本爲邊貢所藏舊本。但邊氏所藏究爲何種版本？熊氏卻未交代。傅增湘曾見此本，《藏園群書經眼録》卷十二有著録，傅氏疑爲“明人重加編次者”，然重編者所據何本？傅氏亦未説明。黄丕烈也懷疑此本爲明人重編，但因《季滄葦藏書目》“宋元雜版書”著録有“《岑嘉州詩》七卷”，又有“《岑嘉州集》七卷”，知宋世岑集已出現七卷本，故黄氏對此本是否爲明人重編，並未最終給出答案。黄氏在著録八卷舊鈔本《岑嘉州集》時曰：

> 余向藏唐人岑嘉州詩，以正德刻者爲最舊，古鹽官張氏藏書也。頃書友攜此書鈔本來，以五百青蚨得之，可謂好書而賤直者矣！較正

德刻殊不同，序後多目録，分卷爲八，與杜序合。明刻分卷爲七，兼分體，非復舊觀矣。然考諸家書目，有七卷□，延令季滄葦家是也。（《蕘圃藏書題識》卷七，見《黄丕烈書目題跋》，頁一四九）

黄氏以爲此本"分卷爲七，兼分體"，已非舊觀。言外之意，不分體的八卷舊鈔本則仍爲"舊觀"矣。但《季滄葦書目》既著録宋刻岑集七卷，則七卷本的淵源並不近，就此本而言，上欄降低，天頭放寬，這一特殊版式，與明初刊本正好相同，而且此本"始五言古詩、終七言絶句"，分體亦與張金吾所記明初刊本同，所以此本所據底本，蓋爲明初刊七卷本。而明初刊本所據，應爲宋刊七卷本無疑（岑集未聞有元刻）。阮元《四庫未收書目提要》卷二《岑嘉州集八卷》曰："正德中熊相所刻七卷本，猶是宋元相傳舊帙。"（《揅經室外集》，商務印書館國學基本叢書本）此本卷五收墓銘二首，爲明銅活字本等明刊八卷分體本、唐十二家詩諸本（詳下）所無；此本五律《送鄭侍御謫閩中》、七律《奉和春日幸望春宫應制》二首，亦銅活字本等明刊八卷分體本、唐十二家詩諸本所無；又此本文字與明銅活字本等也存在種種差異，前文已舉多例，此不贅。以上各項足可證明，此本與八卷分體本，雖然最終的淵源只有一個，那就是杜編十卷本，但二本彼此之間卻無互衍關係。職是之故，兩種版本各有優長。瞿鏞《鐵琴銅劍樓藏書目録》、陸心源《儀顧堂題跋》卷十等均著録有此本，瞿氏曰：

此正德刻本分七卷，原出華泉邊貢所藏，猶是宋元以來相傳之舊本，較别本爲勝。如卷二中《酒泉太守席上醉後作》一首，别本以起四句另爲一首，編入七絶，大誤。又《優鉢羅花歌・序》云"天寶景申歲，參忝大理評事"云云。案景申即丙申，唐人諱丙爲景，是爲天寶十五載，七月肅宗改元至德，七月以前，猶是天寶紀年，此詩蓋作於是時。别本改"景"爲"庚"，不知天寶無庚申也。即此二條，可知此本之善矣。有杜確《序》及熊相《刻板序》，邊貢《跋》。（《鐵琴銅劍樓藏書目録》卷十九，頁二七八）

瞿氏舉例説明此本優長，所言甚是。而明銅活字本等，包括其所據宋刊八卷本在内的諸家本子，較此本多出詩四首，文字上也多有可取之處，這也是二本同源而不互衍且各有優長的又一明證。

（五）沈刻本。正德十五年庚辰（一五二〇）沈恩於蜀中刻《岑嘉州詩》

四卷分體本。此本國家、南京等圖書館有藏。半葉十一行二十字，四周單邊，粗黑口雙黑魚尾下鎸“岑嘉州詩卷某”。卷前唯楊慎《新刊岑嘉州詩序》，卷後附録《文獻通考》岑集叙録一則，最後爲沈恩跋。《四部叢刊》初編初印本即據此本影印。卷一爲五古，卷二七古，卷三五律、五排，卷四七律、五絶、七絶，收詩首數與明刊黑口本同，且書名、篇目、序次也與明刊黑口本相同，而分卷不同。沈恩《書新刊岑嘉州詩集後》曰：

《岑嘉州詩》，故集凡六卷，予乃縮之爲四卷，總若干萬言。……予莅蜀數月，獲斯集於王浚川子，甚珍之。尚惜魯魚亥豕，或不能無，乃參訂而翻刻之。刻得其人，固非加災於木也已。正德歲次庚辰春三月吉旦，雲間沈恩跋。

據此可見，此本卷數之所以與黑口本不同，乃因沈恩縮七卷爲四卷所致。陳鐵民曾持此本與明刊黑口本對勘，發現二本文字相同，只有個别地方沈恩下了一點“參訂”功夫，如《優鉢羅花歌》序“異香□□”，闕文兩處，沈氏補作“襲人”，而他本或作“騰風”，而無作“襲人”者。可見沈氏所獲之《岑嘉州詩》六卷，乃是一個同黑口本一致的七卷分體殘本，而非原刻只有六卷的本子。

（六）謝刻本。正德十五年庚辰（一五二〇）謝元良於蜀中嘉州刻《岑嘉州詩》八卷。此本與熊相本、沈恩本均刊於正德十五年，更巧的是，此本與沈恩本又同年同刊於蜀中。此本國家、湖南師大等圖書館有藏，半葉十行二十字。卷前唯安磐《岑嘉州詩引》，而無杜確《序》；卷後附録《文獻通考》岑集叙録一則。卷一至三爲五古，卷四至五爲七古，卷六至七爲五律，卷八爲其餘各體。安氏《詩引》曰：

州舊有刻本，止七卷。近見别本，亦止七卷，首卷至百篇，六卷、七卷僅八九篇，何多寡不倫也？閑中頗加類次。散出諸集中《題關門》、《古興》等詩三十五篇，舊本所無者悉收之，其岑羲應制之詩誤入者削去，於是嘉州之詩凡八卷，凡二百七十一篇云。

安磐字公石，嘉定州人，弘治十八年（一五〇五）進士，《明史》卷一九二有傳，謂其官給事中，因率衆伏闕强諫明世宗，再受杖，除名爲民，卒於家。據安氏《詩引》，知此本乃安氏爲了改變原七卷分體本各卷收詩數量過於懸殊而重新改編的，故分卷、篇目、編次等已與四部叢刊本不同。那么安氏所據七卷本究爲何種版本？陳鐵民據安氏《詩引》所記七卷本“首卷至百篇，六卷、七卷僅八九篇”等分卷及首數特徵，知其所據乃明刊黑口本。明黑口本首卷五古九十七首，然而卷六只九篇，卷七只八篇，與安氏所述合。又據安氏所言，其所輯補的遺詩三十五篇，删去岑羲《奉和春日幸望春宫應制》一首（明刊黑口本正有此首），最終編定凡二百七十一首。若是，則原本只有二百三十七首，明黑口本收詩二百三十八首，相差僅一首，該首即安氏《詩引》謂此本所無之《古興》，亦即黑口本所有之《楚夕旅泊古興》。而且此本與明黑口本文字上差異也很小，書名也同黑口本一致。陳氏的推斷，無疑是正確的。然因此本經安氏重編，故分卷、序次已與黑口本不同。安氏《詩引》謂此本凡二百七十一首，但實際上只有二百五十八首，所缺十三首，陳鐵民以爲，或許是上版時遺漏了。

（七）六家集本。明嘉靖刻《唐六家集》所收《岑嘉州集》八卷。《中國古籍善本書目・集部・總集類》著録有此本，無刊刻者姓氏。六家集爲：《王勃集》二卷、《楊炯集》二卷、《盧照鄰集》二卷、《駱賓王集》二卷、《高常侍集》十卷及此本八卷。此本詩亦分體：卷一至三爲五古，卷四七古，卷五至七前半五律，卷七後半五排，卷八七律、五絶、七絶。此本書名、分卷、收詩與銅活字本相同。編次方面，唯《林卧》一首，銅活字本在卷一末，此本改在卷二末。文字上，此本也較他本更近於銅活字本，如銅活字本卷一《送祁樂歸河東》結句“爲謝五老翁”，此本同；而仿書棚本誤作“爲君謝老翁”，四部叢刊本作“爲吾謝老翁”。如銅活字本卷一《至大梁卻寄匡城主人》“萬里無皛光”句，“皛光”，此本同；而仿書棚本、四部叢刊本皆作“晶光”。銅活字本卷五《送崔全被放歸都覲省》“宋玉且將歸”，“宋玉”誤，此本誤同；而仿書棚本誤作“井玉”，四部叢刊本作“片玉”，甚是。銅活字本卷五《送周子落第游荆南》，題中“荆南”，此本同；而仿書棚本、四部叢刊本均誤作“京南”。銅活字本卷六《送崔員外入秦因訪故園》，題中“入秦”誤，此本誤同；仿書棚本、四部叢刊本皆作“入奏”，甚是，等等。“五老翁”、“皛”、“宋玉”、“荆南”以及“入秦”等這些都是銅活字本特有的文字，此本均與之同，甚至連銅活字本訛誤的文字，此本亦照樣沿襲，可見此本係用銅活字本爲底本翻刻者。此本既自銅活字本出，其餘五家，蓋亦出自銅活字本。此本文字與銅活字本也有不同處，如銅活字本卷一《澧頭送蔣侯》，題中“澧頭”誤，仿書棚本同；叢刊本作“灃頭”，此本據改，甚是。又如銅活字本卷二《酬成少尹駱谷行見呈》"泉澆石罅圻","圻"字誤,仿書棚本作"坼",甚是,而此本誤作"折"。再如銅活字本卷八《赴嘉州過城固縣尋永安超禪師房》"滿寺枇杷冬着花"句,"寺"字,四部叢刊本同;此本改作"樹",等等。不過這些改動,畢竟只是少數。

(八)張遜業本。張遜業輯嘉靖三十一年壬子(一五五二)江都黄埻東壁圖書府刻《十二家唐詩》所收《岑嘉州集》上下卷。今國家圖書館有藏本。十二家中,岑參爲最後一家。各家均爲上下兩卷,每卷前皆署"永嘉張遜業有功校正,江都黄埻子篤梓行",半葉九行十九字,四周雙邊,白口,魚尾上鐫"東壁圖書府"五字,下有"江郡新繩"四字。《王勃集》前有張遜業撰《王勃集序》,末署"時嘉靖壬子歲秋月"八字,其他各集均無序。此本卷上爲五古、七古,卷下爲五律、七律、五排、五絶、七絶,共三百九十首。此本所據底本,張氏没有明言。然今持此本與明銅活字本比勘,便可即刻發現,此本書名、收詩篇目、分體、序次與銅活字本幾無差異;唯《林卧》一首,銅活字本編於第一卷末,此本則置於第二卷末,與唐六家詩本相同。而且文字方面,此本亦較銅活字本更近於唐六家詩本,如銅活字本卷一《澧頭送蔣侯》,題中"澧頭"誤,仿書棚本同;唐六家詩本改作"灃頭",甚是,此本同。又如銅活字本卷二《酬成少尹駱谷行見呈》"泉澆石罅圻","圻"字誤,仿書棚本作"坼",甚是;唐六家詩本誤作"折",此本亦誤作"折"。再如銅活字本卷八《赴嘉州過城固縣尋永安超禪師房》"滿寺枇杷冬着花"句,"寺"字,四部叢刊本同;唐六家詩本改作"樹",此本亦作"樹",等等。可見此本乃是以唐六家詩本爲底本翻刻者,不過六家詩本原編八卷,此本縮編爲上下兩卷而已。唯此本編次亦稍有調整,五排一體,唐六家詩本置於五律後,此本卻調於七律後。此本王重民《中國善本書提要》亦有著録,然卻爲一殘本,下卷佚去,書賈因取張氏刻《十二家唐詩》本"《孟浩然集》殘葉,蠹去版心書題與葉數以補之"。書賈作僞固然可恨,但卻從另一面反映出此本還是頗爲世人所重的。

(九)楊刻本。萬曆十二年甲申(一五八四)楊一統刊《唐十二名家詩》所收《岑參集》一卷。此"唐十二名家"與張遜業本同,唯順序稍有調整。各家唯《王勃集》前有黄道日、孫仲逸序,楊一統自序,其餘各家卷前均無序。書前有目。半葉九行二十字,白口,四周單邊。孫氏《刻唐十二家詩序》曰:"江都之刻,不數載已復初木。余友人楊允大再刻于白下,而校加精焉,屬不佞序之首簡。"這裏所説的"江都之刻",即張遜業本,因知此本乃據張本翻雕。十二家集校勘,由楊一統、孫伯履、丘陵、孫仲逸和李本芳等分别擔任,岑集此本,校勘者乃李本芳。儘管孫《序》稱"校加精焉",然而李氏還是將岑集五律《送裴校書從大夫淄川郡覲省》、《送楊千牛趁歲赴汝南郡覲省便成親》與《送胡象落第歸王屋别業》三首漏刻了。除此之外,此本收詩篇目、序次相同,文字也與張刻本相差甚微,乃張刻本相當忠實的翻刻本。傅增湘曾見一"明關中李本芳刊本。後題道光三年十二月既望陳□借周漪塘本校録"。傅氏曰:"按:周本即從邊貢本出也。(乙卯)"(《藏園群書經眼録》卷十二,頁一〇三八)該"關中李本芳刊本",應即此《唐十二名家詩》本李本芳所校《岑參集》一卷的單行本。此種明李本芳刻《岑參集》一卷,北大圖書館亦有藏本(見《中國古籍總目》集部),也是楊氏刻《唐十二名家詩》本岑集的單行本。

(十)詩紀本。萬曆十三年乙酉(一五八五)吴琯輯刊《初盛唐詩紀》所收《岑參詩》八卷。半葉九行十九字,四周雙邊,白口單魚尾上有"詩紀"字樣。詩分體編次,首卷至三卷五古百二首,第四卷七古三十三、長短句十七,第五至七卷前半五律百六十八、第七卷後半五排十四,第八卷七律十首、五絶十九、七絶三十六,共三百九十九首。較之銅活字本及張遜業本溢出八首。文字方面,此本題下及正文隨行夾注的異文與注釋處處可見,這與銅活字本、張遜業本及明人刻唐十二家詩諸本只載正文明顯不同。但此本各體詩的排序,卻與張遜業本基本相同;又五排,此本置於七律後,亦與張本同;《林卧》一首,亦與張本同置於第二卷末。此本文字也多與張遜業本合,如張本卷下《送鄭堪歸東京汜水别業》,題中"鄭堪",仿書棚本、銅活字本、四部叢刊本皆作"甚",張本始改作"鄭堪",此本亦作"鄭堪",等等。綜上各項可見,此本所據底本乃張遜業本,然又參校過宋刻八卷本一系的本子,所以文字上優於張本之處頗多,如七古《涼州館中與諸判官夜集》"涼州七里十萬家",此本"里"下注曰"一作城",這個注爲各本所無,而爲詩紀本所獨有。又該詩"花門樓前見秋草"句,"花門樓",諸本皆作"花樓門",此本獨作"花門樓",等等。又此本字裏行間夾注許多異文,與銅活字本、張遜業本等單録正文不同,這些異文均有寶貴的參考價值。

(十一)許刻本。許自昌輯萬曆三十一年癸卯(一六〇三)霏玉軒刻《前唐十二家詩》所收《岑嘉州集》上下卷。此前唐十二家,排序與楊刻本相同。

每半葉九行十九字,白口,左右雙邊。此本書名、分卷、收詩篇目、序次等,與張遜業本相同,文字上則與張遜業本、楊刻本大同小異,表明此本是以張遜業本爲底本,文字上又參校過楊刻本。

(十二)鄭刻本。鄭能刻《前唐十二家詩》所收《岑嘉州集》上下卷。國圖藏有鄭氏《前唐十二家詩》之孟王高岑四集,館藏書目著録爲《唐四家詩》,非是,鄭氏並未另外刊行《唐四家詩》。十二家均上下二卷,版式、行款相同,作品分體編次(參本書《駱賓王集》),此不贅。此本卷上五古百二首、七古五十,卷下五律百六十四、七律十、五排十二、五絶十九、七絶三十四,共三百九十一首。鄭能《前唐十二家詩》乃許自昌《前唐十二家詩》的翻刻本(參本書《駱賓王集》),故岑集此本與許刻本書名、分卷、篇目、序次皆相同,文字差别亦甚微。

(十三)統籤本。《唐音統籤》所收《岑參詩》八卷,編卷一百二十三至一百三十,丙籤二十七,刻本。此本首卷至三卷五古百二首,第四卷七古五十一,第五至七卷前半五律百七十,第七卷後半五排十三,第八卷七律十、五絶十九、七絶三十五、殘句一則,共四百首,殘句一則。此本先分體,而後各體詩再分類,故編次與他本均不同。今考此本文字,較他本更近於詩紀本,連字裏行間夾注的文字也大部分相同,只有少數作了改動。如銅活字本卷一《虢州送鄭興宗弟歸扶風别廬》"半生滄洲意"句,"半生",仿書棚本、四部叢刊本及張遜業本等明刊唐十二家詩諸本皆同,唯詩紀本作"平生",此本亦作"平生"。又如銅活字本卷二《虢中酬陝西甄判官贈》,題中"贈"字,仿書棚本、四部叢刊本及張遜業本等明刊唐十二家詩諸本皆同,唯詩紀本作"見贈",此本亦作"見贈"。銅活字本卷四《送張獻心充副使歸河西雜句》"金鞍白馬紫遊韁"句,"金鞍"二字,仿書棚本、四部叢刊本及張遜業本等唐十二家詩諸本皆同,唯詩紀本作"金鞭",此本亦作"金鞭"。銅活字本卷四《梁州館中與諸判官夜集》"梁州七里十萬家","七里"下無校記,仿書棚本、四部叢刊本及張遜業本等唐十二家詩諸本皆同,唯詩紀本於"里"字下出校"一作城",此本"七里"改作"城裏",其下出校"一作七里",此處正文和校記,明顯是改動詩紀本而成的。銅活字本卷五《還高冠潭口留别舍弟》"獨向潭上釣"句,"釣"字,仿書棚本、四部叢刊本及張遜業本等唐十二家詩諸本皆同;唯詩紀本改作"酌",此本亦作"酌"。銅活字本卷六《高宫谷口招鄭鄠》,題中"高宫"二字,仿書棚本、四部叢刊本及張遜業本等唐十二家詩諸本皆同；唯詩紀本改作“高冠”，此本亦作“高冠”，等等。以上諸例可證，此本乃是以詩紀本爲底本編輯而成的。唯此本增補佚詩五律《南溪别業》一首，殘句一則。至於分體，此本與詩紀本亦有不同：詩紀本長短句十七首，此本皆歸入七古；詩紀本五古《澧頭送蔣侯》與《聞崔十二侍御灌口夜宿報恩寺》，此本歸入五律；詩紀本五律《郡齋南池招楊轔》，此本歸入五古；詩紀本五排《送薛弁歸河東》，此本歸入五古；詩紀本七絶《入蒲關先寄秦中故人》，此本歸入七古。文字方面，胡氏也作了校勘，並增加了一些題注或尾注，故文字較詩紀本轉精。如詩紀本七古《酒泉太守席上醉後作》“交河美酒歸叵羅”句，“歸叵羅”非是，四部叢刊本作“金叵羅”，胡氏據以改作“金叵羅”，極是。金叵羅乃一種酒器，見《北齊書・祖珽傳》。又如詩紀本五古《衙郡守還》，題下原無注文，胡氏於此本題下增注六十餘字，徵引洪邁關於“衙”字的解釋，對理解此詩很有幫助。

（十四）明刻本。明刻《唐十二家詩》所收《岑嘉州集》八卷。此《唐十二家詩》無刻書年代及刊刻者姓名，書前墨筆補鈔的總目依次爲：王維、孟浩然、盧照鄰、駱賓王、高適、陳子昂、杜審言、沈佺期、宋之問、岑參、王勃、楊炯。所收十二家與張本同，只是排序迥異。除所標總目外，書中無“唐十二家詩”的任何標誌，故既可合爲《唐十二家詩》，又可散爲各家别集。國圖藏一明刻《岑嘉州集》八卷，有吴慈培校並補目、周叔弢校並跋，即此《唐十二家詩》之岑集單行本。半葉十行十八字，卷前有杜確《序》。詩分體編次，卷一至三爲五古，卷四七古，卷五至七前半五律，卷七後半五排，卷八七律、五絶、七絶。此本書名、分卷、分體與銅活字本相同，收詩篇目除比銅活字本脱漏五古《峨眉東脚臨江聽猿懷二室舊廬》、《春半與群公同遊元處士别業》、《陪群公龍岡寺泛舟》與《終南雙峰草堂》四首外，其餘篇目、序次也相同。且銅活字本五排置於卷七五律後，此本同；而張遜業本五排置於卷八七律後。從文字方面看，此本也較張遜業本更近於銅活字，故應是以銅活字本爲底本翻刻者。此種《唐十二家詩》本岑集，北京大學圖書館亦有藏本。又，孫星衍《平津館鑒藏記書籍》卷二“明版”書類，著録有《岑嘉州集》八卷，前有杜確序，每葉廿行十八字，與王摩詰、高常侍兩集爲同時並刻之本，鑒藏印記有“古吴”朱文小葫蘆印，“無似散人”白文方印，“子孫保之”朱文葫蘆印（清章壽康式訓堂叢書本），或即此本之不全本歟？

（十五）明鈔本。明鈔《岑嘉州詩》八卷，今藏國家圖書館。半葉十行二十字，卷前有杜確《序》及目録。此本詩不分體，與明刊七卷、八卷分體本及唐十二家詩諸本皆不同，共三百九十六首。此本原爲清黄丕烈藏書，卷後有黄氏跋文一則，其略曰：

> 《岑嘉州集》八卷，舊鈔本。余向藏唐人岑嘉州詩，以正德刻者爲最舊，古鹽官張氏藏書也。頃書友攜此書鈔本來，以五百青蚨得之，可謂好書而賤直者矣！較正德刻殊不同，序後多目録，分卷爲八，與杜序合。明刻分卷爲七，兼分體，非復舊觀矣……（《蕘圃藏書題識》卷七，見《黄丕烈書目題跋》，頁一四九）

黄氏謂明刻"分卷爲七，兼分體，非復舊觀矣"，言外之意，此舊鈔八卷，不分體，仍然保存了舊本的面貌。此本前四卷，分卷、收詩篇目、序次等，與仿書棚本（見上）前四卷幾無差異，唯卷四末溢出《奉和春日幸望春宫應制》一首。文字方面，此本與仿書棚本相差甚微，如上舉銅活字本《夜過磐石隔河望永樂寄閨中效齊梁體》，題中"磐石"，仿書棚本作"盤豆"，極是；而此本改作"磐石"，非是，表明此本又參校過其他本子，所以篇目及文字略有更動。但總的來看，此本乃現存岑集諸古本中最接近宋刊八卷本原貌的本子，其所據底本乃書棚本或仿書棚本一類的宋刊八卷本無疑，校勘及版本價值頗高。較之四部叢刊本，此本溢出四首：《送楊子》、《送人赴安西》、《送蕭李二郎中兼中丞充京西北覆糧使》、《同群公題張處士菜園》。此乃八卷本一系諸本，不同於七卷本一系本子的又一證據。

（十六）明覆宋本。明覆宋書棚本《岑嘉州集》八卷，臺灣"中央圖書館"藏，未見。陳伯海、朱易安《唐詩書録》著録爲臺藏"明覆刻宋書棚本"《岑嘉州集》八卷。王國維《傳書堂藏善本書志》著録一明覆宋書棚本，書名相同，不知是否即此本。王氏曰：

> 《岑嘉州集》八卷，明覆宋本，唐岑參撰。杜確序，每半葉十行，行十八字，覆宋臨安書棚本，有"云華"、"勞權之印"、"蟫盦"、"丹鉛精舍"諸印。（《傳書堂藏善本書志·集部》）

據此本，不僅證明宋時確有書棚本行世，而且依據此覆宋書棚本，可以間接窺見宋書棚本的大概面貌，還可考證書棚本與宋仿書棚本的不同，版本及校勘價值極大。

清代刊刻和傳鈔的岑集，其主要版本有以下幾種。

（一）全唐詩本。康熙敕編《全唐詩》所收《岑參詩》四卷。《全唐詩》主要依據《唐音統籤》和季振宜《全唐詩稿本》修訂而成。而季氏《稿本》中的《岑參詩》，則是將詩紀本原刻八卷入編，泯去卷次和分體字樣等編輯而成的，而且岑集版心魚尾上"詩紀"二字、魚尾下"盛唐卷之某"等字樣仍清晰可辨。《稿本》五律末，季氏補入佚詩五律《南溪别業》與七律《酧暢當嵩山尋麻道士見寄》各一首，故凡有詩三百八十五題、四百一首，成爲一時收詩最多的本子。文字方面，季氏以《河岳英靈集》、《文苑英華》、《唐詩紀事》、《樂府詩集》等唐宋諸總集和類書參校，所以文字較詩紀本爲精。如詩紀本五律《送楊録事充使》，所充何使？詩中並未明言；季氏則據《英華》，將題目補作"送楊録事充潼關使"，令題面意思更加明確完備。又如詩紀本五律《送鄭少府赴滏湯》，"湯"字誤，仿書棚本、銅活字本、叢刊本、《英華》均作"陽"；季氏將"湯"字改作"陽"，甚是，等等。清編《全唐詩》中的《岑參詩》四卷，便是將季氏《稿本》中的《岑參詩》悉數收入，而將季氏補於五律之末的七律《酧暢當嵩山尋麻道士見寄》一首，移於七律一體之末，又據統籤本補入殘句一聯，編成定本。傅增湘《藏園群書經眼録》卷十二，推測一舊寫本《岑嘉州集》四卷，前有小傳，當是《全唐詩》岑參集的"底本"。這一推斷，劉開揚稱爲"精確"（《岑參詩集編年箋注》，巴蜀書社一九九五年版，頁九一二）。二人因未見季氏《稿本》，單憑臆測，故致誤判。文字方面，《全唐詩》編臣對《稿本》基本照録，僅少數地方或以季氏改動不當，或另外參校他本作了改動。如《稿本》七古《田使君美人舞如蓮花北鋋歌》題下，詩紀本有注文"此曲本出北同城"，季氏將七字塗去；編臣以爲季氏塗去不當，故又將七字注文録存題下，爲考證此曲的來歷保存了可貴資料。又如《稿本》五古《阻戎瀘間群盜》，題下原本無注文，編臣據叢刊本此詩題注"戊申歲余罷官東歸屬斷江路時淹泊戎州作"，凡十八字補於題下，對理解此詩的創作年代和創作背景，提供了珍貴參考。《全唐詩·凡例》云："詩集有善本可校者，詳加校定。"以上諸例表明，《全唐詩》編纂時，的確曾以諸善本校勘過，不過編臣校改之處並不多。

（二）阮元本。阮元編《宛委别藏》所收《岑嘉州集》八卷，寫本。因爲《四庫全書》未收岑集，阮元後得明刊八卷本進呈内府。阮氏進呈本今已不知去向，然阮氏編《宛委别藏》所收《岑嘉州集》八卷，乃阮氏所得明刊本之録副。《别藏》有商務印書館影印本，又有江蘇古籍出版社一九八八年影印本，筆者所見爲後一種。半葉十行十八字，鈔於統一刷印的格子紙上，版心鐫"岑嘉州集卷某"字樣。卷前首《四庫未收書提要》，次杜確《序》，卷後無附録。卷前《未收書提要》表明，此本的確是阮氏所留進呈本之副本。萬曼先生云："阮氏進呈的八卷本，不知是何本？"然又推測："嘉州守謝元良刻者乃八卷也，不知是否此本？"（《唐集叙録》，頁九三）今考此寫本分體編次，卷一至三爲五古，卷四七古，卷五至七前半五律，卷七後半五排，卷八七律、五絶、七絶。此本書名、分卷、分體、編次均與明刻唐六家詩本相同，而與謝刻本迥異。此本共三百九十首，亦與唐六家詩本接近，而謝刻本只二百七十一首。又五排一體，唐六家詩本在卷七五律末，此本同；而張遜業本卻在七律末。再者文字上，此本也較他本更近於唐六家集本，如銅活字本卷一《澧頭送蔣侯》，題中"澧頭"誤，仿書棚本同；唐六家集本作"灃頭"，此本同。銅活字本卷二《酬成少尹駱谷行見呈》"泉澆石罅圻"，"圻"字誤，仿書棚本作"坼"，甚是，唐六家集本誤作"折"，此本亦誤作"折"。銅活字本卷八《赴嘉州過城固縣尋永安超禪師房》"滿寺枇杷冬着花"句，"寺"字，四部叢刊本同；而唐六家集本改作"樹"，此本亦作"樹"，等等，可見此本乃是據明刊唐六家集本鈔寫者；同時也證明，阮氏所進呈的明刊八卷本，就是明刊唐六家集本，而絶非謝刻本。不過，阮元進呈本有脱文，如此寫本卷一《寄青城龍溪奂道人》，自"謝微禄"以下至尾十八字，及此下《梁州對雨懷麴二秀才便呈麴大判官時疾贈余新詩》和《潼關使院懷王七季友》二首，直到《至大梁卻寄匡城主人》開頭至"仲秋蕭條"二十四字，此本皆脱去，故注曰："原闕。"並空出一葉，以示脱者爲一整葉。又，此本文字避諱極嚴，凡遇"胡"、"虜"、"戎夷"、"匈奴"等字面，阮氏將其全部刪除，代之以空圍。初見此本，以爲乃是底本原來即有脱文，後以銅活字本勘之，方悟此類闕文多阮氏所刪，遂使此本空圍隨處可見，總計不下百餘字。如爲了避諱，唐六家詩集本卷四《胡笳歌送顔真卿使赴河隴》一題，經阮元刪削後，此本此題成了《□□□送顔真卿使赴河隴》；同卷《白雪歌送武判官歸京》"胡天八月即飛雪"這一名句，此本成了"□天八月即飛雪"，甚至爲了避諱，阮氏竟將卷八七絶《胡歌》一首刪去，覽之令人震撼。古人謂"《四庫全書》成而古書亡"，雖不無夸張，但卻並非無謂之慨歎也！

（三）同文書局本。光緒十年甲申（一八八四）閏五月上海同文書局二次石印《四唐人集》所收《岑嘉州集》八卷。四唐人爲王維、孟浩然、高適和岑參。此本半葉十行十八字，左右雙邊，白口無魚尾，版心正中鐫"岑嘉州集卷某"字樣。卷前有杜確《序》，卷後無任何附録或序跋。此本詩分體編次，卷一至三爲五古，卷四七古，卷五至七前半五律，卷七後半五排，卷八七律、五絶、七絶。萬曼《唐集叙録》謂《四唐人集》乃"影印宋本《四唐人集》"。此言非是。本書前已言及，宋時尚未使用"五排"一名編輯唐詩（參本書《駱賓王集》銅活字本）。劉開揚《岑參詩集編年箋注·例言》則謂此本"似當出於宋本"，亦誤。今考此本書名、分卷、分體、收詩數量以及編次，與明刊唐六家集本幾無差異，文字也與唐六家集本相同，然而宛委别藏本的諸多闕文，此本一概不闕，可見此本係用明刊唐六家集本《岑嘉州集》八卷爲底本上版石印的。由於唐六家集本所據之銅活字本自宋本出，因而帶有宋本的不少特徵，故使萬曼、劉開揚二先生誤以爲此本出自宋本。葉景葵曾將此本與四部叢刊本對勘，指出二本收詩與分體的不同，見《卷盦書跋》。

（四）遂寧本。光緒十年甲申（一八八四）遂寧書局刊《岑嘉州詩》四卷。抗日戰爭期間，萬曼先生曾在重慶購得此本，持與同文書局本對勘，結果是溢出同文書局本十一首：《送楊子》、《送人赴安西》、《漢上題韋氏莊》、《西河郡太原守張夫人挽歌》、《南溪别業》、《酬暢當嵩山尋麻道士見寄》（原注：一作盧綸詩）、《送陶銑棄舉荆南覲省》、《送史司馬赴崔相公幕》（原注：一作無名氏詩，一作李白詩，一本題上有"賦得鶴"三字）、《失題》、《過磧》、《冬夕》，又斷句一則"初程莫早發，且宿灞橋頭"（注云：陸游嘗稱此句至工）。萬氏謂以上各詩"皆見《全唐詩》。《全唐詩》所據，也是一個八卷本，但諸詩次第與此本甚不相同"（《唐集叙録》，頁九五）。萬氏謂此本溢出同文書局本各詩，皆見《全唐詩》，斯言得之。實際上此本文字也與全唐詩本相同，如全唐詩本第二卷《與獨孤漸道别長句兼呈嚴八侍御》"高齋清晝卷帷幕"句，"帷幕"，仿書棚本、銅活字本、四部叢刊本、詩紀本、明刊唐十二家詩各本、季氏《稿本》等皆作"羅幕"，而此本同全唐詩本均作"帷幕"。再如全唐詩本第三卷《送任郎中出守明州》"初封刺史符"句，"封"字，此本同；而仿書棚本、銅活字本、四部叢刊本、詩紀本、明刊唐十二家詩諸本、季氏《稿本》皆作"分"，等等，可見此本的確出自全唐詩本。萬氏又謂《全唐詩》所據爲一八卷本，斯言亦是；然萬氏並不知道，此八卷本就是詩紀本。統籤本岑集所據也是詩紀本（見上），但因統籤本編次先分體，再分類，故收詩雖與全唐詩本同，而編次卻與全唐詩本不同。而萬氏喟歎此本諸詩次第，與全唐詩本"甚不相同”，正是此本所據底本乃統籤本的又一明證。

（五）清影寫本。清無名氏影寫明正德刻《岑嘉州詩》七卷，南圖藏。半葉十行十七字，寫於統一刷印的格子紙上，四周單邊，白口雙白對魚尾上頂邊欄鐫“岑嘉州詩”，兩魚尾間爲卷次。卷前唯杜確《序》，卷後附録《文獻通考》岑集叙録一則，次邊貢跋，最後爲熊相《後序》。正文詩分七體，共三百九十二首（含銘二首）。卷前另紙有丁丙跋，丁氏判此本爲“影寫明正德本”，甚是，《善本書室藏書志》卷二四亦著録有此本。

當今整理的岑集，其主要版本有以下幾種：

（一）《岑參集校注》，陳鐵民、侯忠義校注，一九八一年八月上海古籍出版社印行。此書以四部叢刊本爲底本，以仿書棚本、明鈔八卷本、全唐詩本爲主校本，同時參校敦煌唐寫殘卷、《唐人選唐詩》、《文苑英華》等唐宋諸總集中的有關材料。剔除僞作，凡收詩四百三首、文四篇。作品采用編年體，年代不明者，别出另編。注釋力求詳明，典故和化用前人語句盡可能注明出處。不易查找的名物，則盡量説明注釋依據。書後《附録》收入《岑參年譜》及《岑嘉州詩版本源流考》等多種資料。此書乃新中國成立後第一部岑集校注本，有創注之功，亦是一部理想的岑集讀本。

（二）《岑參詩集編年箋注》，劉開揚箋注，巴蜀書社一九九五年十一月第一版。此本亦用四部叢刊本爲底本，校以《河岳英靈集》、《又玄集》、《才調集》、《文苑英華》等唐宋諸總集，及仿書棚本、銅活字本、沈刻本、全唐詩本等，校記列於各句注文中。作品亦用編年，未編年者另列。文四篇，年代可知者列於編年詩後，其餘列於未編年詩後。誤收詩彙集另列，均有考證，且加注釋，以便讀者。注文以究明出處、訓釋字句爲主。書前有《岑參年譜》，書後附録多種資料，以便省覽。此書特點鮮明，不失爲一部較好的岑集讀本。

（三）《岑嘉州詩箋注》，寥立箋注，中華書局二〇〇四年九月第一版。此本仍以四部叢刊本爲底本，“卷次一仍其舊”。校勘用仿書棚本、明鈔八卷本、明黑口本、謝刻本、張遜業本等，而以《河岳英靈集》、《又玄集》、《才調集》、《文苑英華》、《唐文粹》等唐宋諸總集、類書及詩紀本參校。剔除竄入及誤署詩十七題二十三首，别爲附録於卷後。注釋重於典制名物、地名沿革考釋，以及創作本事、年代背景的箋注，題旨則待讀者生發。詞語則略辨源流，尤重句意所在。難能可貴的是“岑參足跡所及者，則經實地考察”，故此書地名箋釋"並非徒具空言"(該書《略例》)。書後附録《岑參年譜》,以補分體編次之不足。古人評論涉及某人之整體者,擇要撮録附於書後;有關具體篇章者附於各篇之末;過於瑣碎的評點概行擯棄。書後還附有其他資料,以便觀覽。此書校箋頗見功力,乃岑集注本中後來居上之作。

綜上可見,岑集版本有以下特點:(1)杜確原編爲《岑子集》十卷,有詩有文。此十卷本乃後世各種岑集的祖本,南宋中葉以前公私書目均有著録,至清初尚有傳本,清以後十卷本無傳。(2)宋刊八卷本《岑嘉州集》或《岑嘉州詩》,單收詩歌,詩不分體,南宋中葉後方出現,陳振孫《書録解題》所録即此本,書棚本、仿書棚本等宋八卷本即屬此種本子。現存宋刊四卷本岑集,乃仿書棚本前半部。(3)明以後出現的八卷分體本,以明銅活字本最早,所據乃宋刻八卷本。後出的唐六家集本、張遜業本、楊刻本、許刻本、鄭刻本、詩紀本等,乃銅活字本的衍生本,至近代還出現了石印本。此系統的本子,以詩紀本進入《全唐詩》而影響很大。(4)七卷本《岑嘉州詩》亦分體本,然無"排律"之名,雖收銘二首,但卻只録銘文,删除序文,明顯是將銘文作爲詩歌收録者,不能視爲詩文合集本。此種七卷本雖不見於宋元公私書目,然清代《季滄葦書目》等曾著録,或爲南宋晚期刊本,其所據底本自當爲十卷本,故與宋八卷本差異不大,收録作品與文字各有所長。此本明初即有翻刻本,後出者有黑口本、熊相本、沈刻本、謝刻本等。其中熊相本爲《四部叢刊》收録,影響也不小。(5)岑集一卷本,乃陸游所編,宋以後無傳。(6)二十世紀八十年代以來出版的各種注釋本,文字校勘能兼采衆本之長,故從版本學上講,均明顯優於現存諸古本。張之洞《書目答問》力推後出的整理本,原因蓋在於此耳。

【參考文獻】《岑嘉州詩版本源流考》,陳鐵民、侯忠義《岑參集校注》附録,上海古籍出版社一九八一年八月第一版

皇甫冉集

皇甫冉(七一七～七七〇)字茂政,潤州丹陽(今江蘇丹陽)人,郡望安定(今甘肅涇川)。十歲能屬文,尤善詩,張九齡深器之。天寶十五載(七五六)舉進士第一,授無錫尉,任滿游吴越,後爲左金吾衛兵曹參軍。王縉爲

河南元帥，表爲掌書記。大曆初爲左拾遺，遷左補闕，奉使江表，卒於家。

冉與弟曾齊名，"麗藻競爽，盛名相亞"，但冉天機獨得，"新聲秀句，輒加于常時一等"。獨孤及《唐故左補闕安定皇甫公集序》謂其著作"存於遺札者凡三百有五十篇"，乃冉去世後其弟"孝常既除喪，懼遺制之墮於地也，以及與茂政前後爲諫官故，銜痛編集，以論譔見託。遂著其始終，以冠於篇"（《四部叢刊初編》之《毗陵集》卷十三）。晚唐五代時期，世上流行的當即此種集子。據嚴紹璗《日藏漢籍善本書録》介紹，十世紀上半葉，日本大江維時（八八七～九六三）所編《千載佳句》摘引皇甫冉作品三首，可見五代時皇甫冉詩歌已遠傳日本。

入宋，《新唐書・藝文志四》著録《皇甫冉詩集》三卷。晁公武《讀書志》卷十七著録《皇甫冉詩》二卷，並謂"集有獨孤及序"。陳振孫《書録解題》卷十九著録《皇甫冉集》一卷，亦謂"集有獨孤及序"。《宋史・藝文志七》著録《皇甫冉集》三卷，蓋據《新唐志》等宋人書目迻録而成，而非當時存書的實録。

宋槧今存者，唯仿書棚本《皇甫冉詩集》二卷，今國圖有藏本，而兩宋公私書目皆失載。《中華再造善本・唐宋編・集部》所收《皇甫冉詩集》上下卷，即據此本影印。半葉十行十八字，左右雙邊，白口單魚尾下有"皇甫上、下"字樣，版心上方有字數。柳體書寫，刻印俱佳。然卷前無獨孤及《序》，首卷卷端題"詩集上"，次行具銜"左補闕内供奉安定皇甫冉茂叔"，"茂叔"當爲"茂政"之訛。此本卷上、卷下共録詩二百十四首。卷中偶有脱文，當爲所據底本即有脱損。關於此本的版本問題，筆者曾於本書《常建詩集》一文中指出：晚清至民國間，山東聊城海源閣藏有宋槧杜審言、常建、岑嘉州與皇甫冉四家集，版式完全相同，《楹書隅録》有著録。筆者依據確鑿證據，判此四家宋槧皆仿宋書棚本，可參看。《楹書隅録》還曰："皇甫集，陳氏作一卷，《宋・藝文志》作三卷。此本分上下二卷，與《讀書志》合，共詩二百一十八首。惟獨孤及序已佚。"（《楹書隅録》卷四，頁五〇七）楊氏謂此本有詩二百十八首，然實存二百十二首，楊氏所言未確。此本卷下尾題後明人跋曰："嘉靖戊午七月既望雲栖館假來。"今案"雲栖館"乃嘉靖時王穉登書室名，王氏乃武進人，有詩名。卷中有"晉寧侯裔"、"任易"、"淳"、"克承"、"安雅生"、"元甫"、"東郡宋存書室珍藏"、"東郡楊紹和彦合珍藏"、"協卿讀過"、"周曰東印"、"周暹"等鑒藏印記。由藏印可知，此本晚清至民國時曾一度爲海源閣庋藏,故卷中有“東郡宋存書室珍藏”、“東郡楊紹和彦合珍藏”、“協卿讀過”等楊氏鑒藏印記三枚,二十世紀三十年代楊家書散出後,四家集爲周暹購得,此本卷之首末有“周暹”白文方印可證。新中國成立後,周氏將此本捐獻給國家圖書館。

元代冉集無刻本。明代傳鈔和刊刻的冉集,其主要版本有以下幾種:

(一)銅活字本。明銅活字印《唐人詩集》所收《皇甫冉集》三卷。《唐五十家詩集》所收《皇甫冉集》三卷,即據此本影印。半葉九行十七字,左右雙邊,細黑口單魚尾下有“皇甫冉集卷上、中、下”字樣。卷前無獨孤及《序》,各卷首題“皇甫冉集卷某”,不具撰人銜名。卷上五古二十一、七古十二、五律三十九,卷中五律四十三、五排二十五,卷下七律十五、五絶二十七、六絶五、七絶十九,共二百六首。此本編次雖與仿書棚本不同,然持與仿書棚本對勘便可發現,二本文字頗有淵源。如仿書棚本七古《送包佶賦得天津橋》第四句脱去,此本亦脱第四句。仿書棚本五古《見諸姬學玉臺體》“□□作行雲”句,脱首二字,此本亦脱首二字。仿書棚本七律《送袁郎中破賊北歸》尾聯出句全脱,此本脱漏情形全同。可見此本所據底本當爲仿書棚本,或者就是書棚本。據筆者所知,此本乃明代刊行最早的冉集,故其底本應爲宋槧無疑。至於此本與仿書棚本收詩首數相差八首的原因,乃在於仿書棚本五絶《秋怨》一首卷中重出,此本改爲分體編次,該首重出自然容易被發現而删除。七律《寄韋司直》,仿書棚本題下有注曰:“郎士元亦有此詩,未詳誰作。”此本編者蓋以此詩乃郎氏作,故將其剔除。另仿書棚本四古《劉方平壁畫山四言》,及五律《赴無錫寄别靈一浄虚二上人雲門所居》、《與諸公同登無錫北樓》(此首卷中亦重出)、五律《送蔣評事往福州》等六首,此本無載,當爲改編者一時不慎,將諸首給漏編了。文字方面,此本也作過校勘,校本爲《唐文粹》、《文苑英華》、《唐詩紀事》及《唐詩品彙》等,故文字與仿書棚本有所不同。

(二)劉刻本。正德十三年戊寅(一五一八)河中劉成德刻《大曆二皇甫詩集》所收《唐皇甫冉詩集》七卷、《唐皇甫曾詩集》一卷。此本卷前首獨孤及《序》,次王廷相《序》,卷後有楊慎《跋》。詩分體編次,卷一爲四古一首、五古二十一,卷二七古十二,卷三五律九十五,卷四五排二十七,卷五七律二十,卷六五絶三十一、六絶五,卷七七絶二十一,共二百三十三首,附見張繼詩一首。楊慎《跋》曰:

慎早聞詩於李文正先生曰:"唐人號能詩者無慮千家,其有傳者,百餘集而止。其集可以諷詠興觀,難以章什拈摘者,自李杜外,雖高岑王孟固有憾然矣。"又曰:"選唐者凡幾人,雖精駁相出入,然而良金美玉,人共珍拾,未有隱焉者也。"慎用於是言,則取唐集之存者披之,其的然可傳者,昔人蓋嘗表之矣。棄餘雖富,平漫實繁。山林遐遠,篇籍罕具者,不必以未見爲恨也。河中劉閏之,苦勤聲律,於唐尤數數者,近輯《二皇甫集》,將鍥而布之。吾觀二子,生實伯仲,故調亦雅似,時以方張景陽、孟陽焉。然二張集,吾不見其全矣,跡若是者,吾見二陸焉。評者捨陸以稱張,知儗倫矣。嗚呼!二陸之集自昭明《選》外,無留良者,況又甚亞乎!吾於是安得不重有於文正之言也。正德戊寅六月成都楊慎書。

據此可知,此本乃劉成德的重輯本。實際上此本乃是以仿書棚本抑或書棚本爲基礎,輯補逸佚而成的。如仿書棚本七律《玄元觀送李深李風還奉先華陰》,題中"深"字,銅活字本作"源"。仿書棚本五律《迫丹陽與諸人同舟至馬林溪遇雨》,題中"迫"字,銅活字本作"泊"。仿書棚本七律《酬李補闕》"偶因麋鹿隨豊草"句,"豊"字誤,銅活字本作"風"。再如仿書棚本五律《宣洞靈觀》,題中"宣"字誤,銅活字本作"宿"。"深"、"迫"、"豊"、"宣"諸字,都是正德以前仿書棚本或書棚本獨有的文字,而此本全與之同,可見此本乃是以仿書棚本或書棚本爲底本,將各體詩分别依次録出,再於各體詩内補入佚詩,分編七卷而成的。

(三)明甲刻本。明正德間無名氏甲依宋本刊《皇甫補闕詩》二卷。此本《善本書室藏書志》有著録,其略曰:

《皇甫補闕詩》二卷,明正德依宋刊本,劉蓉峰藏書。

左補闕内供奉安定皇甫茂叔……《唐書·藝文志》集三卷,《直齋書録》作一卷,有獨孤及《序》稱三百五十篇。此僅二百篇,佚已多矣。前雖無獨孤序,而與席刻宋本行欵次第若合符節。明劉潤之編《二皇甫集》,冉詩中《酬楊侍御寺中見招》、《送薛判官之越》、《送魏中丞還河北》、《賦得越山》皆三韻律詩,而編入五言古詩中。《奉寄皇甫補闕六言》一首,乃張繼詩,冉有答詩可證,亦編爲冉作。是本皆無此謬。有"彭城伯子"圓印、"空翠閣藏書印"。(《善本書室藏書志》卷二十四)

劉潤之，即劉成德。這裏指出的劉成德本的種種舛誤，與《四庫全書總目》所言相同（詳下），而此本無之。劉本之所以訛謬叢生，乃因由各體混編本，改編爲分體本時造成的。丁氏所記此本，乃是依宋本翻刻者，故失誤較少，然此本今已無傳，故有關其版本的詳細情形已無從得知了。

（四）四部叢刊本。正德、嘉靖間江都蕭海刻《唐皇甫冉詩集》七卷、《唐皇甫曾詩集》一卷，《四部叢刊三編》收録冉、曾二集，乃據鐵琴銅劍樓所藏二集影印，簡稱“四部叢刊本”。此本半葉十行十六字，四周單邊，白口對魚尾間鐫有葉碼。曾集版式與此本全同。此本卷前首獨孤及《序》，次目録，首卷卷端題“唐皇甫冉詩集卷之一”，次行下方具銜名“唐補闕潤州皇甫冉茂政著”，三行下方題“刑部郎中江都蕭海校正”。此本首數、分體、分卷、編次全同於劉刻本，文字也多與劉刻本同。如此本四言古詩《劉方平壁畫山》“性生壁先”句，“壁”字，劉刻本同；仿書棚本、銅活字本皆作“筆”。此本七古《江草歌送盧判官》“作叢秀兮復羅生”句，“復”字，劉刻本同；仿書棚本、銅活字本皆作“欲”。此本五律《又送陸潛夫尋友》“坐嘯青楓晚”句，“嘯”字，劉刻本同；仿書棚本、銅活字本皆作“歌”。此本七律《宿淮陰南樓酬常伯能》“滄波一望知千里”句，“知”字，劉刻本同；仿書棚本、銅活字本皆作“通”，等等。“壁”、“復”、“嘯”、“知”諸字，這些都是冉集劉刻本獨有的文字，而此本皆與之同，可見此本乃是以劉刻本爲底本翻刻而成的。四部叢刊本卷後張元濟跋曰：“《唐書·藝文志》，《皇甫冉詩集》三卷，但云與弟曾齊名，而不載曾詩。《宋·藝文志》則並列曾詩一卷、《皇甫冉集》二卷。《四庫》著録合集爲七卷。是集冉詩乃有七卷，獨孤及《序》謂，其弟除喪，銜痛編集，然《序》稱存者三百五十篇，此則僅存二百三十篇，亦非其舊矣。曾詩僅四十篇，未分卷。”此本冉詩共二百三十三首，張氏曰二百三十篇，蓋舉其成數。張氏謂此本亦非曾編之舊，是正確的。分體本明人始大量爲之，尤其排律一名，至明時始廣泛使用，此本以“排律”一體編次，乃明人分體改編本無疑。關於此本的刊刻時間以及叢刊本校勘補佚的情形，張氏又曰：“是本刊刻，殆在有明正、嘉之際，其同時刊行者，余見有活字本、黄貫曾刊本、徐獻忠刊本、袁翼覆宋刊本、又席氏《唐百家》本，皆取而校之。文字略有歧異，别録校記。又從席氏本補冉詩二首，活字本補曾詩一首，《全唐詩》補冉詩四首，曾詩七首，均編列附後。卷首獨孤及《序》後闕二葉，度必别有一《序》，然無可補矣。海鹽張元濟。”張氏判斷此本刊刻於正德、嘉靖間，是可信的。《叢刊三編》影印此本時，卷後附有冉集佚詩七首，曾集佚詩八首、張元濟跋及冉集、曾集校勘記各一卷。

（五）朱警本。嘉靖十九年庚子（一五四〇）朱警輯刻《唐百家詩·中唐二十七家》所收《皇甫冉詩集》二卷。半葉十行十八字，左右雙邊，白口單魚尾下有“皇甫冉上（下）”字樣，首卷卷端題“詩集上”，次行下方具銜名“左補闕内供奉安定皇甫冉茂［叔］〔政〕”。這種版式及所署銜名，與仿書棚本完全相同。又此本卷上、卷下共録詩二百十四首，首數與仿書棚本全同。此本文字也與仿書棚本極爲接近，如仿書棚本《曾東遊以詩寄之》“迢迢始寧野”句，“野”字誤，此本同；銅活字本作“墅”，始寧墅乃謝靈運及其祖謝玄在會稽上虞的别墅，故作“墅”字是。如仿書棚本《和樊潤州秋日登城樓》首句“露晃臨平楚”，“晃”字，此本同；而銅活字本、叢刊本皆作“冕”。仿書棚本五律《出塞》“負德輕生義”句，“德”字誤，此本同；而銅活字本、叢刊本皆作“得”，甚是。仿書棚本五律《宣洞靈觀》，題中“宣”字誤，此本同；而銅活字本作“宿”，良是。上舉仿書棚本三首詩的脱文（見銅活字本），此本也與之同，可見此本乃是據仿書棚本，或者就是據書棚本翻刻的。但此本編次卻與仿書棚本多有不同，表現主要是整版整版的錯簡，仿書棚本卷上凡二十四葉，卷下二十三葉；此本葉碼全同。但仿書棚本卷上第二十二葉，此本錯爲卷下第二十二葉；仿書棚本卷下第二十二葉，此本錯爲卷上第二十二葉。仿書棚本卷下第九葉，此本錯爲卷下第十葉；仿書棚本卷下第十葉，此本錯爲卷下第九葉。仿書棚本卷下第十三至十八葉，此本卷下依次錯爲第十四至第十九葉；仿書棚本卷下第十九葉，此本則錯爲卷下第十三葉。二本相較，此本凡錯簡十葉；其餘各葉，二本葉碼完全相同。若將此本錯葉理順，則與仿書棚本各葉所載之作品首數，以及各葉作品的編次便完全相同。由此亦可證明，此本的確是據仿書棚本或者就是據書棚本翻刻的。至於錯簡的原因，或者是所據底本所致。不過此本也改正了底本的一些訛誤，故文字較仿書棚本精粹一些。如仿書棚本《西陵寄靈一上人朱放》“漁鳥興情新”句，“漁”字誤，此本改作“魚”，甚是。又如仿書棚本《酬李補闕》“偶因麋鹿隨豊草”句，“豊”字誤，此本改作“豐”，良是，等等。

（六）黄刻本。嘉靖三十三年甲寅（一五五四）黄氏浮玉山房刻黄貫曾輯《唐詩二十六家》所收《皇甫冉集》三卷。《二十六家》卷前有總目，總目末有“嘉靖甲寅首春江夏黄氏刻于浮玉山房”牌記，接有書手“姑蘇吴時用書”，刻工“黄周賢、金贇刻”題名。國家圖書館藏本有“涵芬樓”、“海鹽張元濟經收”等收藏印記，表明此本民國時曾爲上海商務印書館涵芬樓收藏。半葉十行十九字，左右雙欄，白口黑魚尾。書體秀健，刻印俱佳。卷前有黄貫曾自序。此本書名、首數、分卷、編次與銅活字本完全相同，文字也相差無幾，可見乃是據銅活字本翻刻的。

（七）統籤本。《唐音統籤》所收《皇甫冉詩》五卷，編卷二百六十二至二百六十六，丁籤二十三，刻本。此本亦分體編次，首卷四言古詩一首、五古十七、七古三、長短句九，第二卷五律四十五，第三卷五律四十六、五言小律四，第四卷五排二十七、七律二十，第四卷五絶三十一、六絶三、七絶十九、殘句二則，共二百二十五首，殘句二則。此本所據底本，胡氏没有説明，今考此本與叢刊本皆爲分體本，且分體情形接近，叢刊本分九體，此本分十一體，多出“長短句”和“五言小律”二體。前一體，叢刊本入七古，後一體叢刊本入五古，故二本分體區别不大。再者，此本文字也多與叢刊本爲近。如叢刊本七古《江草歌送盧判官》“作叢秀兮復羅生”句，“復”字，此本同，而銅活字本、朱警本皆作“欲”。“問君行邁終何之”句，“終”字，此本同，而銅活字本、朱警本皆作“將”。又如叢刊本七古《澧水送鄭豊鄂縣讀書》“麥秋中夏涼風起”句，“麥”字，此本同，而銅活字本作“菱”、朱警本作“麦”。又如叢刊本五律《同樊潤州秋日登城樓》，題中“同”字，此本亦作“同”，而銅活字本、朱警本皆作“和”，等等，可見此本乃是以叢刊本或劉成德本爲底本編輯而成的。不過由於此本分體之後，各體詩再進一步分類，故編次與叢刊本不同。此本文字胡氏作過校勘，改正了叢刊本的一些訛誤，故文字較叢刊本亦有差異。此本加入了不少題注，很有參考價值，如五律《潤州南郭留别》、《送鄭判官赴徐州》二首，叢刊本題下原無注文，此本題下胡氏分别加注曰：“一作郎士元詩。”此注爲辨别二首作品重出提供了綫索。又如五律《赴無錫寄别靈一净虚二上人還雲門所居》，仿書棚本、朱警本題下均無注，叢刊本題下注曰：“又見郎集，題少數字。”並未指明詩爲誰作。而此本題下胡氏注判定曰：“誤入郎士元、劉長卿集。”則指出此詩入郎、劉二集誤，直接判歸皇甫冉。胡氏乃唐詩學大家，此類題注雖寥寥數語，卻解決了一些頗爲棘手的問題。例子尚多，不枚舉。清編《全唐詩》之所以用《唐音統籤》作爲重要的依據，不是没有原因的。

清代刊刻和傳鈔的冉集，其主要版本有以下幾種。

（一）全唐詩本。康熙敕修《全唐詩》所收《皇甫冉詩》二卷。本書前文已指出，《全唐詩》是在明胡震亨《唐音統籤》和清季振宜《全唐詩稿本》兩書的基礎上修訂而成的。而季氏《稿本》中的《皇甫冉詩》二卷，乃是將上述朱警本的原刻入編，删去朱警本重出的五絶《秋怨》與五律《與諸公同登無錫北樓》二首，又七律《寄韋司直》，朱警本題下有注曰"郎士元亦有此詩，未詳誰作"，季氏蓋以此詩乃郎士元作，故亦將其剔除。而後再輯補佚詩《酬裴補闕吴寺見尋》、《題竹扇贈别》、《歸陽羡兼送劉八長卿》、《東郊迎春》等二十首編輯而成的，故《稿本》共二百三十一首。文字方面，季氏以《文苑英華》、《萬首唐人絶句》、《樂府詩集》等唐宋總集和類書加以校勘，故文字較朱警本轉精。康熙敕修《全唐詩》所收《皇甫冉詩》二卷，便是將季氏《稿本》中的《皇甫冉詩》二卷悉數入編，再於第二卷《送裴陟歸常州》後補入佚詩五絶《贈别》，於卷末補入佚詩《逢莊納因贈》、《怨回紇歌二首》、殘句一則編輯而成的，故《全唐詩》共二百三十四首，殘句一則。編次方面，編臣也作了調整，將季氏《稿本》第二卷《送韋山人歸鍾山所居》與《送普門上人》二首調至卷末，題下分别加注曰"一作郎士元詩"，"一作皇甫曾詩"。文字方面，編臣也以善本重加校勘，改正了《稿本》未及改正的訛誤，故文字較朱警本、《稿本》爲精。如朱警本五古《曾東遊以詩寄之》"迢迢始寧野"句，"野"字乃"墅"字之誤，季氏未及改正，編臣蓋據銅活字本改作"墅"，極是。又如朱警本五古《出塞》"負德輕生義"句，"德"字誤，季氏只於旁邊出校一"得"字，編臣則據校本改作"得"，甚是。朱警本七絶《赴李少府莊失路》"蒼蒼何處是伊家"句，"家"字誤，季氏《稿本》未及改正；仿書棚本、銅活字本皆作"川"，此詩首二句爲"君家南郭白雲連，正待情人弄石泉"，押的是平聲"仙"韻，可見作"川"字是，編臣改作"川"，甚是。再如朱警本五律《送江陵陳法師赴上元》，題中"江"字，《稿本》同；仿書棚本、席刻本皆作"延"，編臣蓋據席刻本改作"延"，極是，等等。《全唐詩・凡例》云："詩集有善本可校者，詳加校定。"此本隨行夾注不少校文，表明當時確曾以善本校勘過，有非常寶貴的參考價值。

（二）四庫本。《四庫全書・二皇甫集》所收《皇甫冉詩》七卷、《皇甫曾詩》一卷。《四庫全書總目》曰："《二皇甫集》七卷，江蘇蔣曾瑩家藏本。唐皇甫冉、皇甫曾兄弟合集也……曾集一卷，與《書録解題》合。冉集六卷，較《書録解題》多五卷。然[曾]〔冉〕集前有大[歷]〔曆〕十年獨孤及序，稱三百有五十篇，而此本僅一百三十四篇，則已佚其一百十六篇。又《酬楊侍御寺中見招》、《送薛判官之越》、《送魏中丞還河北》、《賦得越山》，皆三韻律詩，而編入五言古詩中。《奉寄皇甫補闕六言》一首，乃張繼詩，冉有答詩并序可證，而亦編爲冉詩。知舊本附答詩後，重刊者分體編次，乃雜入六言詩中，遂誤爲冉詩，則並次第亦非其舊。觀其與曾集皆以五言排律别立一體，非惟唐無此名，即宋元亦尚無此名，其爲高棅以後不學者所竄亂審矣。前有王廷相序，後有楊慎跋，並稱河中劉潤之輯《二皇甫集》。然則此集即潤之所編也。"(《四庫全書總目》卷一八六，頁一六九〇)據此，此本乃是據劉成德本録入的。但四庫本冉集七卷，而編臣謂"六卷"，亦一時失檢耳；又此本録詩二百三十三首，《總目》謂有詩一百三十四首，"一百"當爲"二百"之訛，"四"字當爲"三"字之誤。唯館臣批評劉本將《酬楊侍御寺中見招》、《送薛判官之越》、《送魏中丞還河北》、《賦得越山》四首三韻律詩，皆編入五言古詩中；《奉寄皇甫補闕六言》一首，原爲附見的張繼答詩，改編時雜入六言中，遂誤爲冉詩。職是之故，館臣謂不僅冉集舊貌已不可見，"則並次第亦非其舊"，批評頗中肯綮。不過館臣謂"五言排律一體，非惟唐無此名，即宋、元亦尚無此名，其爲高棅以後不學者所竄亂審矣"，這一説法並不準確。"排律"一名，始見於元末楊士弘《唐音》，怎能説元也無"排律"之名呢？唯當時楊氏方始提出，知者尚少，後經明初高棅《唐詩品彙》推激，"排律"之名方爲社會廣泛使用(參本書《駱賓王集》銅活字本)。

(三)《皇甫冉詩集》二卷，清鈔本，臺北故宫博物院藏。未見。

元子文編

元結(七一九～七七二)字次山，魯山(今屬河南)人。少不羈，十七歲折節向學，天寶十三載(七五四)進士及第。安史亂起，舉家南遷。乾元間蘇源明薦之，授金吾兵曹參軍，攝監察御史充山南東道節度參謀，招緝義軍，遏制叛軍南犯，全十五城，以功除監察御史裏行。歷水部員外郎、道州刺史，進容州刺史充本管經略使、左金吾將軍等。大曆七年(七七二)奉詔回長安，因病薨於旅舍。

次山乃盛唐名家，著作頗富，據其自述：天寶九至十二載習静商餘山，自稱"元子"，著《元子》十卷；天寶十二載舉進士，作《文編》納於有司；安史亂中，先避難猗玗洞，自號“猗玗子”，作《猗玗子》三篇；再徙家瀼溪，自號“浪士”，著《浪説》七篇；上元中，人呼爲“漫郎”，乃著《漫記》(一作“漫説”)七篇；大曆二年將近作與舊編合爲一處，總成《文編》，共二百三首，分爲十卷。此後四年，次山即卒。次山最後手定之《文編》十卷，乃其“次第近作，合於舊編”，彙爲一集，故當爲定稿(萬曼《唐集叙録》，頁一四〇)。正因爲如此，次山對十卷《文編》的纂集特别看重，其《文編序》曰：

> 天寶十二載，漫叟以進士獲薦，名在禮部。會有司考校舊文，作《文編》納於有司……侍郎楊公見《文編》，歎曰：“以上第污元子耳！有司得元子是賴。”……明年有司於都堂策問群士，叟竟在上第。爾來十五年矣，更經喪亂……叟在此州，今五年矣，地偏事簡，得以文史自娱。乃次第近作，合於舊編，凡二百三首，分爲十卷，復命曰《文編》，示門人弟子可傳之於筐篚耳。叟之命稱，則著於《自釋》云，不録。時大曆三年丁未中冬也。(《次山集》卷十二，影印文淵閣四庫全書本)

丁未爲大曆二年(七六七)，“三年”當爲二年之訛。次山嘗兩度命名自編的集子爲“文編”，首次在天寶十二載，因禮部“考校舊文”，故自纂《文編》以獻。首次結集《文編》，乃舉子所“納省卷”，而“納卷”爲當時科舉取士的一項規定(參傅璇琮《唐代科舉與文學》第十章第二節)。或謂首次所纂《文編》，乃舉子的“行卷”，大誤。第二次纂集在大曆二年道州刺史任上，“地偏事簡，得以文史自娱”，乃次第近作與舊編，凡二百三篇，分爲十卷，復命曰《文編》。第二次纂集《文編》，亦次山手定，所録爲此前衆作，包括《猗玗子》、《浪説》與《漫記》各集，應悉彙集其中矣。此後容或仍有新作，然爲數不會太多。

除了自作詩文外，次山還編有《異録》和《篋中集》。《異録》一書，見次山《閔荒詩序》，所輯録者蓋異聞異事，故名，其中即有《隋人冤歌》四篇等。《篋中集》一卷，據次山《序》稱，乾元三年(七六〇)録沈千運等“凡七人詩二十二首”編爲《篋中集》，選録雖不算多，然這些作品“皆與時異”、“挺於流俗之中”而不失雅正，故而《篋中集》成爲反映盛唐雅正之音的著名古體詩選本，後來王安石編《唐百家詩選》時一首不遺，盡皆録之。

次山辭世後其著作流傳的情形，李商隱《容州經略使元結文集序》曾有記載，其略曰：“次山有《文編》，有《後集》，有《元子》三書，皆自爲之序。”(四部叢刊初編本《元次山文集》)《文編》、《元子》次山均已述及,唯《後集》未見次山提起,顏真卿《元君表墓碑銘并序》亦未載之。“《後集》”二字,章學誠所見商隱《序》,一本作“《詩集》”,章氏《〈元次山集〉書後》因疑“或作《詩集》者爲近之”(《章氏遺書》卷十三)。然次山所集《詩集》,今知者唯《篋中集》,且次山有《篋中集序》,與商隱所説“皆自爲之序”同。然《後集》是否即指《篋中集》,尚有待進一步證實。商隱《序》又曰:“自《古心經》已下若干篇,是外曾孫遼東李惲辭收得之,聚爲《元文後編》。”由此可見,商隱所序之《元結文集》卷後附有《元文後編》。晚唐提及次山著述者還有皮日休,其《文藪序》曰:“咸通丙戌中,比見元次山納《文編》於有司,侍郎楊公浚見《文編》,歎曰:‘上第污元子耳。’”是皮日休所見《文編》,乃次山所納省卷,次山已將其彙入總成的《文編》内矣。

入宋,首先著録次山著作者乃《崇文總目》,其卷三《子部·儒家類》著録“《元子》二十卷”,“二十卷”顯爲“十卷”之誤,《新唐書·藝文志》、《通志·藝文略》、《宋史·藝文志》皆十卷;《子部·小説類》著録“《猗玗子》一卷”,蓋合“三篇”爲一卷也;卷五《集部·别集類》著録“元子《文編》十卷”。《新唐書·藝文志》著録與《總目》略同,唯《藝文志三·子部·儒家類》尚有《浪説》七篇、《漫説》七篇。由上可見,北宋時傳世的次山著述尚全。兩宋兵燹後,次山作品開始散佚。晁公武《讀書志》著録唯《元子》十卷、《琦玗子》一卷、《文編》十卷,而《浪説》、《漫説》未見,蓋已散佚。

值得注意的是,南宋自尤袤《遂初堂書目》起,諸家書目開始著録《元次山集》,唯《遂初堂書目》既不注版本,亦無卷次。陳振孫《書録解題》著録則比較詳細,曰:

> 《元次山集》十卷,唐容管經略使河南元結次山撰。蜀本但載自序,江州本以李商隱所作《序》冠其首。蜀本《拾遺》一卷,《中興頌》、《五規》、《二惡》之屬皆在焉。江本分置十卷。(《直齋書録解題》卷十六,頁四七一)

據此可見《元次山集》南宋時已有蜀本與江本之别,前者只載次山《自序》,《拾遺》附於卷後;後者則以李《序》冠首,《拾遺》分置十卷内;若略去《拾遺》不計,則二本並無根本不同。然而問題是,《遂初堂書目》以後南宋書目不見著録《文編》,而且宋以後的歷代書目也幾乎見不到《文編》的影子,唯明焦竑《國史經籍志》卷五有“元結《文編》十卷又《拾遺》一卷”,然而清彭元瑞《知聖道齋讀書跋》謂焦《志》“似尚未窺中秘者,不足信也”,就是説焦《志》並非明代秘閣藏書的實録,所記《文編》並不存在。四庫館臣亦謂《文編》與《元子》、《猗玗子》一樣“今皆不傳”,所傳《元次山集》“蓋後人摭拾散佚而編之,非其舊本”(《四庫全書總目》卷一四九,頁一二八三)。孫望點校《元次山集·附録四》,萬曼《唐集叙録》均持此説。那麽《文編》十卷果真失傳了嗎?《元次山集》十卷真的是摭拾散佚編成的嗎?事實並非如此。《元子》、《猗玗子》宋以後失傳,確爲事實,而《文編》十卷則並未失傳。關於這一點,洪邁有明確記載,曰:

元次山有《文編》十卷,李商隱作序,今九江所刻是也。(《容齋隨筆》卷十四《元次山元子》條)

這裏的“九江所刻”,與陳氏《解題》所説的“江州本”應爲同一種版本。洪邁謂九江本就是《文編》刻印本,據此可見《文編》並未失傳,只不過已更名爲《元次山集》,繼續流傳於世間而已,且《元次山集》一書,自宋元迄明清歷代傳承不息,直到今天。洪氏還説:“又有《元子》十卷,李紓作序,予家有之,凡一百五篇,其十四篇已見於《文編》。”(同上)這表明次山總成的《文編》,還選録了《元子》中的文章十四篇。不僅如此,章學誠以爲“今集中有稱猗玗子者,疑即所著《猗玗子》”(《章氏遺書》卷十三),所言頗有道理。若此則次山二次輯成的《文編》,所收“舊作”不僅有舊時《文編》和《元子》内的作品,還有《猗玗子》中的作品,因此可以這樣説,二次輯成的《文編》乃大曆二年以前次山所有精華作品的彙編。又《元子》一書,宋時不僅洪邁見過,高似孫《子略》卷四還詳細著録過,曰:“初,結居商餘山著書,其《序》謂天寶九年庚寅至十二年癸巳,一萬六千五百九十五言,分十卷,是蓋有意存焉。”宋元以後《元子》與《猗玗子》相繼散佚。傳爲歸有光所輯的《諸子彙涵》,唐代第八種爲《次山子》,所録《時議》、《時化》、《世化》、《心規》、《處規》、《出規》、《戲規》、《惡圓》、《惡曲》凡九篇,雖皆《元子》中舊文,但是卻非自《元子》輯得,而是從《元次山集》及《拾遺》一卷録出的。

宋刻《元次山集》除蜀本、江本外,還有戴表元所見之永州本。《鐵琴銅劍樓藏書目録》曰:

《漫叟文集》十卷《拾遺》、《續拾遺》一卷,明刊本,唐元結撰。案陳直齋謂次山集有蜀本、江本。蜀本有自序及《拾遺》，江本《拾遺》文分載十卷中，有李商隱序。又戴剡源謂永州本删去《浪翁觀化》、《惡圓》、《惡曲》、《出規》、《處規》、《訂司樂氏》等十四篇。此明初刻本，疑出自蜀本，惟《中興頌》不列《拾遺》，與《直齋》所言微有不合。卷四《朝陽巖下歌》"朝陽洞口寒泉清"句下，正德時湛甘泉刻本脱去"零陵城郭夾湘岸，巖洞幽奇當郡城，荒蕪自古人不見"三句，此本有之。(《鐵琴銅劍樓藏書目録》卷十九，頁二七九)

瞿氏在叙及宋蜀本、江本時，方提及戴剡源所説的"永州本"，故"永州本"亦爲宋刻無疑。戴剡源謂永州本删去《元子》十四篇，則所據底本蓋爲九江本。此外，季振宜《季滄葦藏書目·延令宋版書目》亦著録有宋本"唐元次山集十卷，一本"(士禮居叢書本)，然季氏未言是否有《拾遺》一卷，所以究爲何種宋本，則不得而知。又，《增訂四庫簡明目録標注·續録》著録有"宋蜀本，宋江州本，宋九江本"，然"江州本"與"九江本"實爲一種，《簡目》將其視爲二種版本，大誤。不過《簡目》著録蜀本與江本，表明清末二本還在世，今二本已不存，估計其散佚應是近代的事情。

元明時期刊刻和傳鈔的次山集，其主要版本有以下幾種：

(一)郭刻本。正德十二年丁丑(一五一七)湛若水校、郭勳刻《唐元次山文集》十卷、《拾遺》一卷。此本卷前唯湛若水《元次山集序》，無次山《文編序》及其他附録。湛氏《序》曰："兩廣總戎太保武定侯郭公世臣，武而好文。余謂之元子，公讀之，若有契焉，曰：'嗟嗟次山，浩然剛大，憤世疾邪者也！安得百十次山以噴俗爾，獨文乎哉？'遂以餘本，次而刻之，俾余叙其説云爾。正德丁丑孟冬十有三日，賜進士出身翰林院編修國史經筵官湛若水書於西樵之煙霞洞。"首卷卷端題"唐元次山文集卷第一"，次行具銜"贈禮部侍郎元結著"，三行署"翰林編修湛若水校"，四行署"太保武定侯郭勳編"。這裏既署"郭勳編"，湛氏《序》又謂郭氏"遂以餘本次而刻之"，可見此本是經郭氏重編後上版刊行的，其編次爲：卷一《補樂歌》十，《二風詩》十，《二風詩論》一，凡二十一首；卷二謨三，賦三，凡六篇；卷三《系樂府》十二，古詩二十九，凡四十一首；卷四古詩凡二十九首；卷五騷體詩七，文十五，凡二十二首；卷六《自箴》一，頌三，銘十九，凡二十三首；卷七書五，序八，《問進士》五，凡十八篇；卷八論辯十，喻一，表一，凡十二篇；卷九表九，記八，凡十七篇；卷十表九，狀八，凡十七首；總共二百六首，《拾遺》一卷文十六篇。

此本編次，詩文同卷混編，顯得不倫不類，如卷五既有騷體詩七首，又有文十五篇。又卷一本爲詩卷，卷末一首卻爲《二風詩論》，亦詩文混編。再者，此本體例也不甚統一，卷四既有《劉侍御月夜讌會》、《别孟校書》（一本作《送孟校書往南海》）二詩，卷七復有《劉侍御月夜讌會序》、《送孟校書往南海序》二序，詩與序分編。然而此本作品冠序者尚多，不少序文篇幅還相當長，如卷六《七泉銘序》近二百字，較上述二序還長，卻仍存於題目之下。他如卷一《補樂歌十首》、卷四《舂陵行》、卷五《七不如七篇》、卷六《五如石銘》等各首題下皆有序，篇幅均與上述二序相仿，卻未别裁編入卷七"序"類中，可見此本體例並不統一。郭氏本武人而好文者，雖欲附庸風雅，畢竟於書籍編纂不甚諳熟，致使此本編次不甚完善。這種缺失，在其改編的《白樂天詩集》四十卷、《白樂天文集》三十六卷兩書中有同樣表現（詳本書《白氏長慶集》）。又此本編成後雖經湛若水校勘過，但文字仍有不少脱訛。如卷一《治風詩五篇》其四《至正》"謟言不聽"句，"謟"字誤，當作"諂"。《亂風詩五篇》其三《至虐》"一狥所欲"句，"狥"字誤，當作"徇"。卷四《朝陽巖下歌》"朝陽洞口寒泉清"句下脱去"零陵城郭夾湘岸，巖洞幽奇帶郡城。荒蕪自古人不見"三句。卷九《夏侯岳州表》"兵興已六七十年矣"句，"十"字顯爲衍文；此表首句爲"癸卯歲"，可證表作於代宗廣德元年，時距安史之亂發生不過七八年，故"十"字當删。卷十《再謝上表》題下注："永樂二年進。""永樂"乃明成祖年號，大誤，當爲"永泰"，等等。關於此本的版本淵源，孫星衍《廉石居藏書記》曰："《元次山集》十卷、《補遺》一卷，題太保武定侯郭勳編，明湛若水校本。按《唐藝文志》有元結《文編》十卷，即此。"孫氏謂《新唐書・藝文志》著録的《文篇》十卷即是郭刻本，可見孫氏亦以爲《文編》十卷並未失傳，後世流行的《元次山集》十卷就是元結《文編》的衍生本。不過，孫氏所言稍嫌寬泛了些，郭刻本並非直承《文編》原編而來，中間不僅經由宋蜀本或與其相似的本子，而且經過郭氏的編輯加工。今檢郭刻本，正文十卷凡二百六首，較之次山《序》所記《文編》二百三首溢出三首。又郭刻本卷六《中興頌》一首，依陳振孫言此首應在《拾遺》内；卷七《劉侍御月夜讌會序》、《送孟校書往南海序》二序，或爲郭氏自卷四《劉侍御月夜讌會》、《别孟校書》二詩題下别裁移出。可見此本與《文編》原編還是有不同的。然而二者區别並不大，若將《中興頌》移入《拾遺》内，再將卷七《劉侍御月夜讌會序》、《送孟校書往南海序》二序，移回卷四相應之二詩題下，則此本正集所收作品亦恰爲二百三首，與次山《文編序》謂十卷凡二百三首合若符契，由此也可證明，郭刻本就是《文編》十卷的衍生本，只不過自南宋後正集十卷附有《拾遺》而已。《鐵琴銅劍樓藏書目録》卷十九著録有此本，曰："此正德間湛甘泉刻本，有《序》。其書無《續拾遺》而有《自序》、《自釋》二篇，卷首有鮮知道人題記云：'《元次山集》十卷《補遺》一卷，依宋版本讎勘無譌，舊爲陳仲魚藏書。'"此本今藏國家圖書館，然卷中並無《自序》、《自釋》二首，瞿氏有誤。國家圖書館另一種藏本有傅增湘跋，上海圖書館、浙江圖書館均有藏本。又，美國國會圖書館亦有藏本。《四部叢刊》初編、續編所收《元次山文集》即據此本影印，唯續編本卷後無李商隱《元結文集序》。初編本卷後附有孫毓修《元集補》一卷，凡收詩文四首，然《劉侍御月夜讌會序》、《送孟校書往南海序》二文，此本卷七"序"類已收録，孫氏蓋以卷四相應二詩題下無此二序，因而補之，其實不必。王重民曰："郭本末附孫毓修補遺，謂：'從《唐音丙籤》得序二首，從别本得詩一首，不同者一首。'兹考孫補《劉侍御月夜讌會序》、《送孟校書往南海序》，並載原書卷七第七葉，斯爲多事矣。"(《美國國會圖書館藏中國善本書録》卷四《集部・唐元次山文集》)然《元集補》另録有《朝陽巖下歌》全詩，以證卷四所收該詩脱去三句，不爲無益。孫氏還據他本輯補七律《橘井》一首。《四部備要》本亦據此本校勘排印，然文字稍有改動，卷後也未收孫毓修《元集補》及李商隱《元結文集序》。

（二）黄焯本。嘉靖九年庚寅（一五三〇）黄焯刻《唐漫叟文集》十卷《拾遺》一卷、《拾遺續》一卷。黄焯字子昭，正德進士，嘉靖間官至永州知府。此本卷前首《新唐書》本傳，次湛若水舊序，卷後有黄焯《跋》曰："嘉靖庚寅永州府知府黄子昭重刻湛甘泉本。"可見此本乃是以郭刻本爲底本翻刻者。半葉十行二十字。王國維編《傳書堂藏善本書志・集部》著録有此本，曰："《唐漫叟文集》十卷、拾遺續拾遺一卷，明刊本，唐元結撰。《唐書》本傳，湛甘泉舊序，黄焯跋，嘉靖庚寅。每半葉十行二十字，嘉靖庚寅永州府知府黄子昭重刻湛甘泉本。《跋》後别有題識二行，云：'刻斯集贊之成者爲同寅羅子柏、許子岳、岳子鼇、吴子望、周子昌齡，司校勘者，教授馮教。'有'曾在上海郁泰峰家'一印。"不過，郭刻本正集十卷、《拾遺》一卷，此本多出《續拾遺》一卷，當爲黄氏所補。此本國圖、上圖均有藏本：國圖藏本有清黄丕烈跋，上圖藏本有吴昌碩題籤。

（三）詩紀本。吴琯輯萬曆十三年乙酉（一五八五）刻《初盛唐詩紀》所收《元結詩》二卷。《詩紀·凡例》云:"是編多本人原集,或金石遺文。"是知此本所據當爲次山集本,然編次已改爲分體,其編次爲:首卷《二風詩》十首(其中《治風詩》五、《亂風詩》五),《樂歌》三十首(其中《補樂歌》十、《系樂府》十二、《漫歌》八),《騷體》七首(其中《引極》三、《演興》四),凡四十七首;次卷五古三十四、七古七、七律一、五絶四、七絶五,凡五十一首,兩卷共九十八首。較之郭刻本,僅溢出七律《橘井》一首,可見此本當是以郭刻本或其近似的本子爲底子改編而成的。然此本與郭刻本文字亦有不同,如此本首卷《補樂歌》十首其八《大韶》"欲聞大濩兮"句,"大濩",郭刻本作"涵濩"。其九《大夏》"國有安乂兮"句,"安乂",郭刻本作"安人"。如《系樂府》十二首其六《貧婦詞》"能不爲酸悽"句,"悽"字,郭刻本作"嘶"。其八《壽翁興》"空聞肆耽欲"句,"肆"字,郭刻本作"恣"。其九《農臣怨》"謡頌共采之"句,"共"字,郭刻本作"若"。此本第二卷《游石溪示學者》一詩,題中"示"字,郭刻本作"勸"。如《登白雲寺》一詩,題中"寺"字,郭刻本作"亭";"出門見南山"句,"見"字,郭刻本作"上",等等。又此本脱訛較多,如首卷《亂風詩》五篇其五《至傷》"爲人君者忘戒乎"句,"戒"字下,郭刻本有"此"字。《系樂府》十二首其十《謝大龜》"顧嘗無忘思"句,"忘"字誤,郭刻本作"妄"。此本第二卷《忝官引》"切勞愧方寸"句,"切勞"不成詞,郭刻本作"功勞",甚是。《游石溪示學者》一詩,題中"石"字誤,郭刻本作"右",良是。《宴湖上亭作》"遠水入簾幕"句,"遠水"誤,郭刻本作"遠風",甚是。再如《登白雲寺》,題中"寺"字非是,郭刻本作"亭",詩有"始到白雲亭"句,可見作"亭"字是,等等,亦一時疏忽致誤也。

(四)吴刻本。明末吴震元、王時敏校刻《唐元次山文集》十二卷。半葉九行十二字,卷前有《新唐書·元結傳》,卷後有李商隱《後序》,及晁氏、陳氏、洪邁《容齋隨筆》、高似孫《子畧》四則有關元結著述的記載。此本正集十二卷,然第十一卷注曰"拾遺",第十二卷注曰"拾遺補"。《善本書室藏書志》、《增訂四庫簡明目録標注·續録》均著録有此本,丁丙曰:"此十二卷,與《四庫全書》所載同。其實十一卷注曰'拾遺',十二卷注曰'拾遺補',是原編仍舊十卷也。首載元結本傳,末載李商隱《後序》,並晁氏、陳氏、洪氏《容齋隨筆》、高氏《子略》四則。有'摛藻堂藏書印'、'平陽季子收藏圖書'、'休甯汪季青家藏書籍'三印。"(《善本書室藏書志》卷二十四)王重民訪書美國時,亦曾於美國國會圖書館見此本,並著録曰:"《唐元次山文集》十二卷，四册，明啓、禎間刻本，九行十二字。原題：'元結次山著，陳繼儒眉公鑒定，吴震元長卿、王時敏遜之仝較。'……按是集有明正德間郭勳編，湛若水校本十卷，附《拾遺》一卷；此本卷一至卷十，同於郭本正集，卷十一即郭本《拾遺》，卷十二題《拾遺補》，當是吴王所輯，以補郭本所拾之遺也。拾遺補凡七篇：曰《唐亭銘》，曰《峿臺銘》，曰《東崖銘》，曰《水樂銘》，曰《文編序》，曰《送張玄武序》，曰《讓容州表》，持校王昶《金石萃編》卷九十四，陸增祥《八瓊室金石補正》卷六十一，其所釋文字，有合有不合，依其脱誤之跡觀之，此四銘者，殆據《永州志》也……卷内有'伯寅藏書'印記。"（《美國國會圖書館藏中國善本書録》卷四《集部》）王重民指出，此本《拾遺補》七篇"殆據《永州志》"輯録，是很有見地的；然謂《拾遺補》"當是吴、王所輯，以補郭刻本所拾之遺"就不一定了，王重民蓋不知明嘉靖間黄焯刻《唐漫叟文集》十卷、《拾遺》一卷、《拾遺續》一卷本，該本已有《拾遺續》一卷，乃黄焯利用知永州府並刊刻次山集的機遇，自《永州志》内輯出次山佚文，續補於次山集後，此黄氏對次山集的一大貢獻。可見"補郭刻本所拾之遺"者，並非始於吴、王二人；進而，黄焯本既在吴刻本前，則此本當是以黄本爲底子，將《拾遺》一卷、《續拾遺》一卷編入正集，而後上版刊行的。前已述及黄焯本乃重刻郭勳本；此本既據黄本翻刻，則亦屬於郭刻本一系的本子無疑。

（五）統籤本。《唐音統籤》所收《元結詩》三卷，編卷一四七至一四九，丙籤五十一，刻本。此本編次：首卷《樂府・二風詩》十首（其中《治風詩》五、《亂風詩》五），《樂歌》三十首（其中《補樂歌》十、《系樂府》十二、《漫歌》八），凡四十首；次卷五古凡十六首；第三卷五古十八，七古七，七律一，五絶四，七絶五，凡三十五首；總共九十一首。然而《騷體》七首（其中《引極》三首、《演興》四首）不知是有意删去，或是漏編了，全書未見。此本編次，除五古稍有調整外，其餘與詩紀本全同（騷體詩除外）。從文字方面看，此本也多與詩紀本同，如此本首卷《補樂歌》十首其八《大韶》"欲聞大濩兮"句，"大濩"，詩紀本同；郭刻本作"涵濩"。其九《大夏》"國有安乂兮"句，"安乂"，詩紀本同；郭刻本作"安人"。《系樂府》十二首其六《貧婦詞》"能不爲酸悽"句，"悽"字，詩紀本同；郭刻本作"嘶"。其八《壽翁興》"空聞肆耽欲"句，"肆"字，詩紀本同；郭刻本作"恣"。其九《農臣怨》"謡頌共采之"句，"共"字，詩紀本同；郭刻本作"若"。此本第三卷《游石溪示學者》，題中"石"字誤，詩紀本同，郭刻本作"右"；"示"字，詩紀本同，郭刻本作"勸"，等等。可見此本乃是以詩紀本爲底本改編而成者。而且由於書版時不慎，此本又增加了一些新誤，如郭刻本卷三《漫酬賈沔州》“所懼貽憂患”句，“貽”字，詩紀本同；此本作“宜”，顯誤。郭刻本卷四《賊退示官吏》“城小賊不屠”句，“賊”字，詩紀本同；此本作“則”字，顯誤。又該首“今彼征斂者”句，“征斂”，詩紀本同；此本作“征賊”，大誤。郭刻本《宴湖上亭作》，題中“宴”字，詩紀本同；此本作“客”，非是。再如《登白雲亭》“喜逐松徑行”句，“逐”字，詩紀本同；此本作“作”，當誤等等，可見此本疏於校勘，舛訛還是不少的。

清代刊刻和傳鈔的元結集主要版本有以下幾種：

（一）全唐詩本。康熙敕修《全唐詩》所收元結詩二卷。《全唐詩》一書的纂修，主要依據《唐音統籤》和清季振宜《全唐詩稿本》。而季氏《稿本》中的元結詩二卷，乃是將上述《初盛唐詩紀》之《元結詩》二卷原刻入編，删去卷中標明分體的“樂歌”、“騷體”、“七言古體”、“五言古體”、“七言律詩”等字樣，再於卷首冠以元結傳記編輯而成的。文字方面，季氏也作了校勘。季氏家藏善本甚多，其中就有宋槧《唐元次山集》十卷（見《季滄葦藏書目·延令宋版書目·宋元雜版書》），季氏以宋槧爲校本，並參校《唐詩紀事》、《樂府詩集》諸書，改正了詩紀本的不少訛誤。如詩紀本首卷《系樂府十二首》其十《謝大龜》“顧嘗無忘思”句，“忘”字誤，季氏徑直改作“妄”字，甚是。如《演興四首》其四《閔嶺中》“空仰訟於上玄”句，“訟”字，季氏出校曰：“訟，宋本作訴。”詩紀本第二卷《忝官引》“切勞愧方寸”句，“切”字誤，季氏於旁邊出校一“功”字等等，此本字裏行間出校許多校文，參考價值頗高。然而詩紀本仍有一些訛誤，季氏未及改正，如詩紀本第二卷《游石溪示學者》一詩，題中“石”字誤；又如《登白雲寺》，題中“寺”字誤，等等，季氏均未予校改。《全唐詩》之《元結詩》二卷，便是將季氏《稿本》中的《元結詩》二卷悉數收入，編次亦全依《稿本》。文字方面，編臣依據善本重加校勘，改正了季氏《稿本》未及改正的訛誤。如詩紀本首卷《亂風詩五篇》其三《至虐》“一狗所欲”句，“狗”字誤，季氏未及改正，編臣改作“徇”字。詩紀本第二卷《忝官引》“切勞愧方寸”句，“切”字誤，季氏僅於旁邊出校一“功”字，編臣則徑直改爲“功”字。《登白雲寺》，題中“寺”字誤，季氏未及校正，編臣改作“亭”字，均極是，等等。職是之故，全唐詩本文字較以前各本更精。然而詩紀本有些訛誤，季氏未及改正，編臣亦未加以校改，如《游石溪示學者》一詩，題中“石”字誤，應作“右”，季氏未改，編臣亦未予校改，全唐詩本至今仍誤作

“石”。校書之不易，於此可見。

（二）黄刻本。黄又研旅兩間書屋刻《元次山集》十二卷。此本卷前首《新唐書》本傳，次目録。各卷首題“元次山集”，次行下方署“淮南黄又研旅訂”，三行題“卷第某”。半葉九行十九字，楮版精佳，四周單邊，粗黑口，單魚尾下題“元次山集卷某”。此本當是以明末或清初十二卷本爲底本校訂翻刻者。與郭刻本相較，改正了一些不必要的訛誤。如此本卷一《治風詩五篇》其四《至正》“諂言不聽”句，“諂”字，郭刻本作“謟”，誤。此本卷九《元魯縣墓表》“何以戒綺紈粱肉之徒”句，“粱”字，郭刻本作“梁”，誤，等等。不過此本文字多有與郭刻本不同者，如郭刻本卷三《閔荒詩》“遂令一夫唱”句，“唱”字，此本作“倡”。又《系樂府十二首》其二《隴上歎》“何不遍西夏”句，“遍”字，此本作“變”。又《與黨侍御》“茂宗方矯時”句，“方”字，此本作“正”。又《雪中懷孟武昌》“農者歡歲稔”句，“者”字，此本作“夫”。郭本卷四《宴湖上亭作》“舫去若鶩鳧”句，“若”字，此本作“欲”。又《説洄溪招退者》“麋色如珈玉液酒”句，“液”字，此本作“卮”。郭本卷六《浯溪銘》“溪古荒溪”句，“荒溪”二字，此本作“地荒”；“蕪没蓋久”句，“蓋”字，此本作“已”。郭本卷七《篋中集序》“方祖師者不見近作”句，“祖師”二字，此本作“阻絶”。《問進士·第三》末句“使縱遇凶年”句，“凶”字，此本作“荒”。郭本卷十《謝上表》“刺史宜精選御名擇”句，“御名”二字，此本只作一“謹”字，等等。且此本文字又增添了不少新的脱誤，如卷二《元謨》“天子聞之惑而問焉”句，“惑”字誤，郭刻本作“諮”，甚是。卷三《閔荒詩》“其道當静柔”句，“當”字誤，郭刻本作“常”，良是。又《喻舊部曲》“故今争者心”句，“今”字誤，郭刻本作“令”，甚是。此本卷五《述命》“不可强也”句下，郭刻本重複“不可强也”句，此本誤脱。此本卷六《大唐中興頌》首句“嘻嘻前朝”，“嘻嘻”二字，郭刻本作“噫嘻”，甚是，此本誤。又《抔樽銘并序》首句“郭亭西郛”句，郭刻本作“郎亭西乳”，良是，此本誤。又《陽華巖銘并序》“東面峻秀”句，“東”字誤，郭刻本作“南”，甚是。此本卷七《篋中集序》“沈子還”，郭刻本作“沈千運”，甚是，沈千運乃人名，此本誤。再如此本卷八《丐》，郭刻本作“《丐論》”，甚是，此本誤。此本卷九《菊圃記》“尚忍蹂踐至盡不愛惜乎”句，“尚”字誤，郭刻本作“而”，良是，等等，可見此本書版後疏於校勘，未爲善本。此本中國社科院文學所、北京文物局、河南省圖書館等均有藏本，上海圖書館藏本有清莫友芝批校。

(三)四庫本。《四庫全書》所收《次山集》十二卷。此本卷前卷後除館臣所撰《提要》外,無任何附録。正文各卷卷端題"次山集卷第某"。此本的版本淵源,館臣並未交代所據爲何本,僅言爲"内府藏本"。今考《善本書室藏書志》卷二四著録之明吴刻本《唐元次山文集》十二卷,丁丙謂有"摛藻堂藏書印"。"摛藻堂"就在清宫内,乃清帝讀書寫作之處,所以明吴刻本當即館臣所説的"内府藏本",此本應是以吴刻本爲底子,經校勘後録入四庫的。上已述及,吴刻本屬於郭刻本一系的本子。此本既據吴刻本入録,所以亦屬於郭刻本系統。今以此本與郭刻本比勘,除《補遺續》一卷外,二本收録作品數量、分卷、編次完全相同。文字方面,除館臣改正了明顯的訛誤外,二本文字也幾無差别,可見此本的確是據吴刻本校勘録入的。

(四)摛藻堂本。摛藻堂《四庫全書薈要》所收《次山集》十二卷。此本與四庫全書本《次山集》十二卷全同,亦是據摛藻堂所藏明吴刻本爲底本過録的。

當代刊行的元結集,其主要版本有以下幾種。

(一)孫校本。孫望校《元次山集》十卷,中華書局上海編輯所一九六〇年三月出版。此本《凡例》曰:"是集以《四部叢刊》景印上海涵芬樓借江安傅氏雙鑒樓藏明正德郭氏刊本爲底本。"而以四部備要本、坊刻淮南黄又研旅編訂本及《全唐詩》、《全唐文》爲校本,並以《樂府詩集》和相關石碑拓片、方志等參校,文字擇善而從。可見此本屬於郭刻本系統。另從《全唐文》輯補遺文五首,編入卷中;而將《劉侍御月夜宴會序》與《送孟校書往南海序》二首詩序,各移入本詩題下,故共收作品二百二十五首。《凡例》又曰:"新編《元次山集》分十卷,首三卷爲詩,其餘爲文……詩文篇第,各依寫作年代先後爲次,已非諸本之舊。"所以此書乃次山集的第一個編年本。書前冠以《前言》,介紹元結生平行事,中肯評價元結作品;卷後殿以次山與諸家酬唱題贈之作、傳記資料與舊本序文、諸家論次山、次山著作的主要著録和記載,以及《元結事蹟簡譜》等附録五種,以便讀者。由於此本校勘精確、編次合理,所附資料十分豐富,故出版以來,頗受學界好評,至今仍是次山集最受歡迎的讀本。

(二)聶文郁《元結詩解》,陝西人民出版社一九八四年十二月印行。聶氏曰:《詩解》"完全依照孫望先生的校本編次……個别地方對孫望先生校訂有不同看法,也只在注解或評介中説明",又曰"詩解分兩部分,一爲注解,一爲評介”,注解包括典實出處、冷詞僻字、晦文難句的注釋疏解等;評介包括解題、提示、考訂、評議等等,然主要評介詩篇的思想内容與藝術性,藝術評介尤重寫作技巧的分析探討(該書《寫在前面》)。此本單解詩歌,雖曰“主要是供給古典詩歌的初學者讀的,注解比較詳細淺顯”,但卻是次山詩歌的初解本,在次山集迄今尚無全解本的情況下尤爲可貴。

秦隱君詩集

秦系(七二〇? ～八〇〇?)字公緒,會稽(今浙江紹興)人。天寶中舉進士未第,安史之亂中隱於越地剡中,又流寓睦州、泉州、撫州等地,與劉長卿、韋應物、皎然等均有唱和,貞元中張封建辟爲從事,奏爲秘書省校書郎,十六年(八〇〇)建封卒後,隱居茅山而終。

秦系工詩,言約旨深。《新唐書·藝文志》著録《秦系詩》一卷,只有二十九篇。秦系居剡川時,嘗築麗句亭。宋慶曆中,吕夏卿嘗榜秦系詩二十九首於亭上,又於顧陶《唐詩類選》中輯得秦系佚詩八首,同榜之。紹興中,南安主管學事張端,嘗刊行秦集(《唐音統籤》卷二六八),這就是所謂的南安本,卷前有吕夏卿《序》,後有張端《跋》(見《鐵琴銅劍樓藏書目録》卷十九,頁二七九),後世一切秦集皆由此出。陳振孫《書録解題》卷十九著録的秦集南安本,當即此本。陳氏曰:“《秦隱君集》一卷……此本南安所刻。余又嘗於宋次道《寶刻叢章》得其逸詩二首,書册末。”是宋時秦詩輯存凡三十九首。然胡震亨謂自《寶刻叢章》輯得秦氏二首佚詩附於集末者乃張端,蓋一時誤記。而宋槧秦集,今已不可見。

元明刊刻和傳鈔的秦集,其主要版本有以下幾種:

(一)銅活字本。明銅活字印《唐人詩集》所收《秦隱君集》一卷。半葉九行十七字,詩分體編次,計五律十六、七律七、五絶二、七絶十三,共三十八首。然《山中崔大夫有書相問》一首,凡十六句,亦編入五律中,分體顯然不倫。另,附見《蘇州刺史韋應物答詩》一首。本書前已述及,明銅活字本唐人詩集,乃弘治、正德間蘇州地區印行(參本書《駱賓王集》銅活字本),是此本乃明代刊行較早的秦集,其所據底本,或爲宋槧。《百川書志》卷十四著録《秦隱君集》一卷,蓋即此本。此本文字小有訛誤,如五律《秋晚拾遺朱放訪山居》“埿栗添新味”句,“埿栗”不通,他本作“墜栗”,甚是。此本五律

《題鏡湖野老所居》"樹暄巢鳥出"句,"暄"字,他本作"喧",良是,此本誤,等等。然而這些疏誤,均一望即知,比較容易改正,且數量不多,故此本不失爲明代刊行較早,且文字錯訛較少的《秦隱君集》。

(二)朱刻本。嘉靖十九年庚子(一五四〇)朱警輯刻《唐百家詩·中唐二十七家》所收《唐秦隱君詩集》一卷。半葉十行十八字,左右雙欄或單欄,白口單黑魚尾下鐫"秦隱君詩"。此本詩不分體,凡三十九首,另附《蘇州刺史韋應物答詩》一首。較之銅活字本,此本訛誤較少。如銅活字本五律《秋晚拾遺朱放訪山居》"墾栗添新味"句,"墾栗"不辭,此本作"墜栗",甚是。然此本文字也有訛誤,如銅活字本五律《題鏡湖野老所居》"樹暄巢鳥出"句,"暄"字,此本同;他本作"喧",良是,等等。二本訛誤既同,表明此本應出自銅活字本。此本清華大學圖書館所藏,有清毛扆校並跋。

(三)統籤本。胡震亨《唐音統籤》所收《秦系詩》一卷,編卷二百六十八,丁籤二十五。此本録詩四十首,詩亦分體,計五律十五、五排一、七律八、五絶二、七絶十四。與銅活字本相較,溢出七律《題章野人所居》、七絶《曉雞》二首。此本當是據銅活字本或其近似的本子改編的,然胡氏對文字作了進一步校勘,如《將移耶溪舊居留呈長史陳校書》"即今邀客醉"句,"即今邀客"四字下,胡氏出校曰"一作那邀落日",而銅活字本即作"那邀落日"。胡氏還增加了不少題注,如五律《題鏡湖野老所居》,銅活字本原無注,此本胡氏於題下增注曰:"一作馬戴,誤。"又如七律《題茅山李尊師山居》,銅活字本題下原無注,此本胡氏於題下增注曰:"一作嚴維,誤。"等等,這些注文對甄别秦系與馬戴、嚴維的重出詩,提出了極具價值的見解。

另外,《藝風堂藏書續記·詩文》第八上著録《秦隱君集》一卷,明翻宋本,半葉十行十九字。未知爲誰所刻。

清代刊刻和傳鈔的秦集,其主要版本有以下幾種。

(一)詩紀本。康熙間龔賢輯《中晚唐詩紀》所收《秦系詩》不分卷。半葉九行十九字,白口無魚尾,版心上方鐫"中唐詩",接題"秦系"二小字於右側,左側爲葉碼。此本收詩三十九首,不分體,附録《蘇州刺史韋應物答秦系詩》一首。與銅活字本相較,唯溢出七律《題章野人山居》一首。此本四首詩有題下注,味其口氣,似爲秦氏原注,如五律《山中贈張正則評事》題下注:"系時被奏衛左以疾不就。"又如七律《耶溪書懷寄劉長卿員外》題下注:"時在睦州。"這些題注,對理解詩意很有幫助。

（二）全唐詩本。《全唐詩》所收《秦系詩》一卷。《全唐詩》是在明胡震亨《唐音統籤》和清季振宜《全唐詩稿本》兩書的基礎上修訂而成的。而季氏《稿本》中的《秦系詩》一卷，乃是將上述《中晚唐詩紀》之《秦系詩》一卷原刻入編而成者，故季氏《稿本》實際收詩亦僅三十九首。文字方面，季氏用《文苑英華》等諸書參校，故正文間旁注有不少校記。而康熙敕修《全唐詩》中的《秦氏詩》一卷，便是將季氏《稿本》中的《秦系詩》一卷入編，再據統籤本增補佚詩七絶《曉雞》一首，故《全唐詩》共四十首，成爲一時收詩最多的本子。文字方面，編臣作了進一步校勘，增加了不少題下注。如季氏《稿本》七絶《即事奉呈郎中韋使君》題下原無注，編臣據統籤本於題下增注曰："時系試秘書省校書郎。"此注對理解詩意很有幫助。又如季氏《稿本》五律《題鏡湖野老所居》題下原無注，編臣據統籤本於題下增注曰"一作馬戴詩"，此注對弄清秦系與馬戴的重出詩提供了寶貴的參考。

（三）影宋鈔本。影宋鈔《秦隱君詩集》一卷。《鐵琴銅劍樓藏書目録》卷十九記曰："影鈔宋本，唐秦公緒撰……吕夏卿嘗録其詩而傳之。宋紹興間，有張端刻本。此即其本影寫者，有夏卿《序》及端《跋》。"此本今不知尚在天地之間否？

皎然集

皎然（七二〇？～八〇〇？）俗姓謝，字清晝，湖州長城（今浙江長興）人，自稱靈運十世孫。開元天寶間試進士不第，遂出家，居潤州江寧，游方至京師，交接公卿大夫。安史之亂後定居湖州，廣交文士顧況、劉長卿，州郡長官顔真卿、陸長源、于頔及道士吴筠等，相與酬唱，開設詩會，撰有《詩式》、《詩評》等詩論著作，約卒於貞元末。

皎然的作品，乃湖州刺史于頔奉敕編纂，納於集賢殿御書院，于氏《吴興晝上人集序》述此事甚悉，其略曰：

> 有唐吴興開士釋皎然，字清晝，即康樂之十世孫。得詩人之奥旨，傳乃祖之菁華，江南詞人，莫不楷範。極於緣情綺靡，故詞多芳澤，師古典制，故律尚清壯，其或發明玄理，則深契真如，又不可得而思議也。貞元壬申歲，余分刺吴興之明年，集賢殿御書院有命，徵其文集。余遂□而編之，得詩筆五百四十六首，分爲十卷，納於延閣書府。上人以余

嘗書述論前代之詩，遂託余以集序，辭不獲已，略志其變。（四部叢刊本《皎然集》）

據此，于頔奉敕所編原名《晝上人集》，凡十卷，詩文共五百四十六首。今《四部叢刊》影宋精鈔本《晝上人集》，卷前首載牒文一道，牒文言集賢殿御書院查書庫内無皎然禪師集，故假朝廷之命，敕浙西觀察使牒湖州刺史，命編輯皎然禪師詩文以進。有唐一代，以朝廷之命徵集的個人著作爲數甚少，可見當時文壇，皎然影響頗大。于頔《晝上人集序》稱皎然"得詩人之奥旨，傳乃祖之菁華，江南詞人，莫不楷範"，非虚譽也。于頔所編十卷本，後世流傳了下來。

入宋，《新唐書·藝文志四》著録《皎然詩集》十卷，下注曰："字清晝，姓謝，湖州人，靈運十世孫，居杼山。顔真卿爲刺史，集文士撰《韻海鏡源》，預其論著。貞元中，集賢御書院取其集以藏之，刺史于頔爲序。"晁公武《讀書志》著録《皎然杼山集》十卷曰："右唐僧皎然撰。字清晝，吴興人。謝靈運十世孫。工篇什，德宗詔録本納集賢院，集前有于頔序並《贈晝上人詩》。"（《郡齋讀書志校證》卷十八，頁九五一）陳振孫《書録解題》著録《吴興集》一卷，曰："唐僧吴興謝皎然清晝撰。康樂十世孫。顔魯公爲刺史，與之唱酬，其後刺史于頔爲作集序。所居龍興寺之西院，今天寧寺是也。又嘗居杼山寺。"（《直齋書録解題》卷十九，頁五八三）此《吴興集》之"一卷"，當爲"十卷"之訛。由《四部叢刊》影印宋精鈔十卷本來看，前七卷爲詩，次二卷爲文，第十卷爲聯句，卷前首牒文一道，次于頔《序》，這樣的編次，應當保存了于氏原編的面貌。然而《新唐志》及晁、陳著録本，書名各有不同，當爲後人所改。錢遵王《讀書敏求記》卷四曰："《吴興晝上人集》十卷，貞元壬申歲，于頔分刺吴興之明年，集賢殿御書院有命徵皎然文集，頔采而編之，得詩筆五百四十六首，分爲十卷，納於延閣書府，即此本是也。今漫稱《杼山集》，乃後人所題，非原書矣，識者辨之。"（《錢遵王讀書敏求記校證》卷四上，頁一九三）是不唯《杼山集》之名，《皎然集》、《吴興集》等名，亦皆後人所改書名。宋代，還出現了一卷選本《唐皎然詩集》，李□編，收詩凡七十首（詳江標本）。

明代刊刻和傳鈔的皎然集，其主要版本有以下幾種：

（一）錢鈔本。錢穀鈔《晝上人集》十卷，傅增湘校，北大圖書館藏。錢穀，字叔寶，號罄室，吴縣人。嘗游文徵明之門，得點染水墨法。好讀書，聞有異書，必手自鈔寫，窮日夜校勘，至老不衰，此本即其手鈔。傅增湘《藏園群書經眼録》著録此本曰："《晝上人集》十卷，唐釋皎然撰。明錢叔寶穀手寫本，棉紙，烏絲闌，十一行二十字。前録貞元八年牒文，次守湖州刺史于頔序。每卷鈐有'錢穀手鈔'朱文印。鈐墨書木記一方，文曰：'賣衣買書志亦迂，愛護不異隨侯珠，有假不返遭神誅，子孫鬻之何其愚。'别有'陳寶晉守吾父記'、'守吾過眼'、'陳守吾經眼記'。又有'明墀之印'白、'李氏玉陔'朱、'李盛鐸讀書記'白、'木齋審定'朱、'李滂少微'朱各印。此書爲李木齋先生家物，故鈐有其三代藏印。"(《藏園群書經眼録》卷十二，頁一〇四四)此本鈐有錢氏朱印，又鈐墨記一方，告誡借者須歸還，子孫勿鬻賣，可見錢氏對書籍之嗜好。此本所據底本，乃談學山校宋鈔本，對此明葉恭焕鈔本有明確記載(詳下葉氏賜書樓鈔本)，故極爲寶貴。

（二）葉鈔本。葉氏賜書樓鈔《晝上人集》十卷，葉恭焕跋，國家圖書館藏。葉恭焕，字伯寅，號括蒼山人，家居昆山，賜書樓乃其藏書處。此本瞿鏞《鐵琴銅劍樓藏書目録》有著録，曰："《晝上人集》十卷，舊鈔本。唐釋皎然撰，于頔序，舊爲崑山葉氏藏書，板心有'賜書樓'三字，卷末有括蒼山人恭焕題記云：'《晝上人集》二册，乃無錫談學山綽板釘宋鈔本，罄室借録。予與錢子契合，亦借録焉。是集人有藏者，不能如此之備。'云云。恭焕字伯寅，文莊五世孫。卷首有'葉恭焕印'、'葉伯寅圖書'二朱記。"(《鐵琴銅劍樓藏書目録》卷十九，頁二八〇)據葉氏《題記》可知：錢罄室嘗借鈔無錫談學山校宋鈔本，葉氏因與錢氏友善，遂又借得錢鈔本，過録成此本。錢罄室，即錢穀，字叔寶，罄室其號也。葉氏此本既是談學山校宋鈔本的再鈔本，所以也很寶貴，葉氏稱此本較一般集本"完備"，非虚譽也。葉氏此本，張金吾《愛日精廬藏書志》亦著録，曰："《晝上人集》十卷，賜書樓抄本，錢罄室藏書，吴興釋皎然撰。首末葉俱有木記云：'百計尋書志亦迂，愛護不異隨侯珠。有假不返遭神誅，子孫不寶真其愚。'蓋錢叔寶家藏書印記也。御書院牒，貞元八年。于[迪]〔頔〕《序》。葉氏手跋曰：'《晝上人集》二册，乃無錫談學山綽板釘宋鈔本，[磬]〔罄〕室因得借録。予與錢子契合，遂借録焉。《晝上人集》人有藏者，不能如此之備，予何幸，躬逢其盛，因記以示後人云。括蒼山人恭焕志。'"(《愛日精廬藏書志》卷二九，頁五一五)可見張氏著録此本，即瞿氏著録之葉氏鈔本。此本原爲葉氏賜書樓所藏，然而張氏謂此本乃錢氏藏書，大誤，究其致誤之因，蓋因此本有錢氏藏書木記一方。然此木記,乃錢鈔本所鈐藏臼之一,葉氏鈔寫時一併將其摹録,故此木記並非表明此本即爲錢氏藏書記。由此亦可證明,葉氏此本乃據錢鈔本録成,非葉氏直接據談學山綽板訂宋本過録而成也。

(三)叢刊本。明無名氏影宋精鈔《晝上人集》十卷,《四部叢刊》初編《皎然集》十卷,及民國上海涵芬樓影印《皎然集》十卷,均據此本影印,簡稱"叢刊本"。《藏園群書經眼録》著録此本曰:"《晝上人集》十卷,唐釋皎然撰。開化紙精寫本,十一行二十字,注雙行,不勻。口上寫'皎然集'。前有于頔序。牒文録如左……鈐有'武陵仲子'、'從吾所好'、'攤書豈薄福所能'、'汪士鐘藏'各印。(已收得,丁巳歲)"(《藏園群書經眼録》卷十二,頁一〇四五)此本前七卷詩,凡四百三十三首;卷八卷九文,凡三十三篇;卷十聯句,凡五十二首,共五百一十八首。再加附見詩三首,才五百二十一首,較頔《序》五百四十首,尚差二十五首。可見此本所據宋本,並非完本。此本不僅數量不足,且有些作品唯存殘句,亦可證明此本所據乃一殘本。此本文字也有訛誤,如卷一《七言釋裴循春愁》"何是君心獨自傷"句,"是"字訛,汲古閣本(詳下)作"事"。同卷《七言西白溪期裴方舟不至》"花開寂歷一人行"句,"開"字訛,汲古閣本作"間"。又如卷二《五言酬薛員外誼見戲一首》"煩有移書讓"句,"煩"字訛,汲古閣本作"頻"。同卷《五言晚秋登佛川南峰懷裴例》"山容斷續猿"句,"容"字訛,汲古閣本作"空"。如此本卷三《五言自義亭驛送李長史後夜宿臨平東湖》,題中"後"字誤,汲古閣本作"縱",甚是。李縱乃皎然好友,集中多次提及此人,此本卷一《七言春日杼山寄李員外縱》、卷二《五言晚冬廢溪東寺懷李司直縱》、卷三《七言同李著作縱題塵外上人院》等等,可證作"李長史後"誤。此本卷四《秋日昆陵南寺送潘述之揚州》,題中"昆"字誤,汲古閣本作"毘陵",甚是。此本卷六《五言詠揚上人座右畫松》"習陰疑背日"句,"習"字訛,汲古閣本作"翠",甚是。同卷《五言南池雜詠五首·溪雲》"榮流復帶空"句,"榮"字訛,汲古閣本作"縈",甚是。此本同卷《五言效古》"折盡長桑枝"句,"長桑"訛,汲古閣本作"扶桑",甚是。此本卷七《飲茶歌誚崔石使君》"孰知全道全爾真"句,"全道"誤,汲古閣本作"茶道",甚是。此本同卷《觀王右丞維滄州圖歌》"始悮丹青得如此"句,"悮"字訛,汲古閣本作"悟",甚是,等等,舛誤還是不少的。然而由於收入《四部叢刊》,所以在《皎然集》諸多傳本中,此本影響還是很大的。

（四）張刻本。張睿卿編刻《吴興五家集》所收《唐皎然杼山集》四卷，臺灣"中央圖書館"藏。《紅雨樓書目》著録"《皎然杼山集》四卷"，當即此本。王士禛《漁洋書跋》曰："吴郡馮舒鈔本，詩七卷，碑誌書序雜文二卷，聯句一卷。按張睿卿所編《吴興五家集》，僅四卷，篇目略同。"此本篇目既與十卷本相同，而卷數卻只有四卷，可見張氏此本實際是十卷本的卷次合併本。

（五）汲古閣本。毛晉汲古閣刻《唐三高僧詩》所收《杼山集》十卷補遺一卷。半葉八行十九字，版心上方題"杼山集"，下方鎸"汲古閣"三字。卷前首于頔《序》，次福琳《唐湖州杼山皎然傳》。卷後《附録》一卷，收佚詩五首。各卷首題"杼山集卷第某"，次行下方題"吴興釋皎然清晝撰"。與叢刊本相較，叢刊本卷一溢出《五言答李師尚》一首。而此本溢出二十五首：卷一《五言題沈道士新亭》、《五言送盧仲舒移家海陵》、《五言陪盧使君登樓送方巨之還京》、《五言同裴録事樓上望》、《雜言寓興》、《七言寄常一上人》、《五言送秘上人遊京》、《五言賦得啼猿送客》、《五言南樓望月》、《五言尋陸鴻漸不遇》、《五言懷舊山》、《五言宿吴匡山破寺》、《五言九月十日》、《七言晚秋破山寺》、《七言青陽上人院説金陵故事》、《七言送僧之京師》、《七言送許丞還洛陽》、《七言題湖上草堂》、《五言酬李司直縱諸公冬日遊妙喜寺題照昱二上人房寄長城潘丞述》、《五言湖南蘭若示大乘諸公》；卷二《五言晚秋宿李軍道所居》；卷三《五言題沈少府書齋》；卷五《五言宿支硎寺上房》；卷六《五言若耶春興》、《五言晨登樂游原望終南積雪》等。若除去二本互溢之詩，則此本與叢刊本在分卷、收録作品及編次等方面幾乎全同（唯個别作品稍異），且二本文字也大致相同，甚至注文、脱漏的文字也大致相同。如叢刊本卷一《五言酬烏程楊明府華將赴渭北對月見懷》"開府□秀士"句，缺第三字，此本此句亦缺第三字。叢刊本卷二《雜言宿山寺寄李中丞洪》第五句七字全脱，此本亦脱第五句七字。叢刊本卷六《惜暮景》唯殘存二句，此本同樣只存二句；此首原爲五絶，《萬首唐人絶句》有此詩。又如叢刊本卷七《山月行》"孤月將□誰更待"句，缺第四字，此本此句缺脱相同，等等。所有這些表明，此本的底本，當與叢刊本所據底本同出一源，只不過叢刊本所據底本脱損更多一些罷了。此本也有一些舛誤，如卷一《七言兵後經水安法空寺寄悟禪師》，題中"水安"誤，叢刊本作"永安"，甚是。此本卷二《五言晚冬廢溪東寺懷季同直縱》，題中"季同直"誤，叢刊本作"李司直"，甚是。卷三《七言尋天目徐君》"三花落地君猶在"句，"地"字訛，叢刊本作"盡"，甚是。卷五《五言送薛逢之宣州謁廔使》"年渚何時到"句,"年渚"誤,叢刊本作"牛渚",甚是。同卷《五言送沙瀰長文遊京》"黄花褐已通"句,"褐"字,叢刊本作"偈",甚是。此本卷七《吊靈均詞》"既水心兮皎潔"句,"水心"訛,叢刊本作"冰心",甚是。同卷《桃花石枕歌贈康從事》"何辭集與章天真"句,"集"字訛,叢刊本作"售",甚是。同卷《張伯英草書歌》詩後脱"黄公酒壚興偏入,阮籍不嗔嵇亦顧。長安酒牓醉後書,此日騁君千里步"四句,叢刊本有此四句。同卷《戛銅椀爲龍吟歌》"聽專一境則衆音"句,此本爲正文,大誤,叢刊本爲注文,甚是。再如同卷《觀王右丞維滄州圖歌》"誰知春得在君手"句,"春"字訛,叢刊本作"卷",甚是,等等,誤字還是頗多的。然此本畢竟收詩較叢刊本多出二十五首,文字與叢刊本也有互補之處,有重要的參考價值。此本行格疏朗,字大如錢,在毛氏所刻諸多唐集中,不失爲一種較好的本子。再者此本卷後補遺一卷,收佚詩五首,乃毛晉輯補,亦毛氏對《皎然集》的一大貢獻。

(六)馮鈔本。馮舒家鈔本《晝上人集》十卷,有馮舒校並跋,天一閣藏。《漁洋書跋》曰:"此集爲吴郡馮舒鈔本,詩七卷,碑誌書序雜文二卷,聯句一卷。按張睿卿所編《吴興五家集》,僅四卷,篇目略同。"

(七)明湖東精舍鈔《杼山集》十卷,存七卷(卷一至七),國家圖書館藏。傅增湘《藏園群書經眼録》著録有此本,其略曰:

> 《杼山集》十卷,唐釋皎然撰。缺卷八至十,存七卷。明寫本,十行十八字,烏絲闌,版心下方有"湖東精舍"四字。前有湖州牒文,次于頔序。此與余所藏汪閬源家精寫本相同,第行欵有異耳。文友堂魏文傳見之于冷肆,憫其殘佚,爲余收得,將補寫三卷以足之。(戊辰)(《藏園群書經眼録》卷十二,頁一〇四五)

(八)統籤本。胡震亨《唐音統籤》所收《皎然集》十一卷,編卷八百七十四至卷八百八十四,庚籤一僧詩之三。此爲分體本,計首卷至三卷四古一首、五古百二十一,第四至五卷七古五十四,第六至八卷五律百六十六、小律六,第九卷五排十六、七律二十一、七排一,第十卷五絶二十八、七絶六十二,第十一卷聯句三十三,共五百九首。胡氏曰:"(其)集詩七卷,今編十卷,附録一卷……按《杼山集》據宋刻序跋,成於貞元八年,集賢殿御書院奉敕牒常州取入本也。師又十餘年,至永貞始歿,續集不少概見,知所亡多矣。今搜得三十九首,於題下各標所出書,以'補'字別之。"(《唐音統籤》第八册,頁五〇九)是此本中,胡氏增補佚詩三十九首,然標明"補"字者只二十四首。此本所據底本,胡氏唯言《杼山集》十卷,然究爲何種版本的《杼山集》,胡氏没有說明。因《統籤》所收各家詩,皆先分體再分類,所以由此本收詩、編次、分卷等方面考察,尚難看出所據究爲何本。今考此本文字,則多與叢刊本爲近,知所據底本,當爲與叢刊本之底本相同或相近的本子,然又經過胡氏校勘,故文字與汲古閣本及《文苑英華》有不少相同之處,就總體來看,其文字更近於叢刊本則是可以肯定的。如叢刊本卷二《五言寄崔萬芳夔》,題中"芳夔",此本同,而汲古閣本作"芳夏"。叢刊本同卷《五言早春書懷寄李少府仲宣》"因悟日中花"句,"日"字,此本同,而汲古閣本作"目"。如叢刊本卷三《五言宿道士觀》"瓊葩被修蔓"句,"葩"字,此本同,而汲古閣本作"花"。叢刊本同卷《五言自義亭驛送李長史後夜宿臨平東湖》,題中"後"字誤,此本誤同,而汲古閣本作"縱",甚是。李縱乃皎然好友,前文已提及,作"李長史後"誤。叢刊本卷六《五言效古》"折盡長桑枝"句,"長桑"誤,此本誤同,而汲古閣本作"扶桑",甚是。叢刊本卷七《兵後西日溪行》"風吹花迸使我迷"句,"迸"字誤,此本誤同,而汲古閣本作"片",甚是。由以上諸例可以看出,此本文字多同於叢刊本,且"後"、"長桑"、"迸"等字,這些都是叢刊本獨有的訛誤,而此本均與之同,可見此本的確是以與叢刊本所據底本相同或相近的本子爲底本改編而成的。此本文字也經過胡氏校勘,且加注了不少題下與詩後注,極具參考價值。然而此本乃鈔寫本,由於鈔手一時疏忽,又增加了一些新誤,如卷八百七十六《于武原從送慮士舉》,題中"慮"字乃"盧"字之訛。又如次卷《飲茶歌請崔石使君》,題中"請"字乃"誚"字之誤。又次卷《雜言宿山寺寄中丞洪》"從地半夜愁猿驚"句,"地"乃"他"字之訛,等等,但這畢竟只是少數,總的來看此本無論收詩數量或是文字品質,較其所據底本有很大進步,在皎然詩集傳本中,不失爲一個較好的本子。

清代刊刻和傳鈔的皎然集,其主要版本有以下幾種。

(一)百家唐詩本。清初鈔《百家唐詩》所收《杼山集》十卷、《拾遺》一卷,國家圖書館藏。半葉九行二十二字,鈔於統一刷印的格子紙上,四周雙欄,白口單黑魚尾。卷前唯于頔序,無目録。各卷首題《杼山集卷之第某》,次行下方署"唐吴興釋皎然清晝撰"。前七卷詩,卷八卷九文,卷十聯句,與叢刊本相同。卷後爲《杼山集拾遺》一卷，乃明趙琦美如白纂，凡收遺詩十七首。汲古閣本《補遺》才五首，較此本少十二首。此本卷後尚録有《文獻通考》中有關《杼山集》的相關文字，及德宗貞元八年御書院給湖州團練副使李元、湖州刺史王緯的牒文。

（二）全唐詩本。康熙敕編《全唐詩》所收《皎然詩》七卷。《全唐詩》主要據《唐音統籤》和季振宜《全唐詩稿本》二書編輯而成。而季氏《稿本》中的《皎然詩》八卷，乃是將上述汲古閣本原刻八卷並其所補佚詩五首直接入編，再於卷一末補入佚詩《潛別離》、《酬崔侍御見贈》，於卷二末補入佚詩《送陸判官歸杭州》，於卷三《五言與盧孟明別後宿南湖對月》後補入《九日和于使君思上京親故》、於卷三末補入《春夜與諸公同宴呈陸郎中》、《九日阻雨簡高侍御》、《晚春尋桃源觀》、《同盧使君幼平郊外送閻侍御歸臺》，於卷四末補入《對陸迅飲天目山茶因寄元居士晟》、《渡前溪》、《送靈澈》、《寄路温州》、《浣紗女》、《待山月》、《雜興》、《春陵登望》、《投知己》，於卷五末補入《答胡處士》、《答張烏程》、《酬張明府》、《勞山居寄呈吴處士》，於卷六末補入《送商季皋》等佚詩二十二首。然卷三所補《九日和于使君思上京親故》，乃汲古閣本補遺五首之一；卷四所補《待山月》、《渡前溪》二首，已見汲古閣本卷四，三首乃季氏所誤補。若是季氏實際補入佚詩十九首。汲古閣本附見他人的唱和之作，則爲季氏删去，故《稿本》共五百三十六首。文字方面，季氏以《文苑英華》、《唐詩紀事》、《萬首唐人絶句》和《樂府詩集》等諸總集及類書參校，行間出校不少異文。各詩題首原冠有"五言"、"七言"、"雜言"等字樣，季氏將其盡行删去，以淨題面。然而由於季氏未用集本對勘，故汲古閣本的訛誤，季氏很少予以糾正。康熙敕編《全唐詩》中的《皎然詩》七卷，便是將季氏《稿本》中的《皎然詩》八卷悉數收入，删去季氏誤補的佚詩《九日和于使君思上京親故》、《渡前溪》、《待山月》三首。而汲古閣本卷一《酬崔侍御見贈》一絶，實爲五律《酬崔侍御見贈》之後四句，所以編臣用季氏補於卷一末的五律《酬崔侍御見贈》，替换絶句《酬崔侍御見贈》，又於卷七末補入佚詩《送旻上人遊天台》、《送别》、《與昂上人兩字繼合四句初字日》三首，而將汲古閣本卷十聯句中的《九日》一詩移於卷末，其餘聯句詩，則編入聯句卷七九四、卷七八八與卷七八九中，故《全唐詩》成爲一時收詩最多的本子。文字方面，編臣也作了校勘，改正了季氏未及改正的訛誤。如汲古閣本卷一《七言兵後經水安法空寺寄悟禪師》，題中"水安"誤，季氏未及改正，編臣據統籤本改作“永安”。汲古閣本卷二《五言晚冬廢溪東寺懷季同直縱》，題中“季同直”誤，季氏未及改正，編臣據統籤本改作“李司直”。汲古閣本卷五《五言送薛逢之宣州謁廢使》“年渚何時到”句，“年渚”誤，季氏未及改正，編臣據統籤本改作“牛渚”。汲古閣本卷七《吊靈均詞》“既水心兮皎潔”句，“水心”訛，季氏未及改正，編臣據統籤本改作“冰心”。汲古閣本同卷《桃花石枕歌贈康從事》“何辭集與章天真”句，“集”字訛，季氏未及改正，編臣據統籤本改作“售”。汲古閣本同卷《張伯英草書歌》詩末脱“黄公酒壚興偏入，阮籍不嗔嵇亦顧。長安酒牓醉後書，此日騁君千里步”四句，季氏未及補入，編臣據統籤本增入。汲古閣本同卷《戛銅椀爲龍吟歌》“聽專一境則衆音”句，乃注文誤入正文，季氏未及改正，編臣據統籤本改爲注文。汲古閣本同卷《觀王右丞維滄州圖歌》“誰知春得在君手”句，“春”字訛，季氏未及改正，編臣據統籤本改作“卷”，等等，以上校改，均極是。然而有些訛誤，編臣也未能予以改正。如汲古閣本卷五《五言送沙彌長文遊京》“黄花褐已通”句，“褐”字訛，季氏未及改正，編臣也未加校改，叢刊本、統籤本皆作“偈”，甚是。但編臣校改者畢竟占多數，所以《全唐詩》無論收詩數量還是文字品質，在《皎然集》諸古本中都是較好的一種。

（三）四庫本。《四庫全書》所收《杼山集》十卷、《補遺》一卷。此本卷前首館臣《提要》，次于頔《序》，卷後有《補遺》五首，此外别無附録。各卷首題“杼山集卷某”，下方署“唐釋皎然撰”。前七卷爲詩，卷八至卷九爲文，卷十聯句。《四庫全書總目》曰：“《杼山集》十卷，内府藏本……此集卷數與《唐志》合，頔《序》亦存，蓋猶舊本。前有贊寧所爲《傳》，蓋自《高僧傳》録入。末有集外詩，則毛晉所補緝也。皎然及貫休、齊己皆以詩名，今觀所作，弱於齊己而雅於貫休，在中唐作者之間，可廁末席。集末附載雜文數篇，則聊以備體，非其所長矣。别本附刊杼山《詩式》一卷。案《唐志》書公《詩式》、《詩評》皆載文史類中，不附本集。今亦析出别録著焉。”（《四庫全書總目》卷一四九，頁一二八四）館臣謂此本所據爲内府藏本，然内府所藏究爲何本，則並未明言。今考此本分卷、收詩、編次完全與汲古閣本相同（個别篇目編次稍異），文字也與汲古閣本幾乎全同。如汲古閣本卷一《七言兵後經水安法空寺寄悟禪師》，題中“水安”誤，此本同；叢刊本、統籤本皆作“永安”，甚是。汲古閣本卷二《五言晚冬廢溪東寺懷季同直縱》，題中“季同直”誤，此本同；叢刊本、統籤本均作“李司直”，甚是。汲古閣本卷五《五言送沙彌長文遊京》“黄花褐已通”句,“褐”字誤,此本同;而叢刊本、統籤本皆作“偈”,甚是。汲古閣本卷七《桃花石枕歌贈康從事》“何辭集與章天真”句,“集”字訛,此本同;而叢刊本、統籤本均作“售”,甚是。汲古閣本同卷《張伯英草書歌》末脱“黄公酒壚興偏入,阮籍不嗔嵇亦顧。長安酒牓醉後書,此日騁君千里步”四句,此本同;而叢刊本、統籤本有此四句。汲古閣本同卷《戛銅椀爲龍吟歌》“聽專一境則喿音”句,乃注文誤入正文,此本亦誤爲正文;而叢刊本、統籤本均爲注文,甚是。汲古閣本同卷《觀王右丞維滄州圖歌》“誰知春得在君手”句,“春”字訛,此本同;而叢刊本、統籤本皆作“卷”,甚是,等等。以上各例中汲古閣本的訛誤,此本均與之相同,可見此本的確是以汲古閣本爲底本入録的。然文字方面,館臣也作了校勘,改正了汲古閣本的部分訛誤。如汲古閣本卷三《七言法華寺上方題江上人禪空》,題中“禪空”誤,館臣改作“禪室”。又如汲古閣本卷五《五言送薛逢之宣州謁廢使》“年渚何時到”句,“年渚”誤,館臣改作“牛渚”,皆是。不過這種校改不多,這恰巧從另一面證明,此本乃汲古閣本相當忠實的過録本。

(四)江標本。江標刻《唐人五十家小集》所收《唐皎然詩集》一卷。半葉十行十八字。内封面題“唐皎然詩集”,左下方小字署“宋本重刊”。卷端題“唐皎然詩集”,次行下方署“菏澤李龏和父編”。李龏字和父,號雪林,南宋菏澤人,著有《翦綃集》,另編有《唐僧弘秀集》十卷,録唐僧人皎然以下五十餘人詩五百首;其卷一爲皎然詩七十首。此本詩亦七十首,與《弘秀集》卷一所録皎然詩首數相同;且此本卷首次行所署編者爲李龏,可見此本所據底本就是宋槧《弘秀集》。職是之故,此本收詩和文字均有獨到之處。如叢刊本卷一所脱《雜言寓興》、《七言寄常一上人》、《五言送秘上人遊京》、《五言賦得啼猿送客》、《五言南樓望月》、《五言尋陸鴻漸不遇》、《五言懷舊山》、《五言宿吴匡山破寺》、《五言九月十日》、《七言晚秋破山寺》、《七言青陽上人院説金陵故事》、《七言送僧之京師》、《七言送許丞還洛陽》、《七言題湖上草堂》、《五言酬李司直縱諸公冬日遊妙喜寺題照昱二上人房寄長城潘丞述》等共十五首,此本皆録之。且文字方面,此本亦有不少可取之處,如叢刊本卷二《五言秋居法華寺下院望高頂贈如獻上人》“行道在寒雲”句,“寒雲”,汲古閣本、統籤本同;而此本作“深雲”,甚是,“深雲”,乃深山之雲,佛教以爲深山僻静之處,方爲修道之所,而“寒雲”無此意,故當以“深雲”爲是。又如叢刊本卷六《五言隴頭水二首》其一“隴頭水欲絶,隴水不堪聞”,

前一“水”字，汲古閣本、統籤本同，皆誤，若隴頭“水”欲絶，則行人何得聞其聲而悲傷？此本作“心”，甚是，古來此題多抒發悲哀淒惻之情，故“心”字是。再如叢刊本卷七《飲茶歌送鄭容》“辭踏虎溪雲”句，“辭”字誤，汲古閣本作“醉”，亦誤；而此本作“亂”，統籤本同。考詩中還有“日上香爐情未畢”、“高歌送君出”等句，知此詩乃皎然送鄭容出廬山所作，故“辭”踏虎溪雲，不確，出廬山，經虎溪，其雲何能不踏；又既言飲茶，何得言醉，故“醉”字亦訛；唯有“亂”字，謂胡亂，即隨意踩着虎溪雲，唱着飲茶歌送鄭容出廬山。類似的例子，此不枚舉。可見此本録詩雖只七十首，然因所據底本爲宋槧，較少經後人竄亂，在宋槧《皎然集》散逸的情況下，自有其不可替代的價值。

毘陵集

獨孤及（七二五～七七七）字至之，洛陽（今屬河南）人。天寶末以有道科登第，補華陰尉，入浙東節度幕，又爲江淮都統掌書記、武康令，代宗召爲左拾遺，遷禮部員外郎，大曆三年（七六八）出爲濠州刺史，改舒州，以治跡加檢校司封郎中，遷常州刺史卒，謚曰“憲”，世稱獨孤常州。

及與蕭穎士、李華皆古文運動先驅，被譽爲一代文宗，喜鑒拔後進，門下多儁才，其集即門人梁肅編次。梁肅《唐故常州刺史獨孤公毘陵集後序》曰：

> 大曆丁巳歲夏四月，有唐文宗常州刺史獨孤公薨於位。秋九月既葬，門下生安定梁肅諮謀先達，稽覽故志，以公茂德映乎當世，美化加乎百姓，若發揚秀氣，磅礴古訓，則存乎斯文。斯文之盛，不可以莫之紀也。於是綴其遺草三百篇爲二十卷，以示後嗣，且繫辭曰……（四部叢刊本《毘陵集》）

同時朝議大夫李舟亦有《唐常州刺史獨孤公文集序》冠於卷首，曰：“常州諱及，有遺文三百篇，安定梁肅編爲上下帙，凡二十卷，作爲《後序》。常州愛士，而肅最爲所重，討論居多，故其爲文之意，肅能言之。”（同上）及以文名之盛，士林頗重其文集，故自唐迄宋，承傳完好無散逸。《崇文總目》卷五十九著録《毘陵集》二十卷，《新唐書・藝文志四》、晁公武《讀書志》卷十七、陳振孫《書録解題》卷十六、《宋史・藝文志七》著録皆二十卷。陳氏《解題》

曰："其門人梁肅編集，爲後序，而李舟爲序於篇首。且刻崔祐甫所爲《墓誌》。其子曰郁字古風者，亦有名，韓退之誌其墓。"（《直齋書録解題》卷十六，頁四七三）可見直至宋末，其集二十卷依然完好。陳氏所説的崔祐甫撰《墓誌》，當爲宋人增於集末。

然而元以後，及集一度不行於世，明成化間方自内府録出，重見世間。明代著名書法家祝允明跋一舊鈔本時，曾叙及此事曰："《毘陵集》秘藏天府，世罕其傳。吴文定公在東閣，抄藏於家。其孫經府君與貞山給事爲内兄弟，給事得假歸録之云。"吴文定公即吴寬，字原博，長洲人，官至禮部尚書，《明史》卷一八四有傳。吴寬成化八年（一四七二）會試、廷試皆第一，授修撰，後侍孝宗東宫秩滿，約於十五年前後進右諭德，其録出《毘陵集》即當在此前後。祝允明字希哲，見《明史》卷二八六《文苑傳》，亦長洲人，博覽群籍，尤長於書，弘治五年（一四九二）舉於鄉未第，後嘗爲廣東興寧知縣。允明與吴寬爲同鄉，時代相去又不遠，故知吴寬自内府録出《毘陵集》一事。允明鈔本，自亦出於吴寬本，鈔寫時間，應在弘治與正德間。清康熙時，允明鈔本爲晉江黄氏收藏，王士禛曾借鈔之，並詳述允明鈔本曰：

> 《毘陵集》二十卷，前有朝議大夫前守虔州刺史隴西李舟《序》，補闕安定梁肅《後序》，末有祝允明跋云："《毘陵集》秘藏天府，世罕其傳。吴文定公在東閣，抄藏於家。其孫經府君，與貞山給事爲内兄弟，給事得假歸録之云。"詩三卷通八十二篇，與今《詩紀》所載無異，餘賦一、表二十七、書二、議九、銘三、頌一、論一、説二、碑五、序五十一、集序三、讚六、記述十二、策書四、文十二、行狀二、碑銘五、靈表一、墓誌二十七、祭文九。康熙癸亥閏六月借抄於晉江黄氏。"（《池北偶談》卷十六）

允明與士禛兩家鈔本，今已不知去向。然自吴寬本出，《毘陵集》輾轉傳鈔，廣爲流傳，《唐集叙録》譽此爲"唐集故事中的奇跡"。就今所知，僅明代衍生的鈔本，就有以下好幾種。

（一）陸鈔本。嘉靖初陸粲據吴寬本鈔《毘陵集》二十卷，四册。陸粲字子餘，亦長洲人，嘉靖五年（一五二六）進士，選庶吉士，七試皆第一，授工科給事中，《明史》卷二〇六有傳。比本卷中有"馬氏校定無失葉"印記，卷末有馬氏校書手識，全書有出校的朱墨校記。卷中還有"彭城楚殷"印記。此本今爲日本大倉文化財團藏本，嚴紹璗《日藏漢籍善本書録·集部·别集類》有著録。此本乃吴寬本的早期傳鈔本，在宋槧不傳，吴寬鈔本散佚的情况下，顯得尤爲珍貴。

（二）沈鈔本。嘉靖二十七年（一五四八）沈與文鈔《昆陵集》二十卷，國家圖書館藏。此本有清錢天樹跋曰："《四庫提要》稱舊本久湮，明吴寬自内閣鈔出，始傳於世。又云《馬退山茅亭記》乃柳宗元作，後人誤入是集。是本卷十七亦有此《記》，必自吴本傳録。卷九末有'嘉靖戊申六月二十八日校勘畢，姑餘山人志'、'六月十五日陸楠裝完'二行。"戊申爲嘉靖二十七年。沈與文字辨之，亦蘇州人，自號姑餘山人，爲明代吴中一藏書家（《涵芬樓燼餘書録》）。錢天樹謂此本出自吴寬鈔本，且亦是明代較早出現的鈔本，故亦頗爲珍貴。

（三）明甲鈔本。明無名氏甲鈔《昆陵集》二十卷。《皕宋樓藏書志》卷六十九著録爲舊鈔本，有李舟《序》，梁肅《後序》。無名氏手跋曰："唐獨孤公《昆陵集》二十卷，秘藏天府，世罕其傳。是本爲吴文定公在東閣時抄出以藏於家者也，其孫經府君與貞山給事爲内兄弟，給事乃得假歸，命傭書者録之。惜乎訛舛艱讀，知余嗜古書，來請校一過。余且校且録，積四旬有二日訖事。噫，余之用心亦勤矣！安能吾子若孫同余之嗜好而寶之也。"據此可見，此本所據底本，即貞山給事的過録本，因過録本"艱讀"，故請此本鈔者校一過。若是，此本亦當爲明代較早出現的鈔本。只是此本今已不知去向，故其面目不得而詳。

（四）明乙鈔本。明無名氏乙鈔《昆陵集》二十卷，清黄丕烈校並跋。黄丕烈稱爲"舊鈔本"，《中國古籍善本書目》著録爲明鈔本，乃清嘉慶十年乙丑（一八〇五）黄丕烈於上津橋骨董鋪中所獲，攜歸後借香嚴書屋藏鈔本對勘，以爲似勝於所借本，"蓋香嚴本行款雖似自宋本出，而丹黄燦然，已爲校者所亂，反不若此本之一仍其舊。此本行款雖異，而鈔手甚舊，知非妄作者"。後黄氏又借得吴枚菴藏錢曾手校舊鈔本，粗勘一過，癸酉（一八一三）又記曰："是集借得同郡吴枚菴藏遵王手校舊鈔本粗勘一過。錢校謂出於趙靈均所藏方山吴岫本，及馮已蒼本，其原本出吴文定公鈔録天府祕藏本。今余校注云：'原本者，鈔本舊文也。舊校者，遵王手校異文也。枚菴又從《英華》、《文粹》校其異同，余悉傳之。間有注吴校云者。'以枚菴手跡證之，知非遵王筆矣，遵王校用墨筆，枚菴校用朱筆。兹混而一之，故必注某校也。"吴枚菴藏錢曾手校舊鈔本，不久爲吴春生購藏；此本後亦歸他人，故乙亥(一八一五)黄氏又記曰:"余向亦有重本,去年易去,所藏止此趙氏新刊本,亦未有也。同日記。"(《蕘圃藏書題識》卷七,見《黄丕烈書目題跋》,頁一五〇)清末,此本輾轉入楊氏海源閣,《楹書隅録續編》卷四有著録,並云有"王鳴盛印"、"西莊居士"各印。此本今藏國家圖書館,爲現存爲數不多的明鈔本之一,且由黄氏所注校例,可以間接得到錢曾所校吴岫本、馮己蒼本的異文,故校勘價值頗高。

清代獨孤集的鈔本和刻本,其主要版本有以下幾種。

(一)四庫本。《四庫全書》所收《昆陵集》二十卷。《四庫全書總目》曰:

> 集爲其門人安定梁肅所編,李舟爲之序。凡詩三卷,文十七卷。舊本久湮,明吴寬自内閣鈔出,始傳於世。其中如《景皇帝配天議》,郭知運、吕諲等《謚議》,皆粹然儒者之言,非徒以詞采爲勝,不止士禎所舉諸篇。至《馬退山茅亭記》乃柳宗元作,後人誤入及集,士禎一例稱之,尤疏於考證矣。又《文苑英華》載有及《賀赦》二表、《代獨孤將軍讓魏州刺史表》、《爲崔使君讓濮州表》、《代于京兆請停官侍親表》,《唐文粹》有《招北客文》,凡六篇,集内皆無之。案《賀赦表》所云"誅翦大憝,清復闕庭",及"歸過罪己,降去鴻名",並德宗興元時事,及没於大[歷]〔曆〕十二年,已不及見。《招北客文》,《文苑英華》又以爲岑參之作,彼此錯互,疑莫能詳,今姑依舊本闕載焉。(《四庫全書總目》卷一五〇,頁一二八五至一二八六)

此本前有李《序》,梁《序》置後,最後爲崔祐甫《獨孤公神道碑》。各卷首題"昆陵集卷幾",次行下方署"唐獨孤及撰"。此本編次:卷一至三賦一首、詩八十一,卷四至五表三十,卷六議九、行狀一,卷七至九銘三、頌四、論一、碑銘九,卷十至十二靈表一、墓誌二十七,卷十三集序三、贊六,卷十四至十六送行宴集序五十一,卷十七記述十二,卷十八對策一、書二、試策三,卷十九至二十祭文二十一。此本前三卷爲詩賦,賦一首置前,詩八十一首次之。王士禎謂二十卷本,前三卷有詩八十二首,不確;卷三附見李幼卿七律一首,故前三卷實八十一首。後十七卷文,凡百八十四首,詩文共二百六十五首。梁肅謂"綴其遺草三百篇爲二十卷",後人雖屢有補遺,亦不過十餘首,仍不足三百之數,可見仍有佚逸。此本雖經館臣校勘,但仍有舛誤,如卷四《賀袁傪破賊表》"奸究草竊爲患舊矣"句,"究"字顯爲"宄"字之訛。卷十六

《送崔員外還鄂州序》"祇役藏事肆覲伯姊"句,"藏事"乃"蒇事"之訛。卷十七《風後八陣圖記》"議欲獻諸策府用黄武事"句,"黄武"乃"廣武"之訛。再如卷二十《祭滁州李庶子文》"詩賦歌事窮六義之美"句,"歌事"乃"歌辭"之訛,等等。然而在清代諸多鈔本中,此本乃是一個較好的本子。摛藻堂《四庫全書薈要》所收《毘陵集》二十卷,與此本同。

(二)四部叢刊本。乾隆五十六年辛亥(一七九一)中書舍人趙懷玉亦有生齋刻《毘陵集》二十卷、《補遺》一卷、《附録》一卷。《四部叢刊》初編所收《毘陵集》即據此本影印,簡稱"四部叢刊本"。此本乃元明以來二十卷本的第一個刊刻本,南京圖書館藏本有清鮑廷博校,上海圖書館藏本有清黄志述校。卷前冠趙氏《獨孤憲公毘陵集序》,次李舟《序》,無總目,正文每卷有子目。各卷卷端題"毘陵集卷第某",次行題銜"朝散大夫使持節常州諸軍事守常州刺史賜紫金魚袋獨孤及"。半葉十行二十一字。卷二十末爲梁肅《後序》,最後爲《毗陵集附録》一卷、《毗陵集補遺》一卷。趙《序》曰:

> 宋槧既失,未聞續雕,石渠之外,世罕傳本。是集從歙縣鮑君廷博假得,爲長洲葉氏奕所藏,明吴文定寬在東閣時録出之本也。葉以趙氏吴岫本、馮氏曹甲本互相參校,自詡完書。披覽甫周,譌舛百出。病餘多暇,悉意勘讎。落葉漸掃,珠船屢獲。原集之外,復得公雜文如干首。其謚議誄傳,有涉於公足資考鏡者並附篇後。於是己三免譌,夏五少闕。永嘉本出,人無往讀之勞;宏農帳深,客見不傳之祕矣……乾隆五十六年歲次辛亥秋八月。(四部叢刊本《毘陵集》)

因此本亦淵源吴寬本,故較之四庫本,二本書名、分卷、收録作品相同,編次除卷七"頌"此本二首,四庫本將第二首《阮公嘯臺頌》調入下一類"碑類"外,其餘也完全相同。就文字方面看,二本相近處爲多。趙《序》言此本所據爲葉奕藏本,葉氏曾以趙氏吴岫本、馮氏曹甲本參校,雖自詡完書,然錯訛仍然不少。趙氏吴岫本,當即錢曾參校之趙靈均藏方山吴岫本;馮氏,即馮己蒼,均見上引《蕘圃藏書題識》卷七。故此本與黄丕烈校跋之明鈔本多有相同處。且趙氏别以善本及《通典》、《唐會要》、《舊唐書》、《文苑英華》、《唐文粹》等諸書參校,方上版刊行,故文字益精,上舉四庫本的一些舛錯,此本均不誤;且字裏行間出校不少異文,頗有參考價值。此本還校補脱文,以使篇完意足。如卷十三《檢校尚書吏部員外郎趙郡李公中集序》"少時所著書多散落人間”句下，此本據《文粹》及《英華》補入脱文“自志學至校書郎”至“竝因亂失之”凡八十六字。然此本亦有訛誤處，如卷一《寒夜溪行舟中作》“露下天地肅”句，“露”乃“霜”字之訛。卷十三《檢校尚書吏部員外郎趙郡李公中集序》“以事君故踐位亂而不能安”，“位亂”乃“危亂”之訛；“危亂”，安史之亂也，等等。然小疵微瑕，不足掩此本之長。此本卷後《附録》，除崔祐甫《獨孤公神道碑銘》外，增收梁肅《獨孤公行狀》、權德輿《獨孤及謚議》、崔祐甫《祭獨孤常州文》、《新唐書》本傳等，以便讀者。《補遺》一卷録遺文十首，除《四庫總目》所舉六首外，又從《歷代賦彙》卷五十三録《漢光武渡滹沱冰合賦》一首，《文苑英華》卷五百九十三録《謝敕書兼賜冬衣表》一首、卷六百十五録《爲郭令公請停親征表》一首，《文粹》卷六十七補《鹿泉本願寺銅鐘銘》一首，用力可謂勤矣。

獨孤氏詩集，明以後方出現，蓋由全集别裁而成，故追本溯源，自然亦應出於吴寬本。明清兩代流傳的詩集主要版本有以下幾種：

（一）蔣孝本。嘉靖二十九年庚戌（一五五〇）蔣孝輯刻《中唐十二家詩》所收《毘陵集》上中下三卷。半葉十行二十字，左右雙邊，版心白口單魚尾下鐫“獨孤集卷某”。《藏園群書經眼録》卷十七《集部》六謂“《中唐十二家集》七十七卷，明蔣孝輯，明嘉靖二十九年毘陵蔣孝刊本，十二行二十字”。此言不確，此集便只半葉十行二十字。可見十二家詩集的版片並非統一刊刻，乃是拼湊起來的。此本各卷首題“毘陵集卷某”，次行、三行具銜名“朝散大夫使持節常州諸軍事守常州刺史賜紫金魚袋獨孤及”。卷上録《夢遠遊賦》一首、詩二十三首，卷中詩三十一，卷下詩二十七，詩賦共八十二首。據筆者所知，獨孤氏之詩賦，此前尚無單行者，此乃最早的單刻本，蓋蔣氏自《毘陵集》中將詩賦别裁而出，編輯單行者，故詩不分體，與明人分體編輯的唐人别集明顯不同。至於其直接所據底本，則不得而知。

（二）陸汴本。陸汴刻《廣十二家唐詩》所收《毘陵集》上中下三卷。此本書名、行款、版式、首數、分卷、篇目、序次、甚至書體等等均與蔣孝本同，故此本應是用蔣孝本的版片重印者。不過就此本的情形看，重印前文字作了校勘，但改動甚小。

（三）詩紀本。吴琯輯萬曆十三年乙酉（一五八五）刻《初盛唐詩紀》所收《獨孤及詩》二卷。半葉九行十九字，四周雙邊，白口單魚尾上頂邊欄署“詩紀”字樣，其下偏右鐫“獨孤及”三小字。此本分體編次，計五古二十八、七古八、五律二十五、七律九、五排三、五絶一、七絶七，共八十一首。此本的版本淵源，當爲二十卷本前三卷的别裁本，故較之二十卷本之前三卷，二者録詩的數量、篇目皆相同。然此本文字訛誤較多，如五古《夏日酬于逖畢耀向病見贈》，題中“向病”乃“問病”之訛。五古《同徐侍郎五雲溪新庭重陽宴作》“當歌遺四愁”句，“遺”乃“遣”字之訛。五古《壬辰歲過舊居》“大夫隨世波”句，“大夫”乃“丈夫”之訛。五古《丙戌歲正月出洛陽書懷》“萬方咸酸奔”句，“酸奔”乃“駿奔”之訛，等等，常見字舛誤這樣多，可見疏於校讎。然較之叢刊本，此本有些特異之字值得注意，如五古《酬梁二十宋中所贈兼留别梁少府》“欲詢賓王利”句，“詢”字，四庫本、席本（詳下）皆作“徇”，叢刊本作“狥”。五古《奉和李大夫同吕評事太行苦熱行兼寄院中諸公》“登岸思紆結”句，“岸”字，四庫本、叢刊本、席本皆作“崖”。五古《觀海》“超遥蓬萊峰”句，“超”字，四庫本、叢刊本作“迢”。五律《登淩湖亭傷春懷京師故舊》，題中“淩湖”，四庫本、叢刊本、席本皆作“後湖”，等等。

（四）統籤本。《唐音統籤》所收《獨孤及詩》二卷，編卷一百四十三至一百四十四，丙籤四十五。此本亦分體編次，首卷五古二十八、長短句一、七古七，第二卷五律二十五、五排三、七律九、五絶一、七絶七，共八十一首。此本所分體類，較之詩紀本更加細碎。其所據底本應爲詩紀本，因詩紀本一些特異之字，此本皆與之同。如詩紀本五古《酬梁二十宋中所贈兼留别梁少府》“欲詢賓王利”句，“詢”字，此本同；四庫本、席本皆作“徇”，叢刊本作“狥”。詩紀本五古《奉和李大夫同吕評事太行苦熱行兼寄院中諸公》“登岸思紆結”句，“岸”字，此本同；四庫本、叢刊本、席本皆作“崖”。詩紀本五古《觀海》“超遥蓬萊峰”句，“超”字，此本同；四庫本、叢刊本皆作“迢”。詩紀本五律《登淩湖亭傷春懷京師故舊》，題中“淩湖”，此本同；四庫本、叢刊本、席本皆作“後湖”，等等，可見此本是以詩紀本爲底本改編而成的。然胡氏對文字也作了校勘，上舉詩紀本的一些訛誤，此本皆已改正。不過，此本仍偶有訛誤，是其不足處。

（五）席本。康熙四十一年壬午（一七〇二）席啓寓琴川書屋刻《唐詩百名家全集》所收《毘陵集》三卷。半葉十行十八字。卷前首《新唐書》本傳、次目録。各卷首題“毘陵集卷第某”，次行題銜名“朝散大夫使持節常州諸軍事守常州刺史賜紫金魚袋獨孤及”。此本三卷凡收賦一首，詩八十一首。較之二十卷本之前三卷，此本分卷、首數、篇目、編次完全相同，顯然是由二十卷本之前三卷别裁而出的單行本。從文字方面看，此本多同於四庫本，當是據四庫本之同源本或其相近的本子别裁而成的。然而此本文字多有訛誤，如卷一《丙戌歲正月出洛陽書懷》"擬將思與貞，來酬主人恩"，"思"字誤，四庫本、叢刊本、詩紀本、統籤本皆作"忠"。卷三《答李滁州題庭前石竹花見寄》"殷凝曙霞染"句，"凝"字似誤，四庫本、叢刊本、詩紀本、統籤本皆作"疑"。卷三《奉和李大夫同吕評事太行苦熱行兼寄院中諸公》"永好渝白雪"句，"渝"字誤，四庫本、叢刊本、詩紀本、統籤本皆作"踰"，等等，當爲書版後未加詳校所致。

（六）全唐詩本。康熙敕編《全唐詩》所收《獨孤及詩》二卷。季振宜《全唐詩稿本》與《唐音統籤》二書，是《全唐詩》編纂的主要依據。而季氏《稿本》中的《獨孤及詩》，乃是將上述詩紀本《獨孤及詩》二卷悉數入編，文字方面再加校勘而成的。季氏以善本和《唐文粹》、《文苑英華》、《萬首唐人絶句》等諸總集和類書參校，因而上舉詩紀本的諸多訛誤，此本皆得校正，且出校許多異文，極具參考價值。康熙敕編《全唐詩》所收《獨孤及詩》二卷，則是將季氏《稿本》中的《獨孤及詩》悉數收入，故二者收詩數量、篇目、編次全同。文字方面，編臣重加校勘，改正了季氏未及改正的訛誤，如詩紀本五古《酬皇甫侍御望夫灊山見示之作》，題中"夫"乃"天"字之誤，季氏未及改正，編臣改作"天"字，甚是。又如詩紀本五排《道李賓客荆南迎親》，題中"道"字乃"送"字之訛，季氏未及改正，編臣改作"送"字，甚是，等等，因而全唐詩本文字較以往各本詩集更加精粹，成爲獨孤及詩集單行本中最好的版本。

唐别集考卷第八

顧華陽集

顧況(七二七？～八一六?)字逋翁，蘇州(今屬江蘇)人。性詼諧，善爲歌詞。至德二載(七五七)進士及第，曾爲杭州、温州監鹽官。德宗時官秘書郎，遷著作佐郎，後貶饒州司户，辭官隱茅山，時出遊湖州、宣州、揚州、温州等地，約卒於元和年間。

況集初由其子非熊編輯，皇甫湜爲序。湜《唐故著作佐郎顧況集序》曰:“湜以童子見君揚州孝感寺，君披黄衫，白絹鞜頭，眸子瞭然，炯炯清立，望之真白圭振鷺也。既接歡然，以我爲揚雄孟軻。顧恨不及見，三十年於兹矣，知音之厚，曷嘗忘諸。去年從丞相涼公襄陽，有曰顧非熊生者在門，訊之即君之子也。出君之詩集二十卷，泣請余發之。涼公適移莅宣武軍，余裝歸洛陽，諾而未副。今又稔矣，生來速文，乃題其集之首爲序。”(四部叢刊初編本《唐文粹》卷九十三)湜謂非熊出其父“詩集二十卷”，不言集爲其父或他人編，是二十卷本況集當爲非熊手定。《舊唐書·李泌傳》附《顧況傳》曰“有文集二十卷”，可見湜《序》雖稱“詩集二十卷”，“詩”字或爲“文”字之誤，或以“詩”兼文。非熊既爲父編輯作品，斷不會單輯父詩而棄其文。又清《四庫》館臣謂湜《序》稱況集“三十卷”，恐非是，清以前典籍所載湜《序》皆作“二十卷”，《四庫提要》作“三十卷”，蓋一時疏誤。中晚唐時期世所流行的，應即此二十卷本文集。貫休《讀顧況歌行》曰:“忽睹逋翁一軸歌，始覺詩魔辜負我。”又曰:“憶昔鄱陽寺中見一碣，逋翁詞兮逋翁札。”蓋爲顧況歌行之單行本，而非其文集。

入宋，《崇文總目》卷三十三著録顧況“《畫評》一卷”，又卷六十著録“《顧況文集》十九卷”，合計恰爲二十卷。稍後《新唐書·藝文志四》著録“《顧況集》二十卷”，亦與湜《序》卷數合。晁公武《讀書志》著録“《顧況集》二十卷”，且謂:“集有皇甫湜序。”(《郡齋讀書志校證》卷十七，頁八六一)可見南宋前期，二十卷本尚存。然迨南宋後期，陳振孫《書録解題》僅著録“《顧況集》五卷”，且曰：“集本十五卷，今止五卷，不全。”(《直齋書録解題》卷十九，頁五六二)《宋史・藝文志七》亦著録“《顧況集》十五卷”。是南宋時況集還出現過十五卷本，其後便只剩五卷本了，可見散佚之多。宋以後，以上各本均散逸無傳。

元代，馬端臨《通考》卷二四二著録“《顧況集》二卷”，此或爲宋刻，惜馬氏著録未詳，宋世書目又失載，故此本究爲何時所刻，版本情形如何，不得而知。不過《通考》既著録此二卷本，表明宋元時期確有二卷本之況集存世。至於《唐才子傳》稱“今有集二十卷傳世”，蓋沿宋代書目之言，並非元時仍有二十卷本傳世也。

明代刊刻和傳鈔的況集，其主要版本有以下幾種：

(一)銅活字本。弘、正間銅活字印《唐人詩集》之《顧況集》上下兩卷。明銅活字本《唐五十家詩集》所收《顧況集》二卷，乃據杭州大學圖書館藏本影印。本書前已言及，《中國版刻圖録》及銅活字印《唐五十家詩集》徐鵬《序》，均判明銅活字印本《唐人詩集》爲弘治、正德間蘇州地區印本。若是此本乃今知況集現存最早的版印本。半葉九行十七字，左右雙邊，細黑口單魚尾下有“顧況集卷某”字樣。此本卷前後無序跋附録等，詩分體，卷上五古十六、七古十五，卷下五律六、五排三、七律四、五絶十三、六絶三、七絶十七，共七十七首。然卷下最末一首《短歌行》，乃卷上七古《遠思曲》之中間四句，故此本實有七十六首。“排律”一詞，始創於元末楊士弘《唐音》，經明初高棅《唐詩品彙》以“排律”編次唐詩，遂爲世人廣泛接受；此本既以“五排”編輯況詩，可證此本乃明人分體重編本。所據底本蓋爲《通考》著録的二卷本，即以《通考》著録的二卷本爲底子，將各體詩分别依次録出後，再分編二卷而成的。此本文字偶有脱訛，脱漏例如七古《露[清]〔青〕竹杖歌》“頭插白雲□飛泉”句，脱第五字；又“四蹄踏浪頭□天”句，脱第六字。五絶《寄淮上柳十》，“柳十”下脱“三”字。五絶《送李泌》第四句全脱。七絶《聽子規》“聞似不聞□□□”句，脱末三字。舛訛例如七古《露清竹杖歌》“陳[illegible]韓幹丹青妍”句，“閲”字乃“閎”字之訛；又“磨將形相一條鐵”句，“將”乃“捋”字之訛。七古《金璫玉珮歌》“九天文人之寶書，東並沐浴辰巳畢”二句，“文人”乃“丈人”之訛，“東並”乃“東井”之訛。七律《閒居懷舊》“今日思來揔皆罔”句，“罔”字乃“罔”字之訛，等等。然因此本乃況集現存的最早版印本，在版本和校勘方面都極有參考價值。

（二）朱警本。嘉靖十九年庚子（一五四〇）朱警輯刻《唐百家詩·中唐二十七家》所收《華陽真逸詩》上下二卷。《百川書志》卷十四著録"《華陽真逸集》二卷"，蓋即此本。半葉十行十八字，左右雙欄，白口單黑魚尾。此本依體編次，卷上古體四十六，卷下近體四十五，共九十一首。較之銅活字本，此本溢出《上古之什補亡訓傳十三章》。編次方面，活字本最末一首七絶《短歌行》"何處春風吹曉幕"一首，此本編在古體内，這些都是二本不同之處。然此本卷下收詩、編次與銅活字本相同（最末一首除外），文字也與銅活字本相差甚微，甚至連銅活字本之脱訛也大多相同。脱漏例，如銅活字本五絶《送李泌》第四句全脱，七絶《聽子規》第四句脱末三字，此本均與之同。訛誤例，如銅活字本七古《露清竹杖歌》"磨將形相一條鐵"句，"將"乃"捋"字之訛；七古《金瑲玉珮歌》"九天文人之寶書"句，"文"字乃"丈"字之訛等等，此本均與之同，可見二本同源。此本詩雖分體，然卻唯古近二體，這種體例符合宋本特徵，故筆者推測，此本所據底本，或即《通考》著録的二卷本。此本文字與銅活字本亦偶有不同，如銅活字本五古《奉和同郎中韋使君郡齋雨中宴集》"林塘含餘清"句，"清"字，此本作"淺"。銅活字本七古《行路難二首》其二"日暮牛羊古城草"句，"古"字，此本作"占"。銅活字本七古《露清竹杖歌》，題中"清"字，此本作"青"；"陳閲韓幹丹青妍"句，"閲"字，此本作"閎"。銅活字本七古《金瑲玉珮歌》"東並沐浴辰巳畢"句，"並"字誤，此本作"井"，甚是。銅活字本七古《瑶草春》"露桃穠李自成蹊"句，"蹊"字，此本誤作"谿"，等等。此本雖亦有誤，然顯較銅活字本少一些。

（三）黄刻本。黄貫曾輯嘉靖三十三年甲寅（一五五四）黄氏浮玉山房刻《唐詩二十六家》所收《顧況集》上下卷。半葉十行十九字，左右雙欄，白口單黑魚尾。書體秀健，雕刻精審。此本所據底本，黄氏没有交代。今考此本書名、分卷、分體、首數、編次與銅活字本相同，文字也幾無差異，且連上文所舉銅活字本的種種脱誤也盡相沿襲。訛誤例如銅活字本七古《露清竹杖歌》"陳閲韓幹丹青妍"句，"閲"字乃"閎"字之訛；又"磨將形相一條鐵"句，"將"字乃"捋"字之訛。銅活字本七古《金瑲玉珮歌》"九天文人之寶書，東並沐浴辰巳畢"二句，"文人"乃"丈人"之訛，"東並"乃"東井"之訛等等，此本訛誤均與之同。較之朱警本，"閲"、"將"、"文人"與"東並"等，這些皆銅活字本獨有的文字，而此本均與之同，可見此本是據銅活字本翻刻的。

不過此本也改正了銅活字本的一些訛誤，如銅活字本七律《閒居懷舊》"今日思來揔皆岡"句，"岡"字乃"罔"字之訛，此本已予改正，等等。

（四）顧名端本。萬曆四十一年癸丑（一六一三）況二十五世孫顧名端輯《華陽集》三卷、《顧非熊詩》一卷。上海圖書館藏本有潘景鄭跋，另湖南、甘肅等圖書館亦有藏本。卷前有皇甫湜序、姚士粦撰《顧著作傳》、餘姚孫鑛《重刻唐著作郎顧華陽先生集序》，及里人沈孝徵《顧逋翁集叙》等。卷後附顧非熊詩十八首。此本作品分體編次，卷上賦二首、四古十三、五古三十，卷中七古三十、五律二十九、五排四、七律四、五絶十四、六絶三、七絶二十七，卷下凡録表銘謚議文論序記碑行狀墓誌等文二十八首，詩文共百八十四首。此本詩文兼收，自與宋元以來單收詩歌的二卷本不同。潘景鄭《著硯樓書跋》著録有此本，謂爲清嘉道間桐城龔文昭群玉山房藏書，潘氏記曰：

> 此《華陽集》三卷附《顧非熊詩》一卷……名端不别爲跋語，衹於開卷第二行下題"二十五世孫顧名端校正"十字。據序知名端之父昆季仕宦不達，俱隱海鹽之甪里山，而名端弱冠遊太學有聲譽，此集實秉承庭訓，授之剞劂。但序中不言所據何本，當由拾掇而成，非别有舊本可尋也。《四庫》著録與此正同，藏家所收舊鈔，亦無出其右者；自來刻本，當以此爲最善矣。……此本舊爲璜川吴氏藏書，後歸桐城龔氏群玉山房。據藏印，知龔氏名文昭，字野夫，當是嘉道間隱逸不仕者，惜不載邑乘，致無由考其端末耳。（引自《唐集叙録》，頁一四九）

潘氏謂名端"序中不言所據何本"，因推測此本"當由拾掇而成，非别有舊本可尋也"。斯言，《四庫全書總目》亦云然（詳四庫本），再向上追溯，則姚士粦《顧著作傳》早已言之甚明，其略曰："叙稱有集二十卷，然《通考》集目不載，今裒拾散亡，都爲三卷。"可見此本的確是名端裒拾散亡而成的。具體而言，乃是以二卷本詩集以及散見於《文苑英華》、《唐文粹》、《唐詩紀事》、《茅山志》等書所載顧況詩文百八十四首，分編三卷而成的，爲名端所見乃祖傳世作品的重輯本。就詩一部分而論，萬曆之前朱警本數量最多，凡九十首，此本在朱本的基礎上，録詩達百五十四首，名端增補六十四首，並另輯佚文三十首，合計凡增詩文達百首之多，用功可謂勤矣。不過四庫館臣謂："《文苑英華》、《唐文粹》中尚有況詩四首、非熊詩一首，皆未收入，尚未爲賅備也。"(《四庫全書總目》卷一五〇,頁一二八六)所言雖是,然經名端搜集之後,顧況存世作品絶大部分已彙於此集,可謂有功於乃祖矣。正因爲如此,此本清代多有翻刻本,並踵事增華,陸續補入發現的佚作,從而使得況集不斷趨於完善。

(五)統籤本。《唐音統籤》所收《顧況詩》四卷,編卷二百十四至二百十七,丁籤七,刻本。此本詩亦分體編次,首卷四古十三首、五古三十四,次卷七古三十九、騷體二,第三卷五律二十八、五排五、七律四、六言絶句三、五絶三十,第四卷七絶六十五、殘句六聯,共二百二十三首,殘句六聯。胡氏未言此本所據底本爲何,今考此本收詩、文字等,較其他各本更近於顧名端本,如此本五古《從江西至彭蠡入浙西淮南界道中寄齊相公》"朝從楚水陰"句,"從"字,顧名端本同;而銅活字本、朱警本、黄刻本皆作"行"。如此本七古《露青竹鞭歌》"四蹄踏浪頭梼天"句,"梼"字,顧名端本同;而銅活字本、黄刻本皆脱,朱警本作"榯"。此本七律《送大理張卿》"還客此來無倚仗"句,"此"字,顧名端本同;而銅活字本、朱警本、黄刻本皆作"本"。再如此本七絶《攝山聽子規》"似聞不聞山月曉"句,"山月曉"三字,顧名端本同;而銅活字本、朱警本、黄刻本皆脱。"從"、"梼"、"此"、"山月曉"等字,皆顧名端本獨有的文字,而此本均與之相同,可見此本乃是以顧名端本前二卷詩爲底子,再補入六十九首,而後分編四卷而成的。但此本文字,胡氏也作了校勘,故與顧名端本亦有不同處,如比本五古《嚴公釣臺作》"威鳳家重霄"句,"家"字,顧名端本作"駕",而銅活字本、朱警本、黄刻本皆作"駕"。此本五古《長安竇明府後亭[亭]》"客至南薰鄉"句,"薰"字,顧名端本作"雲",銅活字本、朱警本、黄刻本皆作"薰"。此本五古《奉同郎中韋使君郡齋雨中宴集》"況與數君子"句,"數君子",顧名端本作"二三子",而銅活字本、朱警本、黄刻本皆作"數君子"。再如此本七古《行路難三首》其二"君不見擔雪塞井空用力"句,"空"字,顧名端本作"徒",銅活字本、黄刻本、朱警本均作"徒"等等,當爲胡氏據校本作了改動,然而這些改動只是少數。

清代刊刻和傳鈔的況集,其主要版本有以下十餘種。

(一)清初鈔《百家唐詩》之《顧況集》二卷,藏國家圖書館。此本鈔在統一刷印的藍格紙上,半葉九行二一或二十二字,四周雙邊,白口。封面題"顧逋翁集",各卷首題"顧況集"。詩分體編次,卷上五古十六首、七古十五,然卷末又録四古《囝》一章;卷下五律六、五排三、七律四、五絶十三、六絶三、七絶十七,共七十八首。除《团》一章外,此本篇目、首數、編次與銅活字本完全相同,文字也差別甚微,可見是據銅活字本或黄刻本鈔録者。不過此本又生出了一些新誤,如銅活字本五絶《寄淮上柳十》,"柳十"下脱"三"字,此本則作"柳玉",亦誤。又如銅活字本五絶《江上》"蕩槳罥蘋花"句,"槳"字,此本誤作"漿"等等。書三寫"帝"爲"虎","牛"爲"午",信然。

(二)席刻本。康熙四十一年壬午(一七〇二)席啓寓琴川書屋輯刻《唐詩百名家全集》所收《顧逋翁詩集》四卷。《增訂四庫簡明目録標注》、《郘亭知見傳本書目》皆謂席刻本"共五卷",非是。此本編次雖未明標體式,實際卻是依詩體編排的,卷一爲四古十四首、五古三十四,卷二七古四十四,卷三五律二十八、七律四、五排三,卷四五絶三十八、六絶三、七絶六十四,另《拾遺》七絶《山僧蘭若》一首,共二百三十三首。此本所據底本,或謂乃"悉録《顧華陽集》所載況詩,並從《樂府詩集》、《萬首唐人絶句》、《御覽集》、《又玄集》、《才調集》等書增入八十五首,並重新編次。稍後《全唐詩》又在此四卷基礎上補入詩五首,分體隸於各卷之末"。又謂:"考明胡震亨《唐音統籤總目・丁籤》載有顧況詩四卷。此本我們未能見到,然從《統籤》乃《全唐詩》主要依據一點推測,胡氏所輯四卷當即爲《顧逋翁詩集》的祖本。"(趙昌平《顧況詩集・前言》,江西人民出版社一九八三年三月版)此言對版本承傳的描述,始覽覺其頗中肯綮,然而隨着對況集版本源流梳理的深入,覺得尚有討論的餘地。此本既以統籤本爲"祖本",何用再"悉録《顧華陽集》所載況詩",並據《樂府》、《絶句》諸書"增入八十五首"呢?因爲《統籤》所録況詩已多達二百二十三首(已見),較此本僅差十首。所以現在看來,悉録名端《顧華陽集》所載況詩,並從《樂府》、《絶句》諸書增入八十餘首者,乃統籤本,而非此本。蓋彼時《統籤》爲難得之書,故趙氏有是言。此本之"祖本"亦非統籤本,稍後的《全唐詩》也不是在此本"基礎上補入詩五首"編輯而成的,而是另有所據(詳下)。經筆者考察,此本之前世上還刊行過一種收詩與此本僅差《拾遺》一首之況集,這個本子我們暫命名爲"無名氏本"。可惜的是無名氏本今天已經失傳了,但我們仍可從以下三個方面證明其確曾刊行於世。(1)錢謙益、季振宜遞輯而成的《全唐詩稿本》(詳下),内中《顧況詩》乃鈔本,不分卷,詩依體編次,首數僅比此本少《拾遺》一首(應該説少三首;唯七古《悲歌》此本作六首,《稿本》作四首,正文則全同,故就内容論,僅差一首),其餘各體首數、編次與此本全同,文字與此本也區別甚微。但是這《拾遺》一首之差，表明《稿本》所據底本絶不會是此本，否則這《拾遺》一首，《稿本》是決不會棄而不録的。是《稿本》當另有所據，所據應即"無名氏本"，其卷末不附《拾遺》一首。此本《拾遺》一首單列，表明席氏所補佚詩僅此一首，别無他篇。（2）此本七古《悲歌》爲六首，而《稿本》之《悲歌》只四首，詩則全同。這也表明《稿本》所據底本，決不會是此本。鈔本的最高追求，就是盡可能地與底本保持一致，在實際鈔寫過程中脱漏雖然難免，但像這樣合併底本首數的事，鈔手是不會做的。所以《稿本》當另有所據，這個本子亦應爲無名氏本。（3）從文字方面看，《稿本》七古《行路難三首》其三"淮王身死桂樹折"句，"桂樹"下出校曰："樂府作桂枝折。"此條校記失誤有二：一是出校位置不對，依校文關涉的文字，校記當置於句末；二是校記煩瑣，該出校的異文實際僅一"枝"字。相比之下，此本出校位置準確，校文簡潔，僅於"樹"字下校曰："樂府作枝。"二本校文的這一差異雖小，卻可證明《稿本》所據底本並非此本，因爲作爲鈔本，《稿本》這一校文不可能出自此本。若説此例或係偶然，那麽還可再舉兩例。如《稿本》五古《棄婦詞》"小姑纔倚床"句，"纔"字下出校曰"一作才"，而此本卻無校記。再如《稿本》七絶《聽子規》"西霞山中子規鳥"句，"西"字下出校"一作栖"，而此本正文只作"栖"。這兩例同樣是《稿本》之校記溢出了此本，兩例再次證明，《稿本》所據底本決非此本，因爲作爲鈔本，《稿本》的校記絶不可能溢出底本之外！上述事實證明，《稿本》當另有所據，這另一個本子亦應是無名氏本。無名氏本不僅是《稿本》的底本，也是此本所據之底本。

此本刊刻於康乾盛世，校勘認真，糾正了無名本的不少訛誤，加之雕印俱佳，紙墨精良，可謂清代況集的一個善本。此本版片，光緒八年壬午（一八八二）尚重修印行，故流傳頗廣。

（三）季氏《稿本》。錢謙益、季振宜遞輯《全唐詩稿本》所收鈔本《顧況詩》不分卷。半葉十一行十八字。前已證成，此本與席刻本乃同源本，均出於無名氏本，故二本只差席刻本所增《拾遺》一首，此外二本録詩、編次全同，文字區别也很小。此本文字，與席刻本亦小有不同，如四古《左車二章》其一"曷何去之"句，"何"字誤，席刻本作"可"，良是。此本五古《和翰林吴舍人兄弟西齋》"西齋何其遠"句，"遠"字下出校"一作高"；席刻本作"高"，出校"一作遠"。如此本七古《公子行》"紅肌拂拂酒光凝"句，"凝"字，無校文；席刻本作"獰"，出校"一作凝"。此本七古《悲歌》其一"今日耕田昔人墓”句,“日耕”二字,無校文;席刻本作“人犁”,“犁”字下校“才調集作耕”。此本七古《露青竹杖歌》“磨捋形相一條鐵”句,“捋”字,無校文;席刻本誤作“將”,出校“文粹作捋”。此本七絶《佳人贈别》,“佳人”上,席刻本有“代”字,良是。此本七絶《宿昭應》“豈知今夜長生殿”句,“豈”字,原無校文,季氏改作“那”;席刻本作“那”,無校文。再如此本七絶《竹枝曲》“洞庭葉下荆雲飛”句,“荆”字,席刻本作“楚”,等等。這些文字方面的差異足可證明,此本决非出自席刻本,而只能是同源本。且席刻本在上版前,文字多有校改;此本作爲鈔本則一仍其舊,較好地保存了底本、即無名氏本的面貌。

(四)全唐詩本。康熙敕編《全唐詩》所收《顧況詩》四卷。《全唐詩》中的《顧況詩》四卷,乃是將上述季氏《稿本》中的《顧況詩》全數收入,删去重收的五絶《題鄱陽蕭寺》一首,另補入編臣輯得的佚詩五古《大茅嶺東新居憶亡子從真》,五律《憶山中》,七排《山居即事》與《題盧道士房》,及七絶《山居蘭若》凡五首,分别補於各體之後,又據《唐音統籤》録得殘句六聯,補於最末,再分編四卷而成的。另外,卷七九四《聯句七》録《送晝公聯句》一首,卷八六九《詣謔一》録《和知章詩》一首、《續茅山秀才吟》一句,卷八八三《全唐詩補遺二》補詩《曲龍山歌》二首、《柳宜城鵲巢歌》、《道該上人院石竹花歌》四首,故清編《全唐詩》共二百四十一首,殘句七聯。文字方面,編臣以統籤本、席刻本及其他善本參校,改正了季氏《稿本》未及改正的訛誤,增加了不少異文與題注。如《稿本》四古《左車二章》其一“曷何去之”句,“何”字誤,季氏未及改正,編臣改作“可”字,甚是。《稿本》七絶《佳人贈别》,“佳人”上脱“代”字,季氏未補,編臣據校本補一“代”字,良是。《稿本》七絶《竹枝曲》“洞庭葉下荆雲飛”句,“荆”字下原無校文,編臣據校本補入校文“楚”字,以供讀者參考,等等。增補題注的例子,如《稿本》七絶《山中》,題下本無注文,編臣據校本增入題注曰:“一作朱放詩,題作山中聽子規。”此題注的增入,頗有益於理解詩意,並爲辨别此詩的歸屬提供了重要綫索。

(五)顧球本。乾隆三十八年癸巳(一七七三)顧球刻《顧華陽集》三卷、《補遺》一卷。此本不知尚有存世者否。然同治間顧球後裔炳章,曾有此本的翻刻本(詳下),卷前炳章《題記》曰:“謹按三十五世祖逋翁公華陽遺集,乾隆癸巳年本,乃曾祖旦華公纂刻,咸豐乙卯年予重梓,因板片寄回家鄉,辛酉疊遭寇患,板片失存,今再補刊。同治元年歲次壬戌閏八月朔日,六十九世孫炳章熏沐謹記於潮州旅舍。”旦華公,乃顧球字。可見炳章曾前後兩次刊刻況集，所據底本皆顧球本，刊刻地點，均在潮州。據同治本收録作品、分卷、編次情形看，此本乃是在顧名端本的基礎上，增入所輯《補遺》一卷而成的。《補遺》一卷所收作品，詳下咸豐本。

（六）四庫本。《四庫全書》所收《華陽集》上中下三卷，寫本。此本各卷首題"華陽集卷某"，下方署"唐顧況撰"。卷前首目録，次館臣《提要》，次皇甫湜《序》，次姚士麟撰《華陽集傳》。卷後附録非熊詩十八首。此本作品分體編次，卷上賦二首、四古十三、五古三十，卷中七古三十、五律二十九、五排四、七律四、五絶十四、六絶三、七絶二十七，卷下文類，凡表銘謚議文論序記碑行狀墓誌二十八首，詩文共百八十四首。《四庫全書總目》曰："《華陽集》三卷、附《顧非熊詩》一卷，浙江鮑士恭家藏本。……集有皇甫湜序，稱爲三十卷。《讀書志》作二十卷，《書録解題》惟載其詩集，云本十五卷，今止五卷。其本今皆不傳。此本乃明萬［歷］〔曆〕中況裔孫名端裒其詩文成三卷，末附況子非熊詩十餘首。《文苑英華》、《唐文粹》中尚有況詩四首，非熊詩一首，皆未收入，尚未爲賅備也。非熊詩有父風，長慶中登第，大中間爲盱眙簿，亦棄官隱茅山。……《本事詩》又載況紅葉題詩事，尤屬不經。其所題詩亦猥鄙不足傳，皆好事者爲之也。舊本所有，姑存之以爲談助云爾。"（《四庫全書總目》卷一五〇，頁一二八六）據此可知，此本乃是據顧名端本録入者，然名端本卷前孫鑛《重刻唐著作郎顧華陽先生集序》及里人沈孝徵《顧逋翁集叙》則被删去；又此本未將顧球等本所載《補遺》一卷輯補的佚詩佚文收入，可謂美中不足。

（七）道光本。道光五年乙酉（一八二五）海鹽顧氏雙峰堂刻《顧華陽集》三卷、《補遺》一卷。山東省圖書館有藏本。《中國古籍總目·别集類·唐五代》謂，正文乃翻刻顧名端本；《補遺》一卷乃顧履成輯，《補遺》末有顧履成《跋語》曰："凡有所見者補之，疑者闕之。"可見對輯補的佚作的態度是審慎的。

（八）咸豐本。咸豐五年乙卯（一八五五）海鹽顧炳章雙峰堂刻《顧華陽集》三卷、《補遺》一卷。此本國家圖書館有藏，封面題"《顧華陽集》"，封二有牌記"咸豐乙卯重刻顧華陽集雙峰堂藏版"。半葉八行二十字，四周雙邊，白口單魚尾。卷前首四庫館臣《提要》，次查世灃《重訂華陽集序》、賀桂齡《重刻顧華陽集序》，次孫鑛、沈孝徵及皇甫湜諸《序》、姚士麟《顧著作傳》，次顧況遺像（裔孫德盛敬寫）、顧履成《顧況遺像題詞》、昃奎《顧況像贊》,次目録及顧炳章《題記》等。各卷卷端題《顧華陽集卷第某》,次行、三行分别題"二十五世孫名端纂輯","三十三世孫炳章重梓"。正文三卷收録作品首數悉如顧名端本,詩凡百五十四,文三十,共百八十四首。然詩歌編次稍異,因此本將"樂府詩"十六首彙集單列,遂使各體詩編次稍異。卷後《補遺》一卷,乃顧球所輯,凡録佚詩三首,殘句八聯(均據《全唐詩》),文五首。最後附《名人贈答詩》九首及顧履成《跋語》。顧炳章《題記》叙此本刊刻緣起甚詳,其略曰:

> 炳章自幼失學務農,旋改商賈,通籍後遊宦粤東,賴祖宗庇蔭,洊歷升階。上憲以潮橋鹽務,管轄潮嘉汀贛四州,積疲多年,檄炳章署理運通篆務,自庚午迄今,已歷六載。回想祖澤,兢兢業業,罔敢失墜。顧念逋翁公華陽遺集,雖有道光己亥歲族兄履成重刻,而支派分居,各自未能家有其書,恐久而澤湮没,因謀重梓以廣流傳,庶乎逋翁公之皎然志節常留天壤,而子孫摩挲手澤,振揚遺緒,允足傳諸不朽,是則炳章重刻之意,並返溯家乘源流,志于簡端,以垂示後裔毋忘。咸豐五年歲次乙卯秋日,三十三世孫炳章謹志。

由此可知此本乃顧炳章所刊。炳章乃顧況三十三世孫,自幼失學務農,長而經商,後方遊宦,管理潮嘉汀贛四州鹽務。其刊刻況集的缘起,是恐況集"久而湮没",因謀重梓"以廣流傳"。此本所據底本,賀桂齡《重刻顧華陽集序》説得很明白,其略曰:"逋翁公《華陽集》纂輯於五十九世之正卿公,其遺集續刻於六十六世之旦華公,今又重梓於鑒堂先生。""正卿"乃顧名端字,"旦華"乃顧球字,"鑒堂"乃顧炳章字。是《華陽集》始纂於明萬曆顧名端,至清乾隆時顧球重刊並增刻《遺集》一卷,而此本所據乃顧球本。同治間,炳章重刻況集(詳下),卷前炳章《題記》曰:"謹按三十五世祖逋翁公華陽遺集,乾隆癸巳年本,生曾祖旦華公纂刻,咸豐乙卯年予重梓,因板片寄回家鄉,辛酉疊遭寇患,板片失存,今再補刊。同治元年歲次壬戌閏八月朔日,六十九世孫炳章熏沐謹記於潮州旅舍。""旦華"乃顧球字,可見炳章兩次刊刻況集,所據底本皆顧球本,刊刻地點均在潮州。國圖所藏此本有"飲冰室藏"印記,表明此本曾爲梁啓超所藏,非常珍貴。

(九)同治本。同治元年壬戌(一八六二)海鹽顧氏雙峰堂重刻《顧華陽集》三卷、《補遺》一卷。此本國圖有藏,半葉八行二十字,四周雙邊,白口單魚尾。卷前首四庫館臣《提要》，次賀桂齡《重刻顧華陽集序》，次五十七世孫顧炎武《書臺記》，次顧炳章《題記》，次孫鑛、沈孝徵及皇甫湜諸家《序》，次姚士麟《顧著作傳》，次華陽真逸遺像，次六十五世孫顧昺奎《像贊》。各卷首題《顧華陽集卷第某》，次行、三行分别題“六十六世孫球敬刻”，“六十九世孫炳章重梓”。正文各卷收録作品首數悉如顧名端本，故詩凡百五十四首，文三十首，共百八十四首。卷後《補遺》卷首題“六十六世孫球纂刻”，可見《補遺》一卷爲顧球纂輯，除咸豐本原有之外，又增補不少詩文，其中佚詩八十六首見《全唐詩》，續補七古《謁邱真人不遇》一首，見潛悦友《咸淳臨安志紀遺》；佚文四首，皆見《全唐文》。《補遺》卷後炳章《題記》曰：“右文四篇，前刻《補遺》未及搜出，今從欽定《全唐文》敬録補入，用昭完備，又《瘞鶴銘》一篇……仍存其舊。六十九世孫炳章謹識。”職是之故，此本遂成爲一時收録作品最多的本子。卷前有顧炳章《題記》（已見），是此本乃炳章第二次刊刻況集，因咸豐時炳章首刻之板片寄回家鄉被毁，故重梓之。前後二刻所據底本，皆顧球本，刊刻地點，均在潮州。重刊版片，直到民國時期仍然保存完好，一九三〇年七十二世孫顧立昂、立仁兄弟，用同治本版片重印，並於卷後題識曰：

> 謹按逋翁公《華陽集》三卷、《補遺》一卷附非熊公詩一卷，纂輯於有明正卿公，續刻於遜清旦華公。先曾祖鑒堂公在潮州官舍時，因前版悉毁，重刊是本。自先祖稚筠公遷居硤石，載其版片，寄在硤之西山僧院。先父淥挹公暨叔良叔父守兹手澤，珍襲備加。蓋重刊迄今，復將七十年矣。……爰稟承叔良叔父，鳩工重印。

是此種二次印本，刷印於硤石。顧易生先生曾於古舊書肆中購得一本，並於《顧況與顧況集》一文中加以記述（《顧易生文史論集》，復旦大學出版社二〇〇二年五月第一版，頁二〇八至二〇九）。

（十）江標本。光緒二十一年乙未（一八九五）蘇州元和江標靈鶼閣輯刻《唐人五十家小集》所收《華陽真逸詩》上下二卷。此本内封面中間大字篆書“華陽真逸詩”，右上方小字題“影南宋書肆本”。半葉十行十八字，左右雙邊，白口單魚尾下有“華陽某”字樣。卷上首題“華陽真逸詩卷上”，次行下方題“吴郡顧況逋翁”，三行低二格題“古體”。卷下首題、次行下方題款均與卷上同，三行低二格題曰“近體”。此本書名、分卷、收詩篇目、首數、編次悉與朱警本同，文字也與朱警本區别甚微，然江氏謂此本乃“影南宋書肆本”。今持與朱警本相較，二本文字多同。如銅活字本五古《奉和同郎中韋使君郡齋雨中宴集》“林塘含餘清”句，“清”字，朱警本誤作“淺”，此本亦誤作“淺”。銅活字本七古《行路難二首》其二“日暮牛羊古城草”句，“古”字，朱警本作“占”，此本亦作“占”。銅活字本七古《瑶草春》“露桃穠李自成蹊”句，“蹊”字，朱警本誤作“谿”，此本亦誤作“谿”。銅活字本七律《送大理張卿》“白沙洲上江籬長”句，“江”字，朱警本作“汀”，此本亦作“汀”。銅活字本五絶《登樓》“淒涼故吴事”句，“事”字，朱警本誤作“亭”，此本亦誤作“亭”。再如銅活字本六絶《過山農家》“茆簷日午雞鳴”句，“茆”字，朱警本不脱，此本脱；“午”字，朱警本同，此本誤作“牛”。此本文字與朱警本多同，且並其訛誤亦照樣沿襲，可見江氏所謂“南宋書肆本”，其實就是朱警本。

（十一）清鈔本。清鈔《顧華陽集》三卷、《顧非熊詩》一卷，有清丁丙跋，南京圖書館藏。《善本書室藏書志》曾著録此本，其略曰：“《顧華陽集》三卷附非熊詩，舊鈔本……集舊編爲三十卷，此明萬曆中況二十五世孫名端所輯，止上中下三卷，附其子非熊詩一卷。前有睦州皇甫湜持正原序，又海鹽姚士[粦]〔麟〕撰《顧著作傳》，餘姚孫鑛、里人沈孝徵重刻序，有‘抱經堂藏書’朱文長印。”（《善本書室藏書志》卷二十四）據此，此本乃是據顧名端本鈔寫的，曾爲盧抱經藏書。

（十二）舊鈔本。舊鈔《顧華陽集》三卷、《顧非熊詩》一卷。《增訂四庫簡明目録標注》邵章《續録》曰：“曾見傳鈔本，亦四卷，九行十八字，二十五世孫顧名端校正，從張芙川藏本出，有姚士麟撰《顧著作傳》。”此本《藏園群書經眼録》亦著録曰：“《顧華陽集》三卷，唐顧況撰。附《非熊集》一卷，顧非熊撰。舊寫本，九行二十字，從張芙川藏本出。題‘二十五世孫顧名端校正’。前有皇甫湜序。又姚士麟撰《顧著作傳》。（丁巳）”（《藏園群書經眼録》卷十二，頁一〇四九）據丁、傅二人著録可知，此本乃據顧名端本鈔寫者。

（十三）烏絲欄鈔《逋翁集》一卷，臺灣“中央研究院”歷史語言研究所傅斯年圖書館藏，未見。

民國九年（一九二〇），有掃葉山房石印本《顧逋翁詩集》四卷。此本版權葉有“民國九年石印上海市棋盤街掃葉山房發行”牌記一個。邊欄外側有“掃葉山房藏版”六字。較之席刻本，此本卷前多出康熙四十七年戊子

(一七〇八)六月商丘宋犖《百家唐詩序》,以及“唐詩百名家小傳凡例”,其餘悉如席刻本,顯然此本乃是以席刻本爲底子上版石印的。

二十世紀後期,況集校注本始出現,有趙昌平校編《顧況詩集》及王啓興、張虹《顧況詩注》。趙本一九八三年三月由江西人民出版社印行,該書以《全唐詩》爲底本,以江標本、黄貫曾本、黄鶴山莊本和席刻本爲校本,並參校了《御覽詩》、《又玄集》、《才調集》及《文苑英華》、《唐文粹》、《樂府詩集》、《萬首唐人絶句》等十數種唐宋元明諸總集、類書及詩話等。“除校訂文字外,對作品真僞也作了初步甄别。四卷外可確定爲顧況詩的均收入補遺部分。四卷中與其他各本誤作顧況詩的,均删除而作爲附録麗於卷末。此外還收録了部分有關顧況的傳記資料與詩評,供讀者參考。”(該書《前言》)此書乃顧況詩的第一個校注本,有創注之功,加之考辨作品真僞,彙集傳記及詩評資料,卷首《前言》對顧況生平,行履思想,詩歌内容與藝術等作了介紹,並對況集的諸多版本進行了大致梳理,有益於讀者多矣。

王啓興、張虹《顧況詩注》,上海古籍出版社一九九四年印行,收入《唐人小集》。此書亦以《全唐詩》爲底本,並以諸刻本和總集及趙昌平本參校,文字擇善而存,異文録入校記,並對取捨理由加以説明。書後附録事蹟交遊、詩話評論、諸家贈詩及版本著録,爲讀者及研究者提供了方便。

綜上可見況集版本有如下特點:(1)唐宋傳世的況集主要是原編的二十卷本,直到宋室南渡後尚一度行世,此後漸就澌滅,遂而出現了十五卷本,迨陳氏《解題》,便只有五卷本存世。宋代以後以上各本皆散逸無傳。(2)在況集原編散逸前後,南宋出現了單收詩歌的二卷本,後世的明銅活字本、朱警本、黄貫曾本、清初諸鈔本及江標本等等,均爲其衍生本。統籤本、無名氏本、席刻本、季氏《稿本》及《全唐詩》諸本,在二卷本的基礎上,録入作品漸次增加,而以全唐詩本首數最多,文字亦精。(3)詩文合集本,乃明萬曆顧況裔孫名端重輯,並附録《顧非熊詩》,至清顧球本又增入《補遺》一卷。四庫本是據顧名端本録入的。道光以後諸刊本和鈔本,則多爲顧球本的衍生本,其中顧炳章本收録詩文較全。至於況集的校注本,直到當代方才出現。

【參考文獻】　馮淑然《顧況詩文著録與版本考述》,《圖書館雜志》二〇〇九年十二期

韓君平集

韓翃(七三四？～七八五?)字君平,南陽(今屬河南)人。天寶十三載(七五四)登進士第,歷淄青、宣武等節度使從事,建中元年(七八〇)以詩爲德宗所賞,擢駕部郎中知制誥,遷中書舍人,其卒約在貞元初。與錢起、盧綸等號"大曆十才子"。

翃集,《崇文總目》著録《韓翃詩》五卷,晁公武《讀書志》同。《新唐書·藝文志》雖謂《韓翃詩集》五卷,陳振孫《書録解題》卷十九"詩集類"上亦曰《韓翃集》五卷,儘管書名各異,然卻均爲詩集五卷。《唐才子傳·韓翃傳》亦曰"有詩集五卷,行於世"。以上諸本今俱無傳,故無從知其真貌。

明代刊刻和傳鈔的韓集,有分體本、不分體本兩個系統。不分體本的五卷鈔本,間接反映出宋元舊槧的影子;分體本乃明人的改編本。二系統的本子,其主要版本有以下幾種:

(一)銅活字本。銅活字印《唐人詩集》所收《韓君平集》三卷。《唐五十家詩集》所收《韓君平集》三卷,即據杭州大學圖書館藏本影印。本書上文已指出,《中國版刻圖録》、銅活字本《唐五十家詩集》徐鵬《序》皆謂,明銅活字本唐人詩集乃明弘治、正德間蘇州地區印本。職是之故,銅活字本《韓君平集》三卷乃明代刊行較早的韓集。此本詩分體,書名亦與宋元舊槧不同。上卷五古七首、七古二十七,中卷五律六十四、五排四,下卷七律三十、五絶三、六言詩三、七絶十七、雜言一,共百五十六首,凡九體,是典型的明人分體改編本。此本文字小有訛脱。脱漏例,如七古《送中兄典邵州》"雙筆遥揮□左君"句,缺第五字。七古《寄雍丘竇明府》"□領黄金千室餘"句,脱第一字;"家貧唯愛釜中魚"句以下八字皆脱。七律《送齊明府赴東陽》"緑絲帆□桂爲牆"句,脱第四字,等等。訛誤例,如五古《褚主簿宅會畢庶子餞員外郎使君》,題中"餞"字誤,《文苑英華》作"錢",良是;"錢員外"指錢起,《全唐詩》此題下注"一作張繼";該書卷二四二張繼詩有此題,正作"錢"。七古《送客之江寧》"朱橋雀邊看淮水"句,"朱橋雀"顯爲"朱雀橋"之誤倒。七古《贈别太常李博士兼寄兩省舊遊》"昨日留歎今送歸"句,"歎"字乃"歡"字之訛,《文苑英華》載此詩正作"歡"。五律《送田舍曹汴州覲省》,題中"舍"字乃"倉"字之訛;倉曹爲官名,"舍曹"則不成詞。七律《送故人赴江陵尋瘦牧》，題中“瘦”字爲“庾”字之訛；“庾牧”，指庾準，德宗建中元年三月至二年二月爲江陵尹兼荆南節度使（見陶敏《全唐詩人名考證》頁三二一），“瘦牧”則不成詞。再如七律《送王少府歸杭州》首句“歸州一路轉青蘋”，“州”字爲“舟”之訛，等等。然而這些訛脱均一望即知，容易改正，數量不過十餘字，故此本不失爲明代較早且錯訛較少的韓集。

此種銅活字本，錢塘丁丙八千卷樓曾收一何夢華藏本，《善本書室藏書志》卷二四著録此本曰：“此乃上中下三卷，詩則分體，較黄蕘圃所見八卷本爲優。有何元錫印，白文方印。”是丁氏亦以此本爲善也。

（二）朱警本。嘉靖十九年庚子（一五四〇）朱警輯刻《唐百家詩・中唐二十七家》所收《韓君平集》三卷。半葉十行十八字，四周單欄，白口單魚尾。此本書名、分卷、收詩數量與銅活字本完全相同，並上舉銅活字本文字脱漏也多同。編次方面，除五排《奉送王相公赴幽州》一首，銅活字本原編於卷中五排内，此本改編入卷一七古内，其餘各詩編次與銅活字本亦相同。就文字而言，此本也多與銅活字本同，且並上述活字本之訛脱也一併沿襲。脱漏如，銅活字本七古《送中兄典邵州》“雙筆遥揮□左君”句，缺第五字；七古《寄雍丘竇明府》“□領黄金千室餘”句，脱第一字，等等，此本皆如之。訛誤例，如銅活字本七古《送客之江寧》“朱橋雀邊看淮水”句，“朱橋雀”乃“朱雀橋”之誤倒；活字本七律《送故人赴江陵尋瘦牧》，題中“瘦”字乃“庾”字之訛，此本均沿襲之，可見此本是據銅活字本翻刻而成的，且因疏於校讎，此本又增加了一些新誤。如銅活字本七古《送修縣劉主簿楚》“金盤曉鱠朱衣鮒”句，“盤”字，此本訛作“益”。銅活字本七古《贈別上元主簿張著》，題中“上元”二字，此本作“土元”，大誤；上元，縣名，本金陵地，秦改曰秣陵，隋爲江寧縣，唐因之，肅宗上元二年（七六一）改曰上元縣（見《元和郡縣圖志》卷二十五），後沿用至清。如銅活字本七古《送巴州楊使君》“愁看野馬隨官騎”句，“野馬”，此本訛作“舒馬”。銅活字本七古《寄雍丘竇明府》“家貧唯愛釜中魚”句，“愛”字，此本訛作“向”。銅活字本七律《送高別駕歸汴州》“官佐銅符勢又全”句，“銅符”，此本訛作“龍符”；唐代別駕乃州官，每州一員，位僅次於刺史，爲刺史輔佐（見《舊唐書・職官三》），佐“龍符”誤。活字本六言詩《別甑山》“西路翩翩去時”句，“西”字，此本訛作“因”，等等。另，此本脱漏處要多於銅活字本，蓋所據底本已有殘損。此種韓集國家圖書館亦有藏本，首卷卷端鈐有“琴心劍膽”、“邢之襄印”、“紹仁之印”等。

（三）黄刻本。黄貫曾輯嘉靖三十三年甲寅（一五五四）黄氏浮玉山房刻《唐詩二十六家》所收《韓君平集》上中下卷。國家圖書館藏本有周叔弢校。半葉十行十九字，左右雙欄，白口單黑魚尾下鐫“韓君平集卷某”。此本書名、分卷、分體、首數、編次與銅活字本完全相同，文字也與銅活字本相差甚微。如銅活字本五古《褚主簿宅會畢庶子餞員外郎使君》，題中“餞”字乃“錢”字之誤；銅活字本五律《送田舍曹汴州覲省》，題中“舍”字乃“倉”字之訛；銅活字本七律《送故人赴江陵尋瘦牧》，題中“瘦”字乃“庾”字之訛；銅活字本七律《送王少府歸杭州》首句“歸州一路轉青蘋”，“州”字乃“舟”之訛，等等，此本訛誤均同，可見此本是據銅活字本翻刻者。不過，此本也改正了銅活字本的一些訛誤。如銅活字本七古《送客之江寧》“朱橋雀邊看淮水”句，“朱橋雀”乃“朱雀橋”之誤倒，此本已予改正，等等。

（四）江刻本。萬曆四十一年癸丑（一六一三）江元禔刻《韓君平集》三卷。半葉八行十八字，四周單欄，白口。首卷卷端題“韓君平詩集卷上”，接署“虎林江元禔邦宜甫校”。國家圖書館藏本卷前有江元禧《韓君平詩集序》、次梅鼎和《叙韓君平詩》。梅氏《叙》略曰：

> 有如唐韓員外者，可慨已……詩每每擅場……三唐以來若盧駱、若李杜、若元白諸人，各有全集流傳後代，而獨此簡策寥寥，散見别録。即今人稍能仰其風流之宗，則以柳氏之傳，演爲傳奇數句耳。以彼其才，三百餘年不多屈指，而僅僅藉優人之口以播其名，其可謂幸也歟？江君邦宜，雅好其《寒食》之詩，更慕其章臺之事，旁搜博採，艱得其全，而問序于余。余于風雅染指未深，惡能于韓員外作千古定評？而“東風御柳”原自有不可易之品，但觀其始終存没，出於不幸者多，若有命以宰之，故聊與邦宜爲之言命如此。時萬曆癸丑新秋宛陵梅鼎和用平甫書於竹屋。

其實所謂“旁搜博採”，不過形容江氏獲得底本之不易，非謂其重行搜集編纂韓詩而成此集也。此本卷上五古七首、七古二十七，卷中五律六十四、五排四，卷下七律三十、五絶三、六言詩三、七絶十七、雜言一，凡九體，百五十六首。與黄刻本相較，二本書名、收詩數量、分卷、編次完全相同。文字方面，二本也相差甚微。可見此本是據黄刻本或與其相近的本子翻刻的。然因江氏親加校讎，改正了黄本一些訛誤。如此本五律《送田倉曹汴州覲省》，題中“倉”字，銅活字本、朱警本、黄刻本均訛作“舍”，此本改作“倉”，甚是。如此本七律《送故人赴江陵尋庾牧》，題中“庾”字，銅活字本、朱警本、黄刻本皆訛作“瘦”，此本校改作“庾”，良是，等等。不過由於一時疏忽，此本又增加了一些新誤，如黄刻本七古《題玉山觀禪師蘭若》“遠客陪遊問真理”句，“遊”字，此本訛作“鄉”。黄刻本七古《贈别王侍御赴上都》“西向洛陽歸鄠杜”句，“鄠”字，此本作“鄂”，大誤。鄠，指鄠縣；杜，指杜陵，二地唐時皆屬關内道，在長安附近，與題面“赴上都”合，而與屬嶺南道的鄂州不相涉。黄刻本五律《送客遊江南》“三鱠湘波魚”句，“鱠”字，此本作“繪”，乃形誤字。黄刻本五律《送金華王明府》結句“竹外尚銅泉”，“泉”字，此本訛作“錢”，而他本皆不誤。黄本七律《送客歸江州》“聞道泉明居止近”句，“泉明”，此本改作“泉鳴”，大誤。“泉明”，陶淵明也，唐人因避高祖李淵諱，故稱淵明爲“泉明”；江氏不知“泉明”乃“淵明”諱稱，故致誤。諸如此類的訛誤還可舉出一些，可見此本未爲善本。

國家圖書館藏本江元禧《序》首、上卷卷端有“楝亭曹氏藏書”、“長白敷槎氏堇齋昌齡圖書印”等印記，卷末有清王萱齡跋並録佚詩。“楝亭”爲曹雪芹祖父曹寅之號，表明此本清初曾爲曹家所藏。後此本歸北京昌平縣王北堂，上卷卷端有“昌平王氏北堂藏書”印記，扉葉有北堂跋語一則：“此本即曹楝亭先生所採入《全唐詩》者，世不多見，允宜寶藏。北堂。”民國時期，此本歸商務印書館涵芬樓，上卷卷端有“涵芬樓”、“海鹽張元濟經收”印記，《涵芬樓燼餘書録》卷四亦有著録，其略曰：“《全唐詩》所收翃詩，是本所有者，盡數採録，編次亦大致相同，是必以此爲祖本。尚有《經月岩》詩五古一首，《送劉長上歸城南别業》、《贈張五諲歸濠州别業》五律二首，《送客還江東》、《寄令狐尚書》、《扈從郊廟因呈兩省諸公》、《留題寧川香蓋寺壁》七律四首，《寄柳氏》長短句一首，均出於是本之外，則必採自他書也。”謂此本所收翃詩，《全唐詩》已盡數採録，編次也大體相同，確屬事實，然謂《全唐詩》“必以此爲祖本”，則非是。康熙敕編、曹寅主持編纂的《全唐詩》，所收《韓君平詩》三卷，乃是以季振宜《全唐詩稿本》爲底本編輯而成的。而季氏《稿本》中的韓詩，則是以清龔賢輯《中晚詩紀》之《韓君平集》三卷爲底本編輯而成的，溢出此本之外的《經月岩山》等八首詩，乃季氏《稿本》和編臣共同輯補的。關於季氏《稿本》所收韓集的具體情形，下面將述及，此不贅。又，此本曾歸胡致果所有，卷前江元禧序首鈐有“胡致果圖書記”，卷末有胡氏跋曰："甲辰春胡静夫誦一過。"此本最後入藏國家圖書館，卷中有"北京圖書館藏"印記。

又此種韓集，傅增湘亦曾藏一本，卷前江元禧序首有"傅沅叔藏書記"，卷末有"雙鑒樓藏書記"等，《藏園群書題記》著録有此本，其略曰："此萬曆江氏刊本，分上、中、下三卷，與活字本同，意其溯源當較古也。書爲半葉八行，行十八字，每卷題'虎林江元禔邦宜甫校'一行。前有萬曆四十一年樟亭江元禧序，宛陵梅鼎和序。此本爲繆藝風舊藏，雕工粗率，殊不耐觀。余以君平詩自《唐百家詩》本《唐詩二十六家》本活字本外，專刻者較爲罕見，故録而存之，竢異時得覯舊本可取資校勘焉。戊寅二月十日，藏園記。"(《藏園群書題記》卷十二，頁五九七)傅氏不看好此本，自有道理。然因江氏親與校讎，改正了底本的一些訛誤，所以此本還是有其參考價值的。

（五）姜刻本。雲陽姜道生刻《唐三家集》所收《唐駕部侍郎知制誥中書舍人韓君平詩集》一卷，今國家圖書館有藏。姜道生，萬曆間人。三家集中，李商隱爲第一家、韓偓第三家。李集内有"汪氏藏書"、"于潁之印"、"龍龕精舍"、"雙鑒樓藏書"等印記十五枚。韓集爲半葉九行十九字，四周單欄，版心白口，綫魚尾。此本雕刻精審，紙墨瑩潔，開卷氣象焕然。卷前無序跋，有目録。卷末署"雲陽姜道生重生父校刊"，"姜志琳明生父仝校"。此本收詩數量與江刻本同，詩分體，首五古、次七古、五律、五排、七律、五絶、六言、七絶、雜言等，各體詩的編次也與江本同，文字也多與江刻本爲近。如七律《送故人赴江陵尋庾牧》，"庾"字，銅活字本、朱警本、黄刻本皆訛作"瘦"；江本改作"庾"，此本亦作"庾"。七律《送高别駕歸汴州》"信陵門下識君偏"句，"下識君"三字，銅活字本、朱警本、黄刻本皆作"君識下"；江本校改作"下識君"，甚是，此本亦作"下識君"。七絶《漢宫曲》"玉輦將迎入漢宫"句，"宫"字，銅活字本、朱警本、黄刻本皆作"中"；江刻本校改作"宫"，此本也作"宫"，等等，可見此本當是據江本翻刻者，只是抽去了卷次而已。由於姜氏親加校勘，故此本訛誤較江本爲少，是韓集中較好的一個本子。此本有些字爲其他版本所無，當爲姜氏所校改，如七古《送别鄭明府》"兒女相悲探井臼"句，"探"字，此本改作"操"，而他本皆作"探"。五律《送道士姪歸池陽》"灞岸送驢車"句，"岸"字，此本作"滻"，而他本皆作"岸"，等等。

（六）葉鈔本。葉萬鈔《韓君平詩集》五卷附補遺本，今藏國家圖書館，有清黄丕烈校跋。葉萬字楚榮，號樂庵，江都人。此本卷前附録摘引《唐詩紀事》、《南部新書》、《中興間氣集》等書有關韓翃的事蹟。正文首卷卷端題“韓君平詩集卷第一”，次行題銜“朝議郎守中書舍人賜緋魚袋韓翃君平”。此本共百五十五首，詩不分體，首卷三十三首，第二卷四十八，第三卷二十三，第四卷二十二，第五卷二十九。此種五卷本，當即《韓翃詩》五卷原編的面貌，故與明人分體改編的三卷或一卷本諸如銅活字本、朱警本、黄刻本、江刻本、姜刻本等一系本子有較大差别。首先，此本七古《張山人草堂會王方士》、《送萬巨》、《送王侍御赴江西兼寄李袁州》、《贈别王侍御赴上都》、《寄哥舒僕射》等詩，題中皆有“雜言”二字；銅活字一系的本子則無之。再者，此本收詩數量與銅活字一系諸本相差一首。第三，此本文字也與銅活字一系諸本有不同。此本五古《褚主簿宅會畢庶子餞員外郎使君》“殘雪暮天中”句，“暮”字，銅活字一系諸本皆作“亂”。此本五律《送壽州陳録事》首句“夕陽南渡口”，“夕”字，銅活字一系諸本作“壽”，等等。可見此本與明分體本並非同一系統的本子。然而此本與銅活字一系諸本，其脱訛者多有共同之處，如銅活字本七古《送中兄典邵州》“雙筆遥揮□左君”句，缺第五字；銅活字本七古《寄雍丘竇明府》“□領黄金千室餘”句，脱第一字；“家貧唯愛釜中魚”句以下八字皆脱，等等，所脱之處此本均如之。訛誤例，如銅活字本五古《褚主簿宅會畢庶子餞員外郎使君》，題中“餞”字乃“錢”字之訛；銅活字本七律《送故人赴江陵尋瘦收》，題中“瘦”字乃“庾”字之訛；銅活字本七律《送王少府歸杭州》首句“歸州一路轉青蘋”，“州”字訛爲“舟”，這些訛誤此本皆同，這足可證明此種五卷本與銅活字等分體本，皆源於同一種五卷本。此本曾爲黄丕烈所有，《蕘圃藏書題識》著録此本曰：

> 韓翃字君平，南陽人。天寶十三年進士，侯希逸表佐幕府，府罷十年不仕。李勉任宣武，復辟之。建中初以駕部郎中知制誥，終中書舍人，集五卷。
>
> 案：此明監察御史河中劉成德編輯，刑部郎中江都蕭海校正本所載於卷首者也。明知集爲五卷，而必分體爲八卷，一五言古詩、二七言古詩、三五言律詩、四五言排律、五七言律詩、六五言絶句、七六言絶句、八七言絶句。是可笑也，姑記與舊抄異同之字而已。甲申（一八二四）六月小盡日蕘夫記。（《蕘圃藏書題識》卷七，見《黄丕烈書目題跋》，頁一五六）

由此可知明代韓集尚出現過劉成德刻八卷分體本，惜已無傳，然分卷情形由黄氏題識可以想見。分體改編唐人詩集雖爲明人常用的編輯方法，然分卷過於瑣碎，則覽者生厭，黄氏譏笑劉氏，宜矣。此本從黄家散出後，曾入楊氏海源閣，書中有“東郡楊紹和彦合珍藏”、“東郡楊二”等印記，《楹書隅録續編》卷四亦有著録。傅增湘曾借此本與席氏本（詳下）對勘，而後於席本跋曰：“假□□海源閣藏書，舊鈔本，爲葉石君所録。其前數葉，録《唐詩紀事》及補入《英華》各詩，審爲石君親筆所書。石君用錢氏本以朱筆校，黄蕘夫依明劉成德刊本以墨筆校。其底本與此席刻本不同，頗難移寫，因擇兩家異字，録於行間。亦知於校例殊乖，第年老懶於重校，聊擷其佳勝以便諷誦耳。庚午（一九三〇）十月十四日，沅叔記於藏園之長春室。”傅氏判此鈔本爲葉萬所録，甚確。此本後歸周暹，卷一題下有“周暹”印記一枚，新中國成立後周先生將此本捐獻給國家，《北京圖書館藏善本書目・集部・唐五代别集類》著録有此本，曰：“《韓君平詩集》五卷，唐韓翃撰，明鈔本，葉萬校補，黄丕烈校並跋，與錢起合爲一册。”不過，錢起詩乃清順治六年（一六四九）張秀鈔本，非出葉石君手者。此本卷末補遺，凡録詩五首：《梁城贈一二同謀》、《扈從郊廟因呈兩省諸公》、《贈令狐尚書》、《送劉長上歸終南别業》、《贈張五諲歸濠州别業》。此乃韓集有補遺之始。

（七）明鈔甲本。明鈔《唐四十七家詩》所收《韓君平詩集》五卷，今藏國家圖書館。卷前有目録，正文首卷卷端題“韓君平詩集卷第一”，次行題銜“朝議郎守中書舍人賜緋魚袋韓翃君平”。此本書名、分卷、收詩數量、編次與葉鈔本完全相同，文字也與之幾乎全同，故當是據葉鈔本抑或近似的本子鈔成的。

（八）明鈔乙本。明鈔《唐四十四家詩》所收《韓君平詩集》五卷，今藏國家圖書館。四十四家詩皆寫於印有格子的白綿紙上，鈔竣後統一裝成十九册。楷法精美，一筆不苟，在明鈔本中堪稱上品。其中翃集半葉十行二十字。此本書名、分卷、收詩數量、編次等一與葉鈔本相同，文字也相差無幾，故當是據葉鈔本、明鈔甲本抑或近似的本子鈔寫而成的。

（九）統籤本。胡震亨《唐音統籤》所收《韓翃詩》三卷，刻本，編卷二七六至二七八，丁籤三一。半葉十行十九字。此本詩分體，計首卷五古六首、七古二十六、雜言三，次卷五律六十五、五言小律二，第三卷五排四、六言律一、七律三十三、五絶三、六絶二、七絶十八，共百六十三首，成爲明代韓集中收詩最多的本子。此本的版本淵源，胡氏没有説明，據筆者考察當出自朱警本，故上舉朱本獨有的一些訛誤，此本多同之。如此本七古《寄雍丘竇明府》"家貧唯向釜中魚"句，"向"字，朱本同，均訛，明諸本皆作"愛"。此本七古《送巴州楊使君》"愁看舒馬隨官騎"句，"舒馬"，朱本同，均訛，明諸本皆作"野馬"。此本七律《送高别駕歸汴州》"官佐龍符勢又全"句，"龍符"，朱本同，均訛，明諸本皆作"銅符"，等等，這些足可證明此本是據朱警本翻刻的。當然胡氏也作過校勘，改正了朱本一些訛誤。如將朱本錯編於七古中的五排《奉送王相公赴幽州》，調入五排一體中。文字方面，胡氏以《中興間氣集》、《極玄集》、《又玄集》、《文苑英華》、《唐詩品彙》等諸書參校，對朱本謬誤多有匡正。如朱警本七古《送修縣劉主簿楚》，題中"修縣"，即今河北景縣一帶，漢爲條縣，即條侯國地，周亞夫曾封條侯，即此地也；晉改"條"爲"脩"，隋又改作"蓨"，屬觀州；唐因隋，後改屬德州（見《元和郡縣圖志》卷十七），故詩題作"修縣"，實誤；胡氏校改爲"蓨縣"，極是。又該詩"金益曉鱠朱衣鮒"句，"益"字顯訛，此本改作"盤"，良是。如朱本七古《送萬巨》首句"漢相元王陵"，"元"字訛，此本改作"見"，良是。朱本五排《寄贈虢州張參軍》"開卷醒堪解"句，"醒"字訛，既已醒，何用解；此本改作"酲"，甚是，酲謂酒醉，因醉酒，故可解，等等。例子尚多，此不枚舉。胡氏是明末著名唐詩學者，經過胡氏校正，此本文字品質明顯提高。再者，胡氏從《文苑英華》、《唐詩紀事》、《萬首唐人絶句》諸書輯補遺詩五律《贈張五諲歸濠州别業》、《送劉長上歸終南别業》二首，七律《扈從郊廟因呈兩省諸公》、《宴楊駙馬山池》、《留題寧川香蓋寺壁》、《寄令狐尚書》四首，七絶《梁城贈一二同謀》一首，雜言《寄柳氏》一首，凡八首，分編於各體詩中，使此本所收韓詩達百六十三首。此本編次，依體統詩，且分體更細；每體各詩依内容重新編次，故與朱警本等通行的三卷本大有不同，也算此本的一大特點。清代《全唐詩》編臣，於唐各家詩集，大多選季振宜《全唐詩稿本》爲底本，而棄統籤本不用，並非全爲統籤本的文字品質，編次與通行本相去太遠，也是其中一個重要原因。

清代韓翃集刊刻和傳鈔的本子，其主要版本有以下幾種：

（一）席刻本。康熙四十一年壬午（一七〇二）洞庭席氏琴川書屋刻《唐詩百名家全集》所收《韓君平詩集》一卷附補遺。半葉十行十八字，左右雙欄，白口單魚尾。卷端首題"韓君平詩集"，次行題銜"朝議郎守中書舍人賜緋魚袋韓翃君平";詩共百五十五首。此本書名、收詩數量、編次等與明葉鈔本完全相同,文字也多同葉鈔本。如此本七古《張山人草堂會王方士》、《送萬巨》、《送王侍御赴江西兼寄李袁州》、《贈别王侍御赴上都》、《寄哥舒僕射》等詩,題中皆有"雜言"二字,而銅活字一系諸本則無之。如此本七古《留别上元主簿張著》,題中"留"字,葉鈔本同;而銅活字一系諸本皆作"贈"。此本七古《别汜水縣尉陳》,題中"陳"字,明葉鈔本同;而銅活字一系諸本除統籤本增之外,餘本皆無之。五排《家兄自山南罷歸獻詩叙事》"雲外巴東峽"句,"外"字,明葉鈔本同;銅活字一系的本子除統籤本校改外,餘皆作"木",等等。此類例子尚多,足可證此本是據五卷本删除卷次編成者。此本文字也進行過校勘,如五律《送郭贊府歸淮南》落句"早晚促行塵","早晚促"三字,明葉鈔本作"從早晚",銅活字本作"早晚從",故"促"字當爲席氏校改。又如此本五律《送桂客遊江南》,題中"桂"字,他本均無,當爲席氏所增。然而此本亦有訛誤,如五律《田倉曹東亭夏夜飲得春字》"金壺醉老奉"句,"奉"字,他本皆作"春",春乃韻字,此本誤,等等。然總的來看此本訛誤較少,不失爲韓集一較好的版本。

此本卷末補遺,凡録詩五首:《梁城贈一二同謀》、《扈從郊廟因呈兩省諸公》、《贈令狐尚書》、《送劉長上歸終南别業》、《贈張五諲歸濠州别業》。又,此本卷後有跋文三則,其一爲吴慈培跋,另二則傅增湘跋。吴氏跋曰:"沅叔丈囑用湝(活)字本覆勘,得異字十餘……《書録解題》載集五卷,活字本三卷,未知所出之源,較之席刻統爲一卷,編次無倫,則似勝也。三月二十五日,保山吴慈培。"吴氏斥此本編次無倫,不知席氏此本,編次一仍五卷原貌之舊,只是扯去了卷第。而銅活字本雖亦出於五卷本,然已分體編次,面目全然改觀。謂銅活字本似勝席本,實屬無謂。前已述及,傅增湘曾借明葉鈔本與此本對勘,而後跋此本,證成此所謂"舊鈔本"實葉石君所録,甚是。稍後,傅氏亦用銅活字本與此本對勘,再跋此本曰:"癸丑(一九一三)三月,借蜀山莫氏藏明活字本校一過。原本分三卷,次第亦不同,各標記於每首上。此本《送客還江東》七律一首,明本無之。沅叔。"此本收詩數量、編次、文字既與五卷本同,而銅活字本雖亦出自五卷,但已改爲分體本,傅氏謂二者編次不同,宜然。

(二)龔刻本。龔賢輯刻《中晚唐詩紀》所收《中唐韓翃詩》一卷。半葉九行十九字,四周雙邊,白口單魚尾上頂邊欄有"中唐"二字,魚尾下有"韓翃”二字。與朱警本相較，此本書名、收詩數量與之相同。編次方面，朱警本五排編在五律後，此本則將其移至七律後，餘詩編次悉同朱本，故五排《奉送王相公赴幽州》一詩亦同朱本，仍錯編在七古内。文字方面，此本也與朱警本爲近，甚至上文所舉朱本獨有的一些新誤，此本也原樣沿襲。如朱本七古《送巴州楊使君》“愁看舒馬隨官騎”句，“舒馬”乃“野馬”之訛，此本亦沿誤作“舒馬”。朱本七古《寄雍丘竇明府》“家貧唯向釜中魚”句，“向”字訛，當作“愛”，此本亦訛作“向”。朱本七律《送高别駕歸汴州》“官佐龍符勢又全”句，“龍符”乃“銅符”之訛，此本亦沿誤作“龍符”。朱本六言詩《别甑山》“因路翩翩去時”句，“因”字訛，當作“西”，此本亦沿訛作“因”，等等。另如朱本七古《送修縣劉主簿楚》“金益曉鱠朱衣鮒”句，“益”字訛，當作“盤”；此本進一步訛作“盎”。朱本七古《贈别土元主簿張著》，題中“土元”訛，當作“上元”；此本進一步訛作“王元”，等等。可見此本乃是據朱警本翻刻者。不過因疏於校勘，此本又增加了一些新誤，如朱警本七古《和高平朱參軍思歸作》，題中“朱”字，此本作“米”，大誤；銅活字本及黄刻本、江刻本、姜刻本、葉鈔本、明鈔甲、明鈔乙本等皆作“朱”，等等。由於采用朱本作底子，且有新誤增加，故此本在諸多韓集中實在算不上善本。

（三）全唐詩本。康熙敕編《全唐詩》所收《韓翃詩》三卷。《全唐詩》是在《唐音統籤》和季振宜《全唐詩稿本》二書的基礎上修訂而成的。季氏《稿本》中的韓翃詩，乃是將龔本之原刻入編，再補入佚詩五古《經月岩山》一首，五律《送劉長上歸城南别業》、《贈張五諲歸濠州别業》二首，七律《送客還江東》、《寄令狐尚書》、《扈從郊廟因呈兩省諸公》三首，七絶《梁城贈一二同幕》一首，雜言《河上寄故人》一首，凡八首，故季氏《稿本》共百六十三首。文字方面，季氏以《中興間氣集》、《極玄集》、《文苑英華》、《萬首唐人絶句》、《樂府詩集》、《南薰集》及統籤本諸書參校，改正了龔本（包括沿襲朱本的）不少訛誤，如龔本七律《送王少府歸杭州》“歸州一路轉青蘋”句，“州”字訛，季氏校改作“舟”，甚是。龔本六言詩《别甑山》“因路翩翩去時”句，“因”字訛，季氏於旁出校一“西”字，良是，等等，從而使文字轉精。《稿本》内校記隨處可見，頗有參考價值。然而，因龔本作爲底本並不理想，加之季氏又未能用翃集善本校勘，所以《稿本》未能徹底糾正龔本的訛誤。如五排《奉送王相公赴幽州》一詩仍錯編在七古内。文字方面，如《稿本》七古《送修縣劉主簿楚》“金盎曉鱠朱衣鮒”句，“盎”字訛，當作“盤”。《稿本》七古《贈别王元主簿張著》，題中“王元”訛，當作“上元”。《稿本》七古《送巴州楊使君》“愁看舒馬隨官騎”句，“舒馬”訛，當作“野馬”。《稿本》七古《寄雍丘竇明府》“家貧唯向釜中魚”句，“向”字訛，當作“愛”。《稿本》七律《送高别駕歸汴州》“官佐龍符勢又全”句，“龍符”訛，當作“銅符”，等等，《稿本》均未予以校正。而季氏所校改者，反存在欠妥處。如龔本七古《贈别華陰道士》“紫府先生舊同舍”句，“同舍”，季氏改作“同學”，而銅活字本、朱警本、葉鈔本、明鈔甲本、統籤本等皆作“同舍”，季氏徑改作“同學”，而無版本依據，欠妥。康熙敕編《全唐詩》所收《韓翃詩》三卷，便是將季氏《稿本》中的韓集入編，而後參照統籤本及其他韓集善本，將《稿本》錯編於七古中的《奉送王相公赴幽州》一首，調入五排中；將原分編兩處的七律《題張逸人園林》二首、七絕《漢宫曲》二首，調編在一起；再輯補遺詩七律《留題寧川香蓋寺壁》一首、五絶《寄柳氏》一首，分編三卷而成者，故《全唐詩》共百六十五首，成爲一時收詩最多的本子。文字方面，編臣作了進一步校勘，糾正了季氏《稿本》未及糾正的不少訛誤。如《稿本》七古《送蓨縣劉主簿楚》“金盎曉鱠朱衣鮒”句，“盎”字誤，編臣改作“盤”。《稿本》七古《贈别王元主簿張著》，題中“王元”訛，編臣改作“上元”。《稿本》七古《送巴州楊使君》“愁看舒馬隨官騎”句，“舒馬”訛，編臣改作“野馬”。《稿本》七律《送高别駕歸汴州》“官佐龍符勢又全”句，“龍符”訛，編臣改作“銅符”。《稿本》五排《寄贈虢州張參軍》“開卷醒堪解”句，“醒”字訛，編臣改作“酲”。《稿本》七絶《漢宫中》，“中”字誤，編臣改作“曲”，等等，均極是。然而，編臣也有失校和誤校者，失校如七古《寄雍丘竇明府》“家貧唯愛釜中魚”句，“愛”字，朱警本誤作“向”，龔本、季氏《稿本》同，編臣失校，故全唐詩本至今仍誤作“向”。又如龔本七古《贈别華陰道士》“紫府先生舊同舍”句，“同舍”，銅活字本、朱警本、葉鈔本、明鈔甲本、統籤本等均作“同舍”，而季氏徑改作“同學”，欠妥；編臣失校，故《全唐詩》今仍誤作“同學”。誤校例如全唐詩本五律《同中書劉舍人題青龍上房》，題中“房”字，《稿本》與諸本及《文苑英華》均作“方”，本不誤。“上方”，佛教語，指方丈居住的内室，亦可指佛寺；編臣改作“上房”，義雖可通，然無端改動原文，畢竟是校勘的大忌。不過這些訛誤只是少數。《全唐詩·凡例》云：“詩集有善本可校者，詳加校定。”《全唐詩》韓集三卷經過編臣以諸本校定後，文字較統籤本愈加精粹。又，《全唐詩》卷七七〇所收韓雄五律《敕和元相公家園即事寄王相公》一首，“雄”字乃“翃”字之訛，故《全唐詩》實收韓詩百六十六首。

近代以來,《韓翃集》整理研究並未得到應有的重視。一九七三年,臺北文史哲出版社印行陳玉和《韓翃詩校注》一書,此乃翃集整理研究的一個創獲,然因未見原書,不知其以何者作爲底本,何者爲校本,以及注釋情形如何。

綜上所述,韓集的版本源流有以下三個特點:首先,宋元以前《韓翃集》傳本皆五卷,明葉萬鈔《韓君平詩集》五卷,當間接反映了宋元舊槧原編的面貌,故在翃集諸多版本中具有珍貴的版本學價值。第二,明以後出現的一卷、三卷、八卷等各種分體改編本,雖與五卷本編次不同,但因淵源於五卷本,所以各種版本之間收詩數量相差很小,脱訛之處大致相同,文字區别也甚微。第三,清編全唐詩本《韓翃詩》三卷,由於吸收了胡震亨《唐音統籤》、季振宜《全唐詩稿本》的校勘成果,又經編臣精心讎勘,故而成爲翃集現存各種版本中收詩最多、文字最精的一個本子。

劉隨州文集

劉長卿(?～七九〇)字文房,宣州(今安徽宣城)人。少寓嵩山,長入國子監讀書,約天寶末進士及第。安史亂起避地江東,至德初爲長洲尉,三年(七五八)攝海鹽令,因事陷獄,上元元年(七六〇)貶南巴尉,二年返回漫遊江南。後入朝爲御史,以檢校祠部員外郎爲轉運判官,知淮西、鄂岳轉運留後,遭誣陷貶睦州司馬,遷隨州刺史。李希烈反,失官閒居而卒。

長卿善詩,尤工五言,權德輿譽爲"五言長城",然其文集編纂的情形已不得而詳。《新唐書·藝文志四》、晁公武《讀書志》卷十七均著録《劉長卿集》十卷。晁氏謂"今集詩九卷,雜文一卷",陳振孫《書録解題》卷十六亦著録《劉隨州集》十卷,曰:"詩九卷,末一卷雜著數篇而已。"與晁氏所言同。然陳氏又謂"建昌本十卷,别一卷爲雜著。"這種十一卷本,陳氏以前未見著録,表明兩宋通行者爲十卷本,至南宋後期十一卷本始出現。不過,兩本區别並不大,皆最後一卷爲文,其餘各卷爲詩。《宋史·藝文志七》著録《劉長卿集》二十卷,"二十"蓋爲"十二"誤倒。

劉集宋刻,今知有三種不同版本:一建昌本,二蜀刻本,三書棚本。建昌本唯陳振孫提及,只知爲詩十卷,别一卷爲雜著。此本後世無傳,故詳情今已不得而知了。

蜀刻本今雖傳世，然唯存一殘本卷五至卷十，凡六卷，今藏國家圖書館。《宋蜀刻本唐人集叢刊》所收《劉文房文集》、《中華再造善本·劉文房文集》均據此本影印，前者卷後附唱春蓮《劉文房文集跋》，謂此本"約南宋中葉，四川成都眉山地區刻……雖是殘卷，卻是劉集僅存之宋本"。半葉十二行二十一字，左右雙邊，白口單魚尾。各卷首題"劉文房文集卷第幾"，次有子目連接正文。此本卷五至卷九凡二百二十四首；卷十爲雜著十一首，與晁、陳二家著録合，屬於十卷本一系的本子無疑。此本曾爲清代黄丕烈收藏，《百宋一廛書録》著録曰：

> 余向藏《劉隨州集》，係沈寶研齋臨何義門校宋本，然非此宋本也。嘗取勘何校本，知彼爲南宋刻，而此爲北宋刻也。即如卷九《白鷗》一首云："泛泛江上鷗，毛色皓如雪。朝飛瀟湘水，夜宿洞庭月。洞庭歸客正夷猶，愛煞滄江閑白鷗。"明刻各本於"歸客正夷猶"上脱去"洞庭"二字，幾不成句，何校亦未之及。此刻"洞庭"二字巋然獨存，可信其佳絶。陳氏《書録解題》有"《劉隨州集》十卷，唐隨州刺史宣城劉長卿文房撰，詩九卷，末一卷雜著數篇而已"。殘宋本與之合。建昌本十卷，别一卷爲雜著。何義門所校如此，蓋建昌本也。

這裏黄氏謂此本"爲北宋刻"，後又謂"此刻爲南宋初刻"（見《黄丕烈書目題跋》，頁四三四至四三五）。實則此種十二行蜀刻唐人集，今學界一致以爲乃南宋中期刻本。黄氏又謂何校所用"蓋建昌本"，大誤，何氏所用乃書棚本（詳下），然而謂此本"佳絶"，勝於何校本則是正確的。除黄氏所舉《白鷗》一首外，他如此本卷六《王處士草堂壁畫衡霍諸山》末二句"頗與宿心會，看看慰愁顔"，書棚本脱去此二句。又如此本卷八《龍門八韻》第一首題目"闕口"，亦爲書棚本脱去。再如此本卷九《雜詠八首》第一首《秦鏡》，書棚本作"春鏡"；然詩有"獨懸秦臺上"之句，當以《秦鏡》爲是，"春"乃"秦"字形訛，等等。今人整理劉集（詳下）時，以此本校正書棚本舛誤的例子舉不勝舉，可見較之書棚本，此本確有不少"佳絶"之處。然此本亦有不足的地方，如卷五《送南特進歸行營》"汗馬何源飲"句，"何源"當爲"河源"之訛。同卷《湘中紀行十首》其二《湘妃廟》"未作湖江雨"句，"湖江"乃"湘江"之訛。同卷《暗日陪辛大夫宴南亭》，題中"暗日"乃"晦日"之訛，等等。此本卷五之首、卷十尾鈐有“翰林國史院官書”朱文長印，表明元代曾爲翰林院所有。元滅後，此本應入大明内府，明末從内府散出，清初歸劉體仁私藏。乾嘉以後經陸西屏介紹，爲黄丕烈所得，《蕘圃藏書題識》每每提及此本，以爲美談。黄家書散出後，此本歸陳揆所有，卷中多處鈐有“稽瑞樓”朱文長印，陳氏《稽瑞樓書目》著録有此本，曰：“宋刻殘本，二册。”陳氏去世後，此本輾轉歸瞿鏞，《鐵琴銅劍樓藏書目録》著録曰：“《劉文房集》六卷，宋刊殘本，唐劉長卿撰。原書十一卷，今存第五至十。每半葉十二行、行二十一字，‘貞’、‘敬’字有減筆，册首有正書‘翰林國史院官書’七字長印，蓋明時鈐記也。舊爲士禮居藏書。”（《鐵琴銅劍樓藏書目録》卷十九，頁二八〇）此本有“鐵琴銅劍樓”朱文長方印記多處。然瞿氏謂“原書十一卷”，則爲一時誤記。瞿氏庋藏期間，傅增湘曾借作校本，《藏園群書題識》嘗記此事，其略曰：“按《隨州集》宋時蜀刻題曰《劉文房文集》，常熟瞿氏藏有殘本五卷，余曾得假校。”（《藏園群書題記》卷十一，頁五八六）傅氏謂此殘本爲“五卷”，亦誤，此本所存爲卷五至卷十，凡六卷。新中國成立後瞿氏後人將此本捐獻給國家。

至於書棚本，清以前未見公私書目著録，最早提及此本者乃清人何焯。何氏謂此本藏於内府文淵閣，曾持以校勘席刻本（詳下），並在所校席刻本内留下跋文多則，其中一則謂校本用書棚本。何氏之後書棚本便再也無人見過，乾隆末所編《天禄琳琅書目》亦未著録，今蓋已不在天壤間。所幸乾隆四十二年（一七七七）盧文弨見到何校本，遂過録一本，並題辭曰：“《劉隨州文集》十一卷，其前十卷皆詩也，後一卷文，而總題曰‘文集’。何義門氏以宋本校正如此。其卷之起訖，字之異同，皆備著焉。”何校本輾轉流傳，民國間爲上海藏書家蔣汝藻傳書堂收得，王國維受蔣氏聘請，曾於一九二二年撰成《傳書堂藏善本書志》，其中即著録有何校本，曰：

> 此席刻《百家詩》本，何義門以宋本及舊鈔本通校。宋本作《劉隨州文集》，分十一卷，末卷爲文十篇，每半葉十行、行十八字，存目録及前五卷。舊鈔本出馮定遠家，次第與宋本目録同，則亦出自宋本也……何氏此校，精密殊甚，眉間又别有考訂之語，可謂善本矣。有“鵜”、“泰峰”二印。

王國維還迻録何氏手跋四則：“康熙丙戌二月，得見文淵閣不全《隨州集》，南宋書棚本也。焯記。"又跋:"毛丈斧季云,《隨州集》難得佳本,凡校三卷,庶無疏略矣。又記。(在卷五後)"又跋:"丁亥二月,以二弟所買馮定遠舊藏鈔本校後五卷,其次第與宋槧目録皆合,蓋佳書也。文房詩庶幾稍可讀矣。焯記。"又跋:"嚴天池家鈔本,後五卷次第亦同,復取參校,改正五字。焯又記。(在卷十後)"何氏跋和王國維著録可證,何氏所據的確爲書棚本《劉隨州文集》十一卷,上引黄丕烈語謂何氏所據爲建昌本,是未全見何氏跋語的臆測。今何校本下落不明,然盧文弨過録本今藏國家圖書館,據此過録本,還可間接窺見書棚本概貌:此本書名《劉隨州文集》,凡十一卷,屬於建昌十一卷本一系的本子。前有總目,十卷以前爲詩,凡五百五首;末一卷文十一篇,王國維著録"末卷爲文十篇",蓋將《祭閻使君文》兩篇計爲一篇。較之蜀刻本,此本詩歌分體編次,先以五言、七言分編,再以絶句,律詩,古體(含排律)編次。陳起父子是書商兼詩人,二人是懂詩的,書棚本排律與古體混編這一事實證明,直到南宋後期,詩學界還未將排律與古體區分清楚。元末楊士弘《唐音》方明確提出"排律"的概念,所以明人改編唐集始單列"排律"一體。此本編次上的另一特點,就是將雜言體歸入五古。三、五、七雜言體詩,今詩學界一般將其歸入七古,若再細分,則歸入雜言,《唐音統籤》名之曰"長短句"。然此本將雜言歸入五古,亦是那個時代分體觀念的反映,如此本將雜言《觀李湊所畫美人障子》,即歸入五古。另外,儲仲君《〈劉隨州集〉版本考》以爲此本尚有三失:一爲詩重出,如卷二《將赴江南湖上别皇甫曾》,卷四又重出;卷八有《哭陳歙州》,又改題《哭陳使君》重出;《幽琴》中四句,《晚桃》前四句,《觀李湊所畫美人障子》後四句,又均列爲絶句重出。二爲詩誤收,如《北游酬孟雲卿》乃張彪詩,《重過宣峰寺山房寄靈一上人》乃靈一詩,《秋夜有懷高三十五》乃張南史詩,誤收皇甫冉詩則尤衆。三爲失收,如卷三附見皇甫冉《宿洞靈觀》詩,而不見和作,何焯校曰:"計應有與皇甫冉往復之作,而舊本亦亡矣。"周密《癸辛雜識·後集》謂:"吹霎二字,每見劉長卿用之,作傷寒感冷意。"集中竟一處無存。司馬光《續詩話》、劉攽《中山詩話》,均載惠崇襲用長卿詩句"春入燒跡青",爲同輩所譏一事,此詩亦不載集中。以此知此集收羅未廣。集中誤字亦多,義門再三覆校,始云"庶幾可讀",則其編纂、刊刻,均較粗疏也(載《劉長卿詩編年箋注》),持論可謂精確。然書棚本畢竟展示了《長卿集》在宋代的另一面貌,且明以後傳世各本,皆此本之衍生本,其對後世的影響之大。不容小覷。

明代刊刻和傳鈔的劉集，其主要版本有以下幾種。

（一）李紀本。弘治十一年戊午（一四九八）臨洮太守李紀刻《劉隨州文集》十一卷、《外集》一卷。半葉十行十八字，黑口，四周雙邊。卷後韓明跋曰：

> 予同寅提學邃庵楊先生應寧，嘗爲予言："詩莫盛於唐，學詩者必法諸唐，而唐詩自李、杜、韓、柳以降，如王、孟、韋、劉諸名家，其全集不數數見，知言者有遺憾焉。"予聞而識之，遂從邃庵假所藏善本，各録一過，將有所圖而力未能也。比明年，則韋、孟諸集邃庵已梓行之，而王右丞詩亦刻諸西蜀矣，獨《劉隨州集》尚爲闕典。乃謀諸臨洮太守李君紀，僦工市材，刻之郡齋……是集之傳，顧非人間一快事邪？弘治戊午春二月朔中順大夫陝西按察司副使餘姚韓明識。（儲仲君《劉長卿詩編年箋注·附録·序跋》，中華書局一九九六年七月版）

據此，此本是據韓明的過録本上版刊行的。然韓氏所據的楊邃庵藏善本，究爲何本？韓氏並未明言。傅增湘《藏園群書經眼録》卷十二著録有此本，謂邃庵爲楊一清；其《藏園群書題記》亦曰："此本……後有餘姚韓明跋，謂得善本於楊邃菴提學應寧，同時行者尚有孟、韋諸集。今劉集尚有傳者，而韋、孟則不易覯矣。"又曰："此本行格爲十行十八字，其出於書棚本無疑。"（《藏園群書題記》卷十一，頁五八六）傅氏謂此本出於楊一清所藏書棚本，信然。經儲仲君勘對，此本與盧文弨過録之何校本脱簡處多同，如卷三《送裴十二》"不須論早晚"句，二本均缺"論"字；卷四《歸弋陽山居留别盧邵二侍御》"衹應君少慣"句，二本皆缺"君少"二字；同卷《題獨孤使君湖上林亭》"水對登龍浄"句，二本均缺"對"字等等，可見楊邃庵藏本確爲書棚本無疑。而此本據韓明過録本翻刻，乃書棚本的下位本，亦屬十一卷本一系的本子。不過，書棚本無《外集》，此本則有《外集》一卷，凡録詩十一首，當爲韓氏所補佚詩無疑。然而所補佚詩，皆正集中所有者，可見輯補時疏於檢核。《外集》諸詩與正集重出之情形，《四庫全書》館臣已有精覈考辨（詳下），不贅述。此本上海、四川省等圖書館均有庋藏，國圖所藏有脱簡，諸如卷一脱第五、第七、第八、第十五凡四葉，詩十六首，附詩二首；卷二脱第七、第八凡二葉，詩九首；卷七脱第一、第六凡二葉，詩四首；卷九脱第九葉，詩三首，共脱簡九葉，詩三十二首，附詩二首。另，今日本大倉文化財團亦有藏本，見嚴紹鎏《日藏漢籍善本書録·集部·别集類》。

（二）李士修本。弘治十三年庚申（一五〇〇）隨州知州李士修刻《劉隨州文集》十一卷。半葉十行十八字，黑口，四周雙邊。各卷首題“劉隨州文集卷第幾”。《藏園群書經眼録》著録此本曰：“前有弘治庚申宗彝序，言西蜀内江李士修知隨州捐貲重刊。有弘治庚申仲冬近湖外史沈寶文甫序。又弘治戊午陝西按察副使餘姚韓明序。（乙卯閲）”（《藏園群書經眼録》卷十二，頁一〇二三）此本書名、分卷、編次、文字甚至版式等均與李紀本相同，且附有李紀本韓明《跋》，可見此本乃據李紀本翻刻者，然翻刻時，此本删去《外集》，當是已察覺與正集重出而將其刊落。此本脱簡，亦較李紀本爲少，如李紀本卷一缺第五、第七、第八、第十五凡四葉，詩十六首；此本卷一第十五葉《逢郴州使因寄鄭協律》以下四首不缺。李紀本卷七缺第一、第六凡二葉，詩四首；此本卷七第一葉、詩二首不缺。另，上述李紀本卷四《歸弋陽山居留别盧邵二侍御》等三詩所缺“君少”、“對”、“論”等字，此本均已補上。所以儲仲君以爲此本與李紀本“雖同出棚本，而别爲一册，故有同異如此”（《〈劉隨州集〉版本考》）。此本上圖有藏，國圖藏本有殘缺。

（三）正德本。正德十二年丁丑（一五一七）判隨州事湯鏊刻《劉隨州詩集》十卷、《外集》一卷。半葉十行十八字，粗黑口雙魚尾，四周雙邊。卷前首湯鏊《劉隨州詩序》，次目録，首題《劉隨州詩集目録》。卷後有隨州儒學訓導玉山陳清《劉隨州詩後序》。此本顯爲詩集無疑，湯、陳二人所撰亦皆《詩序》，然各卷卷端卻題“劉隨州文集卷第某”，尾題亦然，表明此本乃由“劉隨州文集”翻刻而成者，只是書版時未及改爲“詩集”而致誤。陳清《後序》曰：

> 劉公長卿……去隨之後，繼其治者，亦嘗鐫公之詩以遺世，又不幸何時爲識者取去，遂使隨之民得藏其本者，不一二家，至今恨之。今年丙子，宜興湯君來判是州。至之日涖政臨民，一以公所爲爲法。暇則取公之詩而誦之，若有所授受而心得者，因命刻之以傳。雖其間采摭不能盡備，是亦歷久聚散之常耳。

陳氏謂繼長卿治者“亦嘗鐫公之詩”，顯指先於湯鏊的知州李士修所刻《劉隨州文集》而言；隨州之民“得藏其本者”，雖“不一二家”，但畢竟没有失傳，故湯鏊得取而誦之且亦刊行於世，據此可見，其所據底本定當爲李士修本無疑。考二本前十卷編次、分卷、版式等完全相同，甚至缺葉，缺字亦皆同，而與李紀本有異。可見此本的確是以李士修本爲底本翻刻而成的，雖然只有詩十卷，亦應屬於建昌十一卷一系的本子。不過，此本文字也有獨異之處，如卷四《越江西湖上贈皇甫曾之宣州》，題中“越”字形誤，李士修本作“赴”；“離相雨蕭蕭”句，“離相”誤，李士修本作“離别”。此本同卷《送鄭十二還廬山别業》“門首秋草閑”句，“首”字形誤，各本作“前”，良是。此本卷九《送孔巢父赴河南軍》“江城相送阻煙波”句，“江城”，李士修本作“江南”；“塞草青青戰馬多”句，“塞草”，李士修本作“寒色”。此本卷十《題曲阿三昧王佛殿前孤石》“雪山臨鷲慚貞堅”句，“臨鷲”誤，李士修本作“靈鷲”。再如同卷《送姨子弟往南郊》“遥望灞陵轉惆悵”句，“遥望”，李士修本作“郎去”，等等。陸心源《皕宋樓藏書志》卷六十八著録有此本，乃冶泉以此本過録何校本之校記，並跋曰：“辛未秋，從沈穎谷業師假得義門何先生校本校過。其前五卷依南宋書棚本，乃文淵閣殘書也；後五卷，用馮定遠家藏鈔本及嚴天池家鈔本互勘，兩抄次第與宋本皆合。宋本十行、行十八字，此本同。可見嘉靖以前本猶可據，惜文集未刻入，行將抄補之。冶泉記。自記則用墨筆，恐相混也。書中圈點非盡義門。又記。”此本今藏日本静嘉堂文庫，嚴紹璗《日藏漢籍善本書録·集部·别集類》著録有此本。上海涵芬樓影印《劉隨州詩集》十卷《外集》一卷、《四部叢刊》所收《劉隨州詩集》十卷《外集》一卷本，均據此本影印。

（四）銅活字本。明銅活字印《劉隨州集》十卷。此本亦屬長卿詩集的單行本。本書前已指明，銅活字本唐人詩集乃明弘治、正德間蘇州地區印本。此本乃明分體本，故與書棚本、二李本、正德本及蔣孝本等均不相同，此本先以古體、近體分編；古體則先五言，後七言；近體則先律詩、次排律、後絶句。全書則以五古、七古、五律、五排、七律、五絶、七絶凡七體編次，分編爲十卷。此乃明人改編唐集常見的編輯方法，乍看似與十一卷一系的分體本迥異，然而稍加比勘即可看出，二者並無根本不同，此本僅僅是將十一卷本各體詩的順序，依古近律絶七體的次序作了調整而已，故各體詩的編次，除五古與五排不同外，其餘諸體，編次與十一卷本幾乎完全相同。可見此本是以十一卷本一系的本子爲底子改編而成的。就文字而言，此本更近於二李本，而與正德本有異。如李士修本卷四《赴江西湖上贈皇甫曾之宣州》“離别雨蕭蕭”句，“離别”，此本同；正德本作“離相”，大誤。如李士修本卷九《送孔巢父赴河南軍》“江南相送隔煙霞”句，“南”、“隔”二字，此本同；

正德本則作"城"、"阻"。"寒色青青戰馬多"句,"寒色",此本同;正德本則作"塞草"。如卷十《題曲阿三昧王佛殿前孤石》"雪山靈鷲慚貞堅"句,"靈鷲",此本同;正德本作"臨鷲",實誤。再如同卷《送姨子弟往南郊》"郎去灞陵轉惆悵"句,"郎去",此本同;正德本作"遥望"等等,皆可證明此本是據李士修本或李紀本改編而成的。不過,此本刊刻時也參校過《文苑英華》、《唐詩品彙》諸書,故文字往往有與二李本不同處。此本國家、上海、杭州大學等圖書館均有庋藏,銅活字印《唐五十家詩集》所收《劉隨州集》十卷,即據杭州大學館藏本影印。

(五)蔣孝本。嘉靖二十九年庚戌(一五五〇)蔣孝刻《中唐十二家詩集》所收《唐劉隨州詩集》十一卷《外集》一卷。《中唐十二家詩集》前有薛應旂《序》、蔣孝自《序》,蔣《序》後有"卧龍橋東三徑主人"牌記一個。其中劉集半葉十行二十字,左右雙邊,白口單黑魚尾下題"劉集卷某"。卷前有目録,各卷首題"唐劉隨州詩集卷第某",次行下方具銜名"隨州刺史劉長卿"。此本分卷、編次、首數與二李本、正德本相同,而文字更近於二李本,而與正德本不同。如李士修本卷四《赴江西湖上贈皇甫曾之宣州》"離别雨蕭蕭"句,"離别",此本同;而正德本誤作"離相"。又如卷十《題曲阿三昧王佛殿前孤石》"雪山靈鷲慚貞堅"句,"靈鷲",此本同;正德本誤作"臨鷲",等等,這些例證表明,此本非據正德本,而是據李士修本抑或李紀本之前十卷翻刻而成的,故亦屬於十一卷一系的本子。然而此本文字頗有與二李本不同之處,如此本卷一《月下呈章秀才》,題中"章"字,活字本同;二李本作"張"。卷二《酬郭夏人日長沙感懷見贈》,題中"人"字,活字本同;二李本無"人"字。如卷三《南湖送徐二十七西上》,題中"南湖",活字本同;二李本作"海"。同卷《罪所留繫寄張十四》,題中"罪所",二李本作"非所"。此本卷五《宿懷仁縣南湖寄東海荀處士》,題中"荀"字,二李本作"苟"。同卷《夏口送長寧楊明府歸荆南因寄幕府諸公》"百越今無事"句,"百越",二李本作"日越"。再如卷八《送陸灃還吴中》,題中"陸灃",二李本作"陸澧"等等。此本國圖所藏有傅增湘録清何焯校跋,另一種有吴慈培校;上圖藏本有清錢陸燦批校、張蓉鏡題識;重慶圖書館藏本有佚名録何焯批校;北大圖書館藏本卷三至卷八配鈔本,有清李盛鐸跋。

(六)陸刻本。陸汴刻《廣十二家唐詩》所收《唐劉隨州詩集》十一卷、《外集》一卷,前有陸氏自《序》,上海圖書館藏本封面題籤誤爲《中唐十二家詩》,當爲後人補寫。細檢其中劉集,其書名、行款、分卷、篇目、序次甚至書體悉同蔣孝本,當是用蔣孝本的版片重印的。不過就劉集的情形看,重印前文字也作了校勘,但改動的文字並不多。

(七)統籤本。《唐音統籤》所收《劉長卿詩》十卷,編卷二百三十一至二百四十,丁籤十六,刻本。此本編次,首卷至二卷五古九十一首,第三卷七古十、長短句十九,第四至六卷五律二百,第七至八卷五排五十一、六言律二,第九卷七律六十四,第十卷五絶二十七、六絶三、七絶三十七,共五百四首。較之二李本、正德本、活字本及蔣孝本等,此本文字多同於蔣孝本,如蔣孝本卷三《罪所留縶寄張十四》,題中"罪所",此本同;二李本、正德本、活字本皆作"非所"。蔣孝本卷五《宿懷仁縣南湖寄東海荀處士》,題中"荀"字,此本同;二李本、正德本、活字本均作"苟"。同卷《夏口送長寧楊明府歸荆南因寄幕府諸公》"百越今無事"句,"百越",此本同;二李本、正德本均訛作"日越"。蔣孝本卷八《送陸澧還吴中》,題中"陸澧",此本同;二李本、正德本、活字本作"陸灃"等等,以上所舉諸例,都是蔣孝本區别於二李本、正德本、活字本的標誌性文字,而此本多與之同,可見此本乃是以蔣孝本或陸刻本爲底本改編而成的,自然屬於十一卷本一系的本子。然此本糾正蔣孝本或陸刻本舛訛處頗多,如蔣孝本卷二《送侯御赴黔中充判官》,題中"御"字上無"侍"字,二李本、正德本、活字本同;此本增"侍"字,甚是。同卷《今日登吴公臺上寺遠眺寺即陳將吴明徹戰場》,題中"今"字誤,二李本、正德本同;此本據《英華》、活字本改作"秋",良是。蔣孝本卷三《過横顧山人草堂》,題中"横"下脱"山"字,二李本、正德本、活字本同;此本據《英華》增"山"字,極是。蔣孝本卷六《陪元侍御遊支硎山寺》"友公去已久"句,"友"字誤,二李本、正德本同;活字本作"文",亦誤;此本據《英華》改作"支",甚是;支公,支遁也。同卷《哭張員外經》,題中"張經"誤,二李本、正德本、活字本均同;此本據《英華》校改作"張繼",並於題下注曰:"公及夫人相次殁于洪州。"極是。蔣孝本卷九《齊一和尚影堂》"身寄虚空如遇客"句,"遇"字誤,二李本、正德本、活字本同;此本據《英華》改作"過",極是等等。另,此本輯補遺詩三首:第四卷據《英華》輯補五律《喜晴》一首,第九卷據滕宗諒《岳陽樓石刻》輯補七律《岳陽樓》、《春望寄王涔陽》二首。然二首七律,胡氏又疑其皆僞作。再者較之蔣孝本,此本增加了不少題注及詩後注,或甄辨作品重出,或説明文字異同。胡氏乃明代著名唐詩學者,他的這些意見,對甄辨劉詩的重出誤收和文字校勘，均富有實貴的參考價值。

清代長卿集刊刻和傳鈔的本子，其主要版本有以下幾種：

（一）席刻本。康熙四十一年壬午（一七〇二）席啓寓琴川書屋刻《唐詩百名家全集》所收《劉隨州詩集》十卷《補遺》一卷。此本卷前首長卿《傳略》附《論説》，次目録。《傳略》係録《新唐書・藝文志》傳注之文，《論説》則輯録計有功、皇甫湜、高仲武、方回、晁公武諸家評論而成。各卷首題“劉隨州詩卷第某”，次行下方具銜名“唐隨州刺史劉長卿撰”。此本亦分體編次，前七卷分卷起迄及各詩編次，與二李本、正德本、蔣孝本相同（脱簡詩不計）；後三卷，分卷起訖雖與二李本、正德本、蔣孝本等有差異，然各詩編次，則此本與諸本大體一致（脱簡詩不計）。文字方面，此本也與二李本、正德本、蔣孝本等相差不大，所以儲仲君推斷：席刻本“不出李君紀刊本十一卷加《外集》一卷之範圍，蓋皆源出於南宋書棚本也”（《〈劉隨州集〉版本考》），此言可信。較之正德本，此本的顯著缺陷是脱簡頗多，蓋所據底本已然，計卷二脱九首，卷三脱四，卷四脱二十九，卷五脱十三，卷六脱一，卷七脱一，卷八脱八，卷九脱二，卷十脱一，共脱簡六十八首，其中六十七首收入《補遺》内。《補遺》凡七十六首，其中九首與正集重。正德本卷七所脱《罷攝官後將還舊居留辭李侍御》一首，此本未能補入。此本卷八《留辭》一首，正德本爲附見之李穆詩，此本題下脱去作者，誤作長卿詩。所以除去重出誤收之作，此本共四百三十八首，合補遺六十七首，共五百五首。王國維編《傳書堂藏善本書志》著録有此本，曰：

> 席刻《百家詩》本，何義門以宋本及舊鈔本通校……席本與宋本，九十兩卷不同。又十卷詩，席本多入補遺中，具見校語。又卷十一席本無有，何氏但存其目於目録中，未及補寫。

所謂“十卷詩，席氏多入補遺中”，即指此本正集脱簡嚴重，所脱詩皆入《補遺》。此本文字亦有脱誤者，如正德本卷七《題冤句宋少府庭留别》“薄俸不自”以下，此本脱去百二十五字；此本卷八《贈崔九載華》“渺渺雲山去幾重”一首，題目有誤脱，應爲《瓜洲驛重送梁郎中赴吉州》。至於王氏謂此本無文卷，乃因席刻爲詩集，自然不收文卷。王氏還謂“席本與宋本九十兩卷不同”，實際上，不唯九十兩卷，而是後三卷較之書棚本，均有較大差異，具體而言，書棚本卷八自第一首至《觀李湊所畫美人障子》，此本爲卷八（《留辭》

一首乃誤收李穆詩)；書棚本卷八自《送盧侍御赴河北》以下至卷九《登潤州萬歲樓》,此本爲卷九(此本脱一首;而末一首《温湯客舍》編次倒)；書棚本卷九自《江樓送太康郭主簿赴嶺南》以下至卷十,此本爲卷十(脱一首)。分卷的不同,反映了版本的差異。關於此本所據底本,席氏雖未明言所據爲何本,然於《論説》末卻曰:"集九卷,今刻詩十卷《補遺》一卷。""集九卷",不知所云何本,席氏以前《長卿集》似無九卷本者。席氏刻《唐百家詩》所據底本,清代著名學者孫星衍曾有説明曰:"《唐百家詩》,席啓寓刊。因宋槧本募工鋟板,自大曆貞元,訖唐宋五代。更檢《文粹》、《英華》、《紀事》、《類雋》、《類苑》諸書,及家藏諸舊集,爲補遺於各集之末,注明字有異同。總計爲卷二百八十有奇,爲帙四十……唐人詩集,各有原書名目,一時彙萃不易,賴有此集,得見宋槧規模。余嘗得羅隱《甲乙集》宋本校勘,與此刻相同,知其非妄作也。"(《廉石居臧書記・内編》卷上,頁二一九)然據筆者勘驗,席氏所據底本,並非全爲宋本。而席氏於確爲宋槧者,皆於卷後注明爲宋本;未注明版本者,則所據多爲明本。此本所據,席氏未言爲宋本,態度是審慎的。今據筆者考察,此本所據既爲"集九卷"本,則非直接據書棚本,亦非直接據明二李本、正德本、蔣孝本等十一卷、《外集》一卷本翻刻,所據當爲正德以後至清初的某個九卷本。或許席氏《百家唐詩》爲"唐詩"總集,席氏所言"集九卷",乃單指詩卷而言?若此種理解不錯的話,則九卷詩,再加一卷文,原集亦當爲十卷本。若是,則此本所據當爲明後期至清初的十卷本《劉長卿集》。然此本所據究爲何種版本,尚須進一步研究。此本國家圖書館藏本有傅增湘跋並録清何焯校,上海圖書館藏本有□韻齋録何焯校。

(二)全唐詩本。康熙敕編《全唐詩》所收《劉長卿詩》五卷。《全唐詩》編纂的主要依據,乃胡震亨《唐音統籤》與季振宜《全唐詩稿本》。季氏《稿本》中的《劉長卿詩》,則是將上述蔣孝本原刻入編,並於卷一末增補佚詩《代邊將有懷》,於卷二末補《喜晴》、《王昭君》,卷四末補《别宕子怨》,卷五末補《和中丞出使恩命過終南别業》,卷八末補《晚春歸山居題窗前竹》,凡增補佚詩八首。文字方面,季氏也作了校勘。季氏藏有衆多唐集善本,其中似有書棚本《劉隨州文集》,並以《中興間氣集》、《極玄集》、《才調集》、《文苑英華》、《唐文粹》、《樂府詩集》、《唐詩紀事》、《歲時雜詠》、《萬首唐人絶句》、《詩法家數》等諸總集及類書參校,用力頗勤,使蔣孝本的不少訛誤得到校正。如蔣孝本卷三《送馬秀才移家京洛便赴舉》，季氏删去“便”字，並於天頭出校曰：“宋刻有便字。”而《英華》此詩題中無“便”字，《英華》成書在書棚本前，故季氏删去“便”字並出校記說明。如同卷《送裴二十一》“不須□早晚”句，季氏於天頭出校曰：“或作‘不須論早晚’。宋刻本缺一字。”據何焯所見書棚本可知，該首此句正缺“論”字，而宋蜀刻殘本無此首。如蔣孝本卷四《歸弋陽山居留别盧邵二侍御》“頻悦越人田”句，“悦”字誤，季氏删去“悦”字，改作“税”字。如同卷《龍門八詠》第一首題目脱去，季氏據《唐文粹》補出題目“闕口”，甚是。如同卷《平番曲三首》，“番”字誤，季氏據《樂府詩集》校改作“蕃”，良是。蔣孝本卷六《哭張員外經》，題中“張經”，各本皆誤；季氏據《英華》、統籤本校改作“張繼”，並於題下注曰：“公及夫人相次没于洪州。”極是等等。季氏《稿本》出校的異文隨處可見，極具參考價值。除校勘文字外，季氏還將一些考辨結果注於題下。如《稿本》卷八《送陸澧還吴中》，季氏於題下增注曰：“一作李嘉祐詩。”卷九於《哭陳使君》題下增注曰：“與前《哭陳歙州》同，只末句異。”等等，這些題下注，爲甄辨劉集重出與誤收作品，提供了有益啓示。康熙敕編《全唐詩》所收《劉長卿詩》五卷，便是將季氏《稿本》中的《劉長卿詩》十卷悉數收入，删去《稿本》卷二重出之《將赴江南湖上别皇甫曾》，卷九重出之《哭陳使君》，及《稿本》卷二末補重的《王昭君》，卷四末所補《别宕子怨》、卷八末所補《晚春歸山居題窗前竹》等，凡删五首。而將《稿本》卷五末所補《和中丞出使因命過終南别業》移在最後。另，編臣增補的佚詩《遊四窗》、《岳陽樓》、《春望寄王涔陽》、《留辭》凡四首綴於最後，分編五卷而成。但《留辭》一首，原爲《長卿集》卷八所附李穆詩，席刻本誤爲長卿詩；編臣不察，謬據席刻本輯補爲長卿佚詩，當删。文字方面，編臣重加校勘，改正了季氏《稿本》未及改正的訛誤，如全唐詩本第三卷《毗陵送鄒結先赴河南充判官》，題中“結先”實“紹先”之訛，季氏未加校改，編臣據統籤本於“結”字下出校一“紹”字，甚是。全唐詩本第四卷《題冤句宋少府庭留别》，題中“庭”字，原誤作“聽”，季氏未及改正，編臣據席刻本改作“庭”字，甚是等等。然編臣也有失誤處，如全唐詩本首卷《題元録事開元所居》“冒風歸野寺”句，“風”字，季氏《稿本》作“嵐”，通行各本同，編臣不知何據改作“風”，非是。同卷《使迴次楊柳過元八所居》，題中“楊柳”，季氏《稿本》作“柳楊”，甚是；“柳楊”乃地名，編臣改作“楊柳”，實誤。全唐詩本第二卷《過横山顧山人草堂》“垂楊閑卧風”句，“卧”字，季氏《稿本》作"自",蜀刻本、二李本、正德本、銅活字本、《英華》均作"自",僅席刻本作"卧",編臣據改,大可不必。"自風"與"卧風",情趣迥然不同,杜甫善用"自"字,此"自"字與之有異曲同工之妙。然而這些舛誤,畢竟只是微瑕,無妨《全唐詩》成爲長卿單行詩集中收詩最多、文字最優的本子。

(三)四庫本。《四庫全書》所收《劉隨州集》十一卷。前十卷詩,後一卷文。卷前卷後除館臣所撰《提要》外,無任何序跋附録等。《四庫全書總目》曰:

> 是集凡詩十卷,文一卷。第二卷中《送河南元判官赴河南勾當苗稅充百官俸錢》詩,不書"勾"字,但注曰"御名"。蓋宋高宗名構,當時例避同音,故"勾"字稱御名,則猶從南宋舊本翻雕也。然編次叢脞頗甚,諸體皆以絶句爲冠,中間古體、近體亦多淆亂。如"四月深澗底,桃花方欲然。寧知地勢下,遂使春風偏"四句,第四卷中作《晚桃》詩前半首,乃《幽居八詠·上李侍郎》之一。而第一卷又割此四句爲絶句,題曰《入百丈澗見桃花晚開》,是二者必有一譌也。舊原有《外集》一卷,所録僅詩十首,而《重送》一首已見八卷中,又佚去題中"裴郎中貶吉州"六字。《次前溪館作》一首,已見二卷中。《贈袁贊府》一首,已見九卷中,而又誤以題下所注"時經劉展平後"句爲題,併軼"時經"二字。《送裴二十七端公》詩,亦見二卷中。《哭李宥》一首,亦見九卷中。《秋雲嶺》、《洞山陽》、《横龍渡》、《赤沙湖》四首,即四卷中《湘中紀行》十首之四,又譌《秋雲嶺》爲《雲秋嶺》,《洞山陽》爲《山陽洞》。《寄李侍郎行營五十韻》一首,已見七卷,又佚其題首"至德三年"等二十四字。不知何以舛謬至此,蓋宋本亦有善不善,不能一一精核也。今刊除《入百丈澗見桃花晚開》一首,其《外集》亦一併刊除,以省重複。(《四庫全書總目》卷一四九,頁一二八四至一二八五)

館臣謂卷四《晚桃》前半首,與卷一絶句《入百丈澗見桃花晚開》重出;舊本《外集》一卷所録十首詩,皆與正集諸詩重出,因而將其一併刊除,以省重複,甚是。然此外,此本卷四《赴江西湖上贈皇甫曾之宣州》,與卷二《將赴江南湖上别皇甫曾》,二首除首末二句外,其餘六句相同,故亦應爲重出詩;卷九《哭陳歙州》與同卷《哭陳使君》重出。二詩亦當削去其重出者。此本所據底本,館臣唯言"編修鄒炳泰家藏本",然鄒家所藏《劉隨州集》十一卷究爲何本？館臣並未説明，而是單單依據集中避諱“勾”字，便推測此本是據南宋舊本翻雕的，這表明館臣並不真正瞭解此本的版本淵源。至於館臣謂此本“編次叢脞頗甚，諸體皆以絶句爲冠，中間古體、近體亦多淆亂”，其實這正是宋人文體觀念的反映，不能視爲此本的編輯缺陷。此本的底本，據筆者考察，當是明蔣孝本，而非宋本，宋本是没有《外集》一卷的。但館臣參校了統籤本、席刻本、全唐詩本等，故文字不主一家。

（四）畿輔本。清光緒五年己卯（一八七九）定州王灝謙德堂刊《畿輔叢書》所收《劉隨州集》十一卷。此本前十卷爲詩，各卷首題“劉隨州詩集卷某”；第十一卷爲文，卷端題“劉隨州文集卷十一”。卷前卷後無任何序跋及附録等。半葉十行二十二字，四周單邊，粗黑口，無魚尾。此本前十卷詩所據底本爲《全唐詩》，只是卷數又恢復爲原十卷的形制罷了，故文字與《全唐詩》相同，且連其訛誤也一併沿襲。如《全唐詩》首卷《題元録事開元所居》“冒風歸野寺”句，“風”字乃“嵐”字之誤；《全唐詩》同卷《使迴次楊柳過元八所居》，題中“楊柳”乃“柳楊”之訛等等，這些《全唐詩》標誌性的誤字，此本均與之同。再者《全唐詩》出校的諸多異文，此本也皆與之同，此不贅舉。可見此本前十卷，確實是以《全唐詩》爲底本翻刻而成的。然而《全唐詩》補遺的作品，此本則移於卷十之末，注明“補遺”字樣。另外，此本第十一卷録文十二首，最末一首《湘妃詩序》，乃王氏輯補的遺文；其餘十一首，應是據通行十一卷本録入的。《叢書集成初編》本即據此本排印。另，王灝謙德堂刻《唐劉隨州詩集》十二卷，蓋爲此本詩歌部分的别裁另刊本，因未見原本，暫存不論。

近代以來的整理本有以下幾種：

（一）四部備要本。《四部備要》所收《劉隨州集》十卷、《外集》一卷。此本版權頁署“上海中華書局據席氏本校刊”。然而持與上海涵芬樓影印《劉隨州文集》十卷、《外集》一卷及《四部叢刊》所收《劉隨州文集》十卷、《外集》一卷本相較，絶大多數與之合，而與席刻本多牴牾，始知此本所據實爲正德本。此本卷前首湯鏊《劉隨州詩序》，卷後有隨州儒學訓導玉山陳清《劉隨州詩後序》。正集十卷、《外集》一卷所收篇目，完全與正德本相同，而與席刻本不同；《補遺》一卷所收各詩，亦與席本完全不同，故知此本的確是據正德本校刊排印的，而絶非據席刻本校刊者。然此本文字方面也進行過認真校勘，改正了正德本的不少訛誤，故有不少可取之處。由於此本與影印本已有許多不同，應屬整理本，故單列之。

（二）儲箋本。儲仲君《劉長卿詩編年箋注》上下二册，一九九六年七月北京中華書局出版。此書優長主要有四：一是校勘精到。此書以《長卿集》現存最早之完本李紀本爲底本，缺葉據李士修本鈔補，士修本亦缺者，則以明銅活字本鈔補。校本則首蜀刻殘本，次李士修本、正德本、銅活字本、全唐詩本、席刻本、盧文弨録何校本、四庫本等，並以唐宋以來諸總集諸如《中興間氣集》、《極玄集》、《文苑英華》、《唐文粹》、《唐詩品彙》、《全唐文》等二十三種典集參校，擇善而從，出校記於各首之後。缺文均補之，亦出校記。劉集自身的重出詩，一概删除；與他人重出詩，皆加考訂，確知歸屬者和歸屬不明者，均予注明（該書《例言》）。不過，此本亦偶有失誤處，如《自夏口至鸚鵡洲夕望岳陽寄源中丞》，此本校曰："源中丞，底本作'元中丞'……此從殘宋本、《文苑英華》、《全唐詩》、盧文弨本。"然殘宋蜀本題中並無"源"字。二是編次合理。此本分編年作品和未編年作品兩部分。編年作品，以確知年代者爲準的，而僅可推斷爲某一期間者，編於相應的時段區間内；未編年作品，則分體編次。歸屬未詳的重出及誤收詩篇，置於未編年詩之末。殘句數則置於最後。雜文十一篇，亦依時間先後入編。三是注釋簡明。詩文皆有題注，詩注重在引徵典實，詮注詞源；雜文僅作題注及校記，不作文注。四是資料豐富。唐宋以來，有關各詩的評論，則輯録於各篇之末；總論則彙集列爲附録。卷後另附録諸家序跋、《劉長卿簡表》、《〈劉隨州集〉版本考》及評論雜記等豐富的資料，以便讀者。《長卿集》舊無注本，此本的出版，爲讀者提供了一本相當精粹完善的整理本。

（三）楊注本。楊世明《劉長卿集編年校注》本，一九九九年九月北京人民文學出版社出版。此本亦以李紀本爲底本，以蜀刻本、銅活字本、席刻本、四庫本、畿輔本、全唐詩本等爲校本，並以唐宋以來諸總集如《中興間氣集》、《極玄集》、《文苑英華》、《唐文粹》、《唐詩品彙》、《全唐文》等十種總集及類書參校，凡改動底本者，均出校記説明；缺文補之，亦出校記；他本誤者，不出校記，總之"校勘務求簡要"（該書《前言》）。然而此本録字亦有欠準確處，如《石梁湖懷陸兼》，此本校曰："原脱'懷'字，從宋本補。"這裏的宋本指蜀刻本，見《前言》。然蜀刻本卷六此詩題中卻無"懷"字。再如《酬郭夏人日長沙感懷見贈》，題中"人"字，底本無，乃此本所增，卻没出校記説明據何本而增，等等。此本編次，依詩詞賦文次第，各以編年排列。詩則有編年與未編年兩部分；編年部分僅可大致判定時限者，次於相應繫年詩之後。此本注釋，解題置於第一條注中，重在繫年考證。詞語典故注釋，則務求簡明。對重出互見詩、佚詩、詞及歸屬難明的作品等，著者均作了審慎處理。各首之後，附有評語，歷代總論，則作爲《彙録》置於《附録》内。《附録》還收有序跋題記、生平傳記資料及《劉長卿年譜》等。故此書也是《長卿集》一個相當好的整理本。

【參考文獻】儲仲君《〈劉隨州集〉版本考》，載《劉長卿詩編年箋注》，一九九六年七月中華書局出版

韋蘇州集

韋應物（七三五？～七九二?）京兆杜陵（今陝西西安）人。天寶中以蔭補三衛郎，陪扈玄宗，頗任俠放浪。後折節讀書，嘗入太學。乾元中辟河陽從事，歷洛陽丞、京兆功曹等，大曆末拜鄠縣令，建中初入爲比部員外郎，出刺滁州，改江州，遷左司郎中，復出刺蘇州，任滿閒居蘇州永定寺，似未幾即卒。

《韋應物集》未見唐人典籍記載。最早提及其集者，乃宋人王欽臣。欽臣《韋蘇州集·序》謂應物集"舊或云《古風集》，别號《灃上西齋吟稿》者又數卷"。唐京兆鄠縣東有灃水流過，見《元和郡縣圖志》卷二。灃水旁有善福寺，所謂"灃上西齋"，蓋即善福寺西閣也。應物集中即有《灃上西齋寄諸友》詩，題下自注曰："七月中善福之西齋作。"又有《善福寺閣》、《善福精舍示諸生》等詩。應物罷鄠縣令後，嘗閒居善福寺西齋近二年，時爲德宗建中元年（七八〇）前後，應物四十六歲左右（見陶敏、王友勝《韋應物集校注》附録《韋應物簡譜》，上海古籍出版社一九九八年十二月第一版）。可見所謂"《灃上西齋吟稿》"，當爲應物閒居鄠縣灃水河畔善福寺西閣時的作品結集，集内彙聚的乃應物前期的作品。此後應物步入中級郎官行列，出刺州郡，入爲左司郎中，復出爲重鎮蘇州刺史，任滿居永定寺而終。擢爲郎官後的作品是否自編爲集，文獻無徵；然現傳集中出刺州郡後的作品並不少，究爲誰人纂集，唐代流行的應物集共有幾種？今天已不得而知了。

下迨趙宋，《崇文總目》卷六十一著録《韋應物詩》一卷，《新唐書·藝文

志四》著録《韋應物詩集》十卷。《總目》、《新志》成書相先後，所録應物詩集卷數如此懸殊，加之欽臣提及的《古風集》數卷，看來北宋中期以前，世上流行的應物集至少有三種之多。迨仁宗嘉祐元年丙申（一〇五六），太原王欽臣有感於唐史不載應物事蹟，且其集"綴叙猥並，非舊次矣"，遂據林寶《元和姓纂》及本集所載行事，叙其生平仕履，並取諸種集本詳加校勘，編爲定本《韋蘇州集》十卷，並撰《序》文弁於卷首。其《序》略曰：

> 韋蘇州，唐史不載其行事。林寶《姓纂》云……以集中事及時人所稱，考其仕宦本末，得非遂止于蘇邪？案白居易《蘇州答劉禹錫詩》云："敢有文章替左司。"左司蓋謂應物也，官稱亦止此。有集十卷，而綴叙猥並，非舊次矣。今取諸本校定，仍所部居，去其雜廁，分十五揔類，合五百七十一篇，題曰《韋蘇州集》（舊或云《古風集》，别號《澧上西齋吟藁》者又數卷），可以繕寫。嘉祐元年十二月二十二日，太原王欽臣記。（乾道遞修本《韋蘇州集》卷首，《中華再造善本》）

據此可知，王欽臣乃第一個爲應物叙次生平且系統整理其作品的人。王氏編定的十卷本，總爲"十五"類目，收詩"五百七十一篇"，另有賦一首。由"仍所部居"的話來看，原編十卷即是一個分類本，"仍所部居"，即不打亂舊本的分類及編次。王氏的校定工作，只是"去其雜廁"，即剔除舊本中重出誤收作品，且對文字加以校訂。這是韋集自問世以來的第一個認真整理本。職是之故此本頗爲後世重視，萬曼《唐集叙録》即譽爲"現在所傳韋集的母本"。欽臣乃王洙之子，進士出身，性嗜古，藏書數萬卷，手自讎正，世稱善本，其整理的韋集，就是其中之一。陳振孫《書録解題》卷十九著録《韋蘇州集》十卷，書名與此本同，應當即是此本。葉德輝《郋園讀書志》著録《韋蘇州集》十卷曰："《韋蘇州集》十卷，北宋膠泥活字印本……書半葉九行，行十七字。四周墨闌，版中直綫細如髮絲。不知何時何人以墨筆加重。字行不齊整，可見鐵版膠泥印書之跡。前有嘉祐元年十二月二十二日太原王欽臣記。慶曆、嘉祐同爲仁宗紀元，嘉祐上距慶曆十餘年，其時膠泥印本當必盛行……至紙薄如繭而極堅韌，或澄心堂製造；墨色如漆，視之有光，或李廷珪墨所印，皆未可知。"（《郋園讀書志》卷七，頁三三九）葉氏判所見爲嘉祐間膠泥活字印本，是否即此本，不得而知。到神宗熙寧九年（一〇七六），葛蘩重新整理韋集，並撰《韋蘇州集後序》，其略曰：

> 權知吴縣事葛蘩等所校讎《唐蘇州韋刺史集》凡十卷,以相校除,定著五百五十九篇,皆以辨析,可繕寫。刺史洛陽人,姓韋氏,名應物。正元中以左司郎中出爲蘇州刺史,其詳不載於正史……繇正元逮今,三百餘年,而刺史之文傳於世者寥寥不知其幾也。熙寧九年,天子命度支郎中昌黎韓公出知蘇州事……得晁文元公家藏韋氏全集,俾僚屬賓佐參校訛謬,而終之於蘩,始命鏤板,將以傳之於後世……謹第目録如上。將仕郎守長洲縣尉兼管勾河塘溝洫王昌彦,將仕郎守陳州司法參軍充州學教授霍漢英,登仕郎前監杭州鹽官縣邑門蜀山鹽場權知吴縣事葛蘩等校。(乾道遞修本《韋蘇州集》卷後,《中華再造善本》)

據此《後序》,葛蘩校定本仍爲十卷,然録詩只有五百五十九篇,另賦一首,較欽臣本減少十一首。相差的原因,胡震亨以爲是葛氏剔除了嘉祐本的重複詩,且輯補遺詩四首後編定的。胡氏曰:"王欽臣嘉祐本分十五總類,合五百七十一篇。葛蘩熙寧蘇郡本,較除重複,補欽臣本四篇,著爲五百五十九篇。"(《唐音統籤》第三册,頁一三九)依胡氏之言,葛氏本是以嘉祐本爲底本,删除重複,增補佚詩編纂而成的。嘉祐本有詩五百七十一篇,葛氏删去重出誤收者,增補四首佚詩,才五百五十九首,是葛氏凡删去嘉祐本重出十五首,加之校勘文字,葛蘩於此本的確下了功夫。葛氏曰:"定著五百五十九篇,皆以辨析。"可見校勘結果是可靠的。正因爲如此,南宋乾道間崔敦禮整理韋集時,即明確地説"以葛蘩本爲正"。

宋室南渡,有紹興二年壬子(一一三二)刊行本。胡震亨曰:"王欽臣嘉祐本分十五總類,合五百七十一篇。葛蘩熙寧蘇郡本,較除重複,補欽臣本四篇,著爲五百五十九篇。紹興蘇郡重刊本益三篇。"(《唐音統籤》第三册,頁一三九)若是,紹興本收詩賦五百六十三篇。然紹興本增補之三首,胡震亨謂其中"《宫人入道》係張蕭遠詩,《早春遊望》係杜審言詩"(同上)。所以紹興本所補三首,只有一首是韋應物詩。晁公武《讀書志》卷十七著録《韋應物集》十卷,或者即此紹興本。乾道七年辛卯(一一七一)平江府學刻《韋蘇州集》十卷、《拾遺》一卷,今有遞修本傳世,藏國家圖書館,《中華再造善本》首批收有此本。半葉十行十八字,版心下方有刻工"徐琪"、"李中"、"賈端仁"、"何彬"、"賈琚"、"牛智"等。此本開版宏敞,字大如錢,唯刷印次數太多,字畫有些已經漫漶,部分損毁處經過修訂,卷一第十五葉爲補版。儘管如此,展卷仍可感受到宋槧照人的光采。此本卷前唯王欽臣《序》,無總目。卷後《韋蘇州集拾遺》一卷録佚詩七首，次《附録》一卷，依次收葛蘩《後序》、姚寬《書葛蘩校韋蘇州集後》、胡觀國《書重刊韋蘇州集後》、崔敦禮《題識》等。各卷首題"韋蘇州集卷第某"，次行下方題銜名"蘇州刺史韋應物"，三行爲類目及作品首數，次有卷目連接正文。崔敦禮《題識》曰：

> 《韋蘇州詩集》十卷並《拾遺》七篇，丞相觀文魏公守平江命教官所校也……丞相觀文公，貴本尚古，嗜好與衆絶殊，顧於此耽玩，若所甚好不少置。敦禮職斯文者，曷敢不敬以承。詩之本不一，以葛蘩本爲正，參以諸本，是正凡三百處而羸，又得《九日》一詩，附於卷末。若蘇州之名氏與仕與年，則有姚君令威之所書在云。乾道辛卯左從政郎添差充平江府府學教授崔敦禮書。（乾道遞修本《韋蘇州集》卷後，《中華再造善本》）

據崔氏《題識》，此本以葛氏本爲底本，以衆本爲校本，改正訛誤三百餘處，故文字更加精粹；又輯補佚詩《九日》一首，使韋集收詩達五百六十首，另賦一首。崔氏所説的"丞相魏公"，乃魏杞，乾道六年（一一七〇）以參知政事、右僕射罷授觀文殿學士、知平江府，此本即魏杞命平江府學教授崔敦禮校勘梓行的。由於收詩較全，又經崔氏精心校勘，所以此本頗受後人重視，多有翻刻者。臺灣"中央圖書館"所藏宋刻大字本《韋蘇州集》十卷，唯存第七卷一卷，不知是否即此乾道平江本；若然，雖只一鱗半爪，亦稀世珍寶。國家圖書館所藏遞修本，卷八第十二葉後半葉，與同卷第十三葉後半葉錯簡。此錯簡處當係原刻即如此，與後世修訂無關。遞修本文字也有訛誤，如此本卷二《贈古儋》，題中"古"字，乃"李"字之誤。李儋爲應物好友，集中有多首提及李儋，如卷三《贈李儋侍御》、《寄李儋元錫》，卷四有《送李儋》、《寄别李儋》等等，可見"古儋"乃"李儋"之誤。又此本卷二《九日澧上作寄崔主簿倬二李端繫》，題中"李"字訛，當作"季"。"二季"蓋指應物兩個弟弟端、繫，此本同卷即有《休沐東還胄貴里示端》詩，卷三有《歲日寄京師諸季端武等》，卷五有《答端》等等，可見"李"字乃"季"字之誤。又此本卷三《寄職方劉郎中》結句"歸殊不遠暮潮從去早潮來"凡十一字，顯然有誤，此句書棚本（詳下）作"歸思徒自盈"。又此本卷四《送槐廣落第歸揚州》，題中"槐廣"，胡震亨疑爲"魏廣"之訛，甚是。又此本卷五《答楊校書當》，題中"楊"字，乃"暢"字之誤，暢當爲應物同時詩人，應物詩中多次提及此人，故當作"暢校書當”爲是。又此本卷七《春遊南亭》“逍遥地館華”句，“地館”誤，當作“池館”。又此本卷九《温泉行》“蒙恩每欲華池水”句，“欲”字顯爲“浴”字之誤，等等。國圖藏遞修本鑒藏印記有：“建安楊氏傳家圖書”朱文長方印、“忠貞自效”白文方印、“宋本”朱文橢圓印、“毛晉”朱文長方印、“毛晉私印”朱文方印、“汲古主人”朱文方印、“毛扆之印”朱文方印、“斧季”朱文方印、“萬卷堂藏書記”朱文方印、“檇李項藥師藏”朱文長方印、“天禄琳琅”朱文方印、“天禄繼鑒”朱文方印、“乾隆御覽之寶”朱文橢圓印、“太上皇帝之寶”朱文大方印、“八徵耄念之寶”朱文大方印等。《天禄琳琅書目後編》卷六著録有此本，謂鈐印中的“建安楊氏”，乃明大學士楊榮家，後此本爲常熟毛氏，檇李項氏等所庋藏。

南宋臨安府棚北大街睦親坊南陳宅書籍鋪刊行《韋蘇州集》十卷、《拾遺》一卷。此本今國家圖書館有藏，《中華再造善本》首批影入。半葉十行十八字，版心下方唯卷一、卷二有刻工姓名，其中卷二第一葉署“余同甫刀”、次葉署“同甫刀”，其餘只署一“余”字。據此推測，此本蓋余同甫一人鐫成。書棚本唐集爲宋本精品，此本開版適中，雖不及乾道本宏敞，然字體正書，楷法精美，刀工精細，刻印俱佳，覽之秀逸之氣襲人，誠爲宋本中不可多得的佳槧。國圖藏本有近代藏書家袁克文題《千秋歲》詞曰：“蘇州十卷千金易，獨愛旋風，册葉藐矣。連城璧，唐小集，兹爲伯。”可見稱揚之高。此本卷前首王欽臣《序》，次總目。卷後《韋蘇州集拾遺》一卷，收詩七首，此外無其他附録。各卷首題“韋蘇州集卷第某”，次行下方題銜名“蘇州刺史韋應物”，三行題寫類目，不標作品首數。此種版式、分類、收詩及編次，顯然與乾道本相同（出入只在個别作品），故爲乾道本的仿刻本無疑。此本雖糾正了底本一些訛誤，然又生出一些新誤。如乾道刻遞修本卷三《簡郡中諸生》“論詩一解顔”句，“論”字此本訛作“諸”。如乾道刻遞修本同卷《登郡樓寄京師諸季淮南子弟》，題中“郡樓”，此本脱去“樓”字。遞修本卷六《懷素友子西》“方歡遽見别”句，“别”字，此本訛作“明”。遞修本卷八《郡内閒居》“衆藥發幽姿”句，“藥”字，此本訛作“樂”。遞修本卷九《馬明生遇神女歌》“馬生一粒心轉堅”句，“粒”字，此本訛作“立”。遞修本同卷《石鼓歌》“好古猶共傳”句，“共”字，此本訛作“法”。遞修本卷十《驪山行》“蒼生咸壽陰陽泰”句，“咸”字，此本訛作“感”。同卷《漢武帝雜歌三首》其三“浮舟大江屹不前”句，“舟”字，此本訛作“世”。再如同卷《淩霧行》“浩浩合元天”

句,“元”字,此本訛作“無”等等。王國維《傳書堂藏善本書志》著録有此本,王氏辨析其特點曰:

> 宋諱自寧宗嫌名“廓”字以上,大抵闕筆。以板式及行欵定之,南宋臨安府陳宅書籍鋪刊本也。明人有景刊本極精,《天禄琳琅書目》所録元本,聊城楊氏《海源閣書目》所録宋本,實皆明覆宋本。明本余亦畜之,取此本相校,則明覆本十五類下皆著詩若干首,此本無之。又明本於宋本譌字頗有是正,然譌竄亦頗不少。如卷一《雜擬》詩“如何雨絶天”,“雨”譌“兩”……宋本皆不譌。惟卷八宋本奪《詠露珠》詩二十字及“《詠水精》”三字,明覆本及華雲所刊《韋江州集》皆有之。攷華雲本有華復初跋,謂“宋本亦有譌脱”,蓋指此本。又華本後有紹興、乾道蘇州刊本二序,華氏殆得見乾道本寫本,故得補宋本訛脱。景宋本之刊殆在華本後,故得據華本補之歟!此書宋刊,惟金陵圖書館有前四卷。此本内府舊藏有“乾隆御覽之寶”及“天禄琳琅”二璽,而天禄兩目著録宋本二,元本一,不及此本,蓋得於書目既成之後也。有“鄞人周琬”、“周氏子重”、“嘉興雙湖戴氏家藏書畫印記”三印。(《傳書堂藏善本書志·集部》)

據王國維所言,此本一明顯訛誤是,卷八脱漏《詠露珠》詩二十字及《詠水精》題目三字,故較之乾道遞修本,此本脱詩一首。此本既仿刻乾道本,所以爲使卷八《詠露珠》以下各版之版面,與乾道本版面彼此對應,此本遂將乾道本卷八最後一首《仙人祠》,調至此本卷八第五首《詠琥珀》後,故此本編次亦與乾道本小異。國家圖書館所藏此本,卷後另紙有姚明圖題跋,袁克文《千秋歲》詞及題跋五則,克文弟克權題跋一則,笑農題跋一則。袁克文《題跋》曰:“《韋蘇州集》十卷,宋臨安書棚本,明多覆刊,此其祖也。《天禄書目》載有五部,兩宋一元兩明,考其藏印,皆與此不合,此當在著録以前賜出,故書目無之。書中藏印雖多,無可考,如戴氏長印,周琬諸印,古色蒼鬱,至近亦明初藏家。棚本韋集明翻極夥,幾可亂真,近世藏家多誤識爲宋,真者版心有字數及刻工姓名,無沈明遠補傳,且字畫瘦健,神姿幽逸,非覆本所能仿佛。存於今者,唯聞江寧圖書館所得泉唐丁氏書中有之,餘者俱未敢斷。此則棚本之絶精者,況首尾完好,了無缺殘,尤足爲希世之珍。予藏宋槧雖已盈百,尚無棚本,今首即獲此,益自喜也。丙辰上巳寒雲。”可見推許極高。丙辰爲民國五年(一九一六)。國家圖書館藏本鑒藏印記累累,計有“嘉興雙湖戴氏家藏書畫印記”朱文長方大印、“鄞人周琬”白文方印、“周氏子重”白文方印、“天禄琳琅”朱文方印、“乾隆御覽之寶”朱文大方印、“克文與梅真夫人同觀”朱文長方印、“寒雲小印”朱文方印、“寒雲如意”朱文方印、“臣克文印”朱文方印、“上第二子”朱文方印、“百宋藏書”朱文方印、“佞宋”朱文長印、“雲合樓”朱文長方印、“妙蓮”朱文方印、“無塵”朱文小方印、“豹岑”朱文豹紋印、“駙馬都尉”白文方印、“梅真侍觀”朱文長方印、“八經閣”白文方印、“流水音”朱文長方印、“三琴趣齋珍藏”、“青瑣仙郎”白文方印、“丹右氏”白文方印、“璧珋主人”白文方印、“張用禮印”白文方印、“惟庚寅吾以降”、“濂溪後裔”、“瓶盦”朱文方印等數十枚。此本宋槧今存者,尚有南京圖書館藏殘帙卷一至卷四,凡四卷,有清丁丙跋,袁克文所謂“泉唐丁氏書中有之”,即此本也。

宋無名氏刻《韋蘇州集》十卷、《拾遺》一卷。此本今存有元修本,藏國家圖書館,卷中有清季振宜和勞健二人題款。陶敏、王友勝《韋應物集校注》曾以此爲校本。此本文字多與乾道刻遞修本爲近,如遞修本卷四《送鄭端公弟移院常州》“清觴方共酌”句,“共”字,此本同,而書棚本作“對”。遞修本卷五《酬韓質舟行阻凍》“荒衢且並騰”句,“並”字,此本同,書棚本作“升”。遞修本卷六《懷素友子西》“方歡遽見别”句,“别”字,此本同;而書棚本訛作“明”。遞修本卷八《休暇東齋》,題中“齋”字,此本同,而書棚本訛作“歸”。再如遞修本卷十《淩霧行》“浩浩合元天”句,“元”字,此本同,而書棚本訛作“無”等等,可見此本是以乾道(或其遞修)本爲底本翻刻而成的,故屬於乾道本系統。

宋槧韋集,還有無名氏刻巾箱本《韋蘇州集》十卷、《拾遺》一卷,一函,三册。《天禄琳琅書目後編・宋版集部》著録有此本,其略曰:“《韋蘇州集》……書十卷,分十四類,曰賦,曰雜擬,曰燕集,曰寄贈,曰送别,曰酬答,曰逢遇,曰懷思,曰行旅,曰感歎,曰登眺,曰遊覽,曰雜興,曰歌行,後《拾遺》一卷,標熙寧丙辰校本添四首、紹興壬子校本添三首、乾道辛卯校本添一首。前有嘉祐元年王欽臣序,云分十五總類,合五百七十一篇。‘五’字殆筆誤。書中有墨蹟跋二,一云:‘韋應物居官自愧,閔閔有恤人之心,其詩如深山采藥、飲泉坐石、日晏忘歸,孟浩然如訪梅問柳、偏入幽寺,二人意趣相似,然入處不同。韋詩潤處如石,孟詩如雪,雖淡無采色,不免有輕盈之意。德祐初,初秋看二集並記。須溪。'一云:'韋蘇州詩易讀不易學,比陶之自然又有異趣。須溪評猶仿佛可見,不用意不能似,用意又不復似,是以爲難爾。至正丁酉九月十五日,天全叟題。'以二跋證之,爲宋本無疑。須溪,劉辰翁號。天全叟,無考。"又曰:"巾箱本。謝遷,字于喬,號木齋,餘姚人。明成化乙未進士,官大學士。謚文正。又藏常熟毛氏。"卷中有"木齋"、"海虞毛晉子晉圖書記"、"四楞年少"、"有商子孫"、"芳草王孫"、"孝章"、"殷孝章"等鑒藏印記。此本闕補卷五第二葉,卷八第十葉。(《天禄琳琅書目後編》,頁五二三)此本卷後唯拾遺一卷,别無其他附録。據此推測,此本應刊行於乾道本之後,很可能即是書棚本的翻刻本,可惜原書已散逸,無法作進一步地證明。

元代刊行的韋集,今知有兩種:一爲康氏刻劉須溪本,一爲麻沙本。康紹宗刻《須溪先生校本韋蘇州集》十卷、《拾遺》一卷,今存者爲楊氏楓江書屋藏本,《中華再造善本》首批收有此本。半葉十行十六字,小字雙行同。左右雙邊,細黑口,版心下方偶記字數。卷前首劉辰翁《序》,次王欽臣《序》,次總目。卷後《拾遺》一卷收詩七首,最後爲劉辰翁《韋孟詩論》一則。各卷首題"須溪先生校本韋蘇州集卷第某",次行下方題銜"蘇州刺史韋應物",三行低一格題寫類目及首數。各卷尾題,則多將"校本"署作"校點"。劉辰翁《序》曰:"丁亥正月,爲康紹宗刻此本,復書其後。廬陵劉辰翁序。"後有木記"有陶唐氏"、"孟"、"問不知齋"、"須溪"凡四枚。據此可知此本乃元初所槧,時爲忽必烈至元二十四年丁亥(一二八七),距宋亡僅有八年。《中華再造善本》蓋據此定爲元刻本,甚是。此本另紙有袁寒雲、仰天、姚明圖《跋語》三則,袁《跋》判爲"宋德祐刊本",所據蓋卷後劉辰翁《韋孟詩論》中"德祐初,初秋看二集"語,然此語乃論韋孟詩,與此本刊刻時間無關,故袁氏誤。此本所據底本,劉辰翁没有説明,今考此本分卷、分類、收詩、編次與書棚本同,文字也多與書棚本爲近。如乾道遞修本卷六《懷素友子西》"方歡遽見别"句,"别"字,書棚本訛作"明"。乾道遞修本卷九《馬明生遇神女歌》"馬生一粒心轉堅"句,"粒"字,書棚本訛作"立"。同卷《石鼓歌》"好古猶共傳"句,"共"字,書棚本作"法"。遞修本卷十《驪山行》"蒼生咸壽陰陽泰"句,"咸"字,書棚本訛作"感"。同卷《漢武帝雜歌三首》其三"浮舟大江屹不前"句,"舟"字,書棚本訛作"世"。同卷《淩霧行》"浩浩合元天"句,"元"字,書棚本訛作"無"。"明"、"立"、"法"、"感"、"世"、"無"等字,這些都是書棚本獨有的訛誤,而此本均與之同,可見此本是以書棚本爲底本翻刻的。但此本也糾正了書棚本一些舛誤,如書棚本卷八誤脱《詠露珠》詩及《詠水精》題目凡二十三字,此本均已補上,故此本較書棚本溢出一首。又遞修本卷八末一首《仙人祠》,書棚本調至同卷第五首後,此本依據校本,將《仙人祠》仍編於卷八之末,故編次與書棚本稍異,而與遞修本同。然所補《詠露珠》一詩,編於《詠琥珀》後,亦此本與遞修本原編置於第二首後小異。至於劉辰翁評語,少則數字,多則數十字,夾刻於正文行間,成爲此本一大特點。因劉氏名聲甚大,故後世翻刻者亦夥,從而形成一個獨立的版本系統。國圖所藏此本鑒藏印記有"牧齋"、"季振宜"、"振宜珍藏"、"御史之章"、"滄葦"、"袁存"、"寒雲主人"、"百宋書藏"、"後百宋一廛"、"惟庚寅吾以降"、"豹岑"、"王滰私印"、"新安吴氏"、"吴石湖珍藏"、"張奎"、"山南私印"、"張文漢印"、"天津九民圖書館珍藏圖書"等鑒藏印記數十枚,知此本明末清初曾爲錢謙益庋藏,後爲季振宜收得,民國時曾歸袁克文。此本原刻今存者,尚有天津圖書館所藏全帙;南京圖書館所藏殘帙七卷,存卷五至卷十凡六卷及拾遺一卷。

元刻麻沙本。此本孫望《韋應物詩集繫年校箋》(詳下)曾用爲校本。此本文字多與書棚本、康氏刻劉須溪本爲近,尤其接近劉須溪本。如書棚本卷六《感鏡》"松枝樹秋月"句,"樹"字,劉氏本作"掛",此本亦作"掛"。又如書棚本卷八《始建射侯》"賓登時事畢"句,"登"字,劉氏本作"客",此本亦作"客"。"掛"字、"客"字乃劉氏本的獨有文字,而此本與之同,可見此本是以劉氏本爲底本翻刻而成的,或以書棚本爲底本,又參校了劉氏本。總之此本屬於書棚本系統,當無可疑也。

明代刊刻和傳鈔的韋集,其主要版本有以下幾種。

(一)銅活字本。弘治正德間銅活字印《唐人詩集》所收《韋蘇州集》十卷。上圖藏本有葉德輝跋,《唐五十家詩集》所收《韋蘇州集》十卷,即據此本影印。此本最大特點,是變宋元分類本爲明分體本,是韋集分體本的始作俑者,計卷一至七爲五古三百五十六首,卷八七古三十九,卷九五律五十六、七律十三,卷十五絶六十七、六絶二、七絶三十八,共五百七十一首,另賦一首。較之元刻劉須溪本,此本溢出十五首:卷一《奉同郎中使君郡齋雨中宴集》,卷七《鶡鴠》,卷八《黿山神女歌》、《寇季膺古刀歌》、《贈孫微時赴雲中》,卷九《冬夜宿司空野居因寄酬贈》、《經無錫縣醉吟寄丘丹》、《貢院鎖宿聞員外使高麗贈送徐騎省》、《寄答秘書王丞》、《書懷寄顧處士》、《題龍潭》，卷十《詠春雪二首》其二、《上皇臺》、《杜司空席上贈妓》、《突厥臺》等，然而《奉同郎中使君郡齋雨中宴集》一首，乃附見之顧況詩，改編者誤作應物詩録入。元刻劉須溪本溢出此本四首：《寄二嚴》、《南池宴錢子辛賦得科斗》、《虞獲子鹿》、《和晉陵陸丞早春遊望》。至於此本所據底本，據筆者考察，文字多與宋無名氏本，尤其與元刻劉須溪本爲近。如元刻本卷三《元日寄諸弟兼呈崔都水》"淮濱巽時候"句，"巽"字，此本同；而乾道刻遞修本、書棚本均作"益"。如元刻劉須溪本同卷《簡郡中諸生》"談詩一解顔"句，"談詩"，此本同；乾道遞修本作"論詩"，書棚本誤作"諸詩"。元刻本卷六《感鏡》"松枝掛秋月"句，"掛"字，此本同；乾道遞修本、書棚本皆作"樹"。元刻本卷八《詠春雪》"似惜豔陽時"句，"惜"字，此本同；乾道遞修本、書棚本皆作"借"。元刻本同卷《對萱草》"叢疏露如滴"句，"如"字，此本同；乾道遞修本、書棚本皆作"始"。元刻本同卷《始建射侯》"賓客時事畢"句，"客"字，此本同；乾道遞修本、書棚本皆作"登"。以上"巽"、"談詩"、"掛"、"惜"、"如"、"客"等字，皆元刻本獨有的文字，而此本均與之同，可見此本是以元刻本爲底本，將各體詩分别依次録出，分編十卷，再補入佚詩而成的，故此本雖仍爲十卷，然編次已與底本頗爲不同。若此就引出一個問題，即此本既以元刻劉須溪本爲底本，那麽爲何元刻本會溢出此本四首詩呢？究其原因，當有兩點：首先元刻本溢出此本的四首詩，其中《和晉陵陸丞早春遊望》一首，乃杜審言詩，《送宮人入道》一首，乃張蕭遠詩，此二首當爲編者所删。其次另外兩首，當爲此本改編時不小心脱漏了。此本不足之處有二：一爲作品及文字有脱誤，二爲以活字排印，局限較多，故底本中許多寶貴的原注和校記，此本大都將其删去，因而丢失了許多寶貴資料。不過由於此本在明代出現較早且作過校勘，故其版本價值還是比較高的。

（二）叢刊本。明嘉靖二十七年戊申（一五四八）華雲校太華書院刻《韋江州集》十卷、《附録》一卷。《四部叢刊》初編本《韋江州集》十卷、《附録》一卷即據此本影印，世稱"四部叢刊本"。半葉十一行二十一字，版心上頂邊欄署"韋江州集"，最下方鐫"太華書院"四字。卷前首華雲《刻韋江州集叙》，次總目，總目末有汪汝達、鄒夢桂題識，次華復初《題識》。卷後《附録》一卷依次收王欽臣、葛蘩、姚寬、胡觀國、崔敦禮及楊一清、沈明遠等宋明諸家有關應物及其集本的序傳題識等。汪、鄒《題識》對此本的編次作了簡要説明,曰:“右《韋刺史詩集》十卷,計賦一首,古今詩五百六十首,宋嘉祐間王欽臣編定,而拾遺八首,則熙寧以後增入,舊本另爲卷,今附末卷之後。而序傳跋尾,别爲一卷。”又謂此本乃江州刺史華雲命其長子華復初校刻,“將置板公署,摹惠後學,且俾桂等同校之,浹三旬迄工,參考新舊善本頗衆,自謂精覈,無復訛脱,謹質諸博學君子”。華復初《題識》則曰:

> 韋詩世傳王欽臣校本而拾遺附焉,然鮮善刻。家君嘗以數本互校,欲刻之,以宋本亦有訛脱而止。近蘇、揚所刻,更欠精校。今刻再參諸本,就其長者從之,但詩中襲疑甚多,如……不容不以意裁之,輒與鄒子可否,一一删定,以便覽諷。王所編類例固當,然《送黎六郎》七言,不入歌行,而《難》、《易言》、《調嘯三臺辭》,俱係雜體,乃編歌行後,姑從舊,未敢輕改。劉須谿批《白鸜鵒歌》云:“誤字既多,大抵無味。”愚謂“夜仁全羽翼”,當作“依人”,此不必疑,餘自明白,豈須谿亦未見善本耶?惟《石鼓歌》“喘逶迤相糾錯”,“喘”字上下必有脱文,嗣更校補。今家君得代將歸,書來促數四,是以不及博攷。岳西華復初,謹識于光風霽月之樓。(四部叢刊本目録後)

華氏謂世傳韋集鮮有善本,經父子數人努力,以衆本互勘,去其訛誤,商榷校爲定本,鏤版刊行於世。華氏謂王本分類雖不盡合理,然未敢輕改;而文字方面,則頗下了一番校勘商討功夫,故此本文字頗精於諸本。但此本所據底本爲何?鄒、華二人均未明言。今考華氏《題識》嘗稱其父言,“宋本亦有訛脱”,王國維《傳書堂藏善本書志》著録宋書棚本時,謂華氏所説的“宋本”,即書棚本。王氏所言極是,此本正是以宋書棚本爲底本,參校諸本,是正文字後,鏤版刊行的,故此本文字多與書棚本爲近,而與乾道遞修本多異。如書棚本卷七《觀早朝》“禁旅下城列”句,“城”字誤,此本同,而乾道遞修本作“成”。書棚本卷九《横塘行》“湘簟玲瓏透象床”句,“湘”字,此本同,乾道遞修本作“實”。書棚本卷十《驪山行》“蒼生感壽陰陽泰”句,“感”字誤,此本同,乾道遞修本作“咸”。“城”字、“湘”字、“感”字,這些都是書棚本獨有的誤字,而此本均與之同。就書棚本與宋無名氏刻元修本而言,此本亦多與書棚本同。如書棚本卷八《樓中閲清管》“始遇兹管賞”句,“兹”字,此本同,而宋刻元修本作“弦”。又如書棚本同卷《詠春雪》“似借豔陽時”句,“借”字,此本同,而宋刻元修本作“惜”。書棚本同卷《對萱草》“叢疏露始滴”句，“始”字，此本同，而宋刻元修本作“如”。可見此本的確是以書棚本爲底本，經校勘後上版刊行的。王國維《傳書堂藏善本書志》著録此本曰：“《韋江州集》十卷附録一卷，明刊本……明户部郎中華雲司榷九江時所刊，故改題《韋江州集》。然華氏本籍錫山，書中刊工姓名並與顧起經所刊《王右丞集》同，則亦無錫所刊也，板心有‘太華書院’四字。宋本拾遺一卷，此本併入卷十。其附録一卷，爲嘉祐元年王欽臣校定序、熙寧丙辰葛蘩校刊序、紹興昭陽作噩姚寬書葛蘩本後、乾道辛卯胡觀國重刊跋，又崔敦禮跋、弘治丙辰楊一清跋、沈作喆補《韋刺史傳》、劉須溪評語，凡八種。天一閣藏書。”王氏謂此本乃無錫刊本，可謂獨到之見。唯此本將底本原注及所出校記删除殆盡，亦美中不足也。原刻今國家圖書館、北大圖書館、蘇州市圖書館、社科院文學所圖書館、重慶市圖書館、成都杜甫草堂均有藏本。

（三）明覆宋本。嘉靖間覆宋書棚本《韋蘇州集》十卷、《拾遺》一卷。半葉十行十八字，左右雙邊，版心白口單魚尾下有“韋幾”字樣，各卷首題“韋蘇州集卷第某”，次行下方題銜“蘇州刺史韋應物”，三行題寫類目及作品首數（卷五酬答類無首數）。卷前首王欽臣《序》、次沈明遠補《韋刺史傳》。卷後附録遺詩七首，此外無任何附録。此本底本爲書棚本，袁克文、王國維均持此説，且謂此本刻印俱佳，幾可與書棚本亂真，後世藏書家和目録學家，不少將此本誤作書棚本。王國維《傳書堂藏善本書志》嘗著録此本曰：“《韋蘇州集》十卷拾遺一卷，明復宋本……明重刊臨安書棚本。有‘留餘堂’、‘天鈞印’、‘寶德堂藏書’諸印。”王國維在著録書棚本時，曾詳細辨識此本與書棚本的區别曰：

> 明人有景刊本極精，《天禄琳琅書目》所録元本，聊城楊氏《海源閣書目》所録宋本，實皆明覆本。明本余亦畜之，取此本相校，則明覆本十五類下皆著詩若干首，此本無之。又明本於宋本譌字頗有是正，然譌竄亦頗不少。如卷一《雜擬》詩“如何雨絶天”，“雨”譌“兩”。《效何水部》詩“夕漏起遥怨”，“怨”譌“恨”。“蟲響亂秋陰”，“蟲響”譌“鴻音”。《奉同郎中使君郡齋燕集之作》，奪題中“郡”字。卷二《假中對雨［贈］〔呈〕縣中僚友》詩“社雨報年登”，“社”譌“杜”。《示從子河南尉班》詩序“以撲抶軍騎”，“抶”譌“扶”。《贈盧嵩》詩“忽若基柱傾”，“基”譌“砥”。《西郊游宴寄贈邑僚李巽》詩“春嵐重如積”，“嵐”譌“風”。《澧上西齋寄諸友》詩“效朱方負樵”，“方”譌“妨”。《還闕首塗寄精舍

親友》詩“川澗注驚湍”，“湍”譌“端”。卷三《寄黄尊師》詩“靈祇不許世人到”，“祇”譌“祗”。卷七《月溪與幼遐君貺同游》詩“半雨夕陽霏”，“雨”譌“兩”。《游溪》詩“緣源不可極”，“緣”譌“緑”。《襄武館［晚］〔遊〕眺》詩“四望盡田疇”，“［田］〔四〕”譌“西”。《起度律師同居東齋院》詩“對閤［起怕］〔景恒〕宴”，“閤”譌“閣”。卷八《滁城對雪》［時］〔詩〕“廁跡鴛鷺末”，“鷺”譌“路”。《移海榴》詩“葉有苦寒色”，“葉”譌“棄”。《郡齋移杉》詩“擢幹方數［寸］〔尺〕”，“擢”譌“櫂”。卷九《長安道》詩“頭上鴛鴦雙翠翹”，“鴦”譌“釵”。《横塘行》“玉盤的歷矢白魚”，“矢”譌“雙”。《烏引雛》詩“群鵶離褷睥睨高”，“鵶”譌“雛”。《鳶奪巢》詩“可憐百鳥生縱横”，“生”譌“紛”。《金谷園歌》“錦爲步障四十里”，“錦”譌“攻”，宋本皆不譌，惟卷八宋本奪《詠露珠》詩二十字，及“《詠水精》”三字，明覆本及華雲所刊《韋江州集》皆有之。攷華雲本有華復初《跋》，謂“宋本亦有譌脱”，蓋指此本。又華本後有紹興、乾道蘇州刊本二序，華氏殆得見乾道本寫本，故得補宋本譌脱。景宋本之刊殆在華本後，故得據華本補之歟？（《傳書堂藏善本書志·集部》）

所辨各點，除卷五類目下未標首數外，其餘各點皆極有見地。書棚本所脱《詠露珠》一詩和《詠水精》三字，此本均已補上。袁克文曾持所藏書棚本與此本對勘，且於書棚本卷後另紙跋曰：

明刊韋集至夥，以嘉靖翻棚本爲最精，序後增入宋沈明遠補《傳》，字畫微異，藏家自天禄以降，如海源楊氏，皆誤識爲宋刻，其精直可亂真。若持此相較，便覺奄奄無神采矣。翻本雖未改易行字，而卷中多所增損，皆以意爲之，尤覺失當。此本缺諱，如貞、恒、玄、樹、絃、徵、恨、朗、殷、敦、桓、禎、慎、筐、完、廓、構、泫、搆、燉諸字（原均缺筆——筆者），惟曙字數見，無缺者，翻本則止恒、桓數字缺筆耳。棘人克文。（書棚本《韋蘇州集》十卷拾遺一卷，《中華再造善本》）

據王、袁所論，此覆宋本之年份，應在叢刊本後。實際上此本與書棚本區别甚爲明顯：欽臣《序》後增入沈明遠補《韋刺史傳》，版心無刻工姓名，卷八不缺《詠露珠》一詩，宋諱寧宗以上唯“恒”、“桓”數字缺筆，有誤字數十處，類目下標有作品首數等等。然不對勘書棚本則不易辨之，可見版本的識别重在校勘。又據王、袁所論，《天禄琳琅書目》卷六“元版集部”所録《韋蘇州集》十卷一函五册,《楹書隅録》所録書棚本,實際均爲此覆宋本之誤判。此外據筆者考察,盧文弨《群書拾補·集部》所據"宋本"《韋蘇州集》十卷、葉德輝《郋園讀書志》卷七著録的"南宋書棚本"《韋蘇州集》十卷,實際上也是此本的誤判。如盧氏所據"宋本"卷前王《序》後有沈明遠補《韋刺史傳》,再以文字考之,則盧氏所謂宋本文字,與此本合若符契。葉氏所記"書棚本",其從子考證的依據爲《天禄琳琅書目後編》、《楹書隅録》和盧氏《群書拾補》,三書著録的書棚本恰恰都是此本,從而使盧氏、楊氏、葉氏三位著名版本目録學家所斷定的"書棚本",實際上皆爲明覆書棚本,這真是一個衆誤彙集,鑄爲大誤的奇事,版本鑒别之難,於此可見一斑。

(四)何刻本。萬曆間何湛之刻《陶韋合刻》所收《韋蘇州集》十卷、《拾遺》一卷本。今國家圖書館藏本有王國維校並跋,王國維《傳書堂藏善本書志》著録此本曰:"《韋蘇州集》十卷,明刊本。明浙江參議何湛之校刊。此萬曆中重刊宋臨安書棚本,但改十行爲九行耳。景宋刊本訛處,此本往往不訛。宋本訛字亦多,從華雲本改正,亦明代一善本也。"國家圖書館所藏王國維校本,爲其鑒别應物諸集時使用的工作本,此本原爲民國時上海藏書家蔣汝藻傳書堂收得,王國維受蔣氏聘請,曾撰成《傳書堂藏善本書志》。據王氏叙録可見,此本改正了書棚本及明覆宋本的不少訛誤,實勝於明覆宋本,故王氏對其評價相當高。此本原刻今北大圖書館、華東師大圖書館、揚州市圖書館、山西師範大學圖書館、南京博物院、湖北省圖書館均有藏本,實明刊韋集一善本也。

(五)汲古閣本。崇禎毛晉汲古閣刻《唐六名家集》所收《韋蘇州集》十卷、《拾遺》一卷。六名家爲常建、韋應物、王建、鮑溶、姚合、韓偓。一九二六年五月上海涵芬樓影印《唐六名家集》所收《韋蘇州集》十卷、《拾遺》一卷,即據此本影印。半葉九行二十一字,版心上頂邊欄鐫"韋蘇州集"。首卷卷端題"韋蘇州集卷第一",下方有"汲古閣毛晉據宋本考校"長方牌記一個。卷前首王欽臣《序》,次《韋蘇州集拾遺》,收詩九首,次總目。卷後無附録。毛氏謂據宋本考校,然不言爲何種宋本。今考此本分卷、分類、編次、收詩皆與書棚本同,文字也多與書棚本爲近,而與乾道遞修本不同。如宋乾道遞修本卷一《移疾會詩客元生與釋子法朗因貽諸曹》,題中"諸曹",書棚本作誤"諸祠曹",此本同誤。遞修本卷四《送鄭端公弟移院常州》"清觴方共酌"句,"共"字,書棚本作"對",此本同。遞修本卷五《答李博士》"顥氣凝秋曉”句，“凝”字，書棚本誤作“疑”，此本誤同。遞修本卷六《懷素友子西》“方歡遽見别”句，“别”字，書棚本訛作“明”，此本訛同。遞修本卷七《同德寺閣集眺》“舊堵今既葺”句，“既”字，書棚本作“已”，此本同。遞修本同卷《觀早朝》“禁旅下成列”句，“成”字，書棚本誤作“城”，此本亦誤作“城”。遞修本卷八《休暇東齋》，題中“齋”字，書棚本作“歸”，此本同。遞修本卷九《石鼓歌》“好古猶共傳”句，“共”字，書棚本訛作“法”，此本訛同。遞修本卷十《驪山行》“蒼生咸壽陰陽泰”句，“咸”字，書棚本訛作“感”，此本亦訛作“感”。遞修本同卷《漢武帝雜歌三首》其三“浮舟大江屹不前”句，“舟”字，書棚本訛作“世”，此本訛同。遞修本同卷《淩霧行》“浩浩合元天”句，“元”字，書棚本訛作“無”，此本訛同等等。以上各例皆遞修本與書棚本文字的明顯區别之處，而此本均與書棚本同，且並其訛誤亦照樣沿襲，可見此本的確是據書棚本翻刻的。不過此本也糾正了書棚本一些明顯訛誤，如書棚本卷八所脱《詠露珠》一詩及《詠水精》一題，此本均已補上，又書棚本卷八調至《詠琥珀》後的《仙人祠》一首，此本亦據校本回調至卷八末，另外此本改正了書棚本文字方面的部分訛誤，如卷三《簡郡中諸生》“諸詩一解顔”句，“諸詩”誤，乾道本等均作“論詩”，甚是，此本據以改作“論詩”等等，故此本較之書棚本品質明顯有所提高。汲古閣原刻今存者，還有上海圖書館所藏清錢陸燦批點本等。

（六）統籤本。胡震亨《唐音統籤》所收《韋應物詩》十卷，編卷二百二十一至二百三十，丁籤十五，刻本。胡氏曰：“王欽臣嘉祐本分十五總類，合五百七十一篇。葛蘩熙寧蘇郡本，較除重複，補欽臣本四篇，著爲五百五十九篇。紹興蘇郡重刊本益三篇；乾道本又益一篇。今考紹興所益《宫人入道》係張蕭遠詩，《早春遊望》係杜審言詩，删去。詩餘四首，改入辛籤。復於《文苑英華》得古詩三首，律詩一首，《萬首唐詩》得五言絶句一首，補入，定著爲五百六十二首。仍改分類爲分體，體各以舊類相次。”（《唐音統籤》第三册，頁一三九）胡氏提及王欽臣本、葛蘩本、紹興本、乾道本等，又曰“定著爲五百六十二首”，先分體，“各體以舊類相次”。然而此本的版本淵源，胡氏卻没有説明。今考此本文字多與叢刊本爲近，如叢刊本卷二《高陵書情寄三原盧少府》“兵凶互相踐”句，“互”字，此本同；而他本均作“久”。叢刊本卷四《上東門會送李幼舉南游徐方》“離筵既罷彈”句，“筵”字，此本同；而他本均作“絃”。如叢刊本卷五《答貢士黎逢》“茂才方上達”句，“才”字，此本同;他本均作“等”。叢刊本卷六《張彭州前與緱氏馮少府各惠寄一篇多故未答張已云殁因追哀叙事兼遠簡馮生》“常懷闕河表”句,“常”字,此本同;他本均作“長”。叢刊本卷八《夜值省中》“雲闕夏蒼蒼”句,“夏”字,此本同;他本均作“更”。叢刊本同卷《雪中》“忽憶京華年”句,“憶”字,此本同;他本均作“省”。叢刊本卷九《寶觀主白鸛鴿歌》“依人全羽翼”句,“依人”,此本同;他本或作“夜仁”,或作“伭仁”。叢刊本卷十《漢武帝雜歌三首》其二“獨有淡薄之水能益人”句,“薄”字,此本同;他本均作“泊”。以上諸例可證,此本的確是以叢刊本爲底本,先分體、體下各依舊類改編而成的。然而由於此本先分體再分類,且又補入佚詩五首,故與叢刊本的面貌已完全不同。此本文字亦經過校勘,改正了叢刊本一些舛誤。如叢刊本卷四《送張八元秀才擢第往上都應制》,題中“張八元”誤,胡氏據參校本改作“章八元”,甚是。叢刊本卷七《觀早朝》“禁旅下城列”句,“城”字誤,胡氏改作“成”字,極是等等。又此本於正文間增入不少校記,且於詩後引入劉辰翁部分評論,皆富參考價值。

(七)余刻本。明末余懷刻《韋蘇州集》十卷。此本上海、南京、河南省、復旦等圖書館均有藏,另浙江藏本配清鈔拾遺一卷,且有清佚名録清盧文弨批校,清華藏本有折隱跋並録清盧文弨、黄丕烈批注。盧氏《群書拾補·集部》收有此本,盧氏曰:“余家所蓄,乃下邳余懷本,十卷。今以宋本補其缺遺,正其脱訛,是者正書,訛字旁書。凡云一作某者,皆宋本所有。其同時酬和之作,時本皆缺,宋本有之,與集中詩皆平寫,今悉依仿補入。”(中華書局《叢書集成初編》本)上文已指出,盧氏所説的“宋本”,實乃明覆宋書棚本。據盧氏所出校記可知,余刻本卷八缺《詠露珠》一首,《仙人祠》一首不在卷末,而在《詠琉璃》後,可見余家刻本所據底本,其實就是宋書棚本。然余刻本不收附見詩,故盧氏一一爲之補入。又余家刻本用叢刊本作過校勘,故與書棚本文字有不同之處。如叢刊本卷二《高陵書情寄三原盧少府》“兵凶互相踐”句,“互”字,書棚本作“久”。叢刊本卷十《漢武帝雜歌三首》其二“獨有淡薄之水能益人”句,“薄”字,書棚本作“泊”。“互”字、“薄”字皆叢刊本的獨有之字,而余刻本與之同,而與書棚本異。可見余刻本是以書棚本爲底本翻刻的,又以叢刊本作過校勘。

(八)無名氏本。明末無名氏刻《韋蘇州集》十卷。商務印書館《萬有文庫》所收《韋蘇州集》十卷,即據此本影印。半葉八行十八字,四周單邊。卷前首王欽臣《序》,次古賦一首,次總目。卷後《拾遺》一卷,最後爲《韋蘇州集·總論》。各卷首題“韋蘇州集卷之某”,次行題寫類目,不標作品首數。此本分卷、分類、編次、首數與書棚本同,故卷八脱《詠露珠》一首,詩與題全脱,與書棚本脱詩二十字及下一首詩題“詠水精”三字稍有不同。卷八末《仙人祠》錯簡於《詠琥珀》後,亦與書棚本同。可見此本底本應爲書棚本。此本文字也與書棚本爲近,故屬於書棚本系統。如乾道遞修本卷七《襄武館遊眺》詩“西望盡田疇”句,“西”字,書棚本訛作“四”。遞修本卷九《鳶奪巢》詩“可憐百鳥紛縱横”,“紛”字,書棚本訛作“生”。遞修本同卷《馬明生遇神女歌》“馬生一粒心轉堅”句,“粒”字,書棚本訛作“立”。遞修本卷十《驪山行》“蒼生咸壽陰陽泰”句,“咸”字,書棚訛作“感”。“四”、“生”、“立”、“感”等字,較之乾道遞修本,均爲書棚本獨有的文字,而此本皆與之同,可見此本是以書棚本爲底本翻刻的。然此本文字也作了校勘,故與書棚本亦有不同。遞修本卷六《懷素友子西》“方歡遽見別”句,“別”字,書棚本訛作“明”,此本已改作“別”。遞修本卷八《郡内閒居》“衆藥發幽姿”句,“藥”字,書棚本訛作“樂”,此本已改作“藥”,等等,特别是遞修本卷九《寶觀主白鸛鴒歌》“依仁全羽翼”句,“依仁”,書棚本訛作“夜仁”;叢刊本改作“依人”,叢刊本所載華復初《題識》斷言以“依人”爲是,甚確;此本已改作“依人”。可見此本所據參校本也有叢刊本。值得注意的是,此本於卷八末增補《鵁鶄》一首,蓋爲補足脱去《詠露珠》一詩所少之首數;卷二後增補佚詩《贈孫[微]〔徵〕時赴雲中》、《冬夜宿司空野居因寄酬贈》、《寄答秘書王丞》、《書懷寄顧八處士》四首,故此本凡增佚詩五首,也是此本一明顯特點。此本卷後《總論》,收録白樂天、司空圖、葛常之、劉須溪、王元美、鍾惺等人有關韋詩的評論十四條。美中不足的是,書棚本原有的校記十分寶貴,此本删削殆盡,實在可惜。萬有文庫影印本所據底本,有無名氏以墨筆補入的校記,天頭上有墨筆過録白樂天、黄山谷、胡仔、劉須溪、楊用修、王世貞等十三位唐宋元明人以及無名氏對韋詩的評語,其中最多者爲劉須溪,其次爲鍾伯敬、顧東橋等。

清代刊刻和傳鈔的韋集,其主要版本有以下幾種:

(一)項刻本。康熙間項絪玉淵堂刻《王韋合刻》所收《韋蘇州集》十卷。國家、上海、南開、社科院文學所、遼寧省等圖書館均有藏本。卷前唯王欽臣《序》,卷後無《拾遺》及任何附録。各卷首題“韋蘇州集卷第某”,次行題銜名“蘇州刺史韋應物”，下有子目連接正文。此本乃乾道本的忠實翻刻本，且並其訛誤亦照樣沿襲，如遞修本卷二《贈古儋》，題中“古儋”，子目作“李儋”，甚是。李儋乃應物好友，集中寄贈李儋詩有多首，如卷二《將往江淮寄李十九儋》、《雪中聞李儋過門不訪聊以寄贈》、《善福閣對雨寄李儋幼遐》，卷三《贈李儋侍御》、《寄李儋元錫》，卷五《酬李儋》等等，可見作“古儋”誤，而項氏本亦誤作“古儋”。又如卷五《答楊校書當》，題中“楊”字誤，當作暢，暢當亦是與應物同時的詩人，敚作“楊校書當”，顯誤，而項氏本亦誤作“楊校書當”。此兩處舛誤，書棚本皆不誤，可見項氏所據宋本乃乾道遞修本無疑。

（二）席刻本。康熙四十一年壬午（一七〇二）席啓寓琴川書屋刻《唐詩百名家全集》所收《韋蘇州集》十卷、《拾遺》一卷。半葉十行十八字，各卷首題“韋蘇州集卷第某”，次行下方題銜名“蘇州刺史韋應物”，三行題寫類目及作品首數，下有子目連接正文。此本卷前首應物《傳略》，次王欽臣《序》。卷後《拾遺》收詩七首，次附録依次收葛蘩《韋蘇州集後序》、姚寬《書葛蘩校韋蘇州集後》、胡觀國《書重刊韋蘇州集後》、崔敦禮《跋尾》（跋末殘損五十餘字）等，最後有牌記一個“東山席氏悉從宋本刊於琴川書屋”。然從何種宋本刊刻，席氏未言。細繹此本版式、分卷、分類、首數等均與乾道遞修本相同，卷前無總目，各卷類目標明作品首數，且有子目連接正文等等，這些均與乾道遞修本相同。尤其是此本文字與遞修本多同，如遞修本卷九《馬明生遇神女歌》“馬生一粒心轉堅”句，“粒”字，此本同；而宋書棚本、宋無名氏本均訛作“立”。遞修本同卷《石鼓歌》“好古猶共傳”句，“共”字，此本同；而書棚本、無名氏本皆作“法”。遞修本同卷《寶觀主白鸖鴒歌》“依仁全羽翼”句，“依仁”，此本同；而書棚本、宋無名氏本作“夜仁”。再如遞修本卷十《驪山行》“雲霞草木生輝光”句，“生”字，此本同，而書棚本、宋無名氏本皆作“相”；又“蒼生咸壽陰陽泰”句，“咸”字，此本同，而書棚本、無名本訛作“感”。“粒”字、“共”字、“依仁”、“生”字、“咸”字，這些都是遞修本獨有的文字，而此本皆與之同，可見此本乃是以遞修本爲底本刊刻而成的。然而席氏也作了文字方面的校勘，改正了底本一些明顯舛誤，故從文字方面看，此本不失爲清代一種較好的韋集。

（三）全唐詩本。康熙敕修《全唐詩》所收《韋應物詩》十卷。《全唐詩》是在《唐音統籤》和季振宜《全唐詩稿本》的基礎上，參校内府所藏吴琯《初盛唐詩紀》等唐人總集、别集修訂而成的。而季氏《稿本》中的《韋應物詩》十卷,乃是將明覆書棚本韋集十卷原刻入編,删去類目與首數,及附見之顧況、楊淩、丘丹、劉太真、令狐峘、秦系等諸家酬唱之作,再於卷二後據《御覽詩》補入《寒食寄諸弟》,卷四後據《文苑英華》補入《送崔肅懿》、《送孫徵時赴雲中》,卷五據《萬首唐人絶句》補入《答端弟》,據《英華》補入《酬秦徵君徐少府春日見寄》、《冬日宿司空曙野居因寄酬贈》,卷七後據《英華》補入《龍潭》,據《樂府詩集》補入《上皇三臺》、《突厥三臺》,卷八後據《英華》補入《鷓鴣啼》,據《萬首唐人絶句》補入《聽琴》,卷九後據《英華》補入《黿頭山神女歌》、《寇季膺古刀歌》等凡十三首,故《稿本》共五百七十三首。文字方面,季氏以《御覽詩》、《唐詩紀事》、《樂府詩集》、《萬首唐人絶句》諸書參校,删去了季氏以爲不必要的校記,新增一些校文。然而因季氏未用韋集善本校勘,故王國維所指出的明覆書棚本的不少訛誤,季氏一字也未予糾正。全唐詩本《韋應物詩》十卷,便是將季氏《稿本》中的韋詩全部入編,删去季氏所補卷二《寒食寄諸弟》,卷四《送崔肅懿》,卷五《答弟端》,卷七《龍潭》、《突厥三臺》,卷八《聽琴》等六首,故《全唐詩》凡五百六十七首,加上編入詞中的四首,共五百七十一首。文字方面,編臣參照《統籤》及其他善本作了校勘,改正了明覆宋本的一些訛誤,但仍有不少訛誤編臣也未能校改。如卷一《效何水部二首》其二"夕漏起遥怨","怨"訛"恨"。卷二《贈盧嵩》"忽若基柱傾","基"訛"砥"。卷七《襄武館遊眺》"西望盡田疇","西"訛"四"。《起度律師同居東齋院》"對合景恒宴","合"訛"閤"。卷八《郡齋移杉》"擢幹方數尺","擢"訛"棹"。卷九《長安道》"頭上鴛鴦雙翠翹","鴦"訛"釵"。《横塘行》"玉盤的歷矢白魚","矢"訛"雙"。《烏引雛》"群鵶離褷睥睨高","鵶"訛"雛"。《鳶奪巢》"可憐百鳥生縱横","生"訛"紛"等等。儘管如此,《全唐詩》較之其他韋集,無論收詩還是文字,堪稱韋集中較好的一個本子。

(四)四庫本。《四庫全書》所收《韋蘇州集》十卷。《四庫全書總目》曰:"《韋蘇州集》十卷,江蘇巡撫採進本……先是,嘉祐中王欽臣校定其集,有序一首,述應物事蹟與補傳皆合……此本爲康熙中項絪以宋槧翻雕,即欽臣所校定。首賦,次雜擬,次燕集,次寄贈,次送别,次酬答,次逢遇,次懷恩,次行旅,次感歎,次登眺,次遊覽,次雜興,次歌行,凡爲類十四,爲篇五百七十一。原序乃云分類十五,殊不可解。然字畫精好,遠勝毛氏所刻四家刻本,故今據以著録。其毛本所載拾遺數首,真僞莫決,亦不復補入焉。"

(《四庫全書總目》卷一四九,頁一二八五)館臣謂《四庫全書》録入之本,所據乃項絪本,故卷前唯王欽臣《序》,卷後無《拾遺》及任何附録。正文則删去各卷子目,銜名也改爲"唐韋應物撰"。然而館臣糾正了項氏本沿襲乾道本的一些訛誤,如卷二《贈李儋》,題中"李儋",項氏本沿襲乾道本誤作"古儋",館臣改作"李儋",甚是。又如卷五《答暢校書當》,題中"暢"字,項氏本沿襲乾道本之誤作"楊",館臣據校本改作"暢",甚是。其他文字,館臣也作了校勘,故此本與項氏本稍有不同。如卷一《移疾會詩客元生與釋子法朗因貽諸祠曹》,題中"祠"字,乾道遞修本、項氏本均無,書棚本、明覆宋本、汲古閣等諸本皆有"祠"字,館臣據以增入"祠"字。又如此本卷九《横塘行》"玉盤的歷雙白魚"句,"雙"字,乾道遞修本、書棚本、項氏本皆作"矢",唯明覆宋本、汲古閣本等作"雙",館臣據以改作"雙"字,然此種校改並不多,所以此本乃項氏本的一個相當忠實的過録本。

(五)湖北刻本。光緒十三年丁亥(一八八七)湖北官書處重刊胡鳳丹輯《唐四家詩集》所收《韋蘇州集》十卷。唐四家爲王維、孟浩然、韋應物、柳宗元。《四家集》内封面題"唐四家詩集",背面有"光緒十三年季冬湖北官書處重刊"牌記一個。半葉十行一八字,版心皆有"某集卷某"字樣。韋集卷前首王欽臣《序》,次總目。卷後收《抱經堂群書拾補附録·韋蘇州集》,此外别無附録。各卷首題"韋蘇州集卷某",次行爲類目,不標首數。卷五後《送孫徵赴雲中》一首,及卷十末《黿頭山神女歌》以下十二首,標有《補遺》字樣。胡氏《唐四家詩集·凡例》曰:"是編王孟韋柳四家,均從《全唐詩》録出,復搜求各本,或專集、或選本,一一考校,凡集中稱某字一作某字者,悉仍全唐詩本之舊,其或檢查他本互有異同者,則曰某本作某字以别之。"是此本乃《全唐詩》的下位本,再校以本集或選本。由"考校"一語可見,胡氏於此本是下了一番功夫的,故世皆稱爲善本。全唐詩本韋集,除改正明覆宋本的部分訛誤外,其餘一仍明覆本之誤。今持此本與全唐詩本對勘,發現《全唐詩》未及改正的訛誤,此本除改正兩處外,其餘依然未予改動。由此可見,此本乃全唐詩本的忠實翻刻本。

(六)石印本。清宣統三年辛亥(一九一一)上海文寶書局石印項氏玉淵堂本《韋蘇州詩集》十卷。此本内封面題"韋蘇州集",右上方小字題"依宋版重刊",左下方小字題"項氏玉淵堂",背面有"宣統辛亥精校石印",下方邊框外有"文寶書局石印"字樣。半葉十一行二十一字,左右單邊,版心綫黑口單魚尾。此本卷前唯王欽臣《序》,無總目。卷後無《拾遺》,亦無任何附録。各卷首題"韋蘇州集卷第某",次行下方具銜名"蘇州刺史韋應物",下有子目接連正文。首卷卷端下方有壓行木記"平江黄氏",是此本當爲平江黄氏據項氏本石印。項氏本爲乾道本的下位本,此本則爲項氏本的忠實翻印本,且並其訛誤也照樣沿襲。如乾道遞修本卷二《贈古儋》,題中"古儋"誤,項氏本、此本同。又如乾道遞修本卷五《答楊校書當》,題中"楊"字誤,項氏本、此本誤同,當作"暢"。

近代以來傳承和整理的韋集,其主要版本有以下幾種。

(一)民國上海中華書局《四部備要》本《韋蘇州集》十卷。此本據項氏翻宋本校刊,故當屬於乾道本系統。

(二)陶敏、王友勝《韋應物集校注》,上海古籍出版社一九九八年十二月版。此本以書棚本爲底本,以宋乾道遞修本、宋刻元修本、明銅活字本、四部叢刊本、全唐詩本爲校本,並參校《文苑英華》、《樂府詩集》、《唐詩紀事》、《萬首唐人絶句》諸書,校記單列於各詩後。韋詩以平易見長,故注釋力求簡明。作品凡能繫年者,於題注中説明。有關各詩的評論,彙於各詩注文之後。附見詩一概保留。《拾遺》一卷中的僞詩概不删除,而加按語予以説明。此書《附録》有集外詩文、傳記資料、序跋、著録、評論、簡譜等,内容相當齊備。卷首《前言》對韋氏生平仕履、詩歌思想内容和藝術特點有詳細精到的闡述,並對韋集的版本源流作了簡要梳理。可見此本乃韋集一個相當完備的整理本。不過此本校記移録校本的異文時有不確者,讀者使用,應加覆勘。

(三)孫望《韋應物詩集繫年校箋》,中華書局二〇〇二年三月版。此本以四部叢刊本爲底本,以宋書棚本前四卷和元麻沙本後八卷配成的"宋刊元配本"、項絪玉淵堂刻本、全唐詩本、涵芬樓影印汲古閣本、汪立名刻本、《萬有文庫》影印淩蒙初刊套印本、日本明治嵩山堂刊印韋蘇州集本等爲校本,校記於作品後單列,"諸家校改意見之有可采者,亦酌加引録"(該書《凡例》)。本書編次,則依據韋氏生平仕履,對大部分作品加以繫年,年代無考者,另卷列於最後。箋評主要説明作品背景及解釋重點疑難詞語,前人相關評語,亦加引録,供讀者參考。至於作品内容,則不作串講。此書乃韋集的第一個編年校箋本,頗能見出著者深厚的學養與嚴謹的治學態度。

另外,日本有明治三十三年鉛印本《韋蘇州集》十卷、《附録》一卷,近藤元粹校訂，袖珍本。此本爲雙節版，下節刊正文，半葉十行二十字。上節每行八小字，内容或爲校記，或爲諸家評語。卷前首近藤氏《緒言》，次王欽臣《序》，次沈明遠補《韋刺史傳》，次元辛文房《韋應物傳》，次《韋蘇州集目録》。目録不具篇題，唯列十四總類之目及首數，末注："總計五百七十首。"卷後爲《詩話》，别無其他附録。正文各卷首題"韋蘇州集卷某"，次行下方題"伊豫松山近藤元粹純叔評訂"。卷後《詩話》依次收白居易《與元九書》、《王直方詩話》、《升庵詩話》、《帶經堂詩話》等近二十種唐宋至明清典籍中有關韋詩的評論數十則。近藤氏《緒言》曰："韋集之行於世者至希，余以胡月樵《唐四家詩集》爲據，參考之《全唐詩》，評訂已終，適得寶永中所翻刻之劉須溪校本，更再校訂此……明治三十三年五月，南州外史近藤元粹識。"清胡鳳丹，字月樵，其所刻《唐四家詩集》均以《全唐詩》爲據校訂而成。此本以胡氏本爲依據，故亦屬於《全唐詩》的下位本。全唐詩本韋集及唐四家詩集本韋集未改正之明覆宋本訛誤，此本除少部分外，其餘亦未能予以改正。如卷二《贈盧嵩》"忽若基柱傾"，"基"覆宋本訛"砥"。卷七《襄武館遊眺》"西望盡田疇"，"西"覆宋本訛"四"。卷九《長安道》"頭上鴛鴦雙翠翹"，"鴦"覆宋本訛"釵"。同卷《横塘行》"玉盤的歷矢白魚"，"矢"覆宋本訛"雙"。《鳶奪巢》"可憐百鳥生縱横"，"生"覆宋本訛"紛"等等，這些訛誤，此本均未改正，可見此本乃胡氏本的忠實翻刻本。而此本未收古賦一首，卻稱韋應物"全集"，顯然不妥。但此本廣事搜討多家有關韋詩的評論，頗便讀者。袖珍本裝幀，亦自可愛。孫望箋校本作品後所引諸家評論，不少即出於此本。

綜上可見，應物集基本上保存了唐宋間所傳十卷本的面貌，雖經宋人王欽臣"去其雜廁，分十五總類"，但原本十卷的編次和分類並未改動。王氏本乃後世所有韋集的祖本，紹興本、乾道本、書棚本、無名氏本等等，宋人後繼者雖多次重加校勘整理，增補散佚，但均未改變王氏本的基本面貌。元明以後韋集的版本源流，雖可分爲乾道本系統、書棚本系統，以及劉須溪評本三個系統，但這些系統的各本之間在收詩、分卷、分類、編次等方面區别並不大，不同的只是文字方面的微小差異，以及輯補佚詩的多寡而已。至於明銅活字本與統籤本，二本雖變分類本爲分體本，但文字方面與其他系統的版本區别甚微，且流傳不廣，所以影響也不大。

【參考文獻】陶敏、王友勝《韋應物集校注・前言》，上海古籍出版社一九九八年十二月版

盧綸集

盧綸（生卒年不詳）字允言，河中蒲州（今山西永濟）人。天寶末避亂鄱陽，大曆初累舉進士不第，以宰相元載薦其文，補閿鄉尉，歷密縣令、集賢學士、校書郎等，與錢起、韓翃、李端等唱和，號“大曆十才子”。興元初渾瑊鎮河中，辟爲元帥幕判官，貞元中官至户部郎中。身後子貴，追贈兵部尚書。

盧綸在十才子中詩作尤工，德宗、憲宗、文宗三代皇帝皆重其詩。德宗召見禁中，有作令唱和；憲宗曾詔中書舍人張仲素訪其遺文；文宗好文，尤重其詩，嘗問：“《盧綸集》幾卷，有子弟否？”即遣中使詣其家，令進文集，其長子“簡能盡以所集五百篇上獻，優詔嘉之”（《舊唐書・盧簡辭傳》）。這個五百篇的《盧綸集》，當爲盧簡能所裒輯之綸畢生作品，可惜未言編卷幾何。入宋，《崇文總目》卷六十二著録《盧綸集》十八卷，又《盧綸詩》十卷。二本卷次雖然不同，内容當無差别，所以《新唐書・藝文志四》便只著録《盧綸詩集》十卷。而晁公武《讀書志》、《宋史・藝文志》著録《盧綸詩》皆十卷。陳振孫《書録解題》卷十九著録《盧綸集》也是十卷，可見宋代通行的盧集，當爲十卷本。

盧集宋刻傳於後世者，唯《天禄琳琅書目後編・宋版集部》著録“《盧户部詩集》，一函三册……書十卷，得詩三百三首”。然編臣不言究爲何種版本。陳氏《解題》以前無稱“盧户部詩集”者，或此本所出遲晚，故不見宋代諸家書目著録；抑或此爲明刻本，編臣著録失誤，也不是没有可能。此本今已不知去向，故其詳細面貌，今已無從考知了。然丁丙《善本書室藏書志》卷二四著録一影鈔宋本《唐盧户部詩集》十卷，今藏南京圖書館，有丁丙跋文，然其《藏書志》又謂“此影寫明刻本”，有錢曾、吴翌鳳藏書印。因知此本乃錢曾鈔本無疑，其所據底本或爲明刻。

明代盧集刊刻和傳鈔的本子，其主要版本有以下幾種。

（一）銅活字本。弘治、正德間（一四八八～一五二一）銅活字印《盧綸集》六卷。據筆者所知，此乃明代最早的盧集印本，《唐五十家詩集》所收《盧綸集》六卷，即據此本影印。半葉九行十七字，各卷首題“盧綸集卷第

某”。此本分體編次，卷一爲五古十五首、七古十四，卷二五律六十二，卷三五律六十八，卷四五排三十八，卷五七律四十五，卷六六言一、五絶二十、七絶五十七，共三百二十首。不過卷二之五律《春日書情贈别司空曙》，與卷三之五律《寄司空曙》重出，文字稍異，故此本實三百十九首。本書前已言及，“排律”一詞，始於元末楊士弘《唐音》，經明初高棅《唐詩品彙》推揚後方廣泛使用。此本既用“排律”一體編次，故爲明人的分體改編本無疑。又此本在明代出現最早，故其所據底本，應爲宋刻十卷本，持與明蔣孝刻十卷本（詳下）對勘便可發現，此本某些脱文處，與蔣刻本完全相同。如蔣孝本卷一之七律《無題》脱第七句，卷五之五律《送淮南崔少府歸徐郎中幕》脱第七句，這二首脱文，此本全同。又如蔣孝本卷七之七律《題賈山人園林》“五字每將□玉友，一罇曾不顧金□。長沙流□君非遠”，此三句中的脱文，此本亦全同。可見此本與十卷之蔣孝本淵源相同。而此本既爲明代早期刊本，故其底本應爲宋刊十卷本無疑。然而與其他活字本唐集一樣，限於排版的不易，此本將十卷本的許多題注及行間注文盡行删除，對文義理解造成困難。不過由於此本出自宋本，故文字方面有不少優長。如卷一之五古《送吉中孚歸楚中舊山》“沿溜入閶門”句，“閶門”，朱本（詳下）作“閣門”，席本（詳下）作“閭門”，均誤。同卷五古（統籤本作五律闕尾聯，下同）《送韓長史赴京南舊幕》，題中“韓”字，朱本、席本、統籤本皆誤作“朝”。如卷二之五律《送魏廣下第歸揚州》，題中“魏”字，朱本、席本皆誤作“槐”。卷四之五排《奉和李益遊棲岩寺》，題中“奉”字，朱本、席本作“登”，似誤。同卷五排《送彭開府往雲中覲使君兄》，題中“雲中”，朱本、席本誤作“靈中”；“覲”字，朱本、席本誤作“觀”。同卷五排《郊居對雨寄趙涓給事包佶郎中》，題中“給事”，朱本、統籤本作“吉士”，似誤，等等。另外，此本有些異文亦極具校勘價值，如卷二之五律《送暢當赴山南幕》“事將名共得”句，“得”字，朱本、席本、統籤本皆作“易”。卷四之五排《寶泉寺送李益端公歸邠寧幕》“玆門欲付公”句，“玆”字，席本同；朱本、統籤本作“慈”。卷五之七律《和崔侍御游萬固寺》，題中“御”字，席本同；而朱本、統籤本作“郎”。同卷七律《夜投豐德寺謁液上人》，題中“液上人”，席本同；朱本、統籤本作“海上人”，恐誤，《後村先生大全集》卷一八三引此詩正作“液上人”。再如卷六之七絶《題嘉祥店南溪印禪師壁畫影堂》，題中“店”字，席本同；朱本、統籤本作“殿”等等，均具有寶貴的參校價值。

（二）劉刻本。正德十年乙亥（一五一五）劉成德刻《唐盧綸詩集》三卷，國家圖書館有藏。傅增湘《藏園群書題記》著録此本曰：

> 北平圖書館新收唐《盧綸詩集》三卷，明正德刊本，十行十四字，黑口，四周雙闌，題"河中劉成德校增並編次"。前有正德乙亥河中東峰劉成德序，言幸於友人沈天祥家獲盧、郎士元集，手加校證，得若干首，續合唐諸家集中又得若干首，以近古體五七言爲次。唐史言帝遣中官悉索家笥，得詩五百首，皆入秘書省。今尚未傳布，止得此耳。後有好文大家當續入之云。是世傳十卷本成德固未見，此則其所輯録附刊者。
>
> 今考席刻本十卷，爲詩二百八十四首，此本三卷，凡一百首，取兩本對勘，與席刻同者八十九首，其《鑾家》以下十一首爲席刻所無，題下未注所出，不知劉氏録自何書也。……校定訶句，改正極多，與余昔年所校明活字本合者十之六七，其他意義亦視席本爲勝。或劉氏所見多古刻，視後來展轉沿訛者要爲有據乎？文字異同，竢他日別爲校記以存之，玆將所補各詩標目於左。（《藏園群書題記》卷十二，頁五九七至五九八）

傅氏謂席本"爲詩二百八十四首"，不確，席本共三百二十五首。藏園所記席刻所無之十一首爲：《鑾家》、《送華陰隱者》、《欲别》、《夜泊淮陰》、《經李白墓》、《白髪歎》、《寧州春思》、《送永陽崔明府》、《送恒操上人歸江外覲省》（以上九首皆五律）；《上巳日陪齊相公花樓宴》（五言排律）、《山[店]居》（七絶）。此劉刻本三卷，《藏園群書經眼録》卷十二亦有著録，然謂"有二十餘首爲席本所不載，或即成德所增耶"，與此言"十一首爲席刻所無"不同；"二十餘首"當爲"十一首"之誤。由劉《序》可知，劉氏不僅未見過十卷本，且連六卷的銅活字本也未見過（銅活字本録詩已過三百首），此本録詩僅百首。然此本既爲劉氏重輯，故而成爲通行本之外頗值得注意的一個本子，此本不僅文字方面如傅氏所言有許多優長，且上列十一首前七首爲《全唐詩》所失收，陳尚君《全唐詩補編》亦未見輯補，故當爲盧綸佚詩。今後再整理盧集，不僅應據此本校正文字，且上述七首佚詩，亦當據此本補入。

（三）蔣孝本。蔣孝輯嘉靖二十九年蔣孝刻《中唐十二家詩》所收《唐盧户部詩集》十卷。半葉十二行二十字，左右雙欄，白口單黑魚尾下鐫"盧集卷某"。此本詩不分體,共三百三十八首,故所據底本自非銅活字本,亦非劉刻本,然與銅活字本不少字明顯同出一源。如卷一五排《送夏侯校書歸華陰别墅》"貰酒鄰里睦"句,"貰"字,銅活字本同,而朱刻本(詳下)誤作"質"。又如卷一五律《送絳州郭參軍》"野宴接王祥"句,"祥"字,銅活字本同,而朱刻本誤作"解"字。卷一七古《送從叔牧永州》"虎符龍節照岐路"句,"虎符",銅活字本同,而朱刻本誤作"處符"。卷二五律《送從姪滁州覲省》"竹自晉時栽"句,"竹"字,銅活字本同,而朱刻本誤作"行"。卷三五古《和李中丞酬萬年房署少府過汾州景雲觀因以寄上房與李早年同居此觀》"歸止豈吾廬"句,"止"字,銅活字本同,而朱刻本誤作"立"。卷三七律《和裴延齡尚書寄題果州謝舍人仙居》,"果州",銅活字本同,而朱刻本誤作"果削"。卷六五排《書情上大尹十兄》,題中"大尹",銅活字本同,而朱刻本誤作"大君"。卷八五律《觀袁傪侍郎張新池》,題中"袁傪",銅活字本同,而朱刻本誤作"袁修"。卷九五排《送彭甥府往靈中觀使君兄》"奪旗貂帳側"句,"奪旗",銅活字本同,而朱刻本誤作"奔旗",等等,可見此本與銅活字本應爲同源本,同出於一種宋刻十卷本。此本蔣氏當有補佚詩,故較各本録詩爲多。

文字方面,此本與銅活字本的區别還是很明顯的,如卷二五律《送暢當赴山南幕》"事將名共易"句,"易"字,銅活字本作"得"。卷三七律《和崔侍郎遊萬固寺》,題中"郎"字,銅活字本作"御"。卷四五律《論開府席上賦得詠美人名解愁》,題中"論"字,銅活字本誤作"倫"。卷七五律《過司空曙村居》,題中"村"字,銅活字本作"山"。同卷五排《早春遊樊川野居卻寄李端校書兼呈崔峒補闕司空曙主簿耿緯〔湋〕拾遺》"晴明人望鶴"句,"明"字,銅活字本作"川"。卷十五律《送王録事赴任蘇州》"還應寄阿連"句,"應"字,銅活字本作"須",等等。不過此本亦有不少舛誤,如卷一七律《送李尚書郎君昆季侍從歸覲滑州》"墨詔千峰雨露繁"句,"峰"字誤,銅活字本作"封",甚是。卷五五古《送朝長史赴荆南舊幕》,題中"朝"字誤,銅活字本作"韓",良是。卷七五排《早春遊樊川野居卻寄李端校書夜呈崔峒補闕司空曙主簿耿[緯]〔湋〕拾遺》"行樂病何能"句,"樂"字誤,銅活字本作"藥"。卷九五律《送何石落第歸蜀》,題中"石"字誤,銅活字本作"召",等等,可見蔣氏校勘比較粗疏。又此本詩題中"耿湋"之"湋"字,多訛作"緯",不枚舉。

(四)朱刻本。萬曆四十年壬子(一六一二)朱之蕃輯刻《中唐十二家詩集》所收《唐盧户部詩集》不分卷。十二家每家各一卷，盧綸爲第七家，故此本卷端題“唐盧户部詩集卷七”，次行署“河中盧綸允言著”，三行署“江左蘭嵎朱之蕃校”，半葉九行十九字，四周單邊，版心單魚尾下題“卷七”，魚尾上頂邊欄鐫“盧集”。將此本與蔣孝本對勘便可發現，此本只是泯去了卷次，而二本的書名、首數、編次與蔣孝本幾無差别，所以此本雖不分卷次，其實乃是將十卷本撤去卷次後的翻刻本，這一點從文字方面亦可得到證明，如此本七律《送李尚書郎君昆季侍從歸覲滑州》“墨詔千峰雨露繁”句，“峰”字誤，蔣孝本同；而銅活字本作“封”，甚是。此本五古《送朝長史赴荆南舊幕》，題中“朝”字誤，蔣孝本同；而銅活字本作“韓”，甚是。此本五排《早春遊樊川野居卻寄李端校書兼呈崔峒補闕司空曙主簿耿[緯]〔湋〕拾遺》“行樂病何能”句，“樂”字誤，蔣孝本同；而銅活字本作“藥”，良是。此本五律《論開府席上賦得詠美人名解愁》，題中“論”字，蔣孝本同；銅活字本作“倫”，實誤，等等。另此本諸詩題中“耿湋”之“湋”字，多訛作“緯”，亦與蔣孝本同，不枚舉。可見此本與蔣孝本乃同源本，抑或就是據蔣孝本翻刻的，唯此本共三百二十七首，而五排《酬陳翃郎中冬至攜柳郎竇郎歸河中舊居見寄》與五排《歸河上舊〔居〕見寄》二首重出，故實只三百二十六首，而蔣孝本共三百三十八首，二本相差十二首，此十二首詩，應爲蔣氏輯補的佚詩，蓋爲朱氏所未取。文字方面，此本經過朱氏校過，糾正了不少訛誤，然新生的訛誤亦有一些。如七古《送從叔牧永州》“處符龍節照岐路”句，“處符”誤；銅活字本、蔣孝本作“虎符”，甚是。五律《送從姪滁州覲省》“行自晉時栽”句，“行”字誤；銅活字本、蔣孝本作“竹”，良是。七律《和裴延齡尚書寄題果削謝舍人仙居》，題中“果削”誤；銅活字本、蔣孝本作“果州”，甚是。五排《送彭開府往靈中觀使君兄》“奔旗貂帳側”句，“奔旗”誤；銅活字本、蔣孝本作“奪旗”，極是。再如五排《書情上大君十兄》，題中“大君”誤；銅活字本、蔣孝本作“大尹”，甚是，等等，可見此本書版後疏於校勘。

（五）陸汴本。陸汴刻《廣十二家唐詩》所收《唐盧户部詩集》十卷。此本卷前有陸氏自《序》，上海圖書館藏本封面題籤誤爲《中唐十二家詩》，當爲後人補寫。細檢此本書名、行款、分卷、篇目、序次，甚至書體等等，與蔣孝本悉同，文字也與蔣孝本相差甚微，唯此本重印前作了校勘，然挖改並不多，故未及改正者仍然不少，可見亦屬草草。

（六）明鈔本。明鈔《唐盧户部詩集》十卷，二册，上海圖書館藏。此本封面題籤“唐盧户部詩集”，書名下方小字雙行署“明人舊抄，二册，虞山張氏珍藏”。半葉十一行三十一字，白紙無格。卷前唯目録。卷後無附録。各卷首題“唐盧户部詩集卷第某”，次行下方署“河中盧綸允言”。此本詩不分體，卷一詩四十九首，卷二詩三十二，卷三三十二，卷四二十八，卷五二十九，卷六三十，卷七三十六，卷八三十九，卷九二十二，卷十二十五，共三百二十二首。此數與《天禄琳琅書目》著録的宋本首數恰好相同，是此本蓋據宋本鈔出，版本價值極大。然此本脱文較多，如卷一七律《無題》尾聯出句脱；卷三七絶《雨中酬友人》“空林□暗無□聲”句，脱第三、第六字；卷四七古《和趙給事白[繩]〔蠅〕拂歌》“襲人……上結爲文”，中間脱去多字；卷五五律《送渭南崔少府歸徐郎幕》尾聯出句脱；卷七七律《春日喜雨奉和馬侍中宴白樓》尾聯出句“今朝醉舞□鄉老”，脱第五字；卷八七律《宿石甕寺》首句“殿有寒□草有營”，脱第四字，等等，應爲所據底本漫漶所致。雖然如此，此本頗有佳字，如卷三《酬陳雄郎中冬中攜柳郎竇郎歸河中舊居見寄》，題中“冬中”，甚是；銅活字本作“冬日”；朱本、統籤本作“冬至”，皆非是。考此詩首句云“三旬一休沐”，“三旬”爲一個月，是休沐時間在冬季第二個月初，冬季凡三月，故題曰“冬中”，甚確。至於“冬至”，則在四旬以後，與首句云“三旬”不符；至於“冬日”，則太寬泛，冬季三個月皆可謂“冬日”，遠無“冬中”造語之精也。又如卷八《[歡]〔觀〕袁傪侍郎漲新池》，題中“袁傪”，與銅活字本、統籤本同，可證作“傪”字是；而朱本作“袁修”，非是。卷七《題金吾郭將軍石佛茅堂》，題中“石”字，銅活字本、統籤本同；朱本作“右”，非是。再如卷八《夜投豐德寺謁液上人》，題中“液”字，活字本，朱本、統籤本誤作“海”。此本亦有誤字，如卷五《送[朝]〔韓〕長史赴京南舊幕》，題中“京”字，活字本、席本同；朱本、統籤本作“荆”，味之詩意，“荆”字是。此本卷九《送何名落第歸蜀》，題中“名”字誤；活字本、統籤本作“召”，朱本誤作“石”，等等。此本藏印有“張載華印”白文方印、“佩葭”朱文方印、“芷齋圖籍”朱文方印、“古鹽張氏”白文方印、“涉園”朱文長方、“松下藏書”朱文長方印等，乃乾隆間張元濟六世從祖張載華藏印。載華字佩葭，號芷齋，浙江海鹽人，貢生，主要生活在乾隆年間，“藏書萬卷，遇有善本手自鈔録”（鄭偉章《文獻家通考》，頁三〇一）。筆者頗疑此本乃載華手鈔，封面署“明人舊鈔”，蓋後人誤判。其藏書處除“涉園”外，尚有“芷齋”。載華藏書散出後，此本爲張蓉鏡收得，故卷中有“芙川張蓉鏡藏”白文方印、“芙川聚好”朱文橢圓印。

蓉鏡字芙川,常熟人,張燮之孫,道光、咸豐時在世,性無他嗜,專意群籍,“世守其大父楹書,又搜羅善本,益廣其先人所未備”(同上,頁八二五)。蓉鏡書散出後,輾轉至民國時,張元濟收購其祖上涉園散佚圖籍,此本又爲張元濟購得,故卷中又有“張元濟印”白文方印。二十世紀四十年代初,葉景葵等發起創辦上海合衆圖書館,張元濟被推爲董事長,於是張氏將涉園自藏之書寄存合衆館,供衆借閲(同上,頁一三六四)。新中國成立後合衆圖書館併入上海圖書館,此本遂入藏上海圖書館,故卷中又有“上海圖書館藏”朱文方印。另有“樂志堂”朱文長方印、“曾藏張渭濱家”白文方印、“渭濱仲子”朱文長方印、“曾在□□渭濱張本淵家”朱文長方印、“市女懷在琴書”朱文方印等,則不知誰氏印記。

(七)統籤本。《唐音統籤》所收《盧綸詩》六卷,編卷二百六十九至二百七十四,丁籤二十六,刻本。此本依五古、七古、五律、五排、六律、七律、五絶、七絶等八體編次,每體再分類,凡三百三十七首。此本的版本淵源,當是以朱刻本爲底本改編而成的,朱本七律《無題》脱第七句,五律《送渭南崔少府歸徐郎中幕》脱第七句,二首脱文,此本與之完全相同。再者文字方面,亦可證明此本是由朱本改編而成的。如朱刻本五排《和常舍人晚秋集賢院即事十二韻寄贈江南徐薛二侍郎》“森沉綵仗連”句,“仗”字,此本同;銅活字本、席本訛作“伏”。如朱本五排《酬陳翃郎中冬至攜柳郎竇郎歸河中舊居見寄》,題中“冬至”,此本同;銅活字本作“冬日”,席本作“冬中”。朱本七律《和崔侍郎游萬固寺》,題中“侍郎”,此本同;而銅活字本、席本作“侍御”。朱本五古《送朝長史赴荆南舊幕》,題中“荆南”,此本同;而銅活字本、席本作“京南”。朱本五排《郊居對雨寄趙涓吉士包佶郎中》,題中“吉士”,此本同;銅活字本、席本作“給事”。朱本七律《春日喜雨奉和馬侍中宴白樓》“不覺傾斜獬豸冠”句,“傾斜”二字,此本同;銅活字本、席本作“頻傾”,等等,可見此本是以朱本爲底本改編而成的。不過文字方面,胡氏也作了校勘,朱本的訛誤,大多得到校正。胡氏還增加了不少題下注,很有參考價值。如朱本五排《平秋望華清宫中樹因以成詠》和五排《和李舍人昆季詠[冬]〔玫〕瑰花寄贈徐侍郎》,二首題下原無注文,此本胡氏於二首題下分别增注曰:“一作常衮詩。”爲盧綸與常衮詩的重出甄别,提供了有益的綫索。另外較之朱本,此本輯補佚詩有五古《上巳日陪齊相公花樓宴》、七古《割飛二刀子歌》,五律《元日早朝呈故省諸公》、《元日朝迴中夜書情寄南宫二故人》、《送郎士元使君赴郢州》、《送汶陽崔明府》、《送宛丘任少府》五首，五排《清如玉壺泉冰》，五絶《春詞》，七絶《送韋判官得雨中山》、《裴給事宅白牡丹》二首，共十一首。而朱本有《和馬郎中畫鶴贊》一首，此本未見，當因《統籤》不收贊體一類作品，胡氏將其删去。

清代刊刻和傳鈔的盧集，其主要版本有以下幾種：

（一）清影宋鈔本。清無名氏影宋鈔《唐盧户部詩集》十卷。此本《善本書室藏書志》有著録，其略曰："《唐盧户部詩集》十卷，影鈔宋本，錢遵王、吴枚菴藏書……四庫未著録，阮文達亦未進呈。此影寫明刻本，有'虞山錢曾遵王藏書'、'吴翌鳳家藏文苑'、'枚菴流覽所及'三印。"（《善本書室藏書志》卷二十四）這裏"影寫明刻"，當爲"影寫宋刻"之訛。此本今藏南京圖書館，有丁丙跋。

（二）席刻本。康熙四十一年壬午（一七〇二）席啓寓琴川書屋刻《唐詩百名家全集》所收《盧户部詩集》十卷。半葉十行十八字。書體正楷，結體端秀，刀法洗練，覽之賞心悦目。卷前首《新唐書》本傳、次目録。各卷首題"盧户部詩集卷第某"，次行下署"河中盧綸允言"。此本共三百二十六首，然卷三之五排《酬陳翃郎中冬中攜柳郎竇郎歸河中舊居見寄》，與卷十之五排《歸河上舊〔居〕見寄》，二首重出，故此本實三百二十五首。《藏園群書題記》卷十二、《唐集叙録》皆謂此本"爲詩二百八十四首"，乃一時統計疏誤。此本編次既非分體，亦非分類。唯文字脱訛較多。脱漏例，如卷一之七律《無題》脱第七句，卷五之五律《送淮南崔少府歸徐郎中幕》脱第七句。卷七之七律《題賈山人園林》"五字每將□玉友，一罇曾不顧金□。長沙流□君非遠"，三句各脱一字，等等，當爲所據底本如此。訛誤例，如此本卷一之五古《送吉中孚校書歸楚州舊山》"到處山争識"句，"山"字訛，銅活字本、朱本、統籤本作"人"。同卷五律《送槐廣下第歸揚州》，題中"槐"字誤，銅活字本、統籤本作"魏"。卷二之五律《將赴閣鄉壩上留别錢起員外》，題中"閣"字、"壩"字皆訛，銅活字本、朱本、統籤本分别作"閿"、"灞"。五排《和常舍人晚秋集賢院即事十二韻寄贈江南徐薛二侍郎》"森沉綺伏連"句，"伏"字誤，朱本、統籤本作"仗"。卷四之七古《宴席賦得姚美人拍箏歌》"紅臉能佯醒"句，"醒"字誤，銅活字本、朱本、統籤本作"醉"。卷五之五古《送朝長史赴京南舊幕》，題中"朝"字誤，銅活字本作"韓"。卷九之五排《寶泉寺送李益端公歸郊寧幕》，題中"郊"字誤，銅活字本、朱本、統籤本作"邠"。又，此本詩題中"耿湋"之"湋"字,不少訛作"緯"。至於此本的版本淵源,從文字方面看多同於朱刻本,蓋據朱本翻刻,然又參校過銅活字本等。

(三)全唐詩本。康熙敕編《全唐詩》所收《盧綸詩》五卷。胡震亨《唐音統籤》和季振宜《全唐詩稿本》,二書是《全唐詩》纂輯的基礎。而季氏《稿本》所收盧綸詩,乃是將上述朱本悉數收入,再於卷後增補佚詩五古《上巳日陪齊相公花樓宴》,七律《寒食》,五律《舟中寒食》、《元日早朝呈故省諸公》、《元日朝迴中夜書情寄南宫二人》三首,七絶《裴給事宅白牡丹》、《送韋判官得雨中山》二首,五律《送宛丘任少府》、《送永陽崔明府》二首,七古《割飛二刀子歌》,五律《送郎士元使君赴郢州》,五絶《春詞》等凡十二首,編輯而成的。文字方面,季氏以盧集善本及《御覽詩》、《才調集》、《文苑英華》、《唐詩紀事》、《萬首唐人絶句》、《樂府詩集》、《古今歲時雜詠》等書加以校勘,改正了朱本一些明顯的訛誤,出校了不少有價值的異文。然而有些訛誤,季氏也未及改正,如五古《和李中丞酬萬年房署少府過汾州景雲觀因以寄上房與李早年同居此觀》"歸立豈吾廬"句,"立"字誤。五古《送朝長史赴荆南舊幕》,題中"朝"字誤。五排《書情上大君十兄》,題中"大君"誤。七絶《玩春因寄馮衛二補闕戲呈李益》題下注"時君與李新除侍御事","事"字誤。五律《題苗員外竹間亭》"遠同内齋暇"句,"遠"字誤。五排《早春遊樊川野居卻寄李端校書兼呈崔峒補闕司空曙主簿耿[緯]〔湋〕拾遺》"行樂病何能"句,"樂"字誤。五律《送何石落第歸蜀》,題中"石"字誤。五排《送彭開府往靈中觀使君兄》"奔旗貂帳側"句,"奔旗"誤,等等,季氏均未改正。康熙敕編《全唐詩》所收《盧綸詩》五卷,便是將季氏《稿本》之《盧綸詩》悉數收入,再據統籤本輯補佚詩五排《清如玉壺冰》和七絶《山店》二首,分編五卷而成的,故《全唐詩》共三百四十首。文字方面,編臣用善本重加校勘,季氏《稿本》的訛誤,絶大部分得到校正,且增加了不少題注和夾注文字,極富參考價值。不過,一些季氏未及校正的訛誤,編臣亦未能予以改正,如《稿本》五古《送朝長史赴荆南舊幕》,題中"朝"字誤,銅活字本作"韓"。又如《稿本》五排《早春遊樊川野居卻寄李端校書兼呈崔峒補闕司空曙主簿耿[緯]〔湋〕拾遺》"行樂病何能"句,"樂"字誤,銅活字本、統籤本、席本作"藥",皆是,等等,編臣也未予糾正。甚或有《稿本》原本不誤,編臣將其改誤者,如五律《論開府席上賦得詠美人名解愁》,題中"論開府"本不誤,編臣據銅活字本、統籤本將"論"字改作"倫",大誤;關於"論開府",劉初棠《盧綸詩集校注》(詳下)卷二有詳細辨證。但瑕不掩瑜,全唐詩本《盧綸詩》五卷無論是録詩數量還是文字品質,均具有優長。

今人整理本,有劉初棠《盧綸詩集校注》,上海古籍出版社一九八九年版。該書《前言》謂"以揚州詩局本《全唐詩》爲底本,校以上海圖書館藏明鈔本、活字本、席刻本。此外,又参校令狐楚《御覽詩》、姚合《極玄集》、韋縠《才調集》,《文苑英華》(簡稱《英華》)、王安石《唐百家詩選》(簡稱《詩選》)、郭茂倩《樂府詩集》、日本小苑堂翻印明萬曆三十二年刻本《萬首唐人絶句》(簡稱《絶句》)、高棅《唐詩品彙》(簡稱《品彙》),擇善而從"。由於使用校本較多,故此書文字相當精粹。可惜的是,重要校本有所遺漏,如劉成德本、蔣孝本、統籤本,此書均未能利用。傅增湘以爲劉本不僅文字優於通行本,且有七首詩通行本失收。然而此書畢竟是盧集的創注本,注釋簡明準確,盧綸與他人重出篇章,此書也作了甄别。各篇注文後,輯録了有關該詩的評論。附録部分輯有歷代著録、傳記、評論等資料及《盧綸年譜》,頗便讀者。

唐别集考卷第九

寒山子詩集

寒山(主要活動在天寶至元和間,里貫姓名不詳)早年讀書,遊歷四方。三十歲隱居台州唐興翠屏山,其山盛夏有雪,號寒岩,因自號"寒山子"。喜爲詩,題寫於林間石上。時與國清寺僧豐干、拾得相過從。後爲僧,享年七十餘歲,或曰百歲。

寒山作品,舊傳爲台州刺史閭丘胤命國清寺僧道翹搜集,凡三百餘首纂集成卷,閭氏爲之序,言寒山乃唐初人。近人余嘉錫據《宋高僧傳》及《太平廣記》卷五十五所引杜光庭《仙傳拾遺》等翔實材料證成:閭丘胤《序》乃僞作,寒山並非初唐人,而是唐玄宗先天(七一二～七一三)以後人;其詩亦非道翹輯集編纂,而是好事者輯自林間石上,得三百餘首,元和(八〇六～八二〇)以後天台道士徐靈府得其詩,編爲三卷並爲之序;唐末曹山本寂禪師得三卷本,喜寒山詩"多言佛理,足爲彼教張目,惡靈府之序而去之,依託閭丘,别作一序以冠其首,謬言集爲道翹所輯,爲之作注,於是閭丘遇三僧之説盛傳於世"(《四庫提要辨證》卷二十,頁一二六三至一二六四)。此論一出,引起學界廣泛關注。而今經學者們進一步考定,寒山主要活動於天寶(七四二～七五六)到元和(八〇六～八二〇)間,可大致確定在七五〇年至八二〇年之間(孫昌武《寒山傳説與寒山詩》,載《南開文學研究》)。可見,寒山詩的最初編輯者乃天台道士徐靈府,凡三卷;最先爲其詩作注者乃曹山本寂禪師,名《對寒山子詩》七卷。而僞閭丘胤《序》亦出自曹山本寂之手,於是遂有寒山乃唐初人,其詩爲道翹搜集編纂等僞説。至此有關寒山其人其詩其友的種種傳説,幸賴余嘉錫首先發覆,經諸多學者努力,終於使千年前的真相得到澄清。

入宋,徐靈府原編三卷本不見著録。蓋自曹山注本分爲七卷後,三卷本便不復存世,故《崇文總目》卷五十四著録"《寒山子詩》七卷",朱錫鬯按曰:“《唐志》作釋智升《對寒山子詩》。”(國學基本叢書本)《總目》著録雖脱一“對”字,然此七卷本乃曹山本寂注本可無疑也。朱氏謂此七卷本“《唐志》作釋智升”,大誤。實則《新唐書・藝文志三》著録“《對寒山子詩》七卷”,亦曹山本寂注本;朱氏之誤在於没有弄清此書前爲釋智升《續古今譯經圖記》等三書,下即《對寒山子詩》七卷,因未署撰人姓名,朱氏遂誤以爲此書仍是智升作,疏於深考之過也。《崇文總目》與《新唐志》均成書於仁宗朝,據二目可知,仁宗時曹山七卷注本尚存。此後七卷注本便也消聲匿跡了。北宋時,寒山詩還傳到了日本。日本僧人成尋《參天台五臺山記》一書載,熙寧六年(一〇七三)正月二十三日所得漢文典籍中,即有《寒山子詩》一卷(嚴紹璗《日藏漢籍善本書録・集部・别集類》)。可見北宋時除七卷本外,還有《寒山子詩》一卷本行世,並且東渡到了日本。余嘉錫云,曹山本寂《對寒山子詩》七卷“不知何時其注爲人所削,而寒、拾之詩幸存,宋之俗僧又僞撰豐干詩附入其中,謂之三隱。(疑志南之前已如此,以志南所刻既爲朱子所見,不容不知其僞也。)陽羨鵝籠,幻中出幻。吁!可怪也”(《四庫提要辨證》卷二十,頁一二六四)。現在可以這樣説,曹山本寂的七卷注本始於晚唐,至宋神宗以前便出現了削去注文的一卷本。南宋初,尤袤《遂初堂書目・别集類》著録《寒山子詩》不記卷數。《宋史・藝文志七》著録《寒山拾得詩》一卷。綜上可見,唐宋時寒山詩共有三種本子,一爲中唐徐靈府原編三卷本,一爲晚唐曹山注七卷本,一爲北宋前期已出現的一卷本。其中徐編三卷本唐以後失傳,曹注七卷本北宋後失傳,而無注的一卷本則成了兩宋通行的本子。

至於《寒山集》之宋槧,今可考知者有以下諸種,皆一卷本,兹分别介紹如下:

(一)天禄宋本。南宋初年刻《寒山詩》一卷附豐干拾得詩一卷。此本曾爲明毛晉汲古閣、清内府天禄琳琅庋藏,世稱“天禄宋本”。此本今國家圖書館有藏,《中華再造善本・唐宋編・集部》所收《寒山子詩集》一卷附豐干拾得詩一卷,即據此本影印。半葉十一行十八字,楷書上版,字體方正。左右雙邊,版心白口單魚尾下署“寒山子詩”,下方爲葉碼,最下爲刻工名姓。卷前首閭丘胤《寒山子詩集序》;卷後附豐干禪師録,次拾得録,次拾得詩五十八首。卷端首行低四字題“寒山詩”,次行即頂格書寫正文。正文最末部分爲寒山三字詩,有標題:“三字詩六首。”最後爲補佚詩二首,標題:

“拾遺二首新添。”其二尾有雙行小字注:“已上詩,除拾遺二首老僧相傳,其外切依古印本排比次第耳。”拾得詩,最末一首“雲林最幽棲”,“日”字以下闕文,原注:“以下闕。”最後爲補佚詩一首“可笑是林泉”,章節附注曰:“此首係别本增入。”《藏園群書經眼録》著録此本曰:

> 宋刊本,十一行十八字,白口,左右雙闌。刻工有徐忠、李[春]〔椿〕、章椿、陳亨、董源、施昌諸人(還有陳立——筆者)。首閭丘胤序,次寒山詩,次豐干禪師録,次拾得録,次拾得詩。鈐有“毛晉私印”、“子晉”、“汲古主人”、“宋本”、“甲”諸印,又有“天禄琳琅”、“乾隆御覽之寶”、“五福五代堂寶”、“八徵耄念之寶”、“太上皇帝之寶”、“天禄繼鑑”諸璽。(周叔弢藏書。甲子)(《藏園群書經眼録》卷十二,頁一〇一二)

此本凡三百一十三首。“三字詩”雖被明確標出,然而五、七言詩混録,尚未加以區分。卷中不少詩句下往往有小字夾注,或釋字音,或解字義,或訂正文句及叙次異同等等,頗有參考價值。此本的版本淵源,從卷前載有僞閭丘胤《序》,而無徐靈府《序》一點看,應與曹山本寂所注七卷本有關聯,蓋如余嘉錫所言,是由曹山注本削去注文後合併一卷而成的,故與徐靈府原編《寒山集》三卷本無關。至於此本刊刻的時間,傅增湘以爲“似南渡初刊本”(同上)。不過,據此本卷後跋文“切依古印本排比次第”一句可知,此本之前已有“古印本”行世。所謂“古印本”,當指刻印本無疑,此本既南宋初刻,則“古印本”爲北宋槧本無疑。今“古印本”已佚,所以此本是現存最早的《寒山詩》刻本,且保存了古印本原有的編次,版本價值十分可貴。此本明末曾經毛晉庋藏,清代進入内府,民國前後歸周叔弢所有,卷中諸印所示遞藏順序十分清晰。周叔弢,名暹,卷中有“周暹”白文方印一枚、“曾在周叔弢處”朱文長方印一枚,當爲周氏於傅增湘閲書後所鈐,可與傅氏所記“周叔弢藏書”互相印證。新中國成立後,周氏將此本捐獻給國家,故卷中還有“北京圖書館藏”朱文方印。

這裏順便談一談豐干、拾得詩的問題。此本收拾得詩五十六首。前已述及,經余嘉錫考定,編輯寒山詩者乃徐靈府,然而《仙傳拾遺》叙此事時,曾無一語涉及豐干、拾得,則徐本原無二人詩明矣。或《太平廣記》引《仙傳拾遺》删削不全,亦未可知;而據《宋高僧傳·拾得傳》,曹山本寂注本内已附有拾得詩,所以最遲至晚唐,拾得詩已附麗寒山詩而行。至於豐干詩,余嘉錫以爲乃"宋之俗僧又僞撰豐干詩附入其中，謂之三隱"(《四庫提要辨證》卷二十，頁一二六四)。是豐干詩宋時才綴於《寒山詩》後，至南宋時，更出現所謂"三隱集"刊行於世(詳下)，於是《寒山詩》遂由獨此一家，變爲"三隱"聯璧。唯豐干詩只有二首，拾得詩只四五十首，二人詩歌無論數量還是品質，均無法與寒山詩相媲美。

(二)國清寺本。淳熙十六年己酉(一一八九)天台國清寺僧志南刻《寒山詩集》一卷附豐干拾得詩一卷。此本今已無傳，然而此本的三刻本無我慧身本尚存(詳下)，故通過無我慧身本，可以間接窺見此本的概貌：此本卷前首閭丘胤《序》，次《朱晦庵與南老帖》，帖由真跡摹刻，筆法精妙。卷後爲豐干拾得詩，拾得詩後有跋曰："按《三隱詩》，山中舊本如此，不復校正，博學君子，兩眼如月，政要觀雪中芭蕉畫耳。"次僧志南《天台山國清禪寺三隱集記》，《記》末具款"淳熙十六年歲次己酉孟春十有九日住山禹穴沙門志南謹記"。綜覽此本，僧志南，即《朱晦庵與南老帖》中的"南老"，《朱晦庵與南老帖》中有請志南擇善本刊刻《寒山詩》之語。志南得帖後不僅刊行了《寒山詩》，且撰《天台山國清禪寺三隱集記》附於卷末，所以此本刊行緣起，原由朱熹請託。僧志南既是此本的主刻者，則拾得詩後之《跋》"按《三隱詩》，山中舊本如此，不復校正"云云，亦當爲僧志南所作，意在交代此本所據底本。故據此《跋》可知，此本雖爲翻刻本，卻完好保存了舊本原貌。然所據舊本究爲何種版本，僧志南並未明言。今考此本，卷前首載僞閭丘胤《序》，卷後附豐干拾得二人詩；又此本寒山詩最末部分亦有標題"三字詩"者數首，與天禄宋本同，且天禄宋本卷後所載的補佚詩，此本亦載在卷中。綜合上述幾點來看，此本應爲天禄宋本或其近似本子的翻刻本。而卷前《朱晦庵與志老帖》、卷後拾得詩後的《跋語》、最後的僧志南《三隱集記》，這三項則爲此本所獨有。因僧志南稱此本爲"三隱集"，又撰《三隱集記》附於卷末，故世稱《寒山詩》附豐干拾得詩爲"三隱詩"或"三聖詩"。不過，此本雖爲天禄宋本或其近似本子的下位本，然二本相較，無論收録作品數量或文字品質，此本均不及天禄宋本之優(詳下無我慧身本)。王國維《兩浙古刊本考》著録《三隱集》一卷，係國清寺僧志南刊本，有朱文公《與南老帖》，當即此本無疑。然王氏未言輯自何處，估計並非依據原槧，而是據其下位本卷前卷後的附録間接考知的。

(三)東皋寺本。紹定二年己丑(一二二九)東皋寺刻《寒山詩集》一卷附豐干拾得詩一卷。此本今亦無傳，然而無我慧身本就是據此本翻刻的（詳下），故通過無我慧身本，可以間接窺見此本的概貌：此本卷前除閭丘胤《序》、《朱晦庵與南老帖》外，還有《陸放翁與明老帖》，也由真跡摹刻，筆法精妙。卷後除豐干拾得詩、僧志南《跋》、僧志南《三隱集記》外，還有僧可明跋曰："東皋苾芻無隱得舊本，感慨重刊，俾爲讎校，因題其後。一覽知妙，且由此而入，較世里尤當寶玩。旹屠維赤奮若陬月上澣華山除饉男可明敬跋。""苾芻"、"除饉男"皆僧人的别稱。可明即陸放翁所説的"明老"。由僧可明《跋》可知，此本是東皋寺僧無隱據其所得舊本翻刻的，上版前俾僧可明校讎，故卷末有可明此《跋》。而《陸放翁與明老帖》，自此本始入《寒山集》中，而爲國清寺本所無。"屠維赤奮若"即"己丑"，"陬月上澣"即正月上旬。可見此本乃紹定二年（一二二九）己丑正月上旬，東皋寺僧無隱所刻。至於此本的底本，可明唯言爲"舊本"，不言究爲何種版本。然據此本卷前載《朱晦庵與南老帖》、拾得詩後有僧志南《跋》、卷後有志南《三隱集記》三點來看，所謂"舊本"，當爲國清寺本無疑。而卷前增入《陸放翁與明老帖》，卷後增入可明《跋》，這二項乃此本所獨有。

（四）無我慧身本。南宋僧無我慧身刻《寒山詩集》一卷附豐干拾得詩一卷。此本卷端首題"寒山詩集"四個大字，占二行，接以小字雙行書"豐干拾得詩附"。第三行即爲第一首詩"重岩我卜居"。半葉八行十四字，左右雙欄，版心白口，單魚尾之上記字數，下記葉碼。玄、胤、恒、貞、殷、朗避宋諱，缺末筆。此本卷前，首爲寒山佚詩一首，乃無我慧身所增補，接爲無我慧身跋曰："曩閲東皋寺《寒山集》，缺此一篇。適獲聖製古文，命工刊梓，以全其璧。觀音比丘無我慧身敬書。"次閭丘胤《序》，次《朱晦庵與南老帖》，次《陸放翁與明老帖》。此本卷後，首豐干拾得詩，次僧志南《跋》，次僧志南《三隱集記》，最後爲僧可明《跋》（已見）。此本今日本宫内廳書陵部有藏，二〇〇一年十二月我國綫裝書局出版《日本宫内廳書陵部藏宋元版漢籍影印叢書》第一輯所收《寒山詩集》，即據宫内廳本影印。字大如錢，然觀其字體，狹長勁朗，明顯有適應寫版而字體變扁變狹的匠體特徵，似建陽一帶書坊所刻。民國初年，傅增湘、董康訪書日本時，皆曾見過此本，傅增湘還將此本與天禄宋刻對勘，而後論此本曰：

> 按：是書余曾覯一宋刊本。半葉十一行，每行十八字，字體方整，似南渡初刊本。舊藏天禄琳琅，載入續目，今歸秋浦周君叔弢，因假得

細勘，視此本溢出寒山詩四首、拾得詩五首，別改訂三百餘字。如“余見僧繇性希奇，巧妙間生梁朝時”，句下有：“道子飄然爲殊特，[云]〔二〕公善繪手毫揮。逞畫圖真意氣異，龍行鬼走神巍巍”四句。又“久住寒山凡幾秋，獨吟歌曲絶無憂”句下有“蓬扉不掩常幽寂，泉[誦]〔湧〕甘漿長自流。石室地爐砂鼎沸，松黄柏茗乳香甌”四句。又“我見世間人，堂堂好儀相”一首末多“我法妙難思，天龍盡迴向”二句。又“心神用盡爲名利”一絶與“老病殘年百有餘”一絶本合爲一首，此本分爲兩絶。且詩句下往往有小字夾注，或釋字音，或解字義，或訂正文句及叙次異同至十一條之多，此本咸不載。似天禄本勝於此本，審其刊工亦較前，竢更詳考以决之。（日本帝室圖書寮藏書，己巳十一月十一日觀。）（《藏園群書經眼録》卷十二，頁一〇一三）

傅氏謂此本較天禄宋本脱去四首，這四首應爲：“我今稽首禮”、“可重是寒山”、“我見多知漢”、“可貴一名山”。另，在詩的分合方面，此本較之天禄宋本亦有不同。如天禄宋本“勸你三界子”和“三界人蠢蠢”，“語你出家輩”和“又見出家兒”，“寒山無漏岩”和“沙門不持戒”這三組詩，此本合爲三首。傅氏又謂較之天禄宋本，“别改訂三百餘字”，可見此本雖亦宋刻，然文字錯訛較多。如天禄宋本“吁嗟濁濫處”一首結句“方知金不真”，“真”字，此本作“精”，該句之上一句爲“鉛礦入爐冶”，可見這裏是辨真假的，而不是講精粗的，故此本作“精”誤。又如天禄宋本“鳥語情不堪”一首“櫻桃紅爍爍”句，“紅爍爍”三字，此本作“向杏杏”，顯然不成詞，當誤。再如天禄宋本“桂棟非吾宅”一首，“桂”字，此本作“畫”，細繹詩意，作“桂”是，因下句“松林是我家”之“松”字，與“桂”皆木名，遂使“桂棟”與“松林”形成對舉，以見更愛松林之義，故此本作“畫”字誤，等等，此類例子尚多，不再枚舉。總之較之天禄宋本，此本不僅作品有脱漏，文字錯訛也不少，傅氏謂“天禄本勝於此本”，信然。此本卷内鈐有“慶福院”、“無範”、“植村書屋”、“霞亭珍藏”、“暢春堂圖書記”等五枚印記。其中“暢春堂”，島田翰言乃日本姬路河合元升的藏書處（《刻宋本寒山詩集序》，項楚《寒山詩注》附録二），其餘四印亦見於近代張鈞衡刻本，故當爲我國藏書家鑒藏印記。

至於此本的版本淵源，由卷前僧無我慧身《跋》可知，此本乃無我慧身以東皋寺本爲底本，於卷前增補佚詩一首重刊的，故屬於國清寺本一系的本子。綫裝書局出版《宋元版漢籍影印叢書》所收《寒山詩集》，卷前有劉玉才《〈寒山詩集〉影印説明》，叙述此本的版本源流甚明，其略曰：

> 寒山詩在宋代即已多次刊刻……南宋淳熙十六年（一一八九），國清寺僧志南將寒山、豐干、拾得詩結集刊行，且撰有"《三隱集》記"，並附朱熹與南老（僧志南）帖，此爲"國清寺本"；南宋紹定二年（一二二九），東皋寺僧無隱又重加讎校刊刻，增加了陸游與明老（釋可明）帖，釋可明撰有跋語記述該事，此爲"東皋寺本"；其後，僧無我慧身覓得寒山長篇序詩一首，遂補刻入"東皋寺本"，此爲"無我慧身本"。我們影印的日本宫内廳書陵部藏宋本《寒山詩集》，即爲"無我慧身本"。

劉氏謂此本乃國清寺本的第三刻，甚是。或謂此本乃東皋寺本的補修本，未確。此本傳世，使我們在國清寺本、東皋寺本散逸的情况下，憑藉此本仍可間接窺見國清寺一系本子的真貌，版本價值十分寶貴。董康《書舶庸譚》卷三謂此本"另箋題跋一葉，内丘字、胤字避諱，似中國人手跡"（《書舶庸譚》卷三，中華書局二〇一三年六月版，頁一〇九）。此言頗有見地。另箋跋文言曾以《全唐詩》參校，篇數編次無有相同者。題跋末署"丁巳之立秋節，苞"。所謂"苞"，董氏不言爲何人。考跋中既言康熙敕編《全唐詩》，則此人或爲桐城派之方苞歟？方苞康熙七年（一六六八）生，乾隆十四年（一七四九）去世；丁巳爲乾隆二年（一七三七），方苞題跋當作於此年立秋。而此本流往日本，當是近代之事。

（五）江東漕司本。江東漕司刻《寒山詩》一卷附豐干拾得詩一卷。此本今已無傳，諸家書目也未見著録，然南宋僧行果在跋其所刊寶祐本時，曾提及此本曰："國清南公所刊寒山詩，錯誤最多，甚不稱晦庵先生丁寧流布之意。今以江東漕司本參互校定，重刻之山間。"（日本正中年間刊本《寒山詩》卷首，見項楚《寒山詩注》附録二）據此跋可見，僧行果不僅有"江東漕司本"，而且也見過國清寺本。可見所謂"江東漕司本"的確是存在的，然而其版本淵源，行果卻未明言。不過經行果"參互校定"後刊刻的寶祐本，仍屬於國清寺本一系的本子（詳下寶祐本），所以此本所據底本有可能就是東皋寺本。

（六）寶祐本。宋理宗寶祐三年乙卯（一二五五）僧行果刻《寒山詩》一卷附豐干拾得詩一卷。此本有僧行果跋曰："國清南公所刊寒山詩，錯誤最多，甚不稱晦庵先生丁寧流布之意。今以江東漕司本參互校定，重刻之山間。據詩稱,五言五百,七字七十九,三字二十一,則今所存纔半耳。寶祐三年乙卯九月旦,住靈鷲山行果謹書。”(日本正中年間刊本《寒山詩》卷首,見項楚《寒山詩注》附録二)寶祐本今已無傳,諸家書目亦不見著録,然而此本的特點,日本島田翰曾有説明:“又有寶祐乙卯行果就江東漕司本所重鐫者,至兹始分七言於五言之外,又以拾得加于豐干上。”(《刻宋本寒山詩集序》,見項楚《寒山詩注》附録二)島田翰並未見過寶祐本,其謂“至兹始分七言於五言之外,又以拾得加于豐干上”,蓋據日本正中年間寶祐本的翻刻本推測而言,然由此亦可見《寒山詩》諸刻本,此前尚未分七言於五言之外,換言之僧行果所刻此本,乃是一個七言詩與五言詩分體編次的新本子。而凡分七言於五言之外諸本,皆屬國清寺一系的本子(詳下元郭宅刻本等),所以據此一點來看,寶祐本屬於國清寺本一系的本子,則是可以肯定的。

(七)宋大字本《寒山詩集》一卷,日本静嘉堂文庫藏,未見,不知究爲何種宋本。

元代國祚短促,刊刻唐集較少,然而《寒山詩》幸與焉,這就是著名的杭州郭宅紙鋪刻本。此本今已無存,但朝鮮覆刻元本今仍存世間,藏韓國精神文化研究院(詳下朝鮮覆刻元本),所以通過朝鮮覆刻元本,可以間接窺見郭宅刻本的概貌:此本卷前首閭丘胤《序》,次寒山詩,詩分五言、七字、三字三體,次刊刻牌記一個“杭州錢塘門裏車橋南大街郭宅紙鋪印行”,次豐干禪師録,次拾得録,次拾得詩,次僧志南《三隱集記》,次《陸放翁與明老帖》,次郭奎跋曰:“夫寒山詩者,昔天台國清南老,將前太守閭丘採集詩卷,重新刊木流通。此本年遠不存。元貞間余偶得之於錢塘,謹自重書用以流傳。必有慕道之士,一覽而深省者,余雖老死丘壑而志願終矣。時元貞丙申聖製日前休子郭奎焚香敬書。”次釋音,次有跋曰:“比丘可立募衆刊行。”次慈受深和尚《擬寒山詩》,其前有建炎四年(一一三〇)慈受所作《自序》,其後爲慈受《誡殺十首》,次釋音,次跋語一段:“門人慈覺大師文剛校正,大德辛丑松坡曹林命工鋟梓用廣流通,沙門嶮崖可立勸緣。□□錢塘門裏車橋南大街郭宅紙鋪印行。”所闕二字應爲“杭州”。此本王國維《兩浙古刊本考》卷上載之,所闕二字正作“杭州”;然“紙鋪”作“經鋪”。應以“經鋪”爲是。細繹此本,可發現一特殊現象,即此本明顯分爲前後兩部分:前部分以《寒山詩》爲重心,後部分以《擬寒山詩》爲重心,兩部分各有題署,刻主和刻時彼此不同,前部分刻主乃郭氏,刻時爲元成宗元貞二年丙申(一二九六);

後部分刻主乃曹林，刻時爲元成宗大德五年辛丑(一三〇一)。又前後兩部分，勸緣募資者雖皆僧可立一人，刊刻書肆雖皆錢塘郭宅紙鋪一家，但也分别題署，不避重複。這一特殊現象表明，《寒山詩》與《擬寒山詩》元時應爲分别刊刻的兩個不同刻本，彼此前後相差六年。否則，若二者爲一書一次刊刻而成，是絶不會出現這種題署情形的。前已述及，徐靈府編纂《寒山詩》三卷時，根本未附録豐干、拾得二人詩，至唐末曹山本寂注本，始附入拾得詩。由於曹山僞造的閭丘胤《序》影響特大，迨宋時又附入豐干詩，於是至南宋出現了所謂"三隱詩"或"三聖詩"。但是我國至今尚未發現《寒山詩》與僧慈受《擬寒山詩》合刻的蛛絲馬跡。朝鮮情形就不同了，不僅有《寒山詩》與《擬寒山詩》的合刻本，且傳本很多，有的還回傳我國，《四部叢刊》初編初印本所收《寒山詩》附豐干拾得詩一卷慈受《擬寒山詩》一卷，就是據這種合刻本影印的。由此可見元貞二年郭氏刻《寒山詩》，與大德五年曹氏刻《擬寒山詩》，二本在我國蓋爲單行本，至朝鮮覆刻元本時，方將二本合刻爲一書。若這種推測不錯的話，《寒山詩》與《擬寒山詩》儷合的始作俑者，就是朝鮮覆刻元本，這是《寒山詩》在朝鮮出現的一個新版本。至於版本淵源，據此本拾得詩後載有僧志南《三隱集記》、《陸放翁與明老帖》及寒山詩分七言於五言之外等特點看，此本明顯屬於國清寺本一系的本子，其直接依據的底本，則當爲始分七言於五言之外的宋寶祐本或其下位本。此一系統的本子，原有《朱晦庵與南老帖》及可明跋語等，則不知何時被删？或許南宋慶元(一一九五～一二〇〇)黨禁後，朱熹作品出版遭到禁止，《寒山集》中的《朱晦庵與南老帖》被删除，應該就在此時，而寶祐本恰恰就刊行於黨禁時期。

明代刊刻和傳鈔的《寒山詩》，其主要版本有以下幾種：

(一)永樂本。永樂十四年丙申(一四一六)刻《三聖諸賢詩辭總集》。半葉十二行二十一字，黑口，四周雙邊。此本卷前有僧録司右闡教兼住鍾山靈谷寺僧浄戒《刊三聖諸賢詩辭總集序》，其略曰：

> 觀夫豐干、寒、拾三聖所唱，楚石琦公之和韻，皆痛快激烈，斥妄警迷。山中天靈義首座，服膺有素，願繡梓以傳焉，且纂舊本諸名公序帖及《三隱集記》系之。又以佛國白禪師所作《文殊指南贊》詞勝理詣，永明壽禪師、布衲雍、鏡中圓前後山居唱和之什，暨古德《十牛頌》並諸歌偈，切於風礪，有裨益於世者，比次成帙。勸率善信陳智寶、賈福常，俾

諸衆緣,並與刊行,謁言爲弁……永樂丙申夏結制前一日,僧録司右闡教兼住鍾山靈谷幻居比丘浄戒。(項楚《寒山詩注》附録二)

可見此本乃是爲刊行寒山、豐干、拾得三聖詩及楚石琦公《和三聖詩》而繡梓的,附帶刻有《朱晦庵與南老帖》、《陸放翁與明老帖》、僧志南《三隱集記》,及佛國白禪師所作《文殊指南贊》,永明壽禪師、布衲雍、鏡中圓前後山居唱和詩,暨古德《十牛頌》並諸歌偈等等,故稱"詩辭總集"。此本卷前既有《朱晦庵與南老帖》、《陸放翁與明老帖》及僧志南《三隱集記》等,則此本所據底本乃東皋寺本或其下位本,然其直接所據的本子究爲何種版本,則不得而知。

(二)慎獨齋本。正德十一年丙子(一五一六)建陽書坊慎獨齋刻《寒山詩集》一卷附豐干拾得詩一卷。此本國内已無存者,日本島田翰嘗見此本,且謂"又有閩建陽書坊慎獨齋刻本,即係於正德丙子刻本,次序與寶祐本同,而版貌緊縮,字字攲仄,若使其無正德木記,妄人則必以爲元刻矣。不獨止慎獨齋本,大抵閩刻之書皆然"(《刻宋本寒山詩集序》,項楚《寒山詩注》附録二)。島田翰謂此本"次序與寶祐本同",這表明島田翰是見過此本的,其所述此本的版本特點,除有"正德木記"外,"版貌緊縮,字字攲仄"正是建陽書坊刻本的一般特點。此本編次既與宋寶祐本相同,在明代刊行又早,故其所據底本,應該就是宋寶祐本。

(三)嘉靖刻本。嘉靖四年乙酉(一五二五)六月天台國清寺釋智慧刻《寒山詩集》一卷附豐干拾得詩一卷,國圖有藏。臺灣"中央圖書館"藏嘉靖四年天台國清寺釋道會刻《寒山詩集》一卷附豐干拾得詩一卷,蓋亦即此本也(未見)。半葉九行二十一字,卷前首閭丘胤《序》,次《朱晦庵與南老帖》及《陸放翁與明老帖》;拾得詩後爲僧志南《跋》、僧志南《三隱集記》,最後鐫跋文一則曰:"嘉靖四年六月日,國清寺住持道金信士賈石溪同助化局道人智能刊行。"此本既載有《朱晦庵與南老帖》及《陸放翁與明老帖》,又有僧志南《跋》、僧志南《三隱集記》,則此本爲東皋寺本的下位本無疑,然具體是據何本翻刻者,則一時尚不明確。此本王國維《傳書堂藏善本書志・别集類》、王重民《中國善本書提要・集部・别集類》均有著録。王國維曰:"此本所據,乃山中舊本,故與杭州錢塘門裏車橋郭宅刊本次序不同,然郭本亦出國清寺本,不知何以互異也。天一閣藏書。"其實,元代郭宅刻本雖亦出自國清寺本,然自宋寶祐本分七言於五言之外後,其本即與國清寺本編次不同了。此本既與國清寺本編次不同,故當出自寶祐本歟?

（四）吴明春本。萬曆間吴明春刻《寒山詩集》一卷附豐干拾得詩各一卷,增附《國清禪寺三隱集記》一卷,故作三卷。此本上海、蘇州大學等圖書館有藏。較之天禄宋本,此本亦無"我今稽首禮"、"可重是寒山"、"我見多知漢"、"可貴一名山"等四首,與無我慧身本同。又"余見僧繇性希奇"一首,亦缺"道子飄然爲殊特,二公善繪手毫揮。逞畫圖真意氣異,龍行鬼走神巍巍"四句。"久住寒山凡幾秋"一首,亦缺"蓬扉不掩常幽寂,泉湧甘漿長自流。石室地爐砂鼎沸,松黄柏茗乳香甌"四句。"我見世間人,堂堂好儀相"一首,末亦缺"我法妙難思,天龍盡回向"二句。再者"老病殘年百有餘"、"世間何事最堪嗟"、"我家本住在寒山"與"世人何事可吁嗟"四首,每首原爲八句,此本則將每首分爲二絶句,且"老病殘年百有餘"一首,後四句所成一絶,此本脱去。又較之天禄宋本,此本文字多有舛誤。如天禄本"縱你居犀角"一首"桃枝將辟穢"句,"穢"字,無我慧身本作"醫",此本作"醬",應爲"醫"字形訛。天禄本"吁嗟濁濫處"一首結句"方知金不真","真"字,此本誤作"精"。天禄本"鳥語情不堪"一首"櫻桃紅爍爍"句,"紅爍爍"三字,此本誤作"向杏杏"。天禄本"桂棟非吾宅"一首,"桂"字,此本誤作"畫",等等,例子尚多,不再枚舉。總之此本不僅收録作品數量不足,字句錯訛也不少,故不足稱善本也。

（五）統籤本。《唐音統籤》所收《寒山子詩》六卷拾得詩一卷附豐干詩二首,編卷九百八十至九百八十六,辛籤十七,寫本。計首卷至第四卷五言八句二百四十二首,第五卷五言四句七、五言長句二十九,第六卷七言八句九、七言四句十、雜言九,凡三百六首,增補五言佚詩一首,共三百七首。第七卷拾得詩四十七,增補佚詩二,共四十九首。豐干詩二首。由於此本分五言、七言和雜言,且五七言二體,又分八句與四句,故此本分卷、編次已與前此各本皆不相同。然文字多與無我慧身本同,故屬國清寺本一系的本子無疑,而直接所據,當爲吴明春本。如"余見僧繇性希奇"一首,此本亦缺"道子飄然爲殊特,二公善繪手毫揮。逞畫圖真意氣異,龍行鬼走神巍巍"四句。"久住寒山凡幾秋"一首,此本亦缺"蓬扉不掩常幽寂,泉湧甘漿長自流。石室地爐砂鼎沸,松黄柏茗乳香甌"四句。"我見世間人,堂堂好儀相"一首,此本末亦缺"我法妙難思,天龍盡回向"二句。又,較之天禄本,此本文字多有舛誤。如天禄本"吁嗟濁濫處"一首結句"方知金不真","真"字,此本誤作“精”。天禄本“鳥語情不堪”一首“櫻桃紅爍爍”句,“紅爍爍”三字,此本誤作“向杳杳”。天禄本“桂棟非吾宅”一首,“桂”字,此本誤作“畫”,等等,例子尚多,不再枚舉。總之此本不僅收録作品數量不足,字句錯訛也不少,洵非善本也。

（六）毛鈔本。毛晉汲古閣影宋鈔《寒山子詩》一卷附豐干拾得詩一卷。此本原爲陸心源十萬卷樓舊藏,《皕宋樓藏書志》有著録,其略曰:“《寒山子詩》一卷豐干拾得詩一卷,毛氏影宋本……案此汲古影宋本也,每葉二十二行,行十八字。”(《皕宋樓藏書志》卷六十八,頁七六七)《儀顧堂題跋》卷十《跋影宋抄寒山詩》亦著録曰:

> 《寒山詩》一卷,毛氏汲古閣影宋鈔本。光緒五年,以番板五枚得此書于吴市,蓋何心耘博士舊藏也。端陽前五日,以舊藏廣州刊本及《全唐詩》校一過,《全唐詩》即從此本出。卷末“怡然居憩地日”以下缺亦同。廣州本序次既異,字句亦多不同。《拾得詩》缺“人生浮世中”、“平生何所憂”、“故林又斬新”、“一入雙谿不計春”凡四首,《寒山詩》缺“沙門不持戒”、“可貴一名山”、“我見多知漢”、“昔年曾到大海遊”、“夕陽赫西山”凡五首,非善本也。(《儀顧堂書目題跋彙編》,頁一四六至一四七)

毛氏汲古閣藏有十一行宋本,清代汲古閣藏宋本入内府天禄琳琅,故世稱“天禄宋本”。此本應即天禄宋本庋藏汲古閣期間毛氏的影寫本,可謂下真跡一等矣。陸心源持此以校《全唐詩》和廣州本,謂《全唐詩》即從此本出;而謂廣州本《寒山詩》缺五首,《拾得詩》缺四首。陸心源藏書後爲其子售與日人,此本亦隨之東渡日本,今藏静嘉堂文庫,故嚴紹璗《日藏漢籍善本書録·集部·别集類》著録有此本,謂“前有閭丘胤序。序缺首葉,照廣州補本録”(《日藏漢籍善本書録》,頁一四二五)。

清代以來刊刻和傳抄的《寒山集》,其主要版本有以下幾種:

（一）程刻本。康熙二十八年己巳(一六八九)新安古率程爲式重刊《寒山詩集》一卷附豐干拾得詩一卷,上圖有藏本。此本内封面題“寒山詩集”,左下方署“新安古率兼善堂藏版”。半葉九行十八字,四周單欄,白口單魚尾下署“寒山詩集”,下方爲葉碼。卷前首閭丘胤《序》並讚語,次志南《天台山國清禪寺三隱集記》,次程爲式題記:“時大清康熙二十八年歲次己巳清和夏四月新安休寧古率程爲式同男司令、憲令、啓令、時令重刊校正。"正文卷端題"寒山詩集",次行下方署"新安古率程爲式同男司令、憲令、啓令、時令校正"。程氏雖未言此本所據爲何本,據筆者考察,此本乃是以吴明春本或其近似的本子爲底本翻刻的,故文字多與吴本爲近。如較之天禄宋本,吴本無"我今稽首禮"、"可重是寒山"、"我見多知漢"、"可貴一名山"等四首,此本亦無此四首。又較之天禄本,"余見僧繇性希奇"一首,及"久住寒山凡幾秋"與"我見世間人,堂堂好儀相"以上三首,前二首吴本分别缺四句,第三首吴本缺十句,此本上三首所缺均與吴本同。再者天禄本"我家本住在寒山"一首,"世人何事可吁嗟"與"世間何事最堪嗟"及"老病殘年百有餘"以上四首,每首八句;而吴本每首分爲二絶句,且第四首後四句所分一絶脱去;而以上四首分爲八絶句及第八首絶句脱去的情形,此本全與吴本同。又較之天禄本,此本文字多有舛誤。如天禄本"縱你居犀角"一首"桃枝將辟穢"句,"穢"字,吴本作"醫";天禄本"吁嗟濁濫處"一首結句"方知金不真","真"字,吴本誤作"精";天禄本"鳥語情不堪"一首"櫻桃紅爍爍"句,"紅爍爍"三字,吴本誤作"向杳杳";再如天禄本"桂棟非吾宅"一首,"桂"字,吴本誤作"畫",等等,以上文字,此本均與吴本相同。以上諸項可證,此本是以吴本或其近似的本子爲底本翻刻的,所以不僅作品數量不足,字句錯訛也不少,因而與吴本一樣,此本亦非善本也。

(二)全唐詩本。康熙敕修《全唐詩》所收《寒山詩》一卷、《拾得豐干詩》一卷。《全唐詩》是在胡震亨《唐音統籤》和季振宜《全唐詩稿本》兩書的基礎上修訂而成的。然而統籤本中的《寒山詩》附豐干拾得詩一卷用的是明吴明春本,不僅收詩數量少,文字錯訛也比較多。而季氏《稿本》又未收《寒山詩》附豐干拾得詩。鑒於這種情況,《全唐詩》編臣改用天禄宋本或其近似的本子爲底本,再以諸本校勘後入録,是很明智的作法。故此本所收寒山詩的數量、編次一如天禄本;唯拾得詩"自從到此天台寺"一首,由"般若酒泠泠"一首後調至"君不見三界之中紛擾擾"一首前。文字方面,此本校勘也比較精,出校的異文隨處可見,有的詩後還增入一些注文,很有參考價值。如寒山詩"水清澄澄瑩"一首,詩後注曰:"此首一作拾得詩。"此注對甄辨寒山與拾得詩的重出,提供了有益的綫索。然此本也有不足之處,一是參照國清寺一系的本子,將天禄本寒山詩"我見世間人"與"我今稽首禮"二首,又"語你出家輩"與"又見出家兒"二首,分别合併爲一首,顯然是欠妥的。

（三）四庫本。《四庫全書》所收《寒山子詩集》一卷附豐干拾得詩一卷。此本卷前首館臣《提要》，次閭丘胤《序》，次僧志南《天台山國清禪寺三隱集記》。卷後附録豐干拾得詩，其他無任何附録。《四庫全書總目》曰："《寒山子詩集》一卷，附豐干拾得詩一卷……宋時又名《三隱集》，見淳熙十六年沙門[道]〔志〕南所作《記》中。《唐書·藝文志》載寒山詩入釋家類，作七卷。今本併爲一卷，以拾得豐干詩别爲一卷附之，則明新安吴明春所校刻也。"（《四庫全書總目》卷一四九，頁一二七七）編臣謂此本所據底本，乃吴明春校刻本，其實在《寒山詩》諸古本中，吴本算不上善本。清内府天禄琳琅中即藏有宋本，編臣不據宋本入録，令人遺憾。蓋古代巨册大編之書，多在求全求備，而頗欠求精，因爲精本善本實不易求也；且一集版本衆多，何者爲精本善本？若無一番梳理考證功夫，殊不易辨也，而匆遽之間，編臣根本無暇加以梳理考辨。前已述及，吴本屬國清寺一系的本子。此本既據吴本入録，故錯訛不少。首先，較天禄本少詩四首："我今稽首禮"、"可重是寒山"、"我見多知漢"、"可貴一名山"。其次，"余見僧繇性希奇"一首，又"久住寒山凡幾秋"一首，此本分别缺四句。又"我見世間人，堂堂好儀像"一首，此本缺"我法妙難思，天龍盡回向"二句。第三，天禄本"老病殘年百有餘"一首、"世間何事最堪嗟"與"我家本住在寒山"及"世人何事可吁嗟"以上四首，每首八句，此本則每首分爲二首絶句，且第四首所分後一絶句，此本脱去。第四，較之天禄本，此本文字多有舛誤。如天禄本"縱你居犀角"一首"桃枝將辟穢"句，"穢"字，無我慧身本作"醫"，此本誤作"醬"。天禄本"吁嗟濁濫處"一首結句"方知金不真"，"真"字，此本誤作"精"。天禄本"鳥語情不堪"一首"櫻桃紅爍爍"句，"紅爍爍"三字，此本誤作"向杳杳"。再如天禄本"桂棟非吾宅"一首，"桂"字，此本誤作"畫"，等等，例子尚多，不再枚舉。總之此本不僅收録作品數量不足，字句錯訛也不少，所據底本不善所致也。

（四）光緒本。光緒十年甲申（一八八四）季冬刻《重刻和天台三聖詩》。此本卷前有海虞張寂《重刻和天台三聖詩序》，其略曰："今歲清涼寺傳戒，隨藥、藕二公登藏經閣，見有以《禪林唱和集》名者，乃楚石、石樹二老人和天台三聖詩也。爰分爲三集，藕公刻原唱，藥公刻石樹，寂與季子栽甫刻是編。一夕之聚，頓令三聖密語、二老心傳，並垂不朽，洵樂事也……光緒甲申季冬，海虞弟子張寂謹序。"（項楚《寒山詩注》附録二）據此可知，此本既有寒山、豐干、拾得三聖詩，又有楚石梵琦及石樹通隱二僧和三聖詩。此種合刻本，一般皆附有三聖原唱，因刻本衆多，僅叙此種以示例，餘不一一具録。

（五）清鈔本。清無名氏鈔《天台三大士集》所收《寒山詩集》一卷，南圖藏。半葉十一行二十一字，鈔於統一印製的藍格紙上，左右雙欄，白口單魚尾。卷端首題"寒山詩集"，次行下方署"新安吴明春校"。卷前首唐閭丘胤《寒山詩集序》，次宋沙門志南《天台山國清禪寺三隱集記》。據上可見，此本所據底本乃明吴明春本無疑，且上舉吴本所脱、所誤各例，此本均與之同，亦可證明此本的確是據吴明春本鈔寫的。

（六）宣統本。宣統二年庚戌（一九一〇）蘇州槧《寒山子詩集》一卷豐干拾得詩附。上圖藏本内封面題"寒山子詩集"，左下方小字題"元和鄒福保署"，接有"元和鄒子"木記一個，背面有"宣統二年冬季開雕"字樣。半葉十行二十一字，左右雙邊，粗黑口，單魚尾下署"寒山子詩集"，再下方爲葉碼。此本卷前首雍正御筆《序》，次《四庫全書總目提要·寒山詩提要》，次閭丘胤《序》；卷後有雲陽程德全《寒山子詩集跋》。正文卷端題"寒山子詩集"，第二、第三兩行下方分别署"唐釋寒山著"、"雲陽程德全重刊"。第四行題"三百六首"。程氏《跋》曰："庚戌夏孟，予移撫三吴。政事餘暇，稍稍歷覽古跡，以存守土之責。時方有重建楓橋寒山寺之議，甚盛。舉也未幾，趙大令夢泰以羅兩峰繪《寒山拾得像》來視，鄭中翰文焯亦以舊繪《寒山像》爲貺，最後復得《寒山子詩集》於俞階青太史。千數百年流風逸采，萃集一時，不禁爲之歡忻讚歎……故屬之僚掾，付諸剞劂……詩凡一卷，都三百八首，附拾得詩四十八首，豐干詩二首，浙鄞吴宗元氏精校本，舊爲曲園先生藏。刻既竣，疏其大旨如此。宣統庚戌十月雲陽程德全跋於蘇州節署之思賢堂。"據程《跋》，此本所據底本，乃吴宗元精校本，經曲園、俞階青收藏後歸程氏所有，而爲此本所據。然吴宗元精校本究爲何種本子，則程氏並未明言。今勘此本，亦較天禄宋本少"我今稽首禮"、"可重是寒山"、"我見多知漢"、"可貴一名山"詩四首。再者，"余見僧繇性希奇"與"久住寒山凡幾秋"二首，較之天禄宋本，此本分别缺四句；"我見世間人，堂堂好儀像"一首，較之天禄宋本，此本末缺二句，這些均與吴明春本同。第三，"老病殘年百有餘"一首，天禄宋本八句；此本前四句爲一絶句，與吴明春本同。又天禄本"世間何事最堪嗟"一首、"我家本住在寒山"一首、"世人何事可吁嗟"

一首，此三首古詩每首四句，吴明春本則每首皆分爲兩首，每首四句；而此本亦每首八句。第四，較之天禄本，吴明春本文字多有舛誤。如天禄本“吁嗟濁濫處”一首結句“方知金不真”，“真”字，吴明春本作“精”；如天禄本“鳥語情不堪”一首“櫻桃紅爍爍”句，“紅爍爍”三字，吴明春本誤作“向杳杳”；如天禄本“桂棟非吾宅”一首，“桂”字，吴明春本誤作“畫”，等等，此本均與吴本同。例子尚多，不贅舉。由以上諸項可以看出，宋宗元之精校本所用乃吴明春本或與之近似的本子，故亦有收録作品數量不足，字句錯訛較多的缺憾，亦未爲善本也。

近代以來刊刻和整理的《寒山詩集》，其主要版本有以下幾種：

（一）擇是居本。民國五年丙辰（一九一六）張鈞衡《擇是居叢書·初集》翻刻《寒山詩集》一卷附豐干拾得詩一卷。半葉八行十四字，左右雙邊，白口單魚尾，上象鼻内有本版字數。此本開版宏敞，正筆楷書，字大如錢，雕印俱佳。卷前首閭丘胤《序》，次《朱晦庵與南老帖》，次《陸放翁與明老帖》，二帖皆草書上版。次無我慧身增補寒山序詩一首及無我慧身跋。正文卷端大字占雙行題“寒山詩集”，接雙行小字書“豐干拾得詩附”，拾得詩後爲僧志南跋，次僧志南《三隱集記》，次可明跋，次牌記一個“烏程張鈞衡石銘據景寫宋尹家本開”，次雕工署名“黄岡陶子麟刊”，最後爲張鈞衡跋文二則。以上這些版本特徵，除此本刊刻牌記、雕工署名及張鈞衡二則跋文外，其他與無我慧身本完全相同，是此本屬於無我慧身本的衍生本無疑，然其直接所據底本則並非宋槧無我慧身本，而是據宋無我慧身本的影寫本上版的，關於這一點，張鈞衡跋説得很明確，其略曰：

> 《寒山詩集》，豐干拾得詩附，影宋寫本，每半葉八行，行十四字。前有閭邱胤《序》，後有淳熙十六年歲次己酉沙門志南記，又有己酉屠維赤奮若可明跋。附《朱晦庵與南老帖》、《陸放翁與明老帖》。志南即南公，可明即明公，朱子與放翁所往還者。而前又有寒山序詩，觀音比邱無我慧身所補刻。是此書宋時一刻於淳熙己酉，曰國清本；再刻於紹定己丑，曰東皋寺本；此則三刻，又在東皋寺本之後。然不分七言於五言之外，不以拾得加于豐干之上，仍其舊第。字大如錢，清勁悦目，玄胤恒貞殷朗缺末筆，亦可謂最善之本矣。是書藏之有年，日本島田彦楨寄來新刻，出自内府宋本，並序此集源流甚悉。因出此本，取而校之，亦有“無範”、“慶福”圖書，同出一源，亦可謂下真跡一等矣……今

刊此書，質之島田，當爲我取冬本一校異同否？癸丑小春，烏程張鈞衡跋。（《擇是居叢書》本《寒山詩集》）

據張氏此《跋》，此本是據影寫宋無我慧身本上版刊行的，張氏謂其“下真跡一等”，信矣。而所謂“真跡”，其實就是日本宫内廳所藏宋槧無我慧身本。前已述及，日本宫内廳藏宋槧無我慧身本，卷内鈐有“慶福院”、“無範”、“植村書屋”、“霞亭珍賞”、“暢春堂圖書翰”等五枚印記，其中“暢春堂”一印，據島田翰言乃日本姬路河合元升的藏書處，其餘四印則皆見此本，故當爲中國藏書家印記。若是則此本所據之影寫本，當爲日本宫内廳藏宋無我慧身本尚在我國慶福院時的鈔本無疑，此後無我慧身本方流出中國。此本内封面題“寒山子詩集一卷”，左下方小字署“用慶福院藏本重雕，丙辰秋仲，吴昌碩篆”，是此本刊刻於民國五年丙辰，封面爲近代著名書畫家吴昌碩篆書，而所謂“慶福院”本，其實乃原“慶福院”藏本的影寫本，非原刻本也。此刻與日本島田翰覆刻宋無我慧身本，正可相映生輝矣。

（二）周刻本。一九二四年建德周暹據所藏天禄宋本影刻《寒山子詩》一卷附豐干拾得詩一卷。因爲此本乃影刻本，故與原本幾毫釐不差，真可謂下真跡一等矣。民國十八年（一九二九）《四部叢刊》初編二次印本所收《寒山子詩》一卷附豐干拾得詩一卷，即據此本影印，不少學者誤將其當作“宋刻本”，大誤，然由此可見影刻之精。

（三）無名氏本。民國無名氏刻《寒山詩》一卷附豐干拾得詩一卷，上圖有藏本。半葉八行十九字，左右雙邊，白口對魚尾，上象鼻内有“寒山詩”三字，兩魚尾間爲葉碼，下象鼻内有本葉字數。天頭上有校記。此本前有無名氏《序》，末曰：“嘗於竹木石壁書詩，並村墅屋壁所書文句三百餘首，今編爲一卷。”寒山詩卷端題“寒山詩三百三首”，末後爲“三字詩六首”，次爲“拾遺二首新添”。二首後，有雙行小字注：“已上詩，除拾遺二首老僧相傳，其外切依古印本排比次第耳。”拾得詩（豐干詩附），最末一首爲“雲林最幽棲”，“日”字以下闕文，有注曰“以下缺”。最後爲補佚詩一首“可笑是林泉”，章節附注曰：“此首係别本增入。”最後爲豐干《壁上詩二首》。根據以上版本特點，此本蓋據宋本翻刻者，書品寬大，雕印精美，覽之賞心悦目。此本天頭或詩後，時有校語，據筆者勘察，乃是校過吴明春本或其近似的康熙程刻本。

（四）項楚《寒山詩注》，中華書局二〇〇〇年三月出版。此書有以下優長：一是校勘精。本書以四部叢刊景印周氏影刻宋本爲底本，校以日本宫内省藏無我慧身本、正中本、朝鮮刊斷谷寺本（詳下）、四庫全書本等傳世諸善本，其餘版本及日本寒山詩古注本中文字有可資參考者，亦酌情采入校記（該書《凡例》），遂使此書成爲《寒山詩》文字可靠的本子。二是收録全。底本、諸校本未收的寒山、拾得佚詩，此本分别附入寒山、拾得詩注之末；與他人互見詩或可以考定爲他人之作者，則加説明。三是注釋詳贍。這是本書的最大特點，通過對生詞僻典和佛家語彙追源溯流式的考釋，揭示寒山詩的思想内容、藝術風格、文化意藴的承傳流變，使本書在文學史的價值之外，更具有了文化史和宗教史的意義。四是附録豐富。卷後附録寒山與拾得的事蹟、傳記、序跋、叙録及其他資料，其中不少是域外材料，非常珍貴。另外編制寒山、拾得詩句索引，頗便讀者。總之，此本可謂《寒山詩》整理和研究的集成之作。

另外，今域外韓國、日本亦存有《寒山詩》諸種刻本，這裏集中加以考察。韓國所存《寒山詩》刻本，今知最早者爲高麗朴景亮刻本，其次爲朝鮮覆元刻本、斷谷寺本、奉恩寺本、朝鮮刻本等，今分别考述如下。

（一）朴景亮本。高麗朴景亮覆刻宋本《寒山詩》一卷附豐干拾得詩一卷。日本島田翰述此本曰："元時有高麗覆宋本，蓋據宋東皋寺本所改行上梓，卷尾題云'嘉議大夫耽羅軍民萬户府達魯化赤高麗匡靖大夫都僉議評理上護軍朴景亮刊行'，紙質黄紉，宛似元本，而據其裝成梵夾，又似麗藏。嘗抵川越，見喜多院高麗藏，卷尾結銜正與此相符，而彼别有'皇慶三年二月日'一行，然徧檢全帙，不收此集，乃知其非出於麗藏，蓋當時景亮爲之鋟梓，而未及編入者矣。"（《刻宋本寒山詩集序》，見《寒山詩注》附録二）元仁宗皇慶僅二年，無三年，蓋高麗雖用元朝曆法紀年，然因地處偏遠，故次年二月尚不知已改元爲"延祐"矣。此本既未入《高麗藏》，則其刊行，自當在元延祐元年（一三一四）以後。據《高麗史·朴景亮傳》景亮死於高麗忠肅王七年（一三二〇），則此本之刊行，自當在元延祐年間（一三一四～一三二〇）。此本的版本淵源，前引島田翰言，蓋據宋東皋寺本改行上梓，若是此本屬於國清寺一系的本子，而與同屬國清寺本系統的景祐本之朝鮮覆元刻本無涉。

（二）朝鮮覆元本。朝鮮宣祖七年甲戌（一五七四，當明萬曆二年甲戌）玉峰覆刻元本《寒山詩》一卷附豐干拾得詩一卷慈受《擬寒山詩》一卷。此刻今尚有傳本，藏韓國精神文化研究院，韓國李鍾美《朝鮮本系統〈寒山詩〉版本源流考》一文對此本有詳細考述（《文獻》，二〇〇五年一期）。此本半葉十行十六字，四周單邊，版心雙黑魚尾間題"三隱"字樣。卷前首閭丘胤《序》，次寒山詩，詩分五言、七字、三字三體，次刻牌記一個"杭州錢塘門裏車橋南大街郭宅紙鋪印行"，次豐干禪師録，次拾得録，次拾得詩，次僧志南《三隱集記》，次《陸放翁與明老帖》，次郭奤跋："夫寒山詩者，昔天台國清南老，將前太守閭丘採集詩卷，重新刊木流通。此本年遠不存。元貞間余偶得之於錢塘，謹自重書用以流傳。必有慕道之士，一覽而深省者，余雖老死丘壑而志願終矣。時元貞丙申聖製日前休子郭奤焚香敬書。"次釋音，次有跋曰："比丘可立募衆刊行。"次爲慈受深和尚《擬寒山詩》，其前爲建炎四年（一一三〇）慈受所作《自序》，其後爲慈受《誡殺十首》，次釋音，次跋語一段："門人慈覺大師文剛校正，大德辛丑松坡曹林命工鋟梓用廣流通，沙門嶮崖可立勸緣，□□錢塘門裏車橋南大街郭宅紙鋪印行。"最後爲淮月軒人玉峰跋，其略曰：

> 余昔庚午秋自關東行脚至金剛山之正陽庵，得斯集於隱溪禪翁，如對聖賢，欽詠不斁，足見三聖人風彩，正如清風明月之共一天，雖片言半句，照人耳目，銷鄙悋，鑠昏蒙，頓獲清涼於熱惱之中，可謂救世醫王，最上靈丹也。慈受叟賡歌於其後，推衍三聖人愍物之心，而諄諄之慈益深且切，使頑懦之儔感發良心，所謂"將此深心奉塵刹，是則名爲報恩佛"。余既得之，不可私秘，亦因隱溪禪宿之奬，命工鋟梓，以壽其傳……時甲戌秋七月有吉，淮月軒人玉峰謹跋。"（《四部叢刊》初編初印朝鮮本《寒山詩》卷末）

這裏"淮月軒人"、"玉峰"皆朝鮮人白光勳（一五三七～一五八二，當明嘉靖至萬曆間）之號，白氏字彰卿，曾任宣陵、靖陵參奉等職，精通詩歌與書法，著有《玉峰詩集》二卷、《玉峰集》三卷等（李鍾美《朝鮮本系統〈寒山詩〉版本源流考》注⑤）。據此《跋》可知，此本乃玉峰於宣祖甲戌秋七月所刊。所據底本，玉峰唯言得之於金剛山正陽庵隱溪禪翁，然卻未説明所據爲何種版本。據此本卷前和卷後附録，前已考出（見元郭宅刻本），此本乃元成宗元貞二年，與元成宗大德五年杭州郭宅紙鋪所刻《寒山詩》與《擬寒山詩》兩個不同刻本的儷合本；二本在我國蓋爲單行本，至此朝鮮覆刻元本時，方將二本儷合爲一書。是《寒山詩》與《擬寒山詩》合併的始作俑者，就是此朝鮮覆刻元本，這是《寒山詩》在朝鮮出現的一個新版本。

至於此本的版本淵源，韓國李鍾美認爲“蓋源於建炎四年（一一三〇）寒山詩與慈受和尚擬寒山詩合編本，郭奔得此本重刊於元貞丙申（一二九六）杭州錢塘，大德辛丑（一三〇一）比丘可立募衆再刊；玉峰甲戌（一五七四）據金剛山正陽庵隱溪禪翁所存的寒山詩集又刻，即所謂朝鮮覆刻元本”（《朝鮮本系統〈寒山詩〉版本源流考》）。這一説法看似有理，其實有許多現象難以解釋。（1）此本中的《陸放翁與明老帖》及僧志南《三隱集記》，這些附録，唯淳熙十六年之後國清寺本系統的本子才有，寒山詩分七言於五言外，更晚在寶祐三年僧行果刻本之後，若此本的版本淵源真像李鍾美所説的那樣，始於建炎四年慈受《寒山詩》與《擬寒山詩》的合編本，中間僅經郭氏、可立二次翻刻，其後便是此朝鮮覆刻元本的話，以上這些附録，便不可能出現在此本之中。（2）若元貞二年與大德五年，杭州郭宅紙鋪兩次所刻《寒山詩》與《擬寒山詩》是同一種本子的話，那麼元貞本的刻主與刻時、募資者與刻書坊肆等題署，便只《寒山詩》卷後有，而《擬寒山詩》卷後則無之。若此則一書題署僅前一部分有之，後一部分無之，留待第二次刻書時再題署，這種情形，恐有悖於刻書慣例。以上兩點可進一步證明，此本乃國清寺本系統《寒山詩》與慈受《擬寒山詩》二書的儷合本，而《寒山詩》直接依據的底本，應是宋寶祐本或其下位本（已見），而《擬寒山詩》的版本淵源，則應如李鍾美所説，乃建炎四年慈受的《擬寒山詩》或其下位本。此本最末有墨書浮休堂大師臨終偈及韓文佛教咒語，書眉上有解釋的文字及圈點等，有些文字右下角還加有日文訓點，表明此本自刊行以來已經多人收藏，其中亦有日本學人。

（三）斷谷寺本。朝鮮斷谷寺刻《寒山詩》一卷附豐干拾得詩一卷慈受《擬寒山詩》一卷。此刻今亦有傳本，國家圖書館有藏。《四部叢刊》初編初印本所收《寒山詩》一卷附豐干拾得詩一卷慈受《擬寒山詩》一卷即據此本影印。半葉十行十六字，左右單邊，版心白口，雙黑對魚尾間題“三隱”字樣，版式與朝鮮覆刻元本相同。且二本卷前及卷後的附録文字，除此本鏟去者外，其餘部分完全相同（此本施主題名除外）。此本鏟去的附録文字共有二處：（1）七十二葉後半葉、七十三葉前半葉，内容爲《陸放翁與明老帖》最後數行，次郭氏跋文一段：“夫寒山詩者，昔天台國清南老，將前太守閭丘採集詩卷，重新刊木流通。此本年遠不存。元貞間余偶得之於錢塘，謹自重書用以流傳。必有慕道之士，一覽而深省者，余雖老死丘壑而志願終矣。時元貞丙申聖製日前休子郭奞焚香敬書"，次釋音，次可立跋："比丘可立募衆刊行。"(2)《擬寒山詩》二十七葉後半葉，二十八葉前半葉，内容爲慈受《誡殺十首》之後五首，次釋音，次跋語一段："門人慈覺大師文剛校正，大德辛丑松坡曹林命工鋟梓用廣流通，沙門嶮崖可立勸緣。"次刻牌記一個："□□錢塘門裏車橋南大街郭宅紙鋪印行。"以上二處文字鏟去，版面仍存，今據朝鮮覆刻元本，均可補上。卷末淮月軒人玉峰跋，此本仍存。此本最後爲施主題名："大施主金勿金兩主，施主斷谷寺住持戒澄，禪□□暹，智海，德雲，戒道，淳玉，惠暹，信燈，信暉，竹連。校正山衲智熙，韓善山人定庵、梅軒。"此本卷後既有玉峰《跋》文，則所據底本爲朝鮮覆刻元本無疑。此本回傳我國後，清代著名版本學家黄丕烈、瞿鏞及近人張元濟等先後寓目，故卷後不僅有黄丕烈墨筆跋語，且《蕘圃藏書題識》卷七、《鐵琴銅劍樓藏書目録》卷十九及《四部叢刊書録》均著録過此本。然而由於刻主、刻時、刊刻書坊和勸緣募資者、施主等等，這些重要版本特徵鏟得殘缺不全，故諸位版本學家對此本的判斷頻頻失誤。如《蕘圃藏書題識》著録此本曰："五柳主人自都中寄一本示余，楮墨古雅，甚爲可愛。細視之，乃係外洋版刻，惜通體覆背俱用字紙，殊不耐觀。頃命工重裝，知有失去半葉者共四處，以洋紙補之。"黄氏既謂此本爲"外洋版"，然又苦於版本特徵不足，故感慨："分七言於五言之外，洋板所獨……然寒山詩後有一條云'杭州錢塘門裏車橋南大街郭宅□鋪印行'，則又不知此刻之果爲何地本矣！俟與藏書家驗之。"(《黄丕烈書目題跋》，頁一四七)這位清代著名版本學家，最終還是没有弄清此本究爲何國何種刻本。《鐵琴銅劍樓藏書目録》卷十九著録此本版本特徵甚悉，然卻因爲證據不足，最終誤判此本爲"明刻本"，並將卷後"淮月軒人"之"淮"字誤録作"誰"字。近代著名出版家和版本學家張元濟於《四部叢刊書録》著録此本時，不僅將"淮月軒人"之"淮"字誤録作"誰"字，且誤將此本判爲"高麗翻宋本"。張氏曰：

> 常熟瞿氏鐵琴銅劍樓藏高麗刊本。唐釋寒山子豐干拾得撰。前有閭邱胤序贊，後有誰月軒主人玉峰跋……寒山詩後有"杭州錢塘門裏車橋南大街郭宅紙鋪印行"一行，音釋後題"比丘可立募衆刊行"。黄蕘圃跋云"不知此刻果爲何地本"，今以紙墨及卷末施主校證人名考

之，則高麗翻宋本。蕘圃所謂外洋版者近是。

由於張氏没有深考玉峰乃朝鮮王朝宣祖時期人（已見），加之此本鏟去了“元貞”、“大德”等元刻本特徵，使得張氏只能憑藉卷中僅存的牌記“杭州錢塘門裏車橋南大街郭宅紙鋪印行”，及卷末施主校證人名來品鑒，故誤判此本爲“高麗翻宋本”。歷史上的高麗王朝，統治時間爲九一八年至一三九二年，相當於我國五代初至明洪武末這段時期；朝鮮王朝統治時間爲一三九三年至一九一八年，相當於我國明洪武末至民國初這段時期。此本既爲朝鮮宣祖七年甲戌玉峰覆刻元本《寒山詩》的翻刻本，所以準確地説，此本應爲“朝鮮翻刻朝覆元本”。

（四）奉恩寺本。朝鮮咸豐六年丙辰（一八五六）奉恩寺刻《寒山詩》一卷附豐干拾得詩一卷慈受《擬寒山詩》一卷。此刻今仍有傳本，藏韓國精神文化研究院。半葉十行十六字，四周單邊，版心單黑魚尾，下題“三隱”字樣。較之朝鮮覆刻元本卷前卷後的附録文字，此本删節凡三處：(1)《寒山詩》後“比丘可立募衆刊行”之跋文。(2)慈受《誡殺十首》。(3)《擬寒山詩》卷後一段跋語：“門人慈覺大師文剛校正，大德辛丑松坡曹林命工鋟梓用廣流通，沙門巉崖可立勸緣，□□錢塘門裏車橋南大街郭宅紙鋪印行。”及淮月軒人玉峰長跋一段。若與斷谷寺本相較，此本保留了《陸放翁與明老帖》後郭氏一段跋語：“夫寒山詩者，昔天台國清南老，將前太守閭丘採集詩卷，重新刊木流通。此本年遠不存。元貞間余偶得之於錢塘，謹自重書用以流傳。必有慕道之士，一覽而深省者，余雖老死丘壑而志願終矣。時元貞丙申聖製日前休子郭奋焚香敬書。”此本末葉爲刊刻施主名氏：“印虚性惟、記付亡信女圓覺性崔氏、靈庵就學、性峰性顥、華隱護敬、比丘妙蓮、訥庵尚恩、金在道、霽月賓性、記付信女崔氏信願行、亡幹朴季仲、信女金氏寶蓮行、月霞立元、信女金氏大蓮行、性海三喜、信女河氏大智行、混虚日圓、信女金氏宫殿華、雙月性闊、南湖永奇、南月海雲、湘月一如、清霞包含、平月性曄、枕溪敏悦、禪月焕基、記付信女金氏普光明、沙月應訓。”最後有牌記一個：“咸豐六年丙辰秋廣州奉恩寺刊板。”施主中的南湖永奇（一八一九～一八七二），事蹟見韓國廣州郡奉恩寺《南湖大律師碑文》，其略曰：“法名永奇，湖之南古阜人也。俗姓鄭氏，系出晉州，愚伏即其鼻祖也……壬子入寶蓋地藏庵道省常故事，寫《彌陀經》，每字三稱佛，三繞三拜，盡是悲願中流出。亦乃報答四恩之功矣……乙卯春至廣州奉恩寺，與仝志鳩緣刻《疏鈔華嚴經》十八卷,《别行》一卷,《準提千手合璧》一卷,《天台三隱詩集》。"(《朝鮮寺刹資料》,載《現代佛學大系》第十六册,見《朝鮮本系統〈寒山詩〉版本源流考》)可見此本乃南湖大師永奇,至廣州奉恩寺後主持刊刻的佛典之一,時間在其駐錫廣州奉恩寺的次年——咸豐六年丙辰(一八五六)。至於此本的版本淵源,由《寒山詩》卷後有郭氏一大段跋語,而《擬寒山詩》卷後不載玉峰一大段跋語來看,此本應是以朝鮮覆刻元本爲底本,而删去《寒山詩》卷後比丘可立跋語、《擬寒山詩》卷後《誡殺十首》、跋語、刊刻牌記和玉峰一段跋語翻刻而成的。

(五)朝鮮刻本。朝鮮刻《寒山詩》一卷附豐干拾得詩一卷慈受《擬寒山詩》一卷。半葉十行十六字,四周單邊,版心單黑魚尾,下題"三隱"字樣。與奉恩寺本相較,二本版式、行款、編次、文字等完全相同。此本卷後亦刊有施主名氏,如其中的南湖永奇等等,可見是據奉恩寺本翻刻而成的。此刻除北大圖書館有藏本外,韓國國立中央圖書館及奎章閣均有藏本,前者卷首有題跋曰"敬呈□林軍曹殿,朝鮮禪宗□刹大本山廣□郡奉恩寺,住持羅晴湖",又日本侵占韓國時設朝鮮總督府,此本還被朝鮮總督府圖書館收藏過,卷中有其印章兩枚可證(《朝鮮本系統〈寒山詩〉版本源流考》)。

(六)萬壽庵本。鄭亨愚、尹炳泰合編《韓國古書年表資料》收録《寒山詩》牌記一個:"嘉靖八年己丑(一五二九)四月日全羅道光陽地白雲山萬壽庵重刊置於成佛寺。"(見《朝鮮本系統〈寒山詩〉版本源流考》)因此本僅存此牌記一個,此外再無其他版本資料可據,故有關此本的詳細情形,就不得而知了。

日本刊刻和傳鈔的《寒山詩》,今知最早者爲江户時代寫本、其他還有明正天皇本、靈元天皇本、桃園天皇本、光格天皇本、孝明天皇本和京都天王寺刻本等。

(一)江户寫本。江户時代《寒山詩》五言一卷寫本,此本今藏東京大學綜合圖書館。

(二)明正天皇本。明正天皇寬永十年(一六三三)中野市右衛門刊印《寒山子詩集》一卷附《豐干禪師録》、《拾得録》、《拾得詩》、《三隱集記》。此本既載僧志南《三隱集記》,則其爲國清寺本一系的本子可知,然其據何種版本翻刻則不得而知。其後,此本有小川多左衛門後印本。

(三)靈元天皇本。靈元天皇寬文七年(一六六七)江户松村十兵衛刊

《寒山詩集鈔》五册。

（四）杉室管解本。寛文辛亥秋九月初九日杉室主人釋交易刻《寒山子詩集管解》七卷。此本卷前有釋交易《寒山子詩集管解序》，其略曰："曰若稽古寒山、拾得及豐干三神人……各各有詩，言志所之……余自蚤歲喜讀之，其間或一句，或一章，若有會意，則不勝欣然忘食矣。於是顧其爲詩也，自群經諸史，至異書曲典，拾其英，摭其華，莫不以發之於置字造句之間也，況於我佛祖之遺編乎……是以若有得一義、得一事，則必箋之其下，如是日將月就，得十一於千百，分爲七卷，名曰'管解'，藏之笥篋，以備遺忘矣。第恨獨學寡聞，兼之林下貧書，是故引事一一不能索其隱，解義句句不能鉤其玄，惡乎識無杜撰耶？惡乎識無燕説耶？曾聞曹山本寂禪師注釋，謂之《對寒山子詩》，只願得其注釋，而朗然見義天之大全也，至其時，當廢余之《管解》，而覆醬瓿而已矣。"據此《序》可見，釋交易於此《管解》用功之久且大，曹山本寂注本，交易未見，是此《管解》乃其獨創之寒山詩解，亦可謂難能可貴矣。

（五）桃園天皇本。桃園天皇寶曆七年（一七五七）和刻本《寒山子詩集》一卷附《豐干禪師録》、《拾得録》、《拾得詩》。

（六）慧然注本。光格天皇文化十二年（一八一五）刊僧慧然《寒山詩索賾》三卷。此本卷前首周樗《寒山詩索賾序》，次僧慧然《寒山詩索賾自序》，次《讀例》。周樗《序》曰："唐有三隱一獸，曰寒山，曰拾得，曰豐干，獸則虎也。飢偷食國清，飽睡雲天台，而同其睡，異其夢者，何哉？蓋譫語不同也。大鼎老人和他四睡，更添一夢，題曰《三隱詩集索賾》，引證詳備，其功勤矣。老人一日就余請序引，余不敢辭，亦唯不□原古人之夢，要且使天下人去夢之所在耳。文化甲戌六月，不顧庵主□拙周樗。"據此《序》可知，"引證詳備"是慧然此書的特點，目的則在使讀者領會寒山詩的妙旨，而滌除夢境囈語般的誤解，故名"寒山詩索賾"，由此可見對此書推許之高。該書《讀例》亦曰："契理契機，濟世醫王，末代大師，垂跡大旨，專在詩中。然書不盡言，言不盡意，而況詩句意在言外乎？況於聖人善巧深旨乎？非審究深味之，難矣見大人也。"亦可見此書撰寫的宗旨。具體而言，此本對《寒山詩》裁錦華豔之詞的言外之趣，調高句美、文穩易解而意味深長之處，以及詩中頻繁使用的比體、佛經的語典，與假仙境以顯不生不滅、假隱逸幽邃以明無漏聖境之意等等，"隨句悉指之，引經證之"，"所冀讀者爲索佛海之深"（該書《讀例》,見項楚《寒山詩注》附録)。

(七)島田本。明治三十八年(一九〇五)島田翰據宋無我慧身本排印《寒山詩集》。此本卷前《朱晦庵與南老帖》、《陸放翁與明老帖》及正文首半葉,由島田翰依宋本原刻摹寫上版,餘則依原本用鉛字排印。卷首島田翰《刻宋本寒山詩集序》,其略曰:

> 蘇峰先生既刻我《古文舊書考》,又將表章遺經,詢目於予……予昔奉青山相公命,偏校内府之書,舊鈔舊刻皆有校本,佚篇則有傳録,而其新收本中所儲寒山一集,獨尠卷帙,又夥異同……書爲姫路河合元昇暢春堂舊收,刻搨精妙,字大如錢,紙質緊薄,光潤似玉,墨色奕奕,撲人眉宇,足與秘府《王文成集》、《誠齋集》相頡頏。胤、恒、貞、殷、朗,避宋諱,闕末筆。左右雙邊,半番界長六寸八分五釐,幅四寸五分,八行,十四字,魚尾上方記字數,大名則併二行大書,下分書"豐干拾得詩附"六字……後之讀是書者,念其顯晦有數,以知古文舊書之不可忽,尋格韻昇降非一,以憬然有感悟於予言,斯先生所以嘉惠後學之至意,而亦我邦文明之所以度越萬邦之表章也哉。明治三十八年太歲乙巳夏四月島田翰序。(項楚《寒山詩注》附録二)

是此本乃宋無我慧身本的一個排印本。近人張鈞衡論此本曰:"日本島田彦楨寄來新刻,出自内府宋本,並序此集源流甚悉。因出此本,取而校之,亦有'無範'、'慶福'圖書,同出一源,亦可謂下真跡一等矣。"(擇是居叢書本《寒山子詩集》)亦稱此本之精。可惜島田氏與張鈞衡均未見過天禄宋本,不知較之天禄宋本,無我慧身本尚有許多不足。古今刻書,所據版本之重要,於此亦可見歟!

綜上可見《寒山詩》的版本源流有以下三個特點:(1)閭丘胤《寒山子詩集序》乃曹山本寂所造僞文,故《序》中之僧道翹及其搜録編輯《寒山詩》一事,皆子虚烏有。《寒山詩》的真正編輯者是中唐道士徐靈府,凡三卷。晚唐曹山本寂爲三卷本作注,分爲七卷,名《對寒山子詩》。曹注本出現後,徐氏三卷本遂於五代時亡佚。降及北宋,曹注本爲削其注文的一卷本代替,遂亦散逸。(2)《寒山詩》一卷宋槧本確知者有七種,今存者只有兩種,一爲天禄宋本,一爲無我慧身本。天禄宋本爲今存時間最早、收録作品數量與文字品質均有優長的一個本子,此本經毛氏汲古閣影鈔和翻刻,又因進入

《全唐詩》,特别是收入《四部叢刊》而影響很大。無我慧身本宋時已多次翻刻,又經吴明春本進入《唐音統籤》與《四庫全書》,且原刻遠傳日本,又經元翻宋本進入朝鮮,所以流傳更廣,影響更大。(3)南宋初僧慈受《擬寒山詩》,元末楚石梵琦、明末石樹通隱二禪師《和三聖詩》皆附《寒山詩》而行,版本較多,影響不少,然卻多流行於寺院,對世人的影響並不大。

【參考文獻】[日]島田翰《刻宋本寒山詩集序》,見項楚《寒山詩注》附録二　余嘉錫《四庫提要辨證·寒山子詩集二卷附豐干拾得詩一卷》,頁一二五〇　[韓]李鍾美《朝鮮本系統〈寒山詩〉版本源流考》,《文獻》二〇〇五年一期

李益集

李益(七四六～八二九)字君虞,鄭州(今屬河南)人。大曆四年(七六九)進士及第,六年中諷諫主文科,釋褐華州鄭縣主簿。建中初入朔方節度幕,四年(七八三)再中拔萃科,授侍御史。貞元間先後入邠寧、幽州幕。元和前後入朝爲都官郎中,遷中書舍人,出爲河南少尹,復入爲秘書監、太子賓客、右散騎常侍等,大和初以禮部尚書致仕。

李益詩名卓著,長於七絶,每作一篇,教坊人以賂求取,唱爲供奉歌詞。邊塞詩尤著,好事者畫爲圖障。貞元四年(七八八),李益曾應友人盧景亮之請,自輯《從軍行》五十首相贈。令狐楚編《御覽詩》,録其詩三十六首,所據蓋《從軍行》五十首。然其全部作品是否爲益自編,則不得而知。

入宋,《崇文總目》、《新唐書·藝文志四》均未著録益集。宋室南渡,晁公武《讀書志》始著録"《李益詩》一卷",《宋史·藝文志七》同,晁氏曰:"益少富詞藻,長於歌詩,與宗人賀齊名。每作一篇,樂工以賂求取,被聲歌,供奉天子。《征人》、《早行》詩,天下皆施之圖繪。今集有《從軍詩》五十首,而無此詩,惜其放逸多矣。"(《郡齋讀書志校證》卷十七,頁八六七)然而尤袤《遂初堂書目》著録爲《李君虞詩集》,無卷數。迨南宋後期,陳振孫《書録解題》卷十九著録"《李益集》二卷"。可見南宋時,益集至少出現過三種版本,即一卷本的《李益詩》、二卷本的《李益集》及不知卷數的《李君虞詩集》。宋以後,這些本子無一傳世。

元代不聞益集有刻本。《唐才子傳》僅謂"有集今傳",不言卷數及書名。

明代刊刻和傳鈔的益集,其主要版本有以下幾種:

(一)銅活字本。弘治、正德間銅活字印《唐人詩集》所收《李益集》二卷。《唐五十家詩集》所收《李益集》上下二卷,就是據杭州大學圖書館所藏此本影印的。半葉九行十七字,左右雙邊,白口單魚尾下有"李益集卷某"字樣。卷前後無附録。詩分體編次,卷上五古三十四首、七古七;卷下五律二十一、五排三、七律五、五絶十九、七絶四十三,拾遺四,共百三十六首。"排律"一詞始見於元楊士弘《唐音》,明代方廣泛使用。此本既以"五排"編次諸詩,表明此本乃明人的重編本。不過,此本在明代刊行較早,所據底本或爲陳振孫《書録解題》著録之《李益集》二卷。此本文字偶有脱誤。脱漏例,如五古《秋晚溪中寄懷大理齊司直》"東□□分鼇"句,脱二字。舛誤例,如五古《秋晚溪中寄懷大理齊司直》"荒寧桁陽肅"句,"桁陽"不詞,當爲"楊桁"之訛;"楊桁"乃一種刑具,齊司直乃大理司官員,故舉"楊桁"象徵司法威嚴。又如五律《賦得垣衣》"蒼茫白露稀"句,"稀"乃"晞"字之訛。如五律《尋紀道士偶會諸叟》頸聯出句"水松花下静"句,"水松花",應作"水花松",此本誤乙;"水松"生南海,北方無之,故作"水花"爲是;"水花"乃浮石别名,爲江海間細沙水沫凝聚,日久而成,有細孔如蛀窠,體虚而輕,可入藥,故道士聚置松下;或解"水花"爲"荷花",非是,此聯對句"壇草雪中春",時既有雪,何得有荷花?又如七絶《奉和成相公春晚聞鶯》,題中"成相公"乃"武相公"之誤,此首之下第八首《奉和武相公郊居寓目》一詩,可證此"成相公"應作"武相公"。如七絶《統漢峰下》,題中"峰"字乃"烽"字之訛,又"黄河戰國擁長城"句,"黄河戰國"乃"黄沙戰骨"之訛。再如七絶《送人歸岳陽》"煙草連人楓樹齊"句,"連人"不詞,應作"連天",席刻本《李君虞詩集》(詳下)即作"連天"。又此本五絶《天津橋南山中》,《李君虞詩集》題作《天津橋南山中各題一句》,乃益與韋執中、諸葛覺、賈島四人聯句詩,每句下注作者姓名,賈島《長江集》亦收有此詩;此本删去四人名字,作一首録入益集,大誤。又,此本有《拾遺》四首,《效古促促曲爲河上思婦作》、《赴邠寧留别》、《再赴渭北使府留别》與《鹽州過胡兒飲馬泉》,當爲此本改編時據他本所補。

(二)明翻宋本。弘治、正德間蘇州翻宋本《李君虞詩集》二卷。《百川書志》卷十四著録有此本,且記曰:"按此集蘇州所刻,乃好事廣積,將爲久

傳。"(《明代書目題跋叢刊》,頁一三一二)丁丙曾收得一本,《善本書室藏書志》有著録,其略曰:

> 《李君虞詩集》二卷,明刊宋本,劉蓉峰藏書。……此明弘、正間刻本,作《李君虞詩》,即席啓寓刊本之祖。而朱警集刻百家唐詩,内《李益集》同是[一]〔二〕卷,同無序跋,較此少詩十八首,而中爲此本所無者二十五首。朱氏所集多宋本,當别有所據。昭德《讀書志》謂集中無《獻劉濟》"不上望京樓"之詩,惜其放逸者多,檢此本有之,可見此集在陳、晁時已分兩本矣。有空翠閣圖記。(《善本書室藏書志》卷二十四)

丁氏謂此本所據乃"宋本",當可信,《遂初堂書目》即著録《李君虞詩集》,此本蓋其下位本。丁氏又謂朱警刻《唐百家詩》所收《李益集》(詳下),與此本卷數相同,也無序跋,然較此本少十八首,而爲此本所無者二十五首,可見差異頗大。丁氏謂"朱氏所集多宋本,當别有所據",因推測益集"在陳、晁時已分兩本",甚是,宋代晁、尤、陳三家書目即爲明證。然三家書目著録時,均未與他本對勘,指出其不同之處。而丁氏《藏書志》能詳細指出二本差異,正丁氏目録之長也。不過,丁氏此處有二點疏誤,首先朱警本所據乃銅活字本(詳下),而非宋本;其次,丁氏謂晁氏感歎益集中無《獻劉濟》"不上望京樓"詩,非是,晁氏所歎乃《征人》、《早行》二詩不見於益集,非《獻劉濟》詩也。據胡震亨考證:《征人歌》即《回樂峰前》一絶,今益集有之;"《早行篇》,集中無之"(《唐音統籤》第三册,頁五二八)。唯晁氏感慨益詩散逸之多,亦是事實,經後人屢次輯補的佚詩,多達數十首。

(三)朱警本。嘉靖十九年庚子(一五四〇)朱警輯刻《唐百家詩·中唐二十七家》所收《李益集》上下卷。《百川書志》卷十四著録"《李益集》二卷",蓋即此本;又著録"《李君虞集》二卷",高儒記曰:"禮部尚書隴西李益君虞撰。予所收唐詩,率多别本,出入不同。鮮卷數者,多從《唐百家集》。按此集蘇州所刻,乃好事廣積,將爲久傳,豈有一家分爲兩集之理?"(《百川書志》卷十四,《明代書目題跋叢刊》本,頁一三一二)一家分爲二集甚或多集,乃常有之事,高氏少見多怪。此本卷上五古四十二首,卷下七絶二十六、五律(五排)十一(未標目)、七律五、五絶十九、七絶十一,共百十四首。此本文字與銅活字本多同,且並其訛誤也照樣沿襲。如銅活字本五古《秋晚溪中寄懷大理齊司直》"荒寧桁陽肅"句,"桁陽"不詞,乃"楊桁"之訛,此本同。如銅活字本七絶《統漢峰下》，題中"峰"字乃"烽"字之訛，此本同；又"黄河戰國擁長城"句，"黄河戰國"，乃"黄沙戰骨"之訛，此本同。如銅活字本七絶《送人歸岳陽》"煙草連人楓樹齊"句，"連人"誤，此本同；席刻本《李君虞詩集》（詳下）作"連天"，甚是。又銅活字本五絶《天津橋南山中》，賈島《長江集》題作《天津橋南山中各題一句》，乃益與韋執中、諸葛覺、賈島四人聯句詩，人各一句，每句下注作者姓名，而銅活字本删去四句下之署名，作一首録入，大誤，此本誤同。據上可見，此本乃是據銅活字本翻刻者。丁氏謂"朱氏所集，多宋本"。然此本所據並非宋本。又此本刊刻比較粗率，不少詩給漏編了，故不及銅活字本存詩之多。

（四）黄刻本。嘉靖三十三年甲寅（一五五四）黄氏浮玉山房刻黄貫曾輯《唐詩二十六家》所收《李益集》二卷。國家圖書館藏《唐詩二十六家》有"涵芬樓"、"海鹽張元濟經收"等印記，表明此本民國時曾爲上海商務印書館涵芬樓收藏。半葉十行十九字，左右雙欄，白口黑魚尾。書體秀健，雕刻精審。此本書名，收詩數量、分卷、編次與銅活字本相同，且文字相差也甚微，上文所舉銅活字本訛脱諸例，如五古《秋晚溪中寄懷大理齊司直》"東□□分鼇"句，脱二三兩字；"荒寧桁陽肅"句，"桁陽"乃"楊桁"之訛；五律《尋紀道士偶會諸叟》頸聯出句"水松花下静"句，"水松花"乃"水花松"之誤乙；七絶《奉和成相公春晚聞鶯》，題中"成相公"乃"武相公"之誤；七絶《統漢峰下》，題中"峰"字乃"烽"字之訛，又"黄河戰國擁長城"句，"黄河戰國"乃"黄沙戰骨"之訛。再如七絶《送人歸岳陽》"煙草連人楓樹齊"句，"連人"乃"連天"之訛，等等，此本均同。又如銅活字本五絶《天津橋南山中》，乃李益與韋執中、諸葛覺、賈島四人聯句詩《天津橋南山中各題一句》，每句下注作者姓名，而銅活字本誤作李益詩，各句下所注作者姓名均被删去，而此本誤亦同。此本連銅活字本的訛誤也照樣沿襲，可見乃是依銅活字本爲底本翻刻的。

（五）統籤本。《唐音統籤》所收《李益詩》三卷，編卷二百八十六至二百八十八，丁籤三十五，刻本。此本詩依體編次，首卷五古三十四首，次卷七古十一、五律二十五、五言小律二、五排八、七律七，第三卷五絶二十七、七絶四十六，殘句一則，附聯句八首，共一百六十八首，殘句一則。較銅活字本溢出三十四首，殘句一聯。此本所據底本，胡氏没有明言。據筆者考察，此本文字較其他諸本更近於黄刻本，如銅活字本五古《雜曲》"少婦歸少年"

句,“少婦”,黄刻本作“少女”,此本也作“少女”。可見此本乃是以黄刻本爲底子,再補入胡氏據《御覽詩》、《文苑英華》、《唐詩紀事》、《萬首唐人絶句》諸總集輯得的佚詩三十四首,分編三卷而成的。文字方面,胡氏用善本参校,博采衆長,不主一本,故訛誤也較諸本爲少,所以此本乃是一個集衆本之長的新本子。此本編次,因分體之後再分類,故編次與其他各本皆異。至於《從軍行》五十首,胡氏曰:“益《從軍詩》自序曰:‘君虞長始八歲,燕戎亂華。出身[年]二十〔年〕,三受末秩;從事十八載,五在兵間,故其爲文,咸多軍旅之思……時左補闕盧景亮見知于文者,令予輯録,遂成五十首贈之。’今綴各體後。”(《唐音統籤》第三册,頁五二八)筆者曾將分散“綴於各體後”的《從軍詩》彙集一起,恰爲五十首。又考《李君虞詩集》二卷本(如席刻本,詳下),卷下首爲《從軍詩并序》,然下接之五十首並非全爲從軍詩;胡氏“綴各體後”的《從軍詩》五十首,席刻本有十一首編在卷上,五首爲席刻本漏收。據此推測,胡氏所謂《從軍詩》五十首,蓋爲其自輯所得,並非益編《從軍詩》五十首真的還有單行本流傳於世間明矣。

清代刊刻和傳鈔的益集主要版本有以下幾種:

(一)葉鈔本。康熙七年戊申(一六六八)東洞庭葉氏鈔《李君虞詩集》二卷,葉萬跋,國圖藏。半葉十行十八字。卷後有葉萬跋,其略曰:“此照柳大中本抄得。大中名僉,吴中老儒,藏書甚富,後流于趙靈均家。靈均名均,吴中高士趙凡夫之子,多古書墨刻,妻文淑,善花草者也。靈均死後,唐詩在從兄林宗處,故得抄之。今林宗死,書盡散矣。此書底本,不知在誰何也。嗟呼!……戊申初冬來歸家山,偶檢書籍,叙其源流於末云。康熙七年十月下旬之三日,東洞庭山鎮惡先生葉萬字石君識。”(《中國善本書提要》,頁五〇二)柳大中號安愚道人,藏書頗富,鈔書亦夥,且所據多爲善本,毛晉得其鈔本尤多。葉氏謂此本從柳大中本鈔得,所以可貴也。卷内有“石君”、“審研堂”、“鎮惡”及“樹蓮居士”等鑒藏印記。

臺灣“中央圖書館”藏一鈔本,亦康熙七年洞庭葉氏鈔《李君虞詩集》二卷,葉樹廉跋,與此本蓋同一類鈔本。

(二)席刻本。康熙四十一年壬午(一七〇二)席啓寓琴川書屋輯刻《唐詩百名家全集》所收《李君虞詩集》上下二卷。半葉十行十八字,左右雙邊,白口單魚尾下有“李君虞詩某”字樣。卷前首李益《傳略》附論説,次《李君虞詩集目録》,上下卷均標“雜詩”,詩不分體。卷後無附録。各卷首題“李君虞詩集卷某”。卷上五十七首,卷下八十四首,共百四十一首。此本所據底本,丁丙謂爲明翻宋本(已見)。然較之銅活字本及朱警本,此本溢出六首,其中聯句多達五首,《從軍詩并序》一首,而其餘各詩,二本皆相同。若是,則丁氏所謂朱本較明翻宋本“少詩十八首”,且朱本溢出翻宋本“二十五首”之言,並不符合此本實際。故丁氏所謂的明翻宋本,究爲何種本子,因其今已無存,故無從作進一步的證實。此本文字較之銅活字本區别不大,如銅活字本五古《秋晚溪中寄懷大理齊司直》“東□□分鼇”句,脱二三兩字,此本同。又如銅活字本七絶《統漢峰下》,題中“峰”字乃“烽”字之誤,又“黄河戰國擁長城”句,“黄河戰國”乃“黄沙戰骨”之誤,等等,此本均與之同,這表明銅活字本與此本所據祖本,在宋代乃同源本。不過,此本與銅活字本文字區别還是非常明顯的,如銅活字本五古《雜曲》一題,此本作“雜體”。活字本五古《賦得早燕送别》“一别無秋鴻”句,“無”字,此本作“與”。活字本五古《秋晚溪中寄懷大理齊司直》“荒寧桁陽肅”句,“桁陽”誤,此本作“楊桁”,極是。活字本五古《置酒》“已鬢還復白”句,“鬢”字,此本誤作“鬢”;“明明發金丹”句,“明明”,此本誤作“明口”。活字本七古《從軍夜次六胡北飲馬磨劍石爲祝殤辭》“可以還故鄉些”句,“還”字,此本衍作“歸還”。活字本五律《賦得垣衣》“蒼茫白露稀”句,“稀”字誤,此本作“晞”,甚是。活字本五律《述懷寄衡州令狐相公》“調元飛翼聖”句,“翼”字,此本誤作“翌”。活字本七絶《牡丹》“卻教遊客賞繁華”句,“教”字,此本誤作“交”。活字本七絶《奉和成相公春晚聞鶯》,題中“成相公”、“晚”字誤,此本分别作“武相公”、“曉”,均極是,等等。

(三)季氏《稿本》。季振宜《全唐詩稿本》所收鈔本《李益詩》不分卷。半葉十一行十八字。詩分體編次:五古四十六首、五律二十四、七律六、五排五、五絶二十九、七絶四十三、聯句二,共百五十五首。較之銅活字本,此本五古溢出三首、七古溢出一首、五律溢出二首、五排溢出一首、五絶溢出十首、七絶溢出一首、脱一首,另補聯句二首,故此本共溢出十九首。若除去溢出諸首,其餘各體詩編次與銅活字本完全相同。這表明此本乃是以銅活字本或其下位之朱警本或黄刻本等爲底本,再於各體詩後補入上述諸首編輯而成的(活字本《拾遺》四首亦散入各體後),然因編者一時疏忽,將七絶《上黄堆烽》一首漏編了。此本文字與銅活字本一系的本子區别也甚微,如銅活字本五古《秋晚溪中寄懷大理齊司直》“東□□分鼇”句,脱二三兩字;"荒寧桁陽肅"句,"桁陽"乃"楊桁"之訛;又如五律《尋紀道士偶會諸叟》頸聯出句"水松花下静"句,"水松花"誤;七絶《奉和成相公春晚聞鶯》,題中"成相公"、"晚"字均誤;七絶《統漢峰下》,題中"峰"字乃"烽"字之誤,又"黄河戰國擁長城"句,"黄河戰國"乃"黄沙戰骨"之誤,等等,此本均與之同。可見此本的確是依銅活字本或其相近的本子爲底本編輯而成的。不過此本文字與銅活字本亦有不同。如銅活字本五絶《天津橋南山中》,實爲李益與韋執中、諸葛覺、賈島四人的聯句詩,每句下注作者姓名,銅活字皆將其删去,誤作李益詩收入,此本前三句下已將作者姓名增入,良是,然第四句下尚脱"賈島"。又如此本五古《置酒行》,題中"行"字,銅活字本無。此本五古《觀回軍三韻》,題中"三韻",銅活字本無。此本五古《來從竇車騎行》"薄暮秋風起"句,"起"字,銅活字本作"至";"歸來同棄置"句,"歸來",銅活字本作"騎來"。此本七古《從軍夜次六胡北飲馬磨劍石爲祝殤辭》"風沙四起雲沉沉"句,"風"字,銅活字本作"蓬";"可以歸還故鄉些"句,"歸還"二字,銅活字本只作"還"。七律《同崔邠登鸛雀樓》"遠目非春亦自傷"句,"非"字,銅活字本作"飛"。再如七絶《奉賀成相公春晚聞鶯》,題中"賀"字,銅活字本作"和"。再如七絶《夜宴觀石將軍舞》,題中"夜"字,銅活字本無,等等。

(四)全唐詩本。康熙敕編《全唐詩》所收《李益詩》二卷。此本乃是將上述季氏《稿本》中的《李益詩》一卷全部收入,而删去誤收的五古《與僧法振同賦應門照緑苔》一首,重出的五絶《宿青山石樓》一首(與五絶《石樓山見月》重),另輯補佚詩十五首,殘句一聯。而聯句三首,則編入卷七八九聯句卷中,另補入聯句詩五首,故《全唐詩》共一百七十六首,殘句一聯,成爲一時收詩最多的本子。文字方面,編臣以統籤本及他本參校,改正了季氏《稿本》未及改正的訛誤。如《稿本》五古《秋晚溪中寄懷大理齊司直》"東□□分鳌"句,脱二三兩字,季氏未補,編臣蓋據統籤本補入"夏復"二字;"荒寧桁陽肅"句,"桁陽"訛,季氏未及改正,編臣據校本改作"楊桁",甚是。《稿本》五律《尋紀道士偶會諸叟》頸聯出句"水松花下静"句,"水花松"誤,季氏未及改正,編臣據校本改作"水花松",良是。《稿本》七絶《奉賀成相公春晚聞鶯》,題中"賀"字、"成"字、"晚"字皆誤,季氏唯將"成"字改作"武",編臣則據校本又將"賀"字改作"和"、"晚"字改作"曉",皆極是。七絶《統漢峰下》,題中"峰"字乃"烽"字之誤;又"黄河戰國擁長城"句,"戰國"乃"戰骨”之誤，季氏均未校改，編臣則據善本於“峰”字下出校一“烽”字，將“戰國”改作“戰骨”，良是。另外，編臣還增加了不少異文和題注，如《稿本》七律《同崔邠登鸛雀樓》，“邠”字下原無異文，編臣據校本增入一“頒”字，表明同登鸛雀樓者也可能是崔頒。《稿本》五律《洛陽河亭奉酬留守群公追送》，題下原無注文，編臣據校本增入“一作李逸詩”，此注爲辨別詩的歸屬提供了重要綫索。此類例子尚多，不枚舉。正因爲如此，全唐詩本無論收詩數量還是文字品質，在今存益集諸古本中均稱得上是最好的本子。

（五）張氏本。道光時張澍重編《李尚書詩集》一卷，計收詩百七十三首，輯入其所刻《二酉堂叢書》。張氏據全唐詩本增補佚詩三十一首，然漏收聯句一首。張之洞《書目答問》曰：“張澍有輯本，未刊云。”未確。

（六）舊寫本。此本《藏園群書經眼録》著録曰：“李君虞詩集二卷，唐李益撰。舊寫本。鈐有‘汪魚亭’及‘結一廬朱氏’藏印。（壬子）”（《藏園群書經眼録》卷十二，頁一〇四七）

近代以來的本子有以下兩種：

（一）《叢書集成初編》所收《李尚書詩集》一卷。此本乃據張澍刊本排印。

（二）范之麟《李益詩注》，一九八四年八月上海古籍出版社印行，收入《唐詩小集》。此本以全唐詩本爲底本，校以明黄刻本、明銅活字本、明鈔本《李君虞詩集》、清康熙席刻本、清初鈔本《李君虞詩集》，並以《御覽詩》、《極玄集》、《才調集》、《文苑英華》、《樂府詩集》參校，擇善而從，有參考意義的異文則出校記。删去了誤收的戎昱詩《聞笛》（誤爲李益《受降城聞笛》）與盧綸詩《赴虢州留别故人》（誤爲李益《失題》）。互見詩則依底本編入，注明作者一作某人。書後附録李益生平事蹟、他人贈詩及歷代評論資料，以便讀者。

李端詩集

李端（生卒年不詳）字正己，趙郡（今河北趙縣）人。大曆五年（七七〇）進士及第，釋褐秘書省校書郎。正己有詩才，與錢起、盧綸、吉中孚、韓翃等唱酬，號“大曆十才子”。嘗於駙馬郭曖第，賦詩冠座客，爲昇平公主所賞。建中時移疾江南，授杭州司馬，其辭世約在德宗初。

正己詩集,《崇文總目》卷六十一著録《李端詩》三卷,《新唐書・藝文志四》著録《李端詩集》三卷。晁公武《讀書志》卷十七著録《李端司馬集》三卷。陳振孫《書録解題》卷十九著録《李端集》三卷。《宋史・藝文志七》著録《李端詩》三卷。諸家書目著録書名雖異,然宋世傳本的卷數並無差别,均爲三卷。

正己集宋刻,今已無傳。清代江標輯刻《唐人五十家小集》所收《李端詩集》三卷(詳下),據云是依書棚本翻刻的,江氏所謂"書棚本",應指宋杭州書商陳起父子所刻書棚本。其實不然,江氏所據乃明朱警本(詳下),所以正己集究竟有何宋刻本,今已無從而知了。

明代刊刻和傳鈔的正己集,其主要版本有以下幾種:

(一)銅活字本。弘治、正德間(一四八八～一五二一)銅活字印《李端集》四卷。此本乃明代刊行較早的李集,所據當爲宋刻。張金吾《愛日精廬藏書志》卷二十九著録"《李端集》四卷,明銅活字本";莫友芝《郘亭知見傳本書目》亦曰《李端集》四卷"昭文張氏有明銅活字本,《四庫》未收",所指皆此本。半葉九行十七字,各卷首題"李端集卷第某"。此本分體編次,首卷五古二十七首、七古十二,卷二五律六十七,卷三五律六十八,卷四五排十七、七律二十三、五絶二十、七絶十,共二百四十四首。"排律"一詞,始見於元末楊士弘《唐音》,明高棅《唐詩品彙》後方廣泛使用。此本既有"排律"一體,因知此本乃明人分體改編本,具體而言,即以宋本爲底子,將各詩分體依次録出,而後按五七古、五七律、五排、五七言絶句的次序分編四卷而成的。此本偶有脱文,如卷二五律《卧病寄苗員外》頷聯"一自朝天□,因成□日遊",尾聯"因恨劉楨□,□園卧見秋",兩聯四句各脱一字。卷二《送潘述宏詞下第歸江外》"應是田□□"句,脱後二字。卷三五律《贈衡岳隱禪師》"朝汲□門開"句,脱去第三字。不過由於此本編刊粗率,故以清江標本(詳下)勘之,發現訛誤頗多。如卷一《折楊柳送别》"柳發通川岡"句,"通"字誤,江標本作"遍",良是。又同卷《瘦馬行》"骨毛焦瘦念人傷"句,"念"字誤,江標本作"令",良是。如卷四《酬丘拱外甥覽余舊文見寄》"投傳聊取笑,贈綺一何妍","傳"字,江標本作"磚";此爲五排,"磚"與"綺"對偶,且"投傳"不成詞,以"投磚"爲是,此本誤。同卷《下第上薛侍郎》"蓬草春風起,開簾卻自悲","草"字誤,江標本作"蓽",甚是。同卷《同司空文明過堅上人故院》"我與雷居士,平生事約公","約公",江標本作"遠公",甚是,此用東晉慧遠與雷次宗事，此本誤。同卷《聽筝》“鳴筝金栗柱”句，“金粟”誤，江標本作“金粟”，他本皆作“金粟”。同卷《雜詩》“石家赴霄會”句，“霄”字誤，江標本作“宵”，甚是，等等，可見此本上版時疏於校勘。又較之江標本，此本少《送友人遊蜀》、《茂陵村行贈何兆》、《野寺病居嘉盧綸見訪》、《送劉侍郎》四首。再者，由於活字排版不便，此本較江標本少了許多題注與正文間夾注的校記。如江標本卷下《贈郭駙馬二首》題注曰：“郭令公子曖昇平公主令於席上成。”題注爲詩之本事，此本删去題注，也就删去了詩的本事，對詩的理解顯然是有妨礙的。不過，由於此本是據宋本改編而成的，所以文字方面有許多優長，很有參考價值。如季振宜《全唐詩稿本》（詳下）七古《胡騰兒》“醉卻東傾又西倒”句，“卻”字，此本作“腳”；《稿本》五律《江上逢司空曙》（此本作《岳陽逢司空文明得關中書》）“潯陽雁正疏”句，“潯陽”，此本作“涔陽”；《稿本》五律《張丞相挽歌》，題中“丞相”，此本作“左丞”；《稿本》五律《冬夜寄韓弇》，“韓弇”，此本作“韋弇”；《稿本》五律《送竇兵馬》，“兵馬”，此本作“兵曹”；《稿本》七絶《昭君詞》“漢月明明照帳來”句，“照帳”二字，此本作“惆悵”，等等，這些皆具有寶貴的參考價值。

（二）朱警本。嘉靖十九年庚子（一五四〇）朱警輯刻《唐百家詩·中唐二十七家》所收《李端詩集》上中下卷。半葉十行十八字，左右雙欄，白口單黑魚尾下鐫“李端集”字樣。各卷首題“李端詩集卷某”，次行下方具款“邯鄲李端正己”。這種行格版式，與宋書棚本相同。此本詩不分體，卷上六十六首，卷中八十九，卷下九十五，共二百五十首。卷上附見詩三首。不過卷下《折柳》，已見卷上《折楊柳送别》後八句，故此本實二百四十九首。此本偶有闕文，如卷上《雜歌呈鄭錫司空文明》“乃書數字□□□，□□與我持”二句，脱去五字，又“覺來□□□□□，□□雪平雲覆地”二句，脱去七字。同卷《卧病寄苗員外》“一自朝天□，因成□日遊”二句，又“因恨劉楨□，□園卧見秋”二句，各脱二字。卷中《送潘述宏詞下第歸江外》“應是田□□”句，脱後二字。卷下《贈衡岳隱禪師》“朝汲□門開”句，脱一字，等等，這些脱漏，與銅活字本相同，表明二本爲同源本；蓋二本同出自書棚本，只是此本乃翻刻本，銅活字本爲分體改編本而已。

（三）明鈔本。萬曆四十八年庚申（一六二〇）無名氏鈔校《李正己集》三卷。此本清代曾爲黄丕烈所得，《蕘圃藏書題識》卷七著録爲《李校書集》三卷，卷中有“時萬曆肆拾捌年正月初六日鈔完”字樣。黄氏曰：

《李端集》三卷，見諸《書録解題》。藏書如述古，未列於目，想傳本稀也。予於唐人集遇本即收，不少數十餘種，而此集亦無。頃揚州估人攜此求售，喜爲得未曾有。本係舊抄，校者之筆亦是明人，前後所鈐圖記止一印，而印文印色，皆非近時，則此本誠可寶也。裝成並記，蕘翁。

正己集傳本稀少，此本既爲明鈔明校本，古色古香，故黄氏甚愛重之，後黄氏得李鑑舊藏正己集刻本，以校此本一過而記之曰：

余家比鄰，有以李鑑明古家舊藏本書一單託消者，内多唐人小集專刻本，因與好友分得之。此《李正己集》，檢舊藏本，出此勘之，殊異。而先有校勘語，附於卷端，校而未終，又不詳載其所自，殊疏漏也。事隔十年，並影響都忘，屬想不得其故。今與此新收本對之，似爲近之。日來枯坐一室，校讎都絶。今晨唤一小舟，往吾與菴與瑑堂……抵西津橋始畢。舟小無置筆硯地，傾側幾不成字……校畢記。時乙亥二月花朝日，適逢春社，跋於支硎道中。（《蕘圃藏書題識》卷七，見《黄丕烈書目題跋》，頁一五六至一五七）

乙亥爲嘉慶二十年（一八一五）。此本卷首還有黄氏一跋曰："乙亥春仲，復從同郡李鑑明古家藏本手校一過，記於上下方，卷中墨筆是也。此集無李鑑明古藏印，但有'徐氏完石圖書'，故名之曰'徐完石本'云。"合上黄氏所記觀之，知此本先藏徐完石家，由揚州書估經手，歸於黄氏。此本後入山東楊氏海源閣，《楹書隅録續編》有著録，曰："是集傳本絶稀，故儲藏家亦少著録。惟明時有活字四卷本，而謬誤特甚。此本舊爲明人鈔校，復經蕘翁手勘，洵堪寶秘。卷中舊印乃朱文'陳炗'二字。案《玉篇》'炗'，古'光'字也。"（《楹書隅録續編》卷四，頁六四八）是此本或明陳光鈔本耶？據黄、楊二氏所記，知此本實名《李正己集》三卷，黄氏先以舊藏本對勘，文字殊異，後又以新收李鑑本再次校勘，則二者相近。可惜黄氏未言所據舊本、新本究爲何種版本，加之二人所記又甚簡略，所以此本的編次、文字及版本淵源，則不得而知。不過，此本既名《李正己集》三卷，則與清乙鈔本《唐李正己集》三卷（詳下），似爲同類傳本。若是，則雖不知此本今天仍在人間否，卻仍可由清乙鈔本，間接窺此本的概貌。

（四）明覆宋本。明覆刻宋書棚本《李端詩集》三卷，臺灣"中央圖書館"

藏(未見)。

(五)統籤本。胡震亨《唐音統籤》所收《李端詩》五卷,編卷二百五十至二百五十四,丁籤十八,刻本。此本先分體,每體詩再依題材分類編排。另《送從叔赴洪州》,銅活字本編在五古,此本將其調入五排;五絶《蕪城》,原爲五古四韻,洪邁取後二韻入《萬首唐人絶句》,自此選者皆承其誤,此本補成完詩,移入五古,極是。此本首卷五古二十二首、七古十二,第二卷五律六十七,第三卷五律六十,第四卷五律十五、五言小律六、五排二十,第五卷七律二十四、五絶二十、七絶十二,共二百五十八首。文字方面,此本多與江標本爲近,上舉銅活字本諸誤、而江標本不誤的十餘例,此本均與江標本同,而江標本出自朱警本,據此可見此本乃是以朱警本或其近似的本子爲底本編次而成的,故亦屬於朱警本一系的本子。不過胡氏以善本加以校勘,因而文字與江標本有相異處。較之江標本,胡氏還輯補遺詩五律《早春夜望》、《宴伊東岸》、《宿洞庭》、《江上賽神》、《奉和元丞侍從游南城别業》、《送從舅成都丞廣南歸蜀》、《送張少府赴夏縣》凡七首,五排《塞上》與《長安感事呈盧綸》二首,五絶《觀鄰老栽松》一首,七絶《春晚游鶴林寺寄使府諸公》一首,共十一首,遂成一時録詩最多的本子。由於此本底本選擇較好,文字也比較精粹,因而成爲現存諸古本中較好的一種。

清代刊刻和傳鈔的李端集主要版本有以下幾種:

(一)清鈔本。清無名氏鈔《唐李正已詩集》不分卷。此本無鈔寫年月,卷首有"揚州季滄葦氏珍藏記"方印一枚,蓋季氏倩書手鈔寫而成。此本字體行楷,半葉十一行十八字。詩分體編次,凡五古二十七,七古十二,五律百三十九,五排四十二,五絶二十二,七絶十二,共二百五十四首。然五律《茂陵山行陪韋金部》一首重出,五絶《塞上曲》,與五律《度關山》之前二聯重出,故實二百五十二首。此本的版本淵源,當與明鈔本《李正已集》三卷(見上)相同,故文字與銅活字本、統籤本、江標本多有不同,且訛誤較多。如五古《鮮于少府宅看花》"文關鬥紅紫"句,"文關"二字,銅活字本、統籤本、江標本皆作"交關",甚是,此本誤。七古《胡騰兒》"醉卻東傾又西倒"句,"卻"字,銅活字本、統籤本、江標本皆作"腳",良是,此本誤。五律《江上逢司空曙》(一作《岳陽逢司空文明得關中書》)"潯陽雁已疏"句,"潯陽",銅活字本、統籤本、江標本皆作"涔陽",此本不知何據改爲"潯陽",或因詩有"夏口帆初泊"句,夏口東行即潯陽,故改作潯陽;然此句並非説行程,而是指大雁，故應以涔陽爲是。五律《張丞相挽歌》，“丞相”，銅活字本、統籤本、江標本皆作“左丞”，此本當誤。五律《冬夜寄韓弇》，“韓”字，銅活字本、統籤本、江標本皆作“韋”，統籤本、江標本題下有注曰：“一作秋夜寄司空文明。”此本不知何據，必改“韋”作“韓”，《登科紀考》卷二十七固然有韓弇其人，進士及第，然焉知必無韋弇其人？所以應仍以“韋弇”爲是。五律《早春會王達主人得蓬字》，“王達”，銅活字本、統籤本、江標本皆作“王逵”，此本當誤。五律《送袁文楊皋擢第歸江東》，題中“袁文”，統籤本、江標本皆作“表丈”，甚是，此詩落句“恭承中外親”，正與“表丈”相合，此本作“袁文”，應誤；且據此可知楊皋爲江南人，李端表親，與《登科記考》卷二十七之楊皞當爲同一人，然《登科記考》無任何説明，失考。五律《送耿湋江外括圖書》頸聯“漢使收三篋，周詩採百篇”，“漢使”，銅活字本、統籤本、江標本皆作“漢史”，甚是，“漢史”與“周詩”乃書名對偶，此本作“漢使”應誤。五律《送竇兵馬》，“兵馬”，銅活字本、統籤本、江標本皆作“兵曹”，甚是，兵曹乃官名，此本作“兵馬”誤。七律《贈道士》“形材自得逸人風”句，“形材自得”不詞，銅活字本、統籤本、江標本皆作“形神自得”，極是，此本誤。五絶《送僧遊春》（一作《送暕上人遊春》）落句“春山未發花”，“未發花”，銅活字本、統籤本、江標本皆作“樹發花”，甚是，遊春本爲賞花觀景，“山未發花”何爲遊春？此本誤。再如七絶《昭君詞》“漢月明明照帳來”句，“照帳”，銅活字本、統籤本、江標本皆作“惆悵”，良是，此本當誤，等等。可見從文字方面看，此本算不上善本。然而此本亦自有優長，較之銅活字本，此本保存了書棚本的題注及行間夾注，自有其參考價值；再者此本輯補佚詩三首，五律《送張少府赴夏縣》、五絶《觀鄰老栽松》、七絶《春晚游鶴林寺寄使府諸公》，亦是此本一大貢獻。

（二）全唐詩本。康熙敕編《全唐詩》所收《李端詩》三卷。《全唐詩》主要依據胡震亨《唐音統籤》和季振宜《全唐詩稿本》纂輯而成。而季氏《稿本》中的《李端詩》不分卷，則是將上述清鈔本悉數收入，删去清鈔本重出的五律《茂陵山行陪韋金部》，及與五律《度關山》首二聯重出的五絶《塞上曲》。另清鈔本五律《雲際中峰》、五排《贈苗發員外》，經季氏考證爲祖詠詩；五律《送從舅成都丞廣南歸蜀》、七律《夜投豐德寺謁海上人》季氏考證爲盧綸詩；五絶《秋日》季氏考證爲耿湋詩，因而皆被季氏删去，故《稿本》共二百四十七首。文字方面，季氏作了校勘，然而由於所用底本不理想，故上舉清鈔本的諸多訛誤，大多未予糾正。康熙敕編《全唐詩》所收《李端詩》三卷，便是將季氏《稿本》中的《李端詩》全部收入，而將季氏删去的五律《雲際中峰》，題目補足成《雲際中峰居喜見苗發》，題下注“一作祖詠”；五律《送從舅成都丞廣南歸蜀》和七律《夜投豐德寺謁海上人》題下注“一作盧綸詩”；五排《贈苗發員外》，題目改作《奉贈苗員外》，以上四首仍予保留。對個别作品的編次，編臣作了相應調整。另，據統籤本輯補佚詩八首：五律《早春夜望》及《宴伊東岸》、《宿洞庭》、《江上賽神》、《奉和元丞侍從游南城别業》凡五首，五排《塞上》與《長安感事呈盧綸》二首，五絶《感興》一首；而五絶《蕪城》據統籤本增補前四句，成八句古詩，移入五古卷内（五絶《蕪城》重出）。文字方面，編臣也作了校勘，增加了不少題注和夾注文字，上舉清鈔本的諸多訛誤，絶大部分被編臣校正。不過季氏《稿本》的有些訛誤，編臣則未能改正，如全唐詩本七古《胡騰兒》“醉卻東傾又西倒”句，“卻”字誤；五律《冬夜寄韓弇》，“韓”字不確，等等，編臣皆未糾正。但以上訛誤畢竟是少數，總的來看全唐詩本《李端詩》三卷，是一個録詩數量與文字品質皆具優長的本子。

（三）江標本。光緒二十一年乙未（一八九五）江標影刻《唐人五十家小集》所收《李端詩集》三卷，國圖藏本有傅增湘校並跋。此本内封面篆書“李端詩集”四個大字，左上方行書“書棚本”三小字。半葉十行十八字，左右雙邊，白口單魚尾下署“李端某”，版式與南宋杭州陳宅所刻書棚本諸唐集行款同，然而此本直接所據應爲朱警本，而非書棚本。此本卷前無目録及其他附録，各卷首題“李端詩集卷某”，次行下方題款“邯鄲李端正己”（“邯鄲”，卷中題款作“趙郡”）。詩不分體，上卷六十六首，中卷八十九，下卷九十三，共二百四十八首。不過，卷下五古《折柳》，與卷上五古《折楊柳送别》後八句重複，故此本實二百四十七首。此本文字偶有脱闕，如卷上七古《雜歌呈鄭錫司空文明》“覺來”以下脱去七字。五律《卧病寄苗發員外》頷聯“一自朝天□，因成□日遊”，尾聯“因恨劉楨□，□園卧見秋”，兩聯四句各脱一字。卷中五律《送潘述宏詞下第歸江外》“應是田□□”句，脱後二字。卷下五律《贈衡岳隱禪師》“朝汲□門開”句，脱第三字，等等，因其所據朱警本即已如此。此本題下行間偶有出校的異文，可見文字經過校勘，持與銅活字本、統籤本等比勘，極少訛誤，因知乃是一個相當精粹的本子。

孟東野詩集

孟郊（七五一～八一四）字東野，湖州武康（今浙江德清）人。早歲隱於嵩山，後屢赴舉，貞元十二年（七九六）方第進士，四年後調溧陽尉，任滿奉母歸里。元和元年（八〇六）鄭餘慶爲河南尹，辟爲從事、試協律郎，世稱“孟協律”。四年丁母憂去職。九年鄭餘慶鎮興元，復辟爲節度參謀、試大理評事，赴任途經閿鄉，暴疾卒。

孟郊視詩如命，終生苦吟不輟。賈島《弔孟協律》：“集詩應萬首，物象遍曾題。”可見詩作頗富。然因猝然離世，故未及手定其集。孟氏身後，文集爲何人所纂，今已無從查考。晚唐邵謁有《覽孟東野集》，可見最遲至晚唐已有集行世，邵氏詩曰：“哲人歸大夜，千古傳珪璋。珪璋徧四海，人倫多變改。”（《全唐詩》卷六〇五，康熙揚州詩局本）可見當時不僅有孟集行世，且流傳頗廣，甚有益於教化。

入宋，《崇文總目》卷六十一著録《孟郊詩》五卷。劉攽《中山詩話》曰：“今世傳《郊集》五卷，詩百篇。又有集號《咸池》者，僅三百篇，其間語句尤多寒澀，疑向五卷是名士所删取者。”（《歷代詩話》上册，頁二八八）是劉氏所見已有兩種本子。其實，北宋前期流行的孟集還有多種版本，其中至少有四種值得重視，正如宋敏求所言：

> 東野詩，世傳汴吴鏤本五卷一百二十四篇；周安惠本十卷三百三十一篇；别本五卷三百四十篇；蜀人蹇濬用退之贈郊句，纂《咸池集》二卷一百八十篇。自餘不爲編秩，雜録之，家家自異。（《孟東野詩集·後序》，四部叢刊本）

這裏宋氏所述的四個版本中，卷數、收詩互有不同；《咸池集》二卷一百八十篇，與劉攽所見三百篇之《咸池集》，顯然並非同一種本子。若此當時流行的孟集，至少有五種重要的版本，並且已出現了汴吴本這樣的刻本。至於那些“不爲編秩，雜録之，家家自異”的本子，則又不知其凡幾。由此可見北宋孟集流傳之廣、版本之多，這些本子卷數不一，首數也多寡不同。面對這種情形，宋敏求頗下了一番編輯整理功夫，俾其成爲定本，宋氏曰：

> 今總括遺逸，擿去重複，若體制不類者，得五百一十一篇，釐别樂

府、感興、詠懷、游適、居處、行役、紀贈、懷寄、酬答、送别、詠物、雜題、哀傷、聯句十四種，又以贊、書二繫於後，合十卷。嗣有所得，當次第益諸。十聯句見《昌黎集》，章章於時，此不[者]〔著〕云。集賢校理常山宋敏求題。(《孟東野詩集·後序》，四部叢刊本)。

經過敏求此番整理，孟集始有較完善的本子。由於敏求此本收詩較全，編排也較合理，故"後來的一切孟集，都是用宋編作祖本"(萬曼《唐集叙録》)。《新唐書·藝文志四》著録《孟郊詩集》十卷，應即敏求本。

宋室南渡，晁公武《讀書志》著録《孟郊詩集》十卷，並記曰："集宋次道重編。先時，世傳汴吴鏤本，五卷一百二十四篇。周安惠本，十卷三百三十一篇。别本五卷三百四十篇。蜀人蹇濬用退之贈郊句，纂成《咸池集》二卷，一百八十篇。自餘不爲編秩，雜録之，家家自異。次道總拾遺逸，擿去重複……郊集於是始有完書。"(《郡齋讀書志校證》卷十七，頁八八三)所録即敏求所編本，然晁氏所見究竟是刻本還是鈔本，則不得而知。南宋後期陳振孫《書録解題》著録《孟東野集》十卷，且曰："唐溧陽尉武康孟郊東野撰。惟末卷有書二篇、贊一篇，餘皆詩也。"(《直齋書録解題》卷十六，頁四八一)末卷有讚一書二，其編次特點表明，此本亦敏求本無疑。陳氏《解題》卷十九另著録："《孟東野集》一卷，唐溧陽尉孟郊東野撰。"(同上，頁五六四)這個一卷本收詩若干，陳氏未言。若是南宋時除通行敏求十卷本外，尚有一卷本行世。至於以前五卷之汴吴本、十卷之周安惠本、二卷之《咸池集》等，則銷聲匿跡，不見於諸家書目了。

孟集宋槧，今可考知者除汴吴鏤本外，尚有以下四種：

(一)小字本。即黄丕烈所稱宋小字本《孟東野詩集》十卷，今唯北大圖書館有藏本。民國陶湘影宋本《孟東野詩集》十卷、《中華再造善本》所收《孟東野詩集》十卷，均據此本影印。半葉十一行十六字，左右雙邊(亦有四周單邊)，白口雙魚尾(亦有單魚尾)。雙魚尾間署"孟詩"或"孟野"(或單記"孟"字)，上方記字數，下方爲刻工姓名，其清晰可辨者有周俊、江淳、余先、江陵、余彦、吴洪、余松、余盛、吴光、曾柏、李仁、余山、虞拱、周升、虞羔、江翌、江發、李涼、曾角等十九人。此本卷前唯《孟東野詩集目録》，目録次行具銜名"山南西道節度參謀試大理評事平昌孟郊"，卷後首宋敏求《後序》、次《孟郊》本傳、次韓愈《貞曜先生墓誌》。各卷首題"孟東野詩集卷第某"，二三行具銜名"山南西道節度參謀試大理評事平昌孟郊"，四行爲類目，五行起爲卷目，目接正文。此本爲修訂本，卷前總目及正文皆有少量補版，據清人周錫瓚言，補版亦出自宋人之手（見《蕘圃藏書題識》卷七）。此本詩分十四類，卷十兼收讃一篇、書二篇，與敏求《後序》所言編次特徵合，故屬於敏求本的衍生本無疑。此本偶有脱簡，如總目卷三、正文卷三子目《長安羈旅》下均有《渭上思歸》與《登科後》二首，但正文二首皆脱去；而蜀刻殘本（詳下）正文卷三《長安羈旅》下載此二首（總目亦脱去）。蜀刻殘本卷三《亂離》"恨水豈有涯"一句，此本亦脱去。叢刊本（詳下）卷七《寄張籍》"夢中稱臣言"句及"西京無眼貧"五字，此本皆脱去。此本偶有錯簡，如卷六《大隱詠三首》，前二首正文相互錯簡，而題目不錯簡；又如卷九《列仙文》凡四首，第四首小題《安度明》錯入第三首題中，致使第四首失題；再如卷三《投所知》作一首，蜀刻殘本作《投所知二首》，細繹二首用韻，則韻部明顯不同，故以二首爲是，此本蓋因錯簡而誤併爲一首。此本文字舛訛也比較多，如卷二《堯哥》，題中"哥"字顯爲"歌"字之訛；卷三《夜憂》"朱遂擺鱗志"句，"朱"字顯爲"未"字之誤；又如同卷《長安旅情》"下有千株門"句，"株門"乃"朱門"之訛；卷四《遊中南山》"到此海讀書"句，"海"字顯爲"悔"字之誤；卷四《五淙十首》，題中"五"字誤，蜀刻殘本作"石"，甚是；卷五《濟源寒食七首》其五"唯我孤吟渭水邊"句，"渭水"與題目不符，蜀刻殘本作"濟水"，極是，等等。此本乃乾隆五十九年甲寅（一七九四）黄丕烈友人蔣賓嵎於白門書攤偶然遇之，用五百青蚨錢購得送與黄氏的，黄氏判爲"北宋精刊"。《蕘圃藏書題識》著録此本爲"北宋本"，並記曰：

> 余儲宋刻唐人集亦不下數種，如《許丁卯》、《羅昭諫》以及《竇氏聯珠集》，皆南宋刻本，惟此集實北宋精刊，間有修補之葉，仍復瑕不掩瑜，較余向藏洪武間人影寫書棚本《東野集》，奚啻霄壤。爰識數語於卷尾餘紙，一以感賓嵎贈遺之意，一以見賓嵎賞鑒之精，我子孫其念之哉！嘉慶十有四年仲春，讀未見書齋主人黄丕烈識。（《蕘圃藏書題識》卷七，見《黄丕烈書目題跋》，頁一五四）

黄氏《百宋一廛賦注》及《百宋一廛書録》均記此本爲"北宋槧"或"北宋舊刻"。後來，黄氏又購得宋蜀刻孟集殘本五卷，賞鑒之餘，又兩稱此本爲"北宋刻本"，其一曰："余於甲寅秋得小字《孟東野集》於蔣賓嵎處，蓋蔣從金陵書攤得者，真北宋刻本，十卷具全，稍有修板，已珍之至矣。兹復獲此，雖非全本，然板片無修，似較舊藏爲勝。暇日尚當取而參之。復翁又記。”（《黄丕烈書目題跋》，頁一五五）自黄氏判此本爲“北宋刻本”之説出，後世多相沿襲，幾成定論。如楊紹和後獲此本，於《楹書隅録》卷四著録時，即在此本標目前冠以“北宋本”；新中國成立後，華忱之校訂《孟東野詩集》，萬曼《唐集叙録》，華忱之、喻學才《孟郊詩集校注》，趙榮蔚《唐五代别集叙録》等均稱此本爲“北宋本”，衆口一辭，無一疑者。其實黄氏之説大謬不然。此本並非北宋所槧，而是南宋所刻，其最爲直接且有力的證據是，此本宋諱“玄”、“敬”、“恒”、“貞”、“勖”、“構”直到“慎”字。諱“構”字例，如卷八《送黄構擢第後歸江南》，題中“構”字闕末筆；又卷前總目卷八《送黄構擢第後歸江南》，正文卷八子目《送黄構擢第後歸江南》，兩處題中“構”字亦闕筆諱。諱“慎”字例，如卷七《答盧仝》結句“慎勿作芬芳”，“慎”字闕末筆；再如卷八《送鄭僕射出節山南》“慎行誠獨艱”句，“慎”字亦闕末筆。以上諸例均非出自補版，“構”字、“慎”字闕筆，乃避南宋高宗、孝宗御名；但光宗嫌名則不諱，如此本卷八《贈别殷山人説易後歸幽墅》“一一予所敦”句，“夕懷傾朝暾”句，兩句中“敦”、“暾”二字均不缺筆；又如卷九《和錢侍郎甘露》“臣心固易敦”句，“敦”字亦不闕筆。此二例亦非出自補版。據上可見此本决非北宋所槧，而是南宋孝宗朝所刊，可鑿然無疑也。不寧唯是，研究版本，刻工姓名是一個很重要的綫索，依據古籍中刊工所留姓名，不僅可以考辨版本的真僞，而且還可甄辨刊刻的年代。此本留下的刊工姓名中，周俊、周升、江陵、余山四人又參與刊刻朱熹《五朝名臣言行録》十卷，《三朝名臣言行録》十四卷（參王肇文《古籍宋元刊工姓名索引》）。又此本刊工曾柏及李仁，淳熙間又參與撫州本《周易》的刊行；此本刊工吴洪，嘉泰間又參與兩浙庾司本《孟子注疏解經》十四卷的刊行，紹定二年（一二二九）再次參與刊刻《慈溪黄氏日鈔》（存二卷）（均見《古籍宋元刊工姓名索引》）。上述諸刊工均爲南宋人，所以諸人所刻此本，絶不可能爲北宋本。而且據《古籍宋元刊工姓名索引》，此本所留諸刊工，無一可證明其爲北宋者，這也可從反面證明此本絶非北宋所刊。黄丕烈乃清嘉、道之際的版本學大家，其所以會將此南宋刊本誤判爲北宋刻本，一個重要原因就是没有勘察此本的文字，更不用説考覈刻工了，僅憑對此本的直觀感覺便遽下斷語。黄氏嘗欲撰《孟集考異》一書，因曰：“《東野集》全者，宋刻舊鈔各居其一，而此殘本（指蜀刻本——筆者）不與。若統計之，有三本矣。他日當合校一本，爲《孟集考異》

云。"(《黄丕烈書目題跋》,頁一五五)然而終黄氏一生《孟集考異》一書未能成就,黄氏不無感慨地説:"《孟集》合校,有志未逮。"(同上)文字校勘乃獲取古籍版本鑒定内證的可靠方法,黄氏未能通校此本文字,獲取可靠的内證,即斷言此本爲"北宋刻本",遂致此誤。儘管如此,此本乃今存孟集諸古本中最早的刻本,其版本價值自不容忽視。

關於此本的補版問題,黄丕烈以爲"間有修補之葉"(已見),然而傅增湘的看法則截然相反,以爲"原版只有十許葉"。傅氏曰:

> 《孟東野詩集》十卷,唐孟郊撰。宋刊本……原版記葉數,通卷長號,凡一百六十七葉。……按:此書書版斷爛已甚,一百六十七葉中,原版只十許葉,餘均補版。審其刀法筆勢,當爲江右刊本。海源閣佚書,今歸李木齋師。頃陶君蘭泉已影刊行世,此不詳記。(丁卯十月見於李木齋先生家。)(《藏園群書經眼録》卷十二,頁一〇四七)

傅氏謂此本"當爲江右刻本",甚是,但判此本"原版只十許葉,餘均補版",此言未確。據筆者統計,此本刊工周俊一人即刻了二十六葉。目録卷今存十六葉,周俊刻九葉,刀法嫻熟,書用歐體,筆畫剛健中透出秀逸,故周俊不會是傅氏所説的補刊之人。且周俊與周升、江陵、余山四人,又一起參與刊行朱熹《五朝名臣言行録》十卷、《三朝名臣言行録》十四卷(參王肇文《古籍宋元刊工姓名索引》)。周俊既非補版者,則其餘三人亦當非補版者,而此四人合計共刻四十九葉。若此,何得言此本"原版只有十許葉,餘均補版"呢?傅氏之所以有此看法,蓋以此本字體明顯有不一致處,且差異較大。據筆者考察,此本字體大致可以分爲三種:一爲歐體,字體剛健峻逸;一爲柳體,字畫較爲豐滿有力;一爲筆畫粗糙之俗體,明顯爲補版。但據筆者比勘,周俊一人所刻二十六葉中,前後書體也不盡相同,前爲歐體,後爲柳體,如卷九第一百十三葉、第一百四十二葉,卷十第一百六十一葉,此三葉爲柳體,均署名周俊刊刻,但與目録卷周俊所刻八葉歐體絶不相同,若非皆署名"周俊",很難相信其爲一人所刻。另目録卷凡十六葉,江淳刻有兩葉,書體亦爲歐體,與周俊所刻目録諸葉字體相同,但卷三江淳所刻第三十三葉,書體卻爲柳體,判若兩人。可見單憑書體方面的差異,便判斷版面是否爲補版是靠不住的。據《古籍宋元刊工姓名索引》所載,周俊、周升、江陵、余山四人,以及曾柏、李仁、吴洪、余彦等,這些刻工分别參與了孝宗前後的刻書活動，他們都是此本的刊工，合計這些刻工所刻各葉，已達此本半數，可見此本絶不像傅氏所言那様，“一百六十七葉中，原版只十許葉，餘均補版”，恰好相反，據筆者考察，黄丕烈謂此本“間有修補之葉，仍復瑕不掩瑜”，斯言得之。

此本諸家題跋有：卷十末季振宜墨筆題識二行“泰興季振宜滄葦氏珍藏”。卷後另紙黄丕烈題跋二則，跋文又見《蕘圃藏書題識》卷七，文字稍異。卷二末另紙有傅增湘跋文一則：“戊辰十月，從師門拜觀此帙，因假歸，取秦禾刻本校勘，凡五日而畢。乃知汲古所刻删削一讚二書，增入城南以下聯句。輕改古書面目，實爲不知而妄作也。江安傅增湘謹志。”接有“淳安邵瑞彭敬覽”七字題識。

此本鑒藏印記有：“季印振宜”朱文方印、“季振宜藏書”朱文長方印、“滄葦”朱文方印、“季滄葦圖書記”朱文長方印等。季氏乃順治朝進士，官至御史，諸印可證此本清初曾爲泰興季振宜庋藏。季氏書散出後，此本爲昆山徐乾學所得。乾學字原一，號健菴，康熙進士，累官刑部尚書，嘗總裁《明史》、《一統志》、《會典》等書的修纂，家中藏書極富，此本卷中有“乾學”朱文方印、“徐健菴”白文方印等。徐氏書散出後，此本蓋爲安岐所得。安岐字儀周，號麓村，又號松泉老人，天津人，學問宏通，精於鑒賞，安氏顔其所居曰“沽水草堂”，收藏之富，甲於海内，著有《墨緣彙觀》（《楹書隅録》卷四）。《百宋一廛書録》謂：“‘安麓邨藏書印’一則，又在徐、季兩家後。‘安岐之印’，未知即是麓邨否？相傳麓邨爲北地人，善識骨董，係明珠家門客，渠所鑒定，都爲可信。其餘……‘義周珍藏’……皆未詳。”（見《黄丕烈書目題跋》，頁四三五）是黄氏未知“儀周”乃安岐字也。安家書散逸後，此本蓋爲毗陵唐于辰所得，故卷中有“唐于辰印”白文方印、“毗陵唐于辰良士鈔閲記”朱文長方印、“毗陵唐良士藏書”朱文方印、“唐”朱文小圓印、“于辰”朱文小方印、“于辰”白文方印、“良士”朱文小方印、“良士”白文方印、“辰”白文方印、“唐辰”白文方印、“良辰”白文長方小印等數十枚，可見唐氏對此本頗爲珍視。此本從唐家散出後，乾隆末黄丕烈友人蔣賓嵎從南京書攤購得，送與黄氏，故卷中鈐有黄氏鑒藏印記多枚：“百宋一廛”朱文方印、“黄印丕烈”白文方印、“復翁”白文方印、“蕘圃卅年精心所聚”白文方印、“士禮居”白文方印、“書魔”朱文長方印等；卷後另紙黄氏跋文二則後鈐有“丕烈私印”朱文方印、“蕘圃”朱文方印、“讀未見書齋”朱文方印等。黄氏書散出後，此本爲同里汪士鐘所得，卷中亦有汪氏鑒藏印記多枚："汪印士鐘"白文方印、"閬源真賞"朱文方印。汪氏書散出後，此本爲山東聊城楊氏海源閣所得，卷中有楊以增與其子紹和鑒藏印記多枚："海源閣"朱文方印、"東郡宋存書室珍藏"朱文方印、"東郡楊氏宋存書室珍藏"白文方印、"宋存書室"白文長方印、"宋存書室珍藏"朱文長方印；"以增私印"白文方印、"協卿"朱文方印、"協卿珍賞"白文方印、"楊氏伯子"朱文方印、"楊以增字益之又字至堂晚號東樵行者"朱文大方印、"楊氏雲岩寶玩"朱文長方大印等，以及"楊紹和印"白文方印、"紹和"白文方印、"楊氏彦合"朱白二文方印、"彦合"朱文長方印、"楊紹和讀過"白文方印、"彦合珍存"朱文方印、"彦合珍藏"白文方印、"楊紹和鑒定"白文方印、"楊紹和審定"朱白二文方印、"東郡楊紹和字彦合藏書之印"朱文大方印、"東郡楊紹和鑒藏金石書畫印"白文大方印、"紹和筠岩"朱白二文方印、"聊攝楊氏宋存書室珍藏"朱文大方印等等。降及近代，楊家書散出，此本爲李盛鐸所得，故卷中有李氏鑒藏印記多枚："李印盛鐸"白文方印、"木齋"朱文方印、"木犀軒藏書"朱文長方印、"木齋秘玩"朱文長方印、"木齋真賞"朱文方印、"木齋讀過"朱文方印等等。李氏庋藏此本期間，傅增湘曾觀此本於李家，因借歸勘之，並於卷二末墨筆題跋一則(已見)。李盛鐸去世後，其子李滂承繼父書，故卷中有"李滂"朱文小方印多枚、"李印傳模"朱文方印等等。此本自李家散出後，爲周暹所得，故卷中有"周暹"白文方印。最後此本入藏北京大學，故卷中有"北京大學藏"朱文大方印多枚。黄丕烈《百宋一廛書録》曰："其餘'錢氏敬先'……'存威齋'等圖記，皆未詳。"(見《黄丕烈書目題跋》，頁四三五)另外尚有"關西節度系關西"白文長方印、"晉昌"白文長方印等，不知爲何人印鑒。

(二)蜀刻本。南宋中葉蜀中刻《孟東野文集》十卷，存卷一至五，然卷前總目尚全，國家圖書館藏。《宋蜀刻本唐人集叢刊》及《中華再造善本》所收《孟東野文集》十卷，均據此本影印。半葉十二行二十一字，左右雙邊，白口單魚尾下有"孟某"字樣。目録卷端首題"孟東野文集目録"，次行下方具款"孟郊字東野"。各卷首題"孟東野文集卷第某"，次行爲類目，下接正文。各卷不具銜名，亦無子目，皆與小字本不同。此本雖僅存半部，但卻有不少地方明顯優於小字本，小字本卷三《投所知》作一首，此本作《投所知二首》，稽之二者用韻不同，故作二首爲是；又小字本卷三《長安羈旅》下所脱《渭上思歸》與《登科後》二首，此本俱載；又小字本卷三《亂離》所脱"恨水豈有涯"

一句，此本不脱；又小字本卷三《長安羈旅》落句脱去“覺殘燭光”四字，注曰“闕誤”，是所據底本已有闕脱，而此本尚未脱闕。就文字而論，此本優勝處亦較小字本爲多。如小字本卷二《堯哥》，題中“哥”字乃“歌”字之誤，而此本不誤；小字本卷三《夜憂》“朱遂灈鱗志”句，“朱”字顯爲“未”字之訛，此本正作“未”；小字本同卷《長安旅情》“下有千株門”句，“株門”顯爲“朱門”之訛，此本正作“朱門”；小字本卷四《遊中南山》“到此海讀書”句，“海”字顯爲“悔”字之誤，此本正作“悔”；小字本卷四《五淙十首》，題中“五”字誤，此本作“石”字，甚是；再如小字本卷五《濟源寒食七首》其五“唯我孤吟渭水邊”句，“渭水”與詩題不符，此本作“濟水”，極是，等等。可見此本文字優長之多，惜其只有五卷也。

關於此本的刊行時間，黄丕烈判爲“北宋蜀本”（《黄丕烈書目題跋》，頁一五四）。黄氏此説，影響深遠，萬曼《唐集叙録》、趙榮蔚《唐五代别集叙録》皆沿其説，亦以此本爲北宋蜀本。其實黄説大誤。此種蜀刻十二行本，《中國版刻圖録》曾綜合二十餘種蜀刻本唐人文集，仔細比勘後，將其分爲兩個系統，並進一步分析説：“一爲十一行本，約刻於南北宋之際，今存《駱賓王》、《李太白》、《王摩詰》三集。一爲十二行本，約刻於南宋中葉，除上舉《孟浩然》、《李長吉》、《鄭守愚》三全本，《孟東野》、《元微之》二殘本外，尚有《歐陽行周》、《皇甫持正》、《許用晦》、《張承吉》、《孫可之》、《司空一鳴》六全本，與《劉文房》、《陸宣公》、《權載之》、《韓昌黎》、《張文昌》、《劉夢得》、《姚少監》七殘本，總得十八種。此十八種唐人集元時爲翰林國史院官書，清初均爲潁川劉體仁藏書，其時聞尚存三十種。”（北京圖書館編《中國版刻圖録》）顯然《版刻圖録》以大量版本實物爲依據，其分析判斷應該準確和可信。再者，王國維曾勘驗蜀刻本《元氏長慶集》，而後於跋中稱宋諱至“惇”字，因判其刊於南宋光宗朝（參本書《元氏長慶集》）。而此本與《元氏長慶集》皆十二行本，其刊行蓋亦在光宗朝前後，故爲時已在小字本孟集之後。將此本與小字本前五卷對勘，二者分卷、分類、篇目、序次等完全相同，文字差異雖有，但小字本的一些訛誤，此本有同誤者。如此本卷一《閑怨》，題中“閑”字，卷前總目作“閨”，首句曰“妾恨比斑竹”，可見“閑”字當爲“閨”字之訛；而小字本卷一亦訛作“閑怨”。又如小字本卷一《嬋娟篇》“漢宫成寵不多時”句，“成”字誤，應作“承”；此本亦誤作“成”。再如小字本卷三《投所知》“□□清巘竹”句，首二字脱，此本此句首二字亦脱去。據此可知二本乃同源本,皆宋敏求本的衍生本當無疑問,其差異當因二本直接所據底本不同使然,但中間經過幾次傳刻,則不得而知了。

此本題跋有:卷後另紙黄丕烈跋,近人傅增湘、勞健跋。卷中鑒藏印記:目録卷首及卷五末有“翰林國史院官書”長方大朱記,乃元時翰林院官書印記。元明易代,此書應轉入大明内府。蓋明末清初,此本散入世間,迨乾、嘉時黄丕烈始聞無錫故家藏有此本,遂即購藏之,故卷後另紙有黄氏跋文四則(跋文又見《黄丕烈書目題跋》,頁一五四至一五五,文繁不録),黄氏鑒藏印記,卷前另紙有“百宋一廛”白文長方印,卷後另紙題跋四則末分别有“黄丕烈”白文方印、“縣橋小隱”白文方印、“老蕘”白文方印、“千頃波”白文方印。黄氏書散出後,此本爲同里汪士鐘收得,故目録卷端、第三卷卷端有“汪士鐘印”白文方印、“閬原甫”朱文方印。汪氏書散逸後,此本歸宜稼堂郁松年,故目録卷末、第五卷卷末均有“郁松年印”白文方印、“泰峰”朱文方印。郁氏之後,此本歸聊城海源閣,楊紹和曰:“小字本已歸余齋,越四年甲寅(咸豐四年,一八五四)殘宋本亦歸余齋。”(《楹書隅録》卷四,頁五二二)。蓋清末民初,此本散逸爲三:前二卷及總目,民國五年丙辰(一九一六)冬,傅增湘於北京廠肆高價收得,並於卷後另紙作跋,《藏園群書經眼録》卷十二有著録;卷三至卷五,爲完顔景樸孫所得,故此本第三卷卷題下方有“完顔金啓迪號如孫字仲吉别號金清子寶藏書畫之章”朱文大方印,卷五末有“啓迪”朱文方印;而卷二之第八葉,爲文德堂韓左泉所得,民國十五年丙寅(一九二六),經周叔弢斡旋,傅氏及完顔氏所藏皆歸周氏,後又得韓氏所藏卷二第八葉,周氏命工重裝,“於是此書分裂三處者,復合而爲一”(此本卷後另紙勞健跋),故此本目録卷末有“曾在周叔弢處”朱文長方印,第一卷卷題下、卷二末、第三卷卷首、第五卷卷末均有“周暹”白文方印。傅增湘跋文移至卷末。卷後另紙又有勞健跋,記此本遞藏及分合之事甚詳。由上可見宋本即便化爲殘帙散葉,一鱗半爪,世人也視若拱璧,述之令人感慨。新中國成立後,周氏將此本捐獻給國家,故目録卷首有“北京圖書館”朱文方印,此本也結束了輾轉庋藏的歷史,得到了應有的歸宿。

(三)書棚本。南宋杭州書商陳起所刻《孟東野詩集》十卷。此本明洪武間有影寫本,後爲黄丕烈所得,《蕘圃藏書題識》卷七有著録;又汲古閣亦有影寫本,極精(詳下),後爲陸心源所得,《皕宋樓藏書志》卷六十九有著録,今藏日本静嘉堂文庫,傅增湘《藏園群書經眼録》卷十二、嚴紹璗《日藏漢籍善本書録》均有著録。黄氏曰“余向藏洪武間人影寫書棚本東野集”，“首題‘孟東野詩集’，結銜題‘山南西道節度參謀試大理評事平昌孟郊’，亦十卷，無總目，末題‘臨安府棚前北睦親坊南陳宅經籍鋪印’，蓋亦從宋本録出也”。黄氏持與蜀刻殘本對勘，覺其“大同小異”，然“有脱落”，賴蜀刻本正之，“亦時有佳處”，可證蜀刻本之誤（《黄丕烈書目題跋》，頁一五四至一五五）。陸氏曰：“《孟東野詩集》十卷，毛氏影寫宋刊本……案此毛氏影宋本，每葉二十行，每行十八字，版心有刻工姓名及字數……宋《序》後有‘臨安府棚前北睦親坊南陳宅經籍鋪印’一行。”（《皕宋樓藏書志》卷六十九，頁七八七）今據黄、陸二家著録，可窺見此本的大概面目：半葉十行十八字，版心有刻工姓名及字數，卷前有宋敏求《序》，《序》後有“臨安府棚前北睦親坊南陳宅經籍鋪印”一行。此本具款“平昌孟郊”，與小字本相同，而與景定國材刻本具款“武康孟郊”明顯不同（詳下）。與蜀刻本對勘，文字“有脱落”。據以上數點可見，此本所據底本，應爲小字本或小字本一系的本子，而與蜀刻本不同。

（四）景定本。景定三年壬戌（一二六二）武康令國材成德刻《孟東野詩集》十卷。此本卷前有國材序、舒岳祥詩、宋敏求序。國材序略曰：“武康代產文士，惟沈約、孟東野詩以名家……余始來爲令，急符獰卒晝夜至。余懼夫言政而不及化，懷賢訪古，與邑之士相與論文，則趣尚風流有苦學如正曜者，因與共評其詩，用宋公敏求本鋟諸梓，且併論沈、孟言德大概，使尚友觀焉。景定壬戌天台國材成德序。”（《皕宋樓藏書志》卷六十九，頁七八七至七八八）據此《序》可知，此本乃據宋敏求本翻雕。舒岳祥《國成德宰武康鋟孟東野詩立其祠余家舊藏東野像書來借臨其尚友與俗異矣予因讀昌黎贈先生篇追和其韻併臨其像奉送之武康詩》曰：“吾友武康宰，作事爲世箴。立祠警溷濁，刊詩正哇淫。”（明董斯張《吴興藝文志補》卷五十二，引自華忱之校訂《孟東野詩集·附録·孟郊遺事》，人民文學出版社一九五九年版）據此詩可知，國材任武康令後，不僅新刊孟集，且新立孟祠、祠内置孟氏像以祀之。而新刊孟集的底本，乃是友人舒氏慨然相假者，而舒氏所藏即宋敏求本。然此“敏求本”，蓋敏求編輯本而已，未必即是敏求之原編稿本，敏求編成孟集後並未上版刊行，其刊行當爲北宋中期以後的事，此本與小字本所據底本，當即刊行本。此本明秦禾、凌濛初皆有翻刻本，均言所據爲景定本，題款則爲“武康孟郊”，與小字本、蜀刻殘本、書棚本具款不同。是知此本因係國材刊於孟郊故鄉武康，而題款"武康孟郊"，這是此本不同於其他宋刊本的一個顯著特點。

孟集元代也有刊本，毛晉嘗見之，並用作校本，異文收入毛晉所槧《五唐人集》之《孟東野詩集》中。然而元刊本除毛晉一見外，不見他人提及，毛晉《隱湖題跋》亦未著録此本，故元刊本的面貌今已無從得知了。至於《唐才子傳》卷五謂"有《咸池集》十卷，行於世"，此蓋據宋代書目而言，並非元代真的還有《咸池集》十卷流行於世也。

明代是唐集傳播的繁榮時代，孟集的刊刻和傳鈔數量很多，其主要版本有以下幾種：

（一）洪武寫本。洪武間影寫書棚本《孟東野詩集》十卷。此本傳至清乾嘉時爲黄丕烈所得，《蕘圃藏書題識》卷七著録有此本，其略曰："余向藏洪武間人影寫書棚本《東野集》。"又曰："明初鈔本黑格綿紙，首題'孟東野詩集'，結銜題'山南西道節度參謀試大理評事平昌孟郊'，亦十卷，無總目，末題'臨安府棚前北睦親坊南陳宅經籍鋪印'，蓋亦從宋本録出也。"又謂：取對蜀刻殘本，文字"大同小異"，"有脱落"，賴蜀刻本正之，"亦時有佳處"，可證蜀刻殘本之誤，"備參焉可耳"（《黄丕烈書目題跋》，頁一五四至一五五）。可見此本乃黑格綿紙影寫，所據乃書棚本。

（二）四部叢刊本。弘治十二年己未（一四九九）楊一清、于睿刻《孟東野詩集》十卷。《四部叢刊》所收《孟東野詩集》十卷即據杭州葉氏所藏此本影印，世稱"四部叢刊本"。半葉十行十八字，四周文武雙邊，粗黑口，雙魚尾間有"孟集卷某"，下魚尾下爲葉碼。卷前首爲强晟序，次總目，總目次行題銜名"山南西道節度參謀試大理評事平昌孟郊"，各卷首題"孟東野詩集卷第某"，次行具銜名"山南西道節度參謀試大理評事平昌孟郊"。卷後唯宋敏求《序》。强氏《序》曰：

> 孟東野以詩鳴于中唐之間……提學楊按察邃菴先生，以全集不多見，出所鈔本，屬商州梓行之。維時同知于君睿，奉命惟謹，閲兩月工完，先生欲晟識其後。嗚呼！末學小子，於名家述作何敢妄贊一言，然先生嘉惠後學與同知君勤事奉公之美，不可以不白也，於是乎書。弘治己未春正月望日，後學汝南强晟識。

可見此本乃弘治時商州所槧，底本爲楊邃菴所藏鈔本。清丁丙根據行格、具名等版本特點，判此本爲書棚本的翻刻本。丁氏曰："陸存齋《儀顧堂續跋》載，藏汲古閣影宋精本，題銜作'平昌'，不作'武康'，與此同，後有宋敏求題，題後有'臨安府棚前北睦親坊南陳宅經籍鋪印'一行，前有目録，每葉二十行，行十八字。此本亦前有目録，後有宋敏求題，每葉二十行，行十八字，惟無'臨安府棚前'一行耳，其爲翻雕棚本無疑。"(《善本書室藏書志》卷二十五)丁氏的判斷無疑是正確的，但中經楊遼菴之鈔本，非徑據書棚本翻雕也。此本異文舛訛不少，如卷二《織女辭》，題中"女"字，宋小字本、蜀刻本均作"婦"。同卷《古意》"宛宛青絲紀"句，"紀"字，宋小字本、蜀刻本均作"繩"。同卷《遣興》首句"絃貞五條音"，句下校記曰："一作五音詞。""五音詞"誤，宋小字本、蜀刻本皆作"五音調"，甚是。同卷《達士》"傾顔取一醉"句，"顔"字，小字本、蜀刻本均作"産"字，甚是，此本作"傾顔"，不辭。又此本卷三《亂離》"正直神反斯"句，"斯"字誤，小字本、蜀刻本皆作"欺"，良是。同卷《夜感自遣》"苦江思舊遊"句，"苦江"不辭，小字本、蜀刻本作"碧江"，甚是。同卷《遠遊》"慈鳥文遠飛"句，"文遠"不辭，小字本、蜀刻本作"不遠"，甚是。又卷六《大隱訪三首》，題中"訪"字誤，小字本作"詠"，甚是，等等，不勝枚舉。此本文字也有與宋小字本相同者，如小字本卷二《堯哥》，題中"哥"乃"歌"字誤，此本亦誤作"哥"，而蜀刻本作"歌"，甚是。又如小字本卷三《投所知》作一首，此本同，而蜀刻本作《投所知二首》。如小字本卷五《濟源寒食七首》其五"唯我孤吟渭水邊"句，"渭水"誤，此本誤同，而蜀刻本作"濟水"，甚是，等等。這些文字特點，皆小字本所獨有，而此本均與之同，可見此本所據書棚本，乃是小字本的衍生本。此本文字與蜀刻殘本亦有不少相同之處，如小字本卷三《長安羈旅》下脱去《渭上思歸》與《登科後》二首，此本與蜀刻殘本二詩均存。小字本卷三第一首《亂離》脱去"恨水豈有涯"句，此本與蜀刻本"恨水"句不脱。此本卷三《長安羈旅》落句"夢覺殘燭光"，蜀刻本同，而小字本脱"覺殘燭光"四字。小字本卷三《夜憂》"朱遂擺鱗志"句，"朱"字乃"未"字之訛，而此本與蜀刻本皆作"未"，良是。小字本卷四《遊中南山》"到此海讀書"句，"海"字乃"悔"字之訛，此本與蜀刻皆作"悔"，甚是。小字本卷四《五淙十首》，題中"五"字乃"石"字之誤，而此本與蜀刻本均作"石"字，甚是，等等，可見此本參校過蜀刻本或其近似的本子，故二者文字有相同之處。此本國圖所藏有清周錫瓚校並跋、黄丕烈跋、周叔弢校，另一種有清徐麐趾跋；北大圖書館藏本卷六至十配明秦禾刻本，有清錢孫保跋；南圖藏本有清丁丙跋，另一種有鄧邦述跋；上圖藏本有吴慈培、傅增湘題識。

（三）秦禾本。嘉靖三十五年丙辰（一五五六）秦禾刻《孟東野詩集》十卷附聯句一卷。半葉九行十八字。卷前首秦禾《序》、次國材《序》、次宋敏求《序》、次舒岳祥贈國材詩、次總目。各卷首題“孟東野詩集卷第某”，次行具銜名“唐山南西道節度參謀試大理評事武康孟郊著，明進士文林郎知武康縣事無錫秦禾重刻，曾孫秦伯欽鎡藏板”。秦《序》略曰：“東野，武康産也。宋景定間，武康令國成德氏用宋本刻之。曩得其集於都氏玄敬所，私識以印，蓋因其宋刻而寶之也。歷世已久，中多闕文訛字，予珍藏之舊矣。癸丑冬，承乏令武康，繙閲邑志，國令無聞焉……宰邑者刻之，姓名復湮没而不志見，修舉廢墜，責將安歸？予懼夫後之視今，亦猶今之視昔，爰畀杭士趙顒伯正其訛舛，捐俸而重鋟諸梓，併入國令姓名於志廣其傳，且俾文獻有徵也……嘉靖丙辰秋八月望日，賜進士第文林郎知武康縣事無錫秦禾書。”“都氏玄敬”即都穆，玄敬其字也，弘治進士，官至禮部郎中，嗜書博學，爲時所重，有《西使記》、《南濠詩略》等著述多種。據秦《序》，底本乃都穆藏宋景定國材原槧，所以孫星衍贊此本“國氏得宋敏求定本鋟梓，秦氏又從國本翻刊，卷帙、行款尚是宋本之舊”，所言甚是。孫氏又曰：“末附《與韓退之聯句》十首，不在目録中者，亦宋敏求原編所有。”（《平津館鑒藏記書籍》卷二，頁八七）此言則非是，敏求《序》明言：“十聯句見《昌黎集》……此不著云。”孫氏謂十聯句“亦宋敏求原編所有”，乃一時疏誤。此本十卷乃敏求原編；卷後附録十聯句一卷，其始作俑者，即秦氏此本也。不過彙集孟氏所有作品於一本，亦可謂善舉也。此本丁丙《善本書室藏書志》卷二十五有著録。國家、湖北省、上海、南京、北大等圖書館均有藏本，國圖所藏一種有清沈巖校跋並録明朱良育、清馮班跋，另一種有傅增湘校並跋；南圖藏本有清丁丙跋；北大圖書館藏本有清戈襄、戈載批校及戈載跋。另，美國國會圖書館亦有藏本，原爲朝鮮人金正熹藏書，金氏曾來華，與翁方綱相唱和，王重民《美國國會圖書館藏中國善本書目》與其《中國善本書提要》均有著録。

（四）張睿卿本。萬曆時張睿卿編《孟東野詩集》四卷聯句一卷。上圖藏本有清張紹仁校，東北師大藏本有清莫友芝等批點。半葉九行十九字，左右雙邊，白口單魚尾上題“孟東野詩”，下爲卷數、葉碼。卷前首國材《序》，次敏求《序》、次宋舒岳祥詩、次目録。各卷卷端有“歸安稚通張睿卿編”字樣，首卷卷端題“珍甫李士琳閱”、次卷卷端有“烏程玉振潘振訂閱”、第四卷卷端有“君茂陸嘉勣訂”等字樣。據李德山考證，此四卷本的編輯者、訂閱者均萬曆時人，故當爲萬曆刻本。此本用紙雖屬綿紙中的上品，白而厚實，然墨質極差，由煤和以麵粉以代墨汁。此本所據底本，李德山以爲乃“仿刻秦禾本”，“所不同的是卷前去掉秦禾《序》、舒岳祥詩，並將大部詩篇順序重新釐定”。東北師大藏本批點者，李德山疑爲清人莫友芝，卷中“獨山莫氏銅井文房”與“獨山莫氏銅井文房藏書印”二方鑒藏印記，乃莫友芝印鑒(《〈孟東野詩集〉考述》，《古籍整理研究學刊》一九九八年四期)。

(五)凌濛初本。凌濛初刻朱墨套印本《盛唐四名家集》所收《孟東野詩集》十卷，宋國材、劉辰翁評。山東省、四川省等圖書館有藏。半葉八行十九字。卷前首國材《序》、次舒岳祥贈詩、次宋敏求《序》、次韓愈《貞曜先生墓誌銘》。首卷卷端題“唐武康孟郊撰、宋天台國材評、附廬陵劉辰翁評”。卷後有凌濛初跋，其略曰：“余既刻劉須溪所批諸家詩矣。已而思吾鄉孟東野其奇險可與長吉鬼怪對壘。且須溪先生評詩爲最廣，而唐諸選中亦時見有評其數首者，意必有其本如諸家而無從見也。遍索之，偶獲一宋雕本於武康故家，上有評點，以爲必須溪無疑。及閱其序，則宋景定時天台國材成德以宰武康爲梓行其集而評之者。國於時無所表見，今世亦罕知之，宜其未必有當。乃字櫛句比，其雌黄處亦時時得三昧焉……余梓其詩以配長吉，亦因附其評以佐須溪之未備，遂並言其所見如此。吴興凌濛初識。”(引自華忱之、喻學才《孟郊詩集校注・附録》，人民文學出版社一九九五年十二月北京第一版，頁六九六)可見此本所據底本，亦爲國材原刻本。此本美國國會圖書館有藏，王重民《美國國會圖書館藏中國善本書目》與其《中國善本書提要》均有著録。

(六)汲古閣本。毛晉汲古閣刻《五唐人詩集》所收《孟東野集》十卷聯句一卷。上圖藏本有清惠棟評點，清江源、張文虎跋，另一種有莫棠校。半葉九行十九字，白口左右雙邊，版心無魚尾，上方鐫“東野”二字，下方有“汲古閣”三字，中爲卷葉。卷前唯東吴戔汕重書宋景定壬戌武康縣令天台國材《序》，無總目。卷後附録“聯句”一卷，凡十三首，其中《有所思聯句》、《遣興聯句》、《贈劍客李園聯句》三首原載敏求本卷十。最後爲毛晉跋文，其略曰：“近來雜刻，舛謬多遺，不及四百。既從吴興得一宋本，釐别樂府、感興十四類，共五百一十有奇，繫以讚、書爲十卷，尾有常山宋敏求跋，真善本也。但聯句止《有所思》、《遣興》、《贈劍客》三章，而《城南》諸篇，因已見韓集不復具載。先輩云此乃潤色退之耳，何必不載之本集耶？至一讚二書，已章章《英華》、《文粹》，册中妄用削去云。湖南毛晉識。”（又見《隱湖題跋》，載《明代書目題跋叢刊》下册，頁一九八二）此本所據“宋本”，究爲何本？毛晉没有明言。據跋文可知，“吴興宋本”敏求《序》在卷尾，書棚本敏求《序》在卷首（詳下毛寫本）；又此本卷前首爲東吴戔汕重書景定本國材《序》，因知此本所據乃景定本。不過此本乃毛晉集衆本之長而成的一個定本，其校記所列版本有“宋刻某”、“元刻某”、“時刻某”等，文字並非固守一家。可見，毛晉對此本還是下了一番校勘功夫的。然毛氏刻書好臆改文字，此本亦然，如卷四《邀花伴》，題下孟郊自注：“時在朔方。”首句“池邊春不足”，“池邊”二字，毛氏未出校異文，宋小字本、蜀刻本、弘治本、秦禾本等俱作“邊地”，結合題注及詩中“日莫饒風鈔”、“十里見一花”之景，顯與“池邊”景象不符，因知“邊地”二字乃孟詩原語，“池邊”二字爲毛氏以己意所改無疑。再如此本卷七《寄院中諸公》“碧華凝月溪”句，“月溪”二字，毛氏未出校異文，宋小字本作“清溪”，弘治本、秦禾本作“句溪”，無作“月溪”者，故二字亦應爲毛氏臆改。再者敏求《序》明言：“十聯句”見於《昌黎集》不著録，故卷十僅收《昌黎集》未載的三首聯句詩。而此本則將原編於卷十的一讚二書删去，三首聯句詩别裁，與見於《昌黎集》的十首聯句詩合編爲一卷，附於十卷後，改變了敏求原編的面貌。傅增湘跋宋小字本時謂：“汲古所刻删削一讚二書，增入城南以下聯句。輕改古書面目，實爲不知而妄作也。”（見前）話雖很有道理，但始作俑者卻是秦禾。敏求原編卷二、卷五凡附見陸長源詩三首，此本删去卷二、卷五所附陸氏《答》與《酬孟十二新居見寄》二首，但卷二附見的陸詩《戲答》一首則未之删。要麽全删附見詩，要麽皆予保留；今删二存一，編例不能劃一，此亦“妄作”的一種表現。

（七）毛寫本。毛晉影寫書棚本《孟東野詩集》十卷，二册。此本清末爲陸心源所得，《皕宋樓藏書志》卷六十九有著録；今藏日本静嘉堂文庫，傅增湘《藏園群書經眼録》卷十二、嚴紹璗《日藏漢籍善本書録》均有著録。陸氏曰：“案此毛氏影宋本，每葉二十行，每行十八字，版心有刻工姓名及字數。卷中有‘宋本’朱文腰圓印、‘甲’字朱文圓印、‘毛晉私印’朱文方印、‘子晉’朱文方印、‘毛扆之印’朱文方印、‘斧季’朱文方印、‘虞山毛晉’朱文方印、‘汲古得修綆’朱文長印、‘子晉書印’朱文方印。宋敏求《序》後有‘臨安府棚前北睦親坊南陳宅經籍鋪印'一行。"(《皕宋樓藏書志》卷六十九,頁七八七)嚴氏曰:"明毛氏影寫宋刊本,共二册。静嘉堂文庫藏本,原陸心源皕宋樓舊藏。[按]每半葉十行,行十八、二十字不等。卷前有宋敏求《序》。後有'臨安府棚前北睦親坊南陳宅經籍鋪印'一行。影寫描摹極工。"而"臨安府棚前北睦親坊南陳宅經籍鋪印"的牌記,乃此本據書棚本影寫的明證。

(八)統籤本。《唐音統籤》所收《孟郊詩》十卷,編卷三百五十四至三百六十三,丁籤七十七,寫本。胡震亨曰:"郊集宋敏求重編者,世稱爲完書,詩五百十一篇,分其類爲十三,不分體。景定中武康令國材重鋟,有評。今分體,仍以類爲次。國令評及劉辰翁評,可採者並附。"(《唐音統籤》第四册,頁二一七)是此本編次,先分體,各體詩再分類。首卷至第九卷爲五古,第十卷七古、長短句、五律、五排、五絶、七絶等凡七體,而無七律。聯句詩凡三首,另編入卷三三四丁籤七十四韓愈卷後。據分體情形可見,孟集十之九爲古詩,近體絶少,而無七言律詩。此本所據底本,胡氏没有明言。今與汲古閣本比勘,發現此本文字較他本更近於汲古閣本。如汲古閣本卷四《秋懷十五首》其三"孤哭抽餘思"句,"思"字,此本同;而宋小字本、蜀刻本均作"噫",弘治本、秦禾本等皆作"意"。汲古閣本同卷《邀花伴》首句"池邊春不足","池邊"二字,此本同;而宋小字本、蜀刻本、弘治本、秦氏本等俱作"邊地",味之詩意,池邊誤。汲古閣本卷五《寒溪九首》其四"彩縷飛飄零"句,"縷"字,此本同;宋小字本、蜀刻本作"雙",明弘治本脱此字。"思"字、"池邊"、"縷"字等,這些都是汲古閣本獨有的詞語,而此本均與之同,甚至連汲古閣本的訛誤也相同,可見此本乃是以汲古閣本爲底子,先分體,再分類,最後再分編十卷而成的。此本文字,胡氏也作了校勘,改正了一些明顯訛誤,如卷六《大隱訪》,題中"訪"字誤,胡氏蓋據《英華》改爲"詠",甚是。卷九《列仙文》,此題下凡四首,前三首各有小題列於詩後,而第四首詩後無題。實則第三首題"金母飛空歌安度明","安度明"即第四首之題,因錯簡而誤入第三首題中,此誤宋明清各本皆然。而胡氏編統籤本孟集時,將"安度明"冠以"右"字,移於第四首後爲題,極是,從而糾正了宋明以來數百年相沿的訛誤。此類例子甚多,顯示出胡氏目光如炬及唐詩學的深厚功力。然而由於一時不慎,此本又增加了一些新誤。如卷三百六十一《送淡公十三首》,"十三"誤;宋小字本、蜀刻本、弘治本等其他各本均作"十二"。此蓋因汲古閣本上版時删去題下首數,胡氏於題下重新統計首數時,一時不慎多算了一首。其餘訛誤，不再列舉。

清代傳鈔和刊刻的孟集，其主要版本有以下幾種：

（一）席刻本。康熙四十一年壬午（一七〇二）席啓寓琴川書屋刻《唐詩百名家全集》所收《孟東野詩集》十卷。國圖藏本有章鈺校跋。半葉十行十八字。卷前首《傳略》、次總目。卷後唯宋敏求《序》。首卷卷端題"孟東野詩集卷第一"，次行具銜名"山南西道節度參謀試大理評事平昌孟郊"（以下各卷不再具銜名），三行爲類目，下接正文。此本書名、收詩首數、分卷、篇目、編次與四部叢刊本完全相同，文字也較其他本子更接近四部叢刊本。如叢刊本卷三《歎命》"題詩還怨易"句，"還怨易"，此本同；而宋小字本、秦禾本皆作"怨問易"，蜀刻本作"怨還怨"，汲古閣本作"不問易"，皆與此本不同。又如叢刊本卷十《杏殤九首》其二"不如拾巢雅"句，此本也作"雅"；而宋小字本、秦禾本、汲古閣本等皆作"鴉"。可見此本文字較他本更近於叢刊本，其所據乃叢刊本無疑。不過此本上版前也作過校勘，改正了底本的不少訛誤，故而文字較叢刊本更爲精粹。如叢刊本卷二《遣興》"絃貞五條音"句下出校曰："一作五音詞。""詞"字誤；宋小字本、蜀刻本、秦禾本、汲古閣本等皆作"調"，良是；此本參校他本改作"調"，甚是。叢刊本卷三《亂離》"正直神反斯"句，"斯"字誤；宋小字本、蜀刻本、秦禾本、汲古閣本等皆作"欺"字；此本參校他本將"斯"字改作"欺"，極是。叢刊本同卷《夜感自遣》"苦江思舊遊"句，"苦江"不辭；宋小字本、蜀刻殘本、秦禾本、汲古閣本等皆作"碧江"；此本參校他本改作"碧江"，良是。叢刊本同卷《遠遊》"慈烏文遠飛"句，"文遠飛"不辭；宋小字本、蜀刻本、秦禾本、汲古閣本等皆作"不遠飛"；此本參校他本將"文"字改作"不"字，甚是，等等。此類例子很多，不一一列舉。此本不僅文字較叢刊本轉精，且工筆正楷，雕印俱佳，覽之賞心悦目。

（二）全唐詩本。康熙敕編《全唐詩》所收《孟郊詩》十卷。《全唐詩》是在胡震亨《唐音統籤》和季振宜《全唐詩稿本》兩書的基礎上修訂而成的。而季氏《稿本》中的孟郊詩，則是將上述汲古閣本原刻入編，删去卷前國材《序》、卷後所附聯句十三首和毛晉跋文，以及各卷類目，再於卷一末補入遺詩《妾薄命》與《望遠曲》二首編輯而成的。文字方面，季氏也作了校勘。季氏所藏唐集宋本頗多，其中就有宋小字本《孟東野詩集》十卷（已見）。季氏以宋本爲校本，又參校《文苑英華》、《唐文粹》、《唐詩紀事》、《萬首唐人絶句》、《樂府詩集》諸總集和類書，改正了汲古閣本一些訛誤，删去其過繁的校記，新增一些必要的異文，從而使文字視前各本轉精。如汲古閣本卷四《邀花伴》首句"池邊春不足"，"池邊"二字乃毛晉誤改，季氏據宋小字本校改作"邊地"，甚是，等等。康熙敕編《全唐詩》所收《孟郊詩》十卷，便是將季氏《稿本》中的孟詩悉數收入，而將卷四《與二三友秋宵會話清上人院》與下一首《夜集》合併爲一首，再删去季氏誤補的《妾薄命》一首，編輯而成的。《妾薄命》，《文苑英華》卷二〇七作王貞白，不知季氏何據將其作爲孟郊遺詩補入集内。文字方面，編臣重新作了校勘，故文字較季氏稿本更精。如汲古閣本卷五《同年春燕》"鬱折忽已盡"句，"鬱折"不辭，弘治本同；而宋小字本、席刻本均作"鬱抑"，甚是；蜀刻本作"鬱柳"，"柳"字顯爲"抑"字之誤；季氏《稿本》未及改正，編臣蓋據席本改作"鬱抑"，極是。又如汲古閣本卷九《列仙文》凡四首，前三首詩後均有小題，而第四首詩後無小題，小題誤入第三首小題"金母飛空歌安度明"内，"安度明"即第四首之小題。此誤自宋至明清諸本皆然，胡震亨統籤本孟集，將"安度明"冠以"右"字，移於第四首後，極是。《全唐詩》編臣蓋參照《統籤》，予以糾正，良是，等等。《全唐詩·凡例》曰："詩集有善本可校者，詳加校定。"此本隨行新增了不少校文，表明當時確曾以善本校勘過，有寶貴的參考價值。然編臣也有誤改者，如汲古閣本卷六《大隱訪》，季氏於題下出校記曰："《英華》作'大隱詠'。"實際上，宋小字本亦作"大隱詠"；然編臣據席刻本改作"大隱坊"，大誤。此類例子究竟是少數。總的來看全唐詩本孟集無論收詩數量還是文字品質，在現存孟集諸古本中都是較好的。

（三）四庫本。《四庫全書》所收《孟東野詩集》十卷。此本卷前首館臣《提要》，次宋敏求《序》。卷後無附録，亦無序跋。各卷次行題"孟東野詩集卷某"，下署"唐孟郊撰"，三行爲類名，下接正文。此本所據底本，《四庫全書總目》唯曰"《孟東野集》十卷，内府藏本"，然内府所藏究爲何種版本，《總目》並未指明。《總目》又曰："是集前有宋敏求序，稱世傳其集編汴吴鏤本五卷，一百二十四篇。周安惠本十卷，三百三十一篇。蜀人蹇濬所纂凡二卷，一百八十篇。取韓愈贈郊句，名之曰《咸池集》。自餘諸家所雜録，不爲編帙，諸本各異。敏求總括遺逸，删除重複，分十四類編集，得詩五百一十一篇。又以雜文二篇附於後，共爲十卷。此本卷數相符，蓋敏求所編也。"（《四庫全書總目》卷一五〇，頁一二九二）編臣謂"此本卷數相符，蓋敏求所編也”,所言自有道理。然敏求本衍生的版本夥矣,館臣唯言爲敏求所編本,未免過於寬泛。今考此本文字,較他本更近於席刻本,如席刻本卷五《寒溪八首》,題中“八首”誤,此本同;而他本皆作“九首”。又如席刻本卷六《大隱坊三首》,題中“坊”字,此本同;而他本或作“詠”,或作“訪”,未有作“坊”字者。《寒溪九首》而誤作“八首”,《大隱詠》誤作“大隱坊”,這些都是席刻本獨有的訛誤,而此本均與之同,可見此本乃是以席刻本爲底本録入者。然而席刻本卷前《傳略》及總目,此本均將其删去,而將席刻本卷後敏求《序》移於卷首,如此而已。席刻本的訛誤,館臣並未予以仔細勘正,亦此本之不足也。

(四)宣統本。宣統二年庚戌(一九一〇)上海著易堂石印《孟東野詩集》十卷,四册。此本内封面大字題“東野集”,封面背面署“宣統二年仲夏依汲古閣原本精校石印”。半葉十二行二十六字,四周雙邊,白口單魚尾,上方題“東野集”,魚尾下方爲卷次葉碼,最下有“上海著易堂校印”字樣。卷九末、卷十末及附録末均有“長洲張榮培植甫重校”字樣。卷前唯東吴戔汕重書國材《孟東野詩集序》,無總目;卷後附録“聯句”十三首,最後爲毛晉跋文。各卷首題“孟東野集卷第某”(唯第十卷題作“孟東野詩卷第十”),次行爲類目。全書以行楷書版,筆畫豐潤,寫印俱佳。然此本亦偶有訛誤,如汲古閣本卷九《列仙文》其二《情虚真人》“明燭朗八煥”句,“八”字,此本誤作“入”。又如卷末毛晉跋文《贈劍客》,“贈”字,此本誤作“貽”。不過此類訛誤並不多,所以無論寫印或是校勘,此本不失爲一個較好的本子。又此本增刻劉辰翁評語於天頭,亦偶有列於題下者,乃此本異於毛本的一個明顯特點,頗便讀者賞鑒。此本卷二删去所附陸長源《答》,卷五删去陸氏《酬孟十二新居見寄》二首;然卷二《戲答》一首則未之删,此亦沿襲汲古閣本之誤也。

民國以來印行的孟集主要版本有以下幾種:

(一)《孟東野詩集》十卷,一九三四年武進陶氏涉園據宋小字本影印。

(二)四部備要本。此本内封面題“孟東野集”,内封面背面題“上海中華書局據明刻本校刊”。卷前首弘治己未(十二年,一四九九)春正月望日後學汝南强盛識,次目録,目録次行署“山南西道節度參謀試大理評事平昌孟郊”,卷後唯宋敏求《後序》。各卷首題“孟東野詩集卷第某”,次行署“山南西道節度參謀試大理評事平昌孟郊”,三行爲類目,下接正文,各卷無子目。此本所據底本究爲何種明刻本,中華書局編輯者並未明言。今考此本文字較其他明刻本更近於四部叢刊本。如叢刊本卷二《堯哥》,題中"哥"字乃"歌"字之誤,此本同誤。又如叢刊本卷三《亂離》"正直神反斯"句,"斯"字乃"欺"字之誤,此本同誤。又叢刊本同卷《夜感自遣》"苦江思舊遊"句,"苦江"不辭,此本同;而他本皆作"碧江",甚是。又叢刊本卷六《過分水嶺》"客衣飃飖初"句,"初"字,此本同,而其他明刻本皆作"秋"。"堯哥"之"哥"字,"神反斯"之"斯"字,"苦江"之"苦"字,這些在明刻本中都是叢刊本獨有的訛誤,而此本均與之同,且並其訛誤亦相沿襲,可見此本乃是據叢刊本排印者。然而叢刊本所闕的文字,此本參照他本,大部分已補上。

(三)華忱之校訂《孟東野詩集》十卷,人民文學出版社一九五九年七月北京第一版。華氏曰:"本集據陶湘影印北宋刻本《孟東野詩集》排印,並用宋蜀刻殘本、明弘治己未刻本、清席啓寓《唐詩百名家全集》初刻本及季振宜全唐詩本參校。影印本中原有避諱闕筆各字均改排本字。集後附録《孟郊年譜》及《孟郊遺事》,供讀者參考。"(該書《前言》)集後所附《孟郊年譜》乃華氏多年心血的結晶,頗見功力;所附《孟郊遺事》,搜録亦甚廣泛。在宋本真貌難得一見的年代裏,此本無疑是孟集一個理想的讀本。唯此本沿襲黄丕烈之誤,稱所據南宋小字本爲"北宋本",乃一時疏於深考之誤也。

(四)華忱之、喻學才撰《孟郊詩集校注》,人民文學出版社一九九五年十二月北京第一版。此本在華氏一九五九年校訂本的基礎上,又增加書棚本、明初鈔本、秦禾本、清沈巖校宋本等四種校本,並以《文苑英華》、《唐文粹》、《唐詩紀事》、《萬首唐人絶句》、《樂府詩集》等類書與總集校勘,删去了席啓寓本、季振宜《全唐詩稿本》的部分異文。"校記不采用彙校方式,衹出校異文及可訂補北宋刻本之闕誤者",異體字不出校,"避諱闕筆之字"俱改用本字,亦不出校,"注釋力求詳明,確當。除詮解詞句,闡釋詩意外,並對某些篇章的藝術特色,進行適當的比較、分析"(該書《編例》)。書後附録華氏新編《孟郊年譜》與"孟郊遺事"及喻學才編次"歷代孟郊詩評"等,頗便讀者。顯然經過重新加工增注,此本已成爲孟集中一個相當精粹的校注本。唯此本仍誤稱所據南宋小字本爲"北宋本",乃疏於版本深考之誤也。

(五)李建崑、邱燮友《孟郊詩集校注》,新文豐出版公司一九九七年版,未見。

綜上考述可知,孟集版本有以下特點:(1)宋敏求以前,孟集雖有汴吴鏤本、周安惠本、《咸池集》等多種本子,然卷數各異,收録數量也多寡不一。

此蓋以孟郊卒然離世,又無子嗣纂修其詩文,諸家各以其所得多寡傳播之故。(2)宋敏求一生編纂唐集頗多,孟集經其"總括遺逸,擿去重複,若體制不類者得五百一十一篇……合十卷",自此孟集始有定本,"後來的一切孟集,都是用宋編作祖本,而原來的汴吴、周、蜀各本,一時俱廢了"(《唐集叙録》,頁二一五)。(3)敏求本之後,孟集大致可分爲兩大系統:一爲宋小字本與書棚本系統,明初鈔本、四部叢刊本、毛寫本、席刻本、四庫本、四部備要本、華忱之本等均屬此一系統。此系統的本子因入《四庫全書》和《四部叢刊》而影響頗大。另一爲蜀刻本與景定本系統,秦禾本、凌濛初本、汲古閣本、統籤本、全唐詩本、宣統本等皆屬此一系統。此系統的本子以汲古閣本入《唐音統籤》和《全唐詩》,影響也不小。(4)小字本與書棚本,蜀刻本與景定本二系統,由於均出自宋敏求本,故就大體方面而言彼此區别並不大;但是就收詩數量及文字方面而言,二者差異還是很明顯的。明代以後,小字本與書棚本的翻刻本,參校景定本一系的本子,小字本系統的缺陷方得以彌補。

【參考文獻】李德山《明刻本〈孟東野詩集〉考述》,《古籍整理研究學刊》一九九八年四期

楊少尹集

楊巨源(七五五～八三五?)字景山,河中(今山西永濟)人。貞元五年(七八九)登進士第,一度出入安南、魏博、幽州幕府。元和九年(八一四)後歷秘書郎、鳳翔少尹、國子司業等職,長慶四年(八二四)以國子祭酒致仕,年已七十。時宰惜其去,奏爲其鄉少尹,不終其禄。大和七年(八三三)尚與人唱和,其辭世蓋此後一二年内。

巨源生前所與唱和者,諸如元稹、白居易、韓愈、張籍、劉禹錫、王建等皆中唐詩壇重要詩人,由此可見其詩歌品位之高。令狐楚選録大曆至元和間詩人三十家,作品約三百首編爲《御覽詩》,内録巨源詩十二首,亦見其詩頗爲社會推崇。巨源詩歌不僅品位高,數量也相當可觀,元和九年張籍《題楊秘書新居》詩云"卷中詩過一千首";此後至辭世前,其間長達二十年之久,創作力不少衰,從現存詩歌來看,其後期作品分量相當大,故計其一生作品蓋在二千首以上。

巨源作品，其生前曾親手加以整理，王建《寄楊十二秘書》詩曰："新詩欲寫中朝滿，舊卷常抄外國將。"所謂"舊卷"，及張籍所謂"卷中"，顯係巨源所編詩卷而言，但這些詩卷，應爲其中年作品的彙編，其一生詩歌巨源是否加以系統結集，卷帙幾何，則不得而知。

入宋，最早著録巨源集者爲《新唐書·藝文志》："《楊巨源詩》一卷。"據唐宋人編卷的一般規模看，這區區一卷詩，再多也不過一二百首，與其一生創作相比，所存不過十分之一。李昉等人奉敕所編《文苑英華》，選録巨源詩六十三題、七十多首，所據應即《新唐書·藝文志》著録的《楊巨源詩》一卷本。後來王安石編《唐百家詩選》，選録巨源詩四十三題，王氏所據乃宋敏求家藏唐人詩集，其中巨源詩集，蓋亦此種一卷本。迨南宋，一卷本尚流傳於世，晁公武《讀書志》卷十七著録曰："《楊巨源詩》一卷。"然南宋時巨源集還出現過五卷本，陳振孫《書録解題》著録曰：

> 《楊少尹集》五卷，唐河南少尹楊巨源景山撰。按：韓退之有《送楊少尹序》，蓋自司業爲少尹。稱其都少尹者，乃其鄉里也。《藝文志》乃云太和河中少尹，誤。第三卷末二十餘篇，有目無詩。（《直齋書録解題》卷十九，頁五六六）

此種五卷本，歷代書目僅陳氏《解題》有著録。後世提及此五卷本者，首爲胡震亨《唐音統籤》，《統籤》卷三九三所收《楊巨源詩·小傳》末曰："集一卷，今編爲三卷。"下注："《宋志》五卷，陳氏《書録》云第三卷亡二十餘篇。"其實《宋志》著録乃一卷本，非五卷本也（詳下），胡氏蓋將《書録解題》誤作《宋志》了。可見胡氏憑借書目方知有五卷本，並非親見其書。胡氏據以編入《統籤》者，仍爲一卷本。另外提及五卷本者，乃《全唐詩》編臣，《全唐詩》卷三三三《楊巨源詩·小傳》末曰："集五卷，今編詩一卷。"乍看好像編臣親見五卷本者，並將五卷改編爲一卷，其實不然，《全唐詩》所收《楊巨源詩》一卷，乃編臣將季振宜《全唐詩稿本》中的《楊巨源詩》一卷原本録入《全唐詩》（詳下），而非編臣將五卷本縮編爲一卷者。所以巨源詩的五卷本，編臣也不曾見過，其所謂"詩五卷"，當亦據陳振孫《書録解題》或《唐音統籤》而言。由《解題》可知，宋末楊巨源詩仍在散逸，卷三末二十餘篇有目無詩，即是明證，殊爲可惜。

元代脱脱所編《宋史·藝文志》亦著録"《楊巨源詩》一卷"。《宋志》雖是依據幾種宋代官修書目彙編而成的，但這恰恰證明宋代通行的《楊巨源詩集》就是這種一卷本。辛文房《唐才子傳》提及的《楊巨源詩集》也是一卷，曰“有詩一卷，行於世”。稍後，元好問編選《唐詩鼓吹》，卷三選録楊巨源詩十二首。郝天挺爲《鼓吹》作注，於巨源《小傳》曰：“有詩一卷，傳於世。”可見元人所見《楊巨源詩集》，同樣是一卷本。

明代《楊巨源集》，諸家書目罕見著録。胡震亨《唐音統籤》收有《楊巨源詩》三卷，此外未見其他傳本。然據現存資料考察，知明代尚有無名氏所刻分體本《楊巨源詩集》一卷，公私書目均失載。今將明分體本、統籤本分述如下：

（一）明分體本。明無名氏刻分體本《楊少尹詩集》一卷。此本今雖無存，然清季振宜所編《全唐詩稿本》收有鈔本《楊巨源詩》一卷，就是據此本鈔録的（詳下），所以此本雖已散逸，今天仍可通過季氏《稿本》，間接窺見此本的大概面貌：此本詩分體編次，凡五古、七古、五律、七律、五排、五絶、七絶等，凡收詩百四十一首，其中七律《送定師歸蜀》、七絶《和練秀才楊柳》二首卷内重出，故實存百三十九首。此本五排置於七律後，與一般明分體本五排置於五律後稍異，又此本文字略有殘損，等等。明代巨源集傳本甚少，此本據以改編的底本，蓋爲宋本歟？因宋本散逸無存，今已無法考其詳了。

（二）統籤本。胡震亨《唐音統籤》所收《楊巨源詩》三卷，編卷三九三至三九五，丁籤八十九，寫本。此本《巨源小傳》曰：“集一卷，今編爲三卷。”是此三卷本乃胡氏改編，首卷五古十首、七古五、五律二十八，第二卷五排十八、七律三十，第三卷七律二十、五絶四、七絶二十九，合計百四十四首，殘句四則。而卷九三九辛籤二雜曲之三收巨源《楊柳枝詞》一首，此詞乃重收。此本爲現今所能見到的巨源集的最早版本。此本所據底本，胡氏謂“集一卷，今編爲三卷”，是此本所據亦爲一卷本。但此一卷本爲宋本還是明本？胡氏没有交代。據筆者考察，胡氏所據一卷本，亦應爲明無名氏分體本。季振宜《全唐詩稿本》（詳下）五古《辭魏博田尚書出境後感恩戀得因登蕠臺》“□□更超忽”句，闕二字，此本亦闕二字。又如此本七絶《宿藏公院聽齊孝若彈琴》“真僧不見聽時心”句，“心”字，《稿本》同，《英華》作“音”。再者，此本不少題注及行間所出校記，與季氏《稿本》多同，如此本五律《題表丈王大夫書齋》題下注“復覽文集”，《稿本》題注同，等等。可見此本與《稿本》應同出於明無名氏刻分體本。不過此本文字胡氏作了校勘，改正了不少訛誤。如《稿本》五古《辭魏博田尚書出境後感恩戀得因登藂臺》,題中“得”字誤,《英華》誤同;胡氏改作“德”字,極是。《稿本》七絶《卧水看花》,題中“卧水”顯誤,胡氏改作“臨”字,甚是,等等。然胡氏亦偶有失誤者,如此本五律《題表丈王大夫書齋》,題中“王”字,《英華》卷三一七作“二”,《稿本》作“三”;胡氏蓋以理校改爲“王”字,然巨源表丈也可能是排行三或排行二的表兄弟,胡氏臆改作“王大夫”,有違於校勘學的一般原則。然這僅只個別例子。此本較《稿本》溢出五律《美人春怨》、《豔女詞》、《名姝詠》、《送太和公主和蕃》、《秋日韋少府廳池上詠石》,與五排《郊居秋日酬奚贊府見寄》等六首,當爲胡氏輯補的佚詩。胡氏乃明代唐詩學大家,此本經過胡氏校勘重編,優長還是頗多的。

清代刊刻和傳鈔的巨源集,其主要版本有以下幾種:

(一)季氏稿本。錢謙益、季振宜遞輯《全唐詩稿本》所收《楊巨源詩》一卷,寫本。半葉十一行十八字,寫於無格白紙上。詩分體編次,凡五古九首、七古五、五律二十四、七律四十九、五排十九、五絶四、七絶二十九,合計百三十九首。其中七律《送定師歸蜀》、七絶《和練秀才楊柳》二首卷内重出,故實百三十七首。此本所據底本,季氏未交代。李俊《楊巨源詩集小考》以爲,此本是由宋本《楊少尹集》五卷改編而成的(《文學遺産》,二〇〇六年第三期)。此言非是。季氏纂輯《全唐詩稿本》,所求唯在“全”、在“真”,職是之故《稿本》中相當一部分作家的作品,直接用易得的普通刻本原刻入編,在這些刻本中,有分體者,亦有不分體者,既有明人重編的分體本,也有源自唐宋人原編的不分體本。如《稿本》中《賈島詩》一卷,就是用明萬曆間朱之蕃校刻的《中唐十二家詩》所收《唐賈浪仙長江詩集》一卷不分體本入編,再補入佚詩後編輯而成的;又如《稿本》中《韓愈詩》十一卷,則是將明嘉靖間游居敬刻《韓文》四十卷中的前十卷詩,及《遺文》一卷中的詩原刻别裁入編,再補入佚詩編輯而成的。《韓文》四十卷,乃韓愈門人李漢所編,詩歌十卷只約略分爲古詩、律詩和聯句。可見《稿本》對入編的諸家作品,季氏並不要求其必須分體編次。若是於巨源詩,季氏無須也無必要將其改編爲分體本,然後再入編。《稿本》中的巨源集既非季氏據宋本改編的分體本,那么作爲鈔本,《稿本》必有所據,不過所據决不是宋五卷本,而只能是明人的分體本。因爲“排律”之名,始於元末楊士弘《唐音》,到明代方廣泛使用,此本既有“排律”一體,則其所據便只能是明人的分體改編本,而決不可能爲宋本了。那么此本所據是否爲統籤本呢？因爲統籤本也是明分體本。此本所據亦非統籤本。將此本與統籤本對勘，二者有四點不同：第一統籤本五排次於五律後，此本五排次於七律後。第二部分詩歌分體不同，如《别鶴詞送令狐校書之桂府》，此本歸入五排，統籤本歸入五古；《秋日題陳宗儒圃亭悽然感舊》，此本歸入五律，統籤本歸於五古。第三此本收詩與統籤本不同，統籤本五律《美人春怨》、《豔女詞》、《名姝詠》、《送太和公主和蕃》、《秋日韋少府廳池上詠石》及五排《郊居秋日酬奚贊府見寄》等六首，此本失收；此本五古《秋夜閒居即事寄廬山鄭員外蜀郡符處士》與五排《寄贈田倉曹灣》，統籤本失收。第四文字有差異，如此本五古《辭魏博田尚書出境後感恩戀得因登蓁臺》，題中"得"字誤，統籤本作"德"，良是；此本七絶《卧水看花》，題中"卧"字誤，統籤本作"臨"字，甚是；此本五律《題表丈三大夫書齋》，題中"三"字，統籤本作"王"，等等。可見此本所據亦非統籤本，而是明代的一種分體本，即明無名氏分體本。無名氏分體本今雖散逸，但明代曾刊行過該本則是可以肯定的。此本所收巨源詩，季氏也作了校勘，剔除了上述兩首重出詩，改正了一些文字訛誤，並於字裏行間出校了不少異文。然季氏也有失誤處，如五古《辭魏博田尚書出境後感恩戀得因登蓁臺》，題中"得"字乃"德"字之誤；七絶《卧水看花》，題中"卧"字乃"臨"字之誤，等等，季氏均未及改正。

（二）席刻本。康熙四十一年壬午（一七〇二）洞庭席氏琴川書屋輯刻《唐詩百名家全集》所收《楊少尹詩集》一卷附《補遺》。半葉十行十八字，左右雙欄，白口單黑魚尾下鐫"楊少尹詩"字樣。卷前首《傳略》（評説附），次目録。卷後附《補遺》三首。卷端首題"楊少尹詩集"，次行下方具款"河中楊巨源景山"，下接正文。此本雖未標出分體字樣，但持與季氏《稿本》對勘便可立刻發現，此本正文分體、首數與《稿本》完全相同（此本删去重出詩二首）。編次方面，此本除了將《稿本》中的《石水詞》二題合爲一題外，其餘也完全相同。文字方面，此本與《稿本》也相差甚微。正因爲如此，李俊《楊巨源詩集小考》以爲，此本是據《季稿》翻刻的（《文學遺産》，二〇〇六年第三期）。然筆者以爲，此言亦非是。席啓寓年歲雖後於季振宜，但《稿本》作爲彙集有唐一代詩歌的大型總集，當時畢竟只是初稿，季氏去世後，《稿本》進入内府，並未在社會上流行，所以席氏根本不可能以《稿本》爲底本。再者此本五古《和盧諫議朝回書情即事寄兩省閣老兼呈二起居諫院諸院長》首句"寵位資□用",句中脱去一字,而《稿本》作"寂",下出校一"疑"字。又此本七律《和令狐舍人酬峰上人題山欄孤竹》"一莖青翠近簾□,□□自欲親香火"二句,脱去三字,而《稿本》三字作"端離叢"。倘若此本是據《稿本》翻刻的,則此二處不可能出現脱文。由上可見此本所據底本並非《稿本》,而亦爲《稿本》所據之底本即明無名氏分體本。席氏刻《百名家全集》,所據凡爲宋本者,均於卷後鎸"東山席氏悉從宋本刊于琴川書屋"牌記一個,如《昌黎先生詩集》十卷便是,而此本無該牌記,這表明此本所據亦非宋本,而是明人分體本。不過此本文字席氏用《英華》、《統籤》等類書和總集作了校勘,改正了一些誤字。如《稿本》之《辭魏博田尚書出境後感恩戀得因登蓁臺》,題中"得"字誤,統籤本作"德",極是,此本從之。又如《稿本》七絶《卧水看花》,題中"卧"字誤,統籤本作"臨",甚是,此本從之,等等。此本字裏行間較《稿本》多出不少異文,應爲席氏所出校記,頗有參考價值。而席氏將數處"胡"字、"虜"字删去,改爲墨圍,反映了當時文字避諱的森嚴。此本卷後所附《補遺》凡三首《失題》、《春日題龍門香山寺》與《寄申州盧拱使君》,應爲席氏所補佚詩。

(三)全唐詩本。康熙敕修《全唐詩》所收《楊巨源詩》一卷。本書前已述及,《全唐詩》是在胡震亨《唐音統籤》和季振宜《全唐詩稿本》兩書基礎上修訂而成的。而《全唐詩》中的巨源詩一卷,乃是將上述季氏《稿本》中的《楊巨源詩》一卷悉數收入,而删去卷中分體字樣和重出詩七律《和定師歸蜀》與七絶《和練秀才楊柳》,然後據統籤本補入佚詩《美人春怨》等五首,據席本補入《失題》、《春日題龍門香山寺》等三首,據《唐百家詩選》補入《郊居秋日酬奚贊府見寄》等十首,及斷句二聯編輯而成的,故此本共百五十五首,斷句二聯,成爲一時收詩最多的本子。文字方面編臣也作了進一步校勘,改正了季氏未及改正的訛誤。如《稿本》之《辭魏博田尚書出境後感恩戀得因登蓁臺》,題中"得"字誤,統籤本、席刻本皆作"德",極是,編臣從之。《稿本》七絶《卧水看花》,題中"卧"字誤,統籤本、席刻本均作"臨",良是,編臣從之。《稿本》之《送杜郎中使君□□州》,題中闕二字,編臣據統籤本、席刻本補入"赴虔"二字,甚是。再如《和元員外題昇平里新齋》"自知休沐諸幽勝"句,"自"字下《稿本》原無校記,編臣據校本增校記"一作因",等等。《全唐詩·凡例》云:"詩集有善本可校者,詳加校定。"此本增入不少校文和題下注,表明當時確曾以其他善本校勘過,具有寶貴的參考價值。

唐别集考卷第十

歐陽行周文集

歐陽詹(七五七～八〇二)字行周,泉州晉江(今福建晉江)人。幼嗜學,長愛賦詠,辭秀而多思,稱譽江淮間。然五試於禮部,至貞元八年(七九二)始登第,同榜者韓愈、崔群、李絳等皆一時之選,世稱"龍虎榜"。四試於吏部,方授國子四門助教。十五(七九九)年上書宰相鄭餘慶,求不次進用,未果,遂北遊太原等地。倦歸,終於家。

李貽孫《歐陽行周文集序》記詹集編輯情形甚悉,其略曰:

> 大和中,予爲福建團練副使日,其子價自南安抵福州,進君之舊文共十編,首尾凡若干首,泣拜請序。予諾其命矣,而詞竟未就。價微有文,又早死。大中六年(八五二),予又爲觀察使,令訪其裔,因獲其孫曰澥。不可使歐陽氏之文遂絶其所傳也,爲題其序,亦以卒後嗣之願云。(四部叢刊本《歐陽行周文集》)

據序,詹集原編即十卷(十編),蓋詹生前手定。價既"微有文",僅只進其父之"舊文十編"與李貽孫而已。詹既"倦歸,終於家",故有時間自編其集也。晁公武《讀書志》、《四庫全書總目》皆謂詹集十卷乃貽孫所編,非是。晚唐五代世上流行的詹集,應爲這種十卷本。

入宋,《崇文總目》卷五十九著録"《歐陽詹集》十卷",《新唐書·藝文志四》、晁公武《讀書志》卷十七等著録均同。晁氏《讀書志》言"此集李貽孫纂",乃未細讀貽孫序耳。《四庫全書總目》之誤,蓋源自晁氏。南宋後期,陳振孫《書録解題》卷十六著録"《歐陽行周集》五卷",卷數已減半。陳氏稱"其序,福建廉使李貽孫所爲也",謂序爲貽孫作,不言十卷本爲貽孫所編,斯言得之。此五卷本既載有貽孫序,故當由十卷本改編而成。唯五卷本今已無傳,其與十卷本的區别與關聯,今已無從考究。萬曼先生《唐集叙録》

謂五卷乃十卷之誤，然《帶經堂書目》也載有“《歐陽行周集》五卷，鈔校本”，此五卷鈔本是否出自宋刊，已無從考實。可見宋代究竟有無五卷本，尚不宜遽定。又《宋史・藝文志》著録“《歐陽詹集》一卷”，此一卷本書名與十卷本同，或爲“十卷”之誤。或疑此一卷本乃詹之詩集，並非無此可能，唯亦出於臆測。

宋刊詹集，今知者至少有兩種：一爲十卷本，另一爲八卷本。宋刊十卷乃蜀刻《歐陽行周文集》十卷，今臺灣“中央圖書館”有藏本。李盛鐸跋吴校本（詳下），《藏園群書經眼録》及《郘亭知見傳本書目》傅增湘訂補本，《中國古籍總目》與陳伯海、朱易安《唐詩書録》等均有著録。《郘亭書目》傅增湘訂補曰：“《歐陽行周文集》十卷，唐歐陽詹撰。南宋中期蜀中刊唐人集本，十二行二十一字，白口，左右雙闌。宋諱缺筆，分體編次。”（《藏園訂補郘亭知見傳本書目》卷十二下，頁一〇三四）傅氏又言：“按：此即世傳劉公甗舊藏宋蜀本唐人三十家之一也。頃出於廠市，急往追尋，已爲有力者所獲。”（《藏園群書經眼録》卷十二，頁一〇七六）《中國版刻圖録》將蜀刻本分爲兩個系統：“一種爲十一行本，約刻于南北宋之際，今存《駱賓王》、《李太白》、《王摩詰》等集；另一種爲十二行本，約刻於南宋中葉，今存《孟浩然》、《李長吉》、《鄭守愚》三全本，《孟東野》、《元微之》二殘本外，尚有《歐陽行周》、《皇甫持正》、《許用晦》、《張承吉》、《孫可之》、《司空一鳴》六全本，與《劉文房》、《陸宣公》、《權載之》、《韓昌黎》、《張文昌》、《劉夢得》、《姚少監》七殘本，總得十八種。此十八種唐人集，元時爲翰林國史院官書，清初均爲潁川劉體仁藏書，其時聞尚存三十種。”（北京圖書館編《中國版刻圖録》）臺灣所藏詹集十卷，即屬南宋中期刊行的蜀刻十二行本。據李盛鐸跋吴校本（詳下）可知，此蜀刻本每卷有子目，而《文苑英華》所載《秋月賦》一篇失收，又《答韓十八駑驥吟》將韓詩列前，詹之和作列後，乃此本的兩個明顯特點。

宋刻八卷本，《季滄葦藏書目・宋元雜版書》著録曰：“《唐歐陽詹集》八卷，二本。”季氏此《書目》，筆者所見爲《士禮居叢書》本，黄丕烈校刻，應當無誤。又《郘亭書目》傅增湘訂補繆荃孫刊《後三唐人集》所收《歐陽行周文集》十卷曰：“此集宋時有二本，八卷本在前，十卷本出蜀中，在後。”（《藏園訂補郘亭知見傳本書目》卷十二下，頁一〇三四）據此，宋時的確刊行有八卷本詹集，可惜今已無傳，所以有關此本的詳細情形已無從考詳了。

宋刻八卷今既無傳，則蜀刻十卷乃現存最早的詹集刻本，而宋時公私書目均失載。明楊士奇《文淵閣書目》卷九著録兩部《歐陽詹文集》，一部一册闕，一部二册闕。明錢溥《秘閣書目・文集類》著録"《歐陽詹文集》，二(册)"，不言其闕。這些或皆宋時所刻，惜均未著明版本爲何耳！

元代不聞詹集有刻本。明代由於前後七子大倡"詩必盛唐"，唐集的傳鈔和刊刻遂異常繁盛，詹集也出現了多種傳本，其中主要者有以下諸種：

(一)弘治本。弘治十七年甲子(一五〇四)莊檗、吴晟克明刊《歐陽行周文集》十卷。此本國圖藏有多部，其中一部有清陳邁校宋本並跋，另一部爲公文紙印本，有清劉喜海跋。半葉十行二十二字，四周雙邊，大黑口雙魚尾，兩魚尾間題"歐陽文集"及葉碼，葉碼通卷長號，凡百葉。卷前蔡清、莊檗二序述此本刊刻經過及所據底本甚詳，蔡序略曰：

> 先生故有文集十卷行世，前輩稱其精於理而切于情，可知其非止工於詞者，而近世無傳焉。今冢宰福郡林先生始自内閣録出以傳。吾師信豐尹莊世平先生得而刻之於梓，力未克成，吾郡守弋陽吴公克明聞之，曰："是兹郡文獻之有徵者，吾當爲成而播之。"遂捐俸卒工，而囑清一言。

莊檗序略曰：

> 歐陽先生詹，我泉晉江名儒也，夙有文集傳世。由唐迄今歷百祀，今之聞者歎其不得一見爲恨。幸而天官卿三山林公在翰林時，得覩先生秘笈，曰："此八閩始登龍虎榜中人也，詎可失傳！"隨録出欲與四方共之，嘗抑鬱其弗及刊行。弘治己未冬，檗叨尹陸川，考跡銓部，尋改知贛之信豐，過别於公之門，得斯集歸鏤梓。功未克竟，適承郡大夫東魯于公，别駕五羊廖公博采厶郡名籍，見先生之文瓌奇豪邁，超乎古人，遂爲畢工以傳。先生之道，晦於昔顯於今，使今之人士得覽斯集。

據二序可知，此本所據乃由内閣秘笈録出之本。然内閣秘笈究爲何本？傅增湘校跋繆荃孫刻《後三唐人集》所收《歐陽行周文集》(詳下)有考證，其略曰：

> 《四門文集》余昔年曾經校過，前四卷依知不足齋鈔本，後六卷爲勞季言校本，所用底本則繆藝風前輩新刻後三唐人集本也……頃從北京大學圖書館中假出鈔本，爲李椒微師藏書，原書經吴枚庵手校，又以

宋本覆勘一通。因取余校本核之,乃知繆刻所據爲明弘治莊槩本,即從宋蜀本出,與枚庵覆校者正同。(《藏園群書題記》卷十二,頁六一七)

傅跋所説"李椒微",即李盛鐸。經李氏勘驗,吴校本覆校的鈔宋本即出自蜀刻本(詳下吴校本)。傅氏用繆刻本(詳下)與吴校本對勘,發現繆刻本所據弘治本亦出自蜀本。弘治本既出自蜀本,則内府所藏秘笈就是宋蜀本。弘治本雖出自宋蜀本,然繆荃孫謂此本"脱衍訛錯無一葉不有"。清陳邁曾用宋本與弘治本對勘,陳校本繆氏嘗見之,因知弘治本的訛誤源自宋本(詳下繆刻本繆氏自跋語),可見蜀刻本訛誤並不少。此本《藏園群書經眼録》卷十二也有著録,然將蔡清誤作"葉清"。

(二)正德本。正德間建陽書坊慎獨齋刻《歐陽行周文集》十卷。民國時商務印書館《四部叢刊》初編所收詹集,乃借平湖葛氏傳樸堂所藏此本影印,故此本又稱"四部叢刊本"。半葉十行二十二字,四周單邊,白口,雙魚尾間標"歐陽文集",下魚尾下爲葉碼,通卷長號,凡九十八葉,較弘治本少二葉。卷前首《新唐書》本傳、次李貽孫序、次目録。卷後無附録。此本書名、分卷、首數、編次、行款均與弘治本同,而版式略異,故繆荃孫曰:"正德年間重刻,行款同,補《德勝頌》二詩之訛字,略改白口。上魚尾下止'歐陽文集'四字,葉數亦長號,九十八葉,然在下魚尾下矣。"(國家圖書館藏《後三唐人集》本《歐陽行周文集》繆氏跋)葉德輝亦謂:"弘治十七年莊槩翻宋本爲黑口本,每半葉十行,行廿二字。正德中有重刻,版式略小,行字相同。"(《郎園讀書志》卷七,頁三五三)可見繆、葉二人皆以爲,此本乃是翻刻弘治本者。不過此本上版前作過校勘,故文字較弘治本轉精。如此本卷一《石韞玉賦》"佳粱粿粃"句,"粱"字,弘治本誤作"梁"。又如此本卷一《迴鸞賦》"夷狄皆予之子也"句,"予"字,弘治本誤作"子"。此本卷二《太原旅懷呈薛十八侍御齊十二奉禮》"伊予亦投刺"句,"投"字,弘治本誤作"冥",等等。不過此本亦有訛誤處,如卷一《明水賦》"宗祐郊上清"句,"祐郊"誤,弘治本作"祐祈",甚是。又如此本卷二《李評事公進示文集以詩贈之》"哲人生今孫"句,"今孫"誤,弘治本作"令孫",極是,等等。《四部叢刊》影印詹集,未選更早的弘治本,蓋緣此本文字更精粹歟!《四部叢刊書録》即謂此本,較之弘治本"補《德勝頌》二詩之一,訛字亦多所改正"。《絳雲樓書目》著録一詹集鈔本時曰"有泉州版佳",所謂"泉州版",當即此本。王國維《傳書堂藏善本書志》著録一明刊《歐陽行周文集》十卷，原爲天一閣藏書，民國間爲上海藏書家蔣汝藻傳書堂收得，王國維受蔣氏之聘，於一九一九年撰成《傳書堂藏善本書志》，著録此本曰："每半葉十行、行二十二字，原有《唐書》本傳及李貽孫《序》，此本奪。天一閣藏書。"（密韻樓寫本）審其行款等特徵，蓋爲正德本。

（三）嘉靖本。嘉靖間建陽劉弘毅慎獨齋刻《歐陽行周文集》十卷。此爲慎獨齋二次刊行詹集。莫伯驥《群書跋文》謂刻於嘉靖年間。《郎園讀書志》卷七著録八卷本詹集時，亦嘗提及此本。此本今上圖有藏，然唯存卷一至卷四，半葉十行二十字，四周雙邊，細黑口，雙魚尾，上魚尾上標書名、卷次，雙魚尾間標類目，下魚尾下爲葉碼。卷前首《新唐書》本傳、次李貽孫序。首卷卷端前三行具款"古閩歐陽詹字行周著"、"長樂時齋陳體復子校"、"建陽京兆木石山人刊"，第四行爲卷題"歐陽行周文集卷之一"，以下兩行分別題"長樂鳳崗陳蕭雍校正"、"建陽慎獨劉弘毅校刊"。首卷卷末有木記"建陽京兆劉仁卿謄録"。以下各卷卷題後唯題"長樂鳳崗時齋校正"。繆荃孫曰："至慎獨齋再刻，添入撰人、校對人三行。行數同，字數止二十字，'歐陽文集某卷'在上魚尾上，上魚尾下署"賦類"、"雜類"、葉數，每卷短號。三刻均出於閩。"（《後三唐人集》本繆氏跋，詳下）此本所據底本，或謂乃正德本，其實不然。此本文字，較之他本更近於弘治本。例如正德本卷一《出門賦》"憖靈輙於困窮"句，"困"字，弘治本作"用"，此本同。又如正德本卷二《李評事公進示文集以詩贈之》"杳冥河梁篇"句，"杳冥"，弘治本作"杳杳"，此本同。再如正德本卷二《太原旅懷呈薛十八侍御齊十二奉禮》"伊予亦投刺"句，"投"字，弘治本誤作"冥"，此本誤同，等等。較之正德本，"用"字、"杳"字、"冥"字皆弘治本獨有的文字，而此本皆與之同，甚至連弘治本的訛誤也照樣沿襲，可見此本所據並非正德本，而是弘治本。不過此本文字也作過校勘，並用《英華》等類書及總集参校，故與弘治、正德二本有所不同。例如正德本卷一《明水賦》"宗祏郊上清"句，"祏郊"，弘治本同，此本作"祏祈"，《英華》作"祐祈"；"向天上之曈朧"句，"朧"字，弘治本同，嘉靖本作"曨"。又如正德本卷一《春盤賦》"儻觀表以見中"句，"見"字，弘治本同，此本作"視"，《英華》亦作"視"；"將以緩愁子之思"句，"愁子"，弘治本同，此本作"秋年"。又如正德本卷一《懷忠賦》"日臨蒙谷風颼颼"句，"日臨"二字，弘治本同，此本作"月淪"。再如正德本卷一《律和聲賦》"曷謂易俗之訓”句,“曷”字,弘治本同,此本誤作“易”,等等。

(四)萬曆本。萬曆三十四年丙午(一六〇六)徐𤊹重編葉向高等於金陵刻《唐歐陽先生文集》八卷《附録》一卷。此本國家、中國社科院文學所、山西省文物局、山東、福建、廣東中山等圖書館有藏,南圖藏本有清韓崇跋並録清何焯批及跋、清丁丙跋。萬曆末祁承㸁撰《澹生堂藏書目》卷十三著録“《歐陽先生集》,二册,八卷”,當即此本。半葉九行十八字,左右雙邊,白口單魚尾。卷前有萬曆丙午南京户部四川清吏司郎中侯官曹學佺序,卷後《附録》一卷,收録歷代文獻中有關詹的材料,並附有《校梓姓氏》表一份,列南京吏部右侍郎福清葉向高等校梓者三十四人。曹序略曰:

> 癸卯冬,予再游温陵之石室,友人徐興公偕焉。石室爲歐陽行周先生讀書處也。越三年,興公攜先生集于金陵,謀更梓之……興公編次先生文,自貞元五年《曲江池記》至十五年《韓城縣西尉庭記》止,歷歷有徵,並宋祁《文藝傳》已下附録于左,使觀者審焉。

據曹序,此本特點有二:一是徐氏“編次”詹文,依年代爲序,皆“歷歷有徵”(編年者實唯“記”一體——筆者);二是卷後增《附録》,彙集《新唐書》本傳等歷代文獻中與詹相關的材料,“使觀者審焉”。所以詹集有《附録》實自此本始。曹序言徐氏“編次”詹文,徐氏自己亦謂“余在白門時編刻歐陽詹集”(徐氏《筆精》,見《全閩詩話》卷一)。至於此本所據底本,二人均未提及。今考此本文字,較他本更近於嘉靖本,如正德本卷一《瑾瑜匿瑕賦》“輪囷則屙,焉得用於九重”句,“屙”字,弘治本同;而嘉靖本作“病”,此本亦作“病”。又如正德本卷一《春盤賦》“儻觀表以見中”句,“見”字,弘治本同;而嘉靖本作“視”,此本亦作“視”。再如正德本卷一《律和聲賦》“曷謂易俗之訓”句,“曷”字,弘治本、《英華》同;而嘉靖本誤作“易”,此本亦誤作“易”。較之弘治本和正德本,“病”字、“視”字與“易”字,皆嘉靖本獨有的文字,而此本皆與之同,甚至連嘉靖本的誤字“易”,此本亦與之同,可見此本乃是以嘉靖本爲底本重編的。

然而繆荃孫卻曰:“至萬曆間,徐興公求行周集不得,遂據各書輯成八卷,則所出不同,編次不同,遂與三刻大異。”這種“重輯另編”説,顯與詹集既有宋刻又有多種明刻行世的事實不符,故繆氏復自質疑道:“特以興公之淹雅,三刻又出自閩而不得見,亦屬詫。”(詳下《後三唐人集》本跋)在爲張鈞衡所編《適園藏書志》中，繆氏表達了相同的看法："詹集有宋十卷本，有明弘治十七年莊槩翻宋十卷本，蔡清序，有正德間重刻十卷本，有嘉靖慎獨齋重刻十卷本。其後徐興公㶿從《文粹》、《文苑》輯出另編，只《秋月賦》一篇爲刻本所無。"（《群書跋文》三九七）葉德輝《郎園讀書志》卷七在著録八卷本一影鈔本時，亦不信八卷本爲重輯另編。前文已提及，曹、徐二人只是説"編次"或"編刻"，並未言"重輯"，可見"重輯另編"説乃繆氏的誤解。

那麽，此本是否爲據宋刊八卷本翻刻的呢？葉德輝將八卷本和十卷本的編次作具體對勘後説："十卷本分類爲賦一卷，雜著（即詩）二卷、三卷，銘四卷，記五卷，頌六卷（論附），雜著（述、箴、弔文、碑文、册文）七卷，書八卷，序九卷、十卷。此本爲賦一卷，四言古詩、五言古詩、七言古詩二卷，五言律詩、五言排律、七言律詩、五言絶句、七言絶句三卷，記四卷（傳附），銘、頌、箴、論五卷，述文、弔文、册文[七]〔六〕卷，序七卷、八卷。兩本詩文全，十卷詩不分類。此本賦類多《秋月賦》。詩文題目十卷本多删篇，此本獨詳。疑十卷本外别有此本，徐氏據以重刊。"（《郎園讀書志》卷七，頁三五三）可見葉氏懷疑此本乃徐氏别據八卷本翻刻；宋刻八卷本清初尚見於《季滄葦藏書目》，雖然宋刻八卷不見於徐氏《紅雨樓書目》，徐氏《書目》著録的詹集乃曹學佺所刻《歐陽詹四門集》十卷（詳下），但徐氏據宋刊八卷及其衍生本編次重刻，還是有此可能的。

此八卷本與十卷本的區别爲：八卷本詩分體，文章編年，賦類溢出《秋月賦》一首，《答韓十八駑驥吟》列韓愈原唱於前，文字也據他本及《英華》、《文粹》等類書及總集作了校勘，並於卷後增加《附録》一卷等等。此本《思適齋集》及《思適齋書跋》、《善本書室藏書志》等均有著録。經徐氏重編後，此本編次固有其合理之處，然而原編十卷本畢竟出自歐陽詹之手，經徐氏重編後，原貌盡失，所以顧廣圻批評道："《歐陽行周集》八卷，閩刻本。《行周文集》舊十卷，藏書家尚有之，其序次與此本已敻乎不同，無論字句之異矣。其割裂顛倒不知出何人手，書有愈刻而愈亡者，此其類也，可歎可歎！"（《思適齋書跋》卷四，見《顧廣圻書目題跋》，頁六五〇）顧氏的感慨，亦自有道理。此八卷本，丁丙《藏書志》卷二十五亦有著録。

（五）曹刻本。萬曆三十四年丙午（一六〇六）曹學佺刻《歐陽詹四門集》十卷。此本《紅雨樓書目》有著録（見《徐氏家藏書目》卷六，《明代書目題跋叢刊》下册，書目文獻出版社一九九四年一月版）。《增訂四庫簡明目録標注》邵章《續録》著録此本時謂，此本與曹氏所刻唐黄滔《黄御史集》十卷“同時付刊”。然今世書目不見著録，蓋已無傳本矣。

（六）明刻許跋本。明刻《歐陽行周文集》十卷，今南京圖書館藏本有清許曾悳跋。許跋略曰：“是書爲本宗高祖鈔批遺授，先君子篋笥藏置已五十八年。悳愧未讀書，未明義藴，而展對手澤，彌深嚮往。我後人能寶而藏之，則幸甚。嘉慶三年十二月望，出繼曾孫悳謹記。”此本用紅藍雙色筆校過，卷中多有殘缺之處，已經人補寫重裝。今人楊遺旗言：此本文字與四部叢刊本有十餘處不同，故而兩本並非同一種刻本（《萬方數據庫》所收博士論文《歐陽行周研究》第二章）。故此本應爲明無名氏刻本。

（七）明鈔藹校本。明無名氏鈔《歐陽行周集》十卷，今藏國家圖書館，有清藹人校。半葉十行十八字，鈔於統一印製的格子紙上，四周單邊，細黑口。卷前首《新唐書》本傳、次李貽孫序、次目録。卷後無附録。正文末有藹人跋文一則，其略曰：“咸豐庚申三月十八日己刻再校一遍，藹人識。”故《中國古籍善本書目》著録此本爲“藹人校”。王文進《文禄堂訪書記》亦著録此本，謂卷中“咸豐庚申三月十八日己刻再校一遍”的跋語，乃“龔氏”手跋。據此，則藹人爲龔姓。此本楊遺旗“疑抄自弘治本”，所據爲“該本出校記處，原文絶大多數與四部本同”，而四部本是“覆刻”弘治本的。（見《萬方數據庫》所收博士論文《歐陽行周研究》第二章）此本護葉有朱筆題識：“己卯九月得于故都，毛方記。”卷後龔氏題跋之末，録有韓愈五言詩二首《赴江陵途中寄贈王二十補闕李十一拾遺李二十六員外翰林三學士》“逾嶺到所任”至末，及《暮行河堤上》，録者蓋爲毛方。

清代傳鈔和刊刻的詹集主要版本有以下幾種：

（一）何校本。何焯校舊鈔本《歐陽行周文集》十卷，一册。卷中何氏手跋曰：“康熙己丑重陽前一日，從内弟吴紫臣借得所收葉文莊公家本鈔，手校改正數處。葉本與此亦互有得失，俟訪得宋雕及他藏書家善本，當再校之。行周文尚當爲李元賓之亞，然其諸序固未減梁補缺，特不宜於多爾。昆湖舟中，義門焯記。”（《皕宋樓藏書志》卷六十九，頁七八六）此本後來相繼爲顧廣圻、陸心源所得，故卷中有顧氏跋，《皕宋樓藏書志》亦有著録。顧跋曰：“何校葉鈔多雜糅，而何自下己意，語多不確。即如第五卷《韓城西尉庭》云‘列縣出於千’，乃《文集》最妙處。《文苑英華》八百六、《文粹》七十三，於‘千’上多‘五’字，皆大誤。《舊唐志》貞觀十三年定簿‘縣一千五百五十一’;《新唐志》開元廿八年户部帳‘縣千五百七十三’。行周此記作於貞元十五年,已非復貞觀、開元之盛,其決不得反有五千縣之多甚明矣。宜據《集》删《苑》、《粹》衍字,而義門反以添《集》,何耶?姑舉一條,用貽後之覽斯者,貴乎心知其意。若尋行數墨,恐縱遇善本,仍有必不得之病也。元和顧千里澗薲識。”(又見《思適齋書跋》卷四、《思適齋集》卷一五,又見《顧廣圻書目題跋》,頁六五〇、頁五六七)顧氏乃乾嘉時期的校勘學大家,所言極爲警辟。《皕宋樓藏書志》著録此本爲“舊鈔本,何義門校本。唐將仕郎守國子監四門助教晉江歐陽詹字行周撰,李貽孫序”。並迻録何、顧二人跋語。何跋所説“葉文莊公”,即葉盛,字與中,崑山人,明正統十三年進士,官至吏部左侍郎,成化十年卒,謚文莊。葉盛平生鈔書購書達二萬餘卷,自編《菉竹堂書目》。《書目》卷三著録“《歐陽詹文集》一册”(《明代書目題跋叢刊》上册),不知即此本否?葉鈔本今已無傳,然何氏所校此舊鈔,近代與皕宋樓藏書一起,爲日本人購去,今藏日本静嘉堂文庫。嚴紹璗《日藏漢籍善本書録》著録此本爲:“古寫本。何義門手校本,顧千里手識本,共一册。静嘉堂文庫藏本,原陸心源十萬卷樓舊藏。【按】前有李貽孫《序》。卷中有何義門校識文,其文曰……”葉氏本鈔於正統前後,時間比弘治本還要早,其所據底本或爲宋刻,此本據葉本校,故其校記具有寶貴的參考價值。

(二)四庫本。《四庫全書》所録《歐陽行周文集》十卷,寫本。此本卷前首館臣《提要》,次李貽孫序。卷後《附録》收韓退之《哀辭》及《題哀辭後》,次陳宓《安奉歐陽四門祠文》,次馬端臨《文獻通考》有關詹集的考述,次真德秀《跋歐陽四門集》、莊楷《歐陽書室重建記》。各卷首題“歐陽行周文集卷某”,下方具款“唐歐陽詹撰”。此本所據底本,《四庫全書總目》稱“福建巡撫採進本”。然所採究爲何種版本,館臣並未指明。今考此本書名、分卷、篇目、序次與明弘治本、正德本相同,文字則更近於正德本,如正德本卷一《出門賦》“慭靈�於困窮”句,“困”字,此本同;而弘治本、嘉靖本皆作“用”。又如正德本卷二《李評事公進示文集以詩贈之》“杳冥河梁篇”句,“杳冥”,此本同;而弘治本、嘉靖本皆作“杳杳”。再如正德本卷二《太原旅懷呈薛十八侍御齊十二奉禮》“伊予亦投刺”句,“投刺”,此本同;而弘治本、嘉靖本皆誤作“冥刺”,等等。較之弘治、嘉靖二本,“困”字、“杳冥”、“投刺”皆正德本獨有的文字,而此本皆與之相同,可見此本乃是據正德本録入者。不過館臣也作過校勘,故此本文字較正德本稍精粹一些。而《附録》一卷,當爲編臣據他本所增，以便覽者焉。

（三）秦鈔本。乾隆五十年乙巳（一七八五）江都秦恩復石硯齋鈔校《歐陽行周文集》十卷附《補遺》，今藏國家圖書館。半葉九行二十字，二册。秦恩復字近光，一字敦夫，或謂敦夫乃號，江都人，乾隆五十二年進士，官編修，尤精校讎。所居玉笥仙館蓄書萬卷，嘗聘顧廣圻於家，共商校讎。此本目録卷末秦氏跋曰："乙巳冬從吴□埜太史處，借得何義門先生手校本，抄録成册。復取御定《歷代賦彙》及《全唐詩》，將前三卷再校一過，並補《秋月賦》一首附録於後。時春雨如膏，麥田流潤，校畢書此，以志一快。丙午（乾隆五十一年，一七八六）春分前五日，敦夫復識。"據此，此本乃是據何校本鈔校而成的。次年秦氏又用《歷代賦彙》及《全唐詩》等總集覆勘一過，並補《秋月賦》一首於卷十末，且鈐有"石硯齋秦氏"印鑒一枚。卷中校記累累，何跋過録於目録卷末。乾隆丁未（五十二年，一七八七），孫星衍曾校過此本，並於護葉上題識一則："丁未七月望前二日，孫星衍觀于西苑時校。"孫星衍與秦恩復乃同科進士，官至山東督糧道，性好聚書，勤於校讎。後來至道光時，顧光圻校勘此本，並題識一則曰："道光丁酉（十七年，一八三七）中伏之五日，揮汗對底本訖，千翁。"卷後復有顧氏手跋一則曰："孫淵翁家鈔本，攜在中正街寓内，時匆匆未録其副也。後聞其弟受某甲之誑，盡付所有唐人文集並他種書若干，託其寄借與孫古雲，而從中乾没去矣。旋販至常熟，賣與張姓（月霄）。張亦不能守，未詳今流轉何所。首尾僅一週星耳！予既校此本，感觸往事，聊附記之。一雲老人書。"（又見《思適齋集》卷十五，載《顧廣圻書目題跋》，頁五六七，文字稍異）蓋顧氏目睹卷中孫氏題識，引起對孫家圖書散逸之速的感歎，遂書此以志慨。此本護葉另有香生跋語曰："此《歐陽行周集》十卷，蓋石硯齋秦敦夫先生手鈔本也，顧澗薲先生據宋刊本並《文粹》、《文苑》、《全唐文》校勘。卷後跋語刊入《思適齋文集》，詢非易得之秘笈，可寶。香生記。"蓋顧家書散出後，此本又爲香生所得，見此本爲名家鈔校並題跋，遂視爲秘寶。香生不知何許人也，其書散逸後，此本蓋爲郁松年所得，故卷中有郁氏印記。郁氏名萬枝，號泰豐，上海人，恩貢生，其宜稼堂藏書數十萬卷，刊有《宜稼堂叢書》。近世此本又爲蔣鳳藻、周維都所得，故卷中又有二人跋語。

（四）鮑鈔本。鮑庭博知不足齋鈔《歐陽先生文集》八卷，今藏國圖。鮑氏於乾隆、嘉慶時在世，藏書極富。四庫館開，進書六百餘種，頗得乾隆嘉獎；又校刻《知不足齋叢書》三十集，世稱善本。此本半葉九行十八字，鈔於統一刷印的格子紙上，左右雙欄，黑口雙魚尾，兩魚尾間署"歐陽先生文集"及卷次。此本書名、分卷、篇目、編次、行款等皆與萬曆本相同，故應是據萬曆本鈔寫者，屬於萬曆本系統。鮑家書散出後，此本蓋於道光時爲南京邢氏所得，卷中李貽孫序題下鈐有"南京邢氏珍藏善本"印鑒一枚可證，又有朱筆題記一行："道光二年壬午（一八二二）孟夏得之鮑氏知不足齋。"後來此本又爲東武李氏所得，故卷末有"光緒丙午年（三十二年，一九〇六）二月，澄齋得于京師"題記一行，鈐有"東武李氏收藏"、"李氏方赤"二印。後此本爲傅增湘所得，《藏園群書經眼録》卷十二著録有此本，傅氏用以校繆刻本（詳下）前四卷，又以勞格鈔本校繆刻後六卷，以爲"鮑勞二家本則與枚庵原鈔本合"（見繆刻本，詳下），可見此本的確出自萬曆八卷本。後傅氏將其校勘的善本全部捐獻給國家，此本亦隨之入藏北京（今國家）圖書館。此本卷前護葉上過録有王士禛《香祖筆記》論詹集語，不知誰氏筆跡。

（五）鄭鈔本。乾隆間鄭際唐傳硯齋鈔《歐陽四門文集》十卷《附録》一卷，今藏國圖。鄭際唐，福州侯官人，乾隆三十四年（一七六九）進士，官内閣學士兼禮部侍郎。早歲清苦自勵，假得書籍，咸手録讀之。此本半葉九行二十一字，鈔於統一印製的格子紙上，四周雙邊，白口，魚尾上題"歐陽四門文集"，最下方署"傳硯齋"三字。卷前首爲李貽孫序，次《新唐書》本傳，次目録。卷後《附録》一卷，内容與四庫本《附録》同。此本所據底本，鄭氏未言。楊遺旗等以爲，此本《附録》内容與四庫本相同，最末一篇《歐陽書室重建記》，爲四庫本以前《附録》所無。再者，此本文字較他本更近於四庫本，如李貽孫序末句，正德本作"爲題其序，亦以卒後嗣之願云"，而四庫本衍出"君名詹行周其字"凡七字，比本也衍出"君名"等七字，可見此本與四庫本同源，或者就是據四庫本鈔寫者。（楊遺旗、唐元華《〈歐陽行周文集〉十卷本版本源流考述》）此本首卷卷端鈐有"東陵莫伯驥所藏經籍印"一枚，知此本近代曾爲廣東莫伯驥所有，後入藏國家圖書館。

（六）王刻本。嘉慶十五年庚午（一八一〇）福鼎王氏麟後山房刊《王氏彙刻唐人集》所收《唐歐陽四門集》八卷《附録》一卷。此本國家、上海、重慶等圖書館均有藏本。内封面隸書題寫書名"唐歐陽四門集"，右上題"清嘉慶十五年"，左下題"福鼎王氏開雕"。半葉十行二十字，白口雙魚尾間題"歐陽四門集"及卷次、葉碼，下魚尾下鐫"麟後山房"四字。卷前有趙文叔、曹學佺、蔡清、李貽孫諸序。卷後爲《附録》及王學貞跋。《附録》增入《唐摭言》、《唐詩紀事》、《閩中名臣傳》等與詹有關的材料。王氏跋叙述刊刻緣起及所據底本甚悉，其略曰：

> 嘉慶戊辰秋仲，福鼎王學貞敬承嚴諭，校刊南越諸先輩遺籍……歲庚午，以茂才應試留滯冶城，與趙穀士太史、吴孱提進士、李秋潭孝廉、趙文叔茂才時相過從，論文談藝，意豁如也。暇時復以（張）中丞師之意與家大人之命，得《歐陽四門先生集》八卷，遂以刊焉。《四門先生集》，明黄仲昭《八閩通志》云八卷，學貞所據本爲明徐興公得自金陵者，屬最舊本。無所謂十卷，十卷之説殆《通志》訛。其文字間頗殘脱，今謹據《文苑英華》中所云集本，及《全閩藝文志》、《唐文粹》等書互相參定。

據此可見，此本乃是萬曆本的翻刻本，並以《英華》、《文粹》及《全閩藝文志》諸書參校，補其脱誤。但王氏判萬曆本爲“最舊本”，且斷然否定詹集有十卷本，以爲“十卷之説殆《通志》之訛”，表明王氏不但不知有十卷宋刻，而且連明清諸多十卷刊本也一概不知。寡聞武斷，書生之痼疾也。《附録》一卷，較以前各本增入《唐摭言》、《唐詩紀事》及《閩名臣傳》等書有關詹的事蹟，搜討之勤，於詹集不可謂無功。耿文光《萬卷精華樓藏書記》卷一〇七著録此本曰：“……凡賦一卷，詩二卷，文五卷。《附録》十四首。”（山西省文獻委員會編印《山右叢書》本）

（七）吴校本。吴翌鳳古歡堂鈔校《歐陽先生文集》八卷，今藏北大圖書館。吴氏字伊仲，號枚庵，吴縣人。嘉慶時諸生，手鈔書數千卷，多藏書家所未見。此本半葉九行十八字。卷中有吴氏以朱、黄二筆校文，而黄筆覆校者自影宋本出。近代李盛鐸得此本後，以新鈔十卷本勘之，然後跋此本曰：

> 此爲吴枚菴鈔校，陳仲遵西畇草堂所藏舊本。近見一新鈔十卷者，後録舊人跋語謂：“得汪孟慈藏十二行廿一字從宋蜀本鈔出之本。”取校此本，惟每卷有目，序次不同，詩文並無所增，且少《秋月賦》一篇，又《答韓十八駑驥吟》將韓詩列前，和作列後，亦不如此本。此本黄筆校影宋本即從彼本出也。

李盛鐸字椒微，號“木齋”，江西德化人，光緒十五年己丑（一八八九）科探花，官山西巡撫、民國初年參議院議長等職，其木犀軒藏書甚富。李跋謂新鈔十卷（即汪藏本）自蜀刻本出，對勘吴本後，知吴氏黄筆覆校者，亦自蜀刻本出，因而保存了蜀刻本的面貌。至於吴鈔本，其分卷、篇目、序次、文字等與萬曆本相同，故應爲萬曆本的鈔本無疑。

此本鑒藏印記有"翌鳳私印"白、"枚庵"朱、"古歡堂鈔書"白、"吴氏鈔書"白、"祕本"朱、"古歡堂"朱、"枚庵流覽所及"朱、"古歡堂"白等吴翌鳳印鑒多枚，可見吴氏對此本的重視。吴氏書散出後，此本當爲陳墫西畇草堂收得，故卷中有陳氏鑒藏印記"吴縣陳墫"白、"平江陳氏晚翠軒藏書"朱、"復初氏"朱、"墫印"朱等。墫（一作"樽"，非是——筆者）字葦汀，又字古衡，號仲尊，長洲人，工畫山水，後居山塘祠屋，有園池花木之勝。此本又有"古潭州袁卧雪廬收藏"白文印鑒一枚，"袁卧雪廬"，乃袁芳瑛藏書處，芳瑛字漱六，湘潭人，道光二十五年（一八四五）進士，咸豐間官至松江知府，其時"正當太平軍興，戰火所及地區的故家藏書紛紛流散"，袁氏俸禄盡以購書，"如孫星衍'平津館'等江南典籍的精華，袁氏所得甚多"。此本應爲袁氏官松江知府時購得，而入藏其家鄉潭州卧雪樓。袁氏去世後，其子出售藏書，"當時李盛鐸正隨父宦游長沙，又盡得'卧雪樓'中的精華"（蘇精《近代藏書三十家》，中華書局二〇〇九年四月版，頁二七）。所以卷中有李氏跋語，《木犀軒藏書題記及書録》亦著録有此本。李氏去世後，其藏書輾轉入藏北京大學，傅增湘曾從大學書庫借得此本，以校繆刻本（詳下），故《藏園群書經眼録》亦著録有此本，其略曰："清吴枚菴翌鳳鈔校本，九行十八字。原校用朱筆，後校宋刊本用黄筆。李木齋先生手跋録後……"（《藏園群書經眼録》卷十二，頁一〇七六）《藏園群書題記》卷十二亦著録有此本。

（八）馬鈔本。馬國翰影鈔《唐歐陽先生集》八卷《附録》一卷。馬氏字竹吾，道光間進士，彙刻有《玉函山房輯佚書》六百二十九種，皆宋以前古書。此本民國前後爲葉德輝所得，《郎園讀書志》卷七著録爲"影寫明萬曆丙午曹學佺序徐㶿刻本"，且曰："舊爲歷城馬國翰玉函山房所藏，附葉中有'玉函山房'四字朱文篆書方印，重裝時誤爲匠人撤去，久而始知，不可覓矣。"是此本乃萬曆本的影鈔本。葉氏嘗仔細辨析此種八卷本與十卷本編次、篇目等差異，而後記曰：

十卷本分類爲賦一卷，雜著（即詩）二卷、三卷，銘四卷，記五卷，頌六卷（論附），雜著（述、箴、弖文、碑文、册文）七卷，書八卷，序九卷、十卷。此本爲賦一卷,四言古詩、五言古詩、七言古詩二卷,五言律詩、五言排律、七言律詩、五言絶句、七言絶句三卷,記四卷(傳附),銘、頌、箴、論五卷,述文、弔文、册文[七]〔六〕卷,序七卷、八卷。兩本詩文全,十卷詩不分類。此本賦類多《秋月賦》。詩文題目十卷本多删篇,此本獨詳。疑十卷本外别有此本,徐氏據以重刊。藏書家又以徐刻罕見,故從而影抄之。(《郎園讀書志》卷七,頁三五三)

據此,八卷本與十卷本的區别僅在於:八卷本詩分體,賦類多《秋月賦》一首,詩文題目獨詳,除此之外二本唯分卷有異。葉氏疑十卷本外,别有八卷本爲"徐氏據以重刊"的底本,雖然出於臆測,但卻有此可能。不過此本既經徐氏重編,且以"排律"一體編次諸詩,故面目已與底本全然不同矣。

(九)陳鈔本。陳文田晚晴軒鈔《歐陽行周文集》十卷。王國維撰《傳書堂藏善本書志》著録此本曰:"《歐陽行周文集》十卷,鈔本。唐歐陽詹撰。李貽孫序。硯翁跋,同治丁卯。此從汪孟慈家所藏景宋本鈔出,每葉有'晚晴軒陳氏鈔本'七字。"(《傳書堂藏善本書志·集部》)考"晚晴軒陳氏",乃陳文田,字硯鄉,號晚晴老人、止室。晚晴軒蓋其書齋名。汪孟慈所藏景宋本出自蜀刻本(見吴鈔本),此本既自汪氏本鈔出,故也屬於蜀刻本系統的本子。然而今已不知是否仍在天地之間,卷中同治丁卯硯翁跋,"硯翁"蓋陳文田歟?

(十)吴項儒本。吴項儒過録何義門校本《歐陽行周文集》十卷。此本後爲常熟瞿鏞所得,《鐵琴銅劍樓藏書目録》著録此本曰:"《歐陽行周文集》十卷,校本,唐歐陽詹撰,有李貽孫序。吴丈項儒傳録何義門氏校本。何題記云……"(《鐵琴銅劍樓藏書目録》卷十九,頁二八四)此本既爲傳録何焯校本,故應屬於何校本的下位本。

(十一)張鈔本。張蓉鏡小嫏嬛福地鈔《唐歐陽先生文集》八卷《附録》一卷,今爲江蘇常熟縣文物管理委員會收藏。此本從書名、卷數來看,應是據萬曆本鈔出者。

(十二)光緒本。道光十年庚寅(一八三〇)重修、光緒二十二年丙申(一八九六)遞修《唐歐陽四門先生文集》八卷《附録》一卷。此本國圖有藏,卷中有"道光庚寅年季春重修裔孫崇文家藏"牌記一個。然未言初刊於何時。卷前除李貽孫、蔡清、曹學佺三序外,還有康熙四十五年陳遷鶴序曰"玆者公之裔孫晄,捐資授梓而問序於鶴";乾隆十七年陳高翔序及十八年歐陽芳馨序，馨序曰“族兄元卿忱特議修公文集，並刊閩中新詠編於集後”；光緒二十二年戴鳳儀序曰“適公裔孫廩膳生崇文君近念先芬，慨然以重金贖其版，將補闕而加裝潢。儀聞之心忭，亟募印數百部以廣其傳”。根據以上材料，可知此本蓋初刊於康熙，乃詹裔孫晄開版；乾隆間裔孫元卿修訂，增補閩中新詠於版後；道光間此版重修；光緒間裔孫崇文以重金贖版遞修，補闕裝潢。此本即爲遞修本，由戴鳳儀募印。可見自明萬曆本問世後，有清一代閩中歐陽詹後裔多次刻印重修重印詹集，從而産生了康熙四十五年本、乾隆十八年修訂本、道光十年重修本以及光緒二十二年遞修本等四種不同的詹集版本，可謂異彩紛呈，愈出愈奇。然而這些版本，無疑皆屬於萬曆本系統。莫友芝《郘亭知見傳本書目》卷十二所載“乾隆癸酉歐陽氏刻本八卷”，蓋即乾隆十八年癸酉（一七五三）歐陽芳馨修訂本。可惜的是，以上諸本除此本外，均已無傳。

（十三）高校本。高世異校清鈔本《歐陽行周文集》十卷《附録》一卷，今藏河南省圖書館。半葉八行二十一字，四册，楷體書寫。卷前首四庫館臣《提要》，次《新唐書》本傳，次李貽孫序。卷後《附録》一卷，内容與四庫本完全相同。此本分卷、篇目、編次等等，與四庫本也完全相同，文字也與四庫本相差甚微，故應是據四庫本録出者。此本李貽孫序末、卷四及卷七末，均有尚同的校勘題記，“尚同”蓋爲高世異的名或字歟？

另外，還有民國四年乙卯（一九一五）繆荃孫刊行《後三唐人集》所收《歐陽行周文集》十卷《校記》一卷並跋語。此本今國圖藏有多部，其中一部有傅增湘校跋並録李盛鐸跋語。此本内封面篆書“歐陽行周文集”，卷前首《新唐書》本傳，次李貽孫序。卷後附繆氏《校記》一卷並繆氏跋文。半葉十一行二十字，四周雙邊，白口雙魚尾。繆氏跋語叙述明代主要刻本及此本刊刻情形甚詳，其略曰：

> 《歐陽行周集》十卷，明弘治十七年莊槩翻宋本，後有識語，前有弘治甲子蔡清序。每半葉十行、行二十二字，黑口雙邊，上魚尾下署“歐陽文集”，卷一二連，葉數長號到底，共一百葉。提行避諱，卷二三四、卷六七八九與上卷相連，一切舊式可愛。海昌陳堅齋邁，借傳是樓宋本對勘一過，用朱筆志誤，首卷之外，寥寥數字，而脱衍訛錯無一葉不有，亦足見宋本不過如此。
>
> 後正德年間重刻，行款同，補《德勝頌》二詩之訛字，略改白口。上

魚尾下止"歐陽文集"四字，葉數亦長號，九十八葉，然在下魚尾下矣。

至慎獨齋再刻，添入撰人、校對人三行。行數同，字數止二十字。"歐陽文集某卷"在上魚尾上，上魚尾下署"賦類"、"雜類"、葉數，每卷短號。三刻均出於閩。

至萬曆間，徐興公求行周集不得，遂據各書輯成八卷，則所出不同，編次不同，遂與三刻大異。然三刻之脱漏，藉此訂正，亦不可謂無功。特以興公之淹雅，三刻又出自閩而不得一見，亦屬詫異。今弘治本藏南陵徐積餘處，正德本藏常熟王爾玉處，慎獨齋本藏嘉興沈乙盦處，通借校讎。再檢《文粹》、《英華》本校，則與徐本無異。徐固全録二書者。……乙卯五月，江陰繆荃孫跋。

繆氏此本"通借校讎"閩中三刻、"再檢《文粹》、《英華》本校"，用功可謂勤矣。然所據底本，繆氏並未指明。傅增湘嘗校此本，而後於跋中指出，此本所據乃弘治本。傅氏跋曰：

《四門文集》余昔年曾經校過，前四卷依知不足齋鈔本，後六卷爲勞季言校本，所用底本則繆藝風前輩新刻後三唐人集本也……頃從北京大學圖書館中假出鈔本，爲李椒微師藏書，原書經吴枚庵手校，又以宋本覆勘一通。因取余校本核之，乃知繆刻所據爲明弘治莊槩本，即從宋蜀本出，與枚庵覆校者正同。至余所校鮑、勞二本，則與枚庵原鈔本合，蓋此集宋時有二本，一爲八卷，一爲十卷。(《藏園群書題記》卷十二，頁六一七)

跋語所説吴校本，卷中以黄筆覆校者即出自蜀刻本(見上)。傅氏將此本與吴氏覆校者對勘，發現此本所據底本爲弘治本，也自蜀刻出，因爲其文字與吴氏黄筆校文相同。若是繆刻此本亦屬蜀刻本系統的本子。繆跋言：弘治本陳邁跋謂，假徐乾學"所貯宋本對勘一過"。今人戴顯群據繆本《校記》有"宋本作某"字樣，斷定此本所據底本，就是陳邁曾用宋本校勘的弘治本，斯言得之。因繆氏跋文並未言其見過宋本，故此本所附《校記》中"宋本作某"，便只能來自陳邁本了。繆氏乃晚清文獻學大家，所刻此本又頗事校讎，且附《校記》一卷，態度十分審慎。然傅增湘用知不足齋本校其前四卷，用勞格校本校後六卷，而後謂此本"庶幾完善可誦矣"(見傅校本)，這表明繆氏此本雖用功頗勤，不足之處還是有的。

單行的詩集本，其主要版本有以下幾種：

（一）統籤本。《唐音統籤》所收詹詩二卷，編卷三百八十二至三百八十三，丁籤八十二，寫本。此本分體編次，首卷四言古詩四首、五古二十一、七古四，第二卷五律十、五排二、七律七、五絶二、七絶三十，共八十首，附見韓愈五古《駑驥吟》一首。此本所據底本，胡氏没有指明，唯言："有集十卷，内詩[三]〔二〕卷。唐宋《志》同。"（《唐音統籤》第四册，頁三八一）未提及八卷本，所以此本所據應爲十卷本。今考此本文字，較他本更近於正德本，如正德本卷二《李評事公進示文集以詩贈之》"杳冥河梁篇"句，"杳冥"，此本同；而弘治本、嘉靖本皆作"杳杳"。再如正德本卷二《太原旅懷呈薛十八侍御齊十二奉禮》"伊予亦投刺"句，"投刺"，此本同；而弘治本、嘉靖本均誤作"冥刺"。較之弘治本和嘉靖本，"杳冥"、"投刺"都是正德本獨有的文字，而此本均與之同。可見此本所據乃是正德本，具體而言，乃是將正德本詩二卷，及卷六《有所恨二章并序》、《上董相公東風二首并序》與卷九《玩月詩序》並詩一起録出，然後依體分編兩卷而成的。文字方面，胡氏也作了校勘，增加了一些校文和詩後注，頗有參考價值。

（二）席刻本。康熙四十一年壬午（一七〇二）洞庭席氏琴川書屋輯刻（光緒重修）《唐詩百名家全集》所收《歐陽助教詩集》一卷。半葉十行十八字，左右雙邊，白口單魚尾下標"歐陽詹詩"。卷前首爲《傳略》（論説附），次目録。卷端首題"歐陽助教詩集"，次行下方具款"晋江歐陽詹行周"。此本凡録詩八十首。所據底本，席氏没有指明。今考此本文字，較他本更近於正德本，如正德本卷二《李評事公進示文集以詩贈之》"杳冥河梁篇"句，"杳冥"，此本同；而弘治本、嘉靖本皆作"杳杳"。再如正德本卷二《太原旅懷呈薛十八侍御齊十二奉禮》"伊予亦投刺"句，"投刺"，此本同；而弘治本、嘉靖本皆誤作"冥刺"，等等。較之弘治、嘉靖二本"杳冥"、"投刺"皆正德本獨有的文字，而此本皆與之相同，可見此本所據爲正德本。具體而言，是將正德本之詩二卷，與卷六《有所恨二章并序》、《上董相公東風二首并序》及卷九《玩月詩序》一併録出，合編爲一卷而成的。文字方面席氏也作了校勘，並參校了萬曆本及《統籤》、《英華》諸總集及類書，故較正德本更精粹一些。然席氏亦有誤校者，如此本《蜀中將迴留辭韓相公貫之》，題中"貫之"二字，正德本無，蓋爲席氏參校萬曆本所加，大誤；此"相公"指韋皋，韋貫之憲宗時方任相，時詹已去世，見陶敏《全唐詩人名考證》。又如此本《述德上韋檢察》，題下注："即韋相之弟纁。""纁"字，正德本無，蓋爲席氏參校萬曆本所增，亦誤；韋相既是韋皋，然皋並無弟名"纁"者，纁乃韋貫之弟，見《全唐詩人名考證》。

（三）全唐詩本。康熙敕編《全唐詩》所收《歐陽詹詩》一卷。《全唐詩》是在胡震亨《唐音統籤》和季振宜《全唐詩稿本》兩書的基礎上修訂而成的。季氏《稿本》中的《歐陽行周詩集》一卷，乃寫本，諸詩依體編次，凡四言古詩二首、五古十八、七古三、雜言詩一、五律十三、七律七、五排二、五絶二、七絶三十，共七十八首，附見韓愈五古《駑驥吟》一首。《稿本》所據底本，季氏没有指明。今考此本分體情形與統籤本相同，故其所據底本可能就是統籤本或八卷本。然因《上董相公東風二首并序》未收，故《稿本》只有七十八首，附見韓愈《駑驥吟》一首。文字方面，季氏也作了校勘，新增了一些校記。如《稿本》七絶《述德上興元嚴僕射》"揚兵百萬路無塵"句，"萬"字旁，季氏出校一"里"字，甚是。十卷本即作"百里"，興元不過一府之地，見《元和郡縣圖志》卷二二，何來雄兵百萬？故應以"百里"爲是，等等。但季氏也有誤校者，如《稿本》五古《益昌行》"治郡如治家"句，句下原有校記："集作'理邦如理家'."季氏將校記删去，非是。"治"乃唐高宗名諱，唐人多改用"理"字，十卷本及《統籤》即作"理邦如理家"，極是，故《稿本》原有校記，季氏删之，非是，等等。康熙敕修《全唐詩》所收詹詩，便是將季氏《稿本》中的詹詩悉數收入，然後删去附見的韓愈《駑驥吟》，再據統籤本增補《東風二章并序》，故《全唐詩》共録八十首。又《全唐詩·補遺二》輯補五古《同諸公過福先寺律院宣上人房》一首，共得八十一首。文字方面，編臣也作了校勘，改正了季氏未及改正的訛誤。如《稿本》之《益昌行》"今時故精求"句，"故"字下出校"一作園"。"園"字非是，《英華》"故"字下出校"集作固"，甚是，而《稿本》誤作"園"，季氏未及改正，編臣參校他本，徑直將正文改作"固"，且删去校記，極是。又如《稿本》之《晨裝行》"寂寂人常眠，悠悠天未明"，"常眠"非是，季氏未及改正，編臣參校他本改作"尚眠"，極是，等等。《全唐詩》所收詹詩，隨行增加了不少校文，表明當時確曾以善本校勘過。然而編臣也有未及改正的舛誤，如《稿本》五古《答韓十八駑驥吟》"余志遜其源"句，"遜其源"無謂，季氏未及改正，編臣也未能予以糾正；《統籤》與正德本皆作"遡其源"，甚是。又如《稿本》之《智達上人水精念珠歌》"上人念佛泛貞諦"句，"貞諦"誤，當作"真諦"，季氏未及改正，編臣亦未能予以改正。不僅如此，編臣亦有誤校者，如《稿本》五古《蜀中將歸留辭韓相公》，季氏於題下出校"《紀事》作韋相公"，甚是；而編巨將題目校改爲"蜀中將歸留辭韓相公貫之"，而於"韓"字下出校一"韋"字。如此校改，使此題變得不倫不類，且不説宰相亦可理解成"韓貫之"，單就誤解爲韋貫之而言，也並不正確，韋相公乃韋皋，見陶敏《全唐詩人名考證》。不過這些畢竟只是少數，較之其他詹之詩集，全唐詩本不失爲一個比較精粹的讀本。

【參考文獻】戴顯群《〈歐陽行周文集〉版本考述》，《古籍整理研究學刊》一九八九年六期　楊遺旗《歐陽行周研究》，《萬方數據庫》博士論文

王建詩集

王建（七六六？～八三二？）字仲初，郡望潁川（今河南許昌），關輔（今陝西）人。早年與張籍同學於鵲山。貞元至元和間歷佐淄青、荆南、魏博等幕。元和間任昭應丞，轉渭南尉，遷太府丞、秘書郎等。大和初爲陝州司馬。罷任後閒居京郊，其辭世約在大和六年（八三二）。

建與張籍友善，且皆善樂府歌行，時稱"張王樂府"；建尤長於宫詞，其《宫詞》百首天下傳誦，後世多相仿效，尊爲"宫詞之祖"。但因晚年僻居，有關其作品的編纂情形，因歷代典籍闕載，故今已無從考其詳了。

入宋，《崇文總目》卷六十一著録"《王建詩》二卷"，稍後《新唐書・藝文志四》著録"《王建集》十卷"。這裏的二卷本和十卷本，應爲王建身後至北宋前期世上流行的兩種不同的建集版本。《崇文總目》乃慶曆以前崇文院三館一閣藏書的實録，歐陽修曾參與《總目》的編纂工作，後來歐陽修又奉敕參與重修《唐書》，具體負責《本紀》與各《志》的編纂。爲了使《新唐志》真實地反映當時國家的藏書實際，避免《總目》的局限性，歐陽修奏請通檢大内諸閣所藏秘本，以《總目》爲藍本，大力鈔補三館一閣闕藏的典籍。於是"詔龍圖、天章、寶文閣、太清樓管掌内臣，檢所缺書録上，于門下省謄寫。至是年（嘉祐七年——筆者）六月丁亥，秘閣上補寫御覽書籍。于《崇文總目》之外，定著一千四百七十四部，八千四百九十四卷"（姚名達《中國目録學史》，頁一六〇）。此時《新唐書》編纂雖已告竣，但這次聲勢浩大的校書編目工作所獲超出《總目》之外的一千四百餘部、八千四百餘卷典籍，被補

入《新唐志》應該没有問題，故而《總目》與《新唐志》所録各家文集，相當大一部分書名和卷數差異甚大，原因就在這裏。《總目》之建集僅二卷，迨《新唐志》則著録爲十卷，此十卷本建集，當出自内府秘藏，因而顯得特別珍貴。此後南宋晁公武《讀書志》著録《王建詩》十卷，陳振孫《書録解題》著録《王建集》十卷，《宋史・藝文志》亦著録《王建集》十卷，十卷本遂成爲宋世通行的本子，並成爲後世各種建集的祖本。此外，張邦基《墨莊漫録》卷六謂《王建集》七卷，則應爲另一種版本。

據上，宋代建集傳本至少有二卷、七卷和十卷等三種不同卷次的版本，可惜的是這些不同版本，除了十卷本外，今天均已無傳。王建《宫詞》，原自附於集中流傳，然從歐陽修伊始，方别裁單行於世。《遂初堂書目》即著録《王建宫詞》；陳振孫《書録解題》除《王建集》十卷外，亦著録《王建宫詞》一卷，且謂"即集中第十卷録出别行"(《直齋書録解題》卷十九，頁五六五)。宋本第十卷收録《宫詞》一卷的情形，今天仍可於宋書棚本見之。職是之故，後世《宫詞》雖傳本紛紜，但在十卷本傳世情況下，這裏不再另行叙述《宫詞》的版本流傳情形了。

宋槧建集，今唯書棚本《王建詩集》十卷存世，然書名已與以上宋代公私書目著録均不同。半葉十行十八字，端楷結體，寫刻俱佳，左右文武雙欄，白口單黑魚尾下有"王建詩某"字樣，各卷首題"王建詩集卷第某"，次行題署詩體名稱。卷前唯目録，目録尾題後空二行鐫有"臨安府棚北睦親坊巷口陳解元宅印"牌記。陳解元乃南宋後期書商陳起之子續芸，此本即續芸所刻。詩分體編次：卷一至二爲樂府七十五首，卷三至四古風五十六，卷五至八律詩百三十五，卷九絶句八十一，卷十宫詞百首，合計四百四十七首。此本偶有闕文，如卷四《和錢舍人水植詩》"晚鮮幽□□"句，脱後二字；卷四《送張籍歸江東》"舊宅江南廂"句，下脱一句五字；卷五《題東華觀》"黄衣仙骨輕"句，下脱一句五字，等等，蓋所據底本即已如此。此本今國圖、上圖均有庋藏，然皆已殘損，國圖藏本存目録、卷一、卷四至五(其中亦有闕葉)，餘配鈔本，卷中有繆荃孫校，卷後另紙繆氏倩人據馮校本(詳下)補録佚詩七十三首並録馮己蒼跋，最後爲繆氏跋，其略曰：

宋陳解元書棚本，半葉十行，行十八字，荃孫昔年得之滬市中，止存舊刻三十餘葉，餘皆影鈔也。……宣統紀元芒種日，荃孫跋於對雨樓。

跋後鈐“荃孫”朱文長方印、“求古居”朱文方印。繆氏庋藏此本期間，傅增湘嘗借作校本，故《藏園群書經眼録》著録此本曰：“《王建詩集》十卷，唐王建撰。存卷一、四、五，計三卷，餘鈔配。宋臨安府陳解元宅刊本，半葉十行，行十八字。此書余嘗校過，甚佳。繆氏藝風堂藏。”（《藏園群書經眼録》卷十二，頁一〇五一至一〇五二）降及民國初，此本爲上海藏書家蔣汝藻購得，一九一九年王國維受蔣氏之聘，爲撰《傳書堂藏善本書志》，王國維著録此本曰：“《王建詩集》十卷，宋刊本。繆藝風跋，宣統紀元。每半葉十行，行十八字，目録後有‘臨安府棚北睦親坊巷口陳解元宅印行’一行。宋刊僅存目録四葉、卷一五葉、卷四八葉、卷五四葉，共二十一葉，餘皆影鈔補足。藝風老人復從馮己蒼校柳大中鈔本校勘一過，並增補詩七十三首，附於卷後，有跋記其事。有‘霅川汝南家印’、‘雲嵓’，皆元人印。‘宋本’、‘汪士鐘曾讀’、‘金氏懋仁’、‘湘雲館’、‘荃孫’、‘繆荃孫藏’、‘求古居’、‘雲輪閣’諸印。”（《傳書堂藏善本書志·集部》）王國維所記此本的版本情形、遞藏關係甚悉。蔣氏之後，此本歸書商陳乃乾所有，故卷中有陳氏鑒藏印記“海寧陳乃乾藏書”朱文長方印，卷前另紙有陳乃乾跋：“《王建集》傳本甚稀，即明刻亦不易覯，況宋刻邪！此本爲汪閬源舊物，《藝芸書舍宋元書目》著録，復經藝風老人據馮己蒼鈔本手校，其第一、第四兩卷首葉已刻入宋元書影中，後有得者，當勿以殘帙忽之。辛酉（一九二一）六月陳乃乾。”下有“乃乾”朱文小印。陳氏曾與人合伙經營中國書店，精通版本目録之學，此跋蓋其購得此本時所撰。陳氏之後，此本歸近現代出版家張元濟，復入藏商務印書館涵芬樓，故卷中既有“海鹽張元濟藏書”朱文方印，又有“涵芬樓”朱文長方印、“涵芬樓藏”白文方印。最後此本入藏國家圖書館，故目録卷首鈐“北京圖書館藏”朱文方印。

上圖藏書棚本，目録存五葉（三～四、七～九），卷一存四葉（六～九），卷四存六葉（九～一四），卷五存七葉（一～二、七～一一），卷六至八全（個别處有殘損），凡四十五葉。《中國古籍善本書目》謂上圖藏書棚本所闕配“清影宋鈔本”。目録末葉有牌記“臨安府棚北睦親坊巷口陳解元宅印行”。卷十後有明唐伯虎跋曰：“俞子容家藏書，唐寅勘畢。”下鈐“南京解元”朱文長方印、“唐寅私印”白文圓印。因知此本明時爲俞子容家藏本，唐伯虎曾借作校本。其他鑒藏印記尚有“季振宜藏書”朱文方印，知俞家書散出後，清初此本歸季振宜所有。季氏踵錢謙益之後續纂《全唐詩》，故廣購宋元明歷代唐集之刊本和鈔本,此本即其一也。季氏之後,此本輾轉遞藏,道光前後爲汪士鐘所得,故卷中有"宋本"橢圓朱印、"汪士鐘曾讀"朱文長方印等。汪氏之後,此本蓋歸葛嵩、葛宗信安素堂,二人爲浙江嘉興人,故卷中有"安素堂印"白文方印。葛氏之後,此本輾轉入藏上海圖書館,故卷中有"上海圖書館藏書"朱文方印。其他尚有"淞涯子"朱文長方印;卷六卷端下方有"湘雲館"朱文方印、"金氏懋仁"白文方印。

至此筆者始悟,國圖、上圖所藏兩部殘書棚本,原本實爲一書(亦殘本),書賈爲了牟利,將其一分爲二,一個有力的證據爲,兩部殘本所存原槧各葉,葉碼彼此無一重複,且兩書皆有汪士鐘藏印,這表明該書遞傳至汪氏,尚爲一書,汪氏之後,方一分爲二,配補鈔本後遂變成兩部殘書棚本。此時再返觀二書目後牌記,發覺上圖藏本的牌記,較之國圖藏本牌記,顯得粗糙模糊,爲後人仿寫的痕跡非常明顯。這進一步證明,二書原先確爲一書無疑。二十一世紀前後,《中華再造善本·唐宋編》所收《王建詩集》十卷,將國圖、上圖所藏兩部殘書棚本拼合,凡得目録、卷一、卷四至卷八,共六卷及目録,原槧凡六十六葉,餘配鈔本。此再造善本遂成現存建集諸古本中最接近宋傳十卷本原貌的本子,版本價值極高。卷後附有原國圖藏本所附繆荃孫倩人據馮校本鈔録的佚詩及馮己蒼跋、繆荃孫跋。

元朝時期,未聞建集有刻本。《唐才子傳》謂"有集十卷,今傳於世",然並未指明爲何種版本。今知元代有一鈔本,雖已散佚,然明前期之叢書堂鈔本,今藏國圖(詳下),封面題《王仲初詩集》,下方題識"元人鈔本全",表明該本乃是據元鈔本寫成的。所以通過叢書堂本,可以間接窺見此本的大概面貌:此元鈔本名《王仲初詩集》,詩分體編次,首爲樂府三十一首,與書棚本相同。由於叢書堂本已有殘損,全書不足三百首,故據叢書堂本,看不出此本以下所標詩體名稱及首數。然從文字方面看,叢書堂本淵源於書棚本當無問題,因知此本乃是以書棚本爲底子鈔寫而成的。

明代建集傳本衆多,尤以分體本爲多,其主要版本有以下諸種:

(一)明初鈔本。明初大將藍玉藏鈔本《王建詩集》十卷,國圖藏。半葉十一行十八字,鈔於統一刷印的格子紙上,四周文武雙邊,黑口三魚尾,卷前唯目録,各卷首題"王建詩集卷第某",次行標詩體名稱,下接正文。卷後無附録題跋等。此本書名、分卷、首數、編次等均與書棚本相同,文字也與書棚本相差甚微,如書棚本卷一《望夫石》"山頭日日風復雨"句,"山頭日日”四字，書棚本槧作雙行小字，乃其獨具的版本特徵，此本亦鈔作雙行小字；又上文所舉書棚本諸處脱文，如卷四《和錢舍人水植詩》“晚鮮幽□□”句，脱後二字；卷四《送張籍歸江東》“舊宅江南廂”句，下脱一句五字；卷五《題東華觀》“黄衣仙骨輕”句，下脱一句五字，等等，此本全同。可見此本是據書棚本鈔寫而成的。不過此本偶有筆誤，如書棚本卷六《早登西禪詩閣》“朝壁紅窗日氣疑”句，“朝”字，此本訛作“胡”；同卷《歲晚自感》落句“更逢二十度花開”，“二十”，此本訛作“三十”等等。又此本卷一《宛轉詞》以下三首殘損，當爲所據底本如此。由於此本出自書棚本，若與《中華再造善本》所收書棚本《王建詩集》比勘，除去訛舛，庶幾可得到書棚本的文字原貌，故校勘價值頗高。鑒藏印記有“少司寇兼御史中丞藍氏私印”、“藍氏曰玉翁”，表明此本乃明初大將藍玉所藏。藍玉，定遠人，屢破元兵有奇功，封大將軍，“太祖遇之厚，寖驕蹇自恣”，洪武二十六年癸酉（一三九三）以謀逆罪被族誅，事蹟具《明史》本傳。若是此本應爲洪武二十六年以前的鈔本。

（二）劉刻本。正德間監察御史劉成德刻《唐大曆十子詩集》所收《唐王建詩集》八卷，國家圖書館藏，有毛晉校並跋，清黄丕烈跋，周鑾詒題款。半葉十行十六字，無解行，四周單欄，大黑口雙魚尾間鐫“王建集”。卷前首王建簡歷，次總目。卷後無附録題跋等。首卷卷端題“王建詩集卷之一”，次行低四字具銜名“唐陝州司馬穎川王建仲初著”，三行低四字署“監察御史河中劉成德編校”。此本分體編次，卷一爲五古四十三首，卷二七古六十六，卷三五律五十，卷四五排五，卷五七律七十七，卷六七排五，卷七五絶十八、附六言絶句六，卷八七絶七十、宫詞百首，宫詞後有七絶《十五夜望月》一首，共四百四十一首。此本所據底本，劉氏未言，但對勘書棚本便可立刻發現，此本各體詩的編次順序，與其在書棚本中的先後順序相同。這表明此本乃是將書棚本各詩分體依次録出，然後分編八卷而成的，此乃明人改編唐集所用的常法。然因一時不慎，將書棚本卷九《朝天詞十首》其七“四海無波乞放閑”及《十五夜望月寄杜郎中時會琴客》以下《寄韋諫議》、《花褐裘》、《寄同州田長史》、《外按》、《夜看美人宫棊》、《冬至後招于秀才》等連續七首給漏編了，且將《十五夜望月寄杜郎中時會琴客》一首之題目，下隔八首，錯簡爲《夜看揚州市》一首的題目，張冠李戴，錯得出奇。又此本書版後，發覺七絶《十五夜望月寄杜郎中時會琴客》一首漏編了，遂將其題目簡化爲《十五夜望月》“中庭白地樹棲鴉”，補入宫詞之後，明顯於體例有違。

又上舉書棚本的脱文諸例，此本全同，亦可證此本是據書棚本改編而成的。此本文字舛誤也較多，加之刻手技藝不高，墨質又粗糙，所以底本雖爲宋本，但在明刊諸本中實在算不上善本。不過由於刊行較早，所以頗得世人重視。此本卷前有毛晉跋，卷後有毛晉録自《復齋漫録》、《藝苑雌黄》、《苕溪漁隱叢話》等典籍中有關王建的詩評六則，末有"丁酉三月較定付梓"字樣。此所謂"付梓"，蓋指汲古閣所刻《唐六名家集》之《王建詩》八卷，毛晉所據即此本。此本後爲黄丕烈所得，故卷中又有黄氏跋文三則，其一略曰：

> 此毛子晉手校本《王建詩集》八卷本，與余舊藏吴匏菴家鈔本正同。吴本亦藏自汲古閣，而毛所校時合時不合。子晉之"依宋刻校正"，未知所據何本？此刻相傳爲明代川中刻，刻手既劣，印本復糊塗，幸得子晉手校，加以題跋……古香黤黮，珍重異常，書之以前賢手澤而足重者此爾。（又見《蕘圃藏書題識》卷七，載《黄丕烈書目題跋》，頁一五七至頁一五八）

黄氏謂此本毛晉嘗"加以題跋"自然是正確的；然判"此毛子晉手校本"、"幸得子晉手校"，則非是。毛晉並未校此本，校此本者乃唐伯虎。唐氏曾以書棚本校此本，見上書棚本的有關叙述。黄氏誤以爲毛晉以吴匏菴本校，故謂所校"有合有不合"。正因爲此本經唐氏以宋書棚本校過，故毛晉才重視此本，並於此本卷後增入附録，刻入《唐六名家集》中。

此本鑒藏印記有"六如居士"朱文方印、"南京解元"朱文長印，表明此本明代曾爲著名畫家唐伯虎所藏，卷中據書棚本所出校記，即唐氏手筆；唐氏之後，此本爲毛晉所得，故卷中有毛晉題跋兩則，且鈐有"毛鳳苞印"白文方印、"子晉"朱白二文方印、"隱湖書隱"、"汲古閣"、"毛氏正本"、"毛氏藏書子孫永保"等鑒藏印記，又此本毛氏用"晉"字朱文小圓印斷句，字裏行間朱文"晉"字琳琅滿目，爲此本一大版本特徵。汲古閣書散出後，此本清初爲徐乾學所得，故卷中有"傳是樓"朱文方印，及"徐炯珍藏秘籍"、"徐"、"炯"朱文小方印、"臣炯"、"玉峰徐炯"、"一字直强"、"徐炯收藏書畫"，"徐中子"及"徐氏章仲"、"徐章仲所讀書"等徐乾學及其後人鑒藏印記多枚。徐氏之後，此本先後爲蔣氏等人所得，故卷中有"蔣癡"白文方印，"米汁頭陀"朱文方印，"戌郎私印"白文方印，"中文"白文方印等。輾轉至嘉道間，此本爲黄丕烈所得，故卷中有黄氏題跋三則。黄之後，此本爲同邑汪士鐘所得，故卷中有“曾藏汪閬源家”朱文長方印。汪氏之後，此本蓋爲于昌進所得，故卷中有“于昌進鑒賞”白文長方印、“文登于氏小謨觴館藏本”白文長條印。于氏之後，此本爲潘氏所得，故卷中鈐有“河陽潘氏圖書”朱文方印。其他“二澞書屋”朱文方印、“東海漁夫”朱文長方印、“清奉賨來”白文方印、“橋西一草堂”朱文方印、“西河”白文方印、“壬戌”朱文方印、“成”等印記，則不知爲誰氏圖記。

（三）叢書堂本。正德間吴寬叢書堂鈔《王仲初詩集》不分卷，一册，已殘，國家圖書館藏。此本封面隸書大字題“王仲初集”，下有小字題識“元人鈔本全”。據此知此本乃是據元人鈔本寫出者，故國圖判爲明鈔本。半葉十行十八字，鈔於統一刷印的紅格紙上，四周文武雙欄，書口内無書名、葉碼。卷端首題“王仲初詩集”，次行低二字標“樂府三十一首”，以下不再標詩體名稱及首數。全書不足三百首，可見乃一殘本。此本編次頗爲混亂，如《神樹詞》一題在上葉末行，下葉首行即爲《春燕詞》，遂致《神樹詞》一首有題無詩，而載詩的一版，則錯簡爲上上葉，詩曰：“我家家西老棠樹……”乃《神樹詞》一詩首句。又如《送張籍歸江東》，“行行成歸此”乃上葉末一句，下葉首句爲“長長南山松”，此乃《山中寄及第友人》首句，而《送張籍歸江東》“離我適咸陽”以下文字，則錯簡爲上上葉。此類例子尚多，不枚舉。此本編次之所以混亂不堪，蓋以年深日久，原書殘損零亂，後人重裝，因版心無葉碼可循，又未仔細尋繹原書編次所致。此本的版本淵源，從文字角度判斷，多與書棚本爲近。如書棚本卷一《望夫石》“山頭日日風復雨”句，“山”字，此本同，而明刊本多作“上”。書棚本卷四《山中寄及第故人》“始終名利途”句，“終”字，此本同，而明刊本多作“中”。書棚本卷四《和錢舍人水植詩》“晚鮮幽□□”句，脱後二字；此本此句亦脱後二字，等等，可見此本所據之“元人鈔本”，乃元人據書棚本寫出者。

此本鈐有“士禮居藏”朱文長方印，表明吴家書散出後，此本爲黄丕烈收得，黄氏在購得劉刻本後，曾於劉本卷後跋文中提及此本，其略曰：

> 嘉慶癸未六月四日，收於郡廟前五柳居。所收《王建詩集》以編年計之，此爲第三本，前兩本一爲影宋綿紙本，有“毛仲辛氏”一印；一爲叢書堂鈔紅格竹紙本，有“汲古閣”一印，並有子晉校字。三書同出一源，而久分復合，是一奇也。（又見《蕘圃藏書題識》卷七，載《黄丕烈書目題跋》，頁一五八）

黄氏判此本與劉刻同出一源，劉本所據爲書棚本（已見），是黄氏亦以此本出自書棚本。不過黄氏謂此本乃“叢書堂鈔”本，卷中有“汲古閣”一印，然今檢卷中均無，或此本於黄氏後又有殘損也？黄氏之後，此本蓋爲韓德均所得，故卷中有“甲子丙寅韓德均錢潤文夫婦兩度攜書避難記”白文長條印、“松江讀有用書齋守山閣兩人韓德均錢潤文夫婦印”白文長條印。韓氏之後，此本蓋歸上海藏書家蔣汝藻，故卷中有“密均樓”朱文長方印。蔣氏因經營實業虧損，將藏書抵押給銀行，此本遂爲銀行家陳澄中所得，故卷中又有“祁陽陳澄中藏書印”朱文長條印。新中國成立前陳氏攜藏書移居香港，二十世紀五十年代陳氏出售藏書，此本爲國家出資購回，故卷中又有“北京圖書館藏”朱文方印。卷中又有“聃涉”朱文方印，則不知誰氏印鑒。

（四）柳鈔本。正德前後柳僉鈔《王建詩集》十卷。柳僉字大中，自稱“金閶後學柳僉”，號安愚道人。“金閶”，蘇州也。大中當弘治、正德間，不樂仕進，嘗“摹寫宋本唐人詩數十種，後歸述古書庫”（《江浙藏書家史略》，頁一六〇）。大中據宋本鈔寫的《長江集》、《白蓮集》等今仍存世，皆成珍本。不過此本今已散逸，幸得明末馮舒倩楊伯祥據此本另寫一部，並以宋本校之，今藏臺灣“中央圖書館”，清及近代不少學者嘗見之（詳下馮校本）；且清末民初，吴慈培復據馮校本過録一部，且再三勘對，今藏國家圖書館（詳下吴鈔本）；又《明鈔唐四十七家詩》所收《王建詩集》十卷，也是據此本或吴校本過録者，今亦藏國家圖書館（詳下），故今據吴鈔本及四十七家本，仍可間接窺見此本的大概面貌：此本卷前無目録，卷後亦無題跋等，詩分體編次，卷一至三前半爲樂府，卷三後半至卷四爲古風，卷五至八律詩，卷九絶句，卷十宫詞百首。此本所據底本，未見大中交代；馮舒亦曰：“柳大中手書本，不知何處得來。”今考此本書名、首數、分卷、分體等等與書棚本完全相同，又四十七家本卷四《和錢舍人水植詩》“晚鮮幽□□”句脱後二字，卷四《送張籍歸江東》“舊宅江南廂”句下脱一句五字，卷五《題東華觀》“黄衣仙骨輕”句下脱一句五字等等，所脱均與書棚本相同，雖何煌校四十七家本時已將數處脱文補上，然脱文處原來標出的方形墨框，仍清晰可見，可證此本數處原爲脱文，而脱文處亦與書棚本相同。可見此本所據底本，應爲書棚本無疑。近人繆荃孫嘗持馮校本與書棚本對勘，然後於書棚本跋中兼及此本曰：

與宋本對校，二卷增十首，四卷增十五首，五卷增六首，六卷增四首，九卷增三十八首，共增七十三首。己蒼跋云："鈔自柳大中手書本，不知何處得來。"二卷跋云："以下十首宋版無，依别本補入。"五卷跋云："馬戴詩。舊本無，柳誤添。"是己蒼曾見宋本，而大中所增之七十三首，有誤收他人之作。後之重刻是書者，宜仍以宋本爲主，而此七十三首，别爲補遺於後，不可溷入，以存其真。宣統紀元芒種日，荃孫跋於對雨樓。

繆氏持馮校本對勘書棚本，發現馮校本二卷增十首，四卷增十五首，五卷增六首，六卷增四首，九卷增三十八首，共增七十三首。書棚本共四百四十七首，若是則馮校本及此本共五百二十首。四十七家本亦五百二十首，卷四《晚蝶》題下何焯校曰："陳解元書棚本止此首。"然而《晚蝶》以下還有《早發汾南》、《酬盧秘書》、《題柏巖禪師影堂》等十五首。卷六《上陽宫》題下何焯校曰："以下四首書棚本無。"何氏所用校本亦書棚本，據何氏校語可以推知，若除去溢出書棚本之詩，則其餘諸詩，首數、編次應與書棚本無二。這再次證明，此本所據底本就是書棚本；而溢出各詩，應爲柳氏據别本增入。若是則柳氏乃第一個大量輯補王建佚詩的人，唯所補佚詩有僞作溷入，馬戴詩即其一例。繆氏主張"後之重刻是書者，宜仍以宋本爲主，而此七十三首，應别爲補遺於後，不可溷入，以存其真"。繆氏所言無疑是正確的。

（五）蔣刻本。嘉靖二十九年庚戌（一五五〇）毘陵蔣孝刻《中唐十二家詩集》所收《唐王建詩集》八卷。《中唐十二家詩集》前有薛應旗序、次蔣孝自序。蔣序後有"卧龍橋東三徑主人"牌記一個，下署刻工姓名里貫："毘陵陳奎刻。"此本半葉十行二十字，左右雙邊，白口單魚尾下有"王集卷某"或"王建集某"字樣。《藏園群書經眼録》卷十七《集部六》曰："《中唐十二家集》七十七卷，明蔣孝輯，明嘉靖二十九年毘陵蔣孝刊本，十二行二十字。"此言顯然有誤，建集便只半葉十行二十字，可見十二家詩集的版片，並非蔣孝假陳奎一人所鐫，蓋是以舊版拼湊而成者，故版式並不統一。此本首卷卷端題"唐王建詩集卷之一"，次行低六格具銜名"唐陝州司馬潁川王建仲初著"。此本書名、卷次、分體、首數與劉刻本相同，文字也較他本更近於劉刻本，如書棚本卷一（原槧，下同）《望夫石》"山頭日日風復雨"句，"山頭"，劉刻本作"上頭"，此本亦作"上頭"。書棚本卷四《採桑》"葉緑條復柔"句，劉本作"緑條復柔柔"，此本與劉刻本同。不寧唯是，此本連劉本的訛誤也照樣沿襲，如書棚本卷四《聞故人自征戍回》"爾弟條廢櫪"句，"條"字，劉刻本誤作“降”,此本亦誤作“降”。書棚本同卷《山中寄及第故人》“始終名利途”句,“終”字,劉本誤作“中”,此本亦誤作“中”。書棚本卷五《過趙居士擬置草堂處所》,題中“置”字,劉本誤作“直”,此本亦誤作“直”。書棚本卷七《送唐大夫罷節歸山》,題中“罷”字,劉本誤作“寵”,此本亦誤作“寵”等等。又劉刻本卷八《十五夜望月寄杜郎中時會琴客》“夜市千燈照碧雲”一首,題目乃《夜看揚州市》之誤,此誤爲劉本錯簡所致,此本《夜看揚州市》,題目亦誤作《十五夜望月寄杜郎中時會琴客》。劉本將七絶《十五夜望月》誤編於宫詞百首後,此本《十五夜望月》亦誤編於宫詞百首後。劉本卷七題後次行已標出“五言絶句”,然復於《早發汾南》前重標“五絶”二字,此本亦步亦趨,亦於《早發汾南》前重標“五絶”二字,等等。以上諸例足以證明,此本是據劉本翻刻的。不過書版前,蔣氏也作了校勘,改正了劉本的一些訛誤,如劉本卷八《朝天[子]詞十首寄上魏博[士]田侍中》所脱第七首,此本已補上。另,此本輯補佚詩七古《銅雀臺》、七律《上陽宫》、五絶《早發汾南》三首,分編於各體詩之後。然此本總數不及劉本之多,或所據底本已有殘損。

(六)陸刻本。陸汴輯嘉靖間刻《廣十二家唐詩》所收《唐王建詩集》八卷。半葉十行二十字,左右雙欄,白口單魚尾下署“王集卷某”或“王建集某”字樣。此本首卷卷端題“唐王建詩集卷之一”,次行低六格具銜名“唐陝州司馬潁川王建仲初著”。此本版式、行款、分卷、首數、編次等等,與蔣孝本相同,文字也與蔣孝本相差甚微,可見乃是據蔣孝本的版片重印的。不過就此本情形來看,重印前文字均作了改動,但未及改正者仍然不少,可見亦屬草草刊行者。

(七)朱刻本。明萬曆四十年壬子(一六一二)朱之蕃校刻《廣唐十二家詩》之《唐王建詩集》一卷。此十二家每家作一卷,《王建集》編在第九卷。此本無目録序跋及附録等,卷端首題“唐王建詩集卷九”,次行具銜名“唐陝州司馬王建仲初著”,三行署“江左蘭嵎朱之蕃校”。半葉十行十九字,白口單魚尾上鐫“王集”字樣,魚尾下有“卷九”二字。此本雖只一卷,但收詩首數、分體、編次與蔣孝本完全一致。書棚本卷九《夜看揚州市》“夜市千燈照碧雲”一首,蔣孝本沿襲劉刻本之誤,將題目誤作《十五夜望月寄杜郎中時會琴客》,此本題目亦誤作《十五夜望月寄杜郎中時會琴客》。不僅如此,蔣孝本七絶《十五夜望月》“中庭白地樹棲鴉”,不入卷八“七絶”一體中,而將其誤編於卷九《宫詞》之末,此亦沿襲劉刻本之誤。據上可見,此本所據底本乃是蔣孝本或陸汴本。就文字方面來看,亦可證明此本所據爲蔣孝本或陸汴本,只不過抽去了卷次而已。所以,此本應屬於八卷本系統中劉刻本一系的本子。

（八）馮校本。崇禎三年庚午（一六三〇）馮舒校楊伯祥所鈔《王建詩集》十卷,馮舒跋,鄧邦述校補並題識,臺灣"中央圖書館"藏。馮舒,字已蒼,號孱守居士。此本清末吴慈培曾於鄧邦述處見之,假歸過録,再三勘對,"行款題識俱存面目",我們稱爲"吴鈔本"(詳下)。吴鈔本今藏國圖,所以今據吴鈔本可間接窺見此本的大概面貌:此本每半葉十行十八字,卷前無總目,卷後無附録。首、末二葉邊欄外側分别書"上黨馮氏不借本"、"馮氏不借本",末葉"不借本"下鈐有"馮"字朱文小方印,卷五尾題後馮氏跋曰:"崇禎庚午十二月十四夜,較完王仲初詩五卷。孱守居士。"卷十尾題後馮氏復跋曰:"崇禎庚午十二月十五夜挍完。此本照柳大中手書本抄,楊伯祥所書也。"另行又曰:"《宫詞》一卷,用洪魏公《萬首唐絶》對,所注篇次皆《唐絶》本也,大氐此本誤耳。凡《唐絶》所有而此本無者,並録於左。孱守居士記。"據跋,此本乃楊伯祥據柳鈔本過録而成,又經馮氏再三勘對。職是之故,此本分卷、首數、編次、文字等應與柳本高度一致。清末繆荃孫嘗以此本校書棚本,然後於書棚本卷後另紙跋曰:

> 頃京估以常熟馮已蒼鈔本見眎,行欵與宋本同,黑格後有"馮氏鈔本"四字,卷五、卷十後有已蒼手跋,又有朱書"馮氏不借本"五字。校勘圈點,細密慎重,固馮氏之家法。首葉邊闌"馮"字朱文小印,末有"孱""守""堂"三字並列朱文方印,"馮已蒼手校本"朱文小方印,"謙牧堂藏書記"白文方印,"謙牧堂圖書記"朱文方印,"上黨馮舒"白文小印,"禮邸珍玩"朱文方印,各印皆真。與宋本對校,二卷增十首,四卷增十五首,五卷增六首,六卷增四首,九卷增三十八首,共增七十三首。已蒼跋云:"鈔自柳大中手書本,不知何處得來。"二卷跋云:"以下十首宋版無,依别本補入。"五卷跋云:"馬戴詩舊本無,柳誤添。"是已蒼曾見宋本,而大中所增之七十三首,有誤收他人之作。後之重刻是書者,宜仍以宋本爲主,而此七十三首,别爲補遺於後,不可溷入,以存其真。宣統紀元芒種日,荃孫跋於對雨樓。"(國圖藏書棚本《王建詩集》十卷後)

繆氏所謂"宋本",即書棚本。繆氏以書棚本校此本,以爲此本溢出各詩,乃柳大中所增。繆跋復曰:"現行毛斧季本、胡介祉本皆八卷。《墨莊漫録》云:'建集七卷,印行本一卷。'今宋本十卷,不知視七卷本何如?"(國圖藏書棚本《王建詩集》卷後)《漫録》所謂的七卷本無傳,今已無從考其詳了。

(九)馮鈔本。明馮舒鈔《王建詩集》十卷,有清屠重巽、馮調軒校並跋,整菴跋,浙江省圖書館藏。此本半葉十行十九字,鈔於統一刷印的格子紙上,左欄外書耳内有"麥齋鈔本"四字。此本所據底本,馮氏雖未交代,然此本書名、首數、編次與書棚本相同,文字也與書棚本相差甚微。如書棚本卷一《望夫石》"山頭日日風復雨"句,"山頭日日"鐫以雙行小字,此乃書棚本特有的版本特徵,而此本亦鈔作雙行小字,可見此本乃是據書棚本鈔寫而成的,故應屬於書棚本系統。此本卷中有"長樂"白文圓印、"馮已蒼"白文方印各一枚,表明此本乃馮舒所鈔。卷中有屠重巽及馮氏後人馮調軒校文。又此本鈔時並未分卷,追馮調軒始以朱筆略標卷次。

(十)汲古閣本。毛晉汲古閣刻《唐六名家集》所收《王建詩》八卷,國圖藏本有傅增湘校並跋。半葉九行十九字,白口無魚尾,上象鼻内頂邊欄鐫"王建詩卷某",各卷首、末二葉下象鼻内鐫"汲古閣"三字。卷前有目録,卷後有毛晉跋語。目録卷端、首卷卷端、卷八尾題下均有"汲古閣毛晉據宋本考較"牌記一個。上文叙及劉刻本時已指出,國圖所藏劉本,原爲汲古閣舊藏,卷後有毛晉倩人録《復齋漫録》、《藝苑雌黄》、《苕溪漁隱》中有關王建的詩論六則,末有"丁酉三月較定付梓"字樣,表明汲古閣刻《唐六名家集》之《王建詩》所據即劉本。這也可從文字方面得到證明,如書棚本卷一《短歌行》"有歌有舞聞早爲"句,"聞"字,劉本作"須",此本同。書棚本卷四《幽州送申稷評事歸平盧》"臨水濯塵襟"句,"塵"字,劉本作"纓",此本亦作"纓"。書棚本卷五《南中》"山村逐水鳴"句,"鳴"字,劉本作"名",此本亦作"名"等等。不僅如此,劉刻本的訛誤此本也多有沿襲,如書棚本卷四《聞故人自征戍回》"爾弟脩廢櫪"句,"脩"字,劉本誤作"降",此本誤同。書棚本卷七《送唐大夫罷節歸山》,題中"罷"字,劉本誤作"寵",此本誤同。書棚本卷九《夜看揚州市》"夜市千燈照碧雲"一首,劉本題目誤作《十五夜望月寄杜郎中時會琴客》,此本誤同等等。可見此本乃是以劉本爲底本翻刻的。不過上文已述及,毛晉所得劉本,原爲唐伯虎舊藏,唐氏曾假書棚本校之;毛晉參考唐氏校文及其他善本,糾正了劉本不少訛誤,毛晉跋劉本稱"依宋刻較正",

蓋以此也。如劉本《朝天詞十首寄上魏博田侍中》所脱第七首，此本已補入；劉本置於《宫詞》後之七絶《十五夜望月》一首，此本移入“七絶”一體中，使得編次更爲合理一些；蔣本溢出劉本的《銅雀臺》、《上陽宫》、《早發汾南》三首，此本也已補入。毛晉還改正了劉本的不少誤字，如書棚本卷四《山中寄及第故人》“始終名利途”句，“終”字，劉本、蔣本誤作“中”，此本改作“終”；書棚本卷五《汴路即事》“千里河煙直”句，“河”字，劉本、蔣本誤作“何”，此本改作“河”，極是等等，故較之劉本，此本文字明顯要精粹一些。

（十一）統籤本。《唐音統籤》所收《王建詩》十卷，編卷三百四十四至三百五十三，丁籤七十六，寫本。此本分體編次，首卷五古四十三首，第二至三卷七古五十九、長短句十五，第四卷五律五十二、五排六，第五至六卷七律七十八，第七卷七排五、五絶二十八，第八至九卷七絶百二十一，第十卷七絶（宫詞）百首，另卷九百三十八録《宫中三臺》二首、《江南三臺》四首，卷九百四十二録《宫中調笑》填詞類四首，合計五百一十七首，成爲一時收詩最多的本子。此本所據底本，胡氏未言，唯云：“集十卷。唐宋《藝文志》同。今行世集亦十卷……今補其逸者，仍爲十卷。”（《唐音統籤》第四册，頁一六六）據胡氏此言，似所據爲十卷本。其實不然，此本所據實八卷之劉刻本或蔣孝本，這從文字方面可以得到證明。如書棚本卷四《幽州送申稷評事歸平盧》“臨水濯塵襟”句，“塵”字，劉本、蔣本作“纓”，此本亦作“纓”。書棚本卷五《南中》“山村逐水鳴”句，“鳴”字，劉本、蔣本作“名”，此本亦作“名”，等等。不僅如此，劉本、蔣本的訛誤，此本沿襲者亦不少。如書棚本卷四《聞故人自征戍回》“爾弟倄廢壢”句，“倄”字，劉本、蔣本誤作“降”，此本誤同。書棚本卷七《送唐大夫罷節歸山》，題中“罷”字，劉本、蔣本誤作“寵”，此本亦誤作“寵”，等等，可見此本乃是以劉本，極可能是蔣本爲底本，分體之後再分類，最後再分編十卷而成的。不過此本胡氏也作了校勘，改正了底本的一些訛誤。如書棚本卷九《夜看揚州市》“夜市千燈照碧雲”一首，劉本、蔣本題目誤作《十五夜望月寄杜郎中時會琴客》，胡氏將題目改回作《夜看揚州市》。劉本、蔣本卷三《汴路即事》“千里何煙直”句，“何”字誤，此本校改作“河”。劉本、蔣本卷八《朝天子詞十首寄魏博士田侍中》，題中“天子”、“魏博士”均誤，此本分别删去“子”字、“士”字，等等，胡氏所改皆極是。至於輯補佚詩，胡氏曰：“今行世集亦十卷，而《文苑英華》所載《隱静寺》、《送嚴大夫》、《鄭大夫》三詩，郭茂倩《樂府》、《秋夜》、《塞上》、《寄衣》、《織錦》、

《斜路》等篇,《墨莊漫録》、《夢梨花雲歌》及洪氏《絶句》六拾餘首,集皆失收,非舊本可知矣。今補其逸者,仍爲十卷。”(《唐音統籤》第四册,頁一六六)此本輯補佚詩八十多首,殘句六則,所獲頗豐。胡氏遂成爲柳大中之後又一個大量輯補王建佚詩的人。

(十二)朱藏本。朱幼平藏明鈔本《王建詩集》不分卷。此本已佚,然近人傅增湘曾持此本與汲古閣本對勘,且將此本各詩所屬卷次及編次、異文等情形,分别記於汲古閣本相應各詩旁邊。傅校汲古閣本今藏國圖(見上),傅氏跋其後曰:“辛丑五月,借朱幼平明寫本校讀一過,補詩數首,書於眉端。鈔本亦有脱佚,亦各注於篇。”所以,今據傅氏所出校記可間接窺見此本的大概面貌:此本亦爲分體本,與劉刻本相近。據傅氏所出校記,此本文字多與明初鈔本相同。然從總體看,此本與書棚本極爲接近,故應歸入書棚本系統。至於溢出諸詩,應爲此本輯補的佚詩。

(十三)四十七家本。明鈔《唐四十七家詩》所收《王建詩集》十卷,清何煌校,國圖藏。半葉十行二十字,白紙無格,行楷書寫。卷前無目録,卷後亦無題跋等。詩分體編次,卷一至三前半樂府八十五首,卷三後半至卷四古風七十一,卷五至八律詩百四十二,卷九絶句百十六首,卷十宫詞百首,共五百十四首。此本書名、分卷、分體等等與書棚本相同,而收詩首數則與馮校本、吴鈔本相同。又此本卷五《塞上》一題二首,亦與馮校本、吴鈔同,而書棚本此題只一首。據此可見,此本應是據柳鈔本或馮校本鈔寫而成者。此本卷中有何煌校,卷四《晚蝶》題下何煌校曰:“陳解元書棚本止此首。”以下還有《早發汾南》、《酬盧秘書》、《題柏巖禪師影堂》等十五首。卷六《上陽宫》題下何煌校曰:“以下四首書棚本無。”所校内容,與馮校同,亦可證明此本與馮校本同出一源。此本鑒藏印記有“玉室圖書”朱白二文方印、“甲子丙寅韓德均錢潤文夫婦兩度攜書避難記”白文長條印,知此本原爲韓氏藏書。韓氏書散出後,此本爲張珩收得,故卷首鈐有“張珩之印”白文方印、“張氏圖書”朱文方印,張珩乃近代藏書家張鈞衡之孫。鈞衡乃浙江吴興人,於南潯建有藏書處“適園”,爲當時南方藏書大家,所刊《適園叢書》,海内稱善。

清代刊刻和傳鈔的建集,其主要版本有以下幾種:

(一)清初鈔本。清初鈔《百家唐詩》所收《王建詩集》不分卷,國圖藏。《百家唐詩》今存僅五十四家,多中晚唐人詩集,餘已散逸。此本鈔於統一印製的格子紙上，半葉九行二十二字，四周雙欄，白口雙魚尾間署"王建"二字。此本書名、分卷、首數、分體、編次與書棚本相同，文字也多與書棚本同，可見是據書棚本鈔寫而成的。此本宫詞後據毛晉緑君亭本《三家宫詞》輯補"忽地金輿"、"畫作天河"、"供御香方"、"春來晚困"、"彈棋玉指"、"婉轉黄金"、"藥童食後"等七首宫詞，此七首宫詞不見於建集諸本，單行《宫詞》本内有録之者。

（二）季氏稿本。季振宜《全唐詩稿本》所收《王建詩》九卷。此本乃是把蔣孝本八卷原刻入編，然後將《宫詞》百首别裁爲第九卷，將原綴於《宫詞》後的七絶《十五夜望月》移入卷八絶句後編輯而成的，俾編次顯得合理一些。又《夜看揚州市》一首，蔣本題目誤作《十五夜望月寄杜郎中時會琴客》，季氏將其改回原題；再剔除宫詞中的僞作"銀燭秋光"、"日晚長秋"、"日映西陵"、"淚盡羅巾"、"新鷹初放"、"黄金捍撥"、"寶殿平明"、"閑吹玉殿"等八首。在補佚方面，季氏也收穫頗豐，於卷二末補入七古八首，卷三末補入五律三首，卷四末補入五排三首，卷五末補入七律三首，卷七末補入五絶十一首，卷八中補入七絶六十七首，卷九末據洪邁《萬首絶句》補入宫詞十首，凡輯補佚詩百五首，使此本收詩達五百三十八首，成爲繼《統籤》後收詩最多的本子。文字方面，季氏藏有宋書棚本，且以《才調集》、《文苑英華》、《唐詩紀事》、《樂府詩集》、《古今歲時雜詠》、《萬首絶句》、《唐詩鼓吹》等總集及類書參校，糾正了蔣本不少訛誤。如蔣本卷一《聞故人自征戍回》"爾弟降廢櫪"句，"降"字誤，季氏據校本改作"脩"。蔣本卷一《山中寄及第故人》"始中名利途"句，"中"字誤，季氏據校本改作"終"。蔣本卷三《過趙居士擬直草堂處所》，題中"直"字誤，季氏據校本改作"置"。蔣本卷五《送唐大夫寵節歸山》，題中"寵"字誤，季氏據校本改作"罷"。蔣本卷一《酬柏侍御聞與韋處士同遊靈臺寺見寄》"西城傳中説"句，"城"字誤，季氏未予校改，然於旁出校一"域"字，作爲異文，以供參考，皆極是等等。此本字裏行間出校不少異文，頗具參考價值。此外季氏還增加了不少題注和詩後注，例如蔣本卷五《贈王樞密》，題下原來只有注文十二字，季氏將其泯去，增入注文達九十字，詳細介紹王建與王守澄之間始叙宗人之分，關係頗密，後因酒後生隙，守澄欲訟之，建作詩自解，"乃脱其禍"的情形，對理解詩意頗有幫助。又如卷九《宫詞》"延英引對碧衣郎"一首，季氏於詩後增注曰："此詩一作元稹。稹以明經制策入仕，自述一篇。"此注對甄辨此首重出詩的歸屬提供了寶貴線索。

（三）席刻本。康熙間席氏琴川書屋刻《唐詩百名家全集》所收《王建詩集》十卷，國圖藏本有傅增湘校。半葉十行十八字，分體編次，卷一至三前半樂府八十五首，卷三後半至卷四古風七十一，卷五至八律詩百四十一，卷九絶句八十一，卷十宫詞百首，合計四百七十八首。此本卷後鐫"東山席氏悉從宋本刊于琴川書屋"牌記一個，表明此本所據乃宋本。然此本卷二《柘枝詞》題下注曰："以後十首宋本不載，别本補入。"此注乃馮校本中馮舒注文，而此本照録。又此本卷五《塞上》一題二首，第一首"旌旗倒北風"，乃柳大中誤增，馮校本校語也已指明。據此，此本所據底本並非如牌記所言"悉從宋本刊"，而是據馮校本或其衍生本翻刻而成的。不過席氏以善本校勘，改正了底本一些誤訛，雖校勘未徹底，仍有訛誤，然與底本相較，文字明顯要精粹一些。由於此本寫刻俱佳，紙墨皆精，故書賈常用以冒充宋刻，國圖所藏《唐人七家詩》所收《王建詩集》十卷，舊爲翁同龢藏本，卷中有"常熟翁同龢藏本"、"虞山攬秀堂翁氏藏書"、"翁斌孫印"等鑒藏印記，翁同龢跋曰："紙墨精雅，相傳爲南宋槧本。以余所見，不啻十餘種，疑明時仿刻。"可見此本曾被多家判爲南宋本；而翁氏誤爲明仿宋本。此本卷末牌記被挖去後，所留痕跡宛然，翁氏竟渾然不覺，亦一時疏於深考。又國圖所藏《唐人十二家詩集》之《王建詩集》十卷，卷末明明鐫有"東山席氏悉從宋本刊于琴川書屋"牌記一個，表明此本乃《唐詩百名家全集》的别裁本，然館藏卡片卻標爲"清初刻本"，此雖不算完全錯誤，然而卻不够具體，極易使未知就裏者誤以爲清初尚刊行《唐人十二家詩集》之《王建詩集》。

（四）全唐詩本。康熙敕編《全唐詩》所收《王建詩》六卷。本書前已言及，《全唐詩》主要依據胡震亨《唐音統籤》和季振宜《全唐詩稿本》修訂而成。具體而言，全唐詩本建集，乃是將上述季氏《稿本》中的《王建詩》九卷全部收入，删去卷七之五絶《秋夜曲》一首，再據統籤本補入殘句六則，然後將《稿本》卷三至卷八每兩卷合併成一卷，故凡六卷。而將填詞類作品《宫中三臺》二首、《江南三臺》四首併題作"《三臺》"六首，將《宫中調笑》四首題作"《調笑令》四首"另編入卷八百九十，故《全唐詩》共五百三十七首，殘句六則。但統籤本已經增補的《夢看梨花雲歌》一首，編臣一時疏忽，未能將其補入。文字方面，編臣以《統籤》等爲校本，作了進一步校勘，改正了季氏《稿本》未及改正的訛誤。如季氏《稿本》卷三《昭應宫舍》，題中"宫"字誤，季氏未及改正，編臣校改作“官”字；《稿本》卷五《贈王屋道士赴詔》“法成不怕刀梯利”句，“梯”字乃“槍”字之訛，季氏未及改正，編臣校改作“槍”字，皆是，等等。此本又隨行增加了不少校文，表明編臣確曾以善本校勘過，有寶貴的參考價值。另外編臣還增加了一些題下注，如《稿本》卷三《寒食》題下原無注文，編臣據校本增入題下注：“一作張籍詩。”《稿本》卷八《山店》題下原無注文，編臣增入注文：“一作盧綸詩。”這些題下注，爲甄辨重出詩的歸屬問題提供了寶貴參考。

（五）胡刻本。康熙間胡介祉谷園刻《王司馬集》八卷，今國圖、上圖皆有藏本。内封面題“王司馬集”。半葉八行十八字，四周單欄，白口無魚尾，版心下方鐫“谷園”二字。各卷首題“王司馬集卷某”，卷前有胡氏自序，卷後無附録。胡序略曰：

> 王司馬建……其全集世多鈔本，相沿既久，亥豕愈多。虞山毛氏曾有刊本行世，校對亦未盡善。至宫詞，自宋南渡後逸去其七，好事者妄爲補之，如“淚盡羅巾”，白樂天詩也；“鴛鴦瓦上”，花蘂夫人詩也；“寶帳平明”，王少伯詩也；“日晚長秋”與“日映西陵”，樂府《銅爵臺》詩也；“銀燭秋光冷畫屏”與“閒吹玉殿韶華管”，皆杜牧之詩也。獨《楊升菴集》中别載七首，云出之古本，今録於卷後，以俟博雅君子論定云。谷園主人茨村胡介祉。

介祉，字茨村，號循齋，山陰人，由蔭生官至河南按察使，能詩，書室名“谷園”。《增訂四庫簡明目録標注》邵章《續録》謂“胡刻八卷，甚精美，板心下有‘谷園’二字。”即此本也。胡序未言所據何本，然刊本類只提及汲古閣本。今考此本收詩、分卷、編次甚至版式等等均與汲古閣本相同，唯改换書名而已。文字方面，亦與汲古閣本相差甚微，如書棚本卷一《寒食行》“牧羊驅牛下塚頭”句，“下”字，劉刻本、蔣孝本同，汲古閣本改作“山”，此本亦作“山”。書棚本卷四《聞故人自征戍回》“爾弟脩廢櫪”句，“弟”字，劉本、蔣本同，汲古閣本改作“父”，此本亦作“父”。書棚本卷六《江陵即事》“十里津頭壓大堤”句，“頭”字下出校曰：“一作樓。”劉本、蔣本所出校記同；但汲古閣本將校記誤爲“一作楂”，此本校記也誤爲“一作楂”。書棚本卷七《贈盧汀諫議》“藥成官位屬神仙”句，“藥”字，劉本、蔣本同；汲古閣本改作“樂”，此本亦作“樂”。“山”、“父”、“楂”、“樂”等字，這些皆汲古閣本獨有的文字，而此本皆與之同,可見此本乃是以汲古閣本爲底本翻刻而成的。又胡氏將《升庵集》據建集古本輯補的佚失宫詞七首收於卷後,復從《升庵集》和《歷代宫詞》中輯得王建另二首宫詞"嫌羅不著"、"步行送出",併附於卷後,爲王建散佚作品的輯集提供了借鑒。

(六)四庫本。文淵閣《四庫全書》所收《王司馬集》八卷,寫本。半葉八行二十一字。卷前首館臣《提要》,次胡介祉《王司馬集題詞》,無目録。卷後無跋文附録等。《四庫全書總目》曰:

> 《王司馬集》八卷,浙江巡撫採進本……此本爲國朝胡介祉所校刊,凡古體二卷,近體六卷,蓋後人所合併。前有介祉序,謂虞山毛氏曾有刊本行世,校對亦未盡善。至宫詞自宋南渡後逸去其七,好事者妄爲補之,如"淚盡羅巾",白樂天詩也……介祉所論,蓋本之胡仔《苕溪漁隱叢話》,其考證皆精確。惟楊慎之言多不足據,石鼓文尚能僞造,何有於王建宫詞?介祉遽從而增入,未免輕信之失。至於《傷近而不見》,乃《玉臺新詠》舊題,此本譌爲"傷近者不見";《江南三臺》,名見《樂府詩集》及《才調集》,此本譌爲"江南臺",亦未免小有所失,不能全譏毛本。但取以相較,猶爲此善於彼耳。(《四庫全書總目》卷一五〇,頁一二九四)

據此,此本乃是據胡刻本寫入者。不過館臣在文字方面也作了校勘,如書棚本卷二《行宫詞》,題中"詞"字,汲古閣本誤作"行",胡刻本同;館臣改回作"詞"字,甚是。書棚本卷五《昭應宫舍》,題中"宫"字誤,蔣本、汲古閣本、胡刻本亦誤作"宫",館臣改作"官"字,良是。書棚本卷九《朝天詞十首寄魏博田侍中》,題中"魏博",乃"魏博節度使"的簡稱,見《元和郡縣圖志》卷十六"魏州",劉本、蔣本、汲古閣本、胡刻本皆作"魏博士",大誤;館臣校改作"魏博",極是。然此類校改甚少,不少訛誤,館臣也未能改正,故此本就首數及文字而言,均不及全唐詩本。又編臣稱胡氏對所補宫詞的考證,本之《苕溪漁隱叢話》,批評其輕信楊氏所補宫詞,並指出胡刻本將《玉臺新詠》舊題《傷近而不見》,誤作《傷近者不見》,將《樂府詩集》内《江南三臺》誤作《江南臺》等多項舛訛,亦頗中肯綮,唯這些訛誤並非始自胡氏,前一誤,書棚本已然,後一誤,始自汲古閣本。

(七)清鈔本。清無名氏鈔《王建詩集》十卷,北京大學圖書館藏。半葉十行十八字，鈔於統一刷印的格子紙上，左右雙欄，白口無魚尾，版心有“王建詩集卷某”字樣。此本依體編次，首二卷樂府，卷三樂府、古風，卷四古風，卷五爲五排、五律，卷六七排、七律，卷七至八七律，卷九五絶、七絶，卷十宫詞百首，共五百十八首。此本書名、收詩、分卷、編次等與席刻本相同，文字也與席刻本相差甚微，故所據底本當爲席刻本無疑。此本卷中有“自勵齋”白文方印，武進人馮嗣璟，有書齋名“自勵齋”，知此本乃嗣璟所鈔。

近代以來王建集的主要版本有以下幾種：

（一）吴鈔本。清末民初吴慈培過録馮校本《王建詩集》十卷，有吴慈培校跋並録馮舒校跋，國圖藏。半葉十行十八字，端楷精鈔，寫於統一刷印的格子紙上，版框左外側下方鐫“吴氏寫本”四字。卷前無目録，卷後無題跋附録等。首葉右欄外側，上部有一豎行文字“上黨馮氏不借本”；中部自右至左有三豎行文字：“朱筆録馮己蒼原校”、“緑筆以汲古閣刊本校”、“黄筆以錢牧翁輯《唐詩》校”。下部有一豎行文字“朱標筆以殘宋棚本配影鈔本校”。卷内天頭，地腳，字裏行間所出校記色彩繽紛，琳琅滿目。卷後有吴跋數則，首跋叙此本鈔寫緣起略曰：

> 二月杪，在鄧正闇先生案上見孱守居士手校鈔本《王建詩集》十卷，亟求假歸。時先生將之官吉林，垂發軔矣。先生雖厚我，不肯效馮氏之隘，而珍視此册，固踰尋常，約五日還。惜余作楷拙緩，度不能卒業，而又不可不如約，乃行書傳録，然細校再三，無少訛謬，行欵題識，俱存面目。暇日端楷寫成，詎不足爲人間增一善本耶！宣統二年三月初四日，録畢記，吴慈培。

據此，知此本原用行書鈔録，再三細校，故此本分卷、首數、編次、文字等等應與馮校本高度一致，乃馮校本的忠實迻録本，馮舒跋文，甚至馮氏印鑒亦照描不爽。慈培字佩伯，雲南保山人，民國前後與鄧邦述、章鈺、傅增湘等文獻學家相友善，跋中所謂“鄧正闇先生”，即鄧邦述。吴氏復跋曰：“右宫詞十首。馮跋所稱‘《唐紀》所有而此本無者，並録于左’。寔未録也。兹照嘉靖翻宋刊本《萬首絶句》補録，並依馮氏校例各綴篇次。三月十二日，偶能。”謂馮氏言輯補宫詞十首，然吴氏謂卷中未見，蓋歲久損佚，吴氏特爲補出。吴氏還從汲古閣刊《六唐人集》之《王建集》中輯得佚詩《銅雀臺》一首，復從錢謙益所輯《全唐詩》中輯得佚詩十二首，此十二首詩前，吴氏復跋曰：

去年夏，予爲謀食重至奉天。客中無聊，檢行篋所攜《王建詩集》，以楷書寫之。秋初復還入關，纔畢五卷。抵天津未匝月而國變作，風鶴頻警，避居租界，屋纔容膝，器物凌雜，不可爬梳。又愧無古人顛沛流離夷然弗改其常之操，廢筆研者累月。今年夏，移居稍舒，而鄧正闇先生、傅丈沅叔先後來天津，晨夕過從，引予讀書之興。乃圖竟前功，並予所校毛刻，次第、異字悉移録書眉。又從正闇先生借錢牧翁所輯《唐詩》，細校一過。人事時復間輟，計自去夏初寫，迄今中秋卒業，已踰期年。一書之難成有如此，而余寫此十卷之書，遂閱興廢，可勝慨乎！

是此本凡經兩次鈔寫，兩次校勘，歷經兩世，方始成書，孜孜不棄，令人感佩。吴跋接着叙述此本的版刻淵源及優劣曰：

《文獻通考》、《書録解題》俱稱建集十卷，此本與之合，然編次凌亂，實不如錢、毛兩本八卷之整齊近理。且馮氏挍卷二《柘枝詞》云："以下十首宋版無。"卷五《塞上》第一首云："舊本無，柳誤添。"卷末跋更明言："此本爲柳大中攙改。"然則十卷之數雖符，而決非宋本之舊可知，獨怪馮氏既知其誤，何以不據宋本一一改正，乃僅挍異字數處，據《萬首唐人絶句》挍《宫詞》一卷而已耶？

吴氏引馮氏之言，疑此本爲柳氏攙改，已非宋本之舊，無疑是正確的。然柳氏未必有意淆亂宋本真面，揆其初心，或爲求建集之全而補其佚詩，故而謹將所得佚詩綴於各體之後，而未將其混編於宋本各體詩中，就是最好的證明。只是柳氏此舉，不如吴氏將所得佚詩總爲一卷附於集後，更符合古籍整理的規範。吴跋最後叙其輯補佚詩情形曰：

錢本挍此本多詩二十四首，除《銅雀臺》一首已補自毛刻，《秋夜曲》一首重出宫詞十首，已補自《唐人絶句》，其十二首録于左。又《斜路行》諸詩題下注，疑出牧翁之手，而非舊本所有，且文多，行間不能容，與所輯建傳並附卷尾。余於此書，抄校之功自謂精到，世無宋槧，余此本流傳於後，要爲不可數覯之善本矣。壬子中秋後三日，慈培。

此本卷後，附録吴氏多次輯補的佚詩及吴氏跋文多則。吴氏雖不知人間尚存書棚本，然書棚本不僅有訛脱，且收詩亦自有限。相反此本自柳鈔本始，中歷馮校本，復經吴氏此本反復鈔校並輯補逸佚，題跋評騭，遂使此本無論在收詩數量還是文字質量等方面，均已遠超書棚本之上，成爲建集諸版本中的精品。

（二）石印本。近代石印《唐詩百名家全集》所收《王建詩集》十卷。此本所據底本乃席刻本，文字也與席刻本相同，唯將席本字裏行間出校的異文盡行删去，席本所避清諱也一律改回，行款則改爲半葉十六行四十字，版式黑口，上象鼻内題"唐詩百名家全集"，下象鼻内有"掃葉山房藏版"字樣。

（三）尹注本。尹占華《王建詩集校注》，巴蜀書社二〇〇六年第一版。

（四）王注本。王宗堂《王建詩集校注》十卷，中州古籍出版社二〇〇六年十二月第一版。此本"采録王建全部詩歌，包括殘篇斷句，以求其全"，共得五百四十四首，殘句六則。此本校勘，以國圖所藏書棚本爲底本，以中華書局上海編輯所一九五九年編印《王建詩集》本，及統籤本、四十七家本、汲古閣本、席刻本、全唐詩本爲主校本，以《才調集》、《文苑英華》、《唐詩紀事》、《樂府詩集》、《萬首唐人絶句》、《唐詩品彙》等總集及類書爲參校本，"比勘對校，備列異文，擇善而從，不遵一本"。注釋"重在箋明詩中本事及有關的人物、史實、官制、輿地沿革、典實故事、生僻詞語及唐人慣用語等"。此本附録《王建年表》，乃作者長期稽考王建生平行履的結晶，解決了學界諸多懸而未決的疑難。唯此本未將上圖所藏殘書棚本所存原刻各卷採爲底本，遂使底本配補部分與書棚本文字小有差異。如書棚本原刻卷六《江陵即事》"十里津頭壓大堤"句，"頭"字，此本據配補本録作"樓"。書棚本原刻卷七《贈王屋道士赴詔》"玉皇符到下天壇"句，"到"字，此本據配補本録作"詔"。書棚本原刻卷八《題柱國寺》"早起離城日午還"句，"午"字，鈔配葉作"暮"，此本雖據校本最終改作"午"，但卻出校曰："原作暮，據《統籤》、明抄、汲本、席本、《全詩》改。"實則，上圖藏書棚本原刻即作"午"。此本若全用書棚本原槧爲底本，則一些異文及不必要的校記均可避免。校書選擇底本之重要，於此可見。然而美玉微瑕，無妨此本成爲目前收録作品最全、校勘精審、注釋詳明、附録資料豐富的建集讀本。

綜上可見，建集版本有以下特點：（1）唐宋時代建集至少有二卷本、七卷本和十卷本三種，其中二卷本和十卷本分别爲《崇文總目》和《新唐志》著録，二者蓋爲唐五代時舊本。十卷本因收録作品較全，遂成兩宋通行的本子，且成爲宋以後各種建集的祖本。（2）建集宋槧今知者唯書棚本十卷，分樂府、古風、律詩、絶句、宫詞諸體編次作品，體現了宋人的詩體觀念。書棚本對後世影響很大，且今天仍有傳本；元鈔本、明初鈔本、叢書堂本、清初鈔本、中華書局排印本、《中華再造善本》等等，皆屬於書棚本系統。(3)劉刻本乃書棚本的分體改編本，凡五古、七古、五律、五排、七律、七排、五絶、七絶八體，每體一卷，六絶附於五絶卷，宫詞綴於七絶卷，體現的是明代成熟的詩體觀念。"排律"一體創自南朝，盛於唐宋，然終唐宋兩朝尚無使用"排律"一詞者，迨元末楊士弘《唐音》出，始用"排律"之名編次唐詩，至明代"排律"一詞方廣泛使用，劉刻本的出現恰逢其時，故翻刻者頗多，蔣刻本、陸刻本、朱刻本、統籤本、季氏稿本、全唐詩本、胡刻本、四庫本等等，皆屬於劉本系統。此一系統因蔣本進入《全唐詩》，胡本進入《四庫全書》而影響很大。(4)柳鈔本亦出自書棚本，然因柳氏輯補佚詩七十多首，此本遂爲後世所重，輾轉傳鈔，視若拱璧，馮校本、四十七家本、吴鈔本等皆自此本出，而且還出現了席刻本，近世還有石印本，影響也不小。(5)建集古來無注，二十一世紀伊始方出現尹注本和王注本，其中王注本收録作品最全、校勘精審、注釋詳明、附録資料豐富，因而成爲建集的理想讀本。

【參考文獻】白金《王建作品版本研究》，河南大學二〇〇五届碩士論文

昌黎先生集

韓愈(七六八～八二四)字退之，郡望昌黎，河陽(今河南孟州)人。少刻苦自勵，盡通六經百氏。貞元八年(七九二)第進士，釋褐董晉幕推官，歷四門博士、陽山令、國子博士、考功郎中知制誥、中書舍人等。裴度討淮西辟爲行軍司馬，淮西平，遷刑部侍郎。以諫迎佛骨貶刺潮州，量移袁州。穆宗初拜國子祭酒，遷兵部侍郎，轉吏部侍郎等。卒贈禮部尚書，謚曰"文"。

愈生前文名已滿天下，且作品被搜編成集，有"古本"和《文録》兩種(見方崧卿《韓集舉正》)。"古本"即"貞元本"，謝克家校韓集，《鬥雞聯句》"毒手飽李陽"句下即徵引有"貞元本"，此本乃今知韓集的最早版本。不過，《鬥雞聯句》作於元和初，"貞元本"何能預先收録元和間作品？故方崧卿《舉正》以爲稱"貞元本"不妥，故而改稱"古本"。洪興祖《韓子年譜》所説的"唐本"，亦即這種"古本"。古本收有李漢本(詳下)未收的作品，由此可見

其成書時間應在李漢本前。古本詩文兼收，方氏《舉正》卷一《赴江陵途中寄贈王十二補闕李十一拾遺李二十六員外翰林三學士》、卷八《征蜀》、《晚秋郾城夜會聯句》等均引用過"古本"；《外集舉正》之《祭董相公文》，方氏徵引"古本"五條。可見"古本"詩文俱全。古本有題注，其注包括作品繫年、創作背景考訂等等，非常寶貴。古本還有句中夾注，所注包括名物訓詁等。古本既録《祭董相公文》等後世所編《外集》内作品，故篇目、編次應與無《外集》的李漢本不同。據劉真倫統計：方氏《舉正》引校古本七十一條，遵從者六十條，采用率高達百分之八十五，可見文獻價值之大（劉真倫《韓愈集宋元傳本研究》，頁二二六至二二八）。

再看《文録》。《文録》乃師從韓愈的趙德所編，宋人吕夏卿記述《文録》曰：

> 丙申春，得趙德《文録》六卷於林琪家。德，潮州人，文公爲刺史時，攝海陽尉督州學生徒者也。《文録》所載皆韓文，自總七十五首，其次第殽亂，讀或有增損異同。疑德親受本於文公，比他本爲最可信者。《通解》、《崔虞部書》、《明水賦》、《河南同官記》，今皆不入正集。李漢自謂收拾遺文無所墜失。四篇之文，疑漢所棄，或墜失而未得者，故不在集中，而見於《文録》。然則德所録在李漢前，今以德序爲首，李漢序次之，而存《文録》篇第於集後以序。然則外集所載，未必皆李漢所不取者也。（屈守元、常思春主編《韓愈全集校注》，頁三〇七九）

可見《文録》六卷成書在李漢本之前，所收皆韓文，凡七十五篇。其中《通解》等四篇不見於李漢本，且《文録》可能得自韓愈親授，故頗受宋儒重視。

除生前已成書的"古本"和《文録》外，韓愈身後，門人李漢所編《昌黎先生集》四十卷收録作品最多、編次也最爲合理，李漢《昌黎先生集序》述其編輯情形甚悉，其略曰：

> 長慶四年冬，先生殁。門人隴西李漢辱知最厚且親，遂收拾遺文，無所失墜。得賦四，古詩二百五，聯句九，律詩一百七十三，雜著六十四，書啓序八十六，哀辭祭文三十八，碑誌七十六，筆硯鱷魚文三，表狀四十七，揔七百，並目録合爲四十一卷，目爲《昌黎先生集》，傳於代。又有注《論語》十卷傳學者，《順宗實録》五卷列於史書，不在集中。（《唐文粹》卷九二，四部叢刊初編二次印本）

據此可知,李漢本乃分體編次,各體作品總計七百五首。《序》謂"七百",舉成數也。然而世傳李《序》已被各種校本竄亂,故所言篇數互有歧異,除七百五首外,尚有七百四、七百十六、七百二十九等等,紛紛不一,推究原因,一爲部分作品分類有歧議,二爲部分作品是否應入正集亦有歧議。劉真倫以爲,唯《文粹》較接近李《序》原貌(《韓愈集宋元傳本研究》,頁三六)。雖然如此,但就總體來看宋以後韓集傳本,基本上保存了李漢原編的面貌。

五代以前世間所傳韓集,除上述三種外,今知尚有令狐本與保大本。"令狐本",乃晚唐令狐澄咸通十一年庚寅(八七〇)寫本。方氏《舉正·叙録》有"唐令狐本",其略曰:

> 右唐令狐綯之子澄所藏本,咸通十一年書,止有詩賦十卷。蘇魏公子容嘗得之於蔡文忠家,題其後曰:"與今本不同者百四十有一。"今浙本之所謂"蔡作"者,實令狐氏之舊也。澄亦進士登第,能世其家。今本《遊城南詩十六首》而闕其一,惟此本爲備。《大安池詩》之當爲《遊太平公主山莊詩》,雖閣本亦誤。《十琴操》元不具注,皆今本之所異者。謝參任伯嘗得蘇本而校之,於所校之字皆朱書,其右作"澄本"二字。雖不盡然,亦大約可見。([宋]方崧卿原著,劉真倫彙校《韓集舉正彙校》,鳳凰出版社二〇〇七年十二月第一版,頁五六二。版本下同)

據此,唐懿宗咸通間令狐澄寫本,僅十卷,唯詩賦,不録文章。此本入宋爲蔡文忠所得,又歸蘇頌;蘇氏跋其後,謂此本與今本不同者百四十一處,如今本《遊城南詩十六首》而闕其一,此本不闕;又《大安池》詩題誤,宋秘閣本(詳下)亦誤,題目應爲《遊太平公主山莊》;《十琴操》原無注,今本注乃後世所增,等等。至於文字方面的差異,尚在其次。蘇頌之後,迨南宋時此本又爲謝克家所得,故蔡、蘇、謝校本均曾采用此本。據方氏《舉正》所引,兩宋參校此本的學者,除上述三家外,他如李邴、姚寬、范宗尹、陳長之、洪興祖、曾肇、鮑由、吕夏卿、王安石、黄庭堅、樊汝霖、柳開等十二人,均曾采用或引用過此本。此外《舉正》之前的祝充音注本,之後的魏仲舉五百家注本等等,都曾大量徵引此本,這表明直到南宋末,令狐本仍然在廣泛流傳(參《韓愈集宋元傳本研究》,頁二二八至二三〇)。

再看保大本。《舉正·叙録》記"南唐保大本"曰:

> 皇朝平江南，賜翰林院書三千卷，至天禧間編排僅得千餘卷，多不成部秩。韓集所存只有祭文墓誌數卷，然祭文列於第三十九卷，是李漢所編之外復有他本。今外集三祭文，此本皆入正集，《祭董晉文》綴於《吊田横文》之下，而列祭房、石二文於三十九卷之末，次序蓋亦不差。今已無復得其全書而觀之，姑以諸家所考證者參對一二，以存古焉。（《韓集舉正彙校》，頁五六三）

南唐中主年號有“保大”（九四三～九五七），可見此本應成書於南唐保大年間。此本只録祭文、墓誌數卷，原本或已殘損。此本有兩點值得注意：(1)編次、作品與李漢本不同。李本祭文在卷二十二至二十三，凡兩卷，此本編在卷三十九，只一卷，然董、房、石三祭文，此本存之，李本失收。(2)此本祭文雖只一卷，但除溢出李本三篇外，其餘諸篇“次序蓋亦不差”，這表明此本與李本之間存在不少相似之處。又，李本收録墓誌數量龐大，自卷二十四至三十五，編爲十二卷，達七十多篇；而《舉正》徵引保大本墓誌三十八篇，較均匀地分佈在卷二十四至三十四這十一卷中。從這些作品的分佈情況來看，保大本墓誌的收録與編排，與李本亦無太大出入，二本墓誌編排，也存在明顯的相同處。據以上兩點推測，此本很可能來自“古本”；而李本也可能受到“古本”的影響（參《韓愈集宋元傳本研究》有關古本與保大本部分）。

入宋，韓集一度受到冷落，今可考知者，北宋初唯蜀中有刻本。歐陽修《記舊本韓文後》曾提及蜀本，其略曰：

> 予少家漢東。漢東僻陋無學者，吾家又貧無藏書。州南有大姓李氏者，其子彦輔頗好學，予爲兒童時多游其家，見其弊筐貯故書在壁間，發而視之，得《唐昌黎先生文集》六卷，脱略顛倒無次第，因乞李氏以歸。讀之，見其言深厚而雄博，然予猶少，未能悉究其義，徒見其浩然無涯若可愛……年十有七試于州，爲有司所黜，因取所藏韓氏之文復閲之……後七年舉進士及第，官于洛陽，而尹師魯之徒皆在，遂相與作爲古文，因出所藏昌黎集而補綴之，求人家所有舊本而校定之。其後天下學者亦漸趨於古，而韓文遂行于世，至于今蓋三十餘年矣，學者非韓不學也，可謂盛矣……集本出於蜀，文字刻畫頗精於今世俗本，而脱繆尤多。凡三十年間，聞人有善本者，必求而改正之。其最後卷帙不足，今不復補者，重增其故也。予家藏書萬卷，獨《昌黎先生集》

爲舊物也。嗚呼！韓氏之文之道，萬世所共尊，天下所共傳而有也。予於此本，特以其舊物而尤惜之。(《朱文公校昌黎先生集》附録，四部叢刊本）

歐陽修少年所得蜀刻本的具體時間，嘉祐杭本（詳下）録歐氏《書舊本韓文後》有明確交代，其略曰："吾少居漢東，年十五六時，于里人李堯輔家見一弊筐，棄在壁角，中有故書數十册，因得韓文於其間，皆脱落無次序。吾略讀之，愛其文辨而意深。當是時，學者方作時文，天下之人無道韓文者，予亦將舉進士以觖禄利，未暇學也，遂求于李氏而得之以歸，補次成秩而藏之。"（朱熹《昌黎先生集考異》卷十，上海古籍出版社一九八一年影印宋張洽池州刻本）以上兩段文字雖有繁簡之别，但所叙皆蜀本韓集事。朱熹《韓集考異序》曰："觀其自言爲兒童時得蜀本韓文于隨州李氏，計其歲月，當在天禧中年。且其書已故弊脱略，則其摹印之日與祥符杭本，蓋不知其孰先孰後。"祥符杭本韓集，刊於大中祥符二年（一〇〇九，詳下）。朱熹之言自有道理，蜀本時既殘破，可見刊行已久，與祥符杭本的付梓時間前後不遠，故應爲今天所知宋槧韓集的早期刊本。《舉正・叙録》曰："大抵國初書籍板本少而傳録多。"又曰："今館中尚有舊本韓集四十卷，亦印本大字，乃興仁府常家所藏舊川本。"方氏所謂"舊川本"，與歐氏所説蜀本，或即同一版本。《舉正》又載：蜀人蘇溥《書文集後》曾謂"益部所雕《昌黎先生集》"，"傳行久矣，文字脱爛，實難披閲"。蘇氏所説"益部所雕《昌黎先生集》"，蓋亦歐陽修所説的舊蜀本。可惜此本早佚，其具體面貌，只能據歐陽修等人描述，略知其一二而已。

歐陽修所得舊蜀本存六卷，經過屢次補綴校勘，方成善本。《集古録跋尾》卷八"田弘正家廟碑"條曰："余家所藏書萬卷，惟昌黎集是余爲進士時所有，最爲舊物。自天聖以來，古學漸盛，學者多讀韓文，而患集本訛舛。惟余家本，屢更校正，時人共傳，號爲善本。及後集録古文，得韓文之石刻者，如《羅池神》、《黄陵廟碑》之類，以校余家集本，舛繆猶多。若《田弘正碑》則又甚。蓋由諸本不同，往往妄加改易，今以碑校集，印本與刻石多同，當以爲正。初未必誤，多爲校讎者妄改之。乃知文字之傳，久而轉失其真者多矣。則校讎之際，決於取捨，不可不慎也。"（《集古録跋尾》卷八，光緒十三年，即一八八七年行素草堂刊本）據此可見舊蜀本文字之精。今知北宋蘇溥本、吕夏卿本、陳師道本、洪興祖本、南宋祝充本、文讜本、方崧卿本、南宋蜀本、朱熹本、魏仲舉本等都采用過歐校本。不過，歐氏所校韓集還有四十卷足本，“其編次不同於通行的李漢編次本，而接近南唐保大本，且校語間夾有少量説明性文字，朱熹等校本曾經采用”（《韓集舉正彙校》，頁六〇一）。然此四十卷本，歐氏卻很少提及，所以廣爲諸家徵引的歐本，乃舊蜀本無疑。

北宋早期刊行的另一種重要韓集，就是祥符杭本，方氏《舉正·叙録》記“祥符杭本”曰：

> 杭州明教寺大中祥符二年（一〇〇九）所刊本，時尚未有外集，與閣本多同。洪慶善謂《劉統軍碑》傳本作“反柩於京師”，後得祥符間印本，乃作“反機”，蓋此本也。劉碑世有石本，實作“反機”，則知此本最爲近古。頃嘗於姜秘監補之家得校韓文一秩，考訂頗密，亦以此本爲正，而參之己見。又李漢老本每字皆注“閣本”、“舊本”二語，所謂“舊本”，亦此本也。信知前輩取與之不繆。猶恨此本斷爛多，字難徧考，尚賴姜本以相參對云。（《韓集舉正彙校》，頁五六三至五六四）

“大中祥符”乃真宗年號。據《舉正》所言，祥符杭本尚無《外集》；增入《外集》者始於嘉祐蜀本（參《舉正·叙録》“嘉祐蜀本”條）。祥符杭本在文字方面多近古本，故爲世人所重，惜方氏所見已多破損斷爛，文字難以遍考，不得已只好借助其他徵用祥符本文字者，間接加以勘正。另外據劉真倫研究，祥符本卷七之末爲《贈河陽李大夫》、《苦寒歌》二首，世傳通行本編在《外集》；通行本卷九《游城南十六首》内《贈同遊》一首，祥符本脱（《韓愈集宋元傳本研究》，頁二三九至二四〇）。

祥符本後，就是柳開、穆修整理的韓集。柳開、穆修力倡古文，實宋代古文運動的先驅，二人在韓集整理方面也有貢獻。柳開字仲塗，開寶六年（九七三）進士及第，而其研讀韓文則始於少時，比歐陽修要早得多，其《昌黎集後序》記其校訂韓集情形曰：“余讀先生之文，自年十七至于今，凡七年。日夜不離于手，始得其十之一二者哉。”（《河東先生集》卷十一，四部叢刊本。版本下同）柳開十七歲，乃太祖乾德二年（九六四），七年後方撰《後序》，則爲太祖開寶四年（九七一），其校訂韓集當在此七年間。柳開所校韓集兩宋間流傳甚廣，仁宗慶曆元年（一〇四一），蘇涣以柳開所校韓集授之蘇溥，至嘉祐六年（一〇六一）蘇溥校刻韓集，即將柳校收入韓集中，稱爲

“河東先生所修正本”，直到方氏《舉正》，仍在徵引柳開所校韓集，可見南宋時，柳校本還在流傳。不過柳校畢竟爲其少作，取捨未必謹嚴，故方氏《舉正》徵引的並不多。穆修字伯長，大中祥符二年（一〇〇九）進士。穆修曾致力韓文整理二十餘年，邵伯温《易學辨惑》謂穆修“家有唐本韓、柳集，乃丐於所親厚者，得金募工鏤版，印數百帙，攜入京師相國寺，設肆鬻之”（《易學辨惑》卷一，影印文淵閣四庫全書本）。穆修《唐柳先生集後序》記其校理韓集的情形曰：“多從好事訪善本，前後累數十，得所長輒加注竄。遇行四方遠道，或他書不暇持，獨齎韓以自隨，幸會人所寶有，就假取正。凡用力於斯，已蹈二紀外，文始幾定。”可見其用功於韓集之恒久，穆氏以爲“唐之文章，初未去周隋五代之氣，中間稱得李杜，其才始用爲勝，而號專雄歌詩，道未極其渾備。至韓柳氏起，然後能大吐古人之文，其言與仁義相華實而不雜。如韓《元和盛德》、《平淮西》，柳《雅章》之類，皆辭嚴義偉，制述如經，能崒然聳唐德于盛漢之表蔑愧讓者，非二先生之文則誰與”（以上巴蜀書社排印本《全宋文》第八册卷三二二，頁四二二）。穆氏校刻本，南宋文讜本、魏仲舉本（詳下）均有徵引。

自柳、穆前導，歐陽修繼起大倡韓文，韓愈詩文才受到宋人關注，宋代韓集整理和盛傳的帷幕才真正拉開。繼而出現的就是嘉祐蜀本與嘉祐杭本。方氏《舉正·叙録》介紹“嘉祐蜀本”曰：

> 河東先生本增修五千七百五十八字。劉龍圖（燁）本增修一千六百九十二字並集外篇。音切一百七十二字。歐、尹二學士本修正六百八十一字。（並注目録後）
>
> 右蜀人蘇溥慶曆間所校，嘉祐中刊于蜀，洪慶善之所謂蜀本，此也。時景元以爲歐本，非也。韓文之有《集外篇》，有音切，自此本始也。第此本已經四校，故比舊集，時有增損，然校之今本則不侔矣。況四君子大儒，決非妄肆胸臆者，故舊本之所不通者，猶賴此本以爲證。韓文古本題下皆有“一首”字，與《文選》同，此本多存之。《集外篇》今本脱誤殆不可讀，惟此本爲劉氏之舊。蘇嘗自序其集後，今别見。（《韓集舉正彙校》，頁五六四）

可見“嘉祐蜀本”，即嘉祐間蜀人蘇溥校刻本。此本的特點是增加了《外集》和音切。後來《外集》增至十卷，前五卷詩文三十八篇，即源於劉燁本《集外篇》。文字方面，此本彙集柳開、劉燁、歐陽修、尹洙四家最早校勘韓集的成果，故版本價值極高。蘇溥，眉山人，爲蘇軾父輩涣、洵之從兄弟。方氏謂溥"嘗自序其集後"，所指即蘇溥《書文集後》，文中述其校刻韓集的過程甚悉，其略曰：

益部所雕《昌黎先生集》，雖傳行久矣，文字脱爛，實難披閲，唯餘杭本稍若完正。慶曆辛巳歲，溥求薦王府，時從兄涣，以小著宰鄢陵，因即覲之，語及古學，且謂："退之文，自軻、雄没，作者一人而已。予近獲河東先生所修正本，雖甚惜之，於子無所隱耳。"比之杭、蜀二本，其不相類者十三四。越明年，從兄改秘書丞，倅南隆，復以故龍圖燁所增修本爲示。又且正千餘字，並獲《集外》三十八篇。又得嘉州李推官詡傳歐、尹二本，重加校勘。溥既拜厚賜，不敢藏于家，期與好古之士共之，乃募工鏤板，備於流行。其所增修字數及加音切，具諸目録。後《集外》、《順宗實録》爲十卷。仍以河東先生《後序》附于末。謹跡傳授之自，庶信於人爾。時嘉祐六年六月旦。(《韓愈全集校注》，頁三〇八〇至三〇八一)

蘇氏謂"增修字數及加音切"數目，記於目録之後，即上引《舉正·叙録》所列蘇氏依據各校本訂正和增加音切的數目。蘇溥所刊嘉祐蜀本，以柳、劉、歐、尹四家爲校本，其餘兩本，一爲舊蜀本，即《舉正·叙録》所謂的舊川本，應即歐陽修所見蜀本，因傳行已久，文字脱爛，實難披閲，無法用爲底本；另一"餘杭本"，應即祥符杭本，稍若完整。據此可見嘉祐蜀本所據底本，乃是祥符杭本，可無疑也。

再看嘉祐杭本，即方氏《舉正》所謂之"吕本"、"浙本"或"今浙本"，趙希弁稱之爲"嘉祐壬寅所刊杭本"。趙氏記此本特點曰：

杭本並無《目録》、《年譜》、《附録》，亦無柳開一序，趙德之序《文録》，列于李漢之先。歐陽修之《記舊本》，較之他集則異。他本所載者，六百二十七字，杭本所刊者，一百六十二字。以嘉祐壬寅考之，歐陽方在政府，刊者不應謬誤，豈非後來更改而然歟？(《郡齋讀書志校證·讀書附志》，頁一一七〇。案孫猛校《文録》、《記舊本》二書斷句有誤，且未加書名號，今正——筆者)

可見此本卷前以趙德《文録序》冠首，次李漢《序》，無目録；卷後無《年譜》、

《附録》、柳開《序》等，且趙《序》置於李《序》前，遂成後世部分韓集遵從的一種范式。又，此本卷後歐陽修《記舊本韓文後》僅百六十二字，與其他傳本六百二十字不同。此本的底本乃吕夏卿校訂本，吕氏《書文集後》述其校訂韓集情形頗詳，其略曰：

> 戊子至京師，己丑冬借韓子華家本校正。乙未春得歐陽公本，又校過，然增損甚少，疑子華本亦得於歐陽公也。始予兄知舞陽縣事，得朱臺符家藏本於許州，改誤字數十，又頗增句讀……丙申春，得趙德《文録》六卷於林琪家……《文録》所載皆韓文，自總七十五首，其次第殽亂，讀或有增損異同。疑德親受本於文公，比他本爲最可信者。《通解》、《崔虞部書》、《明水賦》、《河南同官記》，今皆不入正集。李漢自謂收拾遺文無所墜失。四篇之文，疑漢所棄，或墜失而未得者，故不在集中，而見於《文録》。然則德所録在李漢前，今以德序爲首，李漢序次之，而存《文録》篇第於集後以序。然則外集所載，未必皆李漢所不取者也。(《韓愈全集校注》，頁三〇七九)

據此可知，此本還録存了歐陽修、朱臺符二家的校勘文字，且《外集》收有《文録》中的《通解》、《崔虞部書》、《明水賦》、《河南同官記》四篇李漢本失收的佚文，卷末還録存了《文録》七十五篇目録，極具參考價值。此本今已不存，然清錢求赤尚見此本，並將其傳録於一明刊本上，《鐵琴銅劍樓藏書目録》著録有錢氏傳録本，題作"《昌黎先生文集》四十卷《外集》十卷，校宋本"。瞿氏記曰：

> 此從張甥純卿所藏邑前輩錢求赤校本，傳録於明刻本上。錢舊藏宋刻洪興祖注本失去，又有吴汝明翻洪本，校勘未精。後借得宋刊小字浙本校之，今核與方崧卿所云杭本者一一脗合，疑即祥符杭本，朱子所云監本是也。前李序有結銜云："門人朝議郎行尚書屯田員外郎史館修撰上柱國賜緋魚袋李漢編。"方崧卿謂蜀本亦同。後有歐陽修《記舊本韓文後》、吕夏卿《後序》二篇。其遺文一卷則無之。每半葉十五行，每卷前俱載題目，其字句異處與朱子《考異》所云"或作"者合，而《考異》所載尚未全。如《石鼎聯句詩序》"自衡山來"，"山"下注："蔡作岳。""長頸而高結"注："介甫本無高字。""子爲我書吾句"下注："蔡無吾句二字。"……篇次與《考異》本同。惟《贈河陽李大夫》、《苦寒歌》二

首，列正集第七卷末，不入外集中爲稍異耳。(《鐵琴銅劍樓藏書目録》卷十九，頁二八二)

據此，錢氏借得的宋刊小字杭本，就是嘉祐杭本。此本正集四十卷《外集》十卷，内容編次與嘉祐蜀本大致相同，半葉十五行。編次、李漢銜名也與蜀本大致相同。卷七末《贈河陽李大夫》、《苦寒歌》二首不入外集，亦與祥符杭本同，而與一般傳本異。不過此本《外集》收有《召大巔和尚書》三首，則與蜀本《外集》不同。朱熹《韓集考異》謂《召大巔和尚書》三首，"諸本皆無，唯嘉祐小杭本有之"。知嘉祐小杭本《外集》收有《召大巔和尚書》三首，這表明此本《外集》與嘉祐蜀本還是有所不同的。由上可知此本雖經校勘，文字和篇目也有增加，但大體上仍然屬於舊蜀本系統。

北宋監本，也是宋人整理的重要韓集之一，王安石、洪興祖均曾提到此本，如通行本韓集卷三《感春四首》其四"奈我不如江頭人"句，"奈我"，《舉正》曰："荆公只從監本作'我恨'。"(《韓集舉正彙校》卷一，頁六〇)王安石所引監本，自當爲北宋監本。洪興祖《韓子年譜·序》列有"監本"一種，洪《譜》成書於宣和七年(一一二五)，故洪氏所説監本亦北宋監本。迨南宋國子監所刊韓集行世後，相對南宋監本，北宋監本則被稱爲"舊監本"，南宋監本稱"新監本"或"今監本"。如通行本韓集卷十四《省試學生代齋郎議》"利於其舊不什則不可爲已"句，"什"字，《舉正》曰："新、舊監本皆作'什'，蜀本、《文粹》'什'作'然'，非也。"(《韓集舉正彙校》卷五，頁二五七)卷十九《與鄂州柳中丞書》"瞋目語難"句，《舉正》曰："新、舊監本同。"(《韓集舉正彙校》卷六，頁三一八)由《舉正》這些記載可知，兩宋監本在收録作品數量和文字方面，還是有不少共同之處的。不過新、舊監本文字亦有不同處，如通行本卷一《閔己賦》"余壹不知其可懷"句，"壹"字，舊監本作"一"，新監本訛作"豈"。同卷《南山詩》"秋霜起刻轢"句，"轢"字，舊監本同，新監本訛作"鑠"。卷二十四《河南少尹裴君墓誌銘》"公諱復"句，"復"字，舊監本同，新監本訛作"稪"，等等，然此類歧異並不多。至於舊監本刊於何時，典籍無載；然王安石既已引之，則其刊行自然不晚於北宋中期。舊監本正集四十卷所收作品總七百一十六篇，傳世諸本中，潮本屬於舊監本系統，故潮本實際展現了舊監本的面貌(詳下)。

南宋監本，《舉正》稱爲"新監本"或"今本"、"監本"。此本與舊監本相近，是一個較爲近古的本子，故方氏撰《舉正》用爲底本。方氏記曰：

> 今之監本已非舊集，然校之潮、袁諸本，猶爲近古，如《送牛堪序》，閣本、杭本皆繫於十九卷之末，惟此本尚然。今用以爲正，而録諸本異同於其下。此本已正者，亦不復盡出，庶幾後學猶得以考韓氏之舊也。(《韓集舉正彙校》卷一，頁二)

可見《舉正》底本用新監本，可以較多地保存古本韓集的面貌，且新監本收録作品較爲完備，文字也比較謹嚴。自柳開、劉燁等校訂韓文始，韓集文字歧異紛出，言本本殊，故方崧卿《韓集舉正》卷一發言即慨歎："韓文自校本盛行，世無全書。"方氏撰《舉正》，正是欲爲韓集正本清源。今天南監本早已失傳，其面貌已難以直接看到。《舉正》底本雖用南監本，然而在卷第編次、篇章分合、文字校訂等諸多方面作了較大改動，故而稽考方氏、朱熹及其他相關著述，也只能間接看到其大概面貌了。兹述如下：

南監本名《昌黎先生文集》，然《舉正》因李漢《序》"目爲'昌黎先生集'"一語，以及蜀本、潮本等皆作《昌黎先生集》，所以删去"文"字。朱熹本、張洽本、王伯大本、廖瑩中本（均詳下）繼之，皆作《昌黎先生集》。李漢本分類及編次情形，李漢《序》有明確交代，而後世多家傳本，文體分類雖無大異，而各類文章的篇數卻相去甚遠，部分文章編次也有不同。爲了彌合這一矛盾，各本對李漢《序》的篇數多有改動，故而彼此不盡一致。而南監本李漢《序》所載正集篇目總數爲七百十六篇，稽考方、朱等人記載，南監本正集實存七百三篇，最接近李漢《序》所記篇數，加上外集和遺文，總七百五十六篇。

方氏對南監本編次及篇章分合所作的調整，《舉正》和朱氏《考異》均有記載。根據這些記載，知《舉正》編次文字有以下特點：通行本卷一《岐山下》，南監本原爲一首，方氏據閣本、蜀本分爲二首；通行本卷四《青青水中蒲》，南監本作一首，方氏據閣本分爲三首；卷五《李花》，南監本作一首，方氏據詩意分爲二首；卷七《雜詩》，南監本作三首，方氏從樊本分作四首；卷十《游太平公主山莊》，南監本題作《大安池》，方氏據唐本存《大安池》一題，而將詩冠以《太平公主山莊》，另作一首；卷九《贈同遊》，據朱氏《考異》，南監本編在《外集》卷一《請遷玄宗廟議》前，方氏則據樊、謝所録令狐氏本，次於《風折花枝》之後，以足《游城南十六首》之數；卷十九《送牛堪序》，南監本編在卷二十之首，方氏據閣、杭、蜀本，移於卷十九之末；《外集》之《送河陽李大夫》、《苦寒歌》二首，南監本原在正集，與嘉祐杭本相同，方氏據蜀本改編入《外集》;卷十次行題“律詩凡八十首”,方氏注從蜀本,據朱熹《考異》,南監本原作七十九首,方氏將《大安池》一首校爲目存詩佚,而增《游太平公主山莊》一題,故爲八十首;據朱氏《考異》,南監本《外集》十卷,前五卷存詩文三十五首,後五卷爲《順宗實録》,而方氏《外集》不分卷,僅存詩文二十六首;監本另有《遺文》一卷十八首,次於《外集》之後,方本於監本遺文僅取《贈族姪》、《嘲鼾睡二首》,凡三首,並另輯補《題名》等,共十六首。文字方面,南監本也獨具特色,爲它本所無,今據方、朱二書略舉數例:如卷二《此日足可惜》“中流上灘潬”句,“灘潬”,監本作“沙灘”;卷六《贈元十八協律》“待我踰交親”句,“踰”字,監本作“如”;卷十一《原毁》“將有作於上者”句,“作”字,監本作“仕”;卷十八《與孟尚書書》“愈白”下,南監本有“行官自南迴,過吉州,得吾兄二十四日手書數番,忻悚兼至。未審入秋來眠食何似,伏惟萬福。來示”等三十八字;卷二十一《送水陸運使韓侍御歸所治序》“出入山河之際”句,“際”字,監本作“險”;卷二十八《扶風郡夫人墓誌銘》“不失其歸其室有丘”句,“不失”,監本作“夫先”;《外集》卷一《贈崔立之》“子桑苦寒飢”句,“桑苦寒”,南監本作“來寒且”,等等。可見《舉正》雖以南監本爲底本,但編次及文字均有所改動。

經過宋人不懈努力,白文韓集校本大量涌現,各有所長,也各具不足。這就迫切需要一種集成性的彙校本出來,彙集各家校勘成果,取長補短,成爲定本。方崧卿於南安刊刻的《昌黎先生集》四十卷、《外集》一卷、《附録》五卷、《增考年譜》一卷、《韓集舉正》十卷,就是適應這種情勢出現的。葉適《京西運判方公神道碑》述此意曰:“韓氏文行於世二百年,其始所從,家異人殊,不能相一,學者患之。公會證旁引,爲書二十餘卷,得以據依,他本廢矣。”(《水心先生文集》卷十九,四部叢刊初編本)正是對方氏南安本適時出現,正本清源,取長補短,纂爲集成性著作的最好説明。南安本今存殘帙,其版本詳情,將於下文今存宋槧韓集部分介紹。

宋代校理韓集者雖衆,但對韓集文本定型産生決定性影響的,僅方崧卿、朱熹兩家。而朱校本,則是在方氏《韓集舉正》基礎上進行的。朱氏《韓集考異》始撰於慶元二年(一一九六),次年書成,其書體例,大致以方校韓集爲底本,“而注諸本之得失於下”,並對方校本有所“辨論”和“排抵”(《與方伯謨》書之二十,《晦庵先生朱文公文集》卷四十四,四部叢刊初編本)。可見朱校韓集,應屬南安本系統。南安本是宋代所校韓集中資料最爲豐富、校勘最爲嚴謹的本子。《考異》以南安本爲底本，就吸取了方氏所校韓集之長，而對其不足之處的"辨論"和"排抵"，雖未必全是，但在一定程度上彌補了方校本的不足，所以朱校本後來居上，後世韓集多祖其本，其間雖與朱熹的盛名有關，但也自有其合理之處。

朱熹《考異》對南安本的糾駁，主要表現在信"本"還是信"理"方面。朱熹不滿於方氏過分迷信石本、舊本，其對方校本的總體評價是"信本而不信理"(《昌黎先生集考異》卷三，上海古籍出版社一九八一年影印宋張洽池州刻本，葉七。版本下同)，這頗能道出方校本對版本，特别是對石本和古本過分拘泥而造成的失誤。故朱熹校勘，反方氏之道而行之，"一以文勢義理及它書之可證驗者決之。苟是矣，則雖民間近出小本不敢違；有所未安，則雖官本、古本、石本不敢信"(《昌黎先生集考異》卷一，葉一)。所以從總體上來看，朱熹校勘注重的是"文勢"、"義理"而不是版本，即現代校勘學所謂的"理校"，因而能對舊本自身的訛誤保持足够的警覺，尤其是對石本、閣本的挑剔，這恰好與方氏相反相成，從"理校"角度彌補了方氏某些拘執閣本、石本造成的失誤。如韓集卷一《元和聖德詩》"有恇其兇，有餌其誘"二句，"兇"字，方氏據嘉祐蜀本訂作"智"，又據古本曰："鮑校同。"(《韓集舉正彙校》卷一，頁一二)《考異》曰："'兇'，方作'智'。今按：此二句蓋言有畏其暴者，有貪其利者，故從之者衆耳，非本心樂從也。方本非是。"(《昌黎先生集考異》卷一，葉五)揆諸文義，方本誤，朱本是。像這樣的正確糾駁，還有多處。但是方氏的版本選擇注重石本、古本，畢竟符合校勘的一般原則，也符合宋代韓集傳本的一般現狀，朱熹對方氏偏信古本、石本的傾向進行批評，有其合理的一面，但是矯枉過正，一味否定石本、古本的價值，也有違於校勘的科學規範，對方氏只信石本、古本的指責也有失實之處。如韓集卷二《此日足可惜一首贈張籍》"中流上沙灘"，方氏據杭本、蜀本作"沙潬"。《舉正》云："郭璞曰：'江東人呼水中沙堆爲潬。'潬即灘也。今本作'灘潬'非。"(《韓集舉正彙校》卷一，頁三〇)朱本作"灘潬"，《考異》曰："'灘'，方作'沙'。今按：下句便有'沙'字，恐只當作'灘'。二字復出，如上句言'舟航'之類。"(《昌黎先生集考異》卷一，葉十一)朱熹的批評，揆之文義實誤，因爲"潬"字既訓爲沙灘，則"灘潬"無異於概念重複，故當以方氏作"沙潬"爲是。朱熹的失誤，就在於一味顧及文勢的前後重複，而忽略了版本實證的重要，所以難免有所偏失。

朱熹對方本糾駁的另一方面，就是對異文的選擇是尚奇還是從順。韓文之奇詭，爲宋代韓集整理者普遍重視，方氏對韓文這一特點也很尊重，所以在異文選擇上，尚奇偏古成爲主導傾向。據劉真倫研究，異文爲古今字者，方本則多選古字；異文爲古今韻者，除律詩外，方本多選古韻；異文爲倒語者，方本多選倒字。朱熹則以爲，韓文有奇詭的一面，也有平順的一面，"於朝廷或抵上官論時事及職事，則皆如公狀之體，不用古文奇語"（《昌黎先生集考異》卷五，葉十）應該説，朱熹的意見是辯證的，對韓文的不同風格確有悟入。本着這一思路，朱熹對方本一味尚古偏奇的特點進行了尖鋭的批評，一些具體的糾駁也確有道理，如韓集卷十《獨釣四首》其二"坐厭親刑柄，偷來傍釣車"二句，方本從杭、蜀二本乙"坐厭"爲"厭坐"，曰："'厭'與'偷'爲一義，'坐親刑柄'、'來弄釣車'爲一義，韓詩多此體。"（《韓集舉正彙校》卷四，頁一七八）朱熹曰："'坐厭'與'偷來'爲對，亦自親切。又況'坐厭'乃常用之語，韋蘇州云：'坐厭淮南守。'此類極多。方從誤本，更爲曲説，不知語意之拙澀也。"（《昌黎先生集考異》卷三，葉十九）如此糾駁，確有道理。但韓文奇詭拙澀的風貌也是不能否定的，一味攻擊方本"以奇爲主"、"專主奇澀"、"方意尚異"，也有失公允。不過平心而論，方、朱二家各有所得；朱熹在方校本基礎上繼續校理韓集，其對方本的糾駁，彌補了方本的一些不足，爲最終形成韓集白文定本起到了錦上添花的作用。其矯枉過正之處，則應該批評對待。

宋人在大力校訂文本的同時，也開始注釋韓集。第一個注韓者乃洪興祖。興祖，字慶善，號練塘，潤州丹陽（今江蘇丹陽）人，登政和八年（一一一八）上舍第，紹興四年（一一三四）以上疏忤時相主管太平觀，後起知廣德軍，官至提點江東刑獄等。洪氏曾校訂韓集，撰《韓子年譜》及《考異》各一卷。洪氏《韓子年譜序》述其校韓文撰《年譜》之事曰：

> 予校韓文以唐本、監本、𨚕開、劉燁、朱臺符、吕夏卿、宋景文、歐陽公、宋宣獻、王仲至、孫元忠、鮑欽止及近世所行諸本參定，不敢以私意改易，凡諸本異同者兼存之。考歲月之先後，驗前史之是非，作《年譜》一卷；其不可以歲月繫者，作《辨證》一卷。所不知者闕之。宣和乙巳（七年，一一二五）夏四月四日。（《韓愈全集校注》，頁三〇六六）

在傳世的《韓愈年譜》中，洪《譜》最爲詳贍，也最爲精密。不僅如此，洪氏所

校韓集南宋諸本也多有徵引,但宋元書目卻未見著録。不過洪本宋代已經刊行,南宋張敦頤《書韓文後》記其刊刻韓文一事曰:

> 韓文自歐陽文忠公校故本於泯没二百年之後,天下所共傳而有也。近世本乃多訛誤不同,往往鑿以私見,妄加改正,遂失其真。丹陽洪慶善,儒學淵藪也,嘗著《韓氏年譜》、《辯證》傳于時,學者復得以考正,然二書所傳未廣,余以所得其家本鏤板于昭武學,附《年譜》于正集之首,注《辯證》于正文之下,又考釋音及《辯證》之所遺者數説附焉,比之他本差爲詳備,且不敢用臆説以亂韓氏之真。《外集》文可疑者數篇,或謂恐非韓所作,姑存之,重没其故也。紹興歲次壬申七月,新安張敦頤書。(《韓愈全集校注》,頁三〇八一)

壬申爲紹興二十二年(一一五二)。據張氏此言,洪氏《年譜》、《辯證》原爲單行本,是否刊刻不詳。迨張氏始合二書爲一本刊刻行世。其實這就是韓集的第一個注本,雖然簡單,但發軔之功不可没。宋槧洪注本,後代尚有流傳,《鐵琴銅劍樓藏書目録》校宋本"昌黎先生文集"條曾提及此本,其略曰:

> 此從張蓻純卿所藏邑前輩錢求赤校本,傳録於明刻本上。錢舊藏宋刻洪興祖注本,失去。又有吴汝明翻洪本,校勘未精。(《鐵琴銅劍樓藏書目録》卷十九,頁二八二)

瞿氏這裏提及的"宋刻洪注本"及吴汝明翻洪本,今未見流傳,然洪注本至少經過兩刻,則是可以肯定的。

洪注之後,注家漸多,據劉真倫考察,繼起的注本不僅有常大防、韓醇、蔡夢弼等單注本,而且還出現了姚令威等人的集注本,還有張敦頤的音辨本、彭郁的補注本等等,應有盡有,所謂"五百家注韓",正是對注韓盛況的最好記述。然而這些注本,今天大都失傳。這裏選擇散佚而有文獻可徵者,大略加以介紹;而宋代刊行且槧本今存者,如祝充本、文讜本、南宋浙本、南宋閩本、蜀刻本、池州本等等,將於下文今存宋槧韓集部分逐一加以介紹。

洪注後的重要注本,首爲樊汝霖的譜注本。樊汝霖字澤之,金堂(今屬四川)人,宣和六年甲辰(一一二四)進士,紹興末由眉州知州擢成都路轉運判官,乾道末官至瀘州安撫使。樊氏有《韓集譜注》四十五卷、《韓文公志》五卷、《韓文公年譜》一卷。其書爲文讜本、方氏《舉正》及《年譜增考》、朱熹

《考異》所徵引，至魏仲舉五百家注，則大量采録樊氏注文，於此可見樊注在韓集注本中的地位。五百家注本卷首"諸儒名氏"有"東蜀樊氏"，注曰："名汝霖，字澤之，著《韓文公志》及《譜注》。"陳振孫《書録解題》著録《韓文公志》五卷曰：

> 金堂樊汝霖澤之撰。汝霖嘗爲《韓集譜注》四十五卷，又集其碑誌、祭文、序譜之屬爲一編，此是也。《譜注》未之見。汝霖，宣和六年進士，仕至瀘帥以卒，玉山汪端明志其墓。(《直齋書録解題》卷十六，頁四七五)

汪端明，即汪應辰，官至端明殿學士。樊氏整理韓集並撰《志》、《譜》，事在紹興年間。樊氏《韓文公年譜》跋曰：

> 予既集公行狀、墓誌、神道碑、新舊傳、祭文詩、配饗書、辯謗文、潮州廟記、文録序、集序、後序，歐、吕所書與夫汲公所譜，分爲五卷，目曰《韓文公志》。其譜所未盡也，則爲此年譜于其後，證據甚明，覽者其詳之。紹興壬戌年五月初吉樊汝霖澤之跋。(《韓愈全集校注》，頁三一九二)

壬戌，乃紹興十二年(一一四二)。《譜注》、《韓文公志》及《年譜》成書，應不晚於此年。然《譜注》今已不傳，幸而《舉正》等典籍均有徵引，其中五百家注本采用尤多。考察這些典籍，樊注特點便清晰可見。樊氏所以用"譜注"爲名，蓋因全書采用編年體，方氏《舉正》及五百家注所引樊本，多爲繫年考證文字即是明證。果其如此，則樊本當爲韓集的第一個編年注本。又《玉海》、《宋史·藝文志》載《譜注》爲四十卷，與陳氏《解題》不同。《韓文公志》今已不傳，但稍後於樊氏的文讜注本，也輯有《韓文公志》三卷，内容應與樊志大同小異，樊跋提及的碑誌記序等等，均在其中。後魏仲舉五百家注本也附有序傳碑記等一卷，顯然這批資料並未損失，而爲其後的注者所繼承。《韓文公年譜》一卷，爲五百家注收入《韓文類譜》中，今存。其譜爲補正吕大防《韓吏部文公集年譜》而作，内容以韓愈仕宦經歷爲主，較爲簡約。

樊注之後，張敦頤的音辨本，乃注韓諸本中較有特色的一種。張敦頤，字養正，紹興八年戊午(一一三八)進士，歷邵武、南劍州教授，舒州、衡州知州等，並有《柳集音辨》、《衡陽圖志》、《六朝事蹟類編》等著述傳世。陳振孫《書録解題》卷十六著録張氏《韓柳音辨》二卷。柳集所附紹興二十六年丙子(一一五六)《韓柳音辨序》曰:"韓文屢經校正,往往鑿以私意,多失其真。余前任邵武教官日,會爲讎勘,頗備悉,並考正音釋,刻于正文之下。"(《柳宗元集》附録,中華書局一九七九年排印本,頁一四四七)今《增廣注釋音辨柳集》尚存,然《韓集音辨》未見傳本。張氏《書韓文後》記其刊刻韓集之事甚悉,其略曰:

> 丹陽洪慶善,儒學淵藪也,嘗著《韓氏年譜》、《辯證》傳于時,學者復得以考正,然二書所傳未廣,余以所得其家本鏤板于昭武學,附《年譜》于正集之首,注《辯證》于正文之下,又考釋音及《辯證》之所遺者數説附焉,比之他本差爲詳備,且不敢用臆説以亂韓氏之真。《外集》文可疑者數篇,或謂恐非韓所作,姑存之,重没其故也。紹興歲次壬申七月,新安張敦頤書。(《韓愈全集校注》,頁三〇八一)

昭武,即邵武,今屬福建。若是張氏音辨是以洪本爲底子,卷前載洪《譜》,正文散有洪氏《辨證》文字。於此可見張氏本有《音辨》、《辨證》及補遺,是一個體例相當完備的本子,惜今已不傳。然張氏所作《韓文公歷官記》一卷,陳振孫謂其"頗疏略。其最誤者,序言擒吴元濟、出牛元翼爲一事,此大謬也。爲裴度行軍司馬,在憲宗元和時;奉使鎮州王庭湊,在穆宗長慶時"(《直齋書録解題》卷七,頁二一三)。

吕祖謙集注本的出現,標志着韓集注釋開始趨向集成。祖謙,字伯恭,號東萊,隆興元年癸未(一一六三)進士,有《東萊集》、《皇朝文鑒》等多種著作傳世。吕氏集注本今已無存,但《古文集成前集》卷十六《答陳商書》、《答李翊書》,卷六五《獲麟解》,卷六六《諱辯》,卷六八《原道》所録韓文,均引有"東萊集注"、"東萊注"、"東萊批注"等等。《答陳商書》"齊王好竽"下注曰:"《韓子》十二篇,齊宣王好竽,南郭先生不知竽,而濫於三百人之中,以吹食禄。"此爲注釋事典出處;"律吕"下注曰:"《前律吕志》,陽六爲律,陰六爲吕,黄帝之所作也。"此爲語詞訓釋;《答李翊書》"氣與言猶是也"下注:"退之《論佛骨表》、《徙鱷魚文》並言折王庭奏,出牛元翼,則氣之所養可知。"此爲評論。《答李翊書》題下引"樊曰",《諱辯》題下引"洪曰",可見此本的確帶有集注性質。

韓醇校注本,乃一重要注本。韓醇,字仲韶,四川邛崍人,生平不詳。據劉真倫先生統計,魏仲舉本引校"韓本"三條,注文徵引"韓曰"一千二百四十三條，内容包括音切、訓釋、本事考索、史料引證，其範圍則遍佈正集四十卷、《外集》前五卷中。魏本卷首"諸儒名士"有"臨邛韓氏"，注曰："名醇，字仲韶，全解。"韓醇曾先後校注韓、柳二集，所注韓集宋槧，清雍正時尚存，《天禄琳琅書目》卷三有著録，名《新刊詁訓唐昌黎先生文集》，六函，三十二册。《天禄琳琅書目》曰：

> 宋韓醇詁訓。《正集》四十卷，《外集》十卷，《遺文》一卷，共五十一卷。前載唐李漢序。是書惟卷一下標"臨邛韓醇"四字，前後俱無序跋。考之《宋史》，不載醇傳。按：宋刊《五百家詁訓昌黎文集》列諸儒名氏，載醇，字仲韶。又《詁訓柳宗元集》，亦出醇手。書後有醇記，作於宋孝宗淳熙丁酉，稱世所傳昌黎文公文，雖屢經名儒手，余昔校以家集，其舛誤尚多有之，用爲之訓詁云云。則醇爲愈之裔可知。其家在臨邛，當即爲蜀中所刊。宋葉夢得以蜀本在建本之上，觀此書字精紙潔，刻印俱佳，夢得所言，洵不誣也。（《天禄琳琅書目》卷三，頁六四至六五）

此本清雍正時陳景雲撰《韓集點勘》曾有徵引，今已無傳。從魏本所引考察，韓注每篇題下有解題，以稽考各篇創作的時地及背景；注文則長於徵史，兼及訓詁、典實。《四庫提要》評價韓醇所作韓、柳二注"與張敦頤《韓柳音辨》同時並出，而詳博實過之"，乃持平之論。韓氏所著《詁訓唐柳先生文集》今仍存世，其《河東先生集後記》述其校注韓柳二集情形甚悉，其略曰：

> 世所傳昌黎文公文，雖屢經名儒手，余昔校以家集，其舛誤尚多有之，用爲之訓詁。柳柳州文，胥山沈公謂其參考互證，是正漫乙，若無遺者。余紬繹既久，稽之史籍，蓋亦有所未盡……用各疏其説於篇，視文公集益詳。（《詁訓唐柳先生文集》卷末，影印文淵閣四庫全書本）

篇末署"淳熙丁酉八月中澣臨邛韓醇記"。丁酉，乃孝宗淳熙四年（一一七七），此爲韓醇注柳的成書年代，其注韓成書蓋在此前。是醇乃高宗、孝宗間人。醇既稱韓集爲"家集"，故四庫館臣判其爲韓愈後裔。醇既家於蜀，則其訓釋韓集所用底本，蓋爲嘉祐蜀本。

至於彭郁《補注韓文》，楊萬里《彭文蔚補注韓文序》有詳細記述，其略曰：

永明尉彭君文蔚，與予同郡，且同鄉舉。自紹興癸酉一别，至淳熙戊申七月二十五日，忽觸熱騎一馬來，訪予於南溪之上……因出其補注韓文八帖以示予。上自先秦之古，下迨漢晉之文史，近至故老之口傳，旁羅遠摭，幽討明抉，殆數十萬言。於是韓子之詩文，雅語奇字，發摘呈露，無餘秘矣。如援《順宗實録》而知《上李實書》之有旨，據《唐史》本傳而知《送鄭權序》之有負，至於《城南聯句》"採月"、"拗泓"等語怪奇不可理曉者，援證益白。他難以悉數。是有補於後學爲不少也。昔程子以《羑里操》爲韓子得文王之心，以"軻死不得其傳"爲韓子見之識之之大，此固讀韓文之大觀遠覽也。而文蔚之注亦獨可廢乎?(《誠齋集》卷八十一，影印文淵閣四庫全書本)

據此，彭氏補注成書於淳熙十五年戊申(一一八八)。彭郁，字文蔚，號鄉山漫叟，廬陵人，紹興二十三年癸酉(一一五三)解試，淳熙間爲永明尉。陳振孫《書録解題》著録方崧卿南安刻本《昌黎集》，有《外鈔》八卷，此八卷《外鈔》即彭郁所著。《宋史・藝文志八》"文史類"也作"彭郁《韓文外鈔》八卷"。但陳氏《解題》著録方氏南安本韓集時卻曰：

《年譜》，洪興祖撰，莆田方崧卿增考，且撰《舉正》以校其同異，而刻之南安軍。《外集》但據嘉祐蜀本劉煜所録二十五篇，而附以石刻聯句、詩文之遺見於他集者。及葛嶠刻柳文，則又以大庾丞韓郁所編注諸本號《外集》者，並考校疑誤，輯遺事，共爲《外鈔》刻之。(《直齋書録解題》卷十六，頁四七五至四七六)

這裏陳氏叙録多有舛誤："柳文"應爲"韓文"之訛；"韓郁"乃"彭郁"之訛，此蓋涉韓文而致誤；又"大庾丞"乃"永明尉"之訛，則與此本刊於南安有關；又"號《外集》"乃"號《外鈔》"之訛。《文獻通考》轉録此條時，又訛"韓郁"作"韓都"，則更是以訛傳訛。不過陳氏著録雖有訛誤，但卻證實了彭注曾經刻板流行，故其著録，仍有重要的參考價值。又彭氏注本原作《補注韓文》，至葛嶠本乃改題《韓文外鈔》。據《宋會要輯稿》，葛嶠罷江東提刑在嘉定六年十二月二十七日(《宋會要輯稿》職官七五之二，頁四〇七五)，則葛嶠知南安軍並刊刻"外鈔"當在紹熙、慶元前後。《外鈔》雖以彭郁《補注》爲主，但"考校疑誤、輯遺事"，應出自葛氏。

萬曼先生云："由於對韓集的研究範圍逐漸擴大，版本繁多，學者很難畢覽，於是在南宋末年應時而起的是更大規模的綜合編輯工作。這種工作如果由當時學者來從事，自然可以做出很好的成績；但實際上多半由坊肆主持，一方面儘量誇張，一方面卻不免因簡就陋。這種本子以《五百家注》本爲最典型。”（《唐集叙録》，頁一七七）所言甚是。綜合性注本取衆家之長，補其所短，綜爲一書，此舉非具學者之識見不能爲，而當時卻由坊肆主持，故所謂《五百家注》本的質量，便可想而知了。

綜合性注本除《五百家》外，還有王伯大本、麻沙本和世綵堂本。《五百家》本、麻沙本與世綵堂本今天均有宋槧傳世，有關其版本詳情，將於下文今存宋槧韓集部分具體介紹，這裏先介紹王伯大本。

王伯大，字幼學，號留耕，福州人。嘉定七年甲戌（一二一四）進士，理宗朝官至端明殿學士，拜參知政事，事蹟具《宋史》本傳。伯大本即寶慶三年（一二二七）王氏通判南劍州時所刻《朱文公校昌黎先生文集》四十卷、《外集》十卷、《集傳》一卷、《遺文遺詩》一卷。此本題“朱晦庵先生考異、留耕王先生音釋”。卷前首朱熹《韓文考異序》，次王伯大序，次諸家姓氏，次李漢序、汪季路書、王伯大《凡例》、目録。據《凡例》（見四部叢刊本），此本正文及篇次係依方崧卿南安本，而以諸本參校，將朱熹《考異》散入正文之下。又據王伯大序，伯大復集諸家注彙爲《音釋》，附於“逐卷之左”。王國維著録殘宋刊王伯大本曰：

> 案朱子《韓文考異》十卷，本附韓集後，自爲一書。寶慶三年，王伯大通判南劍州，校刊韓集，以《考異》散入本文之下，又於每卷之後附以音釋。元本又將音釋散附本文。（《傳書堂藏善本書志·集部》）

王國維判伯大彙集諸家音釋，附於每卷之後，此言得之。然謂“元本又將音釋散附本文”，則非是。將原附各卷後之《音釋》散於正文下者，乃宋麻沙本（詳下）。《四庫全書總目》對此有詳細説明，其略曰：

> 伯大以朱子《韓文考異》於本集之外别爲卷帙，不便尋覽，乃重爲編次，離析《考異》之文，散入本集各句之下，刻於南劍州。又採洪興祖《年譜辨證》、樊汝霖《年譜注》、孫汝聽解、韓醇解、祝充解爲之《音釋》，附於各篇之末。厥後麻沙書坊以注釋綴於篇末，仍不便檢閲，亦取而散諸句下。蓋伯大改朱子之舊第，坊賈又改伯大之舊第，已全失其初。（《四庫全書總目》卷一五〇，頁一二八八）

館臣所言甚是，然謂將《音釋》附於每篇之後，則非是；乃每卷之後也。對伯大本、麻沙本兩次改變韓集編輯體式，王國維在著録元刊本《朱文公校昌黎先生文集》四十卷時，説得就正確且簡明了，其略曰：

> 以朱子《考異》附入本集，乃王伯大所爲。又以伯大《音釋》附入本集，則始於此本，殆宋末建陽坊肆所爲。此本又恐元時覆刊者也。（《傳書堂藏善本書志·集部》）

這裏糾正了元刊本始散《音釋》於本文的説法，無疑是正確的。由於麻沙本的編輯體式更方便讀者，再假朱熹之盛名，因而幾成定式，後世覆刻者頗多，均依此式（詳下）。

經過宋人不懈努力，韓集各種形式的傳本應有盡有，據劉真倫先生統計，今可考知者多達近百種。然而隨着宋代理學興盛，韓愈的影響逐漸減弱，宋末復歸於冷落。屢經滄桑的宋傳韓集，今天絶大部分已經散逸，存世者不過十三種，有些還是殘本。這些宋槧，有白文本、注本及綜合性注本。從版本傳承來説，可分爲三大系統：淳熙本屬於北宋監本系統；祝充本、文讜本、南宋浙本、南宋江西本、南宋閩本、南宋蜀本、魏仲舉本屬於南宋監本系統；張洽本、臨江軍學本、麻沙本、京刻本、廖瑩中本屬於方崧卿、朱熹本系統。下面對這些今存之宋槧韓集依據歷代典籍記載，綜合現代學界的研究成果，加上筆者臆見，按刊行時間先後分述如下：

（一）淳熙本。孝宗淳熙元年甲午（一一七四）杭州地區刻《昌黎先生集》四十卷《集外文》十卷《附録》一卷，臺北故宫博物院有藏。一九八二年臺北故宫博物院據此本影印，其中卷十、卷十九、卷二十一至二十三、《集外文》卷一凡六卷爲鈔配；另李漢序首葉及次葉前半版上截，卷九第四葉等亦爲鈔配，卷末劉昉《後序》及牌記合占一葉，也是鈔配的。此本半葉十一行二十字，小字雙行同，寫刻俱佳，白口單黑魚尾下鐫"韓幾"或"韓文幾"，書口下方鐫刊工姓名。卷前首李漢序，次全書類目。卷後《附録》一卷，劉昉《後序》後附有"右承議郎通判潮州軍州事李公彦"、"右朝請大夫權知潮州軍州事李宥"銜名二行，二行銜名後有牌記"淳熙改元錦谿張監税宅善本"。然筆者所見河南大學藏一九八二年臺北故宫博物院影印本，劉昉《後序》、二行銜名及牌記所在葉，錯簡於柳開《後序》間。該牌記表明，此本刊行於孝宗淳熙元年，但二行銜名及牌記所在葉乃鈔配，其真實性值得懷疑。故此，臺北故宫博物院影印本昌彼得《跋》，特地從宋諱至"慎"字，字體爲歐體，刊工王存中、師順、李才、劉中、王敷等活動於浙江地區等諸方面加以考察，證明此本刊刻時間與牌記所標"淳熙改元"一致，因而判定牌記所在葉等鈔配部分，乃是據原刻影寫補入的，所考值得信賴。《藏園訂補郘亭知見傳本書目》卷十二下，著録有此本一殘帙，存卷一至卷十，及《附録》一卷，原刻牌記猶存，與臺北藏本影寫牌記同，可證臺北藏本牌記的確是據原刻影寫者，這進一步證明，此本確實爲淳熙元年杭州地區刻本。若是，則此本乃今存宋槧韓集諸本中最早的槧本。黄丕烈《百宋一廛賦注》曾誤定此本爲北宋所槧，潘伯寅《滂喜齋藏書記》、陸心源《皕宋樓藏書記》亦誤沿黄氏之説，斷爲北宋刻本。後來陸心源撰《儀顧堂題跋》，重新審視此本，判爲南宋紹興刻本，亦非是。至於此本所據底本，劉昉《後序》有明確交代，其略曰：

> 文公去潮，潮人廟事公，久益謹。今是集諸處往往鏤版，潮爲公舊治，顧可闕耶！大觀初，昉之先大夫憂居鄉，嘗集京、浙、閩、蜀所刊凡八本及鄉里前輩家藏趙德舊本，參以所見石刻訂正之，疑則兩存焉。又以公傳誌及它人詩文爲公而作者悉附其後，最爲善本。郡以公廟香火錢刊行，資其嬴以葺祠宇。中經兵火，遂無孑遺。今郡中訪得先大夫所校舊本重刊之，屬昉識其後，義不可辭，謹拜而書之，勒于左方。紹興己未中元日，左朝散郎尚書禮部員外郎兼充實録院檢討官劉昉書。

據此，徽宗大觀初，潮州刊有韓集，即"大觀潮本"，其底本乃劉父的校訂本。兩宋兵燹，大觀潮本版片無孑遺。迨紹興己未（九年，一一三九）時局稍安，潮州郡守訪得大觀潮本重刊，屬劉昉書其後，即"紹興潮本"，故紹興潮本乃大觀潮本的下位本。而此本乃紹興潮本的翻刻本，這在文字方面可得到證明。據劉真倫研究，方氏撰《舉正》，引校紹興"潮本"四十八條，其中四十一條與此本相合；這些文字中有相當一部分與傳世諸本不同而爲潮本所獨有。如《舉正》卷一（韓集卷一）《謝自然詩》"郡守驚且歎"句，"歎"字，方氏云"潮本作'歡'，今作'觀'，皆訛"；此本正作"歡"。《舉正》卷五（韓集卷十五）《上兵部李侍郎書》題下，方氏云"蜀本出'巽'字，潮本'巽'作'異'，非"；此本正作"李異"。《舉正》卷十（韓集卷三十四）《故貝州司法參軍李君墓誌銘》"紀其世著其德行以識其葬"句，"識"字，方氏云"潮本'識'作'誌'"；此本正作“誌”，等等。可見此本的確是據紹興潮本翻刻的，故文字上應屬於潮本系統。又，方氏《舉正》徵引北宋監本十二條，其中九條與南宋監本不同；而九條中卻有七條與潮本相合。據上可見，此本與潮本應屬於北宋監本系統，可謂淵源有自矣。就編次方面看，此本與南監本也多有不同，如南監本卷十《大安池》一首，詩題俱存，該卷總數爲“律詩七十九首”（見《考異》及祝充本）；然此本及潮本卷十《大安池》一首唯題存，其詩則被冠以《游太平公主山莊》，别作一首，故總數多一首，作“律詩凡八十首”。《鄆州溪堂詩》，此本及潮本編在卷七詩歌類，南監本編在卷十四序文類。《送牛堪登第序》，此本及潮本編在卷二十之首，南監本編在卷十九之末。南監本有《遺文》一卷十八首，而潮本無遺文。這進一步證明，此本的確不屬於南監本系統，應歸入北宋監本系統。正因爲此本在編次、文字等方面有不少地方與現行傳本差異頗大，故而對考訂韓集的編次、文字，釐清韓集的版本源流系統具有極高的參考價值，尤其在南宋方崧卿、朱熹校本大行天下之後，此本獨特的參考價值就更顯得不可或缺了。藏印：“笥河府君遺藏書記”朱文長方印、“少河”朱文方印、“九郁”朱文長方印、“元父印”朱文方印、“淳”朱文方印、“潘祖蔭藏書記”朱文長方印。

（二）祝充本。祝充撰光宗紹熙間刻《音注韓文公文集》四十卷《外集》十卷《遺文》一卷《傳贊》等一卷，今國圖有藏。半葉十二行二十二字，黑口雙黑魚尾間鐫“昌文卷某”，下魚尾下記葉碼，再下爲刊工姓名，版口上方記字數，亦有記於下方者。卷前唯趙德、李漢二序，次總目。此本宋諱至“惇”字，而寧宗御名“擴”則不諱。高宗、孝宗諸帝名諱並不十分嚴格，顯爲一般坊肆刻本。從避諱總體情形看，此本刻於光宗紹熙間應無問題。劉真倫曾對此本刊工陳辛、方至、方堅等有行事可考者進行過仔細研究，發現這些刊工活動在孝宗、光宗和寧宗三朝，這進一步證明此本應刻於光宗紹熙間。然而祝充此著並非只有一種刻本，《郡齋讀書志》附趙希弁《讀書附志》著録祝充《韓文音義》只有一卷，張杓序而刻之。這表明祝充《韓文音注》原爲一卷單行本。張杓乃南宋名將張浚次子，《宋史》有傳，紹興末官至廣西經略司機宜、嚴州通判等。據潘緯、陸之淵《柳文音義序》記載，乾道三年（一一六七）祝氏《音義》已流行天下。若是則張杓刊刻祝充《音義》應在紹興末至乾道初。單行本之外，此本還有正集四十卷《外集》十卷本。《玉海》“唐韓愈集”條記載：“音義五十卷，祝充進於朝。”（王應麟《玉海》卷五十五，葉三十三)所記卷數與《宋史·藝文志》同。王氏將祝充此本置於“紹興中樊汝霖《譜注》四十卷”之前,而樊氏韓集《譜注》成書於紹興十二年(一一四二,見樊氏自跋),表明祝氏《音注》五十卷成書蓋在紹興十二年以前,且由祝充進呈朝廷。不過祝充進呈朝廷的或爲稿本而非刊本。張杓所刻乃《音注》單行本,體例應與陸德明《經典釋文》相同。五十卷全本成書後是否即行刊刻,則不得而知。有資料證明,今存宋刻《音注韓文公文集》五十二卷,乃祝氏《音注》一書的删節本,非全本,這只要對照一下魏仲舉五百家注本徵引的祝氏《音注》便可一目了然。最先發現這一問題的是清人張允亮,張氏以爲“魏氏集取諸家,不無删節,遂不若原注之詳盡耳”(傅增湘《藏園群書題記》卷十二,頁六〇四)。傅增湘曾具體比勘五十卷《音注》與魏本徵引的文字,發現其確爲祝充注本的一個節略本,而魏仲舉所據乃全本。傅氏曰:

> 更以仲舉本比而觀之,則其文字詳略頗不盡同:有全録祝注而文字略加删節者,有魏本所采祝注音釋加詳而此本乃僅存其半者,有所引祝注全條爲此本所無者。玆就南山各詩中略舉數則,列表於後,俾覽者字櫛而句比之,斯其同異瞭如指掌矣。(《藏園群書題記》卷十二,頁六〇五)

由此傅氏得出結論:“今所傳之宋本乃祝注之節本也,仲舉采輯時所據之本乃全本也。”傅氏判定是正確的。這表明魏仲舉徵引的應爲張杓刻一卷本,張刻因是單行本,故爲全本;而今傳宋本爲坊間刊刻,爲減少篇幅而有所節略,亦情理中事。魏仲舉五百家注本徵引祝注,自然只會徵引全本,而不會使用一個節略的本子。劉真倫亦曾將今傳宋槧祝本和魏仲舉五百注本的引文對勘,發現今傳宋槧祝本不僅節略注文,而且少量改動正文,如《曹成王碑》“十抽一推”句,“推”字,魏本引祝注曰“‘推’,當從‘木’”(《新刊五百家注音辨昌黎先生文集》卷二十八,一九一二年涵芬樓影宋本,葉三),而今傳宋本作“椎”,這表明祝本原來作“推”,由“推”變爲“椎”,當爲紹熙本校刻時所改。雖然如此,但在《音注》單行本失傳的情況下,《音注》一書的概貌賴五十二卷本得以保存,其參考價值自不容忽視。

至於此本的版本淵源,清人張允亮推測其出於吕夏卿本,傅增湘推測出自祥符杭本,皆非是。張允亮又疑其出於南宋監本,近是。祝充《音注》成書於方氏《舉正》前,《舉正》引用祝氏《音注》五條。相對方氏在韓集編次上的較大改動，此本編次則較多地保存了李漢原編的面貌，版本價值很大。劉真倫曾專門考察過此本的編次，發現其編次與南宋監本基本一致，是最接近南宋監本原貌的一個版本，乃研究韓集版本傳承的重要參考。而方氏本對南監本編次改動較大，如此本卷一《岐山下》從南監本作一首，方本分爲二首。此本卷四《青青水中蒲》從南監本作一首，方本分爲三首。卷七《雜詩》從南監本作三首，方本分爲四首。卷十《大安池》，題與詩皆從南監本爲一首，方本則唯存《大安池》詩題，詩則冠以《游太平公主山莊》一題，别作一首。此本《送牛堪序》從南監本編在卷二十之首，方本則次於卷十九之末。此本《苦寒歌》、《送河陽李大夫》二詩從南監本次於卷七之末，方本則編入《外集》，等等。此本文字也以南監本爲基礎，不少南監本特有的文字，此本均從之。不寧唯是，此本還廣泛引用傳世的各種版本，對韓集文字進行了較大規模的校勘，據劉真倫先生統計，引校洪興祖本五十六條，趙德《文録》二十八條，唐本七條，徵引石本八種，具有非常重要的資料價值。此外還徵引歐陽修本、王安石本、張耒本以及宋景文、李公彦，曾子開等多家之説，這對考察方氏《舉正》問世前宋代韓集整理的狀況，是十分重要的線索。而且《音注》中的異文，對朱熹《考異》也有影響，不少異文爲朱熹所取録。可見此本乃現存宋刻韓集中校勘價值很高的版本之一，傅增湘先生云："余以謂讀韓集者，若求集注，當以魏仲舉本爲優，若求一家之言，則舍祝氏莫屬矣。"(《藏園群書題記》卷十二，頁六〇五)二十世紀三十年代，文禄堂即將此本影印行世，使其得以廣泛流傳，對韓集研究影響頗大。

(三)文讜本。文讜撰乾道前後刻《新刊經進詳注昌黎先生文集》四十卷、《外集》十卷、《遺文》三卷、《韓文公志》三卷，國圖有藏。此本卷十二至十八凡七卷，配以宋張洽池州刻本(詳下)，其餘零星闕葉，依世綵堂本(詳下)鈔配。半葉十行十八字，左右雙欄，白口單黑魚尾下依次爲"韓幾"或"韓文幾"、葉碼，再下方爲刊工姓名。首卷卷端題"新刊經進詳注昌黎先生文卷第一"，次行、三行下方分别署"迪功郎普慈文讜詞源詳注"、"通直郎致仕淡齋王儔尚友補注"。卷前首杜莘老《詳注韓文引》，次文讜《進詳注昌黎先生文集表》，末署"右迪功郎新授達州東鄉縣尉兼主簿臣文讜上表"、"乾道二年五月進呈"；次文讜《詳注昌黎先生文集序》，末署"紹興己巳孟春普慈文讜詞源序"，次總目。據文讜《序》及《進書表》可知，書成於高宗紹興十九年(一一四九)，孝宗乾道二年(一一六六)繕寫進呈。此本宋諱至"慎"

字，而“廓”字不諱，顯爲孝宗朝刻本。此本原爲聊城海源閣舊藏，江標《聊城楊氏海源閣藏書目》有著録。楊氏書散出後，傅增湘二十世紀三十年代見此本於鹽業銀行，《藏園群書經眼録》有著録，其略曰：“宋刊本……版心下方記刊工姓名，(記首二册。)有張昌、李正、楊定、楊先、張德先、史丙、王公濟、王龜、田正(或加西字)、文來、正伯、姚明、單回、已等。”又曰：“字兼顔柳格，瘦勁有骨，刊工有‘眉史丙’字，則爲蜀之眉山刊本矣。”(《藏園群書經眼録》卷十二，頁一〇五七至一〇五八)就此本版本傳承而言，其正集及《外集》編次，與南宋監本相同，應屬南宋監本系統無疑，但某些文字卻較多地受到蜀本系統的影響而與南宋監本不同，其中不少文字爲此本所特有。如卷二《此日足可惜贈張籍》“雖云經艱難”句，“雖”，諸本作“誰”；“艱”，或作“險”。卷六《病鴟》“遂淩紫鳳群”句，“遂”，諸本作“擬”；“淩”，諸本作“陵”；“紫”，諸本作“鸞”等等，皆此本特有的文字標識。文讜《宋史》無傳。據其自《序》及上《表》，讜字詞源，普慈(今四川樂至)人。孝宗乾道間，曾任達州東鄉縣尉兼主簿。百家注柳集卷首“諸儒名氏”有“普慈文氏”，注云：“名讜，字詞源，補注。”所載與讜《序》及《表》合，因知是位富於著述的人，不僅詳注韓集，且詳注柳集。今傳此本注文詳贍，頗不負“詳注”之名，此本也成爲宋代韓集注本中篇幅最爲浩繁的一種。據劉真倫研究，此本徵引中唐以下文獻多達百九十三種，石本十六種，總共二百多種，具有極高的文獻價值。其中洪興祖《辨證》、張師正《倦遊録》及《登科記》、《王子思詩話》、《范元賓詩話》等書後世早已失傳；《劉賓客嘉話録》、《浮休南遷録》、《洪駒父詩話》、《王立之詩話》、《漫叟詩話》、《蔡寬夫詩話》、《漢皋詩話》、《劉貢父詩話》、《湘素雜記》等，也存在不少今本失收的遺文，可供輯佚。引録李翱、歐陽修、蘇軾不少文字，與今傳本頗多出入，因其所引爲宋本，所以是很好的校勘資料。劉真倫《韓集文讜注引書考》對文氏引用的文獻資料有詳細考録，可參看。

(四)南安本。淳熙十六年己酉(一一八九)方崧卿於南安軍刻《昌黎先生集》四十卷、《外集》一卷、《附録》五卷、《增考年譜》一卷、《韓集舉正》十卷。此本宋槧，今唯存殘帙二十卷，其中正集十卷，《韓集舉正》十卷。正集十卷，卷三至五爲鈔配，故原刻只存七卷，今藏日本静嘉堂文庫，民國時傅增湘觀書東瀛嘗見之，《藏園群書經眼録》有著録。《韓集舉正》十卷，《四庫全書》據以録入，《四庫全書總目》有著録，民國時藏臨清徐梧生家，傅增湘曾見之,《藏園群書經眼録》有著録,今藏日本大倉文化財團。此本半葉十一行二十字,左右雙欄,細黑口三魚尾,上魚尾下記"韓集幾",下魚尾上記葉數,上象鼻内記字數,下象鼻内記刊工姓名。《韓集舉正·後序》明白表達了校理刊行韓集,彙集諸家校勘成果,以還韓集舊觀的宗旨。其略曰:

> 右《昌黎先生集》四十卷、《目録》一卷、《外集》一卷、《附録》五卷、《增考年譜》一卷,崧卿試郡嶺麓間,日居多課其餘力,獲從事於斯。常念韓氏舊集世已罕傳,歲月既久,則散逸殆盡,摭拾其僅存者,稽而正之,以還舊觀,亦討古之一助也。第惟淺識謏聞,管窺自信,源流不白,何以傳諸人?因復次其異同,記其訛舛之自,爲《舉正》十卷,使人人開卷知所自擇,而韓氏義例亦粗見於綱領中。噫!一代文宗,膾炙人口,相傳以熟,莫覺其訛。陋學苦心,儻識者補其遺繆。淳熙己酉二月朔日莆陽方崧卿書。(《韓集舉正彙校》,頁五六八)

自柳開、歐陽修大倡韓文,校理韓集,至方氏已百餘年,舊本漸次澌滅,新校本層出不窮,其中不乏逞臆妄改者,嚴重損害了韓集原貌,因而亟待集成性校本出來,"稽而正之,以還舊觀"。方氏撰爲此書,正是適應這種情勢出現的。《韓集舉正·序》則概括交代了其校理韓集的大致情形。其略曰:

> 韓文自校本盛行,世無全書,歐公謂韓文印本初未必誤,多爲校讎者妄改。僕嘗得祥符中所刊杭本四十卷,其時猶未有外集,今諸集之所謂舊本者,此也。既而得蜀人蘇溥所校劉、柳、歐、尹四家本,此本嘉祐中嘗刊於蜀,故傳于世。繼又得李左丞漢老、謝參政任伯所校秘閣本。李本之校閣本最爲詳密,字之疑者皆標同異於其上,故可得以爲據。大抵以公文石本之存者校之,閣本常得十九,杭本得十七,而蜀本得十五六焉,今只以三本爲定。其詩十卷,則校之唐令狐氏本,碑誌祭文,則以南唐保大本兼訂焉。其趙德《文録》、《文苑英華》、姚寶臣《文粹》,字之與舊本合者,亦以參校。諸本所不具而理猶未通者,然後取之校本焉。韓文舊本皆無一作,蜀本間有一二,亦只附見篇末,今皆一遵舊本而别出……今之監本已非舊集,然校之潮、袁諸本,猶爲近古,如《送牛堪序》,閣本、杭本皆繫於十九卷之末,惟此本尚然。今用以爲正,而録諸本異同於其下。此本已正者,亦不復盡出,庶幾後學猶得以考韓氏之舊也。(《韓集舉正彙校》卷一,頁一至二)

據此可知，此本所據底本乃南監本，而後廣羅衆本異文，判别正誤，盡力保存韓集舊觀。不過在作品編次及文字方面，此本也有所變動。如卷一《岐山下》，南監本作一首，此本分爲二首。卷四《青青水中蒲》，南監本作一首，此本分爲三首。卷五《李花》，南監本作一首，此本分爲二首。卷七《雜詩》，南監本作三首，此本分爲四首。卷七之末，南監本爲《苦寒歌》、《送河陽李大夫》二首，此本則將二首編入《外集》。卷十《大安池》，此本據善本唯存《大安池》一題，而將詩以《游太平公主山莊》爲題，别作一首。卷二十《送牛堪序》，南監本在卷二十，此本編在卷十九末。南監本《外集》卷一《贈同游》，此本編入卷九《游城南十六首》中。南監本卷十題"律詩七十九首"，此本作"八十首"。南監本《外集》收詩文三十五篇，分爲五卷，此本删存二十五篇，只作一卷，等等。就文字方面看，此本也有獨具之處，如卷一《南山》"巨靈與誇娥"句，此本"娥"作"蛾"，朱熹《考異》及王伯大、廖瑩中本均從之。卷三《東方半明》"太白睒睒"句，"睒睒"或作"焰焰"，此本訂作"睒睒"。卷五《寄崔二十六立之》"摧腸與麐眉"句，此本"眉"作"容"，蜀刻十二行本及朱熹、王伯大、廖瑩中本均從之。卷十五《上襄陽于相公》"變化若雷霆"句，此本"變化"作"憚赫"，朱、王、廖本均從之。卷三十五《虢州司户韓府君墓誌銘》"桂州刺史"句，方本"刺"作"長"，朱、王、廖本均從之，等等。以上諸字，均爲此本所獨有。

爲了更好地校勘韓集，方氏還自創了一套校勘符號"■、○、□、乙"。"■"表示黑質白字，即陰文，意爲"誤字當刊"；"○"表示以圈圍字，意爲"衍字當削"；"□"表示空圍，意爲"脱逸當增"；"乙"表示曲線，意爲"殺次當乙"。這在宋人校本中乃一創造，可謂用心良苦。此外方氏尚有《韓文年表》，考訂韓愈的詩文繫年，魏仲舉本（詳下）存之。方氏晚年還别撰韓集《箋校》十卷，後世未見流傳。總之此本綜合了淳熙以前韓集校理的主要成果，有集成之大功。後來朱熹在此本基礎上，繼續校理韓集，汲取此本之優長，匡正此本所弗逮，從而使韓集白文幾臻至善。因被朱熹校本的盛名所掩，宋元以後，此本漸近澌滅；完整著録此本者只有陳振孫《書録解題》，其後便只有斷簡殘編流傳世間。陳氏《解題》曰：

《昌黎集》四十卷、《外集》一卷、《附録》五卷、《年譜》一卷、《舉正》十卷、《外鈔》八卷。

《年譜》，洪興祖撰，莆田方崧卿增考，且撰《舉正》以校其同異，而刻之南安軍。《外集》但據嘉祐蜀本劉[煜]〔燁〕所録二十五篇，而附以石刻聯句、詩文之遺見於他集者。及葛嶠刻柳文，則又以大庾丞韓郁所編注諸本號《外集》者，並考校疑誤，輯遺事，共爲《外鈔》刻之。（《直齋書録解題》卷十六，頁四七五至四七六）

顯然這裏著録的並非南安本原槧，而是南安本的一個忠實翻刻本，但卻間接完整地記載了南安本的原貌，且明確指出方氏有南安刻本。葛刻本較南安本溢出《外鈔》八卷，若除去八卷《外鈔》，則其餘部分，顯然爲一完整的南安本。宋代南安本僅此翻刻本，元明以後未聞有翻刻者，而原槧漸趨散逸，清嘉道之際，黄丕烈收得此本一殘帙，僅存卷一至卷十，詩賦俱全，而文章無存，因無版本標識，黄氏並不知其爲南安殘本，故稱爲北宋白文"小字本《昌黎先生集》"，黄氏《百宋一廛書録》有著録，又見《百宋一廛賦》黄氏注。黄氏贊其版刻"字畫斬方，尚是北宋風氣"。後來黄氏又别得一殘本二卷，版式與殘南安本十卷相同，爲卷三十九至卷四十，皆文，卷中有"上黨圖書"印記，黄氏判爲馮班藏本。殘南安本自黄家散出後，晚清時爲陸心源所得，只有十卷，《皕宋樓藏書志》卷六十九著録爲張敦仁舊藏。因知黄氏之後，殘南安本十卷歸張敦仁，再歸陸氏，陸氏亦僅著録爲"北宋刊本"，同樣不知爲南安本。皕宋樓藏書後流往日本，民國時傅增湘赴東瀛觀書，慧眼乍見，便認出與其在國内所見宋槧《韓集舉正》版式相同，《藏園群書經眼録》因對其行款、版式、諱字、刊工姓名、各卷的版數、字數等等，皆一一作出詳盡記載，證成此殘本與《舉正》同爲孝宗淳熙方氏南安原槧，《舉正》實附此本後刊行。這一重大發現，雖然一鱗半爪，亦極爲珍貴，爲南安本正集四十卷的版本真面，提供了有力的實物證據。

而南安本《韓集舉正》十卷（涵《外集舉正》一卷）的發現，乃《四庫全書》館臣之功。乾隆敕修《四庫全書》，時南安本《舉正》藏翰林院編修朱筠家，朱筠將書獻出，遂被録入《四庫》中，《四庫全書總目》著録爲方氏"淳熙舊刻""原本"，並且感慨曰：

自朱子因崧卿是書作《韓文考異》，盛名所掩，原本遂微。越及元明，幾希泯滅。此本紙墨精好，内"桓"字闕筆，避欽宗諱。"敦"字全書，不避光宗諱。蓋即淳熙舊刻，越五百載而幸存者。殆亦其精神刻苦，足以自傳，故若有呵護其間，非人力所能抑遏歟！（《四庫全書總

目》卷一五〇，頁一二八七）

所稱甚是。館臣還對南安本全書的規模編次、命名之由、校勘符號、校本的數量及名目等等，均一一加以考釋，最後盛贊云："然司馬遷因《國策》作《史記》，不以《史記》廢《國策》。班固因《史記》作《漢書》，不以《漢書》廢《史記》……然則雖有《考異》，不妨並存。"將《舉正》視同《考異》，評價可謂允當。朱筠書散出後，民國時《舉正》爲徐梧生所得，傅增湘嘗見之，《藏園群書經眼録》對《舉正》的行款、版式、刊工姓名、方氏序跋、方氏所用校勘符號，以及清人朱錫庚跋、卷中藏書印記等等，皆有詳盡記載。此後，《舉正》即銷聲匿跡，去向不明。直到二十一世紀前後，劉真倫研究韓集，方獲宋槧《舉正》影印本，知此本亦東流日本。劉氏據影印本撰《韓集舉正彙校》，《前言》和《附録》對方氏其人及其韓集校理、南安本的刊刻與版本流傳等情形，進行多方面研究，多所發明，堪稱南安本研究的集成之作。

（五）南宋浙本。南宋浙地刻《昌黎先生文集》，存卷一至卷九。此九卷殘本，配另一宋刻之卷十（江西本），及第三個宋刻之卷十一至十六（閩刻本），三本拼合爲一個十六卷宋本，今藏國家圖書館。此本雖拼湊而成，然據此拼合本卻可同時看到三個宋槧韓集的基本面貌，故自有其版本價值。今將此三種宋槧，分别考述如下。

南宋浙本，半葉十行十六字，小字雙行二十字不等。左右雙邊，白口單黑魚尾下依次鐫"韓幾"、葉碼，再下爲刊工姓名。首卷卷端題"昌黎先生文集卷第一"，次行低三字出正文篇題。卷一、卷五尾題連屬，其餘各卷隔行出尾題。卷前有卷一至十六目録，行款與正文同，其餘則被割去。此本諱字，清人劉豐曾進行過粗略考察，並在咸豐七年跋於卷一後，其跋略曰：

> "安有巢中瞉"，"瞉"字闕末筆，又有"覯"字，亦闕筆，則爲建炎、紹興以後鋟無疑。

然而劉豐對諱字的考察並不準確，結論更是錯得出奇。此本諱字既至"構"字，則此九卷只能刊於高宗以前，如何能得出建炎、紹興以後鋟版的結論？實則此九卷殘本宋諱至"慎"字。如卷三《永貞行》"慎勿浪信常兢兢"，卷九《入關詠馬》"力微當自慎前程"，以上兩"慎"字皆闕末筆。而光宗嫌名"敦"字、寧宗嫌名"郭"字均不闕筆，可見此本乃孝宗朝刊本無疑。據劉真倫研究，《入關詠馬》中"慎"字雖闕末筆，但末筆一點的鋒部，還有殘留黑點，顯爲剜刻未盡的痕跡，由此可以推知，此本開雕之初還未諱“慎”字，迨書版刻成，臨時剜去“慎”字末筆以成諱，而未能盡去之，所以此本開雕應在高宗末年，而竣版已入孝宗朝。這一判斷可謂精闢。此本刻工姓名中，可考知行跡者有張孜、鄭珣、劉益、黄淵、章旼、毛仙、黄祥、周清、謝興、李用等，據劉真倫研究，這十名刻工活動在上起北宋末年、下迄光宗紹熙年間，主要活動年代則集中於高宗、孝宗兩朝，活動區域則在兩浙及其毗鄰地區。結合諱字可以判定，此本應爲孝宗時浙地刻本無疑。此本的版本傳承，從編次方面看，與南宋監本相同。如卷一《岐山下》、卷四《青青水中蒲》、卷五《李花》均作一首，《苦寒歌》、《贈河陽李大夫》仍編在卷七末，還没有根據南安本進行調整。但《岐山下》題下注曰：“一本作二首，自‘丹穴五色羽’下爲别篇。”據《韓愈集宋元傳本研究》，在已知的韓集傳本中，僅方崧卿校本正式分此詩爲二首。由此可見，此本已受到方氏校本的影響，故其成書應在方校本流行以後。而南安本雖刊行於淳熙十六年（一一八九），但方校本在刊行之前即已在社會上流傳，所以判斷此本受有方本影響，與此本刊行時間並不牴牾。從文字方面看，此本也大多與南宋監本相合。如卷一《復志賦》“有肆志之陽陽”，《南山詩》“巨靈與誇娥”，卷二《答張徹》“瑣力摧撞莛”，卷三《東方半明》“太白睒睒”等，這些都是南監本獨有的文字，而此本均與之同，所以從文字方面判斷，此本亦屬於南監本系統。此本原爲清人翁同書舊藏，卷前有翁同書題記。卷一末有劉庠題識兩則，汪鳴鑾題識一則。

另外兩種宋槧如下。

（六）江西本。南宋江西刻《昌黎先生文集》唯存第十卷，半葉十一行二十字，小字雙行同，左右雙欄，白口雙黑魚尾間鐫“韓幾”，下魚尾下記葉碼，版口上方記本版字數，下方記刊工姓名。卷端首題“昌黎先生文集卷第十”，次行低兩格署“律詩七十九首”，下有小字雙行注：“方氏《舉正》增《游太平公主山莊》一題爲八十首。”篇題低三字。卷末尾題前空二行。多篇有題注，内容多轉録《舉正》。正文間夾注異文或音釋，亦偶有義訓。由於唯存一卷，故避諱的情形難以知詳，但《和侯協律詠筍》“呻吟至日暾”，“暾”字不缺筆；《和席八十二韻》“柳色壓城勻”，“勻”字不缺筆，表明此本刊刻年代應在光宗紹熙以前。此卷所記刊工姓名，其行事可考者有鄧振、劉宗。據《韓愈集宋元傳本研究》，這兩名刻工都是江西人，主要活動年代在高宗至寧宗之間，活動中心在江西及其毗鄰地區，故此本爲江西刻本無疑。此卷編次與南宋監本相同,《大安池》一首詩題依舊,其詩未從《舉正》改題爲《游太平公主山莊》,故此本當屬南宋監本系統。然此本徵引方氏《舉正》多條,説明此本成書在《舉正》流傳之後.結合其避諱情況可以斷定,其刊刻時間當在淳熙後期。此本的一些文字,已爲朱熹《韓集考異》所徵引,這不但可以證明此本的刊刻年代,而且可以證明此本的版本價值。

(七)閩刻本。南宋閩中刻《昌黎先生集》,唯存卷十一至十六,凡六卷,半葉十行十八字,小字雙行同,左右雙欄,白口雙黑魚尾間依次鐫"韓幾"、葉碼,下魚尾下記刊工姓名,版口上方記本版字數。各卷首題"昌黎先生集卷第某",次行以下爲子目,目連正文,篇題低三格,卷十二、卷十五尾題前空一行,卷十六無尾題,其餘各卷尾題前空兩行。正文間夾注異文。卷末録後序三篇,即柳開《後序》、歐陽修《書舊本韓文後》、吕夏卿《後序》,其中柳序未署作者。三序版式與正文同。此本避諱雖不甚嚴格,但孝宗名諱如卷十三《釋言》"子其慎之"、"愈何懼而慎"、"子其慎歟",三"慎"字均缺末筆,而光宗、寧宗、理宗名諱不缺筆,可見此本也是孝宗朝刊刻的。此本刊工,可考知行事者有虞生、虞仝、杜奇、李仍、王元、何開、劉丙、葛文、呈友、余卯、陳文等十餘人,據《韓愈集宋元傳本研究》,這批刊工活動的年代在淳熙、嘉定之間,活動地區則集中在福建及其毗鄰一帶,結合避諱考察,可以斷定此本乃孝宗時閩中刻本。此本的編次,亦與南宋監本同,應屬於南宋監本系統無疑。此本夾注的異文,有引自方氏《舉正》者,如《原道》"入者主之"句,"主"下出校曰:"一作王。"據朱熹《考異》:"主,方作王。"(《昌黎先生集考異》卷四,上海古籍出版社一九八一年影宋張洽池州刻本,葉一)可知此本所引即方氏《舉正》。但今本《舉正》此字作"主"不作"王",所以此本所引《舉正》,當爲淳熙以前未定之稿本,後來方氏南安本已作修改。據此可見,此本成書當在方氏南安本韓集流傳之前、《舉正》初稿流傳之後。此本有部分文字,爲其所特有,且被朱熹《考異》徵引。如卷十二《諱辨》"可以無譏矣"句,與"可以止矣"句,二句中的"矣"字,諸本作"耶",唯此本作"矣",朱熹本亦作"矣"。卷十三《汴州東西水門記》"遂拯其危"句,"拯"字,諸本作"持",唯此本作"拯",朱熹本亦作"拯"。卷十六《上宰相書》"然則孰能長育天下之人才?將非吾君與吾相乎"句,《考異》曰:"或無'孰能'以下十七字。"(《昌黎先生集考異》卷五,葉十一)傳世諸本中,唯此本無此十七字。總之,此本屬於南監本系統,成書於淳熙後期。此本不少文字爲朱熹《考異》所録存，由此亦可見出其校勘價值。

（八）南宋蜀本。南宋蜀中刻《昌黎先生文集》四十卷《外集》十卷，國圖藏。《蜀刻本唐人集叢刊》、《中華再造善本》所收此本，均據原刻影印。半葉十二行二十一字，小字雙行同，左右雙欄，白口單魚尾下依次鐫“昌幾”、葉碼。首卷卷端題“昌黎先生文集卷第一”，次行下方署“門人李漢編”，三行標類目，下接正文。以下各卷首題“昌黎先生文集卷第某”，次行上方標類目，下方署“門人李漢編”。卷前首趙德《文録序》、次李漢《文集序》、次總目。卷後無附録。據《韓集舉正》，北宋嘉祐蜀本，其獨特之處就是將卷二《古風》分爲二首（已見），與今傳諸本均作一首不同。而此本亦將《古風》分爲二首，與嘉祐蜀本同，可見此本屬於嘉祐蜀本系統。此本《古風》題下注曰：“監本止作一首，慶曆本作二首。”所謂“慶曆本”，就是蘇溥所刻嘉祐蜀本。《舉正·叙録》“嘉祐蜀本”條曰：“右蜀人蘇溥慶曆間所校，嘉祐中刊於蜀。”（《韓集舉正彙校》，頁五六四）所以嘉祐蜀本，亦可稱爲“慶曆本”。此本這一注腳，既説明了《古風》分爲二首的原因，也交代了版本依據。另嘉祐蜀本卷十九末爲《送牛堪序》，卷二十二《歐陽生哀辭》正文下單列《題哀辭後》，以及卷後未收遺文等等，此本均與之相同，故從編次方面判斷，此本亦屬嘉祐蜀本系統。就文字而言，嘉祐蜀本有若干文字非常特别，與傳世諸本完全不同，如卷一《復志賦》“故吾之所以爲惑”句，嘉祐蜀本“吾”字下多一“志”字。《秋懷》“露泫秋樹高”句，“泫”字，嘉祐蜀本作“滴”。卷十六《答崔立之書》“非故欲發餘乎”句，嘉祐蜀本“故”作“固”。卷三十《平淮西碑》“不爲無助”句，嘉祐蜀本“不”字前有“固”字，等等。以上文字，此本均與之同。所以從文字方面判斷，此本亦屬嘉祐蜀本系統。再説避諱，此本對北宋前期諸諱字玄、匡、胤等，或諱或不諱，但對北宋中期之真宗、仁宗名諱恒、禎等字，則避諱甚嚴，而對北宋後期英宗、神宗、哲宗、徽宗諸帝諱字曙、樹、署、頊、煦、吉、桓等則並不避諱。這一現象説明，此本所據底本，乃嘉祐蜀本，所以不諱仁宗以後諸帝；迨此本翻刻嘉祐蜀本時，編者據本照録，故而也不避英宗以下諸帝名諱。正因爲如此，清代著名版本學家黄丕烈誤判此本爲北宋刻本。但是此本卻避南宋光宗名諱，而對高宗、孝宗名諱則避而不嚴，對寧宗以下諸帝則一無所諱。如卷一《南山詩》“雲氣争結構”句，“粗叙所經覯”句，“構”、“覯”二字皆缺筆。卷四《送區弘南歸》“行行正直慎脂韋”句，“慎”字缺筆。卷一《江漢一首答孟郊》“此義每所敦”句，

"敦"字缺末筆。此本對北宋英宗以下諸諱不嚴,表明此本乃坊間所刊,而避光宗名諱"敦"字,可以判定此本乃紹熙間刻本無疑。黄丕烈之所以又判此本刻於南宋,則是又考慮到諱字至光宗的緣故。

然而傅增湘則以爲,這批十二行蜀本"桓"、"構"二字皆不避,當爲北宋刻本。其中"敦"字間有缺筆者,則爲"後印時所刊落也"(《藏園群書題記·續集》卷三《校宋蜀本元微之文集十卷跋》,一九三八年自排本)。意謂此本版片乃北宋所刊,故不可能預先避諱欽宗趙桓、高宗趙構嫌名,至南宋印刷時,又將光宗趙惇嫌名"敦"字刊落末筆。傅氏之説,看似可以解釋此本諱字間存在的矛盾,實則不然,因爲與嘉祐蜀本相比,二本不僅在諱字上有諸多不同,而且編次和文字方面也存在很大差别。如卷十《游太平公主山莊》一詩,原題作《大安池》,方氏《舉正》據唐本改題爲《太平公主山莊》,而《大安池》則唯存一題而詩闕;此本卷前總目雖仍作《大安池》,而正文已改題《游太平公主山莊》,題下注曰:"一作大安池。"又如《贈同遊》一詩,嘉祐蜀本原無此詩,方氏《舉正》將該詩編入卷九《游城南十六首》内,次於《風折花枝》之後,此本亦將該詩編入《游城南十六首》中,只不過次於《遠興》之前罷了。此本卷前總目《外集》卷一目録内仍有此詩,但題作《贈同遊者》,由於此本卷後《外集》已佚,故不知該詩是否與正文重出。但此本正文編入此詩,這一點足以表明,南宋蜀本的版片,並非嘉祐蜀本舊版的修訂版,因爲這麽大數量的文字更動,不是簡單修訂舊版所能辦到的。另,卷前總目之《外集》目録,收有嘉祐蜀本原無之《明水賦》、《芍藥歌》、《范蠡招大夫種義》、《詩之序議》、《三器論》等五篇,也可證明此本的確不像傅氏所説的那樣,是嘉祐蜀本的修訂本,而是南宋蜀中的新刊本。這一看法,還可從文字方面找到大量例證。此本有不少文字與嘉祐蜀本不同,如此本卷十一《原毁》"士之處此世"句,據方氏《舉正》,嘉祐蜀本無"世"字。此本卷十二《本政》"後雖矻矻"句,據《舉正》嘉祐蜀本無"後"字。卷十四《諫臣論》"不加諸人"句,據《舉正》嘉祐蜀本"加"上衍"欲"字。不僅如此,據劉真倫研究,此本還據南宋監本、方崧卿本校改了一些文字,且有不少文字爲此本所獨有而優於他本,如卷一《元和聖德詩》"疆内之險"句,"内"字,諸本並作"外",唯此本保存了異文"内"字。而揆文意,諸本皆誤,此本是。卷八《城南聯句》"哀匏蹙缺景"句,"蹙缺",諸本或作"缺蹙",或作"蹙駛"。《説文》:"蹙,迫也。"《廣雅·釋詁》:"蹙,急也。"是"蹙"有催促之意。揆諸文義,"蹙缺"

是,“缺蹩”爲誤倒,“蹩駛”,“駛”字誤,唯此本不誤。此本卷十一《原道》“掊門折衡”句,此句原出《莊子·胠篋》,“掊”字諸本作“剖”,實誤。這就從文字方面進一步證明,此本乃光宗時蜀中新槧,而非北宋蜀本的修訂本。所以從版本源流而言,此本雖屬嘉祐蜀本系統,但在文字方面已經過校勘,自有其獨到的優長,故與一般影刻或翻刻本不同,乃是一個經過校訂的新本子。而傅先生的誤判,傅熹年整理的《藏園群書題記》已得到修正(參整理本《藏園群書題記》卷十二,頁六二一)。

此本鑒藏印記,卷中多處鈐“翰林國史院官書”朱文長方大印,知元時此本爲翰林國史院官書。元明易代,此本轉入大明内府,蓋於明後期至清初,此本流出宫外,輾轉至清後期,爲楊以增購藏山東聊城海源閣,故卷中有“海源閣”朱文長方印及楊以增、楊紹和、楊保彝祖孫三代各種鑒藏印記數十枚。民國期間,海源閣書遭劫難,此本流出閣外,山東掖縣人劉占洪與周叔弢盡力搶購,以免外流他邦,此本遂爲劉氏購藏,故卷中鈐有“東萊劉占洪字少山藏書之印”朱文方印。新中國成立後,劉氏將此本捐獻給國家,故卷中又有“北京圖書館藏”朱文方印。

(九)池州本。張洽於池州刻《昌黎先生集》,今存卷十二至十八,凡七卷,餘配文讜本,今藏國圖。半葉十行二十字,小字雙行同。左右雙欄,白口單魚尾下依次鐫“韓集卷某”、葉碼,最下方記刊工姓名。各卷首題“昌黎先生集卷第某”,類目低一字,篇目低三字,下連正文。刊工姓名有王壽、王亨、潘暉[斯]、蔡正、田良、金通、李仝、斯從文、夏旺、曹勝、蔡勝、劉通、朱佺、田原、葉必先、金合、金刁、葉合、李卞、蔣正等,與張洽池州刻《昌黎先生集考異》相合,故《中國版刻圖録》判爲同版。朱熹勘定韓集後,曾設定其體式爲正集白文,後附《考異》。但世上刊行的朱校一系的韓集,約有三種形式,其一即朱熹設定的體式,有袁子質、鄭文振潮州刻本。袁、鄭潮州本今已不傳,但張洽於池州所刻此本與之相似,所以非常寶貴。但是這種編輯形式不便閲覽,於是出現了第二種體式,即將《考異》散於正文之下,每卷末彙集音釋注文,這一體例出於王伯大。但王本宋槧今亦不存,後世傳本載有王伯大所撰《序》與《凡例》,詳細交代了這一體例(見四部叢刊本韓集)。然這一體式,將音釋附於各卷之末,仍然不便閲覽,因而出現了第三種體式,即宋麻沙坊本體式(詳下),將每卷末所附音釋也散於本文之下,以便讀者。因這一體式最便閲覽,遂爲宋元以後歷代刊行的朱校本所采用。而此本屬於朱校本系統中的第一類體式，即白文無注本，《考異》附後。可惜的是今天已無法看到全貌了。

（十）魏刻本。慶元六年庚申（一二〇〇）建安魏仲舉刻《新刊五百家注音辨昌黎先生文集》四十卷、《外集》十卷、《序傳碑記》一卷、《韓文類譜》十卷。此本今南圖有藏，民國元年（一九一二）商務印書館所設涵芬樓影印此本、近年《中華再造善本》所收此本，亦據南圖藏本影印。半葉十行十八字，小字雙行二十三字。左右雙欄，細黑口，雙對魚尾間上鐫卷次，下鐫葉碼。卷前首"評論訓詁音釋諸儒名氏"，次總目。卷後《韓文類譜》十卷，凡録吕大防《韓吏部文公年譜》一卷、程俱《韓文公歷官記》一卷、洪興祖《韓子年譜》五卷、王銍《韓會傳》一卷、樊汝霖《韓文公年譜》一卷、方崧卿《韓文年表》一卷。此本無纂集人姓名，宋元及明代公私書目均失載。《四庫全書總目》著録唯正集四十卷《評論詁訓音釋名氏》一卷，宋建安魏仲舉編，慶元六年春刊行。《天禄琳琅書目·宋版集部》載有二部，一部正集四十卷、《外集》十卷，卷前《引用書目》一卷、《諸儒名氏》一卷、《韓文類譜》七卷，卷前總目後有木記"慶元六禩孟春建安魏仲舉刻梓于家塾"；另一部卷前多《昌黎先生序傳碑記》一卷、《看韓文綱目》一卷；卷後多《别集》一卷、《論語筆解》十卷、《文集後序》五篇，而無《韓文類譜》。兩部皆有配補。綜合諸家書目所載，可知南圖所藏此本尚闕《别集》一卷、《看韓文綱目》一卷、《引用書目》一卷、《論語筆解》十卷。然《韓文類譜》溢出王銍《韓會傳》一卷、樊汝霖《韓文公年譜》一卷、方崧卿《韓文年表》一卷，凡三卷。這種一書多種版本、多寡互異的現象，南圖藏本無名氏跋曰："是一書多寡各不相同，實因宋槧流傳，全璧爲難耳！"所言自有道理。此本從文字方面看，采用了朱熹的校勘成果，故應屬於朱本系統。如卷十七《與陳給事書》"若不接其情也"句，傳世諸本"其"作"於"；卷十八《答吕醫山人書》"如僕者"句，傳世諸本無"者"字；卷二十《送廖道士序》"獨衡爲宗"句，傳世諸本"衡"下多一"山"字；卷二十《送孟秀才序》"心存而目識之矣"句，傳世諸本"矣"作"也"等等，都是朱熹以理校而定的獨有文字，而魏本皆同，可見此本的確屬於朱本系統。此本以"五百家注"命名，世所謂"五百家注韓"，蓋由此本而來。然究其實際注韓者，則距"五百家"之數遠矣。計唐十一家，宋百三十七家；其餘新添集注、補注、廣注、釋事、補音、協音、正誤、考異等凡二百三十家，皆無姓氏，共計三百八十七家，所以《四庫提要》云"大抵虚構其目，務以炫博，非實有其書”(《四庫全書總目》卷一五〇,頁一二八八),可謂一語中的。然所言仍不及章學誠《韓文五百家注書後》説得透徹爽快:“其注,有視今詳備可採輯者,亦有冗複無取可删削者。其名五百家注,自韓子同時柳劉籍湜,以至趙宋文人,凡有一語偶及,一言偶舉之者,無不羅列姓氏,猶未足五百也。約略其辭,舉其成數云耳。其實專門治韓集者不過十餘家,猶未得盡見其全書也。杜詩有千家注,治騷者稱七十二家,美其言以詫庸俗之耳目,蓋前後出一轍也。”(《章氏遺書》卷十三)不過此本注家雖遠不及五百,然采摭不可謂不宏富,資料不可謂不廣博,部帙宏大,明顯帶有總彙百家的豪氣。據劉真倫統計,除常見的經史、字書、音書外,此本實際徵引百七十三家,其中包括卷前“諸儒名氏”百四十八家中的八十四家,“諸儒名氏”之外的八十九家。另外還有石本十四種,未注名氏而出處仍有線索可尋的注家若干種。所以就援引的豐富性而言,宋代韓集注本中除文讜注外,無能出其右者。傅增湘有云:“余以謂讀韓集者,若求集注,當以魏仲舉本爲優。”(《藏園群書題記》卷十二,頁六〇五)可見此本之價值。特别是此本徵引的典籍不少早已失傳,即便存世者,此本所徵引與今本也有不小文字差異,是十分難得的宋代韓文校勘資料。此本卷前有無名氏跋,卷後有光緒二十二年(一八九六)王棻跋。

(十一)臨江軍學本。紹定六年癸巳(一二三三)臨江軍學刻《朱文公校昌黎先生集》四十卷、《外集》十卷、《遺文》一卷、《集傳》一卷。今存《外集》卷八、《集傳》一卷,上圖藏。半葉七行十五字,小字雙行同,顔體結字,字大如錢,刻印俱精。左右雙邊,白口雙黑魚尾間鐫“昌外八”、“昌傳”等字樣,下魚尾下爲葉碼。上象鼻内鐫本板字數,下象鼻内記刊工姓名。卷八首題《朱文公校昌黎先生外集卷第八》,下有小字注“考異附”,該卷爲“順宗實録卷第三”。《集傳》一卷首題《朱文公編昌黎先生傳》,該卷收録《新唐書》本傳、趙德《文録序》、歐陽修《書舊本韓文後》、蘇軾《潮州韓文公廟碑》。此本版本淵源,顯係朱校本的翻刻本。《天禄琳琅書目後編》著録有此本,卷十七、十八,《外集》目録、卷一爲配補。編臣謂其本“汪季路書有白文‘紹定癸巳臨江軍學刊本’字。大字本,宋槧最佳者。婁東王氏、長洲文氏、泰興季氏、商邱宋氏遞藏”,並録諸家鑒藏印記百六十多枚(《天禄琳琅書目後編》卷六,頁五二五至五二六)。上圖藏本有清佚名批校,卷後有望闕齋主人墨筆題跋,藏印有“都省書畫之印”朱文方印、“許珩”朱文長方印、“晚菘堂”白文方印、“望闕齋”白文方印等。

（十二）麻沙本。建陽麻沙鎮書坊刻《朱文公校昌黎先生集》四十卷、《外集》十卷、《遺文》一卷、《集傳》一卷。原爲皕宋樓皮藏，今藏日本静嘉堂文庫。半葉十三行二十三字，小字雙行，大黑口。此本《天禄琳琅書目後編》卷一、《皕宋樓藏書志》卷六十九均有著録，《藏園訂補郘亭知見傳本書目》卷十二、葉德輝《郋園讀書志》卷七、嚴紹璗《日藏漢籍善本書録》等亦有著録。《皕宋樓藏書志》著録此本ヨ：“宋麻沙刊本，周九松舊藏……案此宋刊宋印本，每葉〔二〕十六行、每行二十三字，大黑口。卷中有‘周良金印’朱文方印、‘毘陵周氏九松迂叟藏書記’朱文長印。此書明覆本甚多，行欵皆同，此則宋刊本也。”（《皕宋樓藏書志》卷六十九，頁七八二至七八三）嚴紹璗記此本曰：“‘凡例’後有宋麻沙坊賈《刊記》，其文云：‘本宅所刊，係將南劍州官本爲據，並將《音釋》附正集焉。是集凡各本異同、各家注釋，皆以黑質白章别之。’”（《日藏漢籍善本書録·集部》）本書前叙王伯大本已論及，伯大以方崧卿南安本爲底子，散朱氏考異於正文之下，以便讀者；而别爲《音釋》，附於各卷之後。迨麻沙本出，又將各卷後之《音釋》散入正文之下，此本可爲明證。《四庫全書總目》蓋據麻沙坊賈《刊記》，而斷定“麻沙書坊以《[注]〔音〕釋》綴於[篇]〔卷〕末仍不便檢閲，亦取而散諸句下”（《四庫全書總目》卷一五〇，頁一二八八）。四庫館臣謂麻沙書坊以附於各卷之後的《音釋》仍不便檢閲，而將其散於正文下。這一編輯體例，更加方便讀者，遂幾成定式，宋以後“覆本甚多，行欵皆同”。

（十三）世綵堂本。廖瑩中世綵堂刻《昌黎先生集》四十卷、《外集》十卷、《遺文》一卷、《集傳》一卷，今國圖有藏。《中華再造善本·唐宋編》所收世綵堂本，即據國圖藏本影印；另民國時期已有蟫隱廬影印本。半葉九行十七字，四周雙欄，細黑口，雙黑對魚尾間上鐫卷次，下爲葉碼。上象鼻内記本版字數，下象鼻内鐫“世綵堂”三字，再下記刊工姓名。部分卷次尾題後鐫“世綵廖氏刻梓家塾”長方牌記。此本編輯，清陳景雲謂“其注採建安魏仲舉五百家注本爲多，間有引他書者，僅十之三，復删節朱子單行《考異》散入各條下，皆出瑩中手也。瑩中爲賈似道館客，事蹟見《宋史·似道傳》。其人乃粗涉文藝，全無學識者。其博採諸條，不特遴擇失當，即文義亦多疏舛”（《韓集點勘·書後》，影印文淵閣四庫全書本）。但據劉真倫考察，“廖本僅鈔撮王本而已。其中不少王本錯字也照鈔不誤，可謂鐵案如山。但也間或記録有少量資料爲他書所未見，仍然具有一定的參考價值”（《韓集舉正彙校》，頁六六二）。如目録卷二十二《祭虞部張員外文》下，伯大本誤脱《祭河南張員外文》一題，此本亦誤脱該題等等，可證此本的確爲鈔撮王伯大本而成者。不僅如此，此本還增加了不少新誤，如卷二《此日足可惜》“東南出陳許”句，此本“東南”訛作“東西”。卷十一《行難》“陸先生參如何”句，此本注：“《李習之集》‘參’作‘修’。”然權德輿《陸君墓誌銘》、《太常博士舉人自代狀》二篇，陸氏名諱均作“參”字，且《元和姓纂》、《郎官石柱題名》亦作“參”，後者石刻尚存，可以覆按。卷三十七《贈太傅董公行狀》“虞鄉萬歲里人”，此本誤脱“歲”字，等等，可見粗疏之處還是不少的。再者從體例而言，伯大本收録《考異》還能保留“方云”、“今按”等等，並明言“今按”爲朱熹按語，鈔撮魏本注則直稱“孫曰”、“韓曰”、“樊曰”等等；至此本鈔撮伯大本，遂將上述名目一併删去，逕稱“或作”，肆意掠販，無所顧忌，遂使讀者不明注文所來何自，攘奪惡跡顯然，影響是不好的。但此本有少量材料爲他本所無，可供參考。如卷二十八《曹成王碑》“搏力勾卒”句，魏本引《集注》釋其體制，然不言《集注》撰者爲誰，此本引作“姚令威《集注》”，因知《集注》乃姚氏作，等等。又此本刊印精美絶倫，歷代多有翻刻本，在韓集流傳中影響不小。

總之，宋代經柳開、穆修、歐陽修倡導韓文，社會逐漸興起整理韓集的熱潮，尤其是歐陽修、洪興祖、韓醇、方崧卿、朱熹等一批學者的參與，使得韓集無論在文本校勘、詩文注釋、韓愈生平考證、《韓愈年譜》編定等方面，均取得了很大成就。當然缺陷還是有的，舉其大者，如宋人重韓文而輕韓詩，不過這爲清人的韓詩研究留下了廣闊的用武之地。

元明兩代的韓集整理，與宋人相比並無什么大的進展，多是翻刻和傳鈔宋人的整理成果；唯蔣之翹輯注、崇禎六年（一六三三）蔣氏三徑草堂刻《唐韓昌黎集》，在明刻諸韓集中尚不失爲一個有特點的本子。今擇元明兩代主要傳本介紹如下：

（一）僞日新堂本。元至元十八年辛巳（一二八一）日新書堂刻《朱文公校昌黎先生文集》四十卷、《外集》十卷、《集傳》一卷、《遺文》一卷，上圖、山東省博物館均有藏本；上圖藏本原爲汲古閣舊物。《中華再造善本》所收此本，乃據山東省博物館藏本影印。半葉十三行二十三字，趙字結體，筆勢勁秀；四周雙邊，細黑口，雙黑魚尾間鐫“昌文某”或“昌某”字樣。卷前首朱熹

《韓文考異序》,《考異》後鐫“至元辛巳日新書堂重刊”黑質白章牌記一個,次王伯大《序》,次《昌黎先生集諸家姓氏》,次李漢《序》,次《汪季路書》,次《朱文公校昌黎先生集凡例》,次總目。首卷卷端題“朱文公校昌黎先生文集卷之一”,次行題“晦庵朱先生考異”,下署“留耕王先生音釋”。據卷前王伯大《序》及首卷卷端署王伯大音釋,且《音釋》已散入正文諸點看,此本所據底本,應爲宋麻沙本。

此本日人澀江全善、森立之《經籍訪古志》、《中國古籍善本書目》、《中華再造善本》等皆判此本爲元刻本,所據當爲《考異》後“至元辛巳日新書堂重刊”牌記。但據筆者考察,此本乃盜版書,牌記乃明清書商假冒元日新書堂的牌子僞造的。此本開卷即可看出與四部叢刊本(詳下)的版式、行格、字體及筆畫風神,甚至俗體字的使用等等完全相同,故筆者以爲,此本乃是用四部叢刊本的版片重印的,只是此本挖去了叢刊本李漢《序》後所鐫的“書林王宗玉”等文字多至數行的牌記。筆者將此本盜版的證據概括爲三點:第一,此本明顯是用經過多次刷印的舊版片重印的,故不少書葉模糊不清,且有些書葉是用殘缺的版片經過重修後刷印的;而叢刊本則字跡清晰,没有補版,顯然是用原槧版片印刷的。第二,此本改正了叢刊本的一些訛誤,這是此本與叢刊本同版而刷印在後的一個明證,因爲此盜版者可以糾正其前的印本之誤,而前印者不可能糾正後者之誤。第三,《外集》十卷及《集傳》一卷、《遺文》一卷目録完整無缺,而此本《集傳》一卷、《遺文》一卷正文存,而目録未列,這表明此本用叢刊本版片盜印時,目録部分已損毁而未及補刻,這一漏洞,是此本盜版的又一明證。綜上可見,此本乃商賈假冒元日新書堂的牌子,盜用叢刊本的舊版片重印者,以期用明版充元刻而牟利。此僞書數百年來不知欺蒙了多少讀者,今乃還其本來面目,堪稱一大快事!

(二)元刻本。元刻《朱文公校昌黎先生文集》四十卷、《外集》十卷、《集傳》一卷、《遺文》一卷,上海、北大、吉林大學等圖書館皆有藏本。另,瞿氏鐵琴銅劍樓藏林鴻、黄琴六舊藏元書肆本,錢塘丁氏藏明南京翰林院舊藏元刊小字本,聊城楊氏海源閣藏吴郡韓郇酌白堂舊藏元刊元印本,羅振常所見祁澹生、張蓉鏡舊藏元刊元印本,《藏園群書題記》卷十二著録十二行二十一字元刊本等,蓋均此種本子。此本還有元刻明印本,見《中國古籍善本書目》。此類元刻韓集並無明顯的版本標識和版本特徵,故諸家書目多籠統著録爲元刊本。

（三）明初刻本。明初刻《朱文公校昌黎先生文集》四十卷、《外集》十卷、《集傳》一卷、《遺文》一卷，國家、上海、北大、復旦、華東師大等圖書館均有藏本。上圖藏本原爲楊守敬舊物，卷末有“楊守敬印”白文方印。半葉九行十八字，小字雙行同，趙字結體，美觀大方，四周雙邊，粗黑口，雙黑魚尾間鐫“昌文某”。此本開版宏敞，字大如錢。各卷首題“朱文公校昌黎先生文集卷之某”，下注“考異音釋附”。卷前首王伯大序、次《昌黎先生集諸家姓氏》、次李漢《序》、次王季路書、次《凡例》、次目録。據各卷卷題下注“考異音釋附”，且音釋已散入正文，可知此本亦是據麻鈔本或元刻本翻刻的。藏印有“北山典籍”白文方印、“曉霞藏本”朱文長方印、“曉霞”朱文方印、“楊鼎和印”朱文方印、“楊氏器之”朱文方印、“餘姚謝氏永耀樓藏書”朱文大方印、“徐鋥印信”白文方印、“吴江縣印”官防大印、“元和縣印”官防大印等。

（四）四部叢刊本。明正統十三年戊辰（一四四八）書林王宗玉刻《朱文公校昌黎先生文集》四十卷、《外集》十卷、《集傳》一卷、《遺文》一卷，國家、上海、北大、鄭州市等圖書館均有藏本。《四部叢刊》初編《集部》所收韓集，即據此本影印，但内封面背面卻署“上海商務印書館縮印元刻本”，大誤。此本卷前李漢《序》後鐫牌記一個，末行署：“歲舍戊辰十月吉旦，書林王宗玉謹識。”商務印書館蓋以此“戊辰”，爲元文宗天曆元年戊辰（一三二八），因判此本爲元槧。其實不然，王宗玉主要活動在明宣德至成化間，有書坊名善敬堂，其家世代以刻書爲業，除此本外，善敬堂還刻有《增廣注釋音辨唐柳先生集》四十三卷、《别集》二卷、《外集》二卷、《附録》一卷，應與此本同時付梓；弘治間刻過《昌黎先生集》二十卷（文集）、《外集》一卷、《遺文》一卷、《傳》一卷。以上諸項可證，此戊辰應爲正統十三年戊辰無疑。萬曼《唐集叙録》判爲明初刻本，亦非是。此本半葉十三行二十三字，四周雙邊，細黑口，雙黑魚尾間鐫“昌文某”或“昌某”字様。此本的版本淵源，據卷前王伯大《序》及各卷卷題下方鐫“考異音釋附”字樣，且音釋已散入正文，知此本所據底本乃宋麻沙本或其衍生本無疑。此本寫刻俱佳，在明代韓集諸刻本中算是一個較好的本子。此本也偶有誤字，且使用了當時不少俗體字，明顯帶有書坊刻書的特點。

又，此本上圖也藏有一部，原爲季振宜舊書，卷中有“季振宜印”朱文方印、“滄葦”朱文方印等，然李漢序後的牌記已被裁去，書賈蓋欲以此本充元刻本以牟利，而書中夾一舊藏籤，藏籤判此本爲"元刻本"，亦誤，幸而館内新編電子檢索書目仍注録爲王宗三本，甚是。

有明一代，宋麻沙本的衍生本尚有多家，且彼此區别不大，版本方面亦無特點，故不一一詳述，僅大略記其諸本如下：(1)洪武十五年(一三八二)勤有堂刻本，國圖、南圖等有藏本；(2)弘治十五年壬戌(一五〇二)王氏善敬書堂刻本，國家、山東、吉林、重慶等圖書館有藏，此本蓋據四部叢刊本的版片重印；(3)嘉靖十三年(一五三四)安正書堂刻本，上海、天津、遼寧、浙江、杭州市等圖書館均有藏本；(4)明刻萬曆三年(一五七五)重修本，國家、上海、天津、杭州大學等圖書館均有藏本；(5)萬曆三十三年(一六〇五)朱崇沐刻芝蘭堂藏版，另一種爲天德堂梓行本，國家、上海、山東、北大、天一閣、北師大等圖書館均有藏本；(6)明無名氏刻本，吉林、重慶、四川師院等圖書館有藏，等等。由上可見，麻沙本的衍生本的確不少。

(五)應刻本。嘉靖十一年壬辰(一五三二)應鳴鳳刻《京本朱文公校昌黎先生文集》四十卷《外集》十卷《集傳》一卷《遺文》一卷，二十四册，上圖藏。半葉十行二十四字，小字雙行同；四周雙邊，白口雙黑魚尾，上魚尾下鐫"韓文某"，下魚尾下爲葉碼。下象鼻内偶記刊工姓名，有楊壽、劉福、周福生、葉榮、蔡福友、蔡俊、王伯福、王英、李仕幾、范元升、李文英、范元壽、吴道元。首卷卷端題"朱文公校昌黎先生文集卷之一"，次行低一字署"晦庵朱先生考異，留耕王先生音釋"。以下各卷，卷題上或冠以"京本"二字，下署"考異音釋附"。卷四十次行下方署"賜進士第應鳴鳳校正發刊"。卷前首《朱熹考異序》，次王伯大序，次李漢序，次《朱文公校昌黎先生文集凡例》，次目録。今考應鳴鳳，乃嘉靖十一年壬辰科第三甲第七十六名進士，見《明清進士題名碑録》(上海古籍出版社一九八〇年二月第一版)。此本既題"賜進士第應鳴鳳校正發刊"，而無銜名，故應爲登第後尚未授官時所刻無疑。此本所據底本，乃王伯大本一系的本子；題前既冠以"京本"二字，則所據底本或爲南宋臨安刊本；又此本第二十册封面原署"宋嘉定刻本"，"昌黎伯全集"，據此則此本所據應爲宋嘉定本，然王伯大本既刻於寶慶三年(一二二七，已見)，則此本決不會早於王伯大本，所以此"嘉定"，應爲"紹定"或"景定"之誤。此本上圖另藏一部，前七卷殘損，卷末修補葉有跋文曰："丁丑之冬，東夷肆擾，焚掠雲間。藏書樓楹，盡遭灰厄。殆略定，亟命僕役間道往視，僅於亂帋堆中檢得是集，亦已不復完善。差幸吾家文公有靈,暗中呵護,使後人得遺集而攻讀之也,因記。致軒。”旁鈐“甲子丙寅韓德均錢潤文夫婦兩度攜書避難記”白文長條印一枚。案韓德均,字致軒,乃晚清大藏書家韓應陛之孫。應陛,字鳴塘,號緑卿,淞江(今屬上海)人,清道光二十四年(一八四四)舉人,官内閣中書,精鑒别,喜收藏,士禮居、藝芸書舍精本所得爲多,晚清藏書之富,可比常熟瞿氏,其藏書處名“讀有用書齋”。民國之後,書漸散出;盧溝橋事變後,淞滬會戰中,上海遭日寇焚掠,韓家藏書,至此則並樓楹亦“盡遭灰厄”(參鄭偉章《文獻家通考》韓應陛條,頁七一九)。德均既稱韓愈爲“吾家文公”,是應陛、德均皆韓愈後人。此本即丁丑戰亂後,韓家藏書之僅存者,然前七卷亦在焚掠中散逸,覽之令人唏嘘歎恨!此本卷中還有“松江讀有用書齋金山守山閣兩俊韓德均錢潤文夫婦之印”朱文長條印、“德均審定”白文方印。另有“韓繩夫一名熙字价藩讀書記”白文長方印,亦當爲應陛後人印記。卷中還有“渤海太守後人”朱文方印、“寶沙堂陳氏收藏印”朱文長方印等,則不知爲何人印鑒。

(六)游刻本。嘉靖十六年丁酉(一五三七)南平游居敬刻韓柳文本之《韓文》四十卷、《外集》十卷、《遺文》一卷、《集傳》一卷,上海、山東、南京、上海師大、河北大學、中山市等多家圖書館均有藏本。白文無注,然正文有音釋,係與柳集併刻。半葉十一行二十二字,左右雙欄,白口雙白魚尾間鐫卷次,上象鼻内頂邊欄鐫“韓文”二字。卷前有嘉靖丁酉游居敬《刻韓柳文序》。各卷首題“韓文卷之某”,次行爲類目,下接正文。此本編次文字吸收了南安本、朱校本的成果,音釋已附正文,故其所據底本當爲麻沙本一系的本子;唯注文已被删去,純爲白文,乃此本一大特點。

此本有嘉靖三十五年丙辰(一五五六)莫如士翻刻本,卷前有嘉靖丙辰王材《重刊韓柳文序》,首卷卷端題“韓文卷之一”,次行署“明巡按直隸監察御史新會莫如士重校”,也係與柳集併刻。又有嘉靖四十一年(一五六二)何鏜翻刻本,亦同時併刊柳集。

(七)東雅堂本。萬曆間徐時泰東雅堂刻《昌黎先生集》四十卷、《外集》十卷、《遺文》一卷、《集傳》一卷。國家、上海、南京、浙江、湖北、河南、開封等圖書館均有藏本。半葉九行十七字,小字雙行同,四周雙欄,黑口,單黑魚尾下鐫“昌黎卷某”,上象鼻内記大小字數,下象鼻内記刊工姓名,下接邊欄鐫“東雅堂”三字。卷前首李漢《序》、次《叙説》、次《凡列》、次目録。《凡例》及每卷後有“東吴徐氏刻梓家塾”牌記。此本乃世綵堂本的覆刻本,故行款、版式甚至牌記樣式悉依世綵堂本，唯將“世綵堂”换成“東雅堂”而已。王國維《傳書堂藏善本書志》著録有此本之校宋本，乃沈大成用世綵堂原刻校此本，沈氏校後跋曰：

> 余求東雅堂本久矣，壬午夏五，舟過山塘，偶入書肆得之。倚篷而讀，頓忘煩暑。既至廣陵，借蔣春農舍人藏本校勘，自後五月五日至六月八日始竟，補葉四，補字數百，而此幀遂爲完書。然其中尚有舛訛，不能盡訂。安得世綵堂宋鑱原本一校耶？雲間沈大成記。

沈氏後來復跋曰：

> 世綵堂本，夫己氏得自商家，近以老乞歸，始授其子叔諧，因從借觀。乃知東雅此刻，板行字數皆摹廖瑩中，洵重校宋本也。連日校勘，如入寶肆，其間訛處，廖氏亦同。尚當參考《唐書》，方無遺憾耳！壬午九月廿二立冬日，大成記。(《傳書堂藏善本書志·集部》)

王國維叙此本曰：“右東雅堂刊本，印刷稍後。沈學子以初印本校。後見世綵堂原本，乃重校之，眉間列有考訂評騭之語，又加圈點，亦沈氏所爲也。有‘臣大成印’、‘學子’、‘徐映金印’、‘若冰’、‘有華香塾珍藏’、‘香溪女士’、‘萬宜樓藏書印’諸印。”(《傳書堂藏善本書志·集部》)可見此本乃世綵堂本的忠實覆刻本，且並其訛誤亦照刻不爽。此本有崇禎十一年(一六三八)徐元儁重修本，又有清初冠山堂遞修本。另，清同治八年(一八六九)江蘇書局、同治九年廣東述古堂、光緒十五年(一八八九)廣州萃文堂均有重刻本。民國時期，中華書局四部備要排印本《昌黎先生集》，内封面背面署“上海中華書局據東雅堂本校”，亦屬於世綵堂本系統。

(八)蔣輯本。蔣之翹輯注崇禎六年癸酉(一六三三)蔣氏三徑草堂刻《韓柳全集》所收《唐韓昌黎集》四十卷、《外集》十卷、《遺文》一卷、《附録》一卷，國圖、上圖等有藏。半葉九行十七字，小字雙行同，左右雙邊，白口無魚尾，上象鼻内鐫“韓昌黎集”，版心中部右旁爲卷次，左旁爲葉碼，下象鼻内鐫“三徑藏書”四字。各卷首題“唐韓昌黎集卷第某”，次行下方署“明檇李蔣之翹輯注”，三行標類目，下接正文。卷前首陳繼儒《注韓柳集序》，次蔣之翹《注韓柳集序》，末有“蔣之翹印”陽文、“賁園”陰文二木記，次《校注韓柳集論例》、次李漢序、次《讀韓集叙説》、次總目。蔣氏序曰：

二公之文，實堪範士。試取而讀之，所謂藻火黼黻之交輝，金聲玉振之迭奏，魚龍波濤之驚迅，一一可適於世用也。予於是手輯而注之，而評之，不事穿鑿，不爲阿好，務以發明二家爲文之旨而止，或於道不相盭用，梓之以質諸同好云。旹崇禎癸酉夏六月朔，檇李蔣之翹書于碩薖書屋。（上圖藏蔣輯本）

蔣氏雖曰"手輯而注之，而評之"，實則此本乃是就東雅堂本删改原注，增入新輯注文而成者，然蔣氏於原注未能究明來源，亦無所校正；新輯者則多爲宋、明人别集及筆記中評韓的文字。不過此本刻印精緻，所輯材料也比較豐富，故在明槧諸韓集中尚不失爲一個有特點的本子。

清代樸學大盛，學者在致力經史的同時，也把目光投向韓集，所以清代在傳承前世韓集整理既有成果的基礎上，在韓集校勘、注釋、補苴、訂訛等方面均做出了驕人成就。今擇其要者分别考述如下：

（一）陳勘本。雍正五年丁未（一七二七）陳景雲著《韓集點勘》四卷，西安文物管理委員會有藏。景雲字少章，吴縣（今江蘇蘇州）人，長於史學，《清史稿·文苑傳》、《清史列傳》卷七十一有傳。此本爲校正東雅堂本韓集而著，摘其正文及注文當是正者，詳爲究討，議據確切。東雅堂本未注明版本依據，陳氏考其爲覆世綵堂本，今以廖本核之，其説確鑿可信。宋刊《五百家注》及韓醇注本，陳氏尚見之。韓醇本後來散逸，賴陳氏此本可得方氏《舉正》、朱熹《考異》未録的韓醇本異文，職是之故，此本遂爲治韓集者必須參考的文獻。清代傳刻的東雅堂本及羅振常影印世綵堂本，皆以陳氏《點勘》附後，原因就在這裏。《四庫全書總目》著録此本曰："是編取廖瑩中世綵堂所注韓集，糾正其誤，因彙成編。卷首注曰校東雅堂本，以廖注爲徐時泰東雅堂所翻雕也。末有景雲自跋，稱瑩中'粗涉文義，全無學識。其博採諸條，不特遴擇失當，即文義亦多疎舛'。今觀所校，考據史傳，訂正訓詁，删繁補闕，較原本實爲精密……亦具有典據。而於時事辨别尤詳，可稱善本。"然陳氏亦偶有失誤處，故而館臣復曰："惟尸子先見《公羊傳》，而云出《漢書》，稍爲疎漏。又《次潼關先寄張十二閣老》詩，忽參宋人諧謔一條，非惟無預於校讎，乃併無預於韓集，殊乖體例耳。"（以上《四庫全書總目》卷一五一，頁一二八九）此本又有《文道十書》本，蘇局新刻本，又國圖藏有清劉氏味經書屋鈔本。

（二）觀樓氏本。觀樓氏乾隆四十九年甲辰（一七八四）刻《重刊五百家注音辨昌黎先生文集》四十卷，十五册，上圖藏。此本内封面正中大字雙行題“五百家注音[辯]〔辨〕昌黎先生全集”，右旁小字題“遵依宋本”。半葉十行十八字，小字雙行二十三字，左右雙邊，白口對黑魚尾間上鐫“韓文某”。卷前首許道基《重刊韓文五百家注序》，次觀樓氏《序》，次《評論詁訓音釋諸儒名氏》，次目録。觀樓氏《序》曰：

杜集有千家注，韓集有五百家注，尚已。杜注今猶可得，韓則絶少。余舊聞都中士大夫藏書家有宋時槧本，思借觀之，未獲也。今年夏，有攜是集求售者，閲之，不勝喜，以物色得之。因思韓集版本之行於世者，不獨是注久不可見，即如明東雅堂徐氏本、三徑堂蔣氏本，其板亦皆剥朽無存，存者惟近時秀埜堂顧氏、永懷堂葛氏、雅雨堂盧氏本耳。而葛本無注，顧本、盧氏止於詩。然則後之人讀韓集者，欲觀其大全，稽其雅故，不亦難乎？余既得此，懼夫匹夫之以懷[壁]〔璧〕罪也，謹依原式付剞劂氏，以公之海内之同好者。刻竣，爲識其緣起於此。乾隆歲在甲辰孟冬，觀樓氏識。（上圖藏觀樓氏刻本）

許道基《序》稱觀樓氏爲“仁軒富公，司藩江巧，出所刊韓文五家注以示予”。可見觀樓氏名富，號仁軒。此本蓋宋魏仲舉本的翻刻本。

（三）四庫本。乾隆敕修《四庫全書》所收《東雅堂昌黎集注》四十卷、《外集》十卷、《遺文》一卷。此本卷前首館臣《提要》、次《重校昌黎集凡例》、次李漢《序》、次《昌黎集序説》、次《遺文》一卷、次《集傳》一卷。《四庫全書總目》謂此本不著撰人名氏，“惟卷末各有‘東吴徐氏刻梓家塾’小印”，因考得爲萬曆間徐時泰東雅堂覆刻世綵堂本，此本即據東雅堂本録入，故而屬於世綵堂本系統。唯編臣將《集傳》一卷《遺文》一卷置前，與東雅堂本編次稍異耳。

（四）王記本。王元啓撰嘉慶五年庚申（一八〇〇）王尚珏刻《讀韓記異》十卷。元啓，字宋賢，號惺齋，嘉興（今屬浙江）人，乾隆十九年（一七五四）進士，《清史稿·疇人傳》及《清史列傳》七十二有傳。此本成書於乾嘉樸學鼎盛時期，對魏仲舉《五百家注》、王伯大《音釋》及東雅堂本皆有所校正，用力甚深，多發前人所未發，於韓集校訂頗有裨益，然亦偶有牽强附會處。此本有嘉慶二十二年（一八一七）嘉興鍾洪重印本。

（五）沈補本。嘉慶間沈欽韓補注光緒十七年辛卯（一八九一）廣雅書局刻《韓集補注》一卷。欽韓字文起，吴縣（今江蘇蘇州）人，嘉慶十二年（一八〇七）舉人，以史學著稱，著有《兩漢書疏證》，又注王安石詩文，《清史列傳》卷六十九有傳。沈氏此著旨在補《五百家注》所未詳者，原注未確者亦爲是正，援據博洽，胡承珙曾爲訂補。馬其昶《韓昌黎文集校注》據沈氏稿本徵引，其中有溢出刻本之外者數條，然均非精要，或爲沈氏自删或爲胡氏校訂時所删除者。

（六）方箋本。方成珪箋正瑞安陳氏湫漻齋刻《韓集箋正》五卷《年譜》一卷。成珪字國憲，浙江瑞安人，嘉慶二十三年（一八一八）舉人，《清史列傳》六十九有傳。方氏以爲覆世綵堂之東雅堂本輯注援引多不精審，又不標注家姓氏，易於混淆，未爲善本。於是逐條探究其本源，標出注家姓氏，校正訛失，而成此書。實事求是，於韓集舊注整理甚有功焉。後附《昌黎先生詩文年譜》一卷，亦平實而少附會。

（七）宣統本。宣統三年辛亥（一九一一）正月石印《昌黎先生集》四十卷《外集》十卷《遺文》一卷附陳景雲《韓集點勘》四卷。半葉十二行二十八字，小字雙行同，四周雙欄，白口單魚尾下有“卷某”字樣。卷前首李漢序、次《昌黎集叙説》、次王伯大《重校昌黎集凡例》、次目録、次《集傳》一卷。首卷卷端題“昌黎先生集卷第一”。顯然此本乃據世綵堂本一系的本子上石印行的。

民國以後，韓集的傳承和整理，其成就偏於詩歌方面（詳下）。新中國成立以來的韓集整理，運用科學方法，取得了卓著的成就，其主要者有以下兩種：

（一）童校本。童第德《韓集校詮》，中華書局一九八六年一月第一版。此書乃童氏校釋韓集數十年心血的結晶。韓集的校勘注釋，宋人已有“五百家注”之説，雖不無夸張，然宋人貢獻卓著卻是事實，尤其是方崧卿《韓集舉正》、朱熹《韓集考異》，千餘年來一直被奉爲圭臬。而童氏《校詮》，運用校勘學和訓詁學的研究方法，對宋以來尤其是方、朱二家的校勘和詮釋重新加以審視，從而在校勘與詮釋方面頗多創獲，解決了千年來韓集校勘和注釋中的不少誤點、疑點、難點和不足、不及之處。吴則虞評價此書曰：“韓集自朱子《考異》之後，歷有增纂……而底本是非所未衷也。君則抉原要極，證益確，詁益達，疑似者，得君説無不的破冰坼，怡然以解。”（《韓集校詮序》）此舉一例，以見一斑。《月蝕詩效玉川子作》“弊蛙拘送主府官”句，“弊蛙”，朱熹《考異》釋作弊人，又以爲“弊”或作“斃”，並詮釋曰：“蓋此時蛙雖未斃，而其罪已當死矣。”蔣抱玄則釋“弊”爲敗類。但童氏則曰“案：弊，斷獄也，見《周禮·大司寇》鄭司農注。弊蛙，斷蛙之罪，朱、蔣二説皆未諦。”(《韓集校詮自序》)此解真乃一語省人，發千年未發之覆。“弊”解作斷罪、裁決，典籍多有之，如《管子·戒》：“老弱勿刑，參宥而後弊。”《漢書·刑法志》：“凡囚，上罪梏拲而桎，中罪梏桎，下罪梏；王之同族拲，有爵者桎，以待弊。”顔師古注：“弊，斷罪也。”《北史·節義傳·劉子翊》：“律以弊刑，禮以設教。”等等，都是適例。可見以朱氏之博學，亦有思慮未逮者。此類例子尚多，不枚舉。可以説此本乃是用清儒治學之法，對韓集千餘年來的校勘與注釋在高度的學術層面上作了一次全面的審視與清理，是其所是，匡其所非，補其不逮，從而將韓集的校勘和注釋推進到一個嶄新的高度，貢獻之巨，少有倫比。二十世紀初，童氏畢業於北京大學文科文學門，在寧波執教多年，並受業於章炳麟、黄侃、馬一浮等人，專攻訓詁學。新中國成立後任中華書局編輯。童氏博聞强記，治學嚴謹，二十世紀四十年代初，章士釗先生與童氏相約，分别注釋柳文和韓文，“自此童先生便廣泛搜集韓集版本，潛心研究歷代校箋成果，數十年如一日，至一九六八年《韓集校詮》基本定稿，但直到一九六九年四月臨終的前一天，他仍在孜孜不倦地進行字斟句酌的修改”(中華書局編輯部《出版説明》)。此書校勘，以魏仲舉本爲底本，詮釋則兼視充本、王伯大本、世綵堂本以及宋以後諸家刊本，以宋諸家注爲主，兼及以後注家，而宋諸家中以方崧卿、朱熹二家爲主。童氏以爲：“宋人重義理而輕詁訓，故於文字通假之例，或有未諳。”(《校詮前言》)因以所長，撰爲此不朽宏著。

(二)屈常注本。屈守元、常思春主編《韓愈全集校注》，五册，二百四十多萬字。二十多人參與，積十餘年之功始成。此本以世綵堂本爲底本，輯録佚文。詩文分編，各依年代先後爲次。作品年代，依諸家舊説，重加裁定。詩序隨詩，以省翻檢之勞。同年之作，依體裁編排。存疑及舊本誤收之作，編爲附録綴後。此書依漢唐注家舊例，校注融爲一體，校文在前，注文隨後。凡《舉正》、《考異》所校諸本及校語，無論底本徵引與否悉行采録，此外比勘文讜、魏仲舉及殘宋白文本等現存宋本十多種；明清翻刻諸本，任意改字，毋庸取校，以避繁冗。《英華》、《文粹》雖經方氏比校，亦重行檢核；石本今存或采入石刻彙編類典籍者，亦取比校。其餘總集、類書大抵互相鈔襲，甚或率耳竄易，概絶濫採。校語先列方、朱成文，復列各本同異，最後説明取捨。此書注釋，援引諸家舊説者悉出姓名。非專注《韓集》之書，則直引原書；原書已佚，轉引他書者皆注明出處。底本徵引諸家之文，則盡歸各家名下，廖氏新説則標其姓名。本書注者的按斷注釋，以按語形式出之。舊注引用事典，今皆核對原文，標明篇卷；文字有省易者，姑悉從原引。通常事典則徑用原書，以避煩瑣。各篇寫作背景，於題下注文説明；同題多篇之作，則注於首篇題下。舊本音注多爲反切，此本音注除沿用反切外，復加直音。通假音讀變易之字，另予注明。僻字重見者，皆爲訓釋。韓氏詩文的評論資料浩如煙海，此本嚴加抉擇，凡與考辨無關者，概不濫登；凡需收采者，涉及全篇的則列於篇題之下，涉及章節字句者，則散於相關章節字句之下。此本附録頗豐，有存疑詩文、韓愈題名、參校諸本並引據要籍叙録、韓集叙跋輯録、韓愈傳記資料輯録、韓文類譜、世綵堂本與《韓愈全集校注》篇目對照表等等。總之，此本卷帙宏大，詩文分編，各依年序次尤爲難能可貴。較之童第德《韓集校詮》，一以個人之力，精校精釋，新見迭出；一以衆人之功，全校全注，綜理既往，二者皆宋以來韓集校勘與注釋的力作。唯此本因纂集時間較長，出版雖晚，未能將童氏《校詮》的成果彙入集中，如上舉《校詮》糾正朱熹之誤者即是，誠一憾事矣。

（三）劉岳注本。劉真倫、岳珍《韓愈文集彙校箋注》，中華書局二〇一〇年八月第一版。此本從彙校、注釋、箋疏三個方面對韓集加以整理。“彙校”以淳熙本、祝充本爲底本，前者闕卷，以後者配補；通校本有文讞本、南安本、南宋浙本、江西本、閩刻本、南宋蜀本、魏刻本、舉正、考異、英華、文粹等十餘種宋代韓集、類書及總集；参校本有池州本、廖刻本、四部叢刊本、陳勘本、王記本、沈補本、方箋本、《又玄集》、《樂府詩集》、《萬首絶句》、《方輿勝覽》、《全芳備祖》等四十種唐宋元明清之韓集、總集、注本、詩文選本、類書、詩話、地志等等，校勘材料之豐富爲前此韓集整理所未見。此本用“彙校”命名，正爲力求“儘可能完備地搜羅”相關文獻，“對韓集文本進行綜合校理”（該書《凡例》），其中淳熙本、《舉正》宋本，均爲首次被用於《韓愈全集》校勘中，版本價值頗高。由於作者徹底理清了韓集版本源流，故對晚出而照録朱熹本的王伯大本、池州本、廖刻本等，雖同爲宋本，但因無獨立的文獻價值，原則上亦不出校記，少量不同於方本、朱本、監本且確有價值的文字，不在此限。《古文關鍵》以下宋代諸参校本，以及宋以後的韓文材料，無論别集、總集、地志、類書、詩話等等，均照上述原則處理，從而確保校記簡要不繁。此本注釋，也建立在理清舊注源流順序的基礎上，對宋元舊注，徵引力求完備，明代以下則擇善而從；輾轉鈔撮者，只録最早的，其餘概行删削，但後出精粹者則録存之，並記録前此注家名目。箋疏包括語詞溯源、本事考證、義理箋疏、理論批評。前人舊説，輾轉販掠者多，此本只録最早的一家，其餘一概删削，但後出觀點更爲警策者，或思想更爲明晰者，則録存之，並記録前此諸家名目；評論性文字，有關乎章句者、有關乎全篇者，各置於相關章句或篇末箋疏中。爲撰寫本書，作者進行了大量前期深入細緻的研究工作，撰成《韓愈集宋元傳本研究》、《韓集舉正彙校》、《昌黎文録輯校》和《韓文石本考》四部專著和數十篇韓集整理的專題論文，對今存十三種宋元本韓集的文字、編次及版本源流作了梳理，鉤稽出百零二種已亡佚的宋元傳本、四十五種韓文選本、三百一十種宋元時期有關韓文評論的著述，從而徹底理清了韓集宋元時期複雜的承傳關係。《韓集舉正彙校》，則以今存日本的方崧卿原槧爲底本，用九種鈔本彙校，糾正了《舉正》流傳過程中出現的種種訛誤，爲韓集校勘打下了堅實基礎。《昌黎文録輯校》一書，則是其韓集校注的試編稿。《韓文石本考》全面考察了中唐至近代的韓文石本七十四種。總之經過作者十多年的努力，終於使此本成爲“一部符合現代學術規範、反映當代學術水準的經典性、權威性的韓文文本”（該書《前言》，頁五六），成爲韓集整理的集成之作。

韓詩、韓文的單行本和整理本，其主要版本有以下一些：

（一）統籤本。胡震亨《唐音統籤》所收《韓愈詩》十四卷，編卷三百二十二至三百三十五，丁籤七十四，鈔本。詩分體編次，首卷四古十四首，第二至六卷五古百三十八，第七卷長短句二十二，第八至九卷七古五十一，第十卷五律四十一、五言小律一，第十一卷五排十五、七律十四，第十二卷五絶二十七、七絶七十九，第十三至十四卷聯句十六（其中《太安池》一首題存詩闕），合計十一體、四百十八首。此本所據底本，胡氏没有交代，唯曰：“文自魏晉，衆拘偶對，體日衰。至愈一返之古，而爲詩豪放，不避粗險。格之變亦自愈始焉。集四十卷，内詩十卷。《外集》、《遺文》十一卷，内詩二十一篇。今合編爲十四卷。”（《唐音統籤》第四册，頁二一）據此，此本乃胡氏由四十卷集本中之十卷詩，合《外集》與《遺文》十一卷中詩二十一首，别裁而出，然後再將各體詩分别依次録出，分編十四卷而成的，其所據集本，蓋爲游刻本或其近似的本子。

(二)顧注本。顧嗣立注康熙三十八年己卯(一六九九)顧氏秀野草堂刊《昌黎先生詩集注》十一卷《年譜》一卷。嗣立字君俠,江蘇吴縣人,康熙三十八年(一六九九)舉人,《清史列傳》七十一有傳。此本半葉十一行二十字,楷書結體,版刻極精,下象鼻内右旁鐫"秀野草堂"四字。卷前首顧氏《自序》、次《凡例》、次《舊書》本傳、次《昌黎先生年譜》、次目録。顧氏《自序》曰:"余於詩雅宗仰昌黎先生,而論先生詩者,或有'以文爲詩'之誚,至直斥爲不工。"顧氏則以爲:"詩自李、杜勃興而格律大變,後人祖述,各得其性之所近,以自名家。獨先生能盡啓祕鑰,優入其域,非餘子可及。顧其筆力放姿横從,神奇變幻,讀者不能窺究其所從來,此異論所以繁興,而不自知其非也。"顧氏對韓詩推崇備至,爲了排擊宋以來斥責韓詩不工之論,發明韓詩的精奥,因别裁韓詩成此注本。此本采摘魏仲舉、王伯大及東雅堂本諸家注文而删補之,"舊本存者約計十之四五",其餘顧氏或參以己見,或糾正舊注,包括朱熹《考異》之失。然而顧氏對諸本文字校勘並不特别在意,新注亦有附會史事者。

道光十六年丙申(一八三六),此本有吴廷榕膺德堂翻刻本,增入朱彝尊、何焯二家評點,朱墨套印,卷前有彭邦疇序、晰齋博明題識,卷後有穆彰阿跋。而膺德堂本,則有光緒間廣州翰墨園翻刻本,内封面隸書大字題"昌黎先生詩集注",右上方雙行小字署"朱竹垞彝尊、何義門焯評",左下方署"秀野堂本";内封面背面有牌記"光緒癸未春三月廣州翰墨園開雕",朱藍黑三色套印本,半葉十一行二十字,白口單魚尾下鐫"昌黎詩集注卷某",書口下方右側鐫"膺德堂重刊顧氏本"。卷前首顧氏序、次彭邦疇《序》、次晰齋博明題識,卷後有道光十六年歲在丙申六月初吉,長白穆彰阿跋。

(三)席刻本。康熙四十一年壬午(一七〇二)席啓寓琴川書屋刻《唐詩百名家全集》所收《昌黎先生詩集》十卷《外集》一卷《遺詩》一卷。半葉十行十八字,左右雙欄,白口單黑魚尾下鐫"昌黎集某"。卷前首韓文公《傳略》(論説附)、次正集十卷目録。各卷首題"昌黎先生詩集卷第某",次行下方署"門人李漢編"。卷十尾題後鐫"東山席氏悉從宋本刊于琴川書屋"牌記一個,表明此本所據底本乃宋本。然所據何種宋本,席氏卻未説明。據筆者考察,此本所據乃南宋監本或其近似的本子,這可從編次、文字兩方面得到證明。如此本卷五《李花一首》,南監本同;方氏《舉正》分作二首(《韓集舉正彙校》卷二,頁八三)。此本卷七《雜詩三首》,南監本同;方氏《舉正》分爲四首(《韓集舉正彙校》卷三,頁一二五)。再就文字方面看,此本也與南監本多同。如此本卷一《復志賦》"吾其既勞而後食"句,"吾其既勞",南監本同;而方氏《舉正》據秘閣本删"既"字(《韓集舉正彙校》卷一,頁七)。此本卷一《南山》"巨靈與夸娥"句,"娥"字,南監本同;而方氏《舉正》訂作"蛾"(《韓集舉正彙校》卷一,頁一九)。此本卷三《東方未明》"東方未明大星没"句,"未"字,南監本同;而方氏《舉正》訂作"半"(《韓集舉正彙校》卷一,頁五三),等等。可見無論編次抑或文字方面,此本皆與南監本同,特别是"既"字、"未"字,均爲南監本獨有的文字,而此本皆與之同,可見此本所據宋本乃是南宋監本或其近似的本子。具體而言,是將南監本或其近似本韓集四十卷、《外集》一卷、《遺詩》一卷中的詩别裁而出,編刊行世的。不過此本文字也作了校勘,故與南監本亦有不同之處。

(四)全唐詩本。康熙敕修《全唐詩》所收《韓愈詩》十卷。本書前已説明,《全唐詩》編輯的基礎是胡震亨《唐音統籤》和季振宜《全唐詩稿本》;而季氏《稿本》中的《韓愈詩》十卷,乃是將上述游刻本前十卷的詩及《遺文》一卷中的詩原刻别裁入編,删去不必要的音釋,然後將《遺文》一卷《有所思聯句》等三首聯句,補於正集卷八聯句後;將《遺文》中《贈族姪》以下七首,補於正集卷七後;將《酬藍田崔丞立之詠雪見寄》以下四首,補於正集卷十後;再於正集卷七後據《英華》補入《贈崔立之》和《同褒子秋齋獨宿》二首,並將《集傳》一卷冠首,編輯而成的。然而由於季氏一時疏忽,《遺文》中《同竇牟韋執中尋劉尊師不遇》和《春雪》二首給漏編了;而且《外集》卷一《芍藥歌》以下五首,卷三《送汴州監軍俱文珍》一首,共六首漏編了,以致《贈崔立之》一首《外集》卷一原本已收録,而季氏反據《文苑英華》作爲遺詩補入卷七後。再者,游刻本卷十《大安池》一首題存詩闕,季氏將其删去,卻於下一首《遊太平公主山莊》題下加注曰:"此首前有《大安池》一首,〔詩〕闕不載。洪邁《萬首唐人絶句》此首題即作《大安池》。"此言大謬,季氏不知《大安池》一首,唐本所載即只存題目,下一首《遊太平公主山莊》則詩題俱存,别作一首。此二首自宋秘閣本伊始,誤將《遊太平公主山莊》一詩冠以《大安池》一題行世。洪邁《萬首唐人絶句》,即沿襲此誤。細繹詩意,可知詩的内容與《大安池》之題全無關涉。迨方氏《舉正》出,此誤才得以糾正。季氏未深究韓集版本淵源,故致此誤。至於文字方面,季氏也作了校勘。季氏藏有宋本,又以《文苑英華》、《唐文粹》、《樂府詩集》等類書和總集參校,改正了底本不少訛誤,故文字更精粹一些。如卷一《元和聖德詩》"贈官封墓,周市宏溥","市"字誤,季氏據校本改作"帀"字,極是。卷四《送侯參謀赴河中幕》"别袖拂落水,征車轉崤陵","落水"誤,季氏據校本改作"洛水",甚是。卷七《和裴僕射相公假山十一韻》首句"公乎員愛山","員"字誤,季氏據《英華》改作"真",良是,等等。季氏還增加了不少題注和文中注,對理解韓詩頗有幫助。康熙敕編《全唐詩》中的《韓愈詩》十卷,乃是將季氏《稿本》中《韓愈詩》全部收入,而删去季氏據《英華》誤補的《同褒子秋齋獨宿》一首,補入季氏漏編的《外集》詩五首、《遺文》卷中詩四首,又據洪邁《唐人絶句》補詩二首,凡十一首;合季氏所補十三首,共二十四首合編一卷,而將卷八之聯句與所補三首聯句及編臣輯補的《石鼓聯句》,一同編入《全唐詩》卷七九一聯句卷中,故全唐詩本《韓愈詩》仍爲十卷,聯句别爲一卷。《全唐詩・凡例》曰:"詩集有善本可校者,詳加校定。"故文字方面,編臣亦據善本作了校勘,改正了季氏未及改正的訛誤,並增加了不少題注和文中夾注,這些注文或解釋題旨、或介紹作詩背景、或指出作詩的時間地點等等,頗便讀者。職是之故,《全唐詩》遂成爲現存韓詩諸古本中收詩較全,文字也較精粹的本子。

(五)方箋本。方世舉箋注乾隆二十三年戊寅(一七五八)盧見曾雅雨堂刻《韓昌黎詩集編年箋注》十二卷。世舉字扶南,晚年自號息翁,安徽桐城人,《清碑傳集補》四十五有傳。此本《續修四庫》有影印本,半葉十行二十三字,楷書結體,端正雋秀,小字雙行同。正文低一字。四周單欄,白口單黑魚尾,上象鼻内鐫"昌黎詩集箋注",魚尾下爲卷次,下象鼻内鐫"雅雨堂"三字。卷前首盧見曾序,次方世舉自序,次《凡例》,次《舊唐書》本傳。各卷前有子目。首卷卷端題"韓昌黎詩集編年箋注卷一",下署"桐城方世舉扶南考訂"。以下各卷不再署考訂者姓名。方氏《序》以爲"注而不箋,則非子夏三百篇小序之旨,又不得孟子以意逆志、知人論世之義";又以爲顧嗣立注韓詩,於韓愈身世及世事背景多有未合,因謂箋必須編年,"年不重編,詩終多晦"。於是"一一考諸史,證諸集,參諸旁見側出之書,以詳其時,以箋其事,以辨諸家之説"(《韓昌黎詩集編年箋注》,續修四庫本)。此本以顧氏本爲底子,博考韓詩編年,創爲編年箋注,乃此本一大貢獻。然其編年考訂,亦有附會史事者。顧、方二注,錢仲聯撰《韓昌黎詩繫年集釋》多有採摭。

（六）黄證本。當塗黄鉞撰黄中民道光戊申（二十八年，一八四八）刻《昌黎先生詩增注證譌》十一卷。中民乃黄鉞之子。此本有中民《後序》，謂其父"宗仰昌黎先生之詩"，然因各家注"猶有遺漏，且引據有未詳確者，故自乾隆壬辰（三十七年，一七七二）迄道光辛卯（十一年，一八三一），日事丹鉛點勘，不憚廣搜博覽，以增其未備，證其譌舛，乘六十年，所著乃成"。可見用功之勤。"乃猶不自信，久藏篋笥，未遽以示人也"。黄鉞去世後，中民爲使父著不致湮没無聞，故於道光戊申刊行於世。此本以顧注本爲底子，對其增注證譌，亦十一卷，故書名改爲《昌黎先生詩增注證譌》，黄氏增注證譌批於眉端。卷後有中民《後序》。

此本咸豐七年丁巳（一八五七）四明鮑氏有重刊本，内封面題"韓詩增注證譌十一卷"。内封面背面鐫牌記"咸豐七年歲次丁巳版藏四明鮑氏"。半葉十一行二十字，版心下方鐫"二客軒"三字。

（七）錢釋本。錢仲聯《韓昌黎詩繫年集釋》，一九五七年初版，一九八四年三月上海古籍出版社重版。此本仿照宋、清人集解、閒詁一類纂述方法，采集多家論説，並重新繫年編排，内容包括校、箋、注、評四個方面。校勘首列《舉正》、《考異》全文，次以祝充本、魏仲舉本、世綵堂本、王伯大本等影宋、元本爲主，偶及明、清版本，下逮清人考訂，參比同異，擇善而從，不主一家。箋釋考索作品的時代背景、本事、有關人物等等，著者新見則以"補釋"形式出之。注解包括訓詁、典故、地理等，另外增補了一些注釋，采摭範圍，下限至近代。輯評選輯有關評論，以"集説"形式附於各篇之後；有關韓詩的總體評論，則以"諸家詩話"形式附入集後。此本乃近代以來治理韓詩的力作，讀者頗便之。

（八）茅評本。明茅坤評萬曆七年己卯（一五七九）茅一桂朱墨套印唐宋八大家文鈔本《唐大家韓文公文鈔》十六卷。此本上海、天津、浙江、南京、河南、湖北等圖書館均有藏本；安徽圖書館藏本有清王圃録、方苞批點。半葉九行二十字，匠字結體，寫刻俱佳。四周單欄，白口無魚尾，版心上方鐫"韓文"二字。此本乃點版，以圓圈表示句逗，以頓點標出警句，非常寶貴。卷前有《昌黎集叙説》、次目録。首卷卷端題"韓文公文抄卷之一"。此本從韓集中别裁文章而出，加以評論。茅坤評語以紅色字體套印於各篇之前，或印於各篇之後，或在行間，三言兩語，要言不煩。亦有十數字或數十字者。此評乃茅氏多年讀韓文的心德,或指明作法,或指出章法、文法、筆法等等。如"整潔"、"語奇"、"典實"、"碎而密"、"簡而法"等等。此舉數例,《曹成王碑》卷前評曰:"文有精爽,但句字生割,不免昌黎本色。"此評韓文語言特點。《衢州徐偃王廟碑》卷首評曰:"以客形主,而立論奇高,造語怪偉,當是昌黎大文字。"此評韓文筆法及語言特色。《黄陵廟碑》卷前評曰:"此文用《爾雅》、《説文》體,别是一格。"此評韓愈文體特點,等等。

此本有康熙三十年辛未(一六九一)茅坤之孫茅著重刊本,十行二十四字,各卷首題"唐大家韓文公文鈔卷之一",次行低二字題"歸安鹿門茅坤批評",下署"孫男闇叔著重訂"。卷前首闇叔《文鈔跋》、次何焯《題識》、次《文鈔總叙》,題"萬曆己卯仲春歸安鹿門茅坤撰",次《文鈔論例》、次《文鈔凡例》、次茅坤《文鈔引》、次韓文公本傳、次目録。

(九)林評本。清林雲銘評注康熙三十二年癸酉(一六九三)林雲銘刻《韓文起》十二卷《韓文公年譜》一卷。山西、湖北、北大、北師大等圖書館有藏。此本卷前首林雲銘序、次《凡例》、次林雲銘編《韓文公年譜》、次目録。首卷卷端題"韓文起卷之一",次行、三行署"晉安林雲銘西仲評注,壻鄭郯官五、男沅芷仝校"。半葉九行二十三字,小字雙行同,四周雙欄,白口單黑魚尾,上象鼻内鐫"韓文起"三字。評文夾注於行間。

(十)盧注本。盧軒注雍正八年庚戌(一七三〇)歙州程崟校刻《韓筆酌蠡》三十卷。山東、湖北、天一閣、北京師院等圖書館有藏。此本摒詩録文,故曰筆。作品分類編排,非集本舊第。版成後,又增方苞評語於上方。宋犖跋曰:"盧子亦以研究韓文者二十餘年,嘗彙集唐宋諸家之議論,注解而折衷之,自爲鉤勒點次,凡章法、句法、字法及波瀾意度之所以然者,莫不犁然有當,一一見作者之用心。"據此可知此本注韓文之大概。

(十一)石印本。民國間石印《韓昌黎文集》三十卷《外集》十卷《遺文》一卷。《遺文》録書啓狀疏七首。半葉十二行三十字,四周單欄,白口單黑魚尾,上象鼻内署"韓昌黎文集",魚尾下爲卷次。卷前首"韓昌黎先生文集叙説"、次目録。此本亦不録賦,大抵依全集而將十卷詩擯之。此本無版權葉,應爲一般書商所刊,文之編次與四部叢刊本稍異。

(十二)馬注本。馬其昶校注、馬茂元整理《韓昌黎文集校注》,上海古籍出版社一九八六年十二月第一版。此本乃馬茂元據父其昶《韓集注》未成稿,經過精心整理而成的。所據底子乃東雅堂本,"去詩存文,併爲《文集》八卷、《文外集》二卷、《遺文》一卷，附録《集外文》三篇，《集傳》一卷”；編次及文章分類“一仍其舊。其尤誤者，注中時有所是正”；舊注之失則加訂正，融會群言，存其精粹；馬氏所增明以後諸家之説，概標以“補注”字樣出之，並列舉姓氏以資識别；馬氏自説亦標“補注”示之。據整理《叙例》，其父注韓正值中年，歷時十餘載，光緒二十年（一八九四）録張裕釗、吴汝綸評語於東雅堂本上，三十三年復采明以後二三十家之説，“補苴舊注，增溢十倍於前”，其中尤著者如方苞、何焯、沈欽韓、曾國藩等等，而沈氏注語乃是據其《韓集補注》稿本録入，尤爲難得。原稿乃詩文合編，因特詳於文，而韓詩已有清人單注本數家，故此本專録文集校注。上海古籍出版社《出版説明》曰：“本書雖然不能説概括了一千多年來前人研究韓文的成果，但在韓文注本中，是一個比較充實完善的本子。”此本初版於一九五七年，由上海古典文學出版社印行。

另外，日本北朝後小松天皇嘉慶元年（洪武二十年，一三八七），中國元代雕版工人俞良甫等，在日本京都西郊刊刻《五百家注音［辯］〔辨〕昌黎先生文集》四十卷，題署“唐韓愈撰，宋魏仲舉編”。半葉無界十行十六字，左右雙欄，細黑口，雙黑魚尾，版心題“韓文”二字，並記卷數、葉數。顯然此本乃宋魏仲舉本一系本子的翻刻本，“實乃爲元代刊本的一個境外分支”（《日藏漢籍善本書録·集部·别集類》，頁一四五五）。

又，後水尾天皇元和至寬永年間（一六一五～一六四三）刊有《五百家注音［辯］〔辨〕昌黎先生文集》四十卷和刻本，半葉無界九行十七字，四周雙欄，版心題“韓文”二字，並記卷數與葉數。此本蓋俞刻本的翻刻本。

又，孝明天皇嘉永七年（咸豐四年，一八五四）江户昌平坂學問所官版重刊《韓文》四十卷、《外集》十卷、《遺文》一卷、《集傳》一卷。此本上圖有藏，半葉十一行二十二字，左右雙邊，白口雙白魚尾間鐫卷次，上象鼻内鐫“韓文”二字。首卷卷端題“韓文卷之一”，次行下方署“明巡按直隸監察御史南平游居敬校”。卷前首游居敬《刻韓柳文序》，次李漢《韓文序》，次目録。《遺文》尾題下方有牌記“天保十年刊嘉永七年重刊”一個。顯然此本乃游刻本的覆刻本，故版式與游刻本完全相同。此本刷印精美，在日本刻本中堪稱上乘。

【參考文獻】劉真倫《韓愈集宋元傳本研究》，中國社會科學出版社

二〇〇四年六月第一版　劉真倫、岳珍《韓愈文集彙校箋注·前言》，中華書局二〇一〇年八月第一版

張司業集

張籍（七七〇？～八三〇？）字文昌，吴郡（今江蘇蘇州）人，後移家和州烏江（今安徽和縣）。貞元十五年（七九九）進士及第，旋丁憂家居。起授太常寺太祝，久之遷國子助教，歷秘書郎、國子博士、水部員外郎、主客郎中等，官至國子司業，世稱"張水部"或"張司業"。大和四年（八三〇）前後辭世。

張籍詩名早著，尤長於樂府，然平生作品未及手纂成集。登第前雖曾行卷於有司，但"行卷"只是及第前舉子的作品選集，故與畢生作品結集所距尚遠。無可《哭張籍司業》詩云："遺文禪東嶽……樂章誰與集。"可見其生前的確未曾對全部作品加以系統整理。

張籍作品的系統輯集與整理開始於五代，張洎《張司業集序》云：

> 自皇朝多故，薦經離亂，公之遺集，十不存一。予自丙午歲，迨至乙丑歲，相次緝綴，僅得四百餘篇，藏諸篋笥。

張洎由南唐入宋，"丙午"爲南唐李璟保大四年（九四六），"乙丑"爲宋太祖乾德三年（九六五），前後二十年，經歷兩個朝代，張洎搜集整理張籍作品不輟，用力可謂勤且專矣。張洎謂所得"十不存一"，可見散佚之多。而"四百餘篇"分編幾卷，張洎没有交代，蓋張氏所編《張籍集》，二十年間"相次緝綴"，卷次一直没有定數，故《序》末仍謂"更俟博訪，以廣其遺闕"。張氏乃搜集整理張籍作品的第一人，因而其所編《張籍集》頗爲後世所重。

入宋，《崇文總目》卷六十一著録《張籍詩》七卷，稍後《新唐書·藝文志四》著録同。當時社會上流行的也是這種七卷本，南宋後期的湯中，還能見到神宗元豐八年（一〇八五）傳録的七卷本（詳下平江本）。宋室南渡，晁公武《讀書志》卷十七著録《張籍詩集》五卷，晁氏記曰"其集五卷，張洎爲之編次"。可見張洎所編有五卷本。然此五卷本收詩幾何？晁氏未言。陳振孫《書録解題》著録凡四本：一爲《張籍集》三卷，陳氏記曰"川本作五卷"。是知晁氏著録的五卷本蓋爲蜀刻本。一爲《木鐸集》十二卷，陳氏記曰"張洎所編。錢公輔名《木鐸集》，與他本相出入，亦有他本所無者"。一爲《張司

業集》八卷《附録》一卷，陳氏謂乃“湯中季庸以諸本校定，且考訂其爲吴郡人。魏峻叔高刻之平江，續又得《木鐸集》，凡他本所無者，皆附其末”（《直齋書録解題》卷十九，頁五六五）。晁、陳所録各本，卷數各不相同。余嘉錫先生遂據此推斷曰“洎所編輯，亦非一本”，並進而分析道：“考張洎序云：‘自丙午歲，迨乙丑歲，相次緝綴，僅得四百餘篇，藏諸篋笥，餘更俟博訪，以廣其遺闕云耳。’是洎原欲陸續搜訪以求完善，故其所編，遂有數本，其作五卷或三卷者，初編之本也，蓋即乾德乙丑以前所綴輯；其作十二卷者，續編之本也，所謂博訪以廣遺闕者，後爲錢公輔所得，名之爲《木鐸集》，以別於他本，非張洎所自名也。”（《四庫提要辨證》卷二十，頁一二七六）這就揭示了諸本同爲張洎所編，卷數何以不同的原因。是張洎所編至少有三卷、五卷、十二卷本三種，十二卷本蓋乾德初之最終定本，該本傳至仁宗朝，爲錢公輔所得，方更名《木鐸集》。錢公輔字君倚，武進人，仁宗皇祐元年己丑（一〇四九）進士及第，曾官集賢校理、江寧知府等。《木鐸集》蓋其官集賢校理時所編，張籍《拜豐陵》曰：“身逐陵官齊再拜，手持木鐸叩三聲。”錢氏以“木鐸”重新命名張集，蓋以張籍樂府詩精妙，有警世醒衆功用故也。南宋後期，魏峻尚據《木鐸集》輯補佚詩五首，將其刻入平江本（詳下），魏峻於《拾遺》後跋曰：

> 右五首見《木鐸集》。“木鐸”者，司業詩之别名也。前國子監書庫官張元龍震發得於故家，張氏問其由來，則皇祐三年舍人毘陵錢公輔通守越郡時，得於太守楊君，云張洎家本也，視他本最完。大略與今所刻司諫湯公家藏本相出入，而此五首，則今刻本無之。今刻本第六卷《贈項斯》七言，則《木鐸集》闕焉，因互見云。

魏峻仕於理宗朝。據其《跋》，張洎所編十二卷本，應爲最終的定本，該本傳承有序：越州太守楊君得自張洎家；錢公輔繼楊氏守越，定本轉貽錢氏；錢氏書散出後，定本爲一故家所得；故家書散出後，定本又爲書庫官張元龍所有；張元龍之後，定本歸魏峻，魏氏將其刻入平江本（詳下）。魏峻曾持《木鐸集》與湯中所編八卷本對勘，發現《木鐸集》溢出五首，而少《贈項斯》一首。湯中本有詩四百二十六首，再加五首，故《木鐸集》共四百三十一首。既然三卷、五卷、十二卷皆張洎所編，八卷本乃湯中所編，那么《崇文總目》及《新唐志》著録之七卷本乃何人所編？余嘉錫没有提及。其實七卷本亦出於張洎之手，關於這一點，胡震亨已講得很明白："《唐志》籍詩七卷，《宋志》十二卷，乃南唐張[泊]〔洎〕重輯，爲篇四百餘，錢公輔名爲《木鐸集》。"(《唐音統籤》第四册，頁一一七)可見胡氏亦以爲《張籍集》七卷本，出自張洎之手。至於《宋史·藝文志七》著録的十二卷本《張籍集》，由於《宋志》是據宋代幾部國家書目拼湊而成的，混亂蕪雜，不足爲據。

宋代刊行的《張籍集》，今可考知者有以下五種：

(一)蜀刻本。即陳氏《書録解題》著録的五卷川本，今國圖有藏，存卷一至卷四。半葉十二行二十一字，左右雙邊，白口單魚尾下有"文昌"二字。各卷首題"張文昌文集"，次標"雜詩"。晁氏《讀書志》著録"《張籍集》五卷"，卷數雖與此本同，然書名不同，或與此本爲同一系統的不同版本。明代陳第《世善堂藏書目録》著録"《張文昌詩集》五卷"，應即此本。《中國版刻圖録》判此種蜀刻十二行本爲南宋中期刻本，若是則此本乃現存張集的最早刻本。較之書棚本三卷(詳下)，此蜀刻殘本雖只四卷，然除了《酬浙東元尚書見寄綾素》一首外，其餘篇目悉見於書棚本。唯此本殘損一卷，故書棚本卷下溢出七十首，均爲樂府詩。由此可見，此本與書棚本的最大區别，僅在分卷的不同，具體而言：書棚本三卷，卷上五言今體，卷中七言今體，卷下樂府，卷次井然。此本則卷一爲五言近體，卷二爲五言近體，亦有七言近體，卷三爲七言近體，卷四爲七言近體，還有樂府詩，殘損的第五卷，應爲樂府及近體。可見此本與書棚本大體上均依詩體編次，而書棚本分卷顯得更爲簡明合理一些。書棚本既刊行於南宋後期，故其所據底本，應與蜀刻本爲同一系統的本子。職是之故，此殘蜀本第五卷，可藉書棚本恢復舊觀。此本卷首鈐有"翰林國史院官書"朱文長方大印，表明元代此本曾爲翰林院官書。元明易代，此本應進入大明内府，迨明末清初流出宫外，歸劉體仁所有，故卷中鈐有"劉體仁印"、"潁川劉考功藏書印"等鑒藏印記。劉氏順治時歷任刑、吏二部郎中，故學界或以爲劉氏利用出入内府之便，將此本攜出宫外，據爲己有(參《宋蜀刻本唐人集叢刊》十七《張文昌文集》傅敏跋)。劉家書散出後，此本輾轉至清末，爲朱翼庵所得，朱氏書散出，此本又爲邢贊庭購之。傅增湘《宋蜀本司空表聖文集跋》叙述此事甚詳，謂清末"廠肆於估得之山東……其後六唐人集爲友人朱翼菴所得……昨朱氏書出……其張(文昌)、李、鄭、孫四集咸爲同學邢君贊庭購之"(參傅敏《張文昌文集跋》)。民國十一年壬戌(一九二二)，涵芬樓即從朱翼菴借得此本，影入《續古逸叢書》。後此本又爲銀行家陳澄中所得，陳氏名清華、號郇齋，湖南祁陽人，曾任中國銀行總稽核，卷中"祁陽陳澄中藏書印"、"郇齋"等即爲陳氏鑒藏印記。新中國成立前，陳氏攜帶大批善本定居香港。二十世紀五十年代，陳氏在香港出售藏書，當時的國家政務院以專款購回一大批善本，入藏北京（今國家）圖書館，此本即在其中。

（二）書棚本。南宋臨安府棚北大街陳宅書籍鋪刻《張司業詩集》上中下三卷。此本今唯臺灣"中央圖書館"有藏，亦爲殘卷，存卷中與卷下。此殘書棚本，近人鄭振鐸嘗見之，《西諦書跋》有著録，其略曰：

> 宋刊本《張司業詩集》，存卷中、卷下二卷。半葉十行十八字。蓋臨安陳道人書籍鋪所刊行唐人集之一也。……此集諸家書目皆不載，故無諸藏家印記。末葉有"□到梧桐上，□□楊柳邊，院深□□□，□景共□心"一章，爲明人所鈐，惟未悉爲誰氏物。（文物出版社一九九八年十二月版）

陳起父子所刻唐集，據陳振孫《書録解題》統計，總數達六十種之多。陳振孫與陳起同時，且有交往，《書録解題》著録"《張籍集》三卷"，應即此本。下逭清初，著名藏書家徐乾學《傳是樓宋元本書目》著録"宋本《張司業詩集》上中下卷，三本"，季振宜《季滄葦藏書目·延令宋版書目》著録"《張司業詩集》上中下三卷，二本；《張司業詩集》上中下三卷，三本"，蓋皆爲此本。此本與蜀刻本同源，前已論及，毋庸贅言。又毛晉汲古閣影鈔《張司業詩集》，今藏上海圖書館，所據底本即書棚本，故通過毛鈔本，亦可間接得到一個書棚本。

（三）平江本。南宋後期魏峻於平江刻《張司業詩集》八卷《附録》一卷。陳振孫《書録解題》著録之八卷本，應即此本。此本今雖無傳，然明代有此本之影鈔本（詳明甲鈔本），故通過明甲鈔本，可以間接窺見其大概面貌：此本半葉九行十七字，卷前首張洎《序》、次湯中《張籍籍貫考》、次目録，卷後有湯中《序》，《拾遺》五首及魏峻《跋》。湯氏《序》曰：

> 《張司業詩集》，世所傳者歷陽、盱江二本爾，編次不倫，字亦多誤。予家藏元豐八年寫本，以樂府首卷，絶句繫後，既有條理，其間古詩亦多二本十數首，如《學仙》、《董公》二詩，乃樂天所稱，謂可"上風人主，下誨藩臣"者，二本闕焉，此獨有之，但寫時亦欠校勘，不無錯字。今合

> 三本校定爲八卷，共四百二十六首。復録退之、樂天、夢得酬贈諸篇附卷後，差完善可觀。

湯中字季庸，號息庵，饒州安仁人，理宗寶慶二年丙戌（一二二六）進士及第，官至工部侍郎。據此《序》可知，此本八卷，乃湯氏綜合歷陽、盱江及家藏元豐本，凡三本校訂而成的。但歷陽、盱江二本"編次不倫，字亦多誤"，而元豐本不僅"樂府首卷，絶句繫後"，編次頗"有條理"，且"古詩亦多二本十數首"，乃一善本無疑。正因爲如此，湯氏所編八卷本，斷不會以歷陽、盱江二本爲據，而必用元豐本爲底子，參校歷陽、盱江二本，最終"校定爲八卷"。然而遺憾的是，元豐本究爲何種版本，爲卷幾何，《序》中隻字未提。不過湯本編成後並未刊行，直到淳祐六年丙午（一二四六），方由魏峻刻於平江。前已述及，魏氏藏有十二卷《木鐸集》，與湯本對勘，得佚詩五首，魏氏遂以《拾遺》形式附之卷末，並撰跋文一則曰：

> 右五首見《木鐸集》。"木鐸"者，司業詩之别名也，前國子監書庫官張元龍震發得於故家，張氏問其由來，則皇祐三年舍人毗陵錢公輔通守越郡時，得於太守楊君，云張洎家本也，視他本最完。大略與今所刻司諫湯公家藏本相出入，而此五首則今刻本無之。今刻本第六卷《贈項斯》七言，則《木鐸集》闕焉，因互見云。

值得注意的是，魏氏所得《木鐸集》乃"張洎家本"，而湯本所據乃元豐本，二本相較，"相出入"者只有六首，可見區别不大。所以元豐本蓋亦自張洎所編諸本出。《木鐸集》十二卷，元豐本爲卷幾何？湯《序》未説，魏《跋》亦未交代。幸而借助明甲鈔本，不僅可以間接窺見湯本的原貌，亦可窺見元豐本的編次情形：湯本前七卷編次爲，樂府首卷，絶句繫後，第八卷爲聯句詩。據此可見，湯本前七卷，與元豐本"樂府首卷，絶句繫後"的編次合若符契，故其所據蓋爲元豐本。湯本第八卷，應爲湯氏輯補的佚詩。若是，則元豐本乃是一個七卷本可無疑也。再考，明甲鈔本前七卷版心有卷次，而第八卷版心無卷數，據此亦可證明第八卷爲湯氏新增，前七卷爲湯氏所據元豐本原編。元豐本既爲七卷本，這恰與《崇文總目》及《新唐志》著録的《張籍集》卷數相同，二者乃同一系統的版本無疑。此種七卷本，據明甲鈔本可知其具體編次爲：卷一至卷二爲樂府，卷三爲古風，卷四至卷五爲五律，卷六爲七律，卷七爲五七言絶句。湯中本增爲八卷後，卷八所收皆聯句。至魏峻刊刻本，又增《拾遺》五首，這就是著名的宋平江本。此平江本收詩最多，編次也較合理，且文字也經過校勘。正因爲平江本有此諸多優點，所以後世特別珍愛，紛紛翻刻或傳寫。至於此本原槧，明後期趙琦美《脈望館書目》著録的《張司業詩集》，即爲此本。趙氏身後，脈望館藏書大部爲錢謙益所得，《絳雲樓書目》著録"宋刻《張司業詩集》八卷《附録》一卷，淳祐丙午刻"，即爲此本，《絳雲樓題跋》曰："此本多古詩十數首，《學仙》、《董公》二詩，樂天所稱可上諷人主，下誨藩臣者，亦具載焉。較他本最爲完善。"（《清人書目題跋叢刊》之十，中華書局一九九六年版，頁四九八）錢家書散出後，此本爲常熟馮班所得，馮氏《跋》云："余得此本于錢禮部，錢得于趙清常。平生所見凡四五本，唯此爲佳。"（國圖藏席刻本《張司業詩集》）"清常"乃趙琦美字。馮氏之後，此本無傳焉。

（四）歷陽本與盱江本。即湯中《序》所謂"歷陽、盱江二本"。此二本應爲《張籍詩集》的另外二種版本，惜不知其卷數幾何。"歷陽"指歷陽郡，宋屬淮南西路和州，乃張籍移家之處。"盱江"指盱江郡，宋屬江南西路建昌軍，與建陽毗鄰。建陽爲南宋刻書中心之一。顯然歷陽、盱江二本，乃張籍家鄉及盱江郡刊刻的本子。湯氏生活於南宋後期，尚能見到這兩個本子，謂其"編次不倫，字亦多誤"，且視其家藏元豐本少十數首。這説明二者只是一般本子，流傳並不廣，除湯氏偶爾提及外，宋代公私書目均未見著録，宋以後亦不見流傳。所以關於二本的詳細情形，今已無從得知，其淵源何自，亦不可考究了。

由上可見，宋代《張籍集》主要版本有五種，即三卷、五卷、七卷、八卷和十二卷本。其中三卷之書棚本和五卷蜀刻本，今天仍有傳本。十二卷本，宋以後失傳。八卷本明末清初以後無傳。至於七卷本，除湯中據以校定、增編爲八卷本廣泛流傳世間外，明高儒《百川書志》卷十四著録有"《張司業集》七卷"，"樂府三百九十有奇"；又清錢曾《也是園書目》亦著録"《張籍詩集》七卷"，然這兩個七卷本，不知爲宋刻抑或翻宋本。錢曾之後，七卷本無傳焉。

元代不聞張籍詩有刻本。《唐才子傳》雖曰"有集七卷，傳於世"，然辛氏所述，蓋本之《新唐志》，並非據實而言，故不足爲憑。

明代乃唐集傳承的一個關鍵時期，尤其是前後七子大倡"詩必盛唐"後，唐集的刊刻與傳鈔臻於輝煌，《張籍集》也出現了多種版本，舉其要者，有以下幾種：

(一)劉刻本。正德十年乙亥(一五一五)劉成德刻《唐張司業詩集》一卷。今國圖有藏,館藏目録著録爲六卷,《中國古籍善本書目》著録亦六卷。半葉十行十六字,四周單欄,黑口,卷首題:"翰林學士中書舍人張洎編輯、監察御史河中劉成德增次。"卷前首劉成德序、次張洎序、次目録。正文各體詩前皆具銜名"翰林學士中書舍人張洎編輯"。詩分體編次,首五古,次七古、五律、五排、七律、五絶、七絶,共三百九十三首,乃典型的明人分體改編本。此本版本淵源,劉《序》曰:

> 余登進士,同年沁水常倫明卿授以録本,蓋以乃翁侍御所藏者,惜不見其全集。所幸有古體七首,今體三[伯]〔佰〕四首。後余於載籍中又得樂府、五七言古詩三十首,今體五言二首而次編之,共得三百九十三首。

據此,此本所據爲常倫之父所藏鈔本。由"惜不見其全集"一句看,常父所藏鈔本乃一殘缺不全的本子,存詩只有三百十一首。後經劉氏輯補逸佚八十二首,重新編次並上版刊行。常倫字明卿,與成德爲明正德六年辛未(一五一一)同年。常倫父所藏鈔本,淵源何自,《序》中並未提及,劉氏也未深究其詳。焦體檢博士曾細檢此書,發現與書棚本編次同處頗多。又此本文字亦較他本更近於書棚本,如七律《書懷》,書棚本誤作"史百懷",蓋把繁體"書"字,誤拆分爲"史"、"百"二字;此本此首亦誤爲"史百懷",而蜀刻本不誤。如七古《妾薄命》首句,書棚本作"薄命婦良家子",此本亦然,而蜀刻本作"薄命嫁得良家子"。可見常父所藏"録本",無疑出自書棚本。然而由於一時不慎,此本又生出許多新誤,如"張洎",此本皆訛作"張泊"。另,此本輯補的佚詩,也多爲誤收之作,如七絶《無題》、《堤上行》二首、《竹枝詞》五首、《揚州送客》、《隋宫燕》諸篇,皆他人之作而誤入張集者。國圖所藏此本,目録下有"士禮居"及"周暹"等藏書印記二枚,知此本嘉慶、道光時曾爲黄丕烈收藏,《蕘圃藏書題識》在著録《張司業詩集》八卷舊鈔時曰:"正德時河中劉成德增次本,係分體編輯,統爲一卷,古色古香,居然舊刻。"(《蕘圃藏書題識》卷七,見《黄丕烈書目題跋》,頁一五三)即指此本。黄家書散出後,此本輾轉至近代,歸藏書家周暹叔弢所有,新中國成立後周氏將此本捐獻給國家。又,此刻清末藏書家李盛鐸亦藏有一本,其《木樨軒藏書題記及書録》有著録,今藏北大圖書館。

(二)朱警本。嘉靖十九年庚子(一五四〇)朱警輯刻《唐百家詩·中唐二十七家》所收《張司業樂府集》一卷。較之書棚本三卷,此本僅同其下卷,且二者版式、行款、篇目、序次皆相同,顯然,此本乃據書棚本之卷下翻刻者。清初,陸貽典跋其所鈔書棚本時譏諷此本曰:

宋刻《張司業集》有二,一本八卷,一本上中下三卷,而要以八卷爲勝。《百家唐詩》中所刻一卷,僅三卷中之下卷耳,其爲可笑如此。(見《黄丕烈書目題跋》,頁一五四)

陸氏譏此本卷數不全,自有道理。然而張籍"尤工樂府詩",朱氏輯刊《唐百家詩》,或因張集三卷首數過多,故只録卷下樂府詩,以彰顯張詩精華,亦不無可能。且此本刊刻較早,所據底本,當爲書棚本,故自有其版本及校勘價值。

(三)蔣孝本。嘉靖二十九年庚戌(一五五〇)毘陵蔣孝刻《中唐十二家詩集》之《唐張司業詩集》六卷。半葉十行二十字,左右雙邊,白口單黑魚尾下鐫"張集卷某"。首卷卷端題"唐張司業詩集卷一",次行下方具銜名"國子司業張籍文昌",三行題署詩體名稱,下接正文。卷四卷端次行下方署"翰林學士中書舍人張洎編輯"。卷前首張洎序,次目録。此本分體編次,卷一爲五古四首、七古三十七,卷二五律百二十,卷三五排十二,卷四七律七十六,卷五五絶二十,卷六七絶百二十二,共三百九十一首。較之劉刻本,此本雖分六卷,然二本不僅首數差同,各體詩編次也相同。再者劉本的不少訛誤,此本同誤,如劉本"張洎"誤作"張泊",此本誤同;七律《書懷》一詩,劉本誤作"史百懷",此本卷四誤相同等等,顯而易見,此本乃是據劉本翻刻者。不過上版前蔣氏曾作過校勘,改正了劉本的一些舛誤。此本今國圖所藏鈐有"謝在杭家藏書"、"晉安謝氏家藏圖書"等鑒藏印記。"在杭"乃明代收藏家謝肇淛字,長樂人,表明國圖藏本,明代曾爲謝氏收藏。

另,上海圖書館所藏此本卷前無劉序。又,嘉靖間刊行的《唐人小集》之《唐張司業詩集》六卷,其書名、版式、行款、字體以及分卷、首數、篇目、序次等等,與此本完全相同,顯係用此本的版片重印的,所不同者,《小集》本卷首唯存張洎序,劉序則被删去。《小集》今存凡十九卷,似一殘損本,不知誰氏所集。

(四)陸汴本。嘉靖間陸汴刻《廣十二家唐詩》所收《唐張司業詩集》八卷。此本今上海圖書館有藏。《廣十二家唐詩》前有陸汴《刻廣十二家唐詩序》。此本卷前首劉成德序、次張洎序、次目録，卷後鐫有不署名的《跋》文一則。序下及卷首有“黄裳珍藏善本”、“黄裳藏書”、“黄裳鑒藏”等鑒藏印記多枚，卷末有黄裳墨筆跋語曰：

> 二十七年十月得於上海温和書店。余初疑此即毘陵蔣氏本，及觀此跋，始知蓋長州陸氏得蔣刊舊板，别增卷數以行者也。《四部叢刊》所據亦即此本，而六卷後之目爲新補字體，乃不類。此本則一仍舊式，至六卷而止也。十月廿日夜黄裳記。

可見，此本前六卷包括卷前序目，實爲蔣孝本原板；後兩卷，乃陸汴“别增卷數”，卷後不署名之跋語，亦陸汴所作。這一點，陸汴跋説得很明白，其略曰：

> 《張司業詩集》，世所傳者有歷陽、盱江二本，咸編次不全。番陽湯侍講司諫中，迺以家藏元豐八年寫本刻而傳之，其間篇什頗多於二本。辛酉歲，余移告家居，因合三本校之，得其樂府、古風、近體詩共七十九首，録于毘陵蔣氏刊本後，錯字亦稍爲正，惜未能盡去也。……司業之詩，是可遺其一耶？今增定之，則滄海之珠，庶幾無遺，延津之劍，得以復合，非敢附於四公之後也。七月既望識。（此跋又見四部叢刊本）

今檢此本，第七卷卷題爲“唐張司業詩集卷七拾遺”，表明卷七以後乃陸汴增補的“拾遺”詩，第八卷卷目題作“唐張司業詩集卷八”，應缺“拾遺”二字。卷七輯補樂府三十三首，古風二十七首；卷八輯補雜詩十九首，合計正好七十九首，與陸汴《跋》相合。復觀卷七卷八兩卷，版式雖與蔣本相同，而字體不類。可見卷七卷八乃陸氏補刻無疑。“辛酉歲”爲嘉靖四十年（一五六一），“七月既望”乃七月十六，是陸《序》作於嘉靖四十年七月十六日，此本刊行當在此前後。不過陸氏所補諸詩，未經細檢，遂致多篇與蔣本重出。如卷七《和李僕射西園》與第三卷最末一首重；卷七《岸花》、《野草》與第五卷末二首重；卷七《秋山》、《山禽》二首已見卷六；卷七末一首《野居》已見首卷第一首；卷八《秋閨》、《山中春夜》即卷二《望行人》及《山中秋夜》。這麼多重出，竟然没有察覺，可見陸氏編輯之草率。陸氏輯補所據，應爲平江本一系的本子，陸氏《跋》謂“合三本校之”，“錯字亦稍爲正”。稍正“錯字”，或爲實言，然“合三本校之”，也過於草草。國圖藏本目録卷之第六、十一、十二、十三諸葉脱缺，卷八《祭退之》正文亦有殘損。

另，上海圖書館藏一《唐張司業詩集》八卷，館内著録爲"明正德十五年刊本"，乍見似與此本不同，然細檢之，書名、行款、字體，以及分卷、篇目、序次等皆與此本同，卷四卷端次行下方署"翰林學士中書舍人張洎編輯"。唯卷前首爲張洎序，次劉成德序，與此本劉序居前稍異，二序字體也與正文不同，顯係後人補刻。再者，該本目録之六、十一、十二、十三葉及卷七《祭退之》正文後二葉也係補入。合以上各點觀之，該本當爲蔣孝原刻陸汴修訂後的遞修本。鈐有"王培孫記念物"諸印。《四部叢刊》影印《唐張司業詩集》八卷，所據蓋即此本，亦是張洎序居前，劉成德序在後。孫毓修《四部叢刊書録》曰："《司業集》一名《文昌集》，相傳以明昆陵蔣氏刻本爲善。蔣本出歷陽、盱江二本，正德乙亥劉成德以宋元豐八年本校之，多樂府、古風、近體七十九首，因重刻之。"前已述及，蔣本出於劉刻本，而孫氏誤爲出於歷陽、盱江二本，此乃沿陸汴之訛。又孫氏謂劉本出於蔣本，亦本末倒置，可見孫氏對《張籍集》版本源流並不知原委而顛倒是非。上圖藏該本著録爲"正德十五年刊本"，亦是沿襲孫氏之誤。

錢塘丁丙《善本書室藏書志》亦著録有此本，今藏南圖。丁氏慨歎卷後之《跋》"不署名，或名列前序，已失"（《善本書室藏書志》卷二十五）。丁氏不知，《跋》乃陸汴所作也。

（五）朱刻本。萬曆四十年壬子（一六一二）朱之蕃校刻《中唐十二家詩集》所收《唐張司業詩集》一卷。半葉九行十九字，四周雙欄，版心單魚尾下有"張籍"、"卷某"字樣。卷前唯目無序，卷後有陸汴跋。卷端題"國子司業張籍文昌著，江左蘭嵎朱之蕃校"。較之陸汴本，二者編次大體相同，唯此本抽去卷次，故爲一卷。此本糾正了陸汴本一些訛誤，然卻增加了不少新誤。如陸本卷七卷八兩卷與前六卷重出之詩，此本一併删去；卷七《祭退之》一首缺後二葉，此本注"缺"字以明示；陸本的文字訛誤，此本也作了勘正。然此本新增的訛誤也不少，如目録《殷山人》刻成《殷小人》，卷八《會合聯句》漏刻一行四句等等，更有甚者，此本竟脱去陸本卷四第九葉，遂使陸本卷四第八葉最末一首《哭丘長史》之題，與第十葉第一首《逢王建有贈》正文相接，張冠李戴，錯得出奇，中間之《哭丘長史》正文，與《送枝江劉明府》、《送從弟徹東歸》、《哭胡十八遇》、《贈賈島》四首題與正文，及《逢王建有贈》一題等完全脱簡，脱簡原因，或爲底本殘損所致。

（六）張刻本。崇禎初張時行刊《合刻兩張先生集》所收《張文昌集》八卷。所謂“兩張先生”，乃唐張籍與宋張孝祥。此本今國圖有藏，卷前首馬如蛟序、次張時行序、次張洎序、次目録，目録後爲張尚儒序。首卷卷端題“唐司業和州張籍著”，下署“明張尚儒醇甫編輯，張祖學復初、萬可賢惺聞、王家泰開之、楊侯胤克家、張應元仁甫、張時行觀止校閲”。馬《序》謂“裒集之權授澧浦刺史，頒佈之權授觀止輔令”。知此次刻書，底本乃張尚儒裒集，雕版刊行乃張時行督之。張尚儒《序》稱：“購得河中劉侍御成德刊本，合以蘭嵎朱太史刻之金陵者，並前所輯，得詩四百四十九首。”然以朱之蕃本勘之，發現二本編次基本相同。可見乃是以朱本爲底子，綜合諸本而成者。具體而言，先將朱本卷後陸汴所補七十九首，依體分編於前六卷各體詩之後，復將張尚儒等輯得的佚詩，分體綴於各體詩後，再將古體詩分爲五古、七古兩卷，將收録的《與韓昌黎書》二文編爲第八卷。由此可見，此本乃是一個重新編輯的本子，然而由於未經細檢，所補佚詩中，如《郢州贈别王七使君》、《小院春望宫池柳色》、《留别元微之》、《别韋蘇州》、《從軍行》、《贈劉郎中》、《綺繡宫》等詩，皆爲誤收。

（七）毛鈔本。毛晉汲古閣以公文紙影宋鈔《張司業詩集》三卷，上海圖書館藏。明季藏書與刻書者，以常熟毛晉汲古閣爲最，其鋟版或傳鈔之書多據宋槧。此本所據即爲書棚本，行楷結體，一筆不苟，覽之秀整悦目。故較之書棚本，此本堪稱下真跡一等，版本價值甚高。卷中鈐有“毛晉私印”、“子晉”、“海虞毛氏子晉圖書記”等多枚鑒藏印記，可見毛氏對此本之重視。卷前有大興劉位坦題跋，跋前鈐有“甲辰本”白文方印，跋後鈐“劉位坦印”白文方印。卷中還有“朱學勤修伯甫”、“修伯讀過”、“結一廬藏書印”、“修伯珍藏圖籍”諸印，知此本晚清時曾爲朱學勤所得，其《結一廬書目》亦有著録。另《增訂四庫簡明目録標注》邵章《續録》也著録有此本。朱家書散出後，此本蓋爲劉位坦所得，故卷前又有劉位坦跋。劉氏之後，此本輾轉入藏上海圖書館。卷前劉位坦跋曰：

> 司業集按《四庫書目》云：傳世凡三本，一爲張洎編，一爲湯中編，一爲明張尚儒編。張尚儒本凡詩四百四十九首，張本、湯本河間紀文達公皆未及見，而約略計之曰，張本凡八卷，與湯本、張尚儒本不甚相遠。此蓋據《崇文總目》稱爲七卷，今作八卷語也。豈知此張洎本實止三卷，凡詩三百九十六首乎？是本爲汲古閣毛氏所藏，又爲司業最初編葺，世無刊本，宜珍重什襲之。大清道光甲辰年正月初八日，大興劉

位坦識。

(八)明甲鈔本。明無名氏甲影宋鈔《張司業詩集》八卷《附録》一卷,今藏國家圖書館。然館藏卡片著録爲“清初影宋鈔本”,非是,卷首有清張師誠《跋》,明確指出此本乃明鈔宋平江本,以其版本珍貴難得,故進呈朝廷。張氏《跋》曰:

此本卷首仍載張洎序,而附辨籍非和州人三四百言,則係湯中之語。目録後載湯中自序,稱以歷陽本、盱江本、家藏元豐八年寫本參校,定爲八卷,共四百二十六首。復録退之、樂天、夢得酬贈諸篇附後,差完善可觀云云。其第八卷之後,又附拾遺詩五首,則壽春魏峻以張洎所編《木鐸集》校補。然峻又稱張本與今本相出入,惟此五詩爲今本所無,而今本第六卷《贈項斯》〔一〕首,亦張本所無云云,知二本所收不甚相遠。此本經峻於淳祐六年刊行,語具峻跋。證以陳振孫《書録解題》所稱“湯中季庸以諸本校定,且考訂其爲吴郡人,魏峻叔高嘗刻之於平江。續又得《木鐸集》,凡他本所無者皆附其末”云云,卷數體例具合,即係此本無疑。雖原刻久佚,僅存此明人影抄舊本,而書中凡遇宋諱無不缺筆,確從魏峻原本影寫。賴此一編,猶可見宋刻之梗概云。臣張師誠恭校上。

張氏判此本乃明影鈔宋平江本,今覆按此本,張氏的看法無疑是正確的,故此本乃今存《張籍集》諸古本中,能保存平江本面貌的最早本子,版本價值極爲寶貴。張氏乃乾隆進士,累官福建巡撫、浙閩總督。張氏此跋,表明其頗精於版本鑒定。近代版本學家傅增湘先生跋席刻本《張司業詩集》時,亦判此本爲明影宋本,傅氏曰:“甲子正月,借朱翼菴藏張師誠進呈明影宋寫本校正。藏園主人記。鈔本《張司業集》八卷,影宋刊,九行十七字。”可見,此本確爲明影宋平江本無疑。

(九)明乙鈔本。明無名氏乙鈔《張司業詩集》八卷《附録》一卷,今藏國家圖書館。半葉十行十九字。卷前首張洎序、次湯中序,無目録。較之明甲鈔本,此本書名、分卷、篇目(唯卷五脱去二首)、序次、拾遺及附録等均與之同,可見亦是據宋平江本或其同一系統的本子鈔寫者。卷中有陳岐仲、錢孫艾、馮班、黄丕烈、韓應陛等諸家跋文,又鈐“錢孫艾印”、“琴川書屋”、“士禮居藏”、“祁陽陳澄中藏書記”等鑒藏印記多枚,遞藏有序,甚爲寶貴。

錢孫艾字頤仲，乃錢謙貞次子、錢謙益之侄。錢孫艾跋曰："此卷末數葉爲陳岐仲手書，時癸未之季秋也。今年春岐仲没矣，期年之内，遂隔生死，臨紙不覺涕零。"（《黄丕烈書目題跋》，頁一五三）癸未乃崇禎十六年（一六四三），此本蓋錢氏所鈔，末數葉未竟，而陳岐仲書之。此本從錢家散出後，爲馮班所得，故卷後有馮班跋文，謂"此吾友頤仲書題也"。馮家書散出後，此本輾轉至嘉慶時，爲黄丕烈所得，故卷中有"士禮居藏"印，《附録》後有黄氏《跋》，其略曰：

> 《張司業詩集》，余所藏三卷本係影宋本……頃書友以八卷本舊鈔者示余，取對前本，知八卷爲勝。方信顧本陸敕先跋以爲八卷最勝者，果不誣矣。三卷中詩，此皆有之，而諸體中間有多於彼者，此所以爲勝也。其聯句、拾遺、附録皆八卷所録爲獨，迥與三卷本不同矣。至於古色古香，人所共愛，余又無庸贅言。嘉慶癸酉春三月三日復翁識。（又見《蕘圃藏書題識》卷七，載《黄丕烈書目題跋》，頁一五三）

黄氏此《跋》，精要揭舉了八卷本勝於三卷本的諸多優長，不愧爲版本行家之言。此本從黄家散出後，咸豐時爲韓應陛所得，故卷末有韓氏咸豐九年己未（一八九五）跋。韓家書散出後，此本輾轉至民國間，爲銀行家陳澄中所得。新中國成立前，陳氏攜帶大批善本移居香港，新中國成立後陳氏於香港出售藏書，當時的政務院以專款購回一大批善本，入藏北京（今國家）圖書館，此本即在其中。

（十）統籤本。《唐音統籤》所收《張籍詩》八卷，編卷三百三十六至三百四十三，丁籤七十五，鈔本。此本詩分體編次，共四百三十九首，另殘句四聯。此本所據底本，胡氏没有明言。今考此本文字，較他本更近於陸汴本，如陸本七古《遠别離》"蓮葉團團荇葉折"句之"荇葉"，此本同，而劉成德本、蔣孝本等皆作"杏花"。又如五律《上國贈日南僧》"翻經依貝葉"句之"依貝葉"，此本同，而劉成德本、蔣孝本等皆作"上蕉葉"。"荇葉"、"上貝葉"，統籤本以前，這些都是陸汴本獨有的文字，而此本皆與之同。可見此本乃是以陸汴本或其近似的本子爲底本，删去其中的誤收詩，再補入胡氏輯得的佚詩，而後分類編輯而成的，故此本編次與陸汴本不同。文字方面，胡氏也作了校勘，改正了陸汴本不少訛誤，增加了一些題下或詩後注，對理解詩意頗有幫助。

清代刊刻和傳鈔的《張籍集》主要版本有以下幾種：

（一）陸鈔本。順治十八年辛丑（一六六一）陸貽典鈔配《張司業詩集》三卷，今藏國家圖書館。半葉十行十八字。前兩卷據錢曾所藏南宋書棚本影鈔，故無解行，中縫唯記卷數；第三卷以朱警本原刻配補，故版心有單黑魚尾，卷尾"樂府集終"已被改爲"詩集卷下"。前二卷卷端題"張司業詩集卷上"、"張司業詩集卷中"，而第三卷卷端則題"張司業樂府集"，顯與前二卷卷題不一致。此本編次依五言今體、七言今體、樂府分爲三卷，與書棚本相同，所以雖爲鈔配本，仍屬書棚本一系的本子。卷中有陸貽典跋，黄丕烈跋，鑒藏印記有"宋本"、"陸貽典印"、"敕先"、"士禮居藏"、"復翁"、"黄丕烈印"、"汪士鐘藏記"、"汪士鐘曾讀"、"祁陽陳澄中藏書記"等鑒藏印記多枚。七言今體下陸貽典跋曰：

> 宋刻《張司業集》有二，一本八卷，一本上中下三卷，而要以八卷爲勝。《百家唐詩》中所刻一卷，僅三卷中之下卷耳，其爲可笑如此。予既別鈔北宋本，復借遵王南宋本補此二卷。（又見《黄丕烈書目題跋》，頁一五四）

此跋上方有"同日影寫宋刊本補入並校一過"一行。據此可知，此本前二卷所據即錢曾所藏書棚本，然第三卷卻配以朱警本原刻，而不直接據書棚本鈔寫，其原因蓋一爲省力，二來朱本原出書棚本，且文字出入並不大，所以陸氏儘管譏笑朱本爲卷不全，而第三卷與書棚本卷下相差甚微，故卷下以朱本配之。至於陸氏所説的"北宋本"，頗值得注意，然是寫本還是刻本，爲卷幾何，可惜陸氏所言過簡，不得而知，其鈔本今已不知去向。陸鈔此本卷後有黄丕烈《跋》，其略曰：

> 此顧氏試飲堂藏書也，余於庚午冬曾借校一過。今書已散在坊間，余乃訪得之……因續得八卷本舊鈔者，悉校之。此不復校八卷本者，各存其面目而已。而後乃今，張集之舊本洵稱雙璧矣。（又見《蕘圃藏書題識》卷七，載《黄丕烈書目題跋》，頁一五三）

據此可知，此陸鈔配本，一度曾爲顧廣圻試飲堂庋藏；顧氏書散於坊間後，此本爲黄丕烈搜得。黄殁後，此本爲同里汪士鐘所得，故卷中有"汪士鐘曾讀"諸藏印。汪氏書散出後，此本輾轉至民國間，又爲銀行家陳澄中所有。上文述及新中國成立前，陳氏攜帶一批善本移居香港。二十世紀五十年代，陳氏於香港出售藏書,時國家政務院以鉅款購得善本一大批,此本即其中之一。

另,國圖還藏一《張司業集》殘鈔本,半葉十行十八字。此本唯存卷中,所收爲“七言今體”,凡七絶九十三、七律七十四首。詩後有“同日影寫宋刻本補入並校一過”一行,此顯爲陸貽典跋語。上引黄氏跋語云,黄氏曾從顧廣圻借校陸鈔本,又言曾“臨陸校本”,此本蓋即黄氏所臨陸校本也,故卷中有陸氏跋語。黄氏校語寫在天頭地腳,所校甚精。不過原臨本應爲三卷,上下二卷已逸去,僅存此卷中,卷首處有“沅叔”、“傅增湘印”、“國立北京圖書館收藏”等藏印五枚。唯所臨底本既在,則此本價值自減矣。

(二)詩紀本。康熙間龔賢輯半畝園刊《中晚唐詩紀》所收《張籍詩》不分卷。此本刻印俱佳,半葉九行十九字,左右雙邊,白口單魚尾上鐫“中唐詩張籍”字樣。卷前首《僑立姓氏説》、次張洎序、次劉成德序、次目録。較之明甲鈔本,此本雖抽去卷次,然除將五律《夏日閒居》和《閒居》二首合爲“《閒居》”一題二首,及輯補佚詩三十四首外,其餘篇目和序次二本全同,可見此本乃是據平江本一系的本子爲底子,補入佚詩後編輯而成的,故共四百六十二首。此本所輯佚詩,乃據陸汴本。文字方面,凡“胡”、“匈奴”、“蠻夷”等字皆作空圍,可見清初文禁已相當森嚴。

另,康熙間劉雲份輯野香堂刊《中晚唐詩》所收《中唐張籍詩》一卷,又有康熙四十二年(一七〇三)金閶寶翰樓印本。較之詩紀本,此本除删去卷前張、劉二序,收詩少《浪淘沙詞》和《宿都庭有懷》二首外,其餘篇目、序次、文字等悉同詩紀本,凡遇“胡”、“匈奴”、“蠻夷”等字皆作空圍。今國圖所藏一本,曾爲鄭振鐸舊藏,卷首有“長樂鄭振鐸西諦藏書”朱文方印,卷末有“長樂鄭氏藏書之印”朱文長方印各一枚。

(三)席刻本。康熙四十一年壬午(一七〇二)席啓寓琴川書屋刻《唐詩百名家全集》所收《張司業詩集》八卷《附録》一卷。半葉十行十八字。此本《附録》後鐫有錢謙益、馮班二人跋語,錢、馮二人都是平江本的庋藏者,是此本蓋據錢、馮二人所藏宋平江本翻刻者。國圖藏有二本,其中一本有傅增湘校跋。南圖藏本有清孫曰秉及其子馮冀、其孫豫謙批跋並題款。孫馮冀於目録前以紅筆題記曰:“文昌詩集八卷二册,吴中席啓寓依宋槧本刊於琴川書屋。”余嘉錫評價此本曰:“第明刊各本多所竄亂,惟康熙間席啓寓刻《百名家集》本,獨能不失宋刻之舊耳。”(《四庫提要辨證》卷二十,頁一二七六)肯定了此本的版本價值。

（四）孫鈔本。康熙間孫潛鈔《張司業詩集》八卷《拾遺》一卷《附録》一卷，今藏國圖。孫潛，字潛夫，常熟人。此本半葉十二行二十四字。卷前首張洎序、次湯中序。卷末《拾遺》後有孫潛跋。較之明甲鈔本，二者書名、分卷、篇目、序次、前後序跋皆同，文字也區別甚微，故其所據底本乃平江本或其衍生本無疑。晚清藏書家瞿鏞《鐵琴銅劍樓藏書目録》著録此本曰"當即鈔自湯本也"，是瞿氏亦以爲此本所據乃宋平江本。《拾遺》後孫潛《跋》曰："此本鈔得久矣。乙丑十二月，因用錢宗伯家原本讀一過。"所謂"錢宗伯家原本"，乃錢謙益《絳雲樓書目》著録之"宋刻《張司業詩集》八卷"，即宋平江本也。此本既用平江本原槧對勘過，故其價值可謂下真跡一等矣。孫氏又以《唐文粹》、《文苑英華》、《樂府詩集》等諸總集校訂，故文字當較宋槧更精。卷後《拾遺》新增佚詩二十五首，乃孫潛從明張之象編《唐詩類苑》輯補，孫氏手書曰："以上並前拾遺俱見《唐詩類苑》。"不過《唐詩類苑》凡三十六部，以類隸詩，博收廣采，失之細檢，不免失之冗濫。孫氏據補的佚詩，多爲同時人之作而誤爲張籍者，必欲采之，應嚴加甄别。卷中有"鐵琴銅劍樓"藏印一枚，新中國成立後，瞿氏裔人將此本捐獻給國家。

（五）全唐詩本。康熙敕編《全唐詩》所收《張籍詩》五卷。《全唐詩》是在胡震亨《唐音統籤》和季振宜《全唐詩稿本》的基礎上修訂而成的。而季氏《稿本》中之《張籍詩》，則是把上述蔣孝本原刻入編，删去五排《夏日可畏》和《浪淘沙詞》各一首，復增補佚詩三十八首編輯而成的。文字方面，季氏藏有宋書棚本，季氏以之與《御覽詩》、《才調集》、《文苑英華》、《樂府詩集》、《唐詩紀事》、《萬首唐人絶句》等諸總集及類書參校，故文字較前此各本轉精。康熙敕編《全唐詩》之《張籍詩》五卷，便是以《稿本》爲底子，删去《稿本》之誤收詩二十首，補入被季氏删去的《夏日可畏》一首，及編臣增補的佚詩五十一首、殘句一聯，分編五卷而成的，故《全唐詩》共四百五十九首，殘句一聯。《全唐詩·凡例》曰："詩集有善本可校者，詳加校定。"編臣據善本改正了不少季氏未及改正的訛誤，並增加一些異文，故文字較《稿本》更精，遂使《全唐詩》成爲現存張集諸古本中相當精粹的一種。

（六）四庫本。乾隆敕修《四庫全書》所收《張司業集》八卷。《四庫全書總目》著録此本爲"安徽巡撫採進本"，又謂"此本爲明萬曆中和州張尚儒與張孝祥《於湖集》合刻者"。因知此本乃據明張刻本入録。不過此本書名已被館臣改爲《張司業集》，且削去卷前馬如蛟等諸家序及目録，文字也作了校勘，如七絶《鑾州》"唯見松牌記象州"之"記"字，合刻本誤作"出"；又如七絶《春水曲》"年少年醉鴨不起"之"醉"字，合刻本誤作"酌"等等，館臣加以校正，甚是。

(七)翁鈔本。光緒十五年己丑(一八八九)翁長森心清平軒鈔《張司業詩集》八卷《拾遺》一卷《附録》一卷，一册。翁長森，字鐵梅，江都人。此本封皮上方有翁氏手書"張司業詩集光緒己丑夏日假丁松生所藏刻本録副行款悉依原式恒齋識於心清平軒"三十五字，下方鈐"翁氏藏本"印鑒一枚。目録上方鈐有"金陵文獻"、"江寧翁長森鐵梅甬珍藏金石書畫典籍之印"兩枚。翁氏言"行款悉依原式"，然原式爲何本，翁氏没有明言。以席刻本勘之，此本書名、行款、首數、篇目、序次等皆與之同，文字也較他本更近於席本。如七律《送李僕射赴鎮鳳翔》"先入賊城擒首惡，盡封官庫讓元公"二句，"城"字，明甲鈔本、明乙鈔本此字均脱去，劉刻本、陸汴本作"城"，而席本作"巢"，此本亦作"巢"；"公"字，諸本皆作"公"，而席本作"功"，此本亦作"功"。又如七絶《贈王建》"於君去後交遊少"句之"於"字，蜀刻本作"于"，而劉刻本、陸汴本作"自"，唯席本作"白"，此本亦作"白"，等等，可見此本所據之"丁松生所藏刻本"，乃席刻本無疑。

(八)江標本。光緒間江標輯刻《唐人五十家小集》之《張司業樂府集》一卷。此本内封面篆書大字題"張司業樂府"，左旁小字署"宋睦親坊本重槧"。所謂"睦親坊本"，應指書棚本。宋陳起父子所刻書，卷後常鐫"臨安府棚北大街睦親坊南陳宅書籍鋪印"牌記一個，故後世稱爲"書棚本"，或"睦親坊本"。然上已述及，書棚本張集乃三卷，朱警本爲一卷，而版式與書棚本相同，故此本所據當爲朱警本。江標署曰"睦親坊本重槧"，是將朱警本誤認作書棚本了。《唐人五十家小集》所據底本，多有將朱警本誤判爲宋本的情形，江氏乃晚清著名的版本學家，尚且如此，可見版本鑒别之不易也。

《張籍集》古無注本。民國二十七年(一九三八)長沙商務印書館出版陳延傑《張籍詩注》，乃《張籍集》首個注本，有創注之功，然失之過簡。新中國成立後直到一九八九年，黄山書社才出版了李冬生《張籍集注》，二〇〇一年臺北華泰文化事業公司又出版李建昆《張籍詩集校注》，二書各有所長。二〇一一年六月，北京中華書局出版徐禮節、余恕誠《張籍集繫年校注》十卷《附録》一卷，"係存世張籍詩、文繫年校注本，包括甄僞、補遺、校勘、注釋、繫年、集評六方面内容"(該書《凡例》)。校勘"用明嘉靖、萬曆年間所刻《唐張司業詩集》八卷本爲底本”，校以蜀刻殘本、劉刻本等存世善本，同時參校《御覽詩》、《文苑英華》、《瀛奎律髓》、《唐詩品彙》、《永樂大典》等唐宋元明近二十種總集、類書及選集；至於聯句詩，則參校四部叢刊本《朱文公校昌黎先生集》、影印文淵閣四庫本《五百家注昌黎文集》等。對底本的重出作品，此本皆加甄辨，確爲張籍者於詩後“重出”項作甄辨説明，僞作删存附録中，亦加甄辨説明。對底本外的佚詩，此本亦加甄辨，確爲張籍者凡九首，另編爲卷九，並於每篇後“補遺”項作甄辨説明，僞作删存“附録二”，亦作甄辨説明。書二篇，另編爲卷十。歷代評論文字，關涉具體篇章者附於各篇之後，有關總體評論者，則與“傳志資料”、“序跋提要”、“有關詩文”、“歷代書目著録”、“歷代評述”等合編爲“附録四張籍研究資料”，以便讀者。“附録”内還有“張籍譜録”，對張籍生平事跡與作品加以繫年。此本乃《張籍集》校注的集成性撰著，值得稱道。然因著者對《張籍集》版本系統尚乏全面深究，故不知“明嘉靖、萬曆年間所刻《唐張司業詩集》八卷”即陸汴本，陸本屬明分體改編本，錯訛頗多，並非善本；今國圖所藏明甲鈔本，乃宋平江本的明人影寫本，在今存《張籍集》諸古本中堪稱最善，惜未用作底本。不過就總體看，此本從六個方面對張籍作品加以繫年校注，且所附資料也非常豐富，不失爲《張籍集》一個較好的讀本。

綜上可知，《張籍集》版本有以下特點：(1)張籍生前未及手編自己的作品，首董其務者，乃五代人張洎。張氏以二十年之功相次輯綴，故有卷次不等之《張籍集》傳世，其中十二卷本爲最終定本。宋以後，張編諸本均無傳。(2)宋代流傳的多種張集中，南宋後期之平江本，綜合諸本之長，不僅收詩最多，編次也較合理，遂成後世諸刻的祖本，可惜康熙以後散逸無傳。而蜀刻本五卷、書棚本三卷，雖不及十二卷本與平江本之善，然今皆有傳本，儘管均爲殘本，卻保存了宋槧原貌，版本及校勘價值都很高。(3)明清刊刻和傳鈔的張集版本繁多，各具價值，其中槧本類之席氏本，鈔本類之明甲鈔本、清孫潛鈔本等，皆下宋刻一等者，足以傳宋平江本之善。全唐詩本則以收詩最多，又屢經校勘，也不失爲一個較好的本子。民國以來的整理本，則以徐、余繫年校注本爲善。

【參考文獻】焦體檢《〈張司業集〉版本淵流考》，河南大學二〇〇二届碩士論文

唐别集考卷第十一

鮑溶詩集

鮑溶(生卒年未詳)字德源,自稱"楚客",或爲楚地人。初隱於江南山中,元和四年(八〇九)進士及第。平生與韓愈、孟郊、殷堯蕃、李正封、許渾等友善,與李益交誼尤深。然仕宦不顯,輾轉漂泊,潦倒窮愁,最後客死揚州。

唐代鮑溶詩頗負盛名,張爲《詩人主客圖》尊爲"博解宏拔主",而自居入室之列,可見推許之高。張薦稱溶詩"氣力宏贍,博識清度,雅正高古,衆才無不備具"(《郡齋讀書志校證》卷十八,頁八九九)。然而有關《鮑溶集》的編纂情形,卻未見唐人提及。

入宋,崇文院史館藏有《鮑防集》五卷,而未見《鮑溶集》。但此五卷本《鮑防集》,宋敏求發現實《鮑溶集》之誤題。《崇文總目》乃慶曆初崇文院三館一閣藏書的實録,故敏求疑此《鮑溶集》五卷,《總目》亦誤録爲"《鮑防集》五卷"。後經曾鞏證明,敏求之言不誤。《宋史·宋綬傳》附子《敏求傳》載,敏求進士及第後,曾爲"館閣校勘",故有機會發現被誤題的《鮑溶集》。此事,曾鞏《鮑溶詩集目録序》言之甚悉,其略曰:

> 《鮑溶詩集》六卷。史館書舊題云"《鮑防集》五卷",《崇文總目》叙别集亦然。知制誥宋敏求爲臣言:"此集詩見《文粹》、《唐詩類選》者,皆稱鮑溶作;又防之《雜感詩》最顯,而此集無之,知此詩非防作也。"臣以《文粹》、《類選》及防《雜感詩》考之,敏求言皆是。又得參知政事歐陽修所藏《鮑溶集》,與此集同,然後知爲溶集决也。史館書五卷,總二百篇。歐陽氏書無卷第,纔百餘篇,然其三十三篇,史館書所無。今别爲一卷附於後,而總題曰《鮑溶集》六卷。(《元豐類稿》卷十一,上海古籍出版社二〇〇三年四月第一版,頁四五五)

據此可知,曾鞏不僅以《文粹》、《類選》及鮑防《雜感詩》證明敏求所言不誤,且又得歐陽修所藏《鮑溶集》作爲版本證據,進一步證明史館所藏及《總目》所録之《鮑防集》,確爲《鮑溶集》之誤題。後來《新唐書・藝文志四》著録"《鮑溶集》五卷",蓋據史館本改題後著録。由於史館本五卷二百篇,而歐陽本無卷次,僅百餘篇,二者卷次與收録作品並不相同,且歐陽本有三十三篇爲史館本所無,於是曾氏以史館本五卷爲正集,將歐本溢出者另外編爲一卷綴後,而總題曰"《鮑溶集》六卷",並爲撰《序》加以説明。史館本、歐陽本二者的差異,表明自唐迄宋,鮑溶作品並未得到系統結集,好事者各以所得多寡輯集以傳,遂出現卷次和版本各不相同的溶集。而曾鞏此編,應爲鮑溶作品的第一個系統編輯本。

但是,曾編本並未完整流傳下來,南宋初晁公武《讀書志》僅著録"《鮑溶詩》五卷",且謂:"集中有《别韓博士愈》詩,云:'不知無聲淚,中感一顧厚。'蓋退之所嘗推激也。張[爲]〔薦〕謂溶詩'氣力宏贍,博識清度,雅正高古,衆才無不備具'。曾子固亦愛其詩清約謹嚴而違理者少。因以史館本及歐陽公所藏互校,得二百三十三篇。今本有一百九十二篇,餘逸。"(《郡齋讀書志校證》卷十八,頁八九九至九〇〇)可見曾編溶集一事,晁氏是知道的。然而曾氏本二百三十三篇;晁氏著録本僅百九十二篇,其餘均已散逸。蓋兩宋時期,金人南下,宋室播遷,晁氏本乃兵燹之殘餘本歟?而且直到南宋後期,陳振孫《書録解題》著録的溶集,仍只《鮑溶集》五卷。《宋史・藝文志七》所著録者,雖改題《鮑溶歌詩》,然亦只有五卷。

不過,宋代還有一種正集六卷《集外詩》一卷的《鮑溶集》傳本,公私書目均失載。此種七卷本,今雖無傳,然毛晉汲古閣刻《鮑溶詩》六卷《集外詩》一卷,毛氏謂自宋本校刊(詳下),所以通過汲古閣本,仍可間接窺見此本的大概面貌:此種七卷本,《集外詩》三十三篇全,顯爲曾編本溢出史館本者無疑;然正集卻爲六卷,較曾氏本增加一卷,而詩則僅存一百四十六首,合《集外詩》也只有一百七十九首。對於此種卷數增加,而作品反倒減少的現象,《四庫全書總目》的解釋比較合理,其略曰:"晁公武《讀書志》仍作五卷,稱惟存一百九十三篇,餘皆佚。此本爲江南葉裕家所鈔,首有曾鞏校上序。今核所録,惟《集外詩》一卷與曾鞏新增三十三首之説合。其正集比鞏序多一卷,而詩止一百四十五首。蓋舊本殘闕,傳寫者離析卷帙,以足鞏序之數,而忘《外集》一卷本在六卷中也。"(《四庫全書總目》卷一五一,頁一二九六)館臣所叙雖爲葉鈔本,然據卷數和存詩情形看,與毛晉所説的宋本相同,故應爲該宋本的衍生本,所以編臣所言,正道出了此種宋本卷數增加,作品反而減少的原因。所以此種七卷本乃曾氏本的衍生本。由於曾本已散佚,此種七卷本,遂成爲明清所傳諸種溶集的祖本。

至於《唐才子傳》所謂溶"有集五卷,今傳",辛氏所叙唐集在元代的流傳情形,多據宋世書目言之,並非元代當時所存唐集的實録,故不足爲據。

明代傳鈔和刊刻的溶集較少,其版本今知者有以下幾種:

(一)萬曆鈔本。萬曆間鈔《唐四十七家詩》所收《鮑溶詩集》六卷《集外詩》一卷。半葉九行十七字,亦有十行十八字者,白紙,無格。卷前有曾鞏《序》,凡存詩百七十九首。然卷四《始見二毛》、《巫山懷古》、《郊天回》和《温泉宫》四首詩下重出此四詩,乃鈔手一時不慎致誤。此本書名、分卷、篇目、編次等與汲古閣本(詳下)完全相同,而先於汲古閣本,汲古閣本既自宋本出,則此本應與汲古閣本同源,亦當自宋本鈔出無疑。此本卷末跋文有"萬曆戊戌(二十六年,一五九八)之秋"字樣,又有"張氏圖書"、"寂鑒居士"二印記。

(二)天一閣鈔本。明天一閣鈔《鮑溶詩集》一卷。此本王國維《傳書堂藏善本書志》有著録,王國維叙曰:"《鮑溶詩集》一卷,明鈔本。唐宋《志》皆五卷,四庫本六卷又《外集》一卷,此不分卷,殆又一别本也。天一閣藏書。"(《傳書堂藏善本書志·集部》)此本自天一閣散出後,爲上海藏書家蔣汝藻所得,蔣氏嘗邀王國維爲其編寫藏書目録,故爲王氏所見,録入蔣氏《傳書堂藏善本書志》。蔣家書散出後,此本爲北平圖書館所得,傅增湘入館校書,嘗見此本,《藏園群書題記》著録此本曰:

> 此明鈔本,出天一閣舊藏,不分卷第,其式甚古,疑即歐公相傳之本。第其詩較毛刻又少六首,或歷世既久,更有脱佚耶!取汲古閣本校之,訂正凡一百四十四字。兹取前兩卷異字述之:如"宫鴉叫赤光"不作"宫雞","夢神本無跡"不作"不無跡","萬里隨人去"不作"萬事","迴首九天門"不作"九仙","此築秦民冤"不作"秦氏","萬里防禍源"不作"禍根","宫闕□千門"不作"啓千","一念皎皎詩""詩"不作"時","一望客人還"不作"容人","開閉秦北門""秦"不作"奏","青塚人内地"不作"清塚",其詞旨均勝原本。尤異者,第三卷《憶舊游》詩"幾世身在夢"下多"百年雲無根,悠悠竟何事"二句,檢閲席本亦缺,則此本

淵源之古可知矣。余昔年曾校季滄葦鈔本於席本上，其異字視此更多。然季本乃彙合各本而重加編校，非若此本其探源直出於古刻，尤足貴也。(《藏園群書題記》卷十二，頁六一八)

傅氏疑此本"不分卷，其式甚古，疑即歐公相傳之本"。所言自有道理，然因無别本可勘對，故已無從確證其是與非了。傅氏又曰："原本自天一閣散出後歸蔣氏密韻樓，今爲北平圖書館所得，蓋辛未(一九三一)冬趙君萬里在南中所獲者也。"傅氏所校之汲古閣本，今仍藏於國圖(詳下)，據傅氏校跋可知，此本較汲古閣本少詩七首，其中《集外詩》六首爲此本所無，故僅百七十二首。

(三)統籤本。胡震亨《唐音統籤》所收《鮑溶詩》二卷，編卷三百九十六至三百九十七，丁籤九十，寫本。此本分體編次，首卷爲五古十五、長短句二、七古十二、五排二，第二卷七律三、五絶十、七絶三十八、殘句七則，共八十二首，殘句七。關於溶集的版本淵源，胡氏曰："集五卷，今編爲二卷。"胡氏解釋説："按溶集，《唐·藝文志》五卷，曾子固增爲六卷，晁公武《讀書志》有本，止詩一百九十二篇，則逸其三之一矣。今所□編，爲南昌李念襄本，故友趙玄度所録子固所稱别爲一卷三十三篇者咸在，而其他則多闕佚。以洪氏《絶句》及《文苑英華》等書補之，得七十八篇，逸句載張爲《詩圖》及晁《志》者附焉。容再訪其全璧。"(《唐音統籤》第四册，頁四五五)今考此本編録，經胡氏以《絶句》及《英華》等書輯補逸佚，總得七十八篇，可見所謂"李念襄本"乃一有《集外詩》的殘本耳。

(四)汲古閣本。毛晉汲古閣刻《唐六名家集》所收《鮑溶詩》六卷《集外詩》一卷。筆者所見爲"丙寅年(民國十五年，一九二六)五月上海涵芬樓影印"本，半葉九行十九字，左右雙邊，白口無魚尾，版心上頂邊欄鐫"鮑溶詩卷某"字樣，下方爲葉碼，《集外詩》版心鐫"鮑溶集外詩"字樣。各卷首末兩葉版心鐫"汲古閣"三字。卷前首曾鞏《鮑溶詩序》、次總目，總目卷尾題下方鐫"琴川毛鳳苞氏審定宋本"牌記一個。卷後有毛晉跋文二則，其一略曰："曾子固亦愛其詩，以史館本及歐公所藏互挍，得二百三十三篇。今本有百九十二篇，餘逸，想即馬氏《經籍考》所云五卷者也。余家所藏本凡六卷，又《集外詩》一卷，共一百七十七首，挍之晁氏、馬氏本，又多逸矣。張爲《詩人主客圖》取溶爲'博解宏拔主'，所采警句具在，但集中《秋懷》五首，未見'萬里歧路多，一身天地窄'一聯。"毛晉謂此本一百七十七首，實則合正、外集共百七十九首。據“毛鳳苞氏審定宋本”牌記，可見宋代溶集有正集六卷《外集》一卷本。此本爲明代溶集的第一個刻本，間接保存了宋七卷本的大概面貌，版本價值非常高。然此本有闕文十餘處，多以墨圍代之；而卷六《採蓮曲二首》其二，乃一七言絶句，“豔歌笑芙蓉”卻爲五言句，闕二字，而此本未用任何形式表示，或所據宋本即已如此。又此本亦有誤字，如卷三《行路難》“暮入此地出鳳波”句，“鳳波”不詞，當作“風波”。卷三《范真傳侍御累有寄因奉酬十首》，題中“范真傳”乃“范傳真”之誤倒，傳真乃傳正兄弟行。再如卷五《山中冬思二首》其一“開雲代冰溪”句，“代”字應爲“伐”字之誤，等等。不過總的來看，此本在溶集諸古本中不失爲一個較好的本子。

此本國圖藏有多部，一部爲崇禎十五年壬午（一六四二）所刻，版式同涵芬樓影印本；然卷二自《秋懷五首》其二“有煙雨絲減”以下，至《與峨眉山道士期盡日不至》“昔用壺中景”句，恰好二葉誤重；其中《秋夜對月懷李正封》自首句以下至《與峨眉山道士期盡日不至》“昔用壺中景”句，再次誤重，宋本當不致如此，或毛氏一時疏誤所致。而國圖所藏另一部即此本的修訂本，有民國十年辛酉（一九二一）傅增湘校跋並録清曹溶跋及何焯跋，傅氏所用校本爲盱眙吴氏藏明鈔本，傅氏所録曹溶跋在卷六末；《集外詩》卷末則有傅氏跋曰：“辛酉四月二十七日，臨何義門校毛鈔本，用藍筆，沅叔記。”又卷後傅氏復跋曰：“明寫本《鮑溶集》左欄外有‘麥齋藏本’四字，墨格，九行十九字，有曹秋岳、何義門校筆，今藏盱眙吴氏望三益齋，孟嘉丈爲供來校訖，因記於此。辛酉四月二十七日，增湘。”盱眙吴氏所藏明鈔，乃曹溶用影宋本校補，非常可貴（詳下）。國圖所藏汲古閣刻溶集還有一部，也是修訂本，爲民國二十年辛未（一九三一）傅增湘校跋，卷中有“沅叔手校”和“雙鑒樓藏書印”，所用校本乃天一閣藏明鈔本（見上），凡訂正一百四十四字，異文見傅氏《藏園群書題記》卷十二（已見）；卷六末傅氏跋曰：“借天一閣鈔本校勘，視此本少詩七首……辛未十二月廿三日沅叔記。”《集外詩》卷末見有傅氏跋曰：“《集外詩》明鈔本少六首，祀灶日書潛記。”

（五）明甲鈔本。明無名氏甲鈔《鮑溶詩》六卷《集外詩》一卷，國圖藏。半葉九行十九字，寫於統一刷印的格子紙上，左右雙邊，黑口，版心鐫“麥齋藏本”四字。此本合正、外集凡七卷，存百七十九首，與汲古閣本相同。又此本書名、分卷、篇目等亦與汲古閣本同，故應屬於宋七卷本系統。此本編次，則與汲古閣本稍異，汲古閣本卷四《途中旅思二首》“喔喔雞鳴曉”以下至《宿悟空寺贈僧》"火燒人情迷路",與《宿悟空寺贈僧》"喜未遠宿留"以下,至《客舍逢鄉人旋别》"同一身誰在",此本編次互倒。又汲古閣本卷五《聞蟬》一首,此本編在卷六。此本卷六末有曹溶跋曰:"康熙五年立秋嘉禾曹秋岳借瓶花主人影宋本校補並記。"知此本原爲曹溶舊藏,且用影宋鈔本校過。曹溶字潔躬,一字秋岳,號倦圃,秀水人,崇禎十年丁丑(一六三七)進士,官御史,入清後官至廣東布政使,爲清初著名藏書家。所謂"瓶花主人",乃清初著名文獻學家、藏書家吴焯,字尺凫,號繡谷,其藏書處"繡谷亭"、"瓶花齋"所蓄頗富,中多宋元舊槧或舊鈔。此本曹氏校跋,不言與影宋本編次有異,或宋本原即如此,而汲古閣本有錯亂歟? 曹家書散出後,此本爲何焯所得。何氏嘗以此本與汲古閣本對勘,異文記於汲古閣本地腳。何家書散出後,此本爲秦恩復所得,故卷中有"臣恩復"、"秦伯敦父"、"朝爽閣藏書記"、"石研齋秦氏印"等印記。秦恩復字近光,號敦夫,江都人,乾隆五十二年丁未(一七八七)進士,官編修,精於鑒藏,蓄書萬卷,頗多善本。秦氏書散出後,此本爲盱眙吴棠所得,故卷中有"望三益齋"、"盱眙吴氏藏書"諸印記。吴棠字仲宣,江蘇盱眙人,以舉人補江蘇桃源令,咸豐間累擢漕運總督,官至四川總督,家有望三益齋藏書樓。吴氏書散出後,此本輾轉入藏北平(今國家)圖書館。民國十年辛酉(一九二一)傅增湘入館校書,曾用此本校汲古閣修訂本,而後跋於修訂本曰:"明寫本《鮑溶集》左欄外有'麥齋藏本'四字……(已見,此略)"傅氏判此本爲明鈔本,自有其道理;但《中國古籍善本書目》判此本爲"清初麥齋鈔本",恐非是。此本既爲明鈔,又經曹溶用"影宋本"校勘一過,堪稱下宋本一等,在宋本無傳的情況下,此本價值尤爲可貴。若欲整理溶集,當用此本來恢復宋本真面,再輔以其他校本,則庶幾可以稱善矣。

(六)明乙鈔本。明無名氏乙鈔《鮑溶詩集》一卷,一册,國圖藏。半葉九行十六字。王重民《中國善本書提要》著録此本曰:"按《四庫全書》著録本凡六卷,又《外集》一卷,爲詩一百四十五首。此本不分卷,凡詩一百六十四首,反多於閣本九首。《歧路》詩後有據《唐文粹》校語一則,殆猶曾鞏校本之遺於今日者歟?"(《中國善本書提要·集部·别集類》,頁五〇七)王氏疑此本乃曾校本之衍生本,然今已無從加以證實了。

清代傳鈔和刊刻的鮑集,其主要版本有以下幾種:

(一)麥齋鈔本。清初麥齋鈔《鮑溶詩集》六卷《集外詩》一卷,國圖藏。

半葉十行二十一字，鈔於統一刷印的格子紙上，左右雙邊，黑口，無解行。卷前首曾鞏序，次目録(《集外詩》無目)。此本共百七十九首，與明甲鈔本(見上)相同，而且書名、分卷、篇目、編次等均與明甲鈔本同，再者此本卷中有"麥齋藏書"一印，知此本與明甲鈔本清初均爲麥氏藏書；此本則爲清初麥齋據所藏明甲鈔本寫出者。麥齋書散出後，此本爲彭元瑞所得，故卷中有"南昌彭氏"、"知聖道齋藏書"、"遇讀者善"諸印記。彭元瑞字掌仍，一字輯五，南昌人，乾隆進士，官至工部尚書，協辦大學士，"知聖道齋"爲其藏書處。此本自彭家散出後，輾轉遞藏，最後入藏北平(今國家)圖書館。

(二)詩紀本。龔賢輯康熙貞隱堂刻《中晚唐詩紀》之《中唐鮑溶詩》一卷。半葉十二行二十一字。詩凡百九十八首，補遺詩三首，共二百一首。較之汲古閣本，此本溢出二十二首，且目録與正文不盡相符，《秋晚銅山道中宿隱者》一題，目録誤分爲《秋晚銅山道中》與《宿隱者》二題。但此本在校勘編次上還是下過一番功夫的，如《秋思》其二有校記曰："曾本止録一首，歐陽本録二首爲一首，又一本分之。今讀係兩韻，宜從別本。"又此本編次體例與其他《鮑溶集》也不同，《鮑溶集》諸本中，正文一卷收詩近二百首者唯獨此本，所以在溶集諸古本中，此本乃獨具特點的一種。國家圖書館所藏此本，原爲鄭振鐸舊藏，卷中有"長樂鄭振鐸西諦藏書"、"長樂鄭氏藏書"諸印記。

(三)中晚唐詩本。康熙劉雲份輯《中晚唐詩》所收《中唐鮑溶詩》一卷。此本書耳内鐫"中唐詩鮑溶"五字，版式與龔賢本相同。龔賢刊《中晚唐詩紀》，曾借助劉雲份、朱雯等人之力，後版片爲劉氏所得，劉氏於是重加編排，以己名重刊之，故二本版式、内容皆相同。

(四)席刻本。席啓寓輯康熙四十一年壬午(一七〇二)席氏琴川書屋刻《唐詩百名家全集》之《鮑溶詩集》六卷《補遺》一卷。半葉十行十八字，左右雙欄，白口單黑魚尾下鐫"鮑溶詩集某"字樣，再下方爲葉碼。卷前首"鮑進士詩集卷首"，收録鮑溶傳略、論説及曾鞏序等，次目録。各卷首題"鮑溶詩集卷第某"。此本正集共百四十六首，《補遺》五首，合計百五十一首。此本書名、分卷、篇目、編次與汲古閣本完全相同；又，汲古閣本文字有脱闕，此本脱闕文字更多，這表明此本與汲古閣本乃同源本，或者就是據汲古閣本翻刻者；《補遺》一卷，蓋席氏增補的遺詩。傅增湘《藏園群書題記》著録有此本，其略曰："《鮑溶集》汲古閣刊本六卷，《集外詩》一卷，席氏《唐人百家詩》刻本亦作六卷，無《集外詩》，但有《補遺》。其六卷次第悉同，蓋同出於一源也。"(《藏園群書題記》卷十二，頁六一七至六一八)所言甚是。然較之汲古閣本，此本異文頗多，且有不少訛誤。如汲古閣本卷二《廬山石鏡》"東巖採薇人"句，"東巖"，此本作"東嶽"，廬山非泰山，稱"東嶽"顯誤。汲古閣本卷二《述德上太原王尚書綬》"可惜漢公主，哀哀嫁烏孫"，"公主"，此本作"宫主"，顯誤。汲古閣本卷三《宣州北樓昔從順陽公會於此》，"宣州"，此本作"宣城"，"幾步塵埃隔"句，"步"字，此本作"走"，非是。汲古閣本卷四《洛陽春望》"五鳳樓南望洛陽"句，"望"字，此本作"下"，非是。汲古閣本卷五《題吴徵君巖居》"澹然靈府中，獨見太古時"，"靈府"，此本作"雲府"，疑誤。汲古閣本卷五《秋思》"昔奉千日書"句，"昔奉"二字，此本作"音奉"，非是。汲古閣本卷六《寄盧給事汀吴員外丹》"聞道姓名多改變"句，"改變"，此本作"變故"，非是，等等。然此本也有不少佳字，可訂汲古閣本之誤。如汲古閣本卷三《行路難》"暮入此地出鳳波"句，"鳳波"不詞，此本作"風波"，良是。汲古閣本卷三《范真傳侍御累有寄因奉酬十首》，題中"范真傳"誤，此本作"范傳真"，極是，傳真乃傳正兄弟行。汲古閣本卷五《山中冬思二首》其一"開雲代冰溪"句，"代"字誤，此本作"伐"，甚是。再如汲古閣本卷六《採蓮曲二首》其二"艷歌笑芙蓉"句，此首乃七言絶句，"笑"字下脱簡二字，未以墨圍表示，也未空格，非是，此本"笑"下有"鬪新"二字，可補汲古閣本脱誤，等等。

《唐詩百名家全集》有光緒修訂本，糾正了初刻本《鮑溶集》的不少訛誤。此本又有民國九年(一九二〇)掃葉山房石印本。又此本國家圖書館藏一傅增湘校本，卷後傅氏跋曰："假鄧正闇同年藏詵兮鈔本，補詩若干首，録入别紙。《補遺》卷内有《薦冰》及《白日麗江皋》二首，爲鈔本所無，當是漏及，非有疑義也。丙辰正月廿五日，沅叔記。""鄧正闇"即鄧邦述，字孝先，號正闇，江蘇江寧人，光緒二十四年(一八九八)進士，選庶吉士，授翰林院編修，其群碧樓所藏宋本達八百多卷。"詵兮"即季振宜，其所藏鈔本爲何本，今已不得而知。傅氏據季氏鈔本所補遺詩，《藏園訂補郘亭知見傳本書目》著録《鮑溶集》六卷《補遺》一卷時説得很清楚，曰："清康熙四十一年席啓寓刊《唐詩百名家全集》本，十行十八字，白口，左右雙闌。余據友人鄧君邦述所藏季振宜舊藏鈔本校，補入詩四十六首。"(清莫友芝撰、傅增湘訂補《藏園訂補郘亭知見傳本書目》卷十二下，頁一〇九四)傅氏增補的遺詩，蓋據季氏所編《全唐詩稿本·鮑溶詩》的謄清本(詳下),而其他明清《鮑溶集》輯録佚詩數量不會這么大。

(五)全唐詩本。康熙敕編《全唐詩》所收《鮑溶詩》三卷。本書前已述及,《全唐詩》是在胡震亨《唐音統籤》和季振宜《全唐詩稿本》兩書基礎上修訂而成的。而季氏《稿本》中的《鮑溶詩》六卷《集外詩》一卷,則是將上述汲古閣本《鮑溶詩》六卷《集外詩》一卷原刻入編,再將卷五《秋思》一首删去,而將明刻《樂府詩集》卷五十九所收鮑溶《秋思》二首(含删去的一首)原刻補入,復於《集外詩》一卷後,補入季氏輯録的遺詩《湘妃列女操》、《羽林行》、《鳴雁行》等十四首,故季氏凡補遺詩十五首,遂使《稿本》收詩達百九十四首。文字方面季氏也作了校勘,如汲古閣本卷一《李夫人歌》結句"煙消露散愁方士","露散",季氏據《樂府詩集》改作"霧散",甚是。汲古閣本卷三《擬古苦哉遠征人》"掩抑大風樂"句,"樂"字,季氏删之,而據《樂府詩集》改爲"歌"字。汲古閣本卷六《夜寒吟》,季氏據《樂府詩集》將題目改爲"寒夜吟"。再如汲古閣本卷六《採蓮曲二首》其二"艷歌笑芙蓉"句,此首乃七言絶句,"笑"字下脱簡二字,季氏據《樂府詩集》補入"鬪新"二字,極是,等等。《稿本》字裏行間出校了不少異文,且於題下、詩中、詩後增入不少注文,頗有參考價值。康熙敕修《全唐詩》所收《鮑溶詩》三卷,便是將《稿本》中的《鮑溶詩》五卷《集外詩》一卷及季氏增補的遺詩悉數收入,而將正集前三卷和後三卷分别合編爲卷一和卷二,《集外詩》及季氏增補的遺詩,則合編爲卷三。編臣又據《唐音統籤》輯補遺詩《風箏》、《薦冰》與《送薛補闕入朝》三首,殘句一則,《風箏》補於卷二末,《薦冰》與《送薛補闕入朝》及殘句一則補於卷三末。季氏所補《秋思》二首第一首,自"顧兔蝕殘月"以下至末句,編臣據《統籤》將其另作一首,題目改爲《秋思三首》,所以《全唐詩》共百九十八首、殘句一則,成爲一時收詩最多的本子。文字方面,編臣也作了校勘,糾正了《稿本》未及糾正的訛誤。如汲古閣本卷一《秋晚銅山道中宿隱者》"暫傲義和俗"句,"義和俗"非是,季氏未及改正,編臣據校本改作"羲皇俗",甚是。汲古閣本卷四《感興》"群争化石盡"句,"群争"誤,季氏未及改正,編臣據席刻本改作"群羊",極是。再如汲古閣本卷五《山中冬思二首》其一"閉雲代冰溪"句,"代冰溪"不詞,季氏未及改正,編臣蓋據席刻本改作"伐冰溪",甚是,等等,諸如此類的例子尚多,不枚舉。職是之故,《全唐詩》無論收詩數量還是文字質量,較之此前《鮑溶集》諸多版本,均略勝一籌。

（六）四庫本。文淵閣《四庫全書》所收《鮑溶詩集》六卷《集外詩》一卷。此本卷前首館臣《鮑溶詩集提要》，次曾鞏《鮑溶詩集原序》。各卷次行題“鮑溶詩集卷某”。《四庫全書總目》曰：“《鮑溶詩集》六卷，《外集》一卷，江蘇巡撫採進本。……其集宋史館舊本五卷，譌題鮑防。曾鞏始據《唐文粹》、《唐詩類選》考正之，又以歐陽修本參校，增多三十三篇，合舊本共二百三十三篇，釐爲六卷。晁公武《讀書志》仍作五卷，稱唯存一百九十三篇，餘皆佚。此本爲江南葉裕家所鈔，首有曾鞏校上序。今核所録，唯《集外詩》一卷與曾鞏新增三十三首之説合。其正集比鞏序多一卷，而詩止一百四十五首。蓋舊本殘闕，傳寫者離析卷帙，以足鞏序之數，而忘《外集》一卷本在六卷中也。《全唐詩》所録較此本多十六首，較晁本多二首，而較曾本尚少三十九首，則其集之佚者多矣。”（《四庫全書總目》卷一五一，頁一二九六）此本所據底本，四庫館臣僅言“江南葉裕家鈔本”，然葉家本究自何本而出？則館臣並未明確交代。今考此本正集收詩百四十六首，館臣謂百四十五首，非是；《集外詩》三十三首，共百七十九首，首數與汲古閣本相同。又此本書名、分卷、篇目與汲古閣本也相同。編次除卷四《郊天迴》、《温泉宫》、《寄歸》、《贈遠》四首，此本在《客舍逢鄉人旋别》後，汲古閣本在《巫山懷古》後外，其餘各詩編次二本完全相同。文字方面，此本較席刻本更近於汲古閣本。如汲古閣本卷一《隋宫》“楚老幾代人”句，“楚老”，此本同，而席刻本作“野老”。汲古閣本卷二《辭輦行》“君恩如海深難竭”句，“深難竭”，此本同，而席刻本作“恩難極”。汲古閣本卷二《與峨眉山道士期盡日不至》“未究服食方”句，“究”字，此本同，而席刻本作“容”。汲古閣本卷三《白露》“玉壺增夜刻”句，“刻”字，此本同，而席刻本作“色”。汲古閣本卷三《擬古苦哉遠征人》“遠承雲臺議”句，“臺”字，此本同，而席刻本作“端”。汲古閣本卷四《宿悟空寺贈僧》“朝光畏不久”句，“光”字，此本同，而席刻本作“花”。汲古閣本卷五《讀史》“項氏徒先濟”句，“濟”字，此本同，而席刻本作“見”。汲古閣本卷五《夏日華山别韓博士愈》“望山易遲久”句，“遲”字，此本同，而席刻本作“長”。汲古閣本卷六《晚山蟬》“不知何日寂金閨”句，“日”字，此本同，而席刻本作“處”。汲古閣本卷六《寄盧給事汀吴員外丹》“聞道姓名多改變”句，“改變”，此本同，而席刻本作“變故”。汲古閣本卷六《酬江公見寄》“曾答雁門偈”句，“答”字，此本同，而席刻本作“參”，等等。可見此本較席刻本更近於汲古閣本，表明葉鈔本所據爲汲古閣本，可無疑也。

（七）同治鈔本。同治三年甲子（一八六四）龐香蓀鈔《鮑溶詩集》六卷《集外詩》一卷《補遺》一卷，國圖藏，有清劉履芬校並跋。半葉九行十九字，白紙無格。此本正、外集共百七十九首，《補遺》十九首，殘句一則，合計百九十八首，殘句一則。《集外詩》一卷末録曹溶跋文（已見）。《補遺》卷末有題識曰："以上均依《全唐詩》鈔録。"卷後有劉履芬跋，其略曰："吴仲宣漕帥購得此書，爲曹秋岳批點本，又經秦敦夫太史收藏，有其印記。余以同治甲子屬妹倩龐香蓀録此副本。卷中藍筆者秋岳，朱筆者敦夫，其紫筆則余依《全唐詩》校勘者也。校竟，《全唐詩》中尚有遺詩十九首，又佚句一聯，並録於後。七月二十三日，劉履芬記於淮陰節署。"據此可見，此本正、外集所據乃明甲鈔本，故卷中有曹溶藍筆校跋，秦敦夫朱筆校跋；《補遺》十九首，殘句一聯則録自《全唐詩》，故首數與《全唐詩》同。劉履芬字彦清，浙江江山人，此本卷中有"江山劉履芬觀"、"彦清珍秘"諸印記。履芬跋所謂"吴仲宣漕帥"即吴棠（見上）。此本自劉家散出後，蓋爲章鈺所得，故卷中有"長洲章氏四當齋珍藏書籍記"。章鈺字式之，江蘇長洲人，藏書處名"四當齋"。章氏書散出後，此本輾轉遞藏，最後入藏北平（今國家）圖書館。

【參考文獻】張紅麗《鮑溶詩集》版本述考，西北大學二〇〇八年碩士學位論文《鮑溶及其詩集考述》第二章

薛濤詩

薛濤（七七〇？～八三二）字洪度，長安（今陝西西安）人。幼隨父宦入蜀，流寓蜀中。有姿色，工爲詩。貞元初韋皋鎮蜀，召令侍酒賦詩，遂入樂籍，自皋至李德裕，歷事凡十一鎮，皆以詩受知，稱"女校書"。元稹、白居易、劉禹錫等慕其風雅，多與酬和。自製小箋寫詩，時號"薛濤箋"。大和中卒，段文昌爲撰墓誌。

濤平生喜吟詠，晚年居成都碧雞坊，築吟詩樓悠閒賦詩，曾有詩"五百篇"（宋章淵《槁簡贅筆》）。然濤集由其自編抑或他人所纂，則典籍不載。

入宋，《崇文總目》及《新唐書·藝文志》均失載，可見傳本之稀。迨宋室南渡，晁公武《讀書志》袁州本《前志》卷四中別集類中，始著録"薛濤《錦江集》五卷"，並曰："右唐薛濤字洪度，四川樂妓。工爲詩，當時人多與酬

贈。武元衡奏校書郎。大和中卒。李肇云:'樂妓而工詩者,濤亦文妖也。'"(《郡齋讀書志校證》卷十八,頁九五二至九五三)這是濤集的最早著録。然而此後不久,《讀書志》衢州本卷十八卻著録:"《薛洪度詩》一卷。"(同上)二者書名、卷數皆不同,顯非同一種版本。《讀書志》袁州本出於宋蜀刻四卷本,衢州本出於宋蜀刻二十卷本,後者乃晁氏修訂本(《郡齋讀書志校證·前言》);然衢州本僅著録濤集一卷,而五卷本失載,個中原因,不知爲何?若二本皆晁氏先後親見,則衢州本理應將二本同時著録,因爲以晁氏之識見,絶不會顧此失彼,僅著録一卷本,而將五卷本删除。所以衢州本不載五卷本,或刊刻者之失誤,亦未可知。南宋章淵《槁簡贅筆》謂薛濤"有詩五百首"。若是,則濤集的確應有五卷本存世。由於五卷本神龍一見,此後便再無蹤跡,所以五卷本的情形究竟如何?今已無從得知了。

晁氏之後,陳振孫《書録解題》卷十九著録:"《薛濤集》一卷。"卷數與衢州本《讀書志》合。然宋世流傳的一卷本,元以後也不見傳世,故此一卷本的收詩情形,今亦無從而知。至於《宋史·藝文志七》著録《薛濤詩》一卷,因《宋志》是在宋代幾種官修書目的基礎上拼湊而成的,所以不足爲憑。而《唐才子傳》謂:"薛濤《錦江集》五卷,今傳。"辛氏所記唐集,並非元時傳本的真實記録,蓋據《讀書志》或《文獻通考·經籍考》的推測之詞,故張蓬舟先生斥爲"殆係妄説"(《薛濤詩箋·薛濤詩·版本源流》,人民文學出版社一九八三年六月版。版本下同)。總之宋代行世的五卷本或一卷本,元以後均已失傳。

明代流行的濤集,最早者爲洗墨池本。墨池本乃萬曆間出現的重輯本(詳下),此後漸次而生的濤集,皆祖墨池本。於此可見唐宋一度流傳的五卷本及一卷本,的確已經無傳。明代刊刻和傳鈔的濤集,其主要版本有以下諸種:

(一)洗墨池本。萬曆三十七年己酉(一六〇九)洗墨池刻《薛濤詩》一卷。此本寬行大字,半葉八行十六字,四周雙欄,版心上方鐫"薛濤詩"三字。卷前首薛濤小傳、次目録。詩分體編次,首五律、次五絶、六言、七絶等,共八十二首。卷後附《四友贊》及田洙遇薛濤鬼魂聯句二首。卷尾二行有補綴痕跡。此本文字偶有訛誤,如《風》"林梢明淅瀝"句,"明"字,乃"鳴"字之誤,此句乃狀風聲,顯以"鳴"字爲是。又《十離詩》之《燕離窠》"不得梁間更累巢"句,"累"字,乃"壘"字之誤。再如《十離詩》之《朱離掌》"不得終霄在掌中"句,"霄"字,當爲"宵"字之誤,等等。此本所據底本,據曹學佺《蜀中詩話》所記,乃楊慎家藏鈔本。曹氏記曰:"予初入蜀,見當事者梓《薛濤詩》一卷,云係新都楊(慎)家鈔本,喜以爲秘書也。及觀之,只五、七言絶句而已,此在洪邁《萬首絶句》之内。且江南有一抄本,亦與之同,大抵從《萬首》内抄出,但蜀本多《酬人雨後看竹》五言律一首,又少江南鈔本絶句數首,亦可互校。"(《蜀中廣記》卷一〇二,引自《薛濤詩箋》,頁六八)是此本所據楊氏家鈔本,乃彙集《萬首絶句》等書内薛濤詩而成,並非據宋本翻雕也。此本因刊於蜀中,故曹氏稱爲"蜀本"。又,此本將明人小説《剪燈餘話》卷二田洙與薛濤鬼魂共賦《落花聯句》與《月夜聯句》也收入卷中,乃此本並非出自宋本的明證。此本國家、廣東社科院等圖書館均有藏本。國圖所藏原爲清末同光體詩人沈曾植所有,沈氏以濤集單行者不見他本傳世,故特重之,因倩樊增祥題跋並題《滿庭芳》詞一首。時傅增湘目睹此本,愛不忍釋,沈氏遂割愛相贈,於是傅氏《明萬曆洗墨池刊本薛濤詩跋》特别叙及沈氏贈書的高誼,並於《藏園群書經眼録》著録此本曰:"《薛濤詩》一卷,唐薛濤撰。明萬曆三十七年洗墨池刊本,八行十六字。前薛濤小傳,次目録。後有樊增祥手跋,録如後:……按:是書寛行大字,規橅蘇體,刊工極爲古雅。乙盦疑是元刻,實則萬曆己酉洗墨池刊本。嘉慶庚午古倪園沈氏翻雕即從此本出。卷中鈐有袁又愷、劉泖生、顧曾壽、鄒一桂諸印。乙盦得諸蘇估楊馥堂,並乞樊山題詞以寵之。余以濤本蜀人,舊刻罕覯,因以黑口本山谷别集詩注從乙盦易歸,時甲寅秋七月也。丙辰冬沅叔記。"(《藏園群書經眼録》卷十二,頁一〇五一)傅氏推測曰:"蓋末有'萬曆己酉春仲鐫於洗墨池'一行,書賈欲充元刊截去之也。"清嘉慶時,沈綺雲有此本的覆刻本,"末葉正有洗墨池一行"(《藏園群書題記》卷十二,頁六〇一)。這一牌記可以間接證明,此本的確是據洗墨池本翻刻的。傅氏稱贊此本,字仿東坡體,"頗具逸宕之致",可見版刻之精。新中國成立後,傅氏後人將此本捐獻給國家。

(二)徐鈔本。萬曆三十八年庚戌(一六一〇)徐𤊹鈔《薛濤詩》一卷。徐氏跋《薛濤詩》曰:"唐有天下三百年,婦人女子能詩者不過十數人,娼妓詩最佳者薛洪度、關盼盼而已。《彤管》所載,不得一二,《女史》所收,不得三四,近曹能始參藩西蜀,梓而行之。洪度詩五百首,此亦斷珪殘璧,非完璞也。中有《贈楊藴中進士》一首,雖悽惋可詠,然鬼語無稽,余廼拔附集末。田洙聯句,尤爲不經,竟删去之。無事齋居,手自抄録,以備諷詠,庶幾寤寐紅妝,彷彿環佩矣。萬曆庚戌端午日徐興公書於汗竹齋。”(繆荃孫《重編紅雨樓題跋》卷一,《明代書目題跋叢刊》下册影印趙詒琛峭帆樓刻本,書目文獻出版社一九九四年一月版,頁二〇六二)可見此本乃徐氏手鈔本。曹能始,乃曹學佺之字,與徐氏皆閩中人,二人友善。此本所據底本,徐氏没有明言,然據其跋中“近曹能始參藩西蜀,梓而行之”一語看,所據當爲洗墨池本。不過徐氏謂洗墨池本乃曹學佺所刊,則非。曹氏嘗見洗墨池本濤集,非曹氏親行刊刻洗墨池本也。徐𤊹《紅雨樓書目》著録“《薛濤詩》一卷”,所記蓋亦洗墨池本也。

這裏附帶提及,明趙琦美《脈望館書目》著録“《薛濤詩集》一本”、祁承㸁《澹生堂書目》著録“《薛濤詩》一册一卷”,二目所載既無叙録,亦不言版本。故據此二目,無從得知二書的版本情形。張蓬舟《薛濤詩箋》謂趙、祁二目所録殆亦洗墨池本(見《薛濤詩箋·版本源流》),雖是推測之辭,當距事實不遠。

(三)統籤本。《唐音統籤》所收《薛濤詩》一卷,編卷九百二十四,庚籤三宫閨詩之八,寫本。半葉十行十九字,共七十三首。其中《江月樓》、《西喦》二首題下,胡氏注曰:“見曹能始《詩話》。”曹學佺《詩話》,即《蜀中詩話》,見曹學佺《蜀中廣記》卷一〇二。是《江月樓》、《西喦》二首,乃胡氏據《蜀中詩話》輯補的薛濤佚詩。又七絶《贈楊藴中》一首,胡氏將其編入卷九百九十八,壬籤三鬼詩之二,仍列於薛濤名下。而《陳情上韋令公》二首詩後注,則附見《吟窗雜録》所載濤《罰赴邊上武相公二絶》,胡氏疑爲僞詩,故没有正式補入,然卻最早提供了二詩之出處,爲清編《全唐詩》輯補此二首佚詩提供了綫索。所以此本實際收詩七十六首。至於《十離詩》十首,胡氏曰:“今本又有《十離詩》,亦越中薛書記詩,非濤作也,爲削去。”而《統籤》卷八百四十八,己籤三中唐雜詩十六,録有《十離詩》,徑直歸於“薛書記”名下,並引《唐詩紀事》關於薛書記作《十離詩》一段文字,而後判定曰:“一作薛濤詩者誤。”實則《十離詩》乃薛濤所作(詳下全唐詩本)。又田洙遇薛濤鬼魂聯句而成的《落花聯句》與《月夜聯句》二首,乃明人據《剪燈餘話》卷二補入的僞詩,胡氏將其删去,甚是。職是之故,此本唯存濤詩七十三首。此本所據底本,胡氏没有明言。張蓬舟《薛濤詩箋》謂胡氏所據乃洗墨池本(見《薛濤詩箋·版本源流》),此言可信。濤集宋本不傳,而明代刻本又甚稀少，似僅洗墨池本故也。此本雖出自洗墨池本，然因《統籤》部頭較大，鈔寫任務繁重，鈔成後缺乏校勘，遂使舛誤叢生。張蓬舟謂此本"字多錯落"（《薛濤詩箋》，頁四十一），即此之謂也。如《酬雍秀才貽巴峽圖》，題中"雍秀才"，此本誤作"雄才"。如《酬李校書》"空瞻逸翮舞青雲"句，"逸翮"，此本誤作"遺翮"。如《上川主武相國二首》，題中"川主"，此本誤作"州王"。再如《續嘉陵驛詩獻武相國》，題中"續"字、"陵"字，此本誤作"讀"、"林"等等，可見訛誤的確不少。不過，此本亦有不少佳字，如《春望詞四首》其二"攬草結同心"句，"攬"字，洗墨池本作"檻"，顯然不如胡氏校改的"攬"字佳，等等。

清代刊刻和傳鈔的濤集，其主要版本有以下幾種：

（一）曹鈔本。曹書倉鈔校《薛濤詩集》一卷。此本鈔於統一刷印的格子紙上，半葉十行十八字，左右雙邊，版心下方鐫"曹氏書倉校録藏本"字樣，因知此本爲曹氏鈔校本。此本無任何題記、跋文等顯示鈔寫年代，然季振宜《全唐詩稿本》收有此本原本（詳下全唐詩本），因知此本至遲亦在季氏《稿本》纂輯之前即已鈔成，姑暫列於全唐詩本之前。此本卷端題"薛濤詩集"，次行下方署"薛濤洪度著"，下接正文。詩分體編次，計五律一首、五絶十二、六言一、七律三、七絶六十五、贊一、拾遺二，共八十五首。首數雖與洗墨池本同，然較之洗墨池本，此本刪去了明人據《剪燈餘話》增入的田洙遇薛濤鬼魂聯句《落花聯句》與《月夜聯句》二首僞詩，又誤脱《酬韋校書》一首，而增補《謁巫山廟》、《寄舊詩與微之》和《牡丹》三首七律，故亦爲八十五首。此本《拾遺》所録《續父井桐吟》和《贈楊蘊中》二首，墨池本原編於正文。其餘各詩的編次，較之墨池本亦稍有不同。此本文字亦經校改，如墨池本《風》"林梢明淅瀝"句，"明"字，此本改作"鳴"，良是。墨池本《送友人》"離夢杳如關路長"句，"路"字，此本改作"塞"。《斛石山曉望寄吕侍御》"曦輪初轉照仙扃"句，"仙"字，此本改作"初"。《摩訶池贈蕭中丞》"惟有碑前咽不流"句，"前"字，此本改作"泉"。《上王尚書》"手持雲掾題新榜"句，"掾"字，此本改作"篆"。《江邊》"難能夜夜立清江"句，"夜夜"二字，此本改作"夢夢"。《江亭宴餞》，"宴餞"二字，此本改作"餞别"；"不見車公心獨愁"句，"車公"，此本改作"公車"。《春郊遊眺寄孫處士二首》"低頭久立向薔薇"句，"向"字，此本改作"白"。《試新服裁製初成三首》其三"長裾本是上清儀"句，"裾"字，此本改作"裙"。《贈遠二首》其二"擾弱新蒲緑又齊"句，

“緑”字,此本改作“葉”。《秋泉》“長來枕上牽情思”句,“情”字,此本改作“愁”。又《十離詩·序》“遣濤往侍”句,“侍”字,此本改作“事”。《十離詩》之《燕離窠》“不得梁間更累巢”句,“累”字誤,此本改作“壘”,甚是。《十離詩》之《珠離掌》“不得終霄在掌中”句,“霄”字誤,此本改作“宵”,極是。再如《十離詩》之《魚離池》“掌摇朱尾弄綸釣”句,“掌”字誤,此本改作“常”,甚是等等。由上可見,此本蓋據出自洗墨池本而經過重新編校的本子鈔寫的,抑或曹氏以洗墨池本爲底子,重新鈔校的新本子。

(二)全唐詩本。康熙敕修《全唐詩》所收《薛濤詩》一卷。《全唐詩》主要依據胡震亨《唐音統籤》和季振宜《全唐詩稿本》兩書編纂而成。而季氏《稿本》中的《薛濤詩集》一卷,則是將上述曹鈔本原本直接編入,而删去七律《寄舊詩與微之》與《四友贊》,又輯補佚詩七絶《酬韋校書》與五絶《兕央草》。然《兕央草》一首,曹鈔本原已收録,季氏誤補,故《稿本》共八十四首。文字方面,季氏用《才調集》、《萬首唐人絶句》諸書作了校勘,字裏行間出校不少異文。如曹鈔本《上川主武相國二首》,題中“武相國”,季氏據校本於“武”字下增“元衡”二字,謂武相國指憲宗宰相武元衡,甚是。曹鈔本《斛石山曉望寄吕侍御》“曦輪初轉照初扃”句,下一“初”字,季氏據校本於其旁出校一“仙”字。曹鈔本《送鄭眉州》,題中“眉”字,季氏據校本於其旁出校一“資”字,二者孰是?一時遽難確定。曹鈔本《柳絮》“一任南飛又北飛”句,“任”字,季氏據校本於其旁出校一“向”字等等,以上所出校文,皆具參考價值。康熙敕編《全唐詩》所收《薛濤詩》一卷,便是以季氏《稿本》之《薛濤詩》一卷爲底子,删去季氏補重的五絶《兕央草》一首,又據《唐音統籤》輯補佚詩《江月樓》、《西嵓》二首,據《吟窗雜録》輯補佚詩《罰赴邊上武相公二首》,另補入七絶《鄉思》一首。季氏删去的《寄舊詩與元微之》一首,編臣又將其補入。而《稿本》中的五絶《續父井桐吟》一首,編臣則將薛濤所續後二句作爲殘句編在最後。《贈楊藴中》一首,則編入《全唐詩》卷八六六“鬼詩”卷中,仍列薛濤名下。故《全唐詩》共九十首,殘句一則,成爲一時收詩最多的本子。對《稿本》的編次,編臣也略有調整。對一些僞詩,編臣也作了甄辨,如《十離詩》十首,據五代王定保《唐摭言》所記,乃元稹越州幕府之薛書記作。胡震亨從《摭言》之説,將《十離詩》判爲僞詩而删去。曹鈔本雖收有《十離詩》,然迨季氏《稿本》,則據《萬首唐人絶句》於《十離詩》題下出校曰:“洪邁《唐人絶句》作薛書記詩,不知即濤否?”顯爲兩説並存,未能遽定作者爲誰。編臣則將季氏於《十離詩》題下所出校記删去，遂定《十離詩》爲薛濤作。然《十離詩》究竟爲誰作？學界一直存在争議。二十世紀八十年代，國内久已失傳的韋莊編《又玄集》由日本回傳，内選濤詩二首，其中一首就是《十離詩》其一《犬離主》。韋莊乃唐末詩人，後入蜀爲前蜀宰相。《又玄集》選唐代一百四十二人之詩二百九十七首。《又玄集》的回傳，使《十離詩》乃濤作成爲鐵證，證明《全唐詩》編臣將《十離詩》斷爲濤作是正確的。文字方面，編臣據統籤本及其他善本重加校勘，使文字愈益精粹。如《稿本》之《春望詞四首》其二"檻草結同心"句，"檻"字，編臣據統籤本改作"攬"，而將"檻"字移入校記。《稿本》之《斛石山曉望寄吕侍御》"曦輪初轉照初扃"句，"初扃"，編臣蓋據統籤本改作"仙扃"，洗墨池本正作"仙扃"。《稿本》之《春郊遊眺寄孫處士二首》"低頭久立白薔薇"句，"白"字，編臣據統籤本改作"向"，而將"白"字移入校記，洗墨池本正作"向"等等。《全唐詩・凡例》云："詩集有善本可校者，詳加校定。"此本隨行夾注不少校文，表明編臣確曾以善本作過校勘，故所出校記，有實貴的參考價值。職是之故，就現存《薛濤集》諸古本看，《全唐詩》無論是録詩數量還是文字品質，都是一個較好的本子。

（三）四庫本。《四庫全書》所收《薛濤李冶詩集》之《薛濤詩集》一卷。此本卷前首館臣《提要》，次薛濤傳。卷後首《薛濤詩補遺》三首，次附録，共九十五首。此本所據底本，館臣没有明言，《四庫全書總目》曰：

> 《薛濤李冶詩集》二卷，編修汪如藻家藏本。……《書録解題》載《薛濤詩》一卷，《李冶詩》一卷，今皆不傳。此本皆後人鈔撮而成。濤集中如《聞道邊城苦》一首，兼載洪邁《萬首唐人絶句》、計有功《唐詩紀事》，楊慎《升菴詩話》之説，一詩兩見。又《唐詩紀事》之《五離詩》，《唐摭言》之《十離詩》，乃一事譌傳，其文互異，亦相連並載。其編輯頗爲詳慎，附以補遺三篇，又採摭濤傳及諸書所載事蹟，考證亦殊賅備。冶集僅詩十四首，然其中《恩命追入留别唐陵故人》一首，詳其詞意不類冶作，殆好事者欲裒冶詩與濤相配，病其太少，姑摭他詩足之也。（《四庫全書總目》卷一八六，頁一六九〇）

館臣謂"殆好事者欲裒冶詩與濤相配"，然"好事者"爲誰，汪如藻家藏本究爲何種版本？館臣均未指明。唯館臣言《書録解題》載《薛濤詩》一卷，《李冶詩》一卷，今皆不傳，因而推測"此本皆後人鈔撮而成"，則是可信的。今人張蓬舟並未見過四庫本，然張氏推測：此本"所收詩實亦不出《全唐詩·薛濤》詩範圍"（《薛濤詩箋》，頁四二），意謂此本所據乃全唐詩本。據筆者考察，張氏所言自有道理，然並不完全正確。此本的確是以全唐詩本爲底子，然收録作品並非没有超出《全唐詩》的範圍，《補遺詩》之《四友贊》，即《全唐詩》所未收，《續父井桐吟》一首，《全唐詩》僅將薛濤所續二句作爲殘句編在卷末，此本則合其父所吟首二句，成一完詩收在《補遺》中，加上重收的《五離詩》，此本共九十五首。至於編次，此本也與《全唐詩》不同，文字也有不少差異，故此本雖以《全唐詩》爲底子，但卻不主一本，而是參校諸本，最後成一定本。如此本《酬人雨後玩竹》"蒼蒼効節奇"句，"効"字，《全唐詩》作"勁"，統籤本誤作"功"，唯洗墨池本、曹鈔本作"効"，可見此本參校過洗墨池本抑或曹鈔本一類的本子。又如此本《海棠溪》"競將紅纈染輕紗"句，"紗"字，諸本皆作"沙"，此本以理校改作"紗"，甚是。再如此本《贈遠二首》其二"擾弱青蒲緑欲齊"句，"青"字，《萬首唐人絶句》、統籤本同，而洗墨池本、全唐詩本均作"新"。是此本參校過《唐人絶句》抑或統籤本一類的本子。據上諸例可見，此本文字並不主《全唐詩》一本，而是博采衆本之長，彙爲定本。另外，此本卷前薛濤傳、卷後附録，皆爲《全唐詩》所無，而是館臣編撰而成的，故《四庫總目》稱此本"編輯頗爲詳慎，附以補遺三篇，又采摭濤傳及諸書所載事蹟，考證亦殊賅備"。然此本文字亦偶有訛誤，如《斛石山曉望寄吕侍御》與《斛石山書事》，二首題中的"斛石山"，各本皆同，唯此本改作"石斛山"，完全没有文本依根，蓋一時失誤所致。

（四）沈刻本。嘉慶十五年庚午（一八一〇）雲間古倪園沈朗倩刻《四婦人集》所收《薛濤詩》一卷。傅增湘嘗見此本，卷末有"嘉慶庚午雲間古倪園沈氏從吴門士禮居黄氏借本翻行"牌記一行，半葉八行十六字，行格悉與洗墨池本同，然歐體結字，與洗墨池本不同。末葉還有"萬曆己酉春仲鐫於洗墨池"牌記一行，乃此本據洗墨池本翻刻的確證。傅增湘曾於沈乙盦處得一洗墨池本，持勘此本，而後記洗墨池本與此本的三點不同曰："沈氏翻本絶精麗，頗爲世重，惟字仿率更體，與此不類，板匡四周縮小寸許，與《楊太后宫詞》、《魚玄機詩》同式，斷非影摹上版者也。"此其一。此本"第二十一葉與田洙聯句題秋夜五十韻中空白一葉，題'原闕'二字，兹帙則此葉完然具存，爲黄氏所未見，彌可珍矣"，此其二。"沈本目五葉，詩二十三葉，各記號數。明本則通爲二十八葉,此亦翻雕改易之一失。"(《藏園群書題記》卷十二,頁六〇一至六〇二)不過由於洗墨池本傳佈極稀,故嘉慶時沈朗倩有此翻刻本,就顯得頗爲可貴了。

近代以來《薛濤集》的主要版本有以下幾種:

(一)民國五年丙辰(一九一六)黄任恒據劉晚榮藏《修堂叢書》刊本重編《翠琅玕館叢書》所收《薛濤詩》一卷。半葉九行二十一字,左右雙邊,粗黑口,無魚尾,版心有"薛濤詩"三字,下方有"翠琅玕館叢書"六字。此本卷前首目録,卷後有薛濤小傳;卷端題"薛濤詩",下連正文。詩分體編次,計五律一首、五絶十三、六言一、七絶六十七(含《十離詩》十首)、《四友贊》一、田洙遇薛濤聯句《落花爲題共聯一首》與《題秋夜五十韻》二首,共八十五首。此本書名、首數及編次與洗墨池本相同,文字也與洗墨池本差别甚微,顯然是據洗墨池本翻刻的。唯洗墨池本寬行大字,此本開版狹小,蓋以編入叢書,版式劃一之故。此本文字亦有校改,如墨池本《十離詩》之《珠離掌》"不得終霄在掌中"句,"霄"字誤,此本改作"宵",甚是。然此本亦有誤字,如墨池本《詠八十一顆》"色比丹霞朝日"句,"日"字,此本誤作"口"。墨池本《上王尚書》,題中"王尚書",比本誤作"王尚聿"。墨池本《贈遠二首》其一"閨閣不知戎馬事"句,"閨閣",此本誤作"闌閣"。墨池本《柳絮》"二月楊花輕復微"句,"楊"字,此本誤作"桃",題既爲《詠柳》,作桃花非。墨池本《籌邊樓》"平臨雲鳥八窗秋"句,"窗"字,此本誤作"囱"等等。但這些訛誤,皆是一望便知的無心之誤,容易糾正,與隨心所欲改動而文從字順的異文完全不同。

(二)張箋本。張蓬舟《薛濤詩箋》。此書有兩種版本:一九八一年九月四川人民出版社印行的簡體横排本,單收詩及箋注;一九八三年六月人民文學出版社印行的繁體豎排本,除詩及箋注外,增入薛濤傳、薛濤墳、薛濤字、薛濤箋、薛濤井、薛濤酒、薛濤像、薛濤劇等九項,對薛濤生平行履、作品及真僞、薛集版本源流,以及薛濤箋、薛濤字、薛濤井等與薛濤有關的諸多事項進行綜合考辨,廣泛收集薛濤生前身後歷代作家有關薛濤的詩文及歷代薛濤詩論,版本題跋等。卷前首目録、次《自序》、次《編例》。録詩以《全唐詩》爲底本,删去僞詩《牡丹》一首,輯補遺詩三首,共九十一首(見《薛濤詩箋·薛濤詩·版本源流》)。近代以來,有關薛濤及其作品的整理與研究,此本所獲最豐。據該書《自序》,著者爲成都人,所以研究薛濤有其得天獨厚的地域條件，且自青年時代起即開始研究薛濤，先出單篇論文，後來又出版專著，十年間不忘此項研究，一再修訂增補，工作及生活的城市數易，卻始終不棄不捨，直到七十八歲時，方出版此書改定本，這種鍥而不舍的精神，值得稱道。

（三）陳注本。一九八四年三月上海古籍出版社印行陳文華校注《唐女詩人集三種》所收《薛濤詩》。此本"以北京圖書館所藏明萬曆三十七年洗墨池本爲底本"，然删去《四友贊》及田洙遇薛濤聯句二首僞詩，《全唐詩》據《唐音統籤》、《吟窗雜録》諸書輯補的佚詩八首，其中《續父井桐吟》與《牡丹》二首，陳氏以爲係僞詩，亦删去，並對過去存有争議的十數首薛濤詩逐一加以考辨，闡明自己的看法（該書《前言》），又從《分門類纂唐歌詩》補入佚詩二首，故共八十九首。文字方面，以《又玄集》、《才調集》、《文苑英華》、《萬首唐人絶句》、《全唐詩》諸書參校，因而文字比較準確。此本各詩後適當輯録評語，集後附薛濤生平資料、諸家唱酬、評述、版本著録及舊本序跋題辭等，以便讀者。將唐代三位女詩人的作品合爲一集，加以校注考辨，整理研究，乃此書一大特點。

【參考文獻】張蓬舟《薛濤詩箋·薛濤詩·版本源流》，人民文學出版社一九八三年六月版

白氏長慶集

白居易（七七二～八四六）字樂天，號香山居士，下邽（今陝西渭南）人。貞元十六年（八〇〇）進士及第，再登書判拔萃科，授校書郎，元和初又中才識兼茂明於體用科，調盩厔尉。入爲翰林學士等，十年貶江州司馬，徙忠州刺史。穆宗初歷主客郎中知制誥、中書舍人等，乞外任，歷杭、蘇二州刺史。文宗立以秘書監召還，遷刑部侍郎，以病除太子賓客分司東都，歷河南尹、太子少傅分司等職。會昌初以刑部尚書致仕，六年（八四六）卒，贈尚書右僕射，謚曰"文"。

居易文章精切，詩尤工，頗自負。仕路既不能盡展襟抱，乃放意文酒，自謂"身後文章合有名"，因而極爲重視自己作品的編纂結集，早在江州司馬任上時，即開始整理自己的作品，其《與元九書》曰：

僕數月來,檢討囊袠中,得新舊詩各以類分,分爲卷目。自拾遺來,凡所遇所感,關於美刺興比者,又自武德訖元和,因事立題,題爲《新樂府》者,共一百五十首,謂之諷諭詩。又或退公獨處,或移病閑居,知足保和,吟玩情性者一百首,謂之閑適詩。又有事物牽於外,情理動於内,隨感遇而形於歎詠者一百首,謂之感傷詩。又有五言七言長句絶句,自一百韻至兩韻者四百餘首,謂之雜律詩。凡爲十五卷,約八百首。異時相見,當盡致於執事。(朱金城《白居易集箋校》卷四五,上海古籍出版社一九八八年十二月第一版,頁二七九四。版本下同)

其《編集拙詩成一十五卷因題卷末戲贈元九李二十》詩亦曰:"莫怪氣粗言語大,新排十五卷詩成。"(《白居易集箋校》卷十六)單編詩歌成集,可見對詩歌情有獨鍾。而綜白氏詩文成集者,乃好友元稹。長慶四年(八二四)元稹盡徵白居易詩文,編爲《白氏長慶集》五十卷,並撰《序》曰:

長慶四年,樂天自杭州刺史以右庶子詔還。予時刺會稽,因得盡徵其文,手自排纘,成五十卷,凡二千一百九十一首。前輩多以前集、中集爲名,予以爲陛下明年當改元,長慶訖於是,因號曰《白氏長慶集》。大凡人之文各有所長,樂天之長可以爲多矣。是以諷諭之詩長於激,閑適之詩長於遣,感傷之詩長於切;五字律詩、百言而上長於贍;五字七字、百言而下長於情;賦贊箴戒之類長於當;碑記叙事制誥長於實;啓表奏狀長於直;書檄詞策剖判長於盡。總而言之,不宜多乎哉……長慶四年冬十二月十日微之序。(《元稹集》卷五十一,中華書局一九八二年八月第一版,頁五五五)

此《序》謂"盡徵其文,手自排纘",可知此五十卷白集理應囊括長慶四年五月白氏離杭以前的所有作品;將詩分爲"諷諭"、"閑適"、"感傷"、"律詩"四類,乃是據白氏自己的分類意見,而"賦、贊、碑、記、啓、奏、書、檄"等文章分類,則與唐人分類相同。這是白氏作品的第一次完整結集,此集的詩文分類,奠定了後出白集的分類基礎。此五十卷白集,大和二年(八二八)白氏續編作品時稱曰《前集》,並撰《後序》曰:

前三年,元微之爲予編次文集而叙之。凡五秩,每秩十卷,訖長慶二年冬,號《白氏長慶集》。邇來復有格詩、律詩、碑、誌、序、記、表、贊,以類相附,合爲卷軸,又從五十一以降,卷而第之。是時大和二年秋,予春秋五十有七，目昏頭白，衰也久矣，拙音狂句，亦已多矣。由兹而後，宜其絶筆，若餘習未盡，時時一詠，亦不自知也。因附前集報微之，故復序于卷首云爾。(《白居易集箋校》卷二一，頁一三九六)

白氏"從五十一卷以降卷而第之"的續編方法，表明此時的白集仍名"《白氏長慶集》"；然謂《長慶集》"訖長慶二年冬"，顯與元《序》謂"長慶四年，樂天自杭州刺史以右庶子詔還……因得盡徵其文"不符。二十世紀四十年代著名學者岑仲勉指出："此《序》中之'訖長慶二年冬'，顯'四年冬'之誤。"(《論〈白氏長慶集〉源流並評東洋本〈白集〉》，《岑仲勉史學論文集》，頁二九)後來，日本學者花房英樹所見東大寺藏古寫本《白氏文集要文抄》可證，"二年冬"的確有誤，然作"三年冬"；"合爲卷軸"作"合爲五卷"。揆諸實際，長慶四年夏五月居易離杭，元稹"盡徵其文"，則所得自當爲白氏夏五月離杭以前的作品。花房英樹的研究證實了這一點：《白氏長慶集》所收長慶三年以後的作品約八十首，其中四十首作於長慶三年，其餘爲長慶四年春的作品。花房氏還指出：《後序》"五軸"分别爲，格詩一卷，律詩三卷，表贊等文一卷(見謝思煒《白居易集綜論》，中國社會科學出版社一九九七年八月第一版，頁五。版本下同)。可見，此次白氏續成的乃是一個五十五卷本。大和九年，白氏又編成一個六十卷本，遣人送往廬山東林寺庋藏，並撰《東林寺白氏文集記》曰：

昔余爲江州司馬時，常與廬山長老於東林寺經藏中披閱遠大師與諸文士唱和集卷。時諸長老請余文集，亦置經藏。唯然心許他日致之，迨兹餘二十年矣。今余前後所著文大小合二千九百六十四首，勒成六十卷。編次既畢，納于藏中。且欲與二林結他生之緣，復曩歲之志也。故自忘其鄙拙焉。仍請本寺長老及主藏僧依遠公文集例，不借外客，不出寺門，幸甚！大和九年夏，太子賓客、晉陽縣開國男太原白居易樂天記。(《白居易集箋校》卷七十，頁三七六八)

這是白氏首次改其集名爲"《白氏文集》"，並送藏廬山東林寺。此六十卷本如何編次，白氏未加説明，然由上次續編"從五十一卷以降，卷而第之"推測，此六十卷本應是在《前集》五十卷的基礎上，續編十卷而成的。開成元年(八三六)《白氏文集》六十五卷纂成，庋藏東都聖善寺，白氏撰《聖善寺白氏文集記》曰：

> 太原白居易，字樂天，與東都聖善寺鉢塔院故長老如滿大師有齋戒之因，與今長老振大士爲香火之社。樂天曰：吾老矣。將尋前好，且結後緣，故以斯文寘于是院。其集七帙六十五卷，凡三千二百五十五首，題爲《白氏文集》，納於律疏庫樓。仍請不出院門，不借官客，有好事者任就觀之。開成元年閏五月十二日，樂天記。（《白居易集箋校》卷七十，頁三七七〇）

這個六十五卷本亦稱《白氏文集》。開成四年，白氏又編成《白氏文集》六十七卷，置於蘇州南禪院，並撰《蘇州南禪院白氏文集記》曰：

> 太原白居易，字樂天，有文集七袠，合六十七卷，凡三千四百八十七首。其間根源五常，枝派六義，恢王教而弘佛道者，多則多矣。然寓興、放言、緣情、綺語者，亦往往有之。樂天，佛弟子也，備聞聖教，深信因果。懼結來業，悟知前非。故其集家藏之外，别録三本：一本寘于東都聖善寺鉢塔院律庫中，一本寘于廬山東林寺經藏中，一本寘于蘇州南禪院千佛堂内。夫惟悉索弊文歸依三藏者，其意云何？且有本願，願以今生世俗文字放言綺語之因，轉爲將來世世讚佛乘轉法輪之緣也。三寶在上，實聞斯言。開成四年二月二日，樂天記。（《白居易集箋校》卷七十，頁三七八八）

此種六十七卷本仍稱《白氏文集》，且"家藏之外，别寫三本"，分送三寺。會昌初，白氏還編過一個七十卷本，並自爲序，可惜這篇序文今天已見不到了。白氏在另一篇《白氏長慶集後序》中説："白氏前著《長慶集》五十卷，元微之爲序。《後集》二十卷，自爲序。"（《白居易集箋校外集》卷下，頁三九一六）可見白氏的確曾纂成一個七十卷本並自爲序。其《題文集櫃》詩曰："我生業文字，自幼及老年。前後七十卷，小大三千篇。"（《白居易集箋校》卷三十）亦可證其編過七十卷本。至於編定的時間，白氏《送後集往廬山東林寺兼寄雲皋上人》詩曰："後集寄將何處去？故山迢遞在匡廬。舊僧獨有雲皋在，三二年來不得書……來生緣會應非遠，彼此年過七十餘。"（《白居易集箋校》卷三六）白氏由江州司馬遷忠州刺史在元和十三年（八一八）冬，十四年春赴任。詩云"三二年來不得書"，自元和十四年下推三十二年，爲宣宗大中五年（八五一）；然白氏辭世在武宗會昌六年（八四六）。可見"三二年"（各本同）誤，當爲"廿三（或二三）年"的倒文。自元和十四年下數二十三年，爲會昌二年（八四二），白氏七十一歲，恰與詩“彼此年過七十餘”合若符契。可見，七十卷本的編成應在會昌二年。然此二十卷《後集》如何編法？是在前六十七卷的基礎上，再續添三卷而成，還是將《後集》二十卷作品統編？則不得而知。白氏全集的最後編定，在會昌五年（八四五），其《白氏集後記》曰：

> 白氏前著《長慶集》五十卷，元微之爲序。《後集》二十卷，自爲序。今又《續後集》五卷，自爲記。前後七十五卷，詩筆大小凡三千八百四十首。集有五本：一本在廬山東林寺經藏院，一本在蘇州南禪寺經藏内，一本在東都聖善寺鉢塔院律庫樓，一本付姪龜郎，一本付外孫談閣童。各藏於家，傳於後。其日本、新羅諸國及兩京人家傳寫者，不在此記。又有《元白唱和因繼集》共十七卷，《劉白唱和集》五卷，《洛下游賞宴集》十卷，其文盡在大集内録出，别行於時。若集内無而假名流傳者，皆謬爲耳。會昌五年夏五月一日，樂天重記。（《白居易集箋校外集》卷下，頁三九一六）

這是白氏最終編定的七十五卷全集定本，然而不改稱《白氏文集》，而仍稱《白氏長慶集》，《後集》、《續集》，這畢竟是對《白氏長慶集》而言的。前人已謂《白氏長慶集》之名，何可概稱白氏一生之作？其全集改名“《白氏文集》”最爲恰切。然白氏最終不改其集名，蓋不忘老友編輯之誼也。相對《因繼集》、《劉白唱和集》、《洛下游賞宴集》等各種别裁本，白氏又稱其全集曰“大集”。大集編成的第二年八月居易辭世，其間或許仍有作品，然理應無多，故白氏全集若完整傳世，卷數應爲七十五，作品總量應在三千八百四十首以上。這是白氏生前自行編纂和庋藏文集的情況。白氏五次三番自編文集，以期永久傳世，這充分表明，中國文集編纂已進入高度自覺的時代，對後世文士文集編纂影響甚鉅。

然而唐末五代動亂後，白氏手編的原本，一部也没有留存下來。大中三年（八四九），李商隱撰《刑部尚書致仕白公墓碑銘并序》曰：“集七十五卷，元相爲序。”其時距白氏辭世僅三年，李氏所據，蓋爲龜郎所藏之家集，故仍爲七十五卷本。迨唐季，首先散逸的白集原本乃東林寺藏本。齊己《賀行軍太傅得白氏東林集》詩曰：

> 樂天歌詠有遺編，留在東林伴白蓮。百尺典墳隨喪亂，一家風雅

獨完全。常聞荆渚通侯論，果遂吴都使者傳。仰賀斯文歸朗鑒，永資聲政入薰弦。(《全唐詩》卷八四四)

其時正當僖宗朝。詩中所謂“行軍太傅”，岑仲勉疑爲鍾傳，據《桂苑筆耕》記載，鍾氏爲江西廉訪使，乃高駢汲引，所以鍾氏爲高駢掠取廬山白集，亦情理中事。可惜因爲是律句，齊己未言廬山本卷數。若據白氏《後記》，自當爲七十五卷。然宋敏求《春明退朝録》卷下所記，則只有七十卷，曰：“白公自勒文集成五十卷，《後集》二十卷，皆寫本，寄藏廬山東林寺，又藏龍門香山寺。高駢鎮淮南，寄語江西廉使，取東林集而有之。香山集經亂亦不復存，其後履道宅爲普明僧院。”敏求謂居易“自勒文集成五十卷”，此言非是，五十卷本乃元稹所編。又謂全集亦藏龍門香山寺，亦非是，香山寺所藏乃十卷《洛下游賞宴集》，全集藏處乃洛陽聖善寺。敏求又謂東林、聖善二寺本均七十卷，而非七十五卷本，這表明敏求亦不知白氏全集爲七十五卷，可見他未見過《白氏集後記》。《舊唐書·高駢傳》謂其始領淮南節度使在僖宗乾符六年(八七九)，敗於僖宗光啓三年(八八七)，故其掠取廬山本當在僖宗中和年間(八八一～八八五)(《岑仲勉史學論文集》，頁四一)。高駢掠取廬山本白集一事，宋陳舜俞《廬山記》卷一有同樣記載，亦只言爲七十卷本。曰：

(居易)大和九年爲太子賓客，始以《文集》六十卷歸之。會昌中致仕，復送《後集》十卷及香山居士之像。廣明中，與遠公《匡山集》並爲淮南高駢所取。吴大和六年，德化王澈嘗抄謄以補其闕，後覆亡失。今所藏，實景德四年詔史館書校而賜者。

此處的廣明(八八〇～八八一)亦僖宗年號，僅比中和早一年，與敏求所言高駢掠取廬山本的時間大致相同，可見廬山本確爲高駢取去。高駢敗亡，此本遂不知下落。因敏求、舜俞所記廬山本均爲七十卷，故有學者懷疑《續後集》五卷最終並未送達廬山。這不是没有可能，然因原本亡逸，文獻不足徵，此疑已無從證實了。

白集原本接續而亡者，乃洛陽聖善寺本。晚唐五代兵火四起，洛陽乃戰亂中心。聖善寺白集原本，上引《春明退朝録》有言，亦在亂中化爲灰燼(宋氏一時誤記爲“香山集”)。蘇州南禪院白集原本，也未聞有傳世的記載。至於白集家藏本，敏求言白氏所居洛陽“履道宅”，後來變爲普明僧院，龜郎與談閣童所藏兩本家集，亦不知去向。至此五部白集原本，均已散逸無聞。

所可慶倖的是，白集原本散逸後，五代時曾先後有好事者補鈔以存。補鈔洛陽聖善寺白集者，乃後唐明宗之子李從榮，《春明退朝録》嘗記此事云：

> 香山集經亂亦不復存，其後履道宅爲普明僧院。後唐明宗子秦王從榮又寫本，置院之經藏，今本是也。後人亦補東林所藏，皆篇目次第非真，與今吴、蜀本摹版無異。（《春明退朝録》卷下，影印文淵閣四庫全書本）

據《新五代史·李從榮傳》："長興元年，拜河南尹兼判六軍諸衛事。從璟死，從榮於諸皇子次最長，又握兵柄。然其爲人輕雋而鷹視，頗喜儒學，爲歌詩，多招文學之士，賦詩飲酒。"李從榮喜儒學，且能詩文，所以頗關注白集，命人補其亡逸。而從榮被誅在長興四年（九三三），故其鈔補白集當在長興中。敏求謂"從榮又寫本，置院之經藏，今本是也"，可見從榮補鈔本留存了下來，然卻只有七十卷，與敏求所見七十卷的吴、蜀本相同。

鈔補廬山東林寺白集者，敏求僅言曰"後人"，未具姓名。其實補鈔廬山本者，非一人一次。最先鈔補廬山本者，乃五代楊澈。匡白《江州德化東林寺白氏文集記》曰：

> 皇唐白傅之有文集七十卷，一置東都聖善，一置蘇州南禪，一置廬山東林。……洎唐之季世，兵火四起，向來之美，殆爲煨燼，余則固知東林者其已墜焉。……德化令公大王處青宫日，雖以宴遊參侍宸扆，而友愛棣華之美，靡間於君臣。……俄膺天命，秉旄鉞，出撫江城，……視事之暇，閑圖經，蹶然而悟，且曰，白傅嘗謫爲是邦典午。及訪之遺跡，又洗然。憶東林等（疑寺訛）有其集焉，又詢諸老僧，咸曰，執事者不勤，翦無遺矣。王諮嗟良久，顧謂諸輩，何疏慢之若是，亡斯寶耶。然於勝事頗（原注闕一字）。動鈎私，乃惟曰，此必補之，蓋不銷吾之力也。及旋旆於府，即命翰墨者繕之。不期月，操染畢函而藏之於辨覺大師堂之座左，誡其掌執者嚴以鎖鑰開閉，準白侯文集，無令出寺，勿借外人。又圖白侯真於其壁，使人敬憚之，不敢苟違也。仍傳教令，下屬幽愚，令紀徽猷，用刊琬玉。匡白也冥蒙釋子，述作非能，仰認

獎録之深，詎可輒爲陳讓，含毫襞紙，愧懼煎恪，股栗流汗，不能已矣。時太和六年歲次甲午，八月己己朔，十二日庚辰，管内僧正講論大德賜紫沙門匡白記。(《全唐文》卷九一九，原文錯簡，此從《岑仲勉史學論文集》頁四二之校正文)

此《記》後勒於石，《寶刻叢編》卷十五《江州》條引《諸道石燒録》著録此石曰："《唐東林寺德化王[童]〔重〕置白氏文集記》，僧匡白記，余文真正書，倪康明篆額，[大]〔太〕和六年八月十二日。""太和"(九二九～九三四)爲五代十國之吴國睿帝楊溥年號。匡白此《記》再次證明，廬山東林、東都聖善與蘇州南禪諸寺所藏白集原本，皆於晚唐五代戰亂中散逸。楊澈所補東林寺本白集，上距李從榮所補聖善寺本白集僅差兩年，二年之内，廬山與東都均重置白集，可謂一時之盛事。然楊氏所補廬山本後亦亡逸，故宋真宗朝又命重補，建炎時再毁於兵火，迨陸游入蜀途經廬山時，所見白集，僅白公草堂所置一部吴刻本而已。《入蜀記》卷四載此事甚悉，曰：

草堂，以白公《記》考之，略是故處。三間兩柱，亦如《記》所云。其他如瀑水蓮池，亦皆在，高風逸韻，尚可想見。白公嘗以文集留草堂，後屢亡逸。真宗皇帝嘗令崇文院寫校，包以斑竹帙送寺，建炎中又壞於兵。今獨有姑蘇版本一帙，備故事耳。(《渭南文集》卷四十六，見《陸放翁全集》頁二八二)

陸游謂"白公嘗以文集留草堂"，非是；"草堂"應爲"東林寺"之誤。陸游此《記》再次證明，不僅東林寺白集原本早已不存，即楊氏補寫本亦於五代宋初亡逸，而且連宋真宗令崇文院重置的寫校本，建炎時也壞於兵，故當陸游入蜀道經廬山時，所見唯一蘇州刻本而已。《春明退朝録》成於宋神宗朝(見《四庫全書總目》)，故敏求所謂"後人亦補東林所藏"，當指此前真宗時崇文院補寫白集一事；敏求又説"皆篇目次第非真，與今吴、蜀本摹版無異"，表明崇文院補寫之廬山本與當時的吴、蜀七十卷刻本相同，早已不是白集原本的面貌了。

然而晚唐五代時期，白集鈔本絶不會只有李、楊兩部。由於世人深愛白詩，白集原本又分置洛陽、廬山、蘇州三寺，任人取閲，恰好適應了世人喜愛白集的需要。可以想見，當時前往閲覽鈔寫並校正白集者肯定不乏其人。白氏原本佚失後，世上流傳的白集應當就是這些寫本，只是不見於典籍記載而已。正因爲世上尚有諸多寫本流布，白集原本散逸後，李、楊二人方能並不十分困難便可尋得傳寫本，鈔補重置。

迨宋代，白集傳本雖夥，然據文獻記載，大致可分爲兩個系統，即七十卷本系統，及七十二卷本系統。

七十卷本系統者，《前集》五十卷、《後集》二十卷。五代至北宋著録白集者，大多爲此種本子。如匡白、宋敏求所記之楊、李補寫本，敏求所記之吴、蜀二刻本，及陳舜俞所記之廬山本皆是。敏求家藏唐集極富，又是北宋著名學者，亦只知有七十卷本；且《崇文總目》著録當時崇文院的實際藏書，也只有七十卷本，可見七十卷本爲當時的通行本無疑。據此，岑仲勉甚至懷疑《新唐書·藝文志》與《通志·藝文略》著録的七十五卷本《白氏長慶集》，並非所見原書如此，而是依據記載著録者（《岑仲勉史學論文集》，頁四五）。所言頗有道理。不過儘管世人所見絶大多數爲七十卷本，《續後集》五卷並没有全部散逸，七十二卷本的存世就是明證。

七十二卷本系統者，今日本内閣文庫藏《重鈔管見抄白氏文集》（詳日本傳本）有記載。此本卷末載有北宋仁宗景祐四年（一〇三七）詳定所《牒文》一道，自"准景祐四年正月十六日轉運司牒"起，下文曰："有《白氏文集》一部七十二卷，可以印行。今于元印版録略。"《牒文》末尾爲數人具銜："詳定官將士郎守杭州司法參軍"、"詳定官朝奉郎秘書省校書郎權杭州觀察推官"、"重詳定朝奉郎太常博士通判杭州軍州兼勸農同監市舶司事"（謝思煒《白居易集綜論》上編，頁一六）。此《牒》證明，北宋仁宗景祐四年杭州確有七十二卷本《白氏文集》存世，且准予翻刻行世。這是有關七十二卷本白集的最早記載。另清代秦鑒《崇文輯釋》一書，亦有"今本"白集七十二卷的釋語。《崇文總目》成書於仁宗慶曆（一〇四一～一〇四八）初，亦可證仁宗時的確有七十二卷白集傳世。而且據《牒文》"今于元印版録略"句，"元印版"即原來的印本，這表明景祐杭本的底本，乃七十二卷之刊本。若是景祐四年以前《白氏文集》已有七十二卷刊本行世。而《白氏文集》刊本的出現，時間還要早些，日本一條天皇寬弘三年（一〇〇六，宋真宗景德三年），藤原道長《御堂關白記》即已記載，宋代商人曾令文嘗以《白氏文集》"摺本"（即刻本）一部贈送藤原氏，同時贈送者還有《文選》"摺本"（嚴紹璗《日藏漢籍善本書録·集部·别集類》）。可見至少在真宗朝《白氏文集》已有刊本行世並且東傳日本。只可惜藤原氏所記未詳，有關此本的卷數和刊刻地點等均未言及。

至南宋，晁公武《讀書志》亦著録有七十二卷本，其略曰：

> 白居易《長慶集》七十[一]〔二〕卷。……在杭州時，自類詩稿，分諷諭、閒適、感傷、雜律四類。《前集》五十卷，有元稹序。《後集》二十卷，自爲序、紀。又有《續後集》五卷，今亡三卷矣。予按樂天嘗與劉禹錫遊，人謂之"劉、白"，而不陷八司馬黨中，及與元稹遊，人謂之"元、白"，而不陷北司黨中；又與楊虞卿爲姻家，而不陷牛、李黨中：其風流高尚，進退以義，可想見矣。嗚呼！叔世有如斯人之髣髴者乎？獨集中載《聞李崖州貶》二絶句，其言淺俗，似幸其禍敗者，余固疑非樂天之語，及考之編年，崖州貶時，樂天没將踰年，或曰浮屠某所作也。（《郡齋讀書志校證》卷十八，頁八八八）

晁氏既謂"《續後集》五卷，今亡三卷矣"，則所存當爲七十二卷，然而今本《讀書志》卻只云七十一卷，岑仲勉推測："公武本書，纂行於蜀，所録殆蜀本，蜀本多《外集》一卷，故曰亡三卷；所標總數仍作七十一，則許後人據見本改正，不然，兩數終無以相合也。"（《岑仲勉史學論文集》，頁四九）孫猛校證《郡齋讀書志》時，亦以爲晁氏所見應爲蜀本，有《外集》一卷，合計恰爲七十二卷。實際上，顧廣圻校跋汪士鐘刻晁氏《讀書志》録此本即作"七十二"卷（《郡齋讀書志校證》卷十八，此本注〔一〕）。陳振孫《書録解題》亦云然（詳下）。《書録解題》之《白集年譜一卷》條曰："知忠州漢嘉何友諒以居易舊治既刊其《文集》，又作《年譜》，刋之集首。"據此所謂蜀本，蓋何氏忠州刻本歟？何氏所撰《年譜》，乃白氏第一個《年譜》。至於何友諒，岑仲勉疑即陸游《渭南文集》卷八《與何蜀州啓》中的"何蜀州"，並進而推斷此本刊行於孝宗乾道末（一一七三；《岑仲勉史學論文集》，頁五三）。是爲南宋七十二卷蜀本，非敏求所説的北宋七十卷蜀本。晁氏《讀書志》初成於高宗紹興二十一年（一一五一），最終定稿於孝宗淳熙七至十四年（一一八〇～一一八七，見《郡齋讀書志校證·前言》），前後相距三十餘年，功力極深。所以晁《志》著録何友諒蜀本，完全有此可能；何氏《年譜》引録晁《志》中語，蓋爲《讀書志》初稿的内容，這與晁《志》著録何氏蜀本並不矛盾。景祐杭本，或許就是這種合《外集》一卷爲七十二卷的刻本。七十二卷蜀本，陳振孫《書録解題》亦曾提及，曰：

> 《白氏長慶集》七十一卷、《年譜》一卷、又《新譜》一卷。
>
> ……今本七十一卷,蘇本、蜀本編次亦不同,蜀本又有《外集》一卷,往往皆非樂天自記之舊矣。《年譜》,維揚李璜德劭所作,樓大防參政得之,以遺吴郡守李伯珍諫議刻之。余嘗病其疏略牴牾,且號爲《年譜》而不繫年,乃别爲《新譜》,刊附集首。(《直齋書録解題》卷十六,頁四七九)

吴郡守李伯珍與陳振孫同時,其所刻"蘇本"乃七十一卷本,無《外集》一卷。較之七十二卷蜀本,少了《外集》一卷,編次也不相同。岑仲勉疑李伯珍即《蘇州府志》卷五十二所記之李大異,寧宗嘉定元年(一二〇八)四月以朝奉大夫徽猷閣待制任蘇州知府,三年正月改知建康(《岑仲勉史學論文集》,頁五三)。此説未確,此蘇本前有《年譜》二部,《新譜》乃陳振孫撰,而《新譜》成於理宗紹定三年(一二三〇),後於李大異知蘇州二十年,此本若大異刻,陳氏何能將《新譜》"刊附集首"?可見李伯珍自非李大異,此"蘇本"當刊於紹定三年前後。一般而言,"外集"皆後人掇拾,因真僞難辨,故另編置於本集之後。然而由於白氏《外集》"往往皆非樂天自記之舊",所以兩宋之際刊行的七十二卷本一系的本子,已有不刊《外集》者,故而只有七十一卷。這或許出於偶然,抑或所據底本即無《外集》,然而何氏蜀本之後,七十二卷一系的本子,便只有無《外集》的七十一卷本流行,確是事實,元明以後更是幾乎不見七十二本的蹤影,唯錢曾在著録寫宋本《白氏文集》七十一卷《年譜》一卷時嘗提及之,其略曰:

> 樂天自杭州刺史以右庶子詔還,排纂其文成五十卷,號《長慶集》,微之爲之序。又成《後集》二十卷,自爲之序。嘗録一部置廬山東林寺經藏院,北宋時鏤諸板,所謂廬山本是也。絳雲樓藏書中有之,惜乎不及繕寫。庚寅一炬,此本種子斷絶,自此無有知廬山本者矣。(《錢曾王讀書敏求記校證》卷四上,頁一九〇)

錢曾此言訛誤頗多,主要誤點爲"北宋時"尚有據白集原本鏤板的"廬山本"。上文已述及,廬山白氏原本晚唐時已爲高駢取去,五代時楊澈補寫重置,真宗之前又亡佚。若此北宋時怎能有據白氏原本鏤諸版的"廬山本"?白氏不僅有前後集七十卷,還有《續後集》五卷,此點晁、陳二人均曾提及,然而錢氏只知七十卷本,故岑仲勉謂"足徵其於白集源流之昧昧也"(《岑仲勉史學論文集》，頁四七）。不過錢氏所言誤點雖多，然謂絳雲樓所藏白集與通行的七十一卷本不同，則是事實，明末胡震亨編纂《唐音統籤》本《白詩》時有幸見之，乃是有《外集》一卷的七十二卷本，胡氏據其《外集》輯補佚詩二十七首。此後絳雲樓一炬，七十二卷本“種子斷絶”。若就此點而言，錢曾的話還是不錯的。不少學者以爲，絳雲樓所藏宋本既有《外集》一卷，或即何氏蜀本歟？此一推測是有道理的。至於蜀本與蘇本編次有何不同，陳氏《解題》卻未明言。然而晁氏《讀書志》著録之蜀本既爲前集、後集、續後集，則陳氏《解題》所説的蘇本編次，當與“先詩後筆”的紹興本相同。

紹興本《白氏文集》七十一卷，乃現存最早也是較爲完整的白集刻本，國圖藏，卷三十二至三十三配明影宋鈔本。此本“構”字下注“犯御名”，遇“桓”字注“淵聖御名”，《中國版刻圖録》據卷内諱字及刻工姓名，判此本爲紹興間杭州地區刻本。此本編次，前三十七卷爲詩，後三十四卷爲文（卷三十八詩賦混編）。這種“先詩後筆”編次，較之蜀本前、後、續集編次，明顯不同。蜀本前後續集的編次情形，可於今存的日本那波道圓本白集見之。那波本編次爲：《白氏長慶集》五十卷、《後集》二十卷、《續後集》一卷，合共七十一卷（詳下）。這種“前後續集”編次，卷次序數各自起訖，中外學界一致認爲大體保存了白集原本的編次。此本較之那波本，不過只是將詩卷前移，文卷順後，以“先詩後筆”的編次重編白集，除了泯去前後續集的界限外，各卷的篇目及編次卻幾無改變。此本卷二十八尾題“白氏後集卷第二十八”，“後集”二字，正是此本由前後續集本改編留下的明顯痕跡。不過，此本卷七十一末尾，較那波本（卷七十）溢出《佛光和尚真贊》、《醉吟先生墓誌銘》二文，此二文見於七十二卷本之《外集》（詳下），這也是此本由七十二卷本改編的明證，故應屬於七十二卷本系統無疑，其底本應爲景祐杭本或其衍生本。至於此本何以只録《外集》作品二首，則不得而知，或許所據底本只此二首，或許是有意删除其他疑似之作？此本缺陷不少，歸納起來主要有四點。第一，卷中混有僞詩。如卷二十標明“律詩五言七言凡一百首”，然實收九十七首。那波本此卷卷端所標首數與此本同，前九十七首所收詩題亦全與此本同，然以下溢出三首，《李德裕相公貶崖州》爲此本所缺。這三首乃僞詩，蘇轍已作過考辨（詳下），蓋此本刊刻者已知蘇轍辨其僞，故從卷中删除。白氏原編是絶不會有僞作的；此本既有僞詩混入，則已非原編無疑。第二，詩體分類有誤。元白《序》文均提到“律詩”、“格詩”，然並無

“半格詩”之説。“格詩”即古詩之有骨格者。而“半格詩”則古來無此詩體名。對此汪立名所編《白香山詩集》辨之甚明,然此本卷三十六赫然標有“半格詩”,顯係後人誤題,亦非白氏原編所有無疑(有學者以爲“格詩”之類亦後人所題)。第三,律詩卷雜入古體。如卷十三卷端明標“律詩”凡九十九首,然卷中《涼夜有懷》以下附三十九首未應舉時所作,則不盡是律詩,《寒閨夜》即一首古體。又如卷二十九明標“律詩凡四十九首”,而開卷《詠興五首》卻爲五首五古;另《洛陽春贈劉李二賓客》題下注“齊梁格”,《和裴令公一日日一年年雜言見寄》題中標明爲“雜言”,還有徑題《古意》、《短歌行》等等者,卻亦編在此卷内,白氏原編絶不至如此文不對題。第四,文卷雜有詩歌。如卷六十九明標“碑序解祭文記凡十二首”,然卷中卻雜有《池上篇》一詩;卷七十一所收爲碑記銘偈等文,而卷中卻雜有《不能忘情吟》一詩,可見分類不嚴,白集原編恐不致混亂如此。這種訛舛叢生、編次混亂的現象,乃白集原編散逸後,好事者鈔湊編綴,以存白集的真實反映。不過,此本是現存最早的白集刻本,較之那波本,文字方面自有許多優長。如卷十《早秋晚望兼呈韋侍御》,題中“韋侍御”,那波本脱去“御”字,成了“韋侍”,顯然不成詞;此本卷十七有《清明日送韋侍御貶虔州》、《山中戲問韋侍御》與《送韋侍御量移金州司馬》等詩,知作“韋侍御”是。又如卷二十七《重陽席上賦白菊》,“席上”,那波本卷五十七訛作“石上”。再如卷三十七《每見吕南二郎中新文輒竊有所嘆惜因成長句以詠所懷》,“二郎中”,那波本卷七十一作“一郎中”,顯誤等等,均可證明此本文字之優長。

關於白集“僞文”問題,元稹《白氏長慶集序》即已慨歎:“其甚者,有至於盗竊名姓,苟求自售,雜亂間廁,無可奈何。”表明長慶年間就有盗竊元白姓名的僞文流傳世間。白居易《白氏集後記》之所以詳記各集卷數、首數,並特地指出“若集内無而假名流傳者,皆謬爲耳”,算是無可奈何情況下杜絶僞文的有效辦法。白集原編絶無僞文;然而隨着原本的散逸,傳本出而代之,輾轉流傳之後,孰爲出自原本者,孰爲出自“雜亂間廁”之鈔本者,良莠不齊,真假莫辨,僞文混入,殆不能免。降至北宋,宋敏求即明確指出吴本、蜀本“皆篇目次第非真”(《春明退朝録》卷下)。“篇目”非真,指集内混有僞文;“次第”未真,是説編次已變。編次之變,已如上述;然吴、蜀二本究竟有哪些僞文?宋氏卻未明言。哲宗元符二年(一〇九九)蘇轍貶官龍川,偶閲白集,發現《聞文饒謫朱崖三絶句》係僞詩。蘇轍指出:李貶崖州時,白已去世，所以此三首“决非樂天之詩，豈樂天之徒，淺陋不學者附益之邪？樂天之賢，當爲辨之”（《苕溪漁隱叢話・後集》卷十三）。蘇轍是第一個具體指出白集僞文篇章的人。自此之後，白集僞文問題引起宋人普遍關注，胡仔《苕溪漁隱叢話》、葛立方《韻語陽秋》、晁公武《讀書志》、陳振孫《書録解題》等均曾對三首僞詩加以考辨，證成其確爲僞文。陳振孫《白文公年譜》還對白集中裴垍、李絳、武元衡、張弘靖、韋貫之五人的拜相制書提出質疑，從而推進了白集僞文的考辨。後世甄辨白集僞文者，代有其人，但真正大力發掘白集僞文者，乃現代著名學者岑仲勉，其《〈白氏長慶集〉僞文》一文，以史證詩，經過細緻縝密地考證甄辨，新發現那波本白集中僞文，卷三十七翰林制誥十七首，卷三十八翰林制誥三十首，卷三十九翰林制誥一首，總共四十八首（包括李絳、武元衡、張弘靖、韋貫之等四人的拜相制誥，參《岑仲勉史學論文集》）。這些僞文同樣存在於紹興本的相應卷内（紹興本卷二十已删去僞詩《李德裕相公貶崖州三首》）。然而，對岑仲勉證成的四十八首僞文，學界有不同看法，主要理由是：紹興本卷三十七題下明標“擬制附”，日本金澤文庫本《白氏文集》卷三十八題下亦標明“擬制四十三道”，那波本總目内此兩卷則皆標有“擬制附”字樣。因此有學者以爲，這些所謂“僞文”，實際是白氏丁母憂退居下邽期間的“習作”，岑先生考證中所列種種矛盾現象，如作“擬制”看待，就都不足爲怪了（謝思煒《白居易集綜論》，頁二八）。不過將此四十八首制誥均視爲“擬制”也確有可疑之處，白氏丁憂退居下邽時，已是草擬制誥達四年之久的翰林高手了，制誥程式早已爛熟於心；正處丁憂期間，未必有心思去重複那些爛熟的老套，此其一。其二，這些“擬制”中不少篇章於唐代官制和制誥程式，屢屢出現如岑先生所指出的那些極平常的失誤，着實令人懷疑這些制誥，竟會出自掌制誥多年的白氏筆下。其三白氏創作，凡對數量較多的作品，總愛用《序》交代創作原委，如卷四十七《奉敕試製書詔批答詩等五首》，乃白氏授翰林學士前，集賢院的測驗性作品，屬於白集中真正的“擬作”，白氏《序》曰：“元和二年十一月四日，自集賢院召赴銀臺，候進旨。五日召入翰林，奉敕試製詔等五首。翰林院使梁守謙奉宣，宜授翰林學士，數月除左拾遺。”便是對此五首擬作産生緣由的明確交代。然而對上述兩卷那麽大數量的擬作，白氏何以無一語加以説明？由上三點，這些“擬制”的真實性的確令人懷疑。當然這麽大數量的“擬制”，要確定其爲“僞文”，還需做進一步的考證工作。

紹興本保存到現在，遞經不少名家收藏。卷内元稹《序》題下鈐有“玉蘭堂”印，表明曾爲明中葉著名畫家文徵明庋藏。又有“緱山人”、“煙客”二印，可證此本自文家散出後，又歸明後期王衡、王時敏父子所有，王衡字辰玉，號“緱山人”，其子時敏號“煙客”，萬曆二十九年（一六〇一）登進士第，官至太常寺少卿，人稱“王奉常”。後錢曾從王奉常手中購得此本，《讀書敏求記》卷四曾叙及此事。康熙初錢曾舉家中宋刻重複者售於季振宜，故此本卷中鈐有“季振宜藏書”等鑒藏印記多處。季氏書散出後，此本先後又歸徐乾學、張金吾、汪士鐘、瞿鏞，《愛日精廬藏書志》卷二九、《鐵琴銅劍樓藏書目録》卷十九均有著録；民國期間又爲王體仁、陳澄中等收藏，新中國成立後國家從香港購回，藏於北京圖書館（柳向春、宋飛《宋本〈白氏文集〉遞藏源流述略》，《中國典籍與文化》二〇〇八年第一期）。一九五五年文學古籍刊行社曾據以影印出版，書名改爲《白氏長慶集》；《中華再造善本》則據原大再次影印出版。又，臺灣藝文印書館影印出版的《白氏長慶集》，乃是據文學古籍刊行社影印本翻拍的。

今所知宋刻白集還有以下幾種：

（一）蜀刻本。南宋忠州刺史何友諒刻白集七十一卷《外集》一卷。此本即陳振孫《書録解題》所説的蜀本。前已述及，晁公武《讀書志》著録的七十一卷本，亦即此種蜀本，唯《外集》一卷失著耳。此種合《外集》一卷的七十二卷本，屬於景祐杭本系統。紹興本亦屬於七十二本系統，然因《外集》一卷已佚去，故真正傳承七十二卷的本子，南宋以後便唯有此蜀本了。錢謙益絳雲樓曾藏有此本，其《外集》一卷，唯胡震亨纂輯《唐音統籤》時嘗自錢謙益處取視，並輯録其《外集》所收佚詩二十七首（詳統籤本）。絳雲一炬，此本失傳，自此以後，傳世的白集便只有清一色的七十一卷本了。

（二）端平本。即理宗端平元年甲午（一二三四）吴郡守趙善刻《白氏長慶集》，趙氏跋曰：

> 香山居士《長慶集》，舊刊於郡之思白堂，因以一帙遺湖南林漕。復書乃以陳直齋所編《年譜》見囑，謂有文集而無年譜，不幾於缺典乎？得此，喜爲完書，鋟梓以冠於集首，亦可以訂香山之出處云。端平甲午重五，漢國趙善書。（汪立名編《白香山詩集》，影印文淵閣四庫全書本）

據此可知，此本卷首載陳《譜》，與舊吴郡思白堂刻本無《年譜》者及李伯珍刻本載李璜、陳振孫二《譜》者自别。若是則宋時蘇州所刻白集（即吴本）至少有三種：不載《年譜》之思白堂本；只載陳《譜》的端平本；並載李、陳二《譜》的李刻本。白氏《年譜》南宋時始問世，不載《年譜》之吴本，或許即宋敏求所説的北宋七十卷吴本亦未可知；且此本之刻，上距李伯珍紹定三年（一二三〇）左右蘇州刻本前後只隔數年，郡中不會無其刻本，然而趙善踧語隻字不提李刻，得非因思白堂本乃北宋舊吴本而寶之也？此本後世無傳，除知其卷前首載陳氏《年譜》外，其餘細貌已無從知其詳了。然明郭勳編刻的《白樂天文集》三十六卷，卷三十六即陳振孫《白文公年譜》，日本學者花房英樹、平岡武夫據此推測郭刻“底本應爲端平元年蘇州所刻本”，且指出“郭本有若干文字與日本古鈔本相合”（《白居易集綜論》，頁一四九、一四四）。謝思煒曾以其他白集刊本及總集通校郭本，也發現郭本錯訛雖多，然卻有不少文字與《文苑英華》和明刊《白氏策林》相同；《英華》所收白氏作品的底本乃七十卷本白集鈔本，明刊《白氏策林》所據亦北宋某個七十卷本白集（參《白居易集綜論》上編）。由此可以推斷：此本所據之思白堂本，可能就是宋敏求所説的北宋七十卷“吴本”。然而此本刊刻時也參校過紹興本或其衍生本，所以卷中收有紹興本第七十一卷所載之《醉吟先生墓誌銘》一文。

（三）德祐本。即恭帝德祐元年乙亥（一二七五）刊行的白集。此本今已無傳，然由今存元翻刻本可間接得知此本的存在。元刻本半葉九行十二字，趙字，白口，三魚尾，卷首有宋德祐元年無名氏《序》。由《序》可知，宋德祐元年嘗有刻本行世，成爲元刻本所據之底本。可惜此本已佚，其版本面貌今已無從得知了。

（四）小宋版。錢曾《讀書敏求記》著録有寫宋刻《白氏文集》七十一卷《年譜》一卷，錢曾曰：

> 《白氏文集》七十一卷《年譜》一卷……此乃對宋本校寫者，其一之二，五之七，四十三，四十八之五十二，共宋本十一卷，仍同奉常本。十三之十六，二十六之三十，三十三之三十八，共十七卷，是金華宋氏景濂所藏小宋板，圖記宛然，古香可愛，更精於奉常本，然總名《白氏文集》。（《錢遵王讀書敏求記校證》卷四上，頁一九〇）

顯然此本係據兩種宋刻殘本鈔合的，錢氏所謂“小宋板”，乃指後一種宋刻殘卷；前種宋刻實紹興本殘卷。而所謂“小宋版”，蓋因開版相對一般宋刻較爲狹小，故有此稱。然錢氏所記卷數與卷次均不確，此本後爲黄丕烈所得，《蕘圃藏書題識》卷七有著録，所存實爲卷十三至十六、卷二十六至三十四、卷五十五至五十八，共十七卷。黄氏嗜宋本如命，故命工重加裝潢，以存宋刻之舊。黄氏稱，書商顧五癡謂此本乃絳雲樓火餘之物。黄氏稽考殘卷，確有水漬火燒之痕，因斷此本確爲絳雲樓燼餘之物。然而事實並非如此。此本曾爲錢曾所藏，錢氏明謂此本舊爲宋景濂所有，書中圖記宛然，並不云此本曾與絳雲樓有關。“庚寅一炬”，廬山本“種子斷絶”，乃錢曾之慨。小宋版若爲絳雲樓火餘之物，錢曾何以不言？可見此本並非錢謙益絳雲樓舊藏。後來，此本從黄丕烈家散出後，先歸汪士鐘，又歸潘祖蔭，故卷中有“金華宋氏景濂”、“丕烈私印”、“汪士鐘”等鑒藏印記，又有“二泉邵寶”、“南陽彦智”朱文長印，甚舊。潘氏《滂喜齋藏書記》著録此小宋版殘本曰：“此南宋殘本，有宋景濂藏書印，即見於《敏求記》者……遵王又有一宋刻全本，歸太倉王奉常者，今在常熟瞿氏。此本每半葉十一行，行二十一、二十二字不等。瞿藏本每半葉十三行、行二十二至二十五字不等，行欵不同。”（《滂喜齋藏書記》卷三，頁七〇七）潘氏謂錢曾有宋刻全本歸於王奉常，此言非是，乃錢曾購紹興完本於王奉常。至於此種小宋版，潘氏謂其半葉十一行，顯與每半葉十三行的紹興本不同，當爲紹興本以外僅有的另一種宋刻白集殘本，此本今藏國圖，非常珍貴。

（五）宋無名氏本。此本今已無傳，然而海虞葛氏曾有影鈔本。因不知此本究爲何人所刻，姑稱“宋無名氏本”。清盧文弨曾用葛氏影鈔本校明馬元調刻《白氏長慶集》（詳下）；盧校馬本今存，盧氏述其校例曰：

> 今得海虞葛氏依宋本影鈔者，以校馬氏之本，亦如元集之例，文是者，皆大寫，而注所脱誤於其下，其小注，皆本有……宋本亦多俗字，馬本易以正體，而尚有未盡，今姑仍之。其典雅之語，爲妄人改去者，兩本相同，今以宋本正之，庶復其舊。”（《群書拾補·白氏文集》，叢書集成初編本）

盧氏以葛氏影宋鈔本校馬本，注其脱誤，恢復爲妄人所改之典雅語，意在存宋刻之舊。盧校本最後附有“補校”多條，表明盧氏曾復勘過一次，故其所出校記應相當可靠。職是之故，今此本與葛氏影鈔宋本雖均無存，然借助盧校本，可以間接窺見此本概貌，盧校本的價值正在於此。據盧校本可知：此本亦七十一卷，無《外集》，書名、收録作品數量、編次、文字等，與紹興本相差甚微，這表明二本同源。然二本又有諸多不同之處，如盧校本卷十七《九日醉吟》"一爲州典午"句，"典午"二字，盧氏出校曰："本多作'司馬'。"紹興本、那波本、馬本皆作"司馬"，是"典午"二字乃此本恢復的典雅語。盧校又曰："案'司'亦可讀入聲。初疑白不當以'典午'代司馬，但後江州赴忠州詩，亦有'典午尤爲幸，分憂固是榮'之句，則'典午'正是本文也。"何焯校一隅草堂刻汪立名編《白香山詩集》(校本藏國圖)亦曰："宋本作'典午'。"若是，何焯所據當即此種宋本。又如盧校本卷十八於《望郡南山》詩下出校曰："題下空八格，題'行簡'二字。此行簡詩也，俗本乃作《寄行簡》，大誤。"考之馬本，即作"《望郡南山寄行簡》"。若是，題下空八格者，非指馬本，乃謂此本版式無疑。而紹興本《望郡南山》題下僅空三格，題"行簡"二字。由此可見，此本與紹興本顯非同一種宋刻。又如盧校本卷二十九《秋涼閑卧》題下出校曰："《秋涼閑卧》及下首(筆者案即《酬思黯相公見過弊居戲贈》)，宋本在卷三十《狂言示諸姪》詩後，當從之。"而此兩首詩，紹興本與馬本同，均編在卷二十九。考紹興本、馬本卷二十九明標"律(筆者案當作"格")詩凡四十七首"，然實收四十九題，溢出二題；而卷三十明標"格詩凡四十七首"，然實收卻只有四十五首，少二首。可見盧校謂二首原編應在卷三十，乃確有見地之言；换言之紹興本、馬本編在卷二十九乃錯簡。再如盧校本卷三十《七月一日作》題下出校曰："宋本有《雨歇池上》一首，在前《池上作》前，即此詩少前四句耳。"就是説此本卷三十《雨歇池上》一首，與《七月一日作》重出，唯脱去首四句耳。然紹興本、馬本卷三十不重出《雨歇池上》一首。再如盧校本卷三十四《小歲日喜談氏外孫女孩滿月》一首，題中"小歲日"，盧校曰："宋作'小新日'。"然紹興本、馬本作"小歲日"。再如盧校本卷四十四《爲人上宰相書一首》於"古考宰相取天下耳目心識爲用今則專任其兩耳一心而已矣"一段文字下出校曰："此二十五字，宋本在'古者宰相以接士'之前，别本皆無。今案下有'接士開閣'兩段，義足包括，不必再贅此段。疑此爲後人妄增入。"然而這段文字盧氏未見的那波本亦有，而紹興本、馬本卻無之。由以上數例可見，此本與紹興本的確不是同一種宋刻。那麼，此本的版本淵源究爲何本呢？盧校本懷疑"古者宰相取天下耳目"一段文字"爲後人妄增",有學者據此推斷:此本應是出自紹興本的下位本,其實這是一種誤解。第一,前已述及那波本前後續集之編次,大體保存了白集原編的面貌,《秋涼閑卧》與《酬思黯相公見過弊居戲贈》二首,那波本編在卷五十六,與此本相應的卷次(卷三十)正同;而紹興本錯簡於卷二十九。第二,此本卷三十《雨歇池上》一首與《七月一日作》重出,那波本相應卷次(卷六十三)此首亦重出;而紹興本卷三十《七月一日作》之前並不重出《雨歇池上》。第三,此本卷四十四《爲人上宰相書一首》於'古者宰相以接士'之前,有"古者宰相取天下耳目心識爲用今則專任其兩耳一心而已矣"一段二十五字,那波本相應卷次(卷二十七)《爲人上宰相書一首》於'古者宰相以接士'之前,亦有"古者宰相取天下"一段文字(多"兩目"二字,故爲二十七字);而紹興本卷四十四《爲人上宰相書一首》於'古者宰相以接士'之前,則無上述一段二十五字。既然那波本大體保存了白集原編的面貌,此本以上三個特點與那波本相同,這表明此本的三個特點乃是承前後續集本而被保存下來的;紹興本没有以上三個特點,當爲翻刻時所删除。所以較之紹興本,此本較多地保存了前後續集本的特點,由這一方面看,此本並非紹興本的下位本,恰恰相反,此本乃是紹興本的上位本。紹興本翻刻時删除了前後續集本的一些特點;或者二本源於同一種先詩後筆的改編本,此本翻刻時保存了改編本的原貌,而紹興本翻刻時則經過校勘,删去了底本的一些不當之處。比較起來,後一種可能性更大一些。唯其如此,紹興本的一些特點可於此本見之,而此本以上三點則不見於紹興本。然無論如何,此本與紹興本同屬景祐本一系的七十二卷本則是毫無疑議的,所以二本彼此相差並不大。

元明兩代的白集版本主要者有以下幾種:

(一)華堅本。正德八年癸酉(一五一三)華堅蘭雪堂銅活字印《白氏長慶集》七十一卷。此本版心上象鼻内頂邊欄有"蘭雪堂"三字,半葉八界,每界内分列兩行,行十六字,白口單黑魚下署"白氏文集卷之某"。首卷卷端題"白氏長慶集卷第一"。由於鑄字不易,此本卷題、詩題所用字體與正文字體同樣大小,故卷題、詩題眉目不甚分明。卷前首元稹序,次目録。卷後爲陶穀《龍門重修白樂天影堂記》,末有"正德癸酉歲錫山蘭雪堂華堅活字銅板印行"牌記一行。另元稹序末、目録卷題下方及部分卷末,均有大篆圓形銅記"錫人"、"蘭雪堂華堅活字銅板印"小篆長方牌記多枚。《天禄琳琅書目》著録有此本，而無宋本，編臣曰："於一行之中，分列兩行之字，全部皆如小注，遂致參差不齊，則其法雖精，而其製尚未盡善也。"黄丕烈亦曰："余向得蘭雪堂活字本《白氏文集》，叙次亦與宋刻合，惜小注多缺，本文亦有訛脱，擬爲校録副本。"(《蕘圃藏書題識》卷七，《清人書目題跋叢刊》六，頁一九五)所言極是，此本小注多被刊落，確爲一大缺陷；而編次先詩後筆，則與宋紹興本、無名氏本合；至於此本訛脱，亦很明顯。如脱簡例：與紹興本相較，此本卷十七《答元八郎中楊十二博士》以下《湖亭與行簡宿》、《八月十五日夜湓亭望月》、《贈江客》、《殘暑招客》、《潯陽秋懷贈許明府》、《九日醉吟》、《問韋山人》等凡七首全脱去；卷二十六《夜招晦叔》前脱《失婢》一首；卷三十五《送嵩客》七絶一首，誤併入上一首《病中五絶》組詩内，題目誤作"《病中六絶》"，而《送嵩客》一首題脱；同卷《强起迎春戲贈思黯》一首亦脱去；卷三十九《三謡并序》第一首詩存，題目《蟠木謡》脱去等等。又如訛誤例：前已述及，紹興本、宋無名氏本卷十八《望郡南山》一首，乃白集附見之白行簡詩，俗本作白居易《望郡南山寄行簡》詩，大誤；此本亦訛作白居易《望郡南山寄行簡》，與那波本同。再如文字訛誤例：此本卷一《賀雨》"殷勤制萬邦"句，"制"字誤，紹興本、宋無名氏本、那波本均作"告"。卷十七《與采上人歿時題此決别兼簡二林僧社》，題中"采"字誤，紹興本、那波本皆作"果"，良是(題中"與"字當作"興"，三本同誤)。同卷《送友人上峽赴東山辟命》，題中"山"字誤，紹興本、那波本皆作"川"，甚是。同卷《山中戲問常侍御》，題中"常"字誤，紹興本、那波本皆作"韋"，良是。同卷《贈雲禪師夢中作》，題中"雲"字誤，紹興本、那波本皆作"曇"字，甚是；"夢中作"三字，紹興本作題下注，此本誤入題中。卷三十八《敢諫鼓龍》，題中"龍"字誤，紹興本、那波本皆作"賦"，甚是。卷三十九《畫雕贊並孝》，題中"孝"字訛；紹興本、那波本作"序"。卷四十二《故滁州刺史贈刑部尚書滎陽鄭公墓誌銘並序》，與次一首《唐河南元府君夫人滎陽鄭氏墓誌銘序序》，二首題中之"滎陽"皆"滎陽"之訛，且正文内"滎"字亦多訛作"榮"；滎陽，唐縣名，今屬河南，紹興本、那波本皆不誤。可見此本脱訛的確不少，蓋刊行時疏於校勘所致。上海藏本載清鄧邦述跋曰："蘭雪堂活字本爲世所重，昔在京師，見一完本，價等於元刻，曾用兩本對勘，編次、字句殊無大異。"鄧氏所用校本，蓋爲其他明刻本，故有是言。此本之版本淵源，日本學者花房英樹將其歸入南宋蘇本系統(參《白居易集綜論》，頁一三八)。蘇本出自紹興本，故此本有近於紹興本者。如《秋涼閑卧》及《酬思黯相公見過弊居戲贈》二首，此本與紹興本皆錯簡於卷二十九，而宋無名氏本、那波本不錯簡。又如宋無名氏本卷三十、那波本卷四十五《雨歇池上》與《七月一日作》重出，而此本與紹興本卷三十不重出《雨歇池上》。再如此本卷三十四《小歲日喜談氏外孫女孩滿月》一首，題中"小歲日"，紹興本同，而宋無名氏本作'小新日'，等等，可見此本與宋無名氏本相異處，則多與紹興本相同，故當由紹興本之衍生本翻刻而成，因而與紹興本亦有不同處，其最要者，此本卷十八收有《望郡南山寄行簡》一詩，前已述及，此詩原爲白集附見之白行簡《望郡南山》詩，題下署"行簡"二字，紹興本、宋無名氏本均不誤，此本誤作白居易《望郡南山寄行簡》，或爲參考他本校改致誤者。此本國圖、上圖均有藏本，另日本大倉文化財團亦有藏本。國圖一藏本有清趙元方跋。上圖藏本存四十四卷（卷一至卷四十三，目録一卷），有清鄧邦述跋，藏印有"玄默子"朱方，"馬子寧印"朱方，"遂翔眼福"朱方，"遂翔經眼"白方，"翠蔭堂"朱方等。上圖藏本另有錯簡，自卷三十五最後二葉（《雪暮偶與夢得同致仕裴賓客王尚書飲》以下九首）起至卷三十六前十二葉（《和李中丞與李寄事山居雪夜同宿小酌》以前五十三首），凡十四葉，一併錯簡於卷四十第三葉後（插入《祭楊夫人文》一首中間），當爲重裝時不慎所致。總之此本訛、脱、衍、倒現象較多，不能算是上乘本子，然此本乃明代刊刻最早的白集，又與紹興本同出一源，故文字方面可作爲宋紹興本不可多得的參校本。唯其如此，鄧邦述跋方謂"蘭雪堂活字本爲世所重"。

（二）郭刻詩集本。郭勳正德十二年丁丑（一五一七）刻《白樂天詩集》四十卷。此本爲郭氏重編之白詩單行本，見者甚少，胡震亨纂輯《唐音統籤》、清汪立名編訂《白香山詩集》皆未提及；國内目前似無存本，據知僅日本東京都中央圖書館藏有一本，《東京都立日比谷圖書館藏特别買上文庫目録》（一九七一年二月）有著録，爲小室翠雲舊藏，民國初年傅增湘訪書日本時曾見之，《藏園群書經眼録》著録曰：

> 白樂天詩集四十卷，唐白居易撰。明正德刊本，十行二十字，每卷第三行題"太保武定侯鳳陽郭勳重編"。前有正德十二年丁丑總督兩廣軍務應城陳金序，言于百粤求諸正郎石君得此本，太保定武郭公遂求以歸，先將詩編爲四十卷，文三十六卷，次第續之云云。則此本由郭氏編次，非樂天之舊矣。缺第十六卷，又配入朝鮮活字本第九、十兩

卷，十二行十九字。但詩首數與目不符。鈐有"昌平坂學問所"墨印、"文政丞辰"朱印，均日本藏印。（文友堂取閲。己未）（《藏園群書經眼録》卷十二，頁一〇六五）

據傅氏所引陳金《序》，知此本四十卷與郭氏所編文集三十六卷，底本皆郭氏於百粤求得的石君藏本，然石君所藏究爲何本？卻未明言。郭氏所編文集前有王瓚《序》，言文集（詳下）底本爲郭父所藏善本。二説不同，必有一誤。日本學者花房英樹、平岡武夫等據文集卷後所附陳振孫《白氏年譜》，推測《文集》所據底本爲南宋所刻端平本（《白居易集綜論》，頁一四九）。詩文二集同爲郭氏一人所編，所據底本不可能有兩個，所以此本亦應是據端平元年蘇州本翻刻者無疑，所謂"百粤石君藏本"，不過是郭氏故作神秘罷了。

（三）郭刻文集本。郭勳正德十四年己卯（一五一九）刻《白樂天文集》三十六卷，國圖有藏。此本卷前首正德十四年王瓚《新刊白樂天文集序》，次目録。正文首卷卷端題"白樂天文集卷第一"，下方署"浙東觀察使元稹微之纂集"，次行署"太保武定侯鳳陽郭勳重編"。以下每隔五卷題署同。此本編次，卷一詔，卷二至卷九制，卷十表，卷十一至十三奏狀，卷十四至二十策，卷二十一至二十二判，卷二十三至二十五書，卷二十六册文、祭文、碑文，卷二十七哀祭文，卷二十八碑銘、碣銘，卷二十九碑文、墓誌銘、塔銘，卷三十至三十一墓誌銘，卷三十二至三十三記，卷三十四議、論、序，卷三十五爲三教論衡、傳、解、池上篇，卷三十六陳振孫《白文公年譜》。顯然此本這種編次，乃郭氏重編。此本編次有不甚合理處，如"祭文"與"哀文"實爲一類，此本硬分作二類。又如"碑文"凡二見，皆文體分類欠妥之處。再者由於編輯比較粗疏，故此本訛脱較多，有脱去整篇者，如《許昌縣令新廳壁記》、《批河中進嘉禾圖表》、《故光禄卿致仕李恕贈右散騎常侍制》、《除拾遺監察等制》、《蘇州南禪院白氏文集記》等五篇皆脱漏；有脱去字句者，如此本卷二十七《祭龍文》"今故虔誠"以下至"神無靈"凡脱二十字，卷二十六《祭弟文》"侍終龜兒"以下至"龜兒頗有"凡脱五十三字，卷三十四《晉謚恭世子議》篇首脱八十字，卷三十三《養竹記》篇首脱九十九字，卷三十二《蘇州南禪院千佛堂轉輪經藏石記》脱後半二百三十五字，下接《蘇州南禪院白氏文集記》前半脱百三十八字，卷十一《論承璀職名狀》篇首甚至脱去三百八十字，等等，可見改編之草率。郭氏本一介武夫，爲附庸風雅而爲此編，亦難怪錯訛百出。至於文字，有些錯得非常可笑，如卷十一《請罷兵第三狀》“盡入都健節授邢州者”，實乃“有入魏博卻投邢州者”之訛；卷二十四《與濟法師書》“掌所講讀”實爲“常所講讀”之誤；卷二十七《祭李侍郎文》“淑州李處”實“叔出季處”之訛；“迎釋讒毁”實“遞罹讒毁”之訛等等。過去曾有白集刻本“郭定武本最善”的説法，未爲確論。不過，因此本在明代刊刻較早，故文字方面自有參考價值，如卷五《除張弘靖門下侍郎平章事制》“使百官咸修其職，一物不失其所”二句，“百官”下有“咸”字，而紹興本、那波本等均無；此制乃駢文七字對句，故以有“咸”字爲是，紹興本、那波本誤脱。如卷十《答馮伉請上尊號表》“人欲不從，即爽法天之德。勉依所請，良用愧懷”，“不從”二字，紹興本、那波本作“下從”；《左傳・襄公三十一年》：“《太誓》云：‘民之所欲，天必從之。’”此用其意，故作“不從”爲是，紹興本、那波本作“下從”，非是等等。至於版本淵源，前述郭刻詩集本已指出，日本學者花房英樹、平岡武夫等據此本卷後所附陳振孫《白文公年譜》，推測其所據應爲南宋端平本。然而此本文字與紹興本相異處，卻有不少與《文苑英華》和明刻《白氏策林》相近，這表明此本文字的某些優長，即端平本的某些優長，或爲校勘時取自北宋七十卷本者？在端平本散佚不存的情況下，此本在白集流傳中的價值正體現於此。

（四）伍刻本。嘉靖十七年戊戌（一五三八）伍忠光龍池草堂刻《白氏文集》七十一卷。此本國家、南京、浙江、西北大學、山西等圖書館均有藏，江西圖書館藏本有清周靖跋、白鶴山樵批。另日本宫内廳書陵部、東洋文庫、蓬左文庫等亦有藏本。此本卷前首爲元稹《白氏長慶集序》，《序》後有牌記“嘉靖戊戌春王正月既望吴郡晚學伍忠光校刻於龍池草堂。”次爲總目，凡列十帙七十一卷各卷所收文體，不列每篇之題。半葉十二行二十字，左右雙邊，白口白魚尾，魚尾下題“白集某”。各卷首題“白氏文集卷第某”，開版宏闊，行格疏朗，刻印俱佳。卷後有陶穀述《龍門重修白樂天影堂記》一文。日本森立之《經籍訪古志》卷六著録有此本，爲容安書院舊藏，森立氏判此本爲明刻仿宋本。

此本有姑蘇錢應龍重印本，卷末《白氏文集後記》後鐫有“封奉政大夫吏部考功郎中姑蘇錢應龍鋟梓”牌記。雖名曰“鋟梓”，實則僅將伍氏槧版改换一個牌記而已，其餘一仍原槧。故伍刻本與錢氏本，雖版主易名，其實乃同一種版本，必欲求二者之不同，唯刷印有先後而已。故此論錢氏本，亦即是論伍刻本也。此本脱訛較多，如脱簡例，卷一《酬元九對新栽竹有懷見寄》"會將秋竹心"句，"秋竹"以下脱"竿比君孤且直中心一以合外事紛無極共保秋竹"二十字。卷二《答桐花》"隱映斧藻屏"句以下，脱"爲君布緑陰，當暑覆(紹興本作"蔭"——筆者)軒楹。沉沉緑滿地，桃李不敢争"四句二十字。以上二處脱簡，紹興本、宋無名氏本、華堅本均不脱簡。卷二十六《夜招晦叔》詩前，脱《失婢》一首，與華堅本同，而紹興本、宋無名氏本均不脱。訛誤例，此本卷十八《望郡南山寄行簡》，亦誤爲白居易詩。卷二《和思歸樂》"經霜失松貞"句，"失"字誤，紹興本、宋無名氏本、華堅本皆作"識"，甚是。卷八《舟中李山人訪宿》"來自松高岑"句，"松"字誤，紹興本、宋無名本、華堅本皆作"嵩"。卷二十三《河南王初到以詩代書先問之》，題中"河南王"實誤；紹興本、宋無名氏本、華堅本"河南王"下有"尹"字，甚是。卷二十五《送敏中歸幽寧幕》，題中"幽"字誤，紹興本、宋無名氏本、華堅本均作"豳"，極是。卷二十六《送陜州王司馬建赴任》"陜西司馬去何如"句，"陜西"誤；紹興本、宋無名氏本、華堅本皆作"陜州"。卷三十五《贈思》，題中"思"乃"思黯"之誤脱，思黯，人名；題注内即有"思黯"名，此本卷二十九有《酬思黯相公見過弊居戲贈》，卷三十四又有《奉和思黯相公雨後林園四韻見示》可證；紹興本、宋無名氏本、華堅本均題作"《贈思黯》"。卷四十《祭浮梁大兄文》"病恨所鍾倍百常理"句，"病恨"不成詞，紹興本、宋無名氏本、華堅本皆作"痛恨"，甚是。卷四十八《李虞仲可兵部員外郎崔戎可户部員外郎制》"今蜀政成矣蜀人安矣"句，"安"字誤；紹興本、宋無名氏本皆作"乂"。卷五十六《祭吴少誠文》"貞且有爲動而不擾"句，"爲"字誤，紹興本、宋無名氏本均作"威"。卷五十九《論嚴綬狀》"臣前後所奏宣撰制"句，"奏"字誤，紹興本作"奉"。卷七十一《不能忘情吟并序》"籍在經物中將鬻之"句，"經"字誤；紹興本作"長"，良是等等，可見錯訛之多，而且這些訛誤，均此本所獨有。關於此本之版本淵源，據筆者考察，華堅本的不少特點與此本同，如此本卷一《賀雨》"殷勤制萬邦"句，"制"字，華堅本同，而紹興本、宋無名氏本皆作"告"。又如卷二十六《夜招晦叔》詩前，脱《失婢》一首，與華堅本同，而紹興本、宋無名氏本均不脱。再如卷十八《望郡南山寄行簡》誤爲白居易詩，亦與華堅本相同。然此本並非出自華堅本，華堅本的小注多被删去，此本小注則保存完好，可見此本當與華堅本同出於南宋蘇州本，屬景祐七十二卷本一系的本子無疑。此本偶有缺字，如卷一《傷唐衢二首》其二"生民

□憔悴"句，缺第三字；卷十《對酒》"誰言人□靈"句，缺第四字；卷二十四《對酒飲》"三佩學士□，□□□青綬"二句，缺四字等等，當爲所據底本如此。此本國家、人民大學、社科院、上海、天津等圖書館均有藏本，國圖藏本有清孫潛及其弟校，並録葉萬校並跋；另一種有鄧邦述跋。重慶藏本有清被之校；山西文物局藏本有傅增湘校。

（五）馬刻本。萬曆三十四年丙午（一六〇六）馬元調魚樂軒刻《白氏長慶集》七十一卷《附録》一卷，係與《元氏長慶集》合刊。此本各卷次行及三行低一格具銜名"唐太子少傅刑部尚書致仕贈尚書右僕射太原白居易樂天著"，四行下方題"明後學松江馬元調巽甫校"。卷前有萬曆丙午婁堅子柔《重刻白氏長慶集序》、次元稹《序》，次《白氏長慶集附録》，次目録上下二卷，詳列各卷每篇之題。日本學者花房英樹認爲，此本乃直接依據錢氏本翻刻而成（《白居易集綜論》，頁一三八）。然錢本書名《白氏文集》，此本題曰"《白氏長慶集》"，當爲馬氏翻刻時所改。清汪立名評錢本與此本曰："今本有姑蘇錢考功刻曰《白氏文集》，雲間馬元調刻曰《元白長慶集》，大都從元及白者，故獨詳於元。前有《凡例》，後有《補遺》，元刻既竣，漫鐫白集，以附行耳。往往前後紊雜，既非分體，又非編年，二本略同，而錢爲甚。目與卷不合，卷首所標與卷内不合，有律詩卷而雜入古體者，有一題小序而冠作通卷之序者，有失去詩題竟以小序作題者，有本是他人作，因公唱和附見者，輒易題中字，扭爲公作，甚至删落字句，顛倒前後，舛訛未易枚數。"汪氏謂錢、馬二刻皆"從元及白，故獨詳於元"，"元刻既竣，漫鐫白集"，因而使此本舛誤甚多。汪氏此説，並非全是。此本訛誤，並非皆因先刻元集後刻白集所致，不少訛誤是直承錢本而來的。盧文弨曰："明馬元調與微之集合刻者，亦名《白氏長慶集》。其前尚有蘇州錢應龍梓本，名《白氏文集》，分爲十帙，但有總目，不載每篇之題。馬本目録二卷，具載篇題，然脱誤甚多……兩本卷中脱誤亦略同。"（《群書拾補・白氏文集》，《叢書集成初編》本）馬本既自錢本出，二本脱誤略同者，自然始於錢本；上舉錢本的諸多訛脱例，此本皆與錢本同。岑仲勉推測"蓋馬刻亦脱胎於一種宋本"（《岑仲勉史學論文集》，頁一一〇），乃是未見錢本及宋紹興本的一種臆測。較之紹興本，此本訛誤太多，所以在今存古本白集中乃最差的本子。此本國圖藏本有傅增湘校並跋；上圖藏本一種有清曹炎録明程嘉燧、孫從振校，另一種有清雍正三年錢廷錦校並跋，另一種有清魏禧、曹炎批，王應奎跋（卷三、卷十七配清鈔本）；山東藏本有清何焯批校並跋（存卷一至卷四十二）。另美國國會圖書館、日本宮内廳書陵部、内閣文庫等多家圖書館亦均有藏本。

（六）統籤本。胡震亨《唐音統籤》所收白居易詩五十四卷，編卷四百至四百五十三，丁籤九十三，刻本。胡氏述此本編例曰："今按集中詩共三十七卷。《長慶集》分諷諭、閒適、感傷、律詩四類。《後集》分格詩、歌行、雜體、律詩，無諷諭等目。前後爲例不一，難以彙編。今通照《後集》分體，其《前集》諷諭、閒適、感傷等，仍備注以存其舊。而《續後集》之止存一卷者，近[後]〔復〕于錢太史受之所藏宋刻善本録得一卷，附各體後，注'補'字以别之。"（《唐音統籤》第四册，頁四七五）此本凡編五古二十卷，七古二卷，新樂府二卷，長短句一卷，五律五卷，五排六卷，七律九卷，七言半律、七排合爲一卷，五絶、六絶合爲一卷，七絶七卷，共五十四卷。明人愛分體改編唐人詩集，胡氏難免受此風會影響。此本所據底本，胡氏未曾明言，據筆者考察，乃是馬本。前舉馬本與紹興本、宋無名氏本文字的不同處，除少數明顯訛誤已爲胡氏校改外，其餘與馬本完全相同，甚至連馬本的訛誤也照樣沿襲。如卷三十五《贈思》，題中"思"乃"思黯"之誤脱，統籤本已校改爲"思黯"，極是。然而他如馬本卷二《和思歸樂》"經霜失松貞"句，"失"乃"識"字之音訛；卷八《舟中李山人訪宿》"來自松高岑"句，"松"乃"嵩"字之音訛；卷二十五《送敏中歸幽寧幕》，題中"幽"字乃"豳"字之形訛；卷二十六《送陝州王司馬建赴任》"陝西司馬去何如"句，"陝西"乃"陝州"之訛等等，此本均照樣沿襲，可見此本乃是據馬本改編而成的。然因刊刻不慎，此本又增加了一些新誤，如卷四百二十四《三謠》三首中間，誤夾入《自誨》一首；卷四百二十八《詠閑》詩前半"午飯伴僧"下，誤接下下首《偶吟》全文，而將《詠閑》詩後半"齋樹合陰交户"以下，錯簡於下一首《答夢得聞蟬見寄》詩後，致使《偶吟》一首唯題存而無詩。卷二十三《河南王初到以詩代書先問之》一首脱漏。清汪立名評統籤本曰："繆戾雖稍減於馬、錢二本，然分體太瑣，遂有一題之詩而割裂各卷者。且其所注前、後集，亦頗有誤。蓋白詩歲月，本井然可考，如《長慶集》，公自謂訖二年冬，而胡本於三年詩，亦注前集；公自杭州還，始卜居洛中，得履道宅，乃别杭州等詩，並在後集，而洛中卜居履道里等詩，反注前集，雖本相沿之謬，要其考據亦不得謂之詳密矣。"（汪立名編《白香山詩集·凡例》，影印文淵閣四庫全書本）汪氏批評自有道理，然指責胡氏於長慶三年詩"亦注前集"就不對了。前已述及，白氏《文集後記》已謂

《長慶集》"訖於三年冬",後世傳本訛"三"爲"二";胡氏於長慶三年詩亦注"前集",正是胡氏考察較汪氏更加精細處。至於白氏還洛後諸作,《統籤》仍注"前集"自然是不對的。但此本一大優長,即輯集白氏佚詩較以前各本完備,胡氏不僅將原雜於各卷文章内的《三謠》、《自誨》、《無可奈何歌》、《池上篇》、《不能忘情吟》等七首輯入卷四百二十四長短句内,而且借得錢謙益絳雲樓藏南宋蜀本《外集》一卷,從中輯補遺詩二十七首,計五律《池畔閑坐兼呈侍中》、《初冬即事憶皇甫十》、《小庭寒夜寄夢得》、《西還壽安路西歇馬》等四首;五排《酬令狐留守尚書見贈十韻》、《聽蘆管》等二首;七律《送滕庶子致仕歸婺州》、《送劉郎中赴任蘇州》、《福先寺雪中餞劉蘇州》、《除夜言懷兼贈張常侍》、《送張常侍西歸》、《和河南鄭尹新歲對雪》、《吹笙内人出家》、《醉中見微之舊卷有感》、《壽安歇馬重吟》、《贈張處士山人》等十首;五絕《雨中訪崔十八》一首;七絕《夢得得新書》、《初見劉二十八郎中有感》、《夜題玉泉》、《拜表早出贈皇甫賓客》、《贈鄭尹》、《别楊同州後卻寄》、《狐泉店前作》、《贈盧績》、《與裴華州同游敷水戲贈》、《閒遊》等十首。又從張爲《主客圖》輯補七絕《贈薛濤》一首,從韋縠《才調集》輯補五排《江南喜逢蕭九徹因話長安舊遊戲贈五十韻》一首,從《文苑英華》輯補七古《勸酒》一首。另輯補《賦詩字一言至七言》、《九老圖詩》二首,凡三首,殘句二,並聯句《僕射來云有三春向晚四者難並之説誠哉是言輒引起題重爲聯句疲兵再戰勍敵難降下筆之時顆然自哂走呈僕射兼簡尚書》一首,共輯補遺詩三十四首,殘句二則,成爲一時收詩最多的白氏詩集。錢曾感慨:"廬山本……絳雲樓藏書中有之。惜乎不及繕寫,庚寅一炬,此本種子斷絕,自此無有知廬山本者矣。"(《錢遵王讀書敏求記校證》卷四上)錢曾所説的"廬山本",其實就是胡震亨所見"錢太史受之所藏宋刻善本";幸由胡氏輯出其《外集》一卷内遺詩,此一功績,永不可没,亦可聊補錢曾之遺憾也。

清代刊刻和傳鈔的白集主要版本有以下幾種:

(一)汪刻本。汪立名編刊《白香山詩集》四十卷。此本含《長慶集》二十卷《後集》十七卷《别集》一卷《補遺》二卷,另附汪氏所編《年譜》一卷、《年譜舊本》一卷,康熙四十二年(一七〇三)汪氏一隅草堂刻本,亦白氏詩集單行本。此本下象鼻内有"一隅草堂"字樣。卷前首元稹序,次汪立名自序,次朱彝尊序,次宋犖序,次《凡例》十六則。《前集》首卷卷端題"白香山詩長慶集卷第一",次行下方署"古歙汪立名西亭編訂",以下各卷不再題款。

《後集》、《别集》格式同。此本《凡例》謂白氏"宋元以來殊未見有詩集單行槧本",故而專編此白氏詩集以行世。是汪氏未見明郭勳刻《白樂天詩集》四十卷本也。此本所據底本,汪氏並未明言,唯《凡例》曰:

> 今本有姑蘇錢考功刻曰《白氏文集》,雲間馬元調刻曰《元白長慶集》,大都從元及白者,故獨詳於元。前有凡例,後有補遺,元刻既竣,漫鐫白集,以附行耳。往往前後紊雜,既非分體,又非編年,二本略同,而錢爲甚。目與卷不合,卷首所標與卷内不合;有律詩卷而雜入古體者;有一題小序而冠作通卷之序者,有失去詩題竟以小序作題者;有本是他人作,因公唱和附見者,輒易題中字,扭爲公作;甚至删落字句,顛倒前後。舛謁未易枚數,今悉從各本校正。(《白香山詩集·凡例》,四庫全書本)

這裏汪氏舉出錢、馬二本種種訛誤,而錢本訛誤又甚於馬本。汪氏曰"今悉從各本校正",而校正的對象,自然是底本了。今考此本卷一《賀雨》詩"殷勤制萬邦"句,"制"字,馬本同;汪氏校曰:"一作告。"紹興本、宋無名氏本皆作"告"。如此本卷八《贈蘇少府》"何爲懶出入"句,"何爲"二字,馬本同;汪氏校曰:"一作河亞。"紹興本、宋無名氏本皆作"河亞"。卷十五《襄陽舟中》,"中"字,馬本同;而紹興本、宋無名氏本皆作"夜"。再如卷七十一《不能忘情吟并序》"籍在經物中將鬻之"句,"經"字,馬本同;紹興本作"長"等等,可見此本乃是以馬本爲底本校正編訂而成的。不過編訂時,汪氏做了多方面的研究整理工作,用力甚鉅,與僅將白詩從本集中别裁單行者迥異,歸結起來,汪氏的整理工作主要有以下幾個方面:第一,校訂馬本字句之訛脱。此本《凡例》曰:"集中字句之訛,悉從諸本校正。"汪氏彙聚衆本以校馬本,故而改正不少訛脱,如上舉馬本卷一《酬元九對新栽竹有懷見寄》"會將秋竹心"句,"秋竹"以下所脱二十字;馬本卷二《答桐花》"隱映斧藻屏"句以下所脱四句二十字,此本均已補上。馬本卷十八《望郡南山寄行簡》,此乃白行簡《望郡南山》詩,汪氏改隸白行簡,甚是。至於馬本文字訛誤,汪氏校正尤多,不再枚舉。第二,調整馬本原有之編次。此本由《長慶集》二十卷、《後集》十七卷、《别集》一卷合編而成,從中可以看到汪氏欲將馬本中的白詩編次,恢復到前後續集本原有編次的努力。那波本清末才回傳中國,故前後續集本白集,汪氏並未見過,故汪氏的這種改編,頗具繁難。又,前已述及白居易《後記》謂《長慶集》"訖長慶三年冬",然傳世諸本誤爲"二年冬"。汪氏對此誤未加深考,即將馬本前二十卷内長慶三年以後的作品,全部迻入《後集》中,如馬本卷八《郡齋暇日辱常州陳郎中使君早春晚坐水西館書事詩十六韻見寄亦以十六韻酬之》以下三十首,卷十九《寄李蘇州兼示楊瓊》一首,卷二十《小歲日對酒吟錢湖州所寄詩》以下五十七首,汪氏分别調入此本《後集》卷一、《後集》卷三和《後集》卷五,以保證此本《長慶集》所收作品不逾長慶二年冬之下限。而對馬本前二十卷各卷的詩歌,及卷二十一以後各卷的詩歌,汪氏也依據創作時間對其編次進行相應的調整。如將馬本卷三十一《重修香山寺畢題二十二韻以紀之》、《六年冬暮贈崔常侍晦叔》、《戲招諸客》、《十二月二十三日作兼呈晦叔》等四首,編入此本《後集》卷十一,其餘編入此本《後集》卷十二,以區分大和六、七年的作品。其他汪氏已指出編次失當而未作調整者,仍有不少(參《岑仲勉史學論文集》,頁八十七)。第三,釐清馬本分體之淆亂。《凡例》曰:"今編《長慶集》二十卷,分類仍之。"然又於卷十二加按語曰:"自十三卷至二十卷,今本皆作律詩,而古調歌行雜體之誤收,往往而有,悉爲摘出。未敢以臆見穿鑿,分列諷諭、閒適、感傷各卷,但附雜體卷末,仍各詳原次卷某,以存其舊。"《凡例》又曰:"《後集》十七卷,各本僅分格、律,亦仍之,合三十七卷。"在《後集》卷一内,汪氏批評將"半格詩"當作一種詩體的錯誤,故《後集》十七卷唯嚴分格詩與律詩界域,前六卷爲格詩,後十一卷爲律詩。至於《續後集》,《凡例》曰:"公集本有《續後集》,散失難稽,甚亡據者,不敢臆分也。"可見汪氏的編輯態度還是非常審慎的。第四,輯補逸詩。汪氏在統籤本、季振宜《全唐詩稿本》(詳下)輯補逸佚的基礎上,又將白集内分附於文章各卷内的應制諸詩以及試作、謡吟歌篇等作,"都爲《别集》一卷",凡十一首。與統籤本相較,溢出《窗[中]〔下〕列遠岫》、《玉水記方流》、《大社觀獻捷詩》、《齒落辭并序》四首,而少一首《賦詩字一言七言》。再將韋縠《才調集》、張爲《詩人主客圖》、《文苑英華》、《東坡題跋》、范成大《吴郡志》、《輿地紀勝》、《咸淳臨安志》以及宋刻本《别集》等諸書中的佚詩,彙聚編次爲《白集補遺》二卷,凡收佚詩五十八首,聯句十四首,句二。其中《招韜光禪師》、《和柳公權登齊雲樓》、《毛公壇》、《靈岩寺》、《白雲泉》、《寄韜光禪師》、《翻經臺》、《寄題上强山精舍寺》等八首,以及聯句《宴興化池亭送白二十二東歸聯句》、《首夏猶清和聯句》、《薔薇花聯句》、《西池落泉聯句》、《杏園聯句》、《花下醉中聯句》、《喜遇劉二十八偶書兩韻聯句》、《劉二十八自汝赴左馮途經洛中相見聯句》、《予自到洛中與樂天爲文酒之會時時構詠樂不可支則慨然共憶夢得而夢得亦分司至止歡愜可知因爲聯句》、《秋霖即事聯句三十韻》、《喜晴聯句》、《會昌春連宴即事》、《樂天是月長齋鄙夫此時愁卧里閭非遠雲霧難披因以寄懷遂爲聯句所期解悶焉敢驚禪》十三首乃汪氏所輯補。可見，汪氏編訂此本所費心力。然而百密一疏，此本還是存在訛誤的，如將長慶三年（八二三）的作品移入《後集》，即失於考證；馬本脱去的《失婢》一首，此本亦未能補上；文字校訂還有不盡人意之處，等等。但是白璧微瑕，無妨此本成爲一時收詩最多、文字較精、編排較爲合理的白氏詩集單行本。且汪氏還采録唐宋詩話，附於各詩之後；又將各詩所涉及的時事與相關詩文，以互見法分附於本詩之下，以便讀者。由於此本具有許多優長，故刊行後頗受世人重視。館臣即將此本録入《四庫全書》，遂使此本愈受社會重視，傳寫翻刻綿綿不斷，宣統三年（一九一一）有仿一隅草堂本之石印本；民國時期有《四部備要》據一隅草堂本之排印本，然卷首佚去元稹序，首爲宋犖序，次汪氏自序，次朱彝尊序，已失去原本面貌，舊譜原居前，而此本調至汪氏新《譜》後，亦失原編次序；一九二四年又有上海光霽書局石印本，斷句校正，然此本前亦失去元稹序；一九三五年有上海國學整理社鉛印本，同年又有上海大達圖書供應社鉛印本；一九三六年有上海連文書店鉛印本；又上海中原書局印行本全書只二十卷；會文堂影印汪氏一隅草堂原本，亦僅只二十卷，可見翻印本之夥。一隅草堂原刻，國圖藏本有佚名臨清何焯校跋，上圖藏本有清潘奕雋批點。

（二）全唐詩本。康熙敕編《全唐詩》所收《白居易詩》三十九卷。《全唐詩》之纂修，主要依據胡震亨《唐音統籤》和季振宜《全唐詩稿本》二書。季氏《稿本》所收《白居易詩》，乃是將馬本前三十七卷詩之原刻入編，然後於卷前補撰白居易傳，並校勘文字、輯補遺詩而成的。文字校勘方面，季氏藏書頗富，且多善本，其中就有宋紹興本《白氏文集》七十一卷。季氏以此爲校本，並以《才調集》、《文苑英華》、《萬首唐人絶句》、《樂府詩集》等諸總集及類書參校，不少卷後留有跋語，如季氏於馬本卷一末跋曰："康熙十一年正月七日季振宜對宋刻校。"季氏校勘改正了馬本許多訛脱，如卷一《酬元九對新栽竹有懷見寄》"會將秋竹心"句，"秋竹"以下所脱二十字；卷二《答桐花》"隱映斧藻屏"句以下所脱二十字；卷二十六所脱《失婢》一首等，季氏均已補上。卷十八誤爲白居易的《望郡南山寄行簡》，乃白集附見之白行簡《望郡南山》詩；卷三十七所附河南尹盧貞《和白尚書賦垂柳》詩，季氏據紹興本將二詩删去，均極是。文字校勘方面，除上舉錢本諸誤、爲馬本所承的各誤例，季氏均已校正外，其他如馬本卷一《月夜登閣避暑》首句“暑久炎氣甚”句，“暑”字當作“旱”；《贈元稹》“咫尺無波瀾”句，“無”字當作“有”；《贈樊著作》“編爲一代言”句，“代”字當作“家”；卷二十二《和朝回王鍊師游南山下》題中“回”字下脱“與”字，當補；卷二十六《鶴池二首》，題中“鶴池”二字當乙作“池鶴”等等，馬本此類訛誤，季氏均已校正，故《稿本》文字視前各本爲精，且字裏行間旁注不少異文，極富參考價值。至於佚詩的輯補，季氏從《才調集》、《文苑英華》、《萬首唐人絶句》諸總集及類書輯補佚詩二十六首，其中《和劉夢得終南秋雪》五律一首，已見馬本卷二十六，唯題目稍有不同，實爲重輯。與統籤本所輯佚詩相較，季氏新增補《失婢》、《南陽小將張彦硤口鎮税人場射虎歌》、《和夢得夏至憶蘇州呈盧賓客》、《曲江》、《歲夜詠懷兼寄思黯》、《寒食日過棗糰店》、《宿誠禪師山房題贈》、《宿張雲舉院》、《喜雨》、《陰雨》、《惜花》、《七夕》、《過故洛城》、《新池》、《南池》、《宿池上》等十六首（原白集文章卷内的詩不計）均爲統籤本所失收。康熙敕修《全唐詩》所收《白居易詩》三十九卷，便是將季氏《稿本》中的三十七卷白詩悉數收入，删去卷二十一所收《後序》，以及卷三十一所附劉禹錫詩一首。編次方面，將馬本卷三十四《寄李蘄州》後《憶江南詞三首》，調至《全唐詩》白詩該卷之末；而將馬本卷三十一《浪淘沙詞六首》析出，編入《全唐詩》卷二十八《雜曲歌詞》中；將馬本《花非花》一首、《憶江南》三首、《如夢令》三首、《長相思》二首，凡九首析出另編入《全唐詩》卷八九〇《詞二》卷中。然後以汪編《白香山詩集》之《别集》一卷，續編爲卷三十八，以汪編《補遺》上下卷合爲一卷，續編爲卷三十九，並於該卷末補入《全唐詩》編臣輯補的遺詩《和裴相公傍水閑行絶句》一首。而將汪編《補遺》卷下的聯句十四首，與編臣輯補的《西池送白二十二東歸兼寄令狐相公聯句》一首，共十五首析出，編入《全唐詩》卷七九〇聯句卷。另外，《全唐詩・補遺二》輯補遺詩《城西别元九》、《陳家紫藤花下贈周判官》、《遊小洞庭》三首。故清編《全唐詩》凡補遺詩七十六首，成爲收詩最多的白氏詩集。文字方面，編臣也作了進一步校勘，改正了季氏《稿本》未及改正的訛誤，如季氏《稿本》卷二十四《五月三日閑行》，題中“五月”二字，季氏唯於“五”字旁出校一“正”字，而編臣徑改爲

"正月";細繹詩意,此詩所詠乃正月春景,後世翻刻者蓋見首句爲"黄鸝巷口鶯欲語",未及細察全詩之意,便以爲此詩乃詠五月之景,因改"正月"爲"五月",其實詩之次句便爲"烏鵲河頭冰欲銷",可見所詠確爲春景;而紹興本、那波本皆作"正月",編臣徑改爲"正月",良是等等。經編臣校勘後,《全唐詩》所收白詩文字愈精。然而,《全唐詩》也還有不盡人意處,一些明顯的文字訛誤尚未及糾正。如季氏《稿本》卷二十一《喜雨》"千日澆灌功"句,"千"字,紹興本、那波本俱作"十",季氏已於"千"字旁出校"十"字,編臣未采用,仍誤作"千"。《稿本》卷二十六《太和戊申歲大有年詔賜百寮出城觀稼謹書盛事以俟采詩》,題中"太和"乃大和之誤,紹興本、那波本皆作"大和";季氏未校改,編臣亦未改正等等。更有甚者,因編臣不慎,還新增了一些訛誤,如《稿本》卷三十三《同夢得酬牛相公初到洛中小飲見贈》,題中"同"字,紹興本、那波本皆作"同",此詩落句曰"莫欺白叟與劉君",是知題作"同夢得"本不誤,然《全唐詩》獨改作"因",似誤。再如《稿本》卷三十四《酬思黯戲贈》題下注:"同用狂字。"《全唐詩》則將注文混入正題,作《酬思黯戲贈同用狂字》等等。然這些畢竟只是小疵,總的來看,《全唐詩》積幾代學者之力,無論收詩數量還是文字品質,都是白氏諸古本詩集中最好的本子。

(三)四庫本《白氏長慶集》。文淵閣《四庫全書》所收《白氏長慶集》七十一卷。此本卷前唯乾隆御製五絶《讀白居易率題》,館臣《提要》,卷後無任何附録題跋。此本之底本,館臣並未明言。據筆者考察,應爲馬本。如馬本卷二十六《夜招晦叔》前脱《失婢》一詩;卷十八《望郡南山寄行簡》誤作白居易詩等等,這些訛誤均同馬本。文字訛誤例,上舉馬本承錢本而來的諸多訛脱例,除部分已爲館臣校改外,其餘全與馬本同,如此本卷六《夏日》"東窗曉無熱"句,"曉"字不作"晚"。卷八《舟中李山人訪宿》"來自松高岑"句,"松"字不作"嵩"。卷二十六《送陝州王司馬建赴任》"陝西司馬去何如"句,"陝西"二字不作"陝州"。卷五十六《祭吴少誠文》"貞且有爲勤而不擾"句,"爲"字不作"威"。卷五十九《論嚴綬狀》"臣前後所奏宣撰制","奏"字不作"奉"。卷七十一《不能忘情吟并序》"籍在經物中將鬻之"句,"經"字不作"長"等等,以上諸訛誤,此本皆誤同馬本。可見此本的確是以馬本爲底本録入者。

(四)四庫本《白香山詩集》。即《四庫全書》所收汪立名編《白香山詩集》四十卷。此本卷前爲乾隆《御製讀白居易集》七絶一首,次館臣《提要》,

次汪立名《自序》,次宋犖、朱彝尊等《序》及白居易《白氏文集自記》與元稹《序》等等。各卷卷端題"白香山詩集卷某",下方題"歙縣汪立名編"。館臣曰:"立名此本,考證編排,特爲精密。其所箋釋,雖不能篇篇皆備,而引據典核,亦勝於注書諸家漫衍支離,徒溷耳目,蓋於諸刻之中特爲善本。其書成於康熙壬午,朱彝尊、宋犖皆爲之序云。"不輕易許人的《四庫》館臣,對汪書評價是相當高的,故將此書全本録入。然因館臣一時疏忽,致使卷次發生歧誤,《後集》卷十一至卷十五,卷次誤爲卷一至卷五。《四庫》的録存,使此本身價倍增,後來諸家争相出版,翻刻本之多,已如前述。

(五)盧校本。盧文弨校馬元調《白氏文集》七十一卷,收入《群書拾補》。盧氏述此本校例曰:

> (白集)今所傳,詩三十七卷,詩賦一卷,文三十三卷,共七十一卷,明馬元調與微之集合刻者,亦名《白氏長慶集》。其前尚有蘇州錢應龍梓本,名《白氏文集》,分爲十帙,但有總目,不載每篇之題。馬本目録二卷,具載篇題,然脱誤甚多。今衹就當卷改正。此兩本卷中脱誤亦略同。今得海虞葛氏依宋本影鈔者,以校馬氏之本,亦如元集之例,文是者,皆大寫,而注所脱誤於其下。其小注,皆本有。唯音切係馬氏所增,本集間有一二,則具著焉。卷首本無銜名。宋本亦多俗字,馬本易以正體,而尚有未盡,今姑仍之。其典雅之語,爲妄人改去者,兩本相同,今以宋本正之,庶復其舊。凡題只標首數字,舊本誤處,即隨筆改正。(《叢書集成初編》據乾隆刻《抱經堂叢書·群書拾補》排印本)

盧氏以葛氏影宋鈔本校馬本,意在存宋刻之真,故此本價值唯下真跡一等,不容忽視;今葛氏所據宋無名氏本(見上)已無存,故此本彌加珍貴。此本後附有盧氏補校數條,表明盧氏曾復勘過一次,因此,其校記應是準確可信的。職是之故,宋無名氏本今雖無存,然通過此本,則可間接窺見宋無名氏本的面貌。若是,此本便在紹興本及小宋版之外,提供了另一種宋刻的大概面貌(參前宋無名氏本)。

近代以來整理出版的白集主要有以下幾種:

(一)顧學頡校點《白居易集》七十一卷,中華書局一九七九年十月出版。此本以紹興本爲底本,校以馬本、那波本、全唐詩本,並以《才調集》、敦煌寫卷、《文苑英華》、《唐文粹》、《樂府詩集》、王鳳洲校選本等諸集參校標點,糾正了底本諸多明顯訛脱,並做了校記。“對於僅依版本不能解決的問題,整理者也參證史料加以考訂”,盡量使此本“成爲一部較爲完整的白集讀本”(中華書局編輯部《出版説明》)。校點者還彙集前人的補遺成果,以及顧氏自那波本輯補的《濟源上枉舒員外兩篇因酬六韻》、《同崔十八宿龍門兼寄令狐尚書馮常侍》、《雨歇池上》、《送沈倉曹赴江西》凡四首,自《文苑英華》輯補《哭微之》(第三首),自宋王明清《玉照新志》卷三輯補《失題》“石榴枝上花千朵”一首,據歷史博物館藏明代莫氏藏宋拓本《四名人法書》册葉輯補《春遊》一首,凡七首遺詩及佚文二十三首,編爲《外集》二卷。卷後附録白氏傳記和白集序跋及顧氏所編《白居易年譜簡編》,最後爲《白居易集篇目索引》,頗便讀者。

(二)朱金城《白居易集箋校》七十一卷《外集》三卷,上海古籍出版社一九八八年十二月版。這是白集第一部完全的箋校本,自二十世紀五十年代中期伊始,歷時十年才完成初稿,八十年代又重加補充修訂,方最終定稿。此本箋校全部白集及補遺詩文共三千七百餘篇,可見爲功之鉅,正如該書《前言》所説的那樣:“白居易這樣一位偉大的詩人和文學家,可是千餘年來他的詩文卻没有一部完全的注釋本。”故此書出版,值得稱道。箋注部分,以人名、地名爲主,旁及僻見典故制度史實及有關考證,尤其注重綜合歷來學術成果,包括陳寅恪《元白詩箋證稿》對白詩的箋釋考證,皆加徵引。並采摭歷來筆記、詩話、研究專著及有關考證評論等資料,分附於每篇作品之下。校勘方面,本書以馬本爲底本,校以紹興本、那波本等重要刊本及清人校記、唐宋重要總集及選本近二十種,訂正魯魚亥豕之誤。本書補遺,務求完備,故已經辨明的僞作也盡予收録。此書自《會稽掇英總集》、宋桑世昌《回文類聚》、張之象《唐詩類苑》、日本花房英樹《白氏文集の批判的研究》以及《唐摭言》、《詩人主客圖》、《本事詩》等諸書,輯得《宿雲門寺》、《題法華山天衣寺》、《會二同年》、《新婦石》、《西巖山》、《游紫霄宫》、《遊横龍寺》、《東山寺》、《辭閑中好三首》、《六言》、《詠蘭》、《送阿龜歸華》、《和楊同州寒食乾坑會後聞楊工部欲到知予與工部有敷水之期榮喜雖多歡宴且阻辱示長句因而答之》、《懶出》、《聽琵琶勸殷協律酒》、《戲酬皇甫十再勸酒》、《讚碎金》、《寄盧協律》、《歙州山行懷故山》等二十一首,另殘句三十四則,輯録佚詩可謂富矣。又輯補佚文《授叟敬休監察御史等制》、《第十二妹等四人各封長公主制》、《郭景貶康州端溪尉制》、《答宰相杜佑等賀德音表》、《論周懷義狀》凡五篇,編爲《外集》三卷。卷後附録碑傳、序跋、《白居易年譜簡編》三部分。《年譜》雖曰"簡編",然叙事已較以往各譜翔實,頗受學界歡迎。最後爲《白氏詩文篇目索引》,讀者稱便。不過,此書棄宋紹興本不用,而以馬本爲底本,實爲憾事,馬本錯訛脱漏較多,未爲善本,故此書不得不於卷二十六補入《失婢》一首,各篇所出校記亦頗顯繁冗。但是,此本畢竟是白集的創注本,出版二十多年來,至今仍是最爲完善的白集箋校本。

近代以來出版的白集,還有一九三三年上海商務印書館《萬有文庫》所收《白氏文集》七十一卷;一九三四年上海商務印書館鉛印本《白香山集》七十一卷,此本還有《萬有文庫薈要》本等等。

另外,有敦煌寫卷白氏《新樂府》以及别裁單行的《白氏諷諫》與《白氏策林》。敦煌寫本白氏《新樂府》殘卷凡二本,一本編號伯五五四二,另一本編號伯三五九七,原卷藏法國巴黎國家圖書館。前者一九五五年北京文學古籍刊行社影印宋紹興本《白氏長慶集》後附有影印本;後黄永武主編《敦煌寶藏》,二者的影印本俱收在内。二本中,後者爲"乾符四年二月二十日靈圖寺僧某"寫本,凡録詩三首,一爲《白侍郎蒲桃架詩一首》,不見於現存白集,而編入《全唐詩》卷五〇二姚合詩殘句内,題爲《蒲萄架》,當爲白集附見之姚合詩;另二首爲《詩兩首七言》,即那波本白集卷二十《夜歸》及卷五十三《柘枝妓》(黄永武《敦煌所見白居易詩二十首的價值》,載《敦煌的唐詩》,洪範書店一九八七年版)。前者録白詩十七首,附見元稹詩一首,王重民一九三六年十二月爲此本所撰《白香山詩集》叙録曰:"袖珍折葉裝本,書法甚工,半葉十行,行十八字至二十二字不等。遇當代帝王均空格,又以諱避之字代本字,真唐人著作,唐人寫本之原式也。今存八葉有半。"(《敦煌古籍叙録》,頁二九五)然此本無卷題,首爲白氏《寄元九微之》詩,下署"白樂天",次爲《和樂天韻同前》詩,下署"微之",乃元稹詩附見於白集者。以下凡存白氏《新樂府》十六首(王氏謂十五首,所列詩題,脱《道州民》——筆者),末首《鹽商婦》僅存一行。此十六首樂府詩,題下均無小序,亦無夾注,與通行本白集明顯有别,且文字與明正德間嚴震所刊二卷《白氏諷諫》單行本爲近,而與通行本白集較遠,故此王重民推測:"此小册子,蓋據元和間白氏稿本"衍生,"似即當時單行之原帙","其價值,當仍在今行諸本之上"。謝思煒則通過考察此十六首新樂府詩的編次與白集不符,但卻與元稹《新題樂府》諸詩編次之間存在着邏輯上的一致,因而亦以爲此本非由白集抽刊,而是"在作者手定本之前抄出而流傳的本子，相當於白居易自己所説的‘兩京人家傳寫’之本……它可能反映了早期文本的某些面貌”，“具有其他各種傳本（包括日本鈔本）所不具有的特殊文獻價值”（《白居易集綜論》，頁六五）。

至於《白氏諷諫》詩，别裁單行時代甚早，晚唐吴融《禪月集序》、段安節《樂府雜録》等所提及的白氏“《諷諫》”，應即單行詩集。至宋已有刻本行世，錢曾《讀書敏求記》卷四中著録“《新雕校正大字白氏諷諫》一卷”即爲宋刻，然宋代公私書目並不見著録。明代《萬卷堂書目》、《李蒲汀書目》、《天一閣藏書目録》等諸家書目著録者，應爲明代刻本。《白氏諷諫》因别裁單行於唐末，且流傳過程中幾乎没有受到各種傳本白集的干擾，因而在各源流系統之刊本外，保存了許多獨有的特點，版本價值頗高（《白居易集綜論》，頁八七）。此本今存者爲明清兩代之刻本和鈔本，諸如明曾大有刻本、正德嚴震刻本（此本今已無傳，《羣書拾補·白氏文集》内收有盧文弨據此本之校記）、明刻公文紙印本（國圖藏）、明鈔本（有傅增湘校跋，國圖藏），以及清光緒十九年（一八九三）費念慈《唐詩二十種》所收影刊宋《新雕校正大字白氏諷諫》一卷本、吴門徐元圃刻本等等，一九五八年中華書局上海編輯所曾據費氏本影印。

《白氏策林》，乃白氏七十五篇試策單行本。此本宋時當有刻本，今已不存，其存者爲明刻一種，藏國家圖書館。又有影鈔明刊本一種，藏臺灣“國立中央圖書館”，有葉德輝跋。明刊本《策林》，所據底本似“某一北宋七十卷本《文集》的抽刻本”，又在南宋紹興時期被翻刻，“而最終成爲明刻本的底本”（《白居易集綜論》，頁一二一），因其源出較早，而且屬於七十卷本一系的本子，故其價值應受到特别重視。明鈔本内容近於宋刊白集。此外日本、韓國亦有藏本。韓國藏本，乃明成化二十一年朝鮮刊銅活字本《白氏文集》的忠實抽刻本，但增加了不少訛誤。

此外，日本、朝鮮亦有白集流傳，日本所傳尤爲久遠和豐富。早在白氏生前，其作品已傳至日本，據日本正史《文德天皇實録》卷三記載，仁明天皇承和五年（八三八，唐文宗開成三年），“太宰少貳藤原岳守檢唐船，得《元白詩筆》獻，因功叙位”。《江談抄》所記白氏作品傳入日本的時間更早，世紀初嵯峨天皇（八〇九～八二三）時，白氏只有四五十歲，其“《白氏文集》一本，詩”已傳至日本，天皇酷愛，秘而藏之。此當爲白氏四十四歲時，於江州司馬任上所編十五卷詩集傳至日本。承和十一年（八四四，武宗會昌四年),白氏尚在世,日僧蕙萼入唐,就蘇州南禪院所藏《白氏文集》六十七卷,鈔寫一部(不全)帶回日本(詳下)。這是目前所知傳入日本最早、卷次最多的白集。承和十四年,日僧圓仁歸國,帶回大量漢籍,並編有《入唐新求聖教目録》及《慈覺大師在唐送進録外書》兩部書目,前者著録《白家詩集》六卷,後者所載白氏撰《任氏怨歌行》一卷,不見於今本白集,其殘句今仍能於大江維時編《千載佳句》中找到。至於《白氏全集》傳至日本,則在九世紀末,藤原佐世編《日本國見在書目録》著録《白氏文集》七十卷,又著録《白氏長慶集》廿九卷。晚唐五代天下動亂,日本停派遣唐使,但兩國文化交往並未終止。入宋,遂着印刷技術的成熟,白集槧本開始流入日本。十一世紀初,藤原道長《御堂關白記》記載,一條天皇寬弘三年(一〇〇六),中國宋代商人曾令文嘗贈《白氏文集》及《文選》摺本(即刻本)各一部給左大臣藤原道長,後藤原氏將二書獻給一條天皇。此書又載,一條天皇長元二年(一〇二九),藤原道長之子賴通,獲得從中國新渡的折本《白氏文集》及《廣韻》、《玉篇》等。十二世紀,少納言道原通憲《通憲入道藏書目録》著録,第五百櫃有《白氏文集》二帙。元明以後,自中國輸入日本的白集每每見諸書目:《倭版書籍考》卷七著録《白氏文集》七十一卷《附録》一卷;仁孝天皇天保十五年(一八四四)《官版書籍解題略》卷下著録《白氏文集》七十一卷;《昌平阪御官板書目》及《官板書目》"集部"均著録有《白氏文集》;《商舶載來書目》著録中國清代商船多次載《白氏文集》、《白氏長慶集》及《白香山詩集》、《白樂天詩集》、《香山詩鈔》等入日本;《外船賫來書目》更記載,桃園天皇寶曆己卯(一七五九)一年即從中國輸入《白樂天集》五部十套(以上嚴紹璗《日藏漢籍善本書録·集部·别集類》)。可見日本對白集的歡迎,自唐至清久盛不衰。在中國寫本、刊本輸入的同時,日本國内自平安時期起,轉鈔白集蔚然成風,僅據留存於世的鈔本來看,屬於珍貴秘笈者就有七八種之多,其中有價值者亦不少,不過皆爲平安末期至鐮倉(一一三〇～一三三一)、室町(一三三七～一五七三)時期的轉鈔本。受中國印刷技術影響,特别在文禄元年(一五九二)和慶長二年(一五九七)日本兩次侵朝之役後,朝鮮刊本《白氏文集》也傳入日本。後水尾天皇元和四年(一六一八),那波道圓以朝鮮銅活字本爲底本,刊行木活字本《白氏文集》。此本爲前後續集編次,中日學者一致認爲大體保存了白集原編的面貌,而中國國内早已失傳,因而清末此本回傳中國時,曾一度引起轟動。那波本之後,日本和刻本白集主要有，後西天皇明曆三年（一六五七）京都出雲寺翻刻馬元調本之《白氏長慶集》七十一卷，後來此本多次重印，有後西天皇萬治元年（一六五八）重印本；出雲寺重印本；孝明天皇嘉永元年（一八四八）重印本等等（嚴紹璗《日藏漢籍善本書録·集部·别集類》）。現對日本所存古鈔本與古刻本之主要版本介紹四種如下：

（一）神田本。神田喜一郎舊藏《新樂府》鈔本。日本現存室町以前的《新樂府》舊鈔本將近二十種，此本是其中最古的一種，由博士藤原之家的傳人藤原茂明於嘉承二年（一一〇七）鈔寫（卷四或爲另一人所鈔）。此本從藤原家散出後，輾轉流傳，蓋於應仁之亂中，由京都公卿貴族攜至奈良，後由京都書坊山田聖華房於奈良購得，明治二十年（一八八七）前後，收藏者的祖父神田香巖翁由京都聖華房購藏。日本學者太田次男在仔細研究中國敦煌寫本《新樂府》詩、單行的《白氏諷諫》詩，以及日本古鈔本後認爲，日本《新樂府》古鈔本應有兩個來源，一是從傳至日本的大集中鈔出，一是據原在中國即已單行而被攜至日本的本子轉寫。此本所據底本，即是被攜至日本的一種唐鈔單行本，這種唐鈔單行本，比其他刊本都更接近白集的原本。然而由於此本曾經兩次校改，既出校異文，亦删削增改正文，且增入音義注，故而在使用時應仔細區分原文與校記。校記反映了傳至日本的大集鈔本的面貌。

（二）金澤本。即金澤文庫所藏豐原奉重鈔《白氏文集》七十卷本。金澤文庫，乃鐮倉中期幕府武將金澤實時（一二二四～一二七六）於武藏國久良郡金澤村（今横濱市金澤區金澤町）别業内建造的文庫。金澤氏原爲北條氏。文庫經幾代人收藏，典籍頗富。後來凡金澤文庫收藏的和漢典籍，統稱金澤文庫本，在近代日本書志學研究中成爲一個專門領域。而金澤文庫藏《白氏文集》鈔本，乃寬喜三年（一二三一）由豐原奉重主持花了二十餘年時間才轉鈔整理而成。此本所據底本，乃博士菅家的傳寫本（有缺卷），而菅家本又繼承了嵯峨天皇時内庭所藏的惠萼本。所以此本許多卷次，保留有惠萼寫本的跋語（即奥書），這些跋語證明，大唐會昌四年白居易還在世時，惠萼赴唐，就蘇州南禪院鈔寫白氏送藏該寺的六十七卷本《白氏文集》。故而，此本乃中外現存白集中傳承脈絡最爲清晰的本子而價值連城。然而此本鈔成後，先於嘉禎二年（一二三六）與"折本"對校，據日本學者研究，對校的折本當是近於唐鈔本的前後集編次本；又於建長三年（一二五一)再與冷泉家藏本對校,不僅出校異文,且改動正文,使此本最終成爲一個定本。豐原奉重去世後,此本由奉重後人豐原奉政於文永十年(一二七三)前後轉歸金澤文庫。金澤氏覆亡後,典籍大部分似爲豐臣秀次所得。豐臣氏失勢後,此本歸某位公家學者所有,那波道圓之師林道春因而得見此本,並以此本校訂那波道圓本白集。此後此本逐漸散佚,迨明治年間保阪潤治氏舊藏一卷,爲卷四十。又,京都古書肆竹苞樓(佐佐木氏)記載,曾經手過此本的卷三十三、卷四十三、卷四十八、卷五十七、卷六十一;其中卷三十三爲澀江全善《經籍訪古志》所著録之狩谷掖齋舊藏,現藏天理圖書館。久原文庫舊時曾購藏此本一卷,爲卷二十八,亦爲《訪古志》所著録之狩谷掖齋舊藏。田中勘兵衛收藏最多,凡二十六卷。據和田維四郎等人著録,這二十六卷爲:卷三至四、卷六、卷八至九、卷十二、卷十四、卷十七、卷二十一至二十四、卷三十一、卷三十五、卷三十八至三十九、卷四十一、卷四十七、卷四十九、卷五十二、卷五十四、卷五十九、卷六十二至六十三、卷六十五、卷六十八。至大正六年(一九一七)由和田維四郎經手,久原文庫購藏其中的二十卷。田中家剩餘的六卷爲:卷八、卷十四、卷二十三、卷三十五、卷四十九、卷五十九;其中卷二十三後轉讓於三井源右衛門。昭和十年(一九三五)《金澤文庫本圖録》(上卷)出版,登載此本現存的卷六、卷八、卷十四、卷十七、卷二十三、卷三十一、卷三十五、卷三十八、卷四十、卷四十七、卷五十二、卷六十二等各卷書影之卷首或卷尾各一葉。久原文庫舊藏後歸大東急紀念文庫,一九五五年,文庫所藏金澤本《白氏文集》向社會開放。一九八三年～一九八四年,勉成社將大東急文庫所藏此本十九個卷次按原大影印出版,加上非奉重本的卷三、卷四兩卷,另附録非金澤本的嘉禎四年寫本《白氏文集》卷四,受到學界歡迎。然而田中家留藏的五卷、三井氏所藏的卷二十三、天理圖書館所藏的卷三十三,以及保阪潤治氏所藏的卷四十卻未收録。學界期待彙集現存全部卷次的金澤本《白氏文集》,早日影印出版。林道春校本,現藏東京國立博物館,涉及此本的卷次爲:卷九、卷二十五、卷三十三、卷四十、卷四十二、卷四十四、卷四十九、卷五十二、卷五十九各卷次,其中卷二十五、卷四十二、卷四十四等三卷已佚。所存各卷,可在一定程度上彌補金澤本的缺失之憾。金澤本的特殊價值,受到中外學界的一致重視,但是此本七十卷,而南禪院本白集只有六十七卷,所溢後三卷,日本學者以爲蓋源於陽成天皇以後傳入日本、藤原佐世《日本國見在書目録》(八九一年成書)著録的七十卷本。不僅如此,此本存有惠蕚跋語者爲卷十二、卷三十一、卷三十三、卷四十一、卷四十九、卷五十二及卷五十九各卷,自卷五十九以後各卷,均無惠蕚跋語,編次亦與前五十九卷不同,所以日本學者花房英樹以爲,此本源出七十卷本者,非止最後三卷,五十九卷以後凡十二個卷次,均應源於七十卷本。至於此本前五十九卷,太田次男指出,卷三十一、卷三十三兩卷中許多文字,使用了中國的刊本字體,不同於平安至鎌倉時代的鈔本字體,且有"敬"、"殷"、"弘"等北宋諱字缺筆現象,因而斷定此二卷底本爲北宋刊本。又卷五十四的奉重跋語,徑言底本脱去此卷,因據折本鈔寫補入。由此可見,上述三卷已非源於惠蕚本。還有學者指出,久原文庫購藏的卷三、卷四兩卷,亦非奉重本,而是江户初期依據資慶手寫本轉寫菅家傳本。另留於田中家的五卷中,卷八、卷三十五,以及轉讓給三井源右衛門的卷二十三,均非奉重本,這三卷紙幅、界幅一致,被認爲是同類本。綜上,所謂金澤本可以這樣來概括:"其所據底本已將一屬於惠蕚本系的本子與一非惠蕚本系的本子(卷五十九以後,當爲五代或北宋初的七十卷本)組合在一起;豐原奉重在抄寫時又因某些卷次欠失而采用'折本'等其他底本;所作'校合'則反映了衆多版本的異同。總之,它是一個以唐寫本系統爲主體、部分采納了北宋刊本的古鈔本。"(《白居易集綜論》,頁四六)而此本較之我國南宋以後通行的七十二卷系統的本子,顯然屬於另一個不同系統的版本,因其最早源頭可以追溯至兩個唐代寫本,且均可以假定爲作者手定本,所以具有珍貴的版本價值和校勘價值。

(三)管見鈔本。現存的《重鈔管見鈔》本藏内閣文庫。此本乃古選鈔本,據卷末跋語,知重鈔時間爲永仁三年(一二九五),"于關東田中坊書之"。而據轉録之原鈔跋文,原鈔時間爲康元元年(一二五六)至正元元年(一二五九)。鈔本原十册,現缺第三册,約選鈔原集三分之一,其中卷四十五至五十全卷鈔寫,末册還鈔有與刊本《外集》相當的篇目,並附有北宋景祐四年杭州詳定所牒文(已見前),因知此本末册所收白氏《外集》諸篇,應出於景祐杭本或其衍生本。此本前七十卷,文字與金澤本等古鈔本爲近,而與紹興本等刊本距離較大,故日本學者將《管見鈔》歸於古鈔本一系的本子,與金澤本等可以互校,以補各本自身的缺憾。此本轉録原鈔本跋文曰:"先抽治政之要是依,可補私務也。次采齊物之詞是依,可養己志也。後拾風月之章是依,可悦我目也。”故所選作品與“治政”有關者尤多,策、判兩類作品全部鈔出即緣於此。此本之鈔寫者未具姓名,日本學者依據跋文推測,鈔者當爲康元、正元間幕府内居於要津者,阿部隆一推測鈔者蓋爲金澤(北條)即時,太田次男則以爲是北條時賴。

(四)那波本。那波道圓木活字印《白氏文集》七十一卷。此本卷前首元稹《白氏長慶集序》,次總目。總目分《白氏長慶集》七帙五十卷(原題“五帙都五十卷”,七帙當爲後人所分);《後集》三帙二十卷。前後集凡十帙七十卷;各卷唯列所收文體,不列每篇之題。而卷七十一不在總目内。卷後附文二篇,一爲廣順癸丑(九五三)陶穀撰《龍門重修白樂天影堂記》;一爲那波道圓《白氏文集後序》,末署“戊午秋七月丁亥朔,那波道圓書於洛中遠望臺”。“戊午”爲日本後水尾天皇元和四年(一六一八,明萬曆四十六年)。正文各卷首題“白氏文集卷第某”。卷七十一卷端次行具銜名“刑部尚書致仕太原居易”。《四部叢刊》所收《白氏文集》即據此本影印,然書名改爲《白氏長慶集》,書後輯補《白氏長慶集》卷三十一闕文九首。考此本編次,第七十一卷既爲刑部尚書致仕後所作,則應爲《續後集》五卷的部分内容,若是則此本顯依前後續集編次。中外學者一致以爲,這種前後續集的編次,大體保存了白集原編的面貌。然而此本編次又與原編明顯有别。如卷二十二有《繡觀音菩薩像贊并序》一首,乃白行簡妻杜氏爲行簡祥齋所繡,行簡卒於敬宗寶曆二年(八二六),所以此首應編入《後集》,然卻反在《前集》卷二十二内。又此本卷六十九《送毛仙翁》一詩,題下注“江州司馬時作”,故應編入《前集》,然今卻在《後集》。再者,此本卷二十次行標明“律詩五言七言凡一百首”,然百首之内卻包含僞詩《李德裕相公貶崖州三首》;卷五十九標明“碑誌序記表贊論衡書凡十三首”,然卻於《三教論衡》一文中間夾帶《送沈倉曹赴江西》詩一首,編次尤爲荒唐無倫,使本卷實收作品十四首,顯非白氏原編無疑。職是之故,岑仲勉以爲這種前後續集編次,只是“近乎”白集原編的面貌(《岑仲勉史學論文集》,頁八四)。那麽此本源自何本呢?日本學者島田翰以爲:“那波道圓活字本,是據狩谷掖齋所藏覆宋本白氏集重刻的。”而“狩谷掖齋所藏覆宋本白集”,即金澤本白集。島田翰據此推測,狩谷氏所藏覆宋本的底本“恐是高宗時依活字刻本所刻,而無年譜,多一卷,必然出自唐時卷子本。當是北宋時就東林寺本所傳刻,而高宗時刻本,又從活字本出”(《唐集叙録》,頁二四六)。此説非是,前已述及廬山所藏白集原編，晚唐即爲高駢掠去，五代時楊澈補寫置於寺内者後亦佚去，北宋時何能據唐卷子本刊刻成集？此誤顯是過信錢曾之説所致。日本學者近藤守重、金子彦二郎則以爲，此本源出金澤本《白氏文集》（金子彦二郎《平安時代文學與白氏文集·道真文學研究篇》第一册，講談社本），這一看法被後來的研究成果所否定。經日本學者橋本進吉、小尾郊一、花房英樹等進一步考證，此本的底本非金澤本，而是明成化二十一年（一四八五）刊行的朝鮮銅活字本（參《白居易集綜論》，頁二三注①）。今將此本與宋無名氏本相較，二本除編次明顯不同外，他如前述宋無名氏本《秋涼閑卧》與《酬思黯相公見過弊居戲贈》二首編在卷三十（此本卷六十三）；卷三十《雨歇池上》與《七月一日作》重出而脱去首四句；卷四十四（此本卷二十七）《爲人上宰相書一首》於"古者宰相以接士爲務"前衍"古者宰相取天下耳目"一段文字（案此本"其兩耳"下有"兩目"二字，故實二十七字——筆者）諸特點，此本均與之同，而與紹興本異。由此可證，此本所據之朝鮮銅活字本，其底本當與宋無名氏本之底本，爲同一種前後續集之宋槧本；只是朝鮮銅活字本翻刻時保存了白集原編面貌，而宋無名氏本翻刻時改編爲先詩後筆本而已。由此可見，此本亦屬於七十二卷之景祐本系統。但是此本與宋無名氏本亦有明顯不同處，如宋無名氏本卷十七《九日醉吟》"一爲州典午"句，"典午"二字，此本作"司馬"。又如宋無名氏本卷十八《望郡南山》題下空八格，題"行簡"二字，乃白集附見之白行簡詩；而此本則題作"《望郡南山寄行簡》"，誤爲白居易詩，等等。前已述及，此本既然大體保存了白集原編的面貌，故宋無名氏本不同於此本之處，當爲宋無名氏改編時所校改。不過，由於朝鮮、日本不諳漢文，故翻刻時增加了不少形訛文字，最典型者，如此本卷十八《錢虢州以三堂絶句見寄因以本韻和之》，題中"號州"乃"虢州"之形訛；卷二十三《祭廬山文》"苟人居之静必"句，"静必"乃"静謐"之形訛；卷三十九《答杜兼謝授河南尹表》"盡委封幾之政"句，"封幾"乃"封畿"之形訛；卷五十一《郡齋旬暇命宴呈座客示郡寮》，題中"暇"字乃"假"字之形訛；卷五十六《昨以拙詩十首寄西川杜相公相公亦以新作十首惠然報示首數雖等工拙不倫重以一章用伸答謝》首句"詩家律手在城都"句，"城都"乃"成都"之形訛等等，諸如此類不當誤而誤者，尚有多處。另外，此本一明顯不足是受活字排版限制，白集原注被删削殆盡，其中詩注尤多，使原本靠閲注而明的詩文之意，因無注轉而晦澀了。但是此本畢竟保存了白集原編之前後續集的概貌；再者此本保存了部分佚詩。與紹興本相較，此本卷五十二溢出《濟源上枉舒員外兩篇因酬六韻》一首；卷五十五溢出《和裴相公傍水絶句》七絶一首；卷五十七溢出《酬令狐留守尚書見贈十韻》、《得夢得新詩》、《同崔十八宿龍門兼寄令狐尚書馮常侍》、《送滕庶子致仕歸婺州》、《雨中訪崔十八》、《拜表早出贈皇甫賓客》、《夜題玉泉寺》、《初見劉二十八郎中有感》、《送劉郎中赴任蘇州》、《福先寺雪中餞劉蘇州》等十首（其中九首見於《外集》）；卷五十九溢出《送沈倉曹赴江西》詩一首。

總之日本古鈔本、古刊本，因爲價值珍貴，所以自二十世紀起愈來愈受到中日學者的重視。我國著名學者岑仲勉早在二十世紀四十年代獲見《金澤文庫本圖録》影印本後，遂據以校馬本、那波本等，撰成《從〈金澤圖録〉〈白集〉影頁中所見》一文，刊載於《歷史語言研究所集刊》第十二本，可以説這是較早利用日本古鈔本研究白集的成果。一九四八年日本學者金子彦二郎博士《平安時代文學與白氏文集・道真文學研究篇》第一册由講談社出版，其中部分章節對金澤本進行了考察。一九六〇年，日本學者花房英樹《白氏文集の批判的研究》由京都朋友書店出版，該書在前人研究基礎上，充分利用各種古鈔本和古刊本，對白集的源流進行了深入考察，提出了較爲可信的看法，遂使其書成爲這方面研究的代表性著作。一九七一～一九七三年，平岡武夫和今井清校定的《白氏文集》三册，由日本京都大學人文科學研究所出版，該書運用神田本、金澤本等古鈔本及各種古刊本白集及諸總集參校，首次較全面地反映了兩種古鈔本白集的面貌，可惜此書對其他古鈔本未能充分使用。他如一九八二年勉成社出版的太田次男、小林芳規《神田本白氏文集研究》，及太田次男發表的一系列文章，則對神田本、金澤本、管見鈔、時賢本、御物本等諸多古鈔本逐一進行深入研究。一九九七年八月，謝思煒《白居易集綜論》由中國社會科學出版社出版，該書上編在中外學者研究成果的基礎上，對現存一些一向被忽視的白集版本"進行了調查和研究"，理順了白集版本源流演變中"一些錯綜複雜的關係"（見該書《内容提要》），在白集的版本研究方面多有創獲。

【參考文獻】《岑仲勉史學論文集・論〈白氏長慶集〉源流並評東洋本〈白集〉》，中華書局一九九〇年七月第一版　謝思煒《白居易集綜論》上編，中國社會科學出版社一九九七年八月第一版

唐別集考卷第十二

追昔遊集

李紳（七七二～八四六）字公垂，無錫（今屬江蘇）人。元和初進士及第，李錡辟爲浙西幕從事，錡抗命，紳不爲草表，被下獄。錡敗，入爲校書郎等，遷翰林學士，與元稹、李德裕同署，時號“三俊”。後官翰林承旨學士、河南尹等，武宗朝拜中書侍郎、同平章事，出鎮淮南卒。

紳爲人短小精悍，時稱“短李”，然頗能詩，元稹嘗和其《新題樂府》十二首。開成三年戊午（八三八），紳自編《追昔遊詩》三卷，並《序》曰：

> 追昔遊詩，蓋嘆逝感時，發於悽恨而作也。或長句，或五言，或雜言，或歌或吟，或樂府齊梁，不一其辭，乃由牽思所屬爾。起梁漢，歸諫垣，升翰苑，感恩遇，歌帝京風物，遭讒邪播越，歷荆楚，涉湘沅，逾嶺嶠，抵荒陬，止高要，移九江，泛五湖，過鍾陵，泝荆江，守滁陽，轉壽春，改賓客，留洛陽，歷會稽，過梅里，遭讒者再爲賓客，分務歸東周，擢川守，鎮[太]〔大〕梁。詞有所懷，興生於怨，故或隱或顯，不常其言，冀知音于異時而已。開成戊午歲秋八月日，紳叙。（《唐音統籤》第五册，頁六二六；又見《唐詩紀事》卷三九，文字稍異）

紳相武宗在會昌二年壬戌（八四二），《四庫全書總目》卷一五〇曰：“此集皆其未爲相時所作。”然未爲相時所作，並非全在此集。紳《序》謂所收“蓋嘆逝感時，發於悽恨而作也”，“起梁漢”至“鎮大梁”，即自元和十四年（八一九）由山南西道節度判官（治所梁州漢中）歸京作《南梁行》起，至開成三年爲宣武節度使作《到宣武三十韻》止，而此前及此後的作品，集中均未收録，包括《新題樂府》二十首亦不在集内。集既名《追昔遊》，故所收作品，大部分爲追憶宦跡而賦者，小部分雖當年所賦，然因合於“發於悽恨而作”的宗旨，故而亦被彙於集内；其餘則一概擯於集外。對此，胡震亨所撰李紳《詩譜》言之甚明，其略曰：

> 李公垂此編，成於將還朝嚮用之歲，追念遷謫後所歷外轉宦地，彙次所爲詩。一生遭被黨陷，播越升沉之概畢備焉。間嘗參考史傳，無弗合者。爰譜其歲月，以便讀者檢求。若如宋賢序録，律以高人淡懷，謂不免誇殉世榮，則非余所暇論也。己巳夏五，震亨記。（《唐音統籤》第五册，頁六二六）

《詩譜》謂："詩自元和十四年，至開成四年（當爲三年——筆者）戊午止，凡二十一年。"而"自元和元年登第，補國學，及從事浙西李錡幕，凡十三年，《追昔遊》中無詩"。鎮宣武至去世間的作品，自然也不在集内；且自元和末到開成初這二十一年間的作品，不合"發於悽恨而作"者，恐亦未收，故此萬曼先生云："這個集子，顯然没有包括李紳早年及晚年的作品，而其間也非盡行選録。不過紳詩只有這個三卷本，其他盡歸散佚。"（《唐集叙録》，頁二五三）李紳一生中外播遷，輾轉頻繁，對作品保存又不甚留意，故散逸自多。所幸《追昔遊詩》三卷一直傳録，《崇文總目》卷五、《新唐書・藝文志四》、《郡齋讀書志》卷十八皆著録《追昔遊詩》三卷。然陳振孫《書録解題》卷十九著録爲《追昔遊編》三卷，有學者以爲"《追昔遊編》或係原題"，恐未必即是；當以《崇文總目》和《新唐書・藝文志》著録爲是。《崇文總目》、《新唐書・藝文志》、《宋史・藝文志七》還著録《李紳批答》一卷，《元稹制集注》二卷，今皆散佚。

《追昔遊詩》宋刻，《季滄葦藏書目・延令宋版書目》著録曰："《追昔遊》詩上中下三卷，一本。"（士禮居叢書本）此宋本惜今不傳，無從知其真貌。元明時期刊刻和傳鈔的紳集，其主要版本有以下幾種：

（一）汲古閣本。汲古閣刊《五唐人詩集》所收《追昔遊集》三卷。此本卷前無《序》及目録等，然各卷皆有子目。首卷卷端題"追昔遊集卷上"，次行下方署"東吴毛晉子晉訂"。半葉九行十九字，版心上方頂邊欄題"追昔遊"，中間爲卷次葉碼，最下方有"汲古閣"三字。此本卷上收詩二十八首，卷中四十三，卷下三十五，共百零六首。卷後有毛晉識語，其略曰："其平生歷官及遷謫，略見本序。或謂其'飾志矜能，誇榮殉勢，益知子陵、元亮爲千古高人'。然紀遊述懷，俯仰感慨，一洗唐人小賦柔靡風氣云。"毛晉刻書，多據善本，然此本卻有訛脱舛誤。脱簡如卷上七古《悲善才》"有客彈絃獨淒怨，静”以下五字脱去；卷中七律《琪樹》脱去頸聯；卷下《到宣武三十韻》首聯出句脱去一字，等等，當爲所據底本日久漫漶所致。舛誤例，如卷上《聞里謡數古歌》，題中“聞”字、“數”字，《文苑英華》卷三四九《雜歌中》分别作“閭”字、“效”字，甚是。如卷中《渡西十六韻》，題中“西”字下，《唐音統籤》本（詳下）有“陵”字，甚是。如同卷《望梅亭》，題中“梅”字，統籤本作“海”，亦是。如卷下《入揚州郭》“柳遏秋風墜葉疏”句，“遏”字誤，統籤本作“過”，甚是。再如同卷《拜三川守》“止悉笙篁辨魯魚”句，“篁”字誤，統籤本作“簧”，甚是。

（二）統籤本。《唐音統籤》所收《李紳詩》四卷，編卷五四〇至五四三，丁籤一三四，寫本。首卷爲胡氏輯補的遺詩二十八首、殘句三則。李紳佚詩的輯補，是從《統籤》開始的。次卷至四卷，以《追昔遊詩》上中下三卷原卷入編，故與《追昔遊詩》分卷、編次、收詩首數悉同。四卷凡百三十四首，殘句三則。此本的版本淵源，與汲古閣本相較，次卷至四卷雖分卷、收詩首數、編次二本悉同，但文字方面還是有差别的。如汲古閣本卷上《泛五湖》“宇宙可東西”句，“可”字，此本作“或”。汲古閣本同卷《早發》“湖起風微曉霧生”句，“湖”字，此本作“潮”。如汲古閣本卷中《琪樹》“長向月中清泣露”句，此本作“徒使茯苓成琥珀”。如汲古閣本卷下《宿越州天王寺》，題中“天”字，此本作“人”。汲古閣本同卷《入揚州郭》“柳遏秋風墜葉疏”句，“遏”字，此本作“過”，等等。可見此本與汲古閣本所據並非同一種版本，而與明鈔《唐四十七家詩》本爲同源本（詳下）。又此本無脱簡，故無論收詩數量還是文字方面，均優於汲古閣本。又，胡氏所編的李紳《詩譜》（載次卷首），對理解李詩極有幫助。

（三）明鈔《唐四十七家詩》所收《追昔遊集》三卷。此本所據底本，當與《統籤》所據底本爲同一種本子，而與汲古閣本有異。如汲古閣本卷上《泛五湖》“宇宙可東西”句，“可”字，統籤本作“或”，此本亦作“或”；“吴越郡異鄉”句，“吴”字，統籤本作“胡”，此本亦作“胡”。如汲古閣本卷中《憶被牛相留醉州中時無他賓牛公夜出真珠輩數人》“寶筝筵上起春風”句，“筵”字，統籤本作“絃”，此本也作“絃”。如同卷《登禹廟回降雪五言二十韻》次句“同雲拂雪來”，“雪”字，統籤本作“海”，此本亦作“海”。如汲古閣本卷下《宿越州天王寺》，題中“天”字，統籤本作“人”，此本亦作“人”，等等，可見此本與統籤本所據爲同一種版本，然是否同爲宋槧，則一時遽難確定。

清代刊刻和傳鈔的紳集主要版本有以下幾種。

（一）清初鈔本。清初鈔《百家唐詩》所收《追昔遊詩》三卷、《拾遺》一卷，國圖藏。此本當是以汲古閣本或其近似的本子鈔寫而成的，然後再加《拾遺》一卷。如汲古閣本卷上《泛五湖》"宇宙可東西"句，"可"字，此本同，而統籤本作"或"。如汲古閣本卷中《登禹廟回降雪五言二十韻》次句"同雲拂雪來"，"雪"字，此本同；統籤本作"海"。汲古閣本卷下《重入洛陽東門》"滿堦秋草過天津"句，"堦"字，此本同；統籤本作"街"。等等，可見此本是以汲古閣本或其近似的本子鈔寫的。

（二）席刻本。席啓寓輯康熙四十一年壬午（一七〇二）洞庭席氏琴川書屋刻《唐詩百名家全集》所收《追昔遊詩集》三卷、《補遺》一卷。半葉十行十八字，左右雙欄，白口單黑魚尾下鐫"追昔遊詩卷某"。各卷首題"追昔遊詩集卷某"，次行題銜"宣武軍節度使中書侍郎同平章事尚書右僕射趙郡公李紳公垂"。此本書名、分卷、收詩數量、編次等與明汲古閣本相同，文字也多同於汲古閣本。如汲古閣本卷上《泛五湖》"吴越郡異鄉"句，"吴"字，此本同；而統籤本作"胡"。汲古閣本卷中《憶被牛相留醉州中時無他賓牛公夜出真珠輩數人》"寶箏筵上起春風"句，"筵"字，此本同；而統籤本作"絃"。汲古閣本卷下《宿越州天王寺》，題中"天"字，此本同；統籤本作"人"，等等，可見此本是據汲古閣本翻刻的。此本光緒補刻本卷末有《補遺》一卷，凡三十一首，其中有三首非李紳詩，故所補只二十八首，與統籤本所補佚詩同。

（三）全唐詩本。康熙敕編《全唐詩》所收《李紳詩》四卷。《全唐詩》乃是據《唐音統籤》和季振宜《全唐詩稿本》兩書修訂而成的。而《稿本》中的《李紳詩》卷，乃是將上述汲古閣本原刻入編，然後於上卷末輯補遺詩《賦月》一首，於下卷末輯補遺詩《江南暮春寄家》、《奉酬樂天立秋夕有懷見寄》及《山出雲》等二十八首編輯而成，故《稿本》共百三十四首。文字方面，季氏也作了校勘，季氏藏有宋本《追昔遊詩》三卷，再以《文苑英華》、《唐詩紀事》、《萬首唐人絶句》、《三體唐詩》等諸書參校，故字裏行間出校不少異文。康熙敕編《全唐詩》所收李紳詩四卷，便是將季氏《稿本》中的李紳詩悉數收入，再據統籤本補入遺詩《華山慶雲見》、《鶯鶯歌》二首，殘句一則編輯而成的，故《全唐詩》共百三十六首，殘句一則，成爲一時收詩最多的本子。編次方面，則以《追昔遊詩》三卷，加《補遺》一卷，分編四卷。盧燕平《李紳集校注・前言》（詳下）以爲："明本《追昔遊集》存詩百五首。清康熙年間，席啓寓編入《唐詩百名家全集》時增補三十一首。《全唐詩》采用席本,分爲四卷(《追昔遊集》三卷、雜詩一卷,並在雜詩卷中又增加《鶯鶯歌》一首)。"此言未確。《全唐詩》采用的是季氏《稿本》所收汲古閣本,輯補李紳遺詩者乃胡震亨而非席啓寓。文字方面,《全唐詩》編臣作了進一步校勘,改正了季氏《稿本》未及改正的訛誤。如汲古閣本卷上七古《悲善才》"有客彈絃獨淒怨,静"以下脱去五字;卷中七律《淇樹》脱去頸聯;卷下《到宣武三十韻》首聯出句脱去一字等等,後二首所脱文字,季氏未及補之,編臣皆補足之。再如汲古閣本卷上《聞里謡數古歌》,題中"聞"字、"數"字,季氏未及校改,編臣據校本分别改作"間"和"效",甚是。如汲古閣本卷中《渡西十六韻》,題中"西"字下,統籤本有"陵"字,甚是;季氏未改,編臣據校本補一"陵"字,甚是。如同卷《望梅亭》,題中"梅"字,統籤本作"海",亦是;季氏未改,編臣改作"海"字,極是,等等。另外,編臣新添了不少異文及題下題後注,有寶貴的參考價值。

(四)四庫本。《四庫全書》所收《追昔遊集》三卷。此本文字,與統籤本所收《追昔遊集》三卷(次卷至四卷)多同,而與汲古閣本則多異。如汲古閣本卷上《早發》"湖起風微曉霧生"句,"湖"字,此本作"潮"。汲古閣本卷中《望梅亭》,題中"梅"字,此本作"海"。汲古閣本卷下《入揚州郭》"柳遏秋風墜葉疏"句,"遏"字,此本作"過",等等,悉與統籤本同而與汲古閣本異,可見此本與統籤本所據當爲同一種本子。然而録入前,館臣也作了校勘,改正了底本的一些訛誤。如此本卷中《滿桂樓》"不學樊陽卻月樓"句,"陽"字,汲古閣本、統籤本、全唐詩本皆作"楊",非是。此《滿桂樓》乃詠月詩,而"卻月樓"乃曹操建於樊城的樓觀。"樊城"在漢水之陽,故又稱"樊陽",汲古閣本、統籤本等作"樊楊",皆誤,館臣校改作"樊陽",極是。不過此本亦有訛誤處,如卷下《重出洛陽東門》,"出"字,汲古閣本、統籤本、全唐詩本皆作"入";揆諸詩意,"入"字是,此本誤,等等。

(五)劉鈔本。東武劉氏味經書屋鈔《追昔遊詩》三卷,國圖藏,與《劉蜕集》合爲一册。此本文字較他本更近於汲古閣本,如汲古閣本卷上《泛五湖》"宇宙可東西"句,"可"字,此本同,而統籤本作"或";"吴越郡異鄉"句,"吴"字,此本同;而統籤本作"胡",等等,與前舉汲古閣本諸例文字多同,可見此本與汲古閣本屬於同一系統的本子。又汲古閣本卷中《憶西湖雙鸂鶒》"戲繞蓮蘩迴錦臆"句,"蘩"字,此本同,而他本皆作"叢"。汲古閣本同卷《渡西十六韻》，西下脱一“陵”字，此本便亦脱一“陵”字，而他本皆不脱，這可進一步證明此本的確是以汲古閣本爲底本鈔寫而成的。

新中國成立前，《追昔游集》尚無注本。一九八五年十一月上海古籍出版社印行王旋伯《李紳詩注》，收入《唐人小集》叢書中。此本注釋雖顯簡略，但是創注之功不可没。二〇〇九年十一月，中華書局出版盧燕平《李紳集校注》，此本分詩、文兩部分，詩歌部分以明鈔《唐四十七家詩》所收《追昔遊集》爲底本，以汲古閣本、明鈔本、清初鈔《百家唐詩》本、席啓寓本、劉氏味經書屋鈔本、天一閣藏四庫本以及全唐詩本等諸集爲校本，並以《又玄集》、《文苑英華》、《唐文粹》、《唐詩紀事》、《萬首唐人絶句》、《唐詩品彙》等總集及類書所收李紳詩參校，擇善而從，補正了底本少量脱誤。編次方面，詩歌部分，編年詩百二十五首，殘句一則；不編年詩十首，共百三十五首，殘句一則。散文部分則據《全唐文》及《唐文拾遺》、《唐文續拾》等爲底本，收録十四首，以《文苑英華》、《唐文粹》諸書參校。全書詩文共百四十九首，剔除了非李紳的作品，增入了前此學界輯補的散逸作品。注釋方面，在王旋伯《李紳詩注》的基礎上，詳加注釋。然此本校勘與録字，時有漏校和未確之處，如《望海亭》，題中“海”字，此本校：“清鈔本作梅。”準此校記，則他本“海”字無作“梅”字者，然汲古閣本亦作“梅”，是爲漏校例。此本《渡西陵十六韻》，題中“渡”字，汲古閣本同；然此本出校曰：“渡，汲本作‘溯’。”再如《拜宣武軍節度使》題下注“中使劉泰押送旌節止洛陽”句，“中使”二字，汲古閣本同；然此本校曰：“使，汲本無。”再如《到宣武三十韻》，題中“宣武”二字，汲古閣本同；而此本校曰：“汲本作《到汴州三十韻》。”是爲録字未確例。然就總體來看，此本詩文全備，注釋多有見地，且於書後附以《李紳生平繫年箋證》及李紳的史傳材料、各家書目著録及序跋等，以方便讀者，成爲目前最好的《李紳集》注本。

劉賓客文集

劉禹錫（七七二～八四二）字夢得，洛陽（今屬河南）人。德宗貞元九年（七九三）進士擢第，又中博學宏詞科，釋褐太子校書。參與“永貞革新”失敗後貶朗州司馬，歷連州、夔州等刺史，大和元年（八二七）後爲主客、禮部二郎中兼集賢殿學士，又歷蘇州、汝州等刺史，開成元年（八三六）爲太子賓客分司東都，會昌初卒於洛陽，世稱劉賓客。

劉禹錫嘗親手編輯其作品爲四十卷，並選取其中精粹者纂爲《劉氏集略》十卷以遺子婿。其《劉氏集略説》記此事曰：

> 窮愁著書，古儒者之大同，非高冠長劍之比耳。前年蒙恩澤，授以郡符，居海壖，多雨慝作，適晴喜，躬曬書于庭，得己書四十通……他日子壻博陵崔生關言曰："某也緜游京師，偉人多問丈人新書幾何，且欲取去。而某應曰無有，輒媿起於顔間。今當復西，期有以弭媿者。"繇是删取四之一爲《集略》，以貽此郎，非敢行乎遠也。（瞿蜕園《劉禹錫集箋證》卷二十，上海古籍出版社一九八九年十二月第一版，頁五四〇。版本下同）

由"前年蒙恩澤"、"居海壖"等語可知，《略説》應作於劉刺蘇州之第三年、即文宗大和七年（八三三）。所謂"己書四十通"，乃指其往日自編的《文集》四十卷、《集略》十卷應纂成於此時。不過，此時距劉氏下世，尚有十年，故《文集》四十卷、《集略》十卷均未收録最後十年的作品。劉氏晚年是否對其一生作品重行通纂，今已無從得知。然劉氏還有手編《彭陽唱和集》、《吴蜀集》、《汝洛集》等，皆有《序》存於本集中，可惜後來都散佚了，故迨宋時《崇文總目》唯著録《劉賓客集外詩》三卷。《總目》成書於慶曆初，乃北宋崇文院三館一閣藏書的實録，可見當時劉氏文集傳世之稀。於是北宋學者宋敏求努力搜尋，才覓得《文集》三十卷，另十卷當已散佚。敏求遂將搜得的集外詩四百七篇，雜文二十二篇，合爲《劉賓客外集》十卷，以符四十卷之數。《外集·後序》曰：

> 世有《夢得集》四十卷，中逸其十，凡詩三百九十二篇，所遺蓋稱是，然未嘗纂著。今裒之，得《劉白唱和集》一百七，聯句來八……自《寄楊毗陵》而下五十五，皆沿舊會粹，莫詳其出。或見自石本者，無疑四百七篇。又得雜文二十二。合爲十卷，曰《劉賓客外集》，庶永其傳云。

據《後序》可知敏求搜羅之廣、用力之勤。然而劉氏作品仍有遺漏，如膾炙人口的《陋室銘》及其他雜文二十餘篇詩十餘篇，《外集》即失收（見卞孝萱校訂《劉禹錫集·詩文補遺》）。《金石録》卷二十九所收劉禹錫《唐殿中侍御史韋翃墓誌》，《外集》亦未收，故趙明誠跋此文曰："蓋《禹錫集》本四十卷,今亡其十卷,墓誌皆闕,非獨此一篇也。"所言甚是。然而經宋敏求此次大規模輯補,劉禹錫的集子基本定型,後人雖續有補充,亦未影響其大觀,後世所傳劉集大都是這種《文集》三十卷加《外集》十卷的本子。《新唐書·藝文志》著録《劉禹錫集》四十卷,當即此種總爲四十卷的本子。不過,敏求所補未必皆原編之作,南宋董棻在《劉賓客外集·跋》中曰:"宋次道纂著《外集》,雖裒類略盡,然未必皆其所逸者,今不可考也。"所言極是。然而在劉氏詩文散逸嚴重的情況下,敏求能及時搜求,將其當時所能見到的劉氏作品裒集成十卷,"庶永其傳",已是莫大的功績了。

宋敏求重編《劉禹錫集》後,當未及上版刊行。《劉禹錫集》的第一個刻本,應爲紹興八年(一一三八)董棻刻本,其《劉賓客外集·跋》交代此本的刊刻經過曰:

> 世傳韓柳文多善本,又比歲諸郡競以刻印,獨是書舊傳於世者率皆脱略謬誤,殆無全篇。余家所藏固非盡善,即爲刻印,因訪于郡居士大夫家,復遠假於親舊,凡得十餘本,躬爲校讎是正,粗可讀。而《外集》獨余家有之,更無他本可校,第證其字畫之舛譌。其脱逸及可疑者存之,以遺博洽多聞取正焉。紹興八年秋九月壬寅。

據此,《劉禹錫集》雖經宋敏求重編,然傳至南宋時,文字脱略謬誤相當嚴重。於是董棻以搜得的十幾種本子詳加校訂,方使文字面貌改觀。只是當時《外集》傳者甚稀,無别本可供對勘,董氏只好憑己見改正字畫之訛,至於脱逸及可疑者,只有存疑,以待博洽。《跋》謂"即爲刻印",後世所傳紹興八年刻本,即董刻本。晁公武《郡齋讀書志》著録"《劉禹錫集》三十卷、《外集》十卷",即此本。元明以來未見著録,可見此本傳者亦稀,直到民國年間徐鴻寶才於故宫博物院發現,遂影印行世以廣其傳。此本正集前二十卷文,後十卷詩。文之編次爲:賦、碑、論、記、書、表章(箋附)、狀、啓、集紀、雜著。後十卷詩編次爲:雜興(七古)、五言今體、古調(五古)、七言(今體)、雜體、樂府、送别、送僧、哀挽悲傷。《外集》十卷的編次爲前八卷詩、後二卷文。很明顯,此本編次邏輯上存在混淆,即同時運用體裁和内容兩種劃分標準。然此本文字頗有優長,傅增湘評價此本曰:"《劉賓客文集》三十卷、《外集》十卷,唐劉禹錫撰。宋紹興八年嚴州刻本……按:此故宫藏書,自承德避暑山莊移來者,徐君森玉主館事時曾影印行世。此即放翁跋《世説》中之嚴州舊版廢於火者，余嘗以校朱氏結一廬新刊本，是正良多，傳世劉集最善之本也。沅公。”（《藏園群書經眼録》卷十二，頁一〇六六）正因爲此本乃劉集傳世最善之本，故一九九〇年中華書局出版的《劉禹錫集》即用此本爲底子加以整理。

此種正集三十卷《外集》十卷的本子，宋代刊行的還有蜀刻十行大字本《劉夢得文集》三十卷、《外集》十卷。然此本宋以後公私書目未見著録，世人幾不知有此本，直到光緒三十二年丙午（一九〇六），董康奉命出使日本，才於醫家、嗜藏古書者福井氏崇蘭館發現。董氏贊歎此本“書體遒麗，純仿開成石經，紙墨並妙”。民國初年，董氏再次渡海赴日，終因醉心“是集首尾完善，並附《外集》”而斥鉅資，用珂羅版影印百部行世（《劉夢得文集·董康跋》，四部叢刊影印本），世人方知劉集有此稀世之珍。日人内藤虎跋此影印本，其略曰：

> 平安福井氏崇蘭館，以多藏宋元古書聞於海内……中有宋槧《劉夢得集》卅卷《外集》十卷，蓋爲東山建仁寺舊藏，相傳千光國師入宋時所齎歸。近年寺主僧天章以方外之身，勤勞王事，兼能詞翰，名著士林。明治初退居西崦妙光寺，因帶此書而去。既爲凶奴所殰，藏書散佚，此書遂歸崇蘭館。每半葉界長八寸六分，廣六寸四分，十行，行十八字，字大欄豁，疏朗悦目。按陳振孫《書録解題》稱：《劉賓客集》原本卌卷，宋初佚其十卷。宋次道裒其遺詩四百七篇，雜文廿二首爲《外集》。卷數篇目與此本脗合。今通行本雜文廿卷，詩十卷，出於明刻。卷弟既已不同，所録詩文並有佚奪。又表箋各篇，有通行本存年月而此本失録；此本有年月而通行本刊落者。其餘異文多不勝舉。且此本先文後筆，仍是六朝以來集部體制，若通行本先文後詩，經明刻恣改耳。《外集》十卷，《天禄琳琅前編》録汲古閣影抄宋本，《後編》又録元刻本，並稱希見。此本則正、外兩集完好無缺，宋氏所裒，《直齋》所録，忽獲目睹於數百載後，可稱藝林奇寶已。清國董授經京卿，雅善鑒藏，又喜刻書，頃避地東渡，僑寓平安，既盡閲崇蘭之藏，深愛此書，借覽不足，竟謀景刻，乃用玻璃版法精印百部，以貽於世，雖紙幅稍蹙原本，而精采焕然，不爽豪發。自兹東瀛秘笈復廣流傳，中山精華頓還舊觀。是則授經之有功此集，不在次道下矣。大正二年八月内藤虎。（《劉夢得文集》，四部叢刊本）

内藤氏叙述此本傳世情況頗詳，且對其價值作了恰當的評價。《四部叢刊》所收《劉夢得文集》即據此本影印，王國維《兩浙古刊本考》卷下對影印本也有詳細考述。然王氏謂此本乃陸游於宋孝宗淳熙十五年（一一八八）守嚴州（今浙江建德一帶）時所刊，則未必是。傅增湘判此本乃蜀刻本，且謂文字遠不及董棻刻本，曰："《劉夢得文集》三十卷、《外集》十卷，唐劉禹錫撰。宋刊本……按：此日本崇蘭館所藏，董君綬金已影印行世。全書大字疏古，紙墨精良，審其刀工，似是吾蜀所梓。暇日嘗以校朱氏結一廬新刊本，乃殊少佳勝，頗有訛失，不如紹興董弅刊本遠甚，然後嘆物之不可以皮相也。沅公。"（《藏園群書經眼録》卷十二，頁一〇六六）此本一九五五年被定爲日本國寶，嚴紹璗介紹此本曰："南宋初期刊本，日本國寶，共十二册，天理圖書館藏本……每半葉有界十行，行十八字。細黑口，左右雙邊，版心記卷數、葉數，下有刻工姓名，如王權、王榮、王民、王祥、王道、王堪、王信、王性、王吟、王元、王升、千止、張千、張安、單隆、口章、單逵、家宗、楊中、辰定、呈下、夏用、品奇、任顯等。外題左肩墨書'劉夢得文集（卷數）'。卷中避宋諱，凡遇'構、購、覯、溝、彀'等字皆缺畫。"（《日藏漢籍善本書録》）此本《外集》與紹興本差别不大；正集三十卷所收作品數量、卷數與紹興本也基本相同，只是編次差異很大。大體而言，此本前十卷爲詩，後二十卷爲文，明顯與紹興本相反（詩爲後十卷）。就詩文兩部分的編排次序而言，兩本也彼此不同，具體來説，此本正集十卷詩的編次爲：卷一至二爲五七言古詩，卷三至四爲五七言律詩；卷五雜體詩；卷六送别詩；卷七送僧詩；卷八至九樂府；卷十哀挽，編次明顯與紹興本不同。後二十卷文的編次爲：賦、論、易論、書、表（箋附）、啓、狀、集記、雜著、雜説、記、碑，編次也明顯與紹興本不同。且《澤宫》一篇，此本編在第一卷（五言）古詩首篇，而紹興本編入第二十卷雜著内第十一篇，題曰《澤宫詩》。此本卷十九表五《賀赦上皇太子箋》一篇，紹興本編入卷十四表章四，題作《賀赦箋》，是二本編次有明顯不同處。就文字而言，此本亦與紹興本有不同者。諸如：此本卷二《效阮公體三首》，"效"字，紹興本卷二十一作"學"。同卷《題欹器圖》"嬴相功成思稅駕"句，"嬴相"二字，紹興本卷二十一作"秦國"。此本卷五《秋日送客》"楓林社日鼓"句，"楓林"，紹興本卷二十五題作《秋日送客至潛水驛》，"楓林"作"神林"。此本卷六《送河南皇甫少尹赴絳州》"詩酒每同樂"句，"每同"二字，紹興本卷二十八作"同行"。此本卷八《洞庭秋月行》"欄干星斗當中天"句，"欄干"二字，紹興本卷二十六作“首冠”。此本卷九《竹枝詞九首》其三“江上春來新雨晴”句,“春來”二字,紹興本卷二十七作“朱樓”。此本卷十一《何卜》賦“乃招而訊之”句,“訊”字,紹興本卷一作“祝”。此本卷十九《蘇州謝上》表“省躬知感”句,“知”字,紹興本卷十五作“增”。“進供御書二十餘卷”句,紹興本作“供進新書二千餘卷”。此本卷二十《汝州謝上》表“比之交割之時”句,“比之”二字,紹興本卷十六無此二字,等等。這説明此本與紹興本雖同出於宋敏求重編本,但在流傳過程中編次與文字均有不少變化,故傅增湘斥此本文字“殊少佳勝,頗有訛失,不如紹興董弅刊本遠甚”。究其原因,蓋以此本雖在編次上保存了六朝以來别集舊制,終因未經仔細校勘而訛誤較多耳。

劉集宋刻還有一種十二行二十一字本,黄丕烈曾得一殘帙四卷,其《百宋一廛賦注》曰:“殘本《劉夢得文集》,每半葉十二行,每行廿一字,所存一至四而已。曩者錢少詹大昕借讀明刻完本劉集於予,手校《袁州萍鄉縣楊岐山故廣禪師碑文》,疏於别紙云:‘石刻與刻本不同者,二十餘字,多五十餘字。今宋本雖未盡爾,然與明刻異者,必與石刻同矣。’”(《黄丕烈書目題跋》,頁四〇三)《百宋一廛書録》有更詳細的記載,其略曰:

> 《劉賓客文集》三十卷《外集》十卷。《敏求記》所載,乃繕寫精妙之本,余所儲影宋鈔小字本有《外集》。若文集三十卷,止有明刻而已。錢少詹辛楣先生曾借閲,於卷四《袁州萍鄉縣楊岐山故廣禪師碑文》下夾入校語一紙云:“石刻與刻本不同者二十餘字,多五十字。”既而余得宋刻《劉夢得文集》,存者卷一之卷四,所云《袁州碑》正在卷中。因取少詹所校與宋刻對之,合者四處:“形政不及”,“形”作“刑”;“墮其去來”,“墮”作“隨”…… 較明刻爲勝,始信少詹昔與余戲語曰:“君輩佞宋,我輩佞金石。”蓋有以夫! 今四卷中二至四俱碑文,安得盡得石刻而一一證之。(《黄丕烈書目題跋》,頁四二八)

可見此殘宋本文字之優勝。《中華再造善本》所收《劉夢得文集》,即據黄氏之殘四卷宋本影印,左右雙邊,白口單魚尾下署卷次“得幾”,下方爲葉碼。首卷卷端題“劉夢得文集卷第一”,此卷收賦九篇,卷二至四爲碑文。四卷皆有子目連接正文。由此四卷編次推測,此種宋刻全本,其編次當與紹興本同。但就文字方面看,卻多與蜀刻本一致,諸如此本卷一《何卜》賦“乃招而訊之”句,“訊”字,蜀刻本同,紹興本作“祝”。“主者時邪”句,下有“主者命耶”四字,蜀刻本同,紹興本無此四字。總之,此本文字多同於蜀刻本,而與紹興本多異。可見,此本編次雖同紹興本,而文字方面實與蜀刻本爲近。此本卷四末有“翰林國史院官書”朱文長方印記,卷一首葉有“稽瑞樓”陰文印記,“鐵琴銅劍樓”陰文長方印記。表明此本在元代乃翰林國史院官書。元明易代,此本轉入大明内府,蓋於明末清初散出皇宫,輾轉至嘉慶道光時爲黄丕烈收得。黄家書散出後,此本爲陳揆稽瑞樓所得,陳揆之後,此本歸常熟瞿鏞,《鐵琴銅劍樓藏書目録》卷十九有著録:“《劉夢得文集》四卷,宋刊殘本,唐劉禹錫撰。原書三十卷,今存第一卷至四卷,款式與《劉文房集》同。唯《文房集》題低六格,此低四格。四卷末亦有‘翰林國史院官書’鈐記。”新中國成立後瞿氏後人將此本捐獻給國家,今藏國家圖書館。

劉集宋刻,還有十行二十字者,錢曾有一影鈔本,《讀書敏求記》著録曰:“《劉賓客文集》三十卷、《外集》十卷,是集繕寫精妙,讐勘無譌。嘗以汲古舊鈔校之,行次差殊,遠遜此本多矣。”(《錢遵王讀書敏求記校證》卷四上,頁一八八至一八九)然不言爲影鈔本。此本後歸陸心源,《皕宋樓藏書志》有著録,謂此本爲影宋鈔本,陸氏曰:“《劉賓客文集》三十卷《外集》十卷,述古堂影宋本。唐正議大夫檢校禮部尚書兼太子賓客贈兵部尚書劉禹錫撰。案每半葉十行,行二十字。格闌有‘述古堂’三字。”(《皕宋樓藏書志》卷六十九,頁七八五)此本既爲影宋鈔本,則行款應與宋本同,因知宋代尚有半葉十行二十字本。

另,莫友芝《郘亭知見傳本書目》、邵章《增訂四庫簡明目録標注·續録》皆曰:“路小洲有宋刻本三十卷,又鈔本《外集》十卷。”因著録過簡,未知此宋刻三十卷本之詳。

元代,劉集刻本今所知者唯一種,《天禄琳琅書目後編》卷十一有著録,然唯存《外集》十卷,編臣稱“此刻本真稀見者”。今已失傳,故亦無從知其詳。

明代刊刻和傳鈔的禹錫集,其主要版本有以下幾種:

(一)蔣孝本。嘉靖二十九年(一五五〇)蔣孝輯刻《中唐十二家詩》所收《唐劉賓客詩集》六卷。半葉十行二十字,左右雙邊,白口單黑魚尾下題“賓集卷某”。此本卷前唯目録,各卷首題“唐劉賓客詩集卷之某”,次行具銜名“太子賓客禮部尚書劉禹錫夢得”。禹錫詩,以前尚未見單行本,故此本蓋蔣氏據劉氏全集别裁其詩而單編行世者,加之此本刊刻較早,故所據底本當爲宋槧歟?其直接所據底本,蓋爲紹興本系統的本子。如此本卷一《學阮公體三首》,"學"字,紹興本同,而蜀刻本作"效"。此本卷六《竹枝詞九首》其三"江上朱樓新雨晴"句,"朱樓"二字,紹興本同,而蜀刻本作"春來"。此本卷六《題欹器圖》"秦國功成思税駕"句,"秦國"二字,紹興本同,而蜀刻本作"嬴相",等等,由上可見此本文字多同於紹興本,故應是據紹興本一系的本子别裁單行的詩集本。此本文字也作過校勘,故與紹興本亦有不同處。此本詩分體編次,卷一録五古七十五首,卷二七古三十,卷三五律六十七,卷四五排十六,卷五七律六十四,卷六五絶三十四、七絶九十八,合計三百八十四首。

另,陸汴刻《廣十二家唐詩》所收《唐劉賓客詩集》六卷《拾遺》一卷。此本正集六卷,乃是用蔣孝本的版片重印的,文字雖作過校勘,然改動很少,故應屬於宋紹興本一系的本子。《拾遺》一卷當爲陸汴所輯補。

(二)黎刻本。萬曆二年甲戌(一五七四)黎民表刻《劉賓客文集》三十卷、《外集》十卷。此本今國家、上海、河南省、南京大學等圖書館有藏,上圖藏本唯存正集三十卷。半葉十行二十字,端楷結體,一筆不苟,筆法俊秀健朗。四周雙邊,白口單黑魚尾,上象鼻内鐫"中山集"三字。卷前首黎民表《序》,謂此本三十卷。因版心題"中山集"三字,故此本又稱"中山集"。《皕宋樓藏書志》著録此本曰:"《劉賓客文集》三十卷,明刊本。汲古閣舊藏。唐正議大夫檢校禮部尚書兼太子賓客贈兵部尚書劉禹錫撰。板心題'中山集'。黎民表序。"(《皕宋樓藏書志》卷六十九,頁七八五)陸氏著録本,今藏日本静嘉堂文庫,嚴紹璗《日藏漢籍善本書録》有著録,其略曰:"《劉賓客文集》(中山集)三十卷,(唐)劉禹錫撰。明刊本,共八册。静嘉堂文庫藏本,原汲古閣、陸心源十萬卷樓等舊藏。按:此本版心題'中山集'。卷中有'琴川毛鳳苞氏審定宋本'朱文長印、'蒼岩山人書屋記'朱文長印等。"此本所據底本,黎氏没有交代。今考此本前二十卷文、後十卷詩,與紹興本編次相同。且《澤宫》一篇,蜀刻本編在第一卷(五言)古詩首篇,而紹興本編入第二十卷雜著内第十一篇,題曰《澤宫詩》,此本同。蜀刻本卷十九表五《賀赦上皇太子箋》一篇,紹興本編在卷十四表章四,題作《賀赦箋》,此本同,可見此本編次明顯同於紹興本。就文字而言,此本也多與紹興本同。如蜀刻本卷二《效阮公體三首》,"效"字,紹興本卷二十一作"學",此本亦作"學"。蜀本同卷《題欹器圖》“嬴相功成思稅駕”句,“嬴相”二字,紹興本卷二十一作“秦國”,此本亦作“秦國”。蜀刻本卷五《秋日送客》“楓林社日鼓”句,“楓林”,紹興本卷二十五題作“神林”,此本亦作“神林”。蜀刻本卷六《送河南皇甫少尹赴絳州》“詩酒每同樂”句,“每同”二字,紹興本卷二十八作“同行”,此本亦作“同行”。蜀刻本卷八《洞庭秋月行》“欄干星斗當中天”句,“欄干”二字,紹興本卷二十六作“首冠”,此本亦作“首冠”。蜀刻本卷九《竹枝詞九首》其三“江上春來新雨晴”句,“春來”二字,紹興本卷二十七作“朱樓”,此本亦作“朱樓”。蜀刻本卷十一《何卜》賦“乃招而訊之”句,“訊”字,紹興本卷一作“祝”,此本亦作“祝”。蜀刻本卷十九《蘇州謝上》表“進供御書二十餘卷”句,紹興本作“供進新書二千餘卷”,此本同,等等,可見從文字方面判斷,此本所據底本亦應是紹興本或其近似的本子。

又,丁丙嘗得此本一殘卷,存卷一至四、卷七、卷二十一至二十三,凡八卷。丁氏配以季振宜影宋鈔之卷八至十六、卷二十四至二十九共十五卷,其餘七卷則配以新鈔本,合爲正集三十卷。《外集》則配以清王西莊鈔本,成爲一個所謂“三合一本”。此本今藏南京圖書館。

(三)朱刻本。萬曆四十年壬子(一六一二)朱之蕃輯刻《中唐十二家詩集》所收《劉賓客詩集》一卷、《外集》一卷。十二家中劉禹錫爲第五家。此本無目録、序跋及附録等,卷端首題“唐劉賓客詩集”,次行三行結銜“正議大夫檢校禮部尚書兼太子賓客贈兵部尚書劉禹錫著”,四行署“江左蘭嵎朱之蕃校”。半葉九行十九字。四周單或雙邊,版心白口,單魚尾,魚尾上方頂邊欄題“賓集”、“賓外集”,魚尾下題“卷五”、“卷六”(卷次十二家統編),再下方爲葉碼。此本所收詩歌依體編次:五古、七古、一言至六七言、五律、七律、六言律、五排(聯句附)、五絶、七絶。此本應是從本集中將各體詩分别依次録出,重編爲一卷而成的。但因一時不慎,《澤宫詩》一首給漏了。從文字方面看,此本應屬於紹興本系統,如此本《學阮公體三首》,“學”字,紹興本同,蜀刻本作“效”。《題欹器圖》“秦國功成思稅駕”句,“秦國”二字,紹興本同,蜀刻本作“嬴相”。《竹枝詞》九首其三“江上朱樓新雨晴”句,“朱樓”二字,紹興本同,蜀刻本作“春來”,等等,可見此本文字與紹興本多同,故當出於紹興本抑或陸汴本。

(四)明甲鈔本。明無名氏甲鈔宋刻本《劉夢得文集》三十卷、清人補鈔《外集》十卷。此本後爲張訒菴所得,黄丕烈曾借作校本,《蕘圃藏書題識》

著録此本爲"明鈔本",黄氏曰:

> 甲戌端陽後二日,有友人言坊間新出一舊鈔《劉夢得文集》,爲張君訒菴所得。余喜甚,蓋書之出者多矣,何能一已盡遇之。苟遇之得其人,猶余之遇也。越日寓書倩之,果以全書來。文集三十卷舊鈔,《外集》十卷則國朝人補之者,字跡墨痕昭昭可辨,矧經席玉炤家藏,則尤可珍者也。唯是朱校紛如,間有鈐"文粹校過"、"英華勘過"小印于上方者,行間又不分剖何者爲《文粹》,何者爲《英華》。其餘每卷每篇每首各有朱筆及鉛粉校改痕,然以余所藏宋刊本核之,舊鈔之底子動合于宋,向校改者不知所自矣。偶以明刊《中山集》勘之時合,因略展一過還之,並以所勘異同質諸訒菴,未知訒菴以爲然否?復翁。(《蕘圃藏書題識》卷七,見《黄丕烈書目題跋》,頁一五二)

可見此本正集三十卷爲明鈔宋本,經黄氏以宋本校覈過。《外集》十卷則爲清鈔本。卷中校改的痕跡,部分除所示爲據《英華》、《文粹》外,其餘每卷每篇每首的校改痕跡則據明刊《中山集》,故黄氏謂校勘不如不校。後來黄氏再次借此明鈔本校一舊鈔本時,稱校此明鈔本者"點金成鐵"。校畢,黄氏復記此明鈔本曰:

> 丙子秋日,借張訒菴所收席玉炤所藏舊鈔本,别以《英華》、《樂府》勘過者,丹鉛紛若,幾不知其原本如何。且於鈔本上以丹鉛或墨筆蓋之,欲尋其底子上字,邈不可得,可謂點金成鐵矣。是集余有殘宋刻一至四卷,取對舊鈔多合,而兹所校者出他選本,如《英華》、《樂府》等,以彼改此,反致失真,可歎,可歎!故余校此書,不能一一悉據校本。欲校一舊鈔本子之原者,而亦不可據,聊紀其異文云爾。安能得一宋刻之全者,一正其誤耶?(又見《蕘圃藏書題識》卷七,載《黄丕烈書目題跋》,頁一五二)

由於他人"點金成鐵",反使此明鈔宋本失其真面,故黄氏頗爲之惋惜。黄氏乃清中葉藏書家兼版本學家,方感慨不能得一完整的宋本,一正其舊鈔本之誤,可見劉集宋本之不易得。由於此本已佚,故已無從得知此本的淵源所自。

(五)明乙鈔本。明無名氏乙鈔《劉賓客文集》三十卷,上圖藏。半葉十三行二十四字,工筆小楷,一筆不苟,寫於無格白紙上。卷前唯目録,卷後無《外集》、附録等。首卷卷端題"劉賓客文集卷第一",次行具銜名"正議大夫檢校禮部尚書兼太子賓客贈兵部尚書劉禹錫"。此本編次,前二十卷文,後十卷詩。文的編次爲賦、碑、論、記、書、表章(箋附)、狀、啓、集紀、雜著;詩的編次爲雜興(七古)、五言今體、古調(五古)、七言(今體)、雜體、樂府、送别、送僧、哀挽悲傷。此種編次顯然與宋紹興本相同,而與蜀刻本不同。此本文字也多同紹興本,而與蜀刻本不同。如蜀刻本卷二《效阮公體三首》,"效"字,紹興本卷二十一作"學",此本亦作"學"。蜀本卷五《秋日送客》"楓林社日鼓"句,"楓林"二字,紹興本卷二十五作"神林",此本亦作"神林"。蜀本卷九《竹枝詞九首》其三"江上春來新雨晴"句,"春來"二字,紹興本卷二十七作"朱樓",此本亦作"朱樓"。蜀本卷十九《蘇州謝上》表"省躬知感"句,"知"字,紹興本卷十五作"增",此本亦作"增"。蜀本卷二十《汝州謝上》表"比之交割之時"句,"比之"二字,紹興本卷十六無此二字,此本同,等等。可見此本乃是據紹興本或其衍生本鈔寫而成的。然此本文字與紹興本亦略有差異,如蜀本卷八《洞庭秋月行》"欄干星斗當中天"句,"欄干"二字,紹興本卷二十六作"首冠",此本作"遥望",等等。又此本無《外集》十卷,蓋所據底本即已殘損。

(六)統籤本。胡震亨《唐音統籤》所收《劉禹錫詩》十八卷,編卷四百八十至四百九十七,丁籤九十五,寫本。此本依四古、五古、七古、長短句、五律、五排、七律、六言律詩、五絶、七絶、六絶編次,聯句詩另外編卷,共八百十二首,聯句二首,另殘句六則。胡氏所補遺詩十七首,搜求亦可謂勤矣。此本所據底本,胡氏交代云:"按禹錫集本四十卷。宋逸其十,常山宋次道輯而補之,名曰《外集》。内正集詩十卷,《外集》詩八卷。正集吴中有鈔本,譌舛殊甚。至《外集》,雖楊升菴亦云未見其全,惟嶺南黎民表嘉靖中得自京師藏書家者爲獨備。今取正外二集詩合編之,間取一二逸者補焉,仍爲十八卷,以存其舊。初禹錫與群賢唱和,各有小集。今亦總入卷中,不另爲編,節録其序備考。"(《唐音統籤》第五册,頁二九五)據此可見,此本所據乃黎刻本無疑。不過胡氏雖曰"仍爲十八卷,以存其舊",然此本既爲分體本,又輯補遺詩多首,雖仍爲十八卷,卻與黎刻本正外集詩卷之編次,已大不相同了。

明代傳鈔和刊刻的劉集除以上諸種外,尚有《皕宋樓藏書志》卷六十九著録之明鈔《外集》十卷本,乃項墨林舊藏,今藏日本静嘉堂文庫,嚴紹盪

《日藏漢籍善本書録》著録此本曰:"《劉夢得外集》十卷,(唐)劉禹錫撰。明人寫本,共二册,静嘉堂文庫藏本,原項墨林、陸心源十萬卷樓等舊藏。按:卷中有'項墨林氏秘笈之印'朱文長印、'何焯'朱文連珠印等。"此外,明鈔《劉賓客文集》三十卷、《外集》十卷,今國圖藏,范氏卧雲山房鈔本;《劉賓客文集》三十卷《補遺》一卷,餘杭縣圖書館藏,有佚名校、清顧之逵跋、姜渭題款;《劉賓客文集》三十卷鈔本,南京圖書館藏,有清曹炎校勘,等等,恕不一一贅述。

清代傳鈔和刊刻的劉集主要版本有以下幾種:

(一)錢鈔本。錢曾述古堂影宋鈔《劉賓客文集》三十卷、《外集》十卷。錢氏謂"是集繕寫精妙,讎勘無訛,嘗以汲古舊鈔校之,行次差殊,遠遜此本多矣。"(《錢遵王讀書敏求記校證》卷四上,頁一八八至一八九)可見此本價值之高。據范鳳書《中國私家藏書史》考察,"影宋精鈔法"爲毛晉首創。錢曾與毛晉同時,因當時"影鈔"還不甚廣泛,此名稱的使用還不普遍,故錢氏不言此本爲影宋鈔本。迨經清乾嘉之後,學人多用此法以存古籍真貌,此名遂廣被使用。故至清末陸心源《皕宋樓藏書志》卷六十九著録此本時,謂爲"述古堂影宋本……每半葉十行,行二十字。格欄有'述古堂'三字"。此本既歸皕宋樓,今藏日本静嘉堂文庫,然嚴紹璗《日藏漢籍善本書録》不見著録此本。

(二)季氏稿本。季振宜輯《全唐詩稿本》所收《劉賓客詩》本。此本乃是將上述朱刻本之正集原刻入編,《外集》中的各體詩,分别歸入正集各體詩之後,並輯補遺詩四十三題、五十六首而成的。此本文字,季氏也作了校勘。季氏藏書頗多善本,其中就有宋本《劉禹錫集》,季氏以之爲校本,又用《才調集》、《文苑英華》、《唐文粹》、《唐詩紀事》、《樂府詩集》、《萬首唐人絶句》、《古今歲時雜詠》等諸書參校,故文字視前各本爲精。如此本五律《發蘇州後登武丘寺望梅樓》,季氏改作"望海樓",而於題下校曰:"宋本一作'望梅樓'。"即是用宋本校勘的例子。紹興本、董康本《外集》卷八收此詩均作"望梅樓"。首聯曰:"獨宿望梅樓,夜深珍木冷。"是詩亦作"望梅樓",第二句中的"珍木"即指梅也,故作"望梅樓"爲是。清馮浩校清鈔本《劉賓客文集》三十卷《外集》十卷曰:"詩中絶無海意,似當作'梅'。次句'珍木'即指梅。"然范成大《吴郡志》已作"望海樓",可見此樓至南宋已有"望海"之名。又如此本《送李友路秀才赴舉》"爾生始懸弧"、《送張輿秀才赴舉》"祖帳臨周道”與《送河南皇甫少尹赴絳州》“誰憐相門子”，此三首詩與題交互錯簡：第一首之題目，實爲第三首之題目；第二首之題目，實爲第一首之題目；第三首之題目，實爲第二首之題目。此三首詩與題交互錯簡的情形，季氏校勘時始發現，遂於第一首題下校曰：“《英華》作‘送張輿赴舉’，‘輿’即同年之子；一作‘張盥’。”於第二首題下校曰：“《英華》作‘送河南皇甫少尹赴絳州’。”於第三首題下校曰：“《英華》、鈔本作‘送李友路秀才赴舉’。”甚是，等等。但《季稿》也沿襲了朱刻本的一些訛誤，如五律《酬令狐相公新蟬見寄》“春去三千里，聞蟬同此時。”“春”字誤，蟬至夏五月始出；紹興本、董康本《外集》卷三收此詩均作“相”字，甚是，等等。

（三）全唐詩本。康熙敕修《全唐詩》所收《劉禹錫詩》十二卷。《全唐詩》是在胡震亨《唐音統籤》和季振宜《全唐詩稿本》二書的基礎上修訂而成的。而《全唐詩》所收劉禹錫詩，則是將季稿中的劉詩一併收入，依季氏《稿本》的編次略作調整而成的。故全唐詩本《劉禹錫詩》乃分體編次本。唯原朱刻本《外集》中五絶《再授連州至衡陽酬柳柳州重别》“二十年來萬事同”與五絶《再授連州至衡陽酬柳柳州贈别》“信書成自誤”二首，乃柳宗元詩，前一首題應作《重别夢得》，後一首題應作《三贈劉員外》，編臣將其改入柳宗元卷中；七絶《米嘉榮》一首，與正集重收，編臣删去；五律《姑蘇臺》“故國荒臺在”，《全唐詩》則未收。季氏所輯補之遺詩七古《竞渡歌》一首，《英華》作劉禹錫，季氏補入劉詩中，《全唐詩》卷二七五改作張建封詩，當以張詩爲是，因《英華》另收有劉詩七古《竞渡曲》。另，編臣另行輯補劉氏遺詩《晚步揚子游南塘望沙尾》、《送鴻舉遊江南》、《傷我馬詞》、《澤宫詩》、《白鷹》、《答柳子厚》、《重答柳柳州》、《楊柳枝》、《樓上》等九首補於各體詩中，而於《全唐詩》卷八六八《夢詩》卷中補入劉詩《夢揚州樂妓和詩》“花作嬋娟玉作妝”一首，故《全唐詩》共輯佚詩十首，成爲一時收詩最多的本子。文字方面編臣重加校勘，較季氏《稿本》更精，上舉《送李友路秀才赴舉》、《送張輿秀才赴舉》與《送河南皇甫少尹赴絳州》三首，詩與題交互錯簡的情形，《全唐詩》編臣將題目直接改正過來，甚是。再如季氏《稿本》五律《酬令狐相公新蟬見寄》“春去三千里，聞蟬同此時。”“春”字誤，紹興本、董康本等集本《外集》卷三收此詩“春”字均作“相”字，良是，編臣據他本改“春”作“相”字，甚是。《全唐詩·凡例》云：“詩集有善本可校者，詳加校定。”此本正文隨行增加不少校文，表明當時確曾以善本校勘過，有寶貴的參考價值。

（四）四庫本。乾隆敕修《四庫全書》所收《劉賓客文集》三十卷、《外集》十卷。《四庫全書總目》曰："是編亦名《中山集》……雜文二十卷，詩十卷。明時曾有刊版。獨《外集》世罕流傳，藏書家珍爲秘笈。今揚州所進鈔本，乃毛晉汲古閣所藏，紙墨精好，猶從宋刻影寫，謹合爲一編，著之於録，用還其卷目之舊焉。"（《四庫全書總目》卷一五〇，頁一二九〇）可見《四庫》所録正集三十卷所據僅爲一明刊本，即黎民表刻《劉賓客文集》三十卷，因此本版心有"中山集"字樣，故此本"亦名'中山集'"。《外集》十卷所據，乃毛晉所藏影宋鈔本，二本儷合，方才成一完帙。乾隆開館纂修《四庫》，徵集天下之書，《劉禹錫集》僅得一明刊正集和一明鈔《外集》，劉集宋刻之不易得於此可見。四庫本正集編次：前二十卷依次爲賦、碑、論、記、書、表章（箋附）、狀、啓、集記、雜著等；後十卷詩依次爲：雜興（七古）、五言今體、古調（五古）、七言（今體）、雜體、樂府、送别、送僧、哀挽悲傷等，編次與黎刻本完全相同。從文字方面看，此本卷一《何卜》賦"乃招而祝之"句，"祝"字與黎刻本同。卷十五《蘇州謝上》表"省躬增感"句，"增"字與黎刻本同。"供進新書二千餘卷"句，亦與黎刻本同。他如卷二十一《學阮公體三首》，"學"字；《題欹器圖》"秦國功成思税駕"句，"秦國"二字；卷二十五《秋日送客至潛水驛》"神林社日鼓"句，"神林"二字；卷二十七《竹枝詞》九首其三"江上朱樓新雨晴"句，"朱樓"二字；卷二十八《送河南皇甫少尹赴絳州》"詩酒同行樂"句，"同行"二字，等等，均與黎刻本相同，而與董康本異。故此本當屬於紹興本系統無疑。當然，四庫本亦有一些文字與紹興本不同，如卷十二《謝冬衣表》"並賜臣墨詔及冬衣兩副"句，"冬"字，紹興本作"將"；"臣謬承委寄"句，"承"字，紹興本作"矛"，等等，然而這畢竟只是少數。總體來看，此本屬於紹興本系統，應當是没有問題的。

（五）黄校本。黄丕烈所校《劉夢得文集》三十卷、《外集》十卷本，黄丕烈簡稱曰"校本"。黄氏跋曰：

> 丙子秋日，借張訒菴所收席玉炤所藏舊鈔本，别以《英華》、《樂府》勘過者，丹鉛紛若，幾不知其原本如何。且於鈔本上以丹鉛或墨筆蓋之，欲尋其底子上字，邈不可得，可謂點金成鐵矣。是集余有殘宋刻一至四卷，取對舊鈔多合，而兹所校者出他選本，如《英華》、《樂府》等，以彼改此反致失真，可歎可歎！故余校此書，不能一一悉據校本。欲校一舊鈔本子之原者，而亦不可據，聊紀其異文云爾。安能得一宋刻之

全者，一正其誤耶！重陽日校畢，因記，復翁。（又見《蕘圃藏書題識》卷七，載《《黄丕烈書目題跋》，頁一五二）

此本後歸瞿鏞，《鐵琴銅劍樓藏書目録》卷十九著録爲“舊鈔本”。瞿氏曰：“《劉夢得文集》三十卷、《外集》十卷，舊鈔本。題正議大夫檢校禮部尚書兼太子賓客贈兵部尚書劉禹錫撰。舊爲士禮居藏本，黄蕘圃氏以宋刻殘本及張訒菴藏舊鈔本校過。案：文集三十卷，明時有刻本。《外集》流傳甚少，舊鈔猶出自宋刻也。”（《鐵琴銅劍樓藏書目録》卷十九，頁二八三）此本今藏國家圖書館，見《中國古籍善本書目》卷二十三《集部・唐五代别集類》。

（六）清鈔本。清無名氏鈔《劉夢得文集》三十卷《外集》十卷，三册，上圖藏。半葉九行二十字，楷書結體，鈔於無格白紙上。卷前無序文及目録等。卷後有次公跋文一則。首卷卷端題“劉賓客文集卷第一”，次行具銜名“正議大夫檢校禮部尚書兼太子賓客贈兵部尚書劉禹錫”，下有子目連接正文。此本正文編次，前二十卷文，後十卷詩；詩文編次與宋紹興本完全相同。此本文字也多同紹興本，而與蜀刻本不同。如蜀刻本卷二《效阮公體三首》，“效”字，紹興本卷二十一作“學”，此本亦作“學”。蜀本卷十九《蘇州謝上》表“省躬知感”句，“知”字，紹興本卷十五作“增”，此本亦作“增”。如蜀本卷八《洞庭秋月行》“欄干星斗當中天”句，“欄干”二字，紹興本卷二十六作“首冠”，此本亦作“首冠”，等等，可見此本是據紹興本或其衍生本鈔寫者。又，此本《外集》卷首鈔録有明黎刻本的序文，這表明此本直接所據乃是黎刻本。不過《外集》卷十最後《代諸郎中祭王相國文》、《祭福建桂尚書文》、《祭虢州楊庶子》等三篇，原本已殘脱，今存者乃補鈔。《外集》末有次公跋曰：“《祭王相國文》下，此本已闕。借李升蘭孝廉藏本，屬性禾侄鈔補之。時同治己巳夏六月，次公記。”

此本首册封皮書名下鈐有“舊山樓劫餘”朱文方印，卷首鈐有“舊山樓”朱文長方印、“海寧楊芸傑藏書之印”朱文方印，卷末鈐有“海寧楊芸傑藏書之印”墨文方印，知此本原爲海寧楊氏藏書，卷中作跋之次公，蓋楊姓歟？

（七）畿輔本。清光緒五年己卯（一八七九）定州王灝謙德堂刊《畿輔叢書》所收《劉賓客文集》三十卷、《補遺》一卷。半葉十行二十二字，四周單邊，粗黑口無魚尾，版心有“劉賓客文集卷某”字樣。此本首卷卷端題“劉賓客文集卷一”，次行下方署“唐中山劉禹錫著”。《劉賓客文集補遺》一卷，唯收《絶編生墓表》、《正妒》文兩篇。此本前二十卷文，後十卷詩。文的編次

爲賦、碑、論、記、書、表章（箋附）、狀、啓、集記、雜著；詩的編次爲雜興（七古）、五言今體、古調（五古）、七言（今體）、雜體、樂府、送别、送僧、哀挽悲傷等，此種編次，與紹興本正集三十卷完全相同。從文字方面看，此本卷一《何卜賦》"乃招而祝之"句，"祝"字，與紹興本同。卷十五《蘇州謝上表》"省躬增感"句，"增"字，與紹興本同；"共進新書二千餘卷"句，亦與紹興本同。其他如卷二十一《學阮公體三首》，"學"字；同卷《題欹器圖》"秦國功成思税駕"句，"秦國"二字；卷二十七《竹枝詞九首》其三"江上朱樓新雨晴"句，"朱樓"二字；卷二十八《送河南皇甫少尹赴絳州》"詩酒同行樂"句，"同行"二字，等等，均與紹興本相同，而與蜀刻本異。可見此本應是據紹興本的衍生本明刊《中山集》翻刻的。然而此本上版前作過校勘，如卷二十六《洞庭秋月行》"金氣肅肅開清뛰"句，"清"字下校曰："一作星。"而《全唐詩》作"星"。"首冠星斗當中天"句，"首冠"二字下校曰："一作遥望。"而《全唐詩》作"遥望"，等等，表明此本上版前確實用他本校勘過。然因劉集自宋以後傳本較少，文字歧異相對也就少一些，故而校勘異文也就少得多了。民國二十六年（一九三七）六月王雲五主編《叢書集成初編》所收《劉賓客文集》三十卷、《補遺》一卷，就是據此本排印的。

另，此本尚有單印本行世，上海圖書館即藏有一部，然館藏書籤上卻無版本判别，電子檢索書目亦只判爲清刻本。蓋此本卷中無任何版本標誌，一旦脱離叢書，單獨行世，若無對劉集版本有系統的考察，是很難對其版本作出準確判定的。

（八）結一廬本。光緒三十一年乙巳（一九〇五）仁和朱氏刻《結一廬賸餘叢書》所收《劉賓客文集》三十卷、《外集》十卷。此本國圖藏有多部，一部有傅增湘校跋並録黄丕烈跋，一部有傅增湘校。此本内封面題"重刊明鈔劉賓客文集三十卷外集十卷"，左下方小字署"光緒乙巳仁和朱氏刊"。半葉十一行二十一字，左右雙邊，粗黑口，單黑魚尾下鎸"劉幾"或"劉外集幾"，右欄外側下方鎸"結一廬朱氏賸餘叢書"。首卷卷端題"劉賓客文集卷第一"，次行具銜名"正議大夫檢校禮部尚書兼太子賓客贈兵部尚書劉禹錫"，以下各卷除《外集》外不再具銜名。卷前無序跋、目録等。卷後刊有繆荃孫跋。繆跋略曰：

> 右《劉賓客文集》三十卷、《外集》十卷……是集四十卷，宋初佚其十卷。宋次道哀其遺詩四百七篇，雜文二十二首爲《外集》，然未必皆

十卷所遺也。明萬曆二年刊雜文二十卷、詩十卷，名《中山集》，黎民表序，書亦罕見。常熟瞿氏藏宋刻殘本每半葉十二行、行二十一字，歸安陸氏藏述古堂影宋鈔本，每半葉十行、每行二十字，大抵宋時有此兩刻。此朱子涵舊藏明藍格鈔本，十行、行十二字，與陸氏書目合，原出宋本無疑。《外集》十卷，世罕流傳，有以正集詩文僞充者。甲辰冬在蘇州，書賈以味書室鈔《外集》，亦十行、行二十字求售，鈔手極舊。以重值得之，可爲子涵配全，亦一快事。（結一廬本卷後）

據跋，此本乃一牉合本，正集三十卷所據爲朱氏藏舊鈔本，《外集》十卷乃繆氏自蘇州書賈所購舊鈔本，合併而刊之。繆氏判朱藏舊鈔"原出宋本無疑"，然卻未指明出自何種宋本。今考此本正文編次：前二十卷爲賦、碑、論、記、書、表章（箋附）、狀、啓、集記、雜著；後十卷詩爲雜興（七古）、五言今體、古調（五古）、七言（今體）、雜體、樂府、送别、送僧、哀挽悲傷等，編次與紹興本全同。從文字方面看，此本也多同於紹興本，而與蜀刻本異。如此本卷一《何卜賦》"乃招而祝之"句，"祝"字，紹興本同，蜀刻本作"訊"。卷十五《蘇州謝上表》"省躬增感"句，"增"字，紹興本同，而蜀刻本作"知"；"供進新書二千餘卷"句，亦與紹興本同，而蜀刻本作"供進御書二十餘卷"。可見此本所據朱藏舊鈔本，乃自紹興本或其近似的本子録出。《外集》十卷，乃宋敏求所編，當亦出自紹興本一系的本子。是此牉合本，實際上恢復了紹興本原編的面貌，朱氏、繆氏刊行此本，善莫大焉。

另，《嘉業堂叢書》所收《劉賓客文集》三十卷、《外集》十卷，實乃用此本的版片印刷的，版心下方左邊"結一廬賸餘叢書"字樣還在。可見所謂嘉業堂叢書本劉集，實際就是此本。又，上海中華書局所出《四部備要》所收《劉賓客文集》三十卷、《外集》十卷，亦是據此本排印的。

此外，清代鈔《劉賓客文集》三十卷、《外集》十卷本，今國家、上海、南京、中山大學等圖書館還有藏本多種，其中國圖一藏本有清馮浩校補並跋；上圖一藏本有趙宗建校並跋，另一本爲清味書室鈔，有葉景葵校、龔文照録黄丕烈校；中山大學亦藏一清味書室鈔本，有鄭江校。另清鈔本《劉賓客文集》三十卷、《補遺》一卷本，今國家、江西省等圖書館有藏。清鈔本《劉賓客文集》三十卷本，今國家、上海等圖書館有藏，其中上圖一藏本有曹炎校。

新中國成立後整理出版的劉集主要有以下幾種：

（一）上海人民出版社一九七五年十一月出版的《劉禹錫集》，乃新中國成立後出版的第一部劉集。該書《出版説明》曰："《劉禹錫集》流傳的版本不多，解放後也從未出版過。這次我們以清朱澂的《結一廬賸餘叢書》中的《劉賓客文集》作底本，參照影印宋紹興本及《全唐文》、《全唐詩》、《文苑英華》等選本，作了個别文字上的校改，整理出版，供讀者研究參考。"校勘雖然簡單了點，但在當時已是難能可貴的了。

（二）瞿蜕園《劉禹錫集箋證》，上海古籍出版社一九八九年十二月出版。此書《校記序例》曰："劉禹錫集，今世所傳景印宋刊兩種，最爲近古，其次則明郭氏刊《中山集》及清雍正中趙氏刊《劉賓客詩集》。然摹印既不免失真，流傳亦苦於罕見，試加讐斠，互見短長。兹取習見之結一廬本爲底本，以校兩宋本，參以《全唐文》、《全唐詩》及《文苑英華》以下各選本，並有關諸書，輯爲校記如次。"瞿先生校勘，現存劉集的重要傳本差不多都用到了，取長補短，故文字較精。此書尤爲可貴處，是在箋證方面，正如卷前《出版説明》所言："瞿先生博通經史，對兩《唐書》、《通鑑》以及歷代職官深有研究。他早在五十年代末即已開始從事《劉集》的箋證，至一九六五年，已完成全稿和四附録。箋證包括《劉禹錫集》三十卷，外集十卷。附録爲《劉禹錫集傳》、《劉禹錫交遊録》、《永貞至開成時政記》、《餘録》。全稿注釋精要不繁，尤深於名物典章的詮解與史實人事的考訂。間參評語，則發微探隱，於唐代詩史多獨到之見。"

（三）中華書局一九九〇年出版《劉禹錫集》校點本，由《劉禹錫集》整理組點校，卞孝萱校訂。此本以宋紹興本爲底本，校以蜀刻本、殘宋四卷本、明郭氏刻本、趙刻本、結一廬本以及何焯校本、黄丕烈校本等十六種劉集進行校勘，另以《文苑英華》、《全唐文》、《全唐詩》、《唐文粹》等諸總集和類書參校，"以校正底本文字的訛脱衍倒"（《劉禹錫集·校勘細則》），故文本較精，參考價值頗大。

（四）山東大學出版社一九九七年九月出版的蔣維崧、趙蔚芝、陳慧星、劉聿鑫合著的《劉禹錫詩集編年箋注》，此書《凡例》曰：以民國徐鴻寶影印宋紹興八年本爲工作底本，以蜀刻大字本、明刻本、結一廬本、《全唐詩》諸本參校，另外參考了整理本上海古籍出版社的《劉禹錫集箋證》、中華書局出版的《劉禹錫集》。"凡詩之繫年，依高志忠《劉禹錫詩文繫年》"，注釋"力求注明典故來源，並闡明作者用典的原意，也適當徵引其前或其後的詩句，以資參考"。這是劉禹錫詩的第一個編年箋注本，對瞭解劉禹錫詩歌創作的發展變化，頗有裨益。

總之，劉禹錫手編其作品爲四十卷，尚不包括其早年及晚年作品在内。然而晚唐五代以後，四十卷本中之十卷，及其晚年所編數集逐漸散佚，使其作品損失不少。後經宋敏求努力搜求，編爲正集三十卷、《外集》十卷，劉集的面貌基本定型。宋刻紹興本、董康本皆宋敏求本的翻刻本。元明清以來的劉集，除少數刻本外主要以鈔本形式流傳，這些鈔本和刻本，從版本源流系統來説，多屬於紹興本系統。而紹興本、董康本在近代的復現，使得元明以來的鈔本和刻本，都退到次要的位置上去了。

【參考文獻】孫琴安《〈劉禹錫集〉的版刻和流傳》，《古典文學知識》二〇〇四年三期

吕和叔文集

吕温（七七二～八一一）字和叔，一字化光，河中（今山西永濟）人。貞元末擢進士第，復登博學宏辭科，授集賢殿校書郎，王叔文引爲左拾遺，轉侍御史出使吐蕃，爲副使，還朝後進户部員外郎，遷刑部郎中。因事貶道州刺史，有善政，轉衡州刺史，卒於官。

和叔天才俊發，辭彩贍逸，爲柳宗元、劉禹錫所稱道。身後作品散於親友間，柳宗元《段九秀才處見亡友吕衡州書跡》一詩即曾詠歎其事。待其子安衡成立，收集父稿，泣奉劉禹錫請爲纂輯，禹錫慨然允諾，遂編成吕集，並撰《吕君集記》曰："（温）殁後十年，其子安衡［位］〔泣〕奉遺草來謁，諮予紬之，成一家言，凡二百篇。"又曰："古之爲書者，先立言而後體物，賈生之書首《過秦》，而荀卿亦後其賦。和叔年少遇君而卒以謫，似賈生；能明王道似荀卿，故余所先後視二書，斷自《人文化成論》至《諸葛武侯廟記》爲上篇。佗咸有爲爲之。"（四部叢刊本《吕和叔文集》）據此可知劉氏所編吕集，應成於穆宗長慶元年（八二一），時距和叔下世整十年；集凡上下兩篇，雜文居前，詩賦殿後，凡二百篇。然劉氏所編吕集爲卷幾何？可惜語焉未詳。五代劉昫《舊唐書・吕渭傳》（附温傳）謂其"有文集十卷"。據此，五代流行的吕集已是十卷本，是否劉氏原編即分爲上下兩篇，凡十卷？因原書已佚，今已無從得知了。

入宋,《崇文總目》卷六十著録"《吕温集》十卷",稍後之《新唐書·藝文志四》、南宋晁公武《讀書志》,以及馬端臨《文獻通考》等著録均同。晁氏記曰:"劉禹錫爲編次其文,序之云:'古之爲書,先立言而後體物。賈生之書首《過秦》,而荀卿亦後其賦,故斷自《人文化成論》至《諸葛武侯廟記》爲上篇。'今集先賦詩,後雜文,非禹錫本也。"(《郡齋讀書志校證》卷十七,頁八八五)是晁氏所見十卷本詩賦居先、雜文殿後,故晁氏謂非禹錫原編。而《舊唐書》著録亦爲十卷本,恐亦非禹錫原編矣。若此推測不錯的話,則吕集至少在五代時期已改編爲先詩賦、後雜文的十卷本矣。南宋後期,陳振孫《書録解題》卷十六著録"《吕衡州集》十卷",卷數雖與《崇文總目》等相同,然書名不同,故當爲另一種版本。至於《宋史·藝文志七》著録"《吕温集》十卷",因《宋志》乃據宋代幾部官修書目拼湊而成,非實録也,故不足爲據。

宋槧吕集,今知者至少有三種:其一《吕衡州集》十卷,陳氏《解題》著録即此本。清無名氏藏一明鈔《吕衡州文集》十卷(詳下),前五卷係明嘉靖時吴岫家藏舊鈔殘本,後五卷從正德嘉靖間舊鈔本補全。明嘉靖以前,吕集不聞有刻本,故其所據當爲宋槧,且書名也與陳氏《解題》著録者相同,應爲同一種宋本無疑。明以後此本無傳。其二《吕和叔文集》十卷,《文淵閣書目》乃明文淵閣藏書的實録,該目著録《吕和叔文集》凡四部,一部一册闕,另兩部二册闕,再一部三册闕。王肯堂《鬱岡齋筆麈》嘗謂文淵閣藏書"皆宋元秘閣所遺,雖不甚精,然無不宋版者"。是《文淵閣書目》著録的四部《吕和叔文集》均宋槧本。明錢溥《内閣書目》亦著録《吕和叔文集》三册,該目僅後於《文淵閣書目》九年,故所録之《吕和叔文集》亦爲内府所藏宋槧。内府所藏宋槧吕集,萬曆以後流入世間,孫承澤《春明夢餘録》卷十二載有此事。清初,錢謙益《絳雲樓書目·唐集類》尚著録"宋板《吕和叔集》十卷",下注"劉禹錫序",順治七年(一六五〇)絳雲樓大火,樓中所藏許多宋元舊槧、珍本、孤本絶跡人間,《吕和叔文集》宋槧當亦在其中。錢氏之後,宋槧《吕和叔文集》便再也不見於公私書目了。其三爲陳起所刻書棚本,明末馮舒嘗見之。馮氏鈔有《吕和叔文集》十卷,前五卷及後三卷均據宋槧,卷二《聞砧有感》以下十五首詩,則是據書棚本增入的(詳下)。若是,則書棚本所録吕詩,較宋槧《吕和叔文集》十卷爲多。清以後,書棚本亦無聞焉。

由上可見,宋代吕集至少有四種版本:一爲《崇文總目》及晁公武《讀書志》等公私書目著録的《吕温集》十卷,二爲陳氏《書録解題》著録的《吕衡州集》十卷,三爲《吕和叔文集》十卷,四爲陳起所刻書棚本。其中《吕和叔文集》十卷,不見於宋代公私書目,其刊行或在陳振孫之後。陳起與陳振孫同時,且有交往,而書棚本亦不見於陳氏《解題》,或其刊行亦較遲後耶?

元代不聞吕集有刻本,《唐才子傳》雖謂"今有集十卷行於世",然辛文房所言唐集存佚情形,多據宋代書目,故不足爲據。

明代,吕集刊本多爲詩集,而十卷全本不聞有刊行者,即便鈔本,也多殘缺不全。就世傳諸殘本而言,或名《吕衡州文集》,或名《吕和叔文集》,紛紛不同如是;於是從明末伊始,學者們開始用各種殘本,或拚合、或校補、或鈔湊等等,努力恢復吕集十卷本原貌,遂出現了明末馮己蒼拚合的十卷本《吕和叔文集》,清康熙、雍正間無名氏儷合的十卷《吕衡州文集》,及清中後期黄丕烈校補的十卷《吕衡州文集》,等等。至於用作儷合的本子是否爲同一種版本,學者們並未留意。下面就明清時期傳世的各種主要殘本及儷合本,介紹如下,並盡可能地對其版本源流加以剖析:

(一)吴岫本。嘉靖時吴岫藏舊鈔殘本《吕衡州文集》十卷,存一至五卷。吴岫,字方山,吴縣人,嘉靖前後在世。此本自吴家散出後,輾轉至清康熙、雍正時,何焯門下無名氏,用此本與另一明正德、嘉靖間鈔本後五卷拼合,鈔成一個新的十卷本《吕衡州集》(詳下清無名氏本),而此本繼續流傳於世間。至嘉慶、道光間,此本爲吴縣周香嚴所得,黄丕烈嘗從周家借得此本,校其所得殘十卷鈔本(脱前三卷),黄氏稱贊此本"亦幾幾乎稱善矣",又曰:"吴岫所藏舊鈔殘本校,每葉二十行,每行十□字。"(見《黄丕烈書目題跋》,頁一五三)黄氏之後,此本無傳焉。案:黄丕烈作爲清代版本學大家,使用此本時僅稱"吴岫藏舊鈔本",而不及書名。但何焯門下無名氏儷合之十卷本,明白標爲"《吕衡州集》十卷",則所據之兩個舊鈔殘本,應爲宋槧《吕衡州集》歟?故此本蓋屬於陳振孫《書録解題》著録的宋槧《吕衡州集》的衍生本。

(二)馮鈔本。明末馮己蒼鈔宋本《吕和叔文集》十卷,四册。馮己蒼,名舒,號孱守居士,常熟人,與弟班皆明末清初著名學者。此本卷前首劉禹錫《序》、次目録,卷後有柳宗元《吕君誄》,最後爲馮氏手跋二則,其一曰:"右《吕衡州集》十卷,甲子歲從錢牧齋借得前五卷,戊辰歲從郡中買得後三卷,俱宋本。第六、第七二卷均之缺如,因棄置久之。越三年辛未,友人姚君章始爲余録之，因取《英華》、《文粹》所載者，照目寫入，以俟他年得完本校定。正月盡日識，孱守居士。"其二曰："凡行間所注某作某，俱愚所校。此本則一照宋本抄寫。第二卷《聞砧》以下〔二〕十五首，宋本所無，案陳解元棚本增入。"(《皕宋樓藏書志》卷六十九，頁七八六)據此可知，此本前五卷、後三卷，所據皆宋本，而卷六、卷七兩卷乃據《英華》、《文粹》所載照目寫入。但卷二《聞砧有感》以下二十五首，乃據書棚本增入，而非宋槧原本所有。這裏值得注意的是：馮氏所説的"宋本"，書名不應爲跋文所稱之"《吕衡州集》"，應作《吕和叔文集》，因爲馮氏所據宋槧前五卷既出於錢氏本，而《絳雲樓書目》著録者乃《吕和叔文集》，而非《吕衡州集》，雖只五卷，亦居此宋槧之大半，故應稱爲《吕和叔文集》十卷，屬於宋槧《吕和叔文集》一系的本子。至於錢氏爲何只借出前五卷，後半秘不示人，這恐與錢氏生性好據秘笈自炫有關，這一點前人已多有論及；《絳雲樓書目》明明著録有宋槧十卷《吕和叔文集》，卻只以五卷本假人，此乃錢氏據秘笈自炫的又一例證。此本十卷，其中八卷出自宋槧，故此本一出，世人奉爲稀世之珍，紛紛據以傳録，遂使此本成爲吕集傳承過程中一個影響頗大的版本。不過此本也有不足之處，顧廣圻亦嘗見此本，因謂"馮校此書，雖曰用《英華》、《文粹》，然極草草，觀余今所校出可知也"。又云："馮氏疏於史學，故不能洞見曲折，今之去取較爲審密，仍候澹翁他日勒成定本，則化光之幸也。"(《思適齋集書跋》卷四《集部》，見《顧廣圻書目題跋》，頁六五〇)此本輾轉至清末，爲湖州著名藏書家陸心源收得，《皕宋樓藏書志》著録有此本。心源身後，迄光緒三十三年(一九〇七)，皕宋樓藏書爲其子全數賣與日本人，此本亦隨之漂洋過海，今藏日本静嘉堂文庫。嚴紹璗《日藏漢籍善本書録・集部・别集類》著録爲《吕和叔文集》十卷，甚是，卷前有劉禹錫《序》並柳宗元《吕君誄》。

(三)毛校本。毛晉校舊鈔本《吕衡州文集》五卷，一册，今藏臺灣"中央圖書館"。此本《蕘圃藏書題識》、《楹書隅録續編》、王國維《傳書堂藏善本書志》等均有著録。卷中毛晉手跋曰："從友人處借嘉靖壬午清明日吴門忍齋黄冀録本訂一徧，卷首有'六爻堂'、'黄女成氏'二印記。崇禎甲申二月初吉。"又曰："丙戌元宵後二日，又求施師重訂。"校訂的具體情形，毛晉跋没有涉及。此本自毛家散出後，輾轉爲黄丕烈所得，黄氏遂以二種十卷全本與此本對勘，發現此本乃是一個編次十分紊亂的本子，黄氏於毛晉跋文後，繼以手跋二則，其略曰：

> 近從書友郁某得一毛子晉手跋本，亦祇五卷，而與海鹽本不同，其所謂五者，蓋取十卷而紊亂之者也。爰取葉本、顧本參訂，知第一第二乃是葉本之第一二三，以一二卷爲一卷，三卷爲二卷也，三卷之前五篇，乃葉、顧本第四卷之半，後十篇則又葉、顧本之第八卷也，四卷爲葉、顧本之第九卷，五卷爲葉、顧本之第十卷，顛倒錯亂，不知其由，姑存之以待考核云爾。黄丕烈識。
>
> 嘉慶壬戌冬十月望日，復從周文香嚴處借得一舊鈔本，亦五卷，與此行款正同，顛倒錯亂，卻復如此，知此本由來有舊矣。卷端墨書一行云："照依錢少室家藏本鈔寫。"朱印一，文云："沈印穀伯。"卷末有跋五行云："此書向無佳本，讀之不勝魯魚。近在君宣齋頭獲覩此編，有王庭槐圖書並校録，跋語云彼先君從内府傳寫者。亟取歸而讎正之，大約次序相同，互有少差耳。俟有博學，還祈請正。萬曆丙辰中秋記於懸磬室。"爰誌此備考，蕘翁丕烈。（又《蕘圃藏書題識》卷七，載《黄丕烈書目題跋》，頁一五三）

由黄氏對勘的情形看，此本乃十卷本的一個别裁集，具體而言：十卷本卷一卷二，合併爲此本之卷一；十卷本卷三，乃此本之卷二；十卷本卷四之半與卷八，乃此本之卷三前五篇與後十篇；十卷本卷九，乃此本之卷四；十卷本卷十，乃此本之卷五。此本卷一爲詩賦，卷二爲書序，卷三表與銘，卷四頌贊，卷五雜著，作爲選本，吕集十卷之精華盡在此中矣，故不失爲一個精粹的吕集别裁本。而此本所屏除者，乃十卷本卷四之半及卷五、卷六與卷七，凡三卷又半，皆表狀墓誌等官樣及世俗文字。正因爲如此，此本編成之後亦有傳本數種，如黄氏從周香嚴處所借舊鈔本五卷，不僅行款與此本正同，"顛倒錯亂，卻復如此"；而周氏藏舊鈔本五卷，所據乃錢君宣家藏本，卷中王庭槐跋語，謂此本乃其"先君從内府傳寫者"。所以黄氏謂"此本由來有舊"。黄氏之所以謂其紊亂，僅是相對十卷本編次而言，而忽略了編者的用心。此本自黄家散出後，清末歸山東聊城海源閣，《楹書隅録續編》卷四著録有此本。楊家書散出後，清末民初，此本爲上海藏書家蔣汝藻收得，王國維爲蔣氏編《傳書堂藏善本書志》著録有此本，王國維盡録毛晉、黄丕烈手書跋文，並記述此本曰："明鈔每半葉十行、行二十字，毛子晉手校，其與十卷本編次異同,黄復翁復以籤識之。有‘毛晉一字子九’、‘毛晉私印’、‘一字子九’、‘隱湖小隱’、‘識字耕夫’、‘汲古閣’諸印。”(《傳書堂藏善本書志·集部》)從毛晉連用數印可以看出,毛氏對此本非常重視。至於此本書名,王國維著録爲“《吕和叔文集》五卷”,而《蕘圃藏書題識》、《楹書隅録續編》均作“《吕衡州集》五卷”,不知王氏爲何題作《吕和叔文集》?若據黄、楊二家著録,則此本當屬宋槧《吕衡州集》十卷本的衍生本,版本價值與馮氏本同樣重要。蔣氏書散出後,此本輾轉至新中國成立前被攜至臺灣,今藏臺灣“中央圖書館”。

(四)周藏本。周松靄藏舊鈔本《吕衡州文集》十卷。此種“十卷本”,實乃殘五卷本膨脹所致,黄丕烈即云“周本硬析五卷爲十卷”。黄丕烈還見一海鹽家椒生本,黄氏記曰:“海鹽本蓋分前五卷以符十卷之數耳。”又曰:“《吕衡州文集》十卷,校舊鈔本。此本十卷,實祇此集之半,大約好事者之僞爲也。”(《蕘圃藏書題識》卷七,見《黄丕烈書目題跋》,頁一五二至一五三)黄氏稱此類十卷本爲“僞”十卷本,其實此種十卷本,所僞只在卷數,若能拆穿其僞處,只作五卷本使用,由於其所據底本時間甚早,其版本價值及校勘價值,自有不容忽視之處。此本自黄家散出後,晚清時歸山東聊城楊氏海源閣,《楹書隅録續編》卷四有著録;不寧唯是,據楊氏記載,此本内附有顧光圻一信札云:朱彝尊《勸刻秘本書目》謂,天一閣亦藏有這種僞十卷寫本,每卷分爲兩卷,共十卷。可見,此類僞十卷本還是不少的,唐集傳本之淆亂,無出此本之右者。

(五)叢刊本。《四部叢刊》初編影印錢曾述古堂景宋鈔本《吕和叔文集》十卷,二次印本附校勘記一卷。原鈔本今藏國圖,鈔在統一刷印的藍格細棉紙上,半葉十一行二十二字,左右雙邊,白口單魚尾下有“吕和叔集卷某”字樣,左欄外上方有“錢遵王述古堂藏書”八字。卷前首劉禹錫《序》、次目録;卷後爲柳宗元《吕君誄》。各卷首題“吕和叔文集卷第某”,次行題銜名“朝議郎使持節衡州諸軍事守衡州刺史上騎都尉賜緋魚袋吕温”。卷一至二賦四篇、詩百六首,卷三書序十四,卷四至五表狀三十一,卷六至七誌銘十一,卷八銘文十二,卷九頌贊二十七,卷十雜著八,詩文共二百十三首,另附見詩文四首。而卷六、卷七誌銘七首題存文闕,非完本也。《讀書敏求記》謂據“絳雲樓宋槧本繕寫,凡載於《英華》、《文粹》中或字有異同者,俱詳注於上,予所謂讀書者之藏書,類是也。”(《錢遵王讀書敏求記校證》卷四上，頁一八八）錢氏明明謂據“絳雲樓宋槧本繕寫”，不言卷中有闕文，不知爲何。此本自錢家散出後，輾轉至晚清歸常熟瞿氏，《鐵琴銅劍樓藏書目録》著録有此本，其略曰：“述古堂藍絲闌鈔本，左綫外有‘錢遵王述古堂藏書’八字，其中六七兩卷實馮己蒼所未見者。世傳馮本皆闕，觀《敏求記》題語，知是本猶鈔自絳雲也。”（《鐵琴銅劍樓藏書目録》卷十九，頁二八三）瞿氏亦謂六七兩卷爲馮鈔本所無，卻未言六七兩卷有闕文七首。民國初年，商務印書館從瞿氏借得此本，影入《四部叢刊》，世稱“四部叢刊本”。民國二十二年（一九三三），傅增湘於瞿家也見過此本，《藏園群書經眼録》卷十二著録有此本。新中國成立後瞿氏後人將此本捐獻給國家，王重民曾於北京（今國家）圖書館勘查此本，發現此本所缺篇目與馮本相同，遂斷言“述古堂鈔本……亦從馮己蒼宋本出”（《中國善本書提要》，頁五〇四至五〇五）。若是，則錢曾謂此本據“絳雲樓宋本繕寫”之言，便是故意抬高此本版本價值的謊稱了。此本既從馮氏本出，雖亦屬於宋槧《吕和叔文集》一系的本子，然卻退而成了馮氏本的下位本矣。

（六）葉鈔本。清初葉樹廉樸學齋鈔《吕和叔文集》十卷，今藏南京圖書館。葉樹廉，字石君，世居太湖洞庭山，後移家虞山，性嗜書，考訂精審，尤喜購買宋元舊鈔本。此本自葉家散出後，乾嘉時爲吴縣周香嚴所得，故卷中又有周氏跋語。周錫瓚，字仲漣，號漪塘，别署香巖居士，長洲（今江蘇蘇州）人。乾隆三十年（一七六五）副貢生，藏書甲於吴中，亦精鑒别。黄丕烈曾從周家借得此本參校，並曰：“周香嚴藏葉石君家鈔本十卷全者……葉鈔十卷其來有自，末有孱守居士跋，謂‘甲子歲從錢牧齋借得前五卷，戊辰歲從郡中買得後三卷，俱宋本’。則葉鈔之前五卷，其據宋本可信矣。再行間所注某作某，俱孱守所校。又云：‘第二卷《聞砧》以下十五首，宋本所無，案陳解元棚本增入。’”（《蕘圃藏書題識》卷七，見《黄丕烈書目題跋》，頁一五二）黄氏所謂此本“其來有自”，即指此本出於馮鈔本，而馮鈔本出自宋槧，故曰“其來有自”。若是，則此本乃馮鈔本的一個較早的下位本。

（七）季藏本。季振宜藏鈔宋本《唐吕衡州温集》十卷，一本。《季滄葦藏書目·宋元雜版書·文集》（《士禮居叢書》本）著録有此本。季氏書大半得之錢曾，錢氏亦謂“丙午丁未之交……舉家藏宋刻之重複者，折閲售之泰興季氏”（錢曾《述古堂藏書目序》）。季氏亦清初藏書大家，此本既被列入“宋元雜版書”一類，則其出自宋本應無可疑，或此本即出自錢曾所藏十卷鈔本亦未可知。不過《讀書敏求記》著録之十卷本，王重民先生已判其從馮氏本出（見上）。若是，則此本亦屬於馮鈔本的下位本，季氏將此本列入“宋元雜版書”，蓋以此也。黄丕烈曰：“康熙後，季氏書籍旋又散佚，且多呈於天禄、石渠矣。”（《季滄葦藏書目校後記》）是此本康熙後進入内府，今則不知尚在天地之間否？因未見原書，故其版本詳情，已無從覈其實了。

（八）清儷合本。何焯門下士儷合舊鈔本《吕衡州文集》十卷，四册一函，今藏陝西師範大學圖書館，題作《舊鈔足本吕衡州文集》。此本用藍格紙鈔寫，半葉十一行二十字，白口。卷前、後無附録。此本與馮氏本的最大不同在於：六七兩卷的誌銘無闕文，因而成爲存世吕集諸古本中唯一之十卷足本，可見版本價值之大。卷後無名氏跋曰：

> 右《吕衡州集》十卷，前五卷係吴方山家藏舊鈔本，後五卷從正嘉時舊鈔本補全，其篇目次第與馮己蒼照宋鈔本同。所異者馮己蒼初得宋本前五卷，又得宋本後三卷，其第六第七二卷均之缺如，雖從《英華》、《文粹》所載照目寫入，未得爲完書。今此本二卷獨全，可稱吕集之善本云。（《思適齋集》卷十《序四》，見《顧廣圻書目題跋》，頁五二八）

據此，此本乃是一個儷合本，前五卷所據乃吴岫本（見上），後五卷所據爲正德嘉靖時舊鈔本。這裏值得注意的是，此本書名爲“《吕衡州文集》”。前五卷既出自吴岫本，自然屬於宋槧《吕衡州集》一系的本子；而後五卷則“從正嘉時舊鈔本補全”，不言舊鈔所據爲何種版本。而嘉靖以前，吕集未聞有刻本，故此本所據雖爲兩個鈔本，其底本卻均爲宋槧，所以此本可謂下宋本一等的吕集善本。又較之中闕六、七兩卷的馮鈔本，其版本價值與文字校勘價值倍增矣。職是之故，顧廣圻借得此本後極爲重視，花了大量心血精加校勘，從而發現馮氏本多有訛誤：“馮校此書……擇焉未精，語焉未詳者往往而有。且馮氏疏於史學，故不能洞見曲折。今之去取，較爲審密，仍候澹翁他日勒成定本，則化光之幸也。”（《思適齋書跋》卷四，頁六五〇）顧氏所説的“澹翁”，即秦恩復。後來秦氏將此本刻入知研齋《唐人三家集》中（詳下），並在所刻《吕衡州文集序》中謂：“頃見元和顧君澗薲，攜借來吴茂才有堂家藏足本，其末有跋云……跋不著名氏，驗以字蹟，近何屺瞻一派，或是義門門下士也。”（秦序乃顧廣圻代筆，又見《思適齋集》卷十，載《顧廣圻書目題跋》,頁五二八)。然此本並非没有缺憾,顧氏於秦氏刻《吕衡州文集後序》中又曰:“此外如《文苑英華》三百十六卷《和李使君三郎早秋城北亭宴崔司士因寄關中張評事》詩,三百十七卷《題從叔園林》詩,集所未見,今恐失真,皆不取入,緣《英華》撰人姓名,每有轉寫舛錯,故六百十三卷《爲信安王進寫聖容真圖表》,載《曲江集》第八卷中,當開元末年作,遠在和叔未生之前,題下必本云張九齡,而今《英華》乃云吕温,難於盡信可知也。其六百三十八卷《代李中丞薦道州刺史吕温狀》,題下云:‘温自作。’蓋又采諸他書,亦不以取入此集云,覽者宜詳焉。至字句是非,别具《考證》,不復贅。”(《思適齋集》卷十《序四》,見《顧廣圻書目題跋》,頁五二八)集外佚文不入正集,校勘所得異文别爲《考證》一卷附後,而不改動原文,此即顧氏所謂“以不校校之”的校勘範例。顧氏整理此本,可謂審慎矣。

(九)王鈔本。王鳴盛鈔《吕和叔文集》十卷。王鳴盛,字鳳喈,號禮堂,又號西莊,晚號西沚,嘉定人,乾隆進士,著名學者,有《西沚居士集》。此本嘉慶、道光間爲黄丕烈所得,《蕘圃藏書題識》卷七稱爲“王西沚藏十卷本,出於葉鈔原本”。葉鈔本既據馮鈔本寫出,則此本乃馮鈔本的再生本,自然屬於馮鈔本一系的本子。黄家書散出後,此本晚清時歸山東聊城楊氏海源閣,《楹書隅録續編》卷四著録有此本,卷末迻録馮氏跋文二則,有“王鳴盛”、“西莊居士”諸印。唯不知此本今尚在人間否。

(十)朱藏本。朱筠藏鈔本《吕和叔文集》十卷,今藏上海圖書館。朱筠,字竹君,一字美叔,號笥河,順天大興(今北京大興)人,乾隆進士,官翰林院侍讀學士等,齋號椒花吟舫,聚書數萬卷,著有《笥河集》。此本卷前後附録、卷次篇第與清儷合本全同,且六、七兩卷銘誌均無闕文。此本書名雖爲“《吕和叔文集》十卷”,但從版本特徵來看,當屬於宋槧《吕衡州文集》一系的本子。卷内有“大興朱氏竹君藏書之印”朱、“朱印錫庚”白、“汪印喜孫”白、“孟慈”白等鑒藏印記四枚。朱錫庚乃朱筠之子,是知朱筠身後,此本爲其子繼藏。此本從朱家散出後,又歸汪喜孫所有,喜孫一名喜荀,字孟慈,江都人,嘉慶舉人,博覽群籍,尤長於文字聲韻訓詁,官至懷慶知府,有《且住庵詩文稿》。此本從汪家散出後,輾轉流傳,最後入藏上海圖書館。

(十一)清鈔本。清無名氏鈔《吕和叔文集》十卷。此本《藏園群書經眼録》卷十二著録爲“明末馮舒家寫本,十行十八字。馮氏跋録後:……”卷中又有無名氏跋曰:“雍正七年(一七二九)五月初十至十三日文瑞樓校正一次。”卷中鈐有“彭氏知聖道齋”、“朱氏結一廬藏印”等鑒藏印記。仔細品味卷中無名氏跋文，知此本蓋無名氏自己鈔寫，鈔好後於雍正七年五月初十至十三日，費時四天，於文瑞樓校正一次。“文瑞樓”乃金檀藏書處，檀字星軺，桐鄉人，後徙婁東，又徙吴，自幼嗜古，好蓄異書，築文瑞樓以貯之，有《文瑞樓集》。楊蟠《文瑞樓書目序》稱爲“金明經星軺”。無名氏稱，嘗於文瑞樓校正此本，可見樓中藏書之富，但《文瑞樓書目》不見著録吕集。此本自金家散出後，乾隆時歸彭元瑞所有，故卷中有彭氏“知聖道齋”藏印。彭元瑞字掌仍，一字輯五，號芸楣，南昌人，乾隆進士，官至工部尚書，協辦大學士，室名“知聖道齋”，有《恩餘堂稿》。此本自彭家散出後，輾轉至咸豐時，爲朱學勤所得，故卷中鈐有“結一廬”藏印。朱學勤字修伯，號復廬，浙江仁和人，咸豐進士，結一廬爲其藏書處。朱氏書散出後，輾轉至民國八年己未（一九一九），傅增湘尚得一觀比本。但傅氏《藏園群書經眼録》判此本爲“馮舒家寫本”，則大誤，上已言及，馮鈔本早於晚清光緒三十三年（一九〇七）隨皕宋樓其他藏書一起，爲日本人收購而漂洋過海，藏於静嘉堂文庫，傅氏何能於民國八年在國内見到此本？日本静嘉堂文庫所藏吕集，嚴紹璗《日藏漢籍善本書録・集部・别集類》亦有著録，不言卷中有彭元瑞“知聖道齋”、朱學勤“結一廬”諸藏印，可見傅氏著録此本，與静嘉堂藏本並非同一種本子。此本既逐録馮氏跋語，故應屬於馮鈔本一系的本子無疑，只是此本今已不知流落何方了。

（十二）四庫本。《四庫全書》所收《吕衡州文集》十卷。《四庫全書總目》云：“《吕衡州集》十卷，浙江鮑士恭家藏本……此本先詩賦，後雜文，已非禹錫編次之舊。又第六卷、七卷誌銘已闕數篇。卷末有孱守居士跋云……孱守居士，常熟馮舒之别號，蓋舒所重編也。”（《四庫全書總目》卷一五〇，頁一二九〇）鮑家藏本既逐録有馮己蒼二則跋文，則其出自馮鈔本，屬於馮鈔一系的本子。鮑家藏本録入《四庫全書》後，館臣又將此本歸還鮑家。鮑家書散出後，此本爲南陵徐乃昌收得，傅增湘曾於徐家見之，《藏園群書經眼録》著録有此本，其略曰：“《吕和叔文集》十卷，唐吕温撰。清鮑氏知不足齋影寫宋刊本，八行十六字，紙墨精妙。鈐有翰林院印。（南陵徐乃昌氏積學齋藏書。）”（《藏園群書經眼録》卷十二，頁一〇六九）鮑家本既出自馮鈔本，而傅氏謂鮑氏本乃“影寫宋刊本”，非是。又此本既出自馮鈔本，則書名應爲“《吕和叔文集》十卷”，而《四庫全書總目》著録爲“《吕衡州集》

十卷”，亦非是。傅氏乃親見此本者，《經眼録》著録爲“《吕和叔文集》十卷”，則不誤。

（十三）陸藏本。陸錫熊藏舊鈔本《吕衡州集》十卷殘本，存一至五卷。陸錫熊，字健男，號耳山，上海人，乾隆進士，博聞强記，資稟絶人，官副都御史，爲《四庫全書》總纂官之一。此本《藏園群書經眼録》著録曰：“《吕衡州文集》十卷，唐吕温撰，殘存卷一之五。舊寫本，八行十五字。每卷題‘朝議郎使持節衡州諸軍事守衡州刺史上騎都尉賜緋魚袋吕温撰’。鈐有‘雲間陸耳山珍藏書籍’朱、‘姚’朱、‘椿’白、‘松風亭長’白諸印。前有咸豐壬子章耒次柯題語，言爲姚春木所贈，而以之轉貽汪均牧者。按：全書十卷，此僅存其半，然審其欵式甚舊，出於古刻無疑也。（蘇州欣賞齋送閲，戊辰閏二月收。）”（《藏園群書經眼録》卷十二，頁一〇六九）傅氏乃近代版本學大家，推斷此本“出於古刻無疑”，而明代吕集唯有鈔本，若是則此本應出於宋槧《吕衡州集》，較之宋槧《吕和叔文集》，此本自是另一種不同的版本。惜其只存前五卷，然一鱗半爪，亦彌足珍貴，有重要的版本及校勘價值。由卷中題跋及鑒藏印記看，此本自陸家散出後，先歸姚春木，姚氏以此本贈給章耒，章氏又以此本貽汪均牧，清末民初又歸蘇州欣賞齋，民國十七年戊辰（一九二八）又爲傅氏購得，而今不知藏於何處。

（十四）黄校本。黄丕烈校舊鈔本《吕衡州文集》十卷，卷一至三闕，二册。此本今藏臺灣“中央圖書館”。《蕘圃藏書題識》著録此本曰：

> 余藏吕刺史文集，綿紙舊鈔本，得諸碧鳳坊顧氏，惜闕其首三卷。因欲鈔補，遇是集即收，有周松靄藏十卷本，錢遵王藏五卷本，毛子晉藏五卷本，又借得周香嚴藏葉石君家鈔本十卷全者。知周本、毛本皆不可據，周本硬析五卷爲十卷，毛本又移易十卷中爲五卷，紛如亂絲，無可取證。最後得王西沚藏十卷本，出於葉鈔原本，方信錢本之五卷，乃十卷之屬存前五卷也。去年倩友傳録錢本之三卷，思補顧本所闕，因照顧本行款寫之。新年杜門謝客，取王本校其異於錢本上，雖未必合舊鈔面目，然葉鈔十卷其來有自，末有孱守居士跋謂：“甲子歲從錢牧齋借得前五卷，戊辰歲從郡中買得後三卷，俱宋本。”則葉鈔之前五卷，其據宋本可信矣。再行間所注某作某，俱孱守所校。又云：“第二卷《聞砧》以下十五首，宋本所無，案陳解元棚本增入。”是顧本原失之三卷中，第二卷未知有此否？安得宋本一證之乎？時道光元年二日立

春，宋廛一翁定更後燒燭書。(《蕘圃藏書題識》卷七，見《黄丕烈書目題跋》，頁一五二)

據此可知，黄氏爲了訂補此本脱誤，竟搜得五種本子，並對各本的傳承關係逐一加以梳理，用心可謂勤矣。其中周松靄本、毛校本、王鈔本等前文均已述之，至於此本，雖脱去首三卷，而後七卷卻是完整的，尤其值得注意的是此本書名"《吕衡州文集》"，自應屬於宋槧《吕衡州集》十卷一系的本子，與馮氏本顯然屬於兩個不同的版本系統。而馮鈔本卷二所增《聞砧》以下十五首，黄氏質疑：此本所脱"第二卷未知有此否，安得宋本一證之乎"？還有馮本六、七兩卷所闕七首誌銘正文，不知此本是否有之，可惜黄氏没有提及此點。若六、七兩卷完好，則此本價值自增矣。

(十五)秦刻本。道光七年丁亥(一八二七)江都秦恩復石研齋刻《唐人三家集》所收《吕衡州集》十卷附《考證》一卷。三家之另外兩家爲駱賓王與李觀。此本内封面大字篆書"足本吕衡州集十卷"，内封背面有"石研齋藏板"，目録後有"道光丁亥夏閏五月石研齋秦氏刊"牌記兩個。半葉十一行二十字，左右雙邊，白口單魚尾下有"吕某"字樣，最下方爲刻工姓名。卷前首秦恩復《吕衡州文集序》，次目録；卷後附顧廣圻《吕衡州集考證》一卷，最後爲顧廣圻跋。各卷首題"吕衡州文集卷第某"。此本所據底本，乃顧廣圻精心校勘之清儷合本(見上)。秦氏《吕衡州文集序》曰："吕温和叔集，世所傳皆自常熟馮氏鈔出。予收穫真本，謂爲善矣。頃見元和顧君澗蘋，攜借來吴茂才有堂家藏足本……顧君又徧取自舊新兩《書》以下凡有關涉群籍，博搜精擇，審定是非，踰時而後告成，爰著緣起之詳於端。有堂名志忠，先世在吴中負藏書望，所謂'璜川吴氏'者也。聞其家稍落，不能多剞劂……某不敏，敢用衡州爲擁篲清道矣。道光七年歲次丁亥閏月初吉，江都秦恩復字伯敦父序。"秦氏此《序》乃顧廣圻代作，所以顧氏《思適齋集》卷十亦載有此文(見《顧廣圻書目題跋》，頁五二七至五二八)正因爲世傳吕集皆自馮鈔本出，六、七兩卷殘缺不完，而此本六七兩卷"獨爲完善"，所以秦氏此刻本一出，遂成爲今存吕集諸古本中最爲接近宋槧《吕衡州集》十卷原貌的槧本而倍受世人重視。

(十六)粤雅堂本。咸豐三年癸丑(一八五三)南海伍崇曜刻《粤雅堂叢書》二編所收《吕衡州集》十卷附《考證》一卷。此本内封面題"吕衡州集"。半葉九行二十一字，左右雙邊，粗黑口，無魚尾，中間有"吕衡州文集卷第某",下方有"粤雅堂叢書"五字。卷前有秦恩復《序》,次目録;卷後附顧廣圻《考證》一卷,及顧廣圻、伍崇曜跋。各卷後有"譚瑩玉生覆校"六字。伍氏《跋》略曰:"右《吕衡州集》十卷,唐吕温撰……是書王漁洋《香祖筆記》作詩二卷,雜文八卷,共十卷,與此册同。……此亦澹生太史校刊,特重梓之……咸豐甲寅穀日,南海伍崇耀跋。"伍氏所謂"澹生太史校刊",即指秦刻本。據伍氏跋可知,此本所據即秦刻本。又,民國二十四年(一九三五),上海商務印書館《叢書集成初編》所收《吕衡州文集》十卷,即是據此本排印者,遂使此本成爲易得之書。

(十七)丁藏本。丁丙藏舊鈔本《吕和叔文集》十卷,今藏南圖,《善本書室藏書志》有著録,原爲錢天樹舊藏。半葉十一行二十二字,行楷結體,鈔於統一印製的格子紙上,左右文武雙欄,粗黑口,雙黑對魚尾。卷前有劉禹錫《序》,卷後有柳宗元《吕君誄》,最後爲孱守居士馮舒題識二則。卷前另紙有丁丙跋文一則,丁氏判爲"舊鈔本,錢天樹藏書"。丁跋還云:"一卷賦詩,二卷詩,三卷書序,四卷表,五卷表狀,六、七卷誌銘,八卷銘文,九卷頌讚,十卷襍著,末有孱守居士題識。烏絲闌紙,抄手匀净。有'錢天樹印'、'是邪樓中秘笈'兩印。"卷中有丁氏藏印多枚,《善本書室藏書志》卷二五著録有此本。

(十八)楊藏本。楊灝藏舊鈔本《吕和叔文集》十卷,今藏國圖,二册。半葉九行十七字,卷前有劉禹錫序,卷後有過録的馮己蒼跋語。《皕宋樓藏書志》著録有此本,卷後另葉有陸氏跋曰:"右《吕和叔文集》,亦以馮己蒼宋本傳録,而校語所録寥寥,即宋本原有之雙行注亦脱落不全,因以張立人手鈔馮本,詳録一過,吕集足本已經秦敦父太史刊行,又有粵東伍氏重刊,世多有其書,馮氏校本則好古家所罕見也。光緒八年夏五月雨窗無事録畢,因識,潛園。"(《中國善本書提要》,頁五〇五)陸跋謂此本亦據馮鈔本傳録,故亦屬於馮鈔本一系的本子。題跋葉端有"前身應是王介父"印;末有"陸印心源"、"生於甲午"兩印記。光緒十四年戊子(一八八八),陸心源將其部分藏書捐送國子監,此本亦在其中,故卷中有"光緒戊子湖州陸心源捐送國子監之書匱藏南學"印。另有"楊灝之印"、"繼梁"等印記。新中國成立後,此本轉入北京圖書館(今國家圖書館),王重民入館觀書見此本,故其《中國善本書提要·集部》著録有此本,謂"此本眉端有陸心源迻録張立人手鈔馮氏校語,述古堂本無之,則此本應較勝矣"。

（十九）郁藏本。晚清郁松年藏舊鈔本《吕衡州文集》十卷，今藏南京圖書館。郁松年，字萬枝，號泰峰，上海人。陳奂《師友淵源記》載有郁氏，謂其饒於財，喜藏書。此本題作《吕衡州文集》十卷，卷前無劉禹錫《序》，卷後無柳宗元《吕君誄》，卷末迻録顧千里跋文一則。此本從郁家散出後，爲錢塘丁丙所得，《善本書室藏書志》著録有此本，其略曰："顧千里跋云，《衡州集》前五卷係吴方山舊鈔本，後五卷從正嘉時舊鈔本補全，篇目次第與馮己蒼本悉同，且第六、第七兩卷獨全，中如《韋武神道碑》、《柳夫人誌》則舉世莫傳，此本有之，可稱秘笈矣。有'曾在上海郁泰峰家'一印。"（《善本書室藏書志》卷二十五）據丁跋知，此本蓋據秦刻本鈔録者，應屬宋槧《吕衡州集》一系的本子。

吕集中單收詩歌的本子，宋時已有陳起所刻書棚本。元時不聞有吕詩刻本，明以後刊刻和傳鈔的詩集，其主要版本有以下數種：

（一）朱警本。嘉靖十九年庚子（一五四〇）朱警輯刻《唐百家詩・中唐二十七家》所收《吕衡州詩集》一卷。《百川書志》卷十四著録"《吕衡州集》一卷"，蓋即此本。半葉十行十八字，左右雙欄（少數四周單欄），白口單魚尾下有"吕衡州"三字。卷端題"吕衡州詩集"，次行具銜"朝議郎使持節衡州諸軍事守衡州刺史上騎都尉賜緋魚袋吕温"。此本明標爲"詩集"，實則詩賦兼收，凡賦四篇，詩百五首，附見詩二首。較之秦刻本，此本之《道州感興》一首，實爲秦刻本《道州感興》與次一首《春日與李六舍弟聯句》因錯簡而誤併爲一首，遂使前首題存而詩脱，後首題脱而詩存，故較之叢刊本，此本少一首。元代不聞吕詩有刻本，故此本乃明代刊行最早的吕温詩集，其所據或即書棚本《吕衡州詩集》。再者從版式上看，此本每半葉十行，行十八字，也與書棚本所刊唐諸家詩集相同，其據乃宋書棚本當無問題。不過，此本文字多有脱訛，或爲所據底本即如此，或爲此本一時疏於校讎所致。然而由於此本刊刻年代較早，所以有着重要的版本及校勘價值。

（二）統籤本。《唐音統籤》所收《吕温詩》二卷，編卷三百九十一至三百九十二，丁籤八十八，鈔本。此本詩分體編次，卷一爲五古二十首、七古六、五律二十三，卷二爲五排八、七律四、五絶十三、七絶三十三，共百七首，另附《道州春日感興》一首（即朱警本錯簡誤併在一起之《道州感興》）。較之朱警本，此本溢出五律《題從叔園林》與《送僧歸漳州》及五排《和李使君三郎早秋城北亭宴崔司士因寄關中兄弟》，凡三首，乃胡氏輯補的吕温佚詩。

此本所據底本，胡氏没有明言。據筆者考察，當爲朱警本。朱本《道州感興》一首，上文已言及，實爲《道州感興》與《春日與李六舍弟聯句》二首誤併爲一首，前首題存詩脱，後首題脱詩存，此乃朱警本特有的一項訛誤，而此本《道州感興》一首錯簡與朱本完全相同，可證此本乃是以朱本爲底本，將各體詩依次分别録出，再分類編爲二卷，補入佚詩而成者，所以此本雖改編爲分體本，但從文字方面而言，卻應屬於書棚本一系的本子。唯胡氏作過校勘，故此本文字與朱本亦有不同處。

（三）席氏本。康熙四十一年壬午（一七〇二）席啓寓琴川書屋輯刻《唐詩百名家全集》所收《吕衡州詩集》二卷、《補遺》一卷。半葉十行十八字，左右雙邊，白口單魚尾下題"吕衡州詩卷某"字樣。卷前首《傳略》附論説，次目録；卷後爲《補遺》，最後爲席氏跋。各卷首題"吕衡州詩集卷第某"，次行具銜名"朝議郎使持節衡州諸軍事守衡州刺史上騎都尉賜緋魚袋吕温"。此本雖明標爲"詩集"，亦詩賦兼收，凡賦四篇，詩百六首；《補遺》三首，其中賦一篇、詩二首，故此本共賦五篇、詩百八首，另附見詩二首。席氏跋曰："《藝文志》集十卷。今刻詩二卷，《補遺》賦一篇，詩二首。"此本所據底本，席氏没有明言。據筆者考察，此本不僅文字較他本更近於馮鈔本，而且連馮鈔本所出校文也大多相同。如叢刊本卷一《青出藍詩》"朱研方比德"句之"方"字，又如叢刊本同卷《道州將赴衡州酬别江華毛令》"今朝别後無他囑"句之"今"字，叢刊本卷二《岳陽懷古》"方知刳刻利"句之"知"字，叢刊本同卷《蕃中答退渾詞》"神島龍駒將與誰"句之"島"字，叢刊本同卷《風歎》"會須一決百年中"句之"決"字，等等，這些都是席氏以前，馮鈔本一系本子獨有的文字，而此本皆與之同，可見此本乃是以馮鈔本或其一系的本子爲底本翻刻者。不過，席氏刊行《唐詩百名家全集》態度是嚴謹的，上版前作過認真校勘，文字已有不少改動，然就大體而言，此本文字多與馮鈔本爲近，還是非常明顯的。

（四）全唐詩本。康熙敕編《全唐詩》所收《吕温詩》二卷。《全唐詩》主要依據《唐音統籤》和季振宜《全唐詩稿本》編纂而成，而季氏《稿本》所收《吕温詩》二卷，則是將朱警本原刻入編，删去賦四首及附見詩二首，再補入佚詩《和李使君三郎早秋城北亭宴崔司士因寄關中評事》、《道州感興》及《題從叔園林》三首編輯而成的，故《稿本》共百八首。文字方面，上文已言及，《季滄葦藏書目·宋元雜版書·文集》著録有《唐吕衡州温集》十卷，而

《稿本》之《早覺有懷》題下季氏注曰:“宋刻作《早覺有感》,竟接下‘棲棲復汲汲’二首,此本較宋刻多十首。”這個注文證明季氏的確藏有吕集宋本(應爲鈔宋本)。季氏用宋本及《文苑英華》参校,異文出校於字裏行間,且填補了朱本的一些脱文,改正了一些訛誤。如朱警本《賦得失群雁》,題中“雁”字誤,諸本皆作“鶴”,季氏據改,甚是。朱本《道州南□换柱》,題中脱一字,季氏據校本填補脱字作“樓”字,極是,等等。康熙敕編《全唐詩》,便是將季氏《稿本》中的吕温詩全數入編,而將錯簡誤併爲一首的聯句詩《道州感興》,另編入《全唐詩》卷七八九《聯句二》中,另據統籤本等補入佚詩《送僧歸漳州》,於卷八七〇“戲謔”卷補入佚詩《戲柳柳州子厚》與《嘲黔南觀察南卓》(一云卓故人傚吕温作)二首,故《全唐詩》共百十一首。文字方面,編臣參校統籤本及其他善本,改正了季氏未及改正的訛誤,並盡量填補季氏《稿本》未及填補的脱漏文字。然而全唐詩本也並非没有缺陷,如朱本之《道州感興》一首,上文已言及,乃《道州感興》與《春日與李六舍弟聯句》兩首錯簡誤併爲一首,前首題存詩脱,後首題脱詩存,理應恢復爲二首詩才是。然而季氏僅於題下出一校記:“《春日與李六舍弟聯句》。”唯出校後一首詩題,而未補出前一首詩。《全唐詩》編臣雖然依據季氏《稿本》補出了《道州感興》一首,又將後一首聯句詩另編入卷七八九“聯句”卷中,然而詩題卻參照統籤本,改作“《道州春日感興》”,没有改回原題“春日與李六舍弟聯句”,所以並未徹底解決此一舛誤。不過在吕詩諸古本中,全唐詩本《吕温詩》後來居上,不失爲一個收詩最多、文字也較爲精粹的本子。

(五)江標本。江標《唐人五十家小集》仿刻《吕衡州詩集》一卷。此本内封面大字篆書“吕衡州詩集”,左旁小字署“宋十行十八字本”,版心白口單魚尾下有“吕衡州”三字。卷端題“吕衡州詩集”,次行題銜名“朝議郎使持節衡州諸軍事守衡州刺史上騎都尉賜緋魚袋吕温”。此本凡録詩百五首,附見二首。版式與朱警本全同,首數及編次文字也與朱警本完全相同,且連朱警本的訛誤也照様沿襲,其中最明顯的例子就是,朱本《道州感興》一首,實爲《道州感興》與下一首《春日與李六舍弟聯句》二首因錯簡而誤併爲一首,前首題存詩脱,後首題脱詩存。此本錯簡與朱本完全相同,《道州感興》與《春日與李六舍弟聯句》二首也誤併爲一首,可見此本乃是據朱本仿刻者。江標謂此本所據爲“宋十行十八字本”,大謬不然。實際上《唐人五十家小集》中不少所謂“宋本”,皆爲朱警本,此本即是一個明顯的例證,所以使用《唐人五十家小集》時應特别注意對其底本加以辨别。

綜上可見,吕集版本有以下特點:(1)原編吕集乃劉禹錫手纂,雜文居先,詩賦殿後,上下兩篇,凡二百首,每篇約百首,不言分卷。(2)五代時出現的十卷本吕集,與晁氏《書志》所載詩賦居先,雜文置後的《吕温集》均爲十卷本,故編次亦同,表明五代流傳的十卷本,已非劉氏原編。學界或謂先詩賦、後雜文的十卷本宋代方出現,不確。(3)兩宋吕集,今知者有晁氏《書志》等著録的《吕温集》十卷、陳氏《解題》著録的《吕衡州集》十卷、錢謙益《絳雲樓書目》著録的《吕和叔文集》十卷,及陳起刊刻的書棚本詩集,這些版本除《吕温集》十卷外,元明至清初均有傳本,以後盡皆散逸無傳。(4)明清兩代的吕集傳本,大多爲殘本,這是吕集的不幸。晚明以後,學者們開始以各種殘本拚合吕集,遂有明末儷合的馮鈔本及其一系列下位本,清儷合本及其一系列下位本等,其中道光時的秦刻本,經顧廣圻參校衆本,遂成儷合本中較好的一種。(5)書棚本蓋爲詩集,清初以後雖失傳,然有下位本朱警本及其衍生本行世,使書棚本面貌得以保存。席氏本乃馮鈔本的詩賦别裁本,又經席氏仔細校勘,也是一個較好的詩集本。

【參考文獻】吕明濤《〈吕和叔文集〉版本源流考》,《泰安師專學報》一九九九年四期　多洛肯《吕集版本考述》,《西安電子科技大學學報》(社會科學版)二〇〇〇年二期

唐别集考卷第十三

柳宗元集

柳宗元（七七三～八一九）字子厚，河東（今山西永濟）人。少精敏絶倫，爲文精緻卓偉，尤擅詩騷。貞元九年（七九三）進士及第，十四年再登博學宏詞科，釋褐集賢殿正字，歷官監察御史裏行等。順宗時參與王叔文政事，擢禮部員外郎。叔文敗，貶永州司馬，同時被貶者八人，史稱"八司馬事件"。元和十年（八一五）詔還京師不用，出刺柳州，十四年（八一九）卒於任上，世稱"柳柳州"。

宗元著述，名動當世，然因英年早逝，未及手纂文集。及病篤，方將書稿託咐摯友劉禹錫，禹錫《唐故尚書禮部員外郎柳君集紀》述及此事甚悉，其略曰：

> 子厚……病且革，留書抵其友中山劉某曰："我不幸，卒以謫死，以遺草累故人。"某執書以泣，遂編次爲三十通，行於世……有退之之誌若祭文在，今附於第一通之末云。（《劉夢得文集》卷二十三，四部叢刊本）

宗元身後首先行世的文集，當即此種三十卷本。唐末司空圖有《題柳柳州集後》一詩，所見亦當爲三十卷本。五代劉昫《舊唐書》卷一六〇《柳宗元傳》謂"有文集四十卷"，此"四十"當爲"三十"之訛。劉禹錫有《劉氏集略説》一文，謂自編文集爲四十卷（《劉禹錫集》卷二十）；劉昫蓋將劉集卷數，誤記作柳集卷數了。

入宋，《崇文總目》卷五、《新唐書·藝文志四》皆作三十卷，可見北宋以前柳集通行本爲三十卷，殊無四十卷者，直到南宋晁公武《讀書志》卷十七仍著録"《柳宗元集》三十卷"，不過溢出《集外文》一卷罷了。另《新唐書·藝文志一》、《宋史·藝文志一》另著録柳宗元《非國語》二卷；《新唐書·藝文志三》、《宋史·藝文志四》又著録柳宗元《楊子法言》十三卷。

除三十卷原編本外,蓋晚唐五代至宋初,又出現了改編的四十五卷本。此本穆修嘗見之,穆氏乃宋代古文倡導者,一生愛好韓柳。其尋訪柳集,多年所得,唯斷簡殘編,直到仁宗天聖元年(一〇二三),已届桑榆晚景的穆修方獲一全本,即此種四十五卷本。遂謄録一本,與友人校勘累月,方上版刊行,這就是宋人所羡稱的"大字穆修本"。穆氏《柳先生文後序》載其發現和刊刻柳集之事甚悉,其略曰:

> 予少嗜觀二家之文,常病柳不全見於世,出人間者,殘落纔百餘篇……柳之道,疑其未克光明於時,何故伏其文而不大耀也?求索之莫獲,則既已矣於懷。不圖晚節,遂見其書,聯爲八九大編,夔州前序其首,以卷别者凡四十有五。真配韓之鉅文歟!書字甚樸,不類今跡。蓋往昔之藏書也。從考覽之,或卒卷莫迎其誤脱,有一二廢字,由其陳故劘滅,讀無甚害,更資研證就真耳。因按其舊,録爲别本,與隴西李之才參讀累月,詳而後止……天聖元年秋九月,河南穆修伯長後序。(《柳宗元集·附録》,中華書局一九七九年十月第一版,頁一四四四。版本下同)

這是至今所知柳集的第一個刻本,故四庫館臣曰:"刻韓柳集者,自穆修始。"(《四庫全書總目》卷一五〇,頁一二八九)由於此本出自穆修,校刻審慎,除一二劘滅廢字憑己意填補外,其餘一概忠實底本,故此本一出,頗爲世人所重,遂成後世柳集傳本的主流。至於所據底本,穆氏唯曰"四十五卷","夔州(劉禹錫)前序其首","書字甚樸","蓋往昔之藏書也"數句,然究爲何時鈔本,與三十卷本有何不同?由於當時並無其他版本可供比勘參校,故穆修未能明言。萬曼先生《唐集叙録》謂"可能是一個唐寫舊本",雖不無可能,但也許是一部五代宋初的鈔本。這裏須注意的是,劉編三十卷本外,改編的四十五卷本柳集,至少北宋前期就已經出現了。

穆修本刊刻行世後,柳集漸受重視,先後出現了三十三卷的京師小字本、晏元獻本、曾丞相家本等,徽宗政和四年(一一一四),又出現了沈晦的新編柳集。沈晦《河東先生集後序》描述這些版本曰:

> 學古文必自韓、柳始……唯柳文簡古雅奥,不易刊削。年大來試爲紬繹,兩閱歲,然後畢現。凡四本:大字四十五卷所傳最遠,初出穆

修家，云是劉夢得本；小字三十三卷，元符間京師開行，顛倒章什，補易句讀，訛正相半；曰曾丞相家本，篇數不多於二本，而有邢郎中、楊常侍二行狀，《冬日可愛》、《平權衡》二賦，共四首，有其目而亡其文；曰晏元獻家本，次序多與諸家不同，無《非國語》。四本中，晏本最爲精密。柳文出自穆家，又是劉連州舊物。今以四十五卷本爲正，而以諸本所餘作《外集》。參考互證，用私意補其闕，如“皇室主”宜加“黄”字，“馮翊王公”宜去“王”字……（《柳宗元集·附録》，頁一四四五）

沈晦此本既以大字穆修本爲正，則收詩數量、編次當一如穆本，文字亦當以穆本爲主，而用其他三本加以校勘，所以此本乃穆本的忠實翻刻本。不過沈氏此《序》有二誤：一是誤將穆本當作“劉連州舊物”，即劉禹錫原編本。穆修《後序》明明只言所得柳集前有劉《序》，“書字甚樸，不類今跡，蓋往昔之藏書也”，根本未言所得爲劉氏原編。故清人陳景雲《柳集點勘》譏笑沈晦讀穆《序》未審，即以爲穆本所傳爲劉本，故而致誤。《柳集點勘》頗中沈言要害，然而陳氏謂劉本久亡就不正確了。沈氏所列三十三卷京師本，其實就出自劉本（詳下）。二是顛倒是非，誤批京師本。沈氏既以穆本“爲正”，則凡與穆本不同者，便都被視爲“不正”，於是京師本遂成了“顛倒章什，補易句讀”的本子了。然而這恰恰表明穆本一系的四十五卷本，其編次與京師本有很大不同，且字句差異也不小。至於説京師本文字“訛正相半”，則未免過於誇張。其實三十三卷的京師本，卷數最接近劉編三十卷本，所傳實爲劉氏本（詳永州本）；可惜沈氏未能通觀柳集版本源流，發現京師本的價值，而誤以穆本所傳乃劉本。沈晦這一誤説影響甚巨，致使後人對穆本刮目相看，争相刊行，從而使四十五卷一系柳集成爲南宋以後的通行本，直到今天還有學者以爲四十五卷爲劉氏原編，而三十卷本則倍受冷落，瀕於絶跡的邊沿，對柳集原貌的保存造成了無法彌補的損失。不過，沈氏《後序》所列的校勘異文，其中應包括三十三卷本的異文，沈氏曰：

如“皇室主”宜加“黄”字，“馮翊王公”宜去“王”字，“緊”當作“掔”，“珝”當作“玨”，“鮑勛”當作“鮑信”，“改規”當作“段規”，“疥瘧”宜爲“痎瘧”，“狠俸”宜爲“狠悻”，吴武陵初貶永州，《貞符》中宜如《唐書》去“量移”字，韓曄時猶未死，《答元饒州書》中宜於“韓宣英”上去“亡友”字，以《唐書·孝友傳》校《復讎議》，以《楚辭·天問》校《天對》，以《左傳》、《國語》校《非國語》，以唐、宋類書唐人牋表校《天論》等篇，其見於《唐書》者，悉改從宋景文，凡漫乙是正二千處而贏。又釐革《京兆請復尊號表》，增入《請聽政第二表》、《賀皇太子牋》、《省試慶雲圖詩》，總六百七十四篇。鋟木流行，購逸拾遺，猶俟後日。政和四年十二月望，胥山沈晦序。(《柳宗元集·附録》，頁一四四五至一四四六)

沈晦此刻，世稱"四明新本"，由《後序》可知，沈氏於此本還是下了一番校勘整理功夫的。

北宋傳佈的柳集，除穆本、京師本、曾丞相家本、晏本及沈本五種外，還有李石《河東先生集題後》提及的三種版本，加上《崇文總目》和《新唐書·藝文志》所著録的三十卷本，總共九種。李氏《題後》曰：

石所得柳文凡四本：其一得之於鄉人蕭憲甫，云京師閣氏本；其一得之於范衷甫，云晏氏本；其一得之於臨安富氏子，云連州本；其一得之於范才叔之家傳舊本。閣氏本最善，爲好事者竊去。晏氏本，蓋衷甫手校以授其兄偃刊之，今蜀本是也。才叔家本，似未經校正篇次，大不類富氏連州本，樸野尤甚。今合三本校之，以取正焉。如劉賓客序云，有退之之誌并祭文附于第一通之末，蓋以退之重子厚敘之意云爾也。蜀本往往只作"并祭文"，其他有率意改竄字句以害義理者尚多。此類或作字、一作字、衍字、去字，此三本之相爲用也。然亦未敢以爲全書，尚冀復得如閣氏本者而取正焉。方舟李石書。(《柳宗元集·附録》，頁一四四九至一四五〇)

李石本後世無傳，唯此《題後》保存下來。李石爲南宋初人，其所得四本，京師閣氏本，當即沈晦所説的京師小字本；晏氏本，當即沈晦所説的晏元獻家本，二本已見上。另外連州本、范才叔家本和蜀本三種，蜀本出自晏本，李石謂劉禹錫《序》尾句"有退之之誌并祭文附於第一通之末"十五字，蜀本只作"并祭文"三字，其他率意改竄字句之處尚多，且沈晦謂蜀本不收《非國語》，當爲北宋後期蜀中刻本；范才叔家本，因未經校正，篇次不類連州本，故雖然是一舊本，李石也棄而不用；至於連州本，萬曼先生《唐集叙録》以爲就是"大字穆修本"，恐未必即是，因爲穆本校刻認真，且爲"大字四十五卷"，在當時就很有名，屬於宋刻中的上品，又有穆修《後序》，極易辨認，故沈晦稱其出穆修家，李石所見若爲穆本，不可能改稱其爲連州本，而隻字不提與穆修的關係。實際上此連州本，應該就是劉禹錫原編三十卷本柳集，可惜李石與其失之交臂，未能特别加以利用。

南宋傳佈的白文柳集，除李石新校本外，還有李褫本、永州本、晁藏本、趙藏本、陳藏本、葛嶠本，凡七種，若合永州重修本和遞修本計之，則共九種之多，今分别加以介紹。李褫本，紹興四年甲寅（一一三四）刊於柳州，由郡守常子正發起，繼任郡守李褫續成之。李褫《河東先生集後序》記此本刊刻經過甚悉，其略曰：

柳侯子厚，實唐巨儒。文章光豔，爲萬世法……粤惟柳州，廼侯舊治。其如生爲利澤，殁爲福壽，以遺此土之民者，可謂博厚無窮。然自唐迄今，垂四百年，此邦寂未有以侯文刊而爲集者……紹興載歲，殿院常公子正，被命守邦，至謁祠下。退而訪侯遺文，則茫然無有，獨得石刻三四，存於州治。自餘雖詩章記事，所以藻飾柳邦者，亦蔑如爾，又安得所謂全文備集者哉！因喟嘆久之，出舊所藏及旁搜善本，手自校正，俾鳩良工，創刊此集。其編次首尾，門類後先，文理差舛，字畫訛謬，無不畢理。且委僚屬助成其事，未克就，促召公對，眷眷相囑焉。褫雖不才，實獲躡蹤繼軌於公之後塵，而喜公樂善之心，付託之語，乃督餘工，助成一簣，豈惟不墜侯之偉文，抑亦成公之雅志焉。紹興四年三月初一日，右朝奉郎特差權發遣柳州軍州兼管内勸農事借紫金魚袋李褫序。（《柳宗元集・附録》，頁一四四六至一四四七）

據此可見，此本乃柳州所刻之第一部柳集，然所據何本，共有幾卷，收録作品及版刻情形怎樣。惜李褫語焉未詳，此本今佚，我們也無從得知了。

永州本《唐柳先生文集》三十二卷、《外集》一卷。此本中土今唯存《外集》一卷，藏國圖，卷首題“外集”二字，卷末有尾題“唐柳先生外集卷終”。卷後附録墓誌、傳文、叙文等四首，最後爲郡守葉棎《重刊柳文後叙》。半葉九行、行十七八字不等，左右雙邊，白口雙魚尾，上魚尾下署“外集”，下魚尾下爲葉碼，次字數，最下刻工名氏。葉棎《後叙》曰：

按子厚……凡居永者十年。今考本集所載，見於遊觀紀詠，在永爲多。蒐訪遺跡，僅獲一二，它皆不可考。郡庠舊有文集，歲久頗剥落。因裒集善本，會同僚參校，凡編次之淆亂，字畫之訛誤，悉釐正之。獨詞旨有互見旁出者，兩存之，以竢覽者去取。命工鋟木，歲餘其書始就。噫！零陵號湖湘佳郡，且多秀民，文物之盛，甲於他州，豈子厚之殘膏賸馥，霑丐迨今而然耶！然則新是書以流布，豈特補是邦之闕遺而已，學者幸察其區區焉。乾道改元季冬丙子，吴興葉桯書。（中華書局一九八七年九月影印本《唐柳先生外集》）

此本既爲乾道元年（一一六五）刊行，故雖只存《外集》一卷，卻是現存所有柳集中最早的刻本。清以前，此本似未見著録。清初曹寅收有此本，《千山曹氏藏書目》著録爲三十二卷，然卻未提還有《外集》一卷。後來曹家書散出，正集下落不明，此一卷《外集》，嘉慶、道光間爲獨山莫友芝收得，《郘亭知見傳本書目》有著録，卷首鈐"楝亭曹氏藏書"篆文印記一枚，始知此本正集三十二卷與《外集》一卷同爲曹家舊物。此永州本，合正外集爲三十三卷，與沈晦所説的京師本卷數正同，其傳當自京師本或與京師本淵源相同的本子。同治十二年癸酉（一八七三）莫友芝之子繩孫跋此《外集》曰：

今獲此宋槧《外集》一卷……卷末有乾道改元吴興葉桯刊書跋，蓋桯官永州刻之郡庠者也。所見柳集數本，《外集》皆二卷，唯晁《志》作一卷。昭德與桯實同時，或所奔即此永州本也。是册爲曹楝亭氏舊藏，檢《千山曹氏藏書目》，此種注云："三十二卷。"乃合此《外集》暨《附録》計之，益足證永州本正集爲三十卷無疑。以是《外集》例之，其正集必有大異于諸本者，惜哉！（中華書局影印本《唐柳先生外集》）

繩孫謂其所見柳集數本《外集》皆二卷，唯晁公武《讀書志》所録三十卷本與此本《外集》皆爲一卷；且此永州本三十二卷，乃是合《外集》一卷及《附録》計之，故正集爲三十卷，亦與晁《志》著録本同，因而斷定晁《志》著録者就是永州本。然而事實證明，繩孫推斷是錯誤的。此本正集實爲三十二卷，合《外集》則爲三十三卷（詳下）。此《外集》一卷，光緒四年（一八七八）合肥蒯氏用西法曬照，因使流傳稍廣。清末繆荃孫《藝風堂文漫存》卷四著録有此宋刻《外集》；民國時又爲傅增湘收得，故卷首鈐"沅叔審定"，卷後有"藏園秘笈孤本"二印記，《藏園群書經眼録》著録曰："按：是書字體渾穆端莊，摹仿魯公，精刊初印，墨氣濃厚，紙用羅紋皮料，匀潔堅韌，在宋本亦爲罕覯。癸丑冬張菊生前輩爲余收之……雖寥寥數十葉，亦驚人秘笈也。"（《藏園群書經眼録》卷十二，頁一〇七二）新中國成立後傅氏後人將其捐獻給國家，故《北京圖書館善本書目》有著録，一九八七年中華書局據宋刻原大影印，遂成易得之書。《中國古籍善本書目》、《中國古籍總目》均有著録。

永州本正集中土無傳，然日本尚存有殘本。日本澀江全善《經籍訪古志》卷六載，賜蘆文庫曾藏有宋槧《唐柳先生文集》殘本，存卷十四至十八、卷二十九至三十二，並《外集》一卷，合計凡十卷。各卷首題“唐柳先生文集卷第某”，卷末有“乾道元年十二月十五日畢工”一行，又有光宗紹熙辛亥（二年，一一九一）永州州學教授錢重跋，還有寧宗嘉定改元（一二〇八）十月郡守汪檝跋。錢、汪二《跋》爲時在後，且均提到修補舊版、重行印刷之事。由此可見乾道改元葉程所梓，乃永州本初刻，紹熙辛亥爲修訂，嘉定改元爲遞修。賜蘆文庫所藏既有錢、汪二人跋語，則是嘉定改元之遞修本。傅增湘一九二九年訪書東瀛，曾於静嘉堂文庫親睹嘉定遞修殘本，《藏園群書經眼録》卷十二有著録，謂僅存卷二十九第一至二葉，卷三十二第九至十八葉，《外集》第一至二十九葉，版式與國内所存《外集》一卷完全相同。據日本學者阿部隆一《金澤文庫的漢籍》一書考定，“今静嘉堂文庫所藏此《唐柳先生文集》殘本，係中世時代金澤文庫外流出漢籍之一種，即森立之《經籍訪古志》卷六所著録之原賜蘆文庫所藏之宋嘉定刊本《唐柳先生文集》殘本”的部分卷葉（嚴紹璗《日藏漢籍善本書録·集部·别集類》）。傅增湘閲書後感慨説：“可知余所藏者爲乾道初刊本，紹熙之補訂者爲二次補本，嘉定之釐正數百字易五百餘板者爲第三次補本。惜今所存者《外集》之外祇得卷二十九、卷三十二寥寥十餘殘葉，非賜蘆文庫所藏之舊矣。”（《藏園群書經眼録》卷十二，頁一〇七〇）雖然如此，永州遞修殘本的存在足以證明，乾道改元，永州本正集爲三十二卷、《外集》一卷；合正外集則爲三十三卷斷可無疑也。莫繩孫謂永州本正集三十卷，合《外集》及《附録》爲三十二卷的説法顯屬臆測之詞。錢重跋永州修訂本曰：

> 重冒昧分教此邦，意爲柳文必有佳本。及取觀之，脱繆訛誤特甚，而又墨板歲久漫滅太半。今史君趙公，天族英傑，平生酷好古文，所謂落筆妙天下者也。一日，命重爲之是正，且俾盡易其板之朽弊者。然重吴興人也，來永幾五十程。柳文善本在鄉中士夫家頗多，而永反難得。所可校勘者，止得三兩本，他無從得之。其所是正，豈無遺恨？尚賴後之君子博求而精校之，庶子厚妙思寓於一字一句中者悉呈露，爲益不淺矣。紹熙辛亥仲秋一日，迪功郎永州州學教授錢重謹書。（《柳宗元集·附録》，頁一四五四）

錢氏所謂“盡易其板之朽弊者”，即修訂乾道元年書版。此次修訂版，還有永州郡守郇國趙善愖《跋》，謂修訂舊版，再印柳集，原是他的雅意。可惜此次修訂本留傳下來者唯趙、錢兩篇《跋》文而已。至於遞修的情形，郡守汪檝《跋》曰：

> 舊集日累月益，墨版蠹蝕，字體漫滅，至讀者有以“悴”爲“倅”，以“邁”爲“遇”者。因委新舂陵理掾朱君敏集諸家善本校讎之，更易朽腐五百餘版，釐革訛舛幾數百字，半朞而工役成，庶可以傳遠。或尚有缺漏，博古君子能嗣而正之，抑斯文之幸也。嘉定改元十月日郡守鄱陽汪檝跋。

汪氏謂“更易朽腐五百餘版”，即指再次對乾道版加以修訂。不過由於書版更易過多，初刻之葉桯《後叙》已無存，唯鐫“乾道元年十二月十五日畢工”一行，以示此本初刊年月。而中土初刻《外集》的倖存，彌補了這一缺憾。永州自乾道改元至嘉定改元，四十餘年間三次刊行柳集，亦可謂盛矣！

晁藏本，即晁公武《讀書志》卷十七著録之“《柳宗元集》三十卷、《集外文》一卷”。莫繩孫判此本即永州本，顯然是不正確的。二本不僅書名不同，卷數也有别。此本正集三十卷，當爲劉禹錫所編柳集原編，而《集外文》一卷，則與宋祁所見“集外文”一卷同名。是此《集外文》一卷，當與永州本《外集》一卷同，而與四十五卷本《外集》有别。此本正集三十，尚未收《非國語》二卷，表明南宋初三十卷柳集尚有傳本，可惜今已散佚無存了。

趙藏本，即趙希弁《讀書附志》著録之“《柳先生文集》四十五卷《外集》二卷《附録》二卷”。趙氏曰：“希弁所藏卷帙，與劉禹錫四十五通之説同，以諸本點校，寫諸公評論於逐篇之上。《附録》中先後失次者正之，遺缺者補之。若夫昌黎所作先生墓誌祭文，他本皆在《附録》中，唯此本在《正符》之後，蓋禹錫自謂附于第一通之末也。朱文公嘗謂：‘柳文後《龍城雜記》，王銍性之所爲也。子厚叙事文字，多少筆力，此《記》衰弱之甚，皆寓古人詩文中不可曉知底於其中，似暗影出云。’”（《郡齋讀書志校證》附《讀書附志》，頁一一七一）可見趙藏本的特點有二，首先此本韓愈所作墓誌、祭文附於第一卷之末，與他本墓誌、祭文皆入《附録》者不同。其次，此本最先附録王銍性《龍城雜記》於此本後，此前他本均不載此僞作。

陳藏本，即陳振孫《書録解題》著録之《柳柳州集》四十五卷、《外集》二卷。陳氏曰："劉禹錫作序，言編次其文爲三十二通，退之之誌若祭文，附第一通之末。今世所行本皆四十五卷，又不附誌文，非當時本也，或云沈元用所傳穆伯長本。"（《直齋書録解題》卷十六，頁四七六至四七七）可見四十五卷本第一卷末是不附韓愈誌文的，屬於沈晦所傳穆修四十五卷一系的本子。然而沈晦只言"以諸本所餘作《外集》"，可見《外集》只有一卷；而陳氏這裏所著録者爲《外集》二卷，故此本當爲沈晦本的翻刻本，《外集》溢出一卷，當爲後人所增。

葛嶠本，即陳振孫《書録解題》著録之《柳先生集》四十五卷、《外集》二卷、《别録》一卷、《摭異》一卷、《音釋》一卷、《附録》二卷、《事迹本末》一卷本。陳氏曰："方崧卿既刻《韓集》於南安軍，其後，江陰葛嶠爲守，復刊《柳集》以配之。《别録》而下，皆嶠所裒集也。《别録》者，《龍城録》及《法言注》五則。《龍城》近世人僞作。"（《直齋書録解題》卷十六，頁四七七）可見葛嶠此南安本柳集，乃爲匹配南安本韓集而刊刻的。此本的特點，是書後贅以葛嶠自編的《附録》二卷、《事迹本末》一卷。另，此本卷後亦附有《龍城録》（即《龍城雜記》）。郡庠刻書，一般由郡守委之文士，然葛氏於此能躬親參與，自己動手編輯附録，可見對所刻柳集非常重視。上述趙藏本、陳藏本和葛嶠本均屬穆修一系的本子，今皆不傳，亦可惜矣。

綜合以上諸本，可知宋代柳集白文本大致可以分爲兩個系統，即三十二卷本系統和四十五卷本系統。而永州遞修本三十二卷殘帙及《外集》一卷初刻本的發現，在柳集版本研究方面極具價值，第一，可藉以窺見柳集原編三十卷本的概貌。柳集原編爲"三十通"（卷），今存宋槧及明以後各種《劉禹錫集》所載《柳君集紀》皆然；但晚唐五代以後所傳柳集，卷數皆多於三十卷，其中永州三十二卷本，與陳振孫《書録解題》所謂"劉禹錫作序，言編次其文爲三十二通"相合，可見陳氏即以爲此三十二卷本出自劉禹錫原編，若加《外集》一卷，則與沈晦所説三十三卷京師本卷數相同。考沈晦《後序》，晏氏本未收《非國語》，沈《序》即明確指出其無《非國語》；而於京師本，沈氏不言未收《非國語》，則京師本收有《非國語》可無疑也。京師本與永州本，二本卷數既同，則永州本與京師本應爲同源本。若是，則永州本當亦有《非國語》。《非國語》恰爲二卷，《新唐書·藝文志一》、《宋史·藝文志一》均將其列入《史部·春秋類》，晁氏《讀書志》則入《經類·春秋類》中，皆獨立著録，這也表明《非國語》二卷，原即單獨流行，未入本集。若是，則此種三十二卷本，除去《非國語》上下二卷，所得恰爲三十卷整，這與劉禹錫《柳君集紀》"編次爲三十通"之説合若符契。可見宋傳三十二卷本，其前三十卷，當出自劉氏原編。所以三十卷本今雖無存，然通過三十二卷本，仍可看到原編三十卷本的概貌。至於三十卷本系統何以附入《非國語》。究其原因，應與四十五卷本一系的本子有關。前已述及，陳氏《書録解題》已判四十五卷本乃穆修傳本，後附《非國語》二卷。而直到晁氏《讀書志》著録之柳集，仍爲三十卷，未附《非國語》。可見三十卷本原編附入《非國語》，應是受了四十五卷本的影響，附入時間應在南宋以後。第二，通過永州本殘帙可以理清柳集卷數的演變分合情形。柳集原編既爲三十卷，不收《非國語》；宋初以前出現的四十五卷本(見前)收有《非國語》。四十五卷本去掉《非國語》二卷，則成四十三卷本，晏元獻本及其衍生的蜀刻本，即是這種四十三卷。而由於四十五卷本的影響，三十卷本附入《非國語》，於是出現了三十二卷本。所以自唐至宋，柳集大致形成二個系統，一個是三十卷本，附入《非國語》即成三十二卷本，合《外集》一卷則爲三十三卷本；另一個是四十五卷本，除去《非國語》即成四十三卷本，柳集衆多版本卷數的變化，如此而已。第三，通過永州本殘帙可以弄清《外集》的來龍去脈。三十卷本和四十五卷本，二者原無《外集》。四十五卷本《外集》起於沈晦(已見)，原唯一卷，乃沈氏彙録溢出四十五卷本以外之京師本、曾丞相家本及晏元獻本的作品而成；後世翻刻本屢經疊加，漸次出現二卷、三卷甚至更多者。而三十卷本《外集》雖不知始於何時，但據陸游《跋柳柳州集》一文記載，宋祁即已見到此種《外集》，可見此種《外集》比沈晦所編四十五卷本《外集》要早得多，陸游《跋》曰："'此一卷集外文，其中多後人妄取他人之文冒柳州之名者，聊且裒類於此。子京。'右三十一字，宋景文公手書，藏其從孫晸家。然所謂集外文者，今往往分入卷中矣。淳熙乙巳五月十七日，務觀校畢。"(《陸放翁全集》卷二七，頁一六三)考此一卷"集外文"，名稱與晁公武《讀書志》著録《柳宗元集》三十卷本之"集外文一卷"正同，故宋祁所見"一卷集外文"，當屬於三十卷一系本子的《外集》無疑。然而此種"外集文"收録多少作品，惜宋祁没有提及。不過，從陸游"所謂集外文者，今往往分入卷中矣"的説法來看，倒與四十五卷一系本子的情形十分符合：永州本《外集》一卷，收録作品四十五首，其中三十五首散見於四十五卷一系的本子中；另有七首，與四十五卷本《外集》相同。而《送元暠師詩》、《上宰相啓》、《上裴桂州狀》三首，四十五卷一系各本正外集均不載。這表明永州本《外集》一卷，與宋祁所見“集外文”一卷同，屬於三十卷一系本子之《外集》。而四十五卷本的編成，蓋由三十卷本加《集外文》再加《非國語》，然後裂爲四十五卷而成。此雖出於推測，當距事實不遠，唯有如此，三十卷本《外集》内的三十五首作品，才會“往往分入”四十五卷本各卷中。至於其他十首，當爲四十五卷本問世之後，方被陸續補入三十卷本《集外文》中。三十卷本《外集》的出現既早於四十五卷本的成書，則其出現應不晚於宋初可無疑也。

韓柳文章高古聱牙，且柳尤甚於韓，所以南宋人在整理柳集文本的同時，便開始了柳集的辨音訓釋工作，其發軔者，蓋新安張敦頤。紹興丙子(二十六年，一一五六)張氏撰《柳文音辯》一卷，其《序》曰：

> 惟柳文簡古不易校，其厓字奥僻或難曉。給事沈公晦嘗用穆伯長、劉夢得、曾丞相、晏元獻四家本參考互證，凡漫乙是正二千餘處，往往所至稱善，今四明所刊四十五卷者是也。惟音釋未有傳焉。余再分教延平，用此本篇次撰集，凡二千五百餘字。其有不用本音而假借佗音者，悉原其來處；或不知來處，而諸韻、《玉篇》、《説文》、《類篇》亦所不載者則闕之。尚慮膚淺，弗辨南北語音之訛，其間不無謬誤，賴同志者正之。紹興丙子十月，新安張敦頤書。(《柳宗元集・附録》，頁一四四七)

此書《直齋書録解題》卷十六著録爲《韓柳音辨》二卷，《宋史・藝文志》著録一卷，蓋由合刊和單行兩種，故卷數自然不同。《柳文音辨》既爲一卷，當脱離柳集而單行者，至於篇次則準沈晦本。

稍後嚴有翼撰《柳文切正》，嚴氏《序》曰：“余嘗嗜子厚之文，苦其難讀，既稽之史傳以校其譌繆，又考之字書以證其音釋，編成一帙，名曰《柳文切正》。雖懸金於市，曾無吕氏之精；既置筆于藩，姑效左思之篤。後之君子，無或誚焉。紹興三十二年歲次壬午春三月十一日，建安嚴有翼序。”(《柳宗元集・附録》，頁一四四九)嚴氏嘗分教泉、荆二郡，撰有《藝苑雌黄》二十卷，《直齋書録解題》卷十《雜家類》有著録，謂其“大抵辨正訛謬，故曰‘雌黄’。其目：《子史》、《傳注》、《詩詞》、《時序》、《名數》、《聲畫》、《器用》、《地理》、《動植》、《神怪》、《雜事》，卷爲二十，條凡四百條，硯岡居士唐稷序之”(《直齋書録解題》卷十，頁三一一)。陳氏《解題》雖未著録《柳文切正》，然大旨則與《藝苑雌黄》相同，即唯就史事與字音加以辨正罷了，故名《柳文切正》。紹興前後，還有童宗説編的《柳文音釋》一卷，趙希弁《讀書附志》有著録。陳振孫《書録解題》卷八《地理類》還著録袁州教授南城童宗説所修《宜春志》十卷及與黄敷忠合修《盱江志》十卷，並曰："郡守胡舜舉紹興戊寅（二十八年，一一五八）俾郡人童宗説、黄敷忠爲之。"觀此，則童氏爲盱江南城人，主要活動於高宗紹興前後，曾爲袁州府學教授，且與修宜春、盱江二方志；而其《柳文音釋》一卷，蓋編於教授袁州時。

乾道三年丁亥（一一六七）潘緯作《柳文音義》，並自序曰：

> 韓、柳文章齊驅，當代學士大夫之所宗師。其爲文高古，用字聱牙，讀者病之，而柳尤甚。緯典教群舒，郡侯陸先生命之爲二集訓釋，偶見江山祝季賓《經進韓文音》善本，不復增損，因放以音子厚之文。又見建寧本近少訛舛，迺依其卷次，先之以諸韻《玉篇》定其音，次之以《爾雅》、《説文》訓其義，而又參之以經傳子史，究其用字之源流，庶幾觀其書者，難字過目，無復含糊囁嚅之態。若夫推四聲子母相生之法，正五方言語不合之譌，愧非素習，雖窮年矻矻，僅能終篇；然曾何補於問學，爲之，猶賢乎已。其間校讎稽考，有學正蔡疇元錫、望江吴㮚栗子寬與焉。義未詳則闕之，詎敢以爲全盡？竊有望於博雅君子之删潤也。乾道丁亥臘月，雲間潘緯書。（《柳宗元集·附録》，頁一四五二）

據此可見，此書乃潘氏仿祝充《經進韓文音》而爲柳文注音釋義的，故名《柳文音義》。然而，大約自此書伊始，柳集正音釋義隨文而行，與前此脱離正文獨行的單疏本不同。郡守陸之淵亦爲撰《序》盛讚此書，其略曰：

> 余讀韓、柳文，常思古人奇字，齟齬吾目，且梔吾喙也。開卷必與篇、韻俱檢閲，反切終日，不能通一紙。偶得二書釋音，如獲指南，猶恨字畫差小，不便老眼。至灊山郡齋，屬廣文是正，將大其刻，以傳學者。一旦，廣文携《音訓》數帙示余曰：昌黎文有江山祝充《音義》，既反切難字，又注其所從出，亡以復加。惟子厚集諸家《音義》不稱是，自詭規模祝充，撰《柳氏釋音》，數月書成。余實濫觴權輿是書者，序引其意，詎敢以語言不工爲解？……惟柳州内外集，凡三十三通，莫不貫穿經史，轇輵傳記，諸子百家，虞初稗官之言，古文奇字，比韓文不啻倍蓰，非博學多識前言者，未易訓釋也。廣文中乙丑年甲科，恬於進取，尚淹選

調，生平用心於内，不求諸外，遂能會粹所長，成一家言，將與柳文並行不朽無疑矣。非刻意是書者，未必知論著之不易也。廣文諱緯，字仲寶，雲間人，姓潘氏。乾道三年十二月，吴郡陸之淵書。(《柳宗元集・附録》，頁一四五一)

據此可見，陸氏亦一嗜柳文者。值得注意的是，陸氏謂“柳州内外集凡三十三通〔卷〕”，表明潘氏所據柳集，與三十三卷的京師本及永州本卷數同，可惜此本無傳，無從一窺其面目了。

此類正音釋義著作，淳熙四年丁酉(一一七七)韓醇所撰《柳文詁訓》乃其中之佼佼者。韓氏自《序》曰：

世所傳昌黎文公文，雖屢經名儒手，余昔校以家集，其舛誤尚多有之，用爲之訓詁。柳柳州文，胥山沈公謂其參考互證，是正漫乙，若無遺者。余紬繹既久，稽之史籍，蓋亦有所未盡：《南嶽律和尚碑》以廣德先乾元，《御史周君碣》以開元爲天寶，則時日差矣。竇群除左拾遺而《表》賀爲右拾遺；連山復乳穴而《記》題爲零陵郡，則名稱差矣。《代令公舉裴冕狀》，時柳州蓋未生；《賀册尊號表》，時已刺柳，而云禮部作。其他舛誤，類是不一。用各疏於篇，視《文公集》益詳。諸本所餘，復編爲一卷，附於《外集》之末，如胥山之識云。淳熙丁酉秋八月中瀚，臨邛韓醇記。(《柳宗元集・附録》，頁一四五三)

據此可見，與前此諸家重在正音釋義相比，韓醇此著尤長於以史證柳，且較其《韓集全解》更加精博。四庫館臣贊此書曰：“醇先作《韓集全解》，及是又注柳文。其書蓋與張敦頤《韓柳音辯》同時竝出，而詳博實過之。”(《四庫全書總目》卷一五〇，頁一二八九)醇所據乃沈晦本，故此書亦四十五卷、《外集》二卷，而以《新編外集》一卷附《外集》之末，乃此本體例的獨具特點。《天禄琳琅書目》卷三著録有此本，鈐有明文徵明、王世懋、顧從禮、莫是龍及清季振宜、徐乾學各家鑒藏印記。

南宋爲柳集正音詁訓者，除上述五家外，還有程敦厚、文讜、黄唐、任淵、孫汝聽、劉崧、王儔、陳鶚等八家。據《新刊增廣百家詳補注唐柳先生文》和《五百家注音辯唐柳先生文集》卷前所附評論詁訓柳文《諸儒名氏》表，可知程敦厚有《柳文意釋》，文讜、王儔分别作柳文《補注》，黄唐撰《柳文雌黄》，任淵、孫汝聽、劉崧分别詮解柳文，陳鶚著《柳文音釋》。由紹興初至南宋中葉六十多年間，有十多家爲柳集正音詁訓釋義，雖不及注韓者之多，亦不可謂不盛矣。

注家蜂起，單疏獨行；而欲綜覽諸家，殊非易事。於是遂有彙集數家、十數家甚或數十家的輯注本應運而生。然而最早的柳集輯注本，今已無從確考了；就筆者所知，較早的彙注本應爲《增廣注釋音[辯]〔辨〕唐柳先生集》；而其前身，似即最早的柳集輯注本。輯注本出現後，單疏本逐漸散佚，其流傳至今者，豈唯韓醇的詁訓本歟！其他部分單疏本，便只能於輯注本中窺其遺跡了。而宋代輯注本流傳至今者，除《增廣注釋音辯唐柳先生集》外，還有《新刊增廣百家詳補注唐柳先生文》、魏仲舉《五百家注音辯唐柳先生文集》、鄭定《重校添注音辯唐柳先生文集》、廖瑩中《河東先生集》等五種，現分别考述如下：

《增廣注釋音辯唐柳先生集》四十五卷、《外集》二卷、《年譜》一卷、《附録》一卷，今北大圖書館藏有宋刊本。另一種宋刻四十三卷、《别集》二卷、《外集》二卷、《附録》一卷、《年譜》一卷。此種四十三卷本，乃是將《非國語》二卷别裁，另編爲《别集》二卷附後，今臺北故宫博物院有藏本；這兩種本子其實並無根本區别。此類"音辨本"，卷前附有"注釋音辯諸賢姓氏"表一張，所列注家凡九人，其中真正"注釋音辯"柳文的只有童宗説、張敦頤、潘緯三家。職是之故，此書冠名"增廣"，很可能是在童、張、潘三家輯注本的基礎上"增廣"至九家。若是則童、張、潘三家之輯注本，就是最早的輯注本了。這種早期輯注本的彙聚之功，在"增廣"本中仍可看到痕跡，即童、張、潘三家的音辨注釋占去全書大半，其餘六家則寥寥無幾。這種情形在杜詩、韓文的輯注本中已屢見不鮮，皆書賈牟利虚張聲勢的手段。不過此類音辨本注文前各以"童云"、"張云"、"潘云"、"東坡云"等標明，使注文來源清清楚楚，頗便省覽。《四庫全書總目》曰：

> 舊本題宋童宗説注釋、張敦頤音辯、潘緯音義……書中所注，各以童云、張云、潘云别之，亦不似緯自撰之體例。蓋宗説之《注釋》，敦頤之《音辯》，本各自爲書，坊賈合緯之《音義》，刊爲一編，故書首不以"柳文音義"標目，而别題曰《增廣注釋音辯唐柳先生集》也。其本以宗元本集《外集》合而爲一，分類排次，已非劉禹錫所編之舊。而不收王銍僞《龍城録》之類，則尚爲謹嚴。其音釋雖隨文詮解，無大考證，而於僻音難字，一一疏通，以云詳博則不足，以云簡明易曉，以省檢閲篇韻之

煩，則於讀柳文者亦不爲無益矣。舊有明代刊本，頗多譌字。此本爲麻沙小字版，尚不失其真云。（《四庫全書總目》卷一五〇，頁一二八九）

館臣謂此種輯注本起於坊賈，乃頗有見地之言；然謂此書乃坊賈將童、張二書"合緯之《音義》刊爲一編"，則未必即是。潘緯《音義》所用柳集乃三十三卷本，此本四十三卷，二書不僅卷數不同，收録篇目也不同。真實的情形應該是，童、張、潘三家注原各自爲書，坊賈將三家注彙集於四十三卷本内，刊爲一編。在不明柳集版本淵源的情況下，一般心理以卷多爲勝；坊賈之所以棄潘緯三十三卷本不用，而采用四十三卷加《别集》二卷本，卷數居多應是主要原因，至於版本優略，則非商賈考慮的主要因素了。此類音辨宋槧，還有《天禄琳琅書目後編》著録的麻沙大字本，黑口，半葉十三行二十三字，編臣判爲"精審足寶"。《天禄琳琅書目後編》還著録有另外兩個宋本，可見此書在宋代刻本之多。《皕宋樓藏書志》卷六十九也著録有四十三卷、《别集》二卷、《外集》二卷、《年譜》一卷、《附録》一卷本，原爲述古堂藏宋刊宋印本，卷中有"花笑廎藏"朱文長印、"劉尜所藏"朱文長印等鑒藏印記，行格與南宋麻沙本《韓文考異》同，今藏日本静嘉堂文庫；嚴紹璗《日藏漢籍善本書録·集部·别集類》亦有著録，然卻判爲"元刊本"，未詳何據。

另，南宋刊《增廣注釋音辯唐柳先生集》，還有二十卷並《别集》、《外集》及《附録》本，見楊守敬《日本訪書志》，楊氏曰：

每半葉十三行，行二十六字。……其書分類編次，與穆修本合，惟彼以《非國語》爲四十四、四十五兩卷，此則合併詩文爲二十卷，而以《非國語》爲《别集》。其《外集》則採自沈晦本《附録》，下逮紹興，當爲潘緯所定。考《柳集》有四十五卷者，爲劉禹錫所編（禹錫本附《墓志》、《祭文》於第一卷，穆修本則不附之，卷數與禹錫本同）。有三十三卷者，爲元符間京師開行。又有曾丞相、晏元獻二本，而無二十卷之本。據陸之淵序，似潘緯所據本亦三十二通，則此二十卷爲坊賈所合無疑。《四庫》箸録麻沙本，係四十三卷，是又據穆修本分之。（續修四庫本《日本訪書志》卷一四，頁七〇三）

據楊氏所記可知，此本"分類編次"與穆修本全同，只是卷數不同而已。然此本將正集四十三卷合併爲二十卷，在柳集諸本中確爲罕見，且遠傳日本，保存至近代,更是奇之又奇之事。不過,楊氏謂四十五卷本乃劉禹錫所編,則未免疏於對柳集版本源流之深覈矣。

《新刊增廣百家詳補注唐柳先生文》四十五卷,國圖有藏。半葉十行十八字,左右雙邊,白口單魚尾下題“柳幾”,次葉碼,最下刊工姓名。卷前首劉禹錫《序》,次《新唐書》本傳,次目録。卷後唯穆修《後序》,無《外集》及其他附録。卷一唐雅唐詩貞符十七首,卷二古賦九,卷三論八(分上下篇者計一首),卷四議辯十一,卷五至七碑十五、銘五,卷八行狀三,卷九表銘碣誄十,卷十至十一志十七、碣一、誄一、銘一,卷十二至十三表志十九,卷十四對五,卷十五問答三,卷十六説十一,卷十七傳七,卷十八騷十,卷十九吊贊箴戒十五,卷二十銘雜題十二,卷二十一題序六,卷二十二至二十五序五十三,卷二十六至二十九記三十六,卷三十至三十四書三十五,卷三十五至三十六啓二十一,卷三十七至三十八表五十九,卷三十九奏狀二十二,卷四十至四十一祭文三十,卷四十二至四十三古今詩百四十六,卷四十四至四十五非國語六十七,共六百五十五首(其中卷三《斷刑論》上篇題存文闕;卷三十七《爲京兆府請復尊號表三首》其二題下之文,實爲同卷《爲耆老等請復尊號表二首》其二之文誤編於此題下,故其文亦缺),其中詩歌百六十二首。此本所録作品,較《增廣注釋音辯唐柳先生集》僅溢出卷十《故連州員外司馬淩君墓後志》一首,當爲此本增補。編次方面,與音辨本相較,二本編次相差甚微:卷一《睎民詩》與《貞符》二首,此本互倒;音辨本卷三十七《爲耆老等請復尊號表二首》第二首之文,此本誤編於同卷《爲京兆府請復尊號表三首》第二首題下,而《爲耆老等請復尊號表二首》其二題文俱闕(目録題存);音辨本卷四十二《重别夢得》、《三贈》二首,原在《柳州寄京中親故》後,此本編於同卷《衡陽與夢得分路贈别》後,又《重贈二首》、《疊前》、《疊後》四首論書之作,音辨本在《韓漳州書報徹上人亡因寄二絶》後,此本則編於《殷賢戲批書後寄劉連州並示孟崙二童》後(含所附夢得詩)。文字方面,此本正文,同時吸收韓醇本和音辨本等家的校勘成果,故與韓醇本和音辨本相差甚微,且二本的文字訛誤,此本多已改正;二本出校的異文,大多已爲此本吸收。此本注文,當是以音辨本或其近似的本子爲底本,再增加注家數量編輯而成的,故書名冠以“增廣百家注”。不僅如此,音辨本所引各家注文,大多爲節引大意,有時還不標注家名氏,而此本所引各家注文,力求完整,不厭其詳,並大都標明注家姓氏,故書名增以“百家詳補注”字樣。職是之故單由書名即可看出此書是在“增廣注釋音辯本”的基礎上發展而來的。然而所謂“百注”，卻並不符實。此本卷前所附“新刊百家音辯詁訓柳文諸儒名氏”一表，所列注家雖然多達一百零一家，但與柳集有直接聯繫者只有二十人左右，進而真正動手編校注釋詁訓柳文者，則只有十餘家，而引證最多者不過六七家而已，其中孫、童、韓三家最多，其次則張、劉、黄三家，可見虛有“百家”之名。再者，此本文字也有不少訛誤，如卷十五《晉問》“爲棘爲矛爲鎩爲鉤爲鏑爲鏃爲鍭”句，此本於“爲鏃”二字下出校曰：“晏本少一字。宣獻本無‘爲鏃’二字。”這二句校文，後句明白無誤，前句便使人摸不着頭腦了。晏本少一字，究竟少哪一字呢？實際上晏本並非少一字，而是多一字，因此本改動原文，校記又有誤，故使人莫明其妙。這段原文和校文，音辨本爲“爲鏃爲爲鍭”，下校“晏本如此寫。宣獻本無‘爲鏃爲’三字”。顯然此處原文與校語均無誤。而詁訓本在處理這段原文和校語時，卻出現失誤了：“爲鏃爲”三字下校曰：“晏本少一字。别本無‘爲鏃爲’字。”這就不對了，這段原文，與音辨本所引晏本原文同，明明是多一“爲”字，怎麽是少一字呢？此本因删去一“爲”字，校記又誤從詁訓本，因而使人不明其所誤究爲何字？又如卷三十九《柳州上本府狀》“繼手方迫於深哀”句，“繼手”二字不詞，此本句下孫注引作“斷手”；音辨本、詁訓本正作“斷手”，甚是，此本誤。再如同卷《賀誅淄青逆賊李師道狀》“未極誅鋤，遽聞内遺”，“遺”字，音辨本、詁訓本皆作“潰”，甚是，此本誤等等。至於此本的刊刻時間，據吴文治先生考證，蓋在寧宗慶元六年（一二〇〇）稍前（《柳宗元集·校點後記》）。陳杏珍《新刊增廣百家詳補注唐柳先生文跋》以爲，此本及《新刊經進詳注昌黎先生文》一書，與慶元五年（一一九九）成都府學所刻《太平御覽》的時間地點大致相同，屬南宋中期眉山地區刻本，是目前所存宋刻完整柳集中最早的刻本。此本以顔體書寫，行格疏朗，字大如錢，刻印精美，在宋蜀刻本中堪稱上品。然而此本清以前未見著録，卷中有“汪士鐘印”、“閬源真賞”等印記，表明清中葉此本曾爲蘇州汪士鐘所藏。汪氏書散出後，又歸楊氏海源閣，故卷中有“楊紹和讀過”、“楊紹和審定”、“東郡楊氏宋存書室珍臧”等印記多枚。民國期間楊氏書散出，此本爲劉占洪收得，卷中有“東萊劉占洪字少山臧書之印”等藏書印記，後劉氏將此本捐獻給北京（今國家）圖書館。二十世紀九十年代上海古籍出版社將此本影印，收入《宋蜀刻本唐人集叢刊》，《中華再造善本》所收，亦是據此本影印的，化身千百，從而使珍貴秘笈成爲易見之書。

《新刊五百家注音辯唐柳先生文集》四十五卷、《外集》二卷、《新編外集》一卷、《龍城録》二卷。此本和《新刊五百家注音辯昌黎先生文集》並刻於慶元六年,由建安魏仲舉輯刊。此種五百家注本,《天禄琳琅書目》卷三著録一殘帙,編臣謂前二十一卷完好,二十二卷以後佚去,卷前與卷後附録尚全。《四庫全書》所收五百家注即據内府所藏殘帙録入,卷前首爲《看柳文綱目》、次文安禮《柳先生年譜》、次《評論詁訓諸儒名氏》表、次目録;卷後則有《附録》四卷、《新編外集》三卷、《龍城録》二卷,凡九卷。《四庫全書總目》曰:

> 宋魏仲舉編。其版式廣狹、字畫肥瘠,與所刻《五百家注昌黎集》纖毫不爽,蓋二集一時竝出也。前有《評論訓詁諸儒姓氏》,檢核亦不足五百家……書後《外集》二卷,《新編外集》一卷,乃原集未録之文,[其]〔共〕二十五首。《附録》二卷(按四庫本所載《提要》作"四卷"——著者),則羅池廟牒及崇寧、紹興加封誥詞之類,而《法言注》五則亦在其中。又附以《龍城録》二卷,序傳碑記共一卷,《後序》一卷,而《柳文綱目》、文安禮《年譜》則俱冠之卷首……其體例與韓集稍異,雖編次叢雜,不無繁贅,而旁搜遠引,寧冗毋漏,亦有足資考訂者。且其本槧鍥精工,在宋版中亦稱善本。今流傳五六百年,而紙墨如新,神明焕發,復得與《昌黎集注》先後同歸秘府,有類乎珠還合浦,劍會延津,是尤可爲寶貴矣。(《四庫全書總目》卷一五〇,頁一二八九至一二九〇)

内府藏本外,聊城楊氏海源閣卻藏有宋槧全本,《楹書隅録》著録爲"宋本《五百家注音辯唐柳先生文集》四十五卷、《外集》二卷,二十四册四函",楊氏曰:"此亦南宋精雕唐人諸集之一,即四庫所收之本也,與《昌黎集》版式字數纖毫無殊,《四庫提要》稱爲槧鍥精工,紙墨如新,足稱善本,良可寶貴。"(《楹書隅録》卷四,頁五一八)然海源閣藏本有數葉乃後人鈔補,旁鈐"拙生"小印,楊氏疑是陸拙生所鈔,汪士鐘和黄梨洲二家所補,可惜此四十五卷足本今已不知去向。所可幸者,此書今國圖亦藏有一殘帙,存卷十六至二十一,卷三十七至四十一,凡十一卷,《中華再造善本》所收《五百家注音辯唐柳先生文集》即據此殘本影印。半葉十行十八字,小字雙行二十三字,左右雙邊,對魚尾,上魚尾下題"柳文幾"或"柳幾"、"文幾"等,下魚尾上題葉碼。每卷首題"新刊五百家注音辯唐柳先生文集卷第某",或題"五百家注音辯唐柳先生文集卷第某"。此殘帙原爲姑蘇顧氏五聖閣舊藏,後爲五柳主人所得,嘉慶十三年戊辰(一八〇八)五柳主人持贈黄丕烈,故卷前有黄丕烈跋並題七律一首,《蕘圃藏書題識》卷七亦有著録,黄氏贊爲"楮精墨妙,實出宋刻宋印"。此書從黄家散出後,爲毗陵陳揆所得,故卷中鈐有"稽瑞樓"藏書印記。後陳揆同里瞿鏞得此書,故卷中有"鐵琴銅劍樓"等瞿氏鑒藏印記,《鐵琴銅劍樓藏書目録》卷十九著録曰:"舊爲吴中文氏藏書。每卷首有'文伯仁德承章'、'梅花谿李氏重父家藏'二朱記。"卷中"百順堂"蓋爲文氏或李氏藏書樓之名歟?新中國成立後,瞿氏後人將此書捐獻給國家,這是今天僅存的宋刊《五百家注本》殘帙。此五百家注本,宋元以來未見另有翻刻或傳鈔的本子存世,因而宋刊殘帙和四庫所録殘本便愈加顯得珍貴了,今若能將二本儷合,則可得到一個二十七卷的注本,加上卷前和卷後附録,雖未爲完璧,也已得其大亗矣。

至於此本的版本淵源,則是在百家注本的基礎上,稍加增廣而成的,因爲此本正文及注文,除少數訛誤處外,與百家注本並無多大差别。再者,此本卷前所附《評論詁訓諸儒名氏》表,表中所列人名較百家注本雖有增加,但出入很小。正因爲如此我們説,五百家注本是以百家注本爲底子,再略增注家和注文編輯而成的。此本與百家注本的差别僅僅在於:(1)諸儒名氏略有出入。百家注本所列諸儒名氏中,"普慈文氏,名讜字詞源","武信王氏,名儔字尚友",二人爲此本所無。此本所列諸儒名氏中"鶴山吕氏,名東字伯陽","建安蔡氏,名夢弼字傅卿","建安魏氏,名懷忠字仲舉"三人,則爲百家注本所無,故百家注本所列凡一百一人,五百家注本所列共一百二人,相差僅一人。雖然五百家注本諸儒名氏後附注"新添集注五十家,續添補注七十家",但注文中實際並無這麽多注家。所以《四庫提要》評此本曰:"《評論訓詁諸儒姓氏》,檢核亦不足五百家。書中所引,僅有集注、有補注、有音釋、有解義,及孫氏、童氏、張氏、韓氏諸解,此外罕所徵引,又不及韓集之博。蓋諸家論韓者多,論柳者較少,故所取不過如此,特故以五百家之名與韓集相配云爾。"所言頗合情理。不過還有一點,就是魏仲舉畢竟是一個書賈,其誇張"五百家"注韓釋柳,牟利也是一個重要原因。(2)注文部分稍有不同。二本注文不同處,僅在《天對》一首,百家本采用較多的孫曰、張曰、童曰,此首則少見,而代之以蔡夢弼、嚴有翼、洪興祖三家注。百家注本中的文讜注，則爲此本所無。(3)附録部分有别。百家注本卷前首爲劉禹錫《序》、次《新唐書》本傳、次《諸儒名氏》表；而卷後無《外集》及附録等。此本卷前除《諸儒名氏》表外，尚有《看柳文綱目》、《柳先生年譜》；卷後則有《附録》四卷(《四庫提要》謂八卷，當誤)、《新編外集》三卷、《龍城録》二卷，凡九卷。而附録卷數的增多，恰恰是輯注本由簡到繁的最好表徵。

《重校添注音辯唐柳先生文集》四十五卷、《外集》二卷，嘉定七年甲戌(一二一四)姑蘇鄭定刊於嘉興。陳振孫《書録解題》最早著録此本曰："姑蘇鄭定刊於嘉興。以諸家所注輯爲一編，曰集注，曰補注，曰章，曰孫，曰韓，曰張，曰董氏，而皆不著其名。其曰'重校'，曰'添注'，則其所附益也。"(《直齋書録解題》卷十六，頁四七七)將他人舊校舊注與自己的重校添注明白區分，可見著述態度還是嚴謹認真的。然刊於何時，陳氏並未明言。清康熙丙戌(四十五年，一七〇六)，何焯曾假得一宋槧大字本柳集，後半尚完好，合《非國語》二卷共四十五卷，《外集》二卷附焉，因失序文目録，故不知出於誰氏，"雖闕十之二，然近代所祖刊本皆莫及也"(《義門讀書記》)。何氏據陳振孫《書録解題》所述鄭定本特徵，遂疑爲鄭定本。由於柳集傳世絶少，故何焯深以得見宋刻殘帙爲幸。不料，聊城楊氏海源閣後收得一本，通體完整，凡二十四册四函，僅有鈔葉數十番。《楹書隅録》卷四著録此本半葉九行十七字。楊氏據何焯所見宋刊殘帙的特點，以所得鄭定全本勘驗，斷定何氏所見的確爲鄭定本。楊氏海源閣還藏有宋刊岳珂《愧郯録》，與楊氏所得鄭定本"行式、字數及板心所記刻工若曹冠宗、曹冠英、王顯、丁松諸姓名與此多合"；《愧郯録・序》末署"嘉定焉逢淹茂(七年甲戌，一二一四)梓於禾中"(以上《楹書隅録》卷三，頁四九二)，此柳集必同時受梓；而鄭定知嘉興正在寧宗朝，楊氏於是考定：此本乃鄭氏嘉定七年知嘉興時所刻。楊氏曰："往于江南獲百家注本，乃傳是樓故物。此本卷首有秀水朱氏潛采堂圖書，則竹垞舊藏也。同治丙寅(五年，一八六六)購於都門，庚午(九年)小陽東郡楊紹和勰卿甫識。"(《楹書隅録》卷四，頁五一八至五一九)謂此本曾經朱彝尊收藏，故彌足珍貴。二十世紀三十年代，海源閣書散出，傅增湘曾在天津見過此本，《藏園群書經眼録》著録此本曰："宋刊本，大字，半葉九行，行十七字，注雙行同，白口，左右雙闌，版心上記字數，下記刊工人名。字體方整如《晦庵文集》、《東萊集》。間有元補板，黑口。(癸丑)"(《藏園群書經眼録》卷十二，頁一〇七三)稍後傅氏又於廠市文友書坊購得一殘本，共存十七卷，書名、行款、版式、刊工人名與鄭定本全同，傅氏疑亦鄭定嘉興七年刻本(《藏園群書題記》卷十二)。所以此本今大陸藏有三種殘帙，國圖藏本存卷十八至二十、卷四十三至四十四，凡五卷；南京博物院存卷三十七、卷四十一，凡二卷；廣東省博物館存卷二十至二十二，凡三卷，去其重複，可得九卷。而臺灣"中央圖書館"則藏有全帙，是否即海源閣楊氏舊藏，目下尚不得而知。就版本源流而言，此本乃是在五百家注本的基礎上，再溢以鄭定自己的新校新注而成的。由於原有注文一律保留注者姓名，鄭氏重校添注的文字也一律用"重校"、"添注"區分明白，故將此本與五百家注本對勘，便可立刻發現二本原有注文幾無差别。職是之故，吴文治先生謂此本"是五百家注本的重校添注本"(《柳宗元集校點後記》)。鄭定對五百家注本之正文和注文重加校勘，再溢以自己的新注成果，並一一標示分明，態度的嚴肅和方法的得當，使此本成爲柳集注本中的上乘之作。

世綵堂《河東先生集》四十五卷、《外集》二卷，十六册。度宗咸淳年間(一二六五～一二七四)廖氏世綵堂與韓集併刻本。今國家圖書館有藏，卷三至卷五、卷十以明影宋刻本配，精采稍遜。卷後有朱彝尊、羅振玉跋，鄭孝胥題詩。《中華再造善本》所收世綵堂本柳集即據此本影印。半葉九行十七字，四周雙邊，版心細黑口，對魚尾，上魚尾上頂邊欄記字數，下題"河東卷幾"，再下葉碼，下魚尾下署"世綵堂"，最下刻工姓名。卷前首劉禹錫《序》，次《河東集叙説》，收録蘇東坡、吕居仁、浮休先生、陳長方、《邵氏聞見録》、金華先生程子山等六家論柳言論，次《河東集凡例》、次目録。卷後唯《外集》二卷，别無其他附録。廖瑩中乃賈似道門客，一度得賈氏信任，故名聲不佳。清陳景雲《韓集點勘書後》謂廖氏"乃粗涉文藝，全無學識者"。不過廖氏刻書向以精美著稱，相傳其印書用墨，皆染泥金香麝爲之(丁日昌《持静齋書目》卷四)，所刻韓柳二集，世稱精美。然而韓柳二集雖版刻精工，傳本卻極少，此雖與社會"深鄙瑩中爲人"(陳景雲《柳集點勘書後》)不無關係，但"廖氏刻此書後其勢旋敗，國事亦非"也是一個重要原因(羅振常《重印河東集凡例》)，遂使清以前公私諸家書目均無著録此本者。今國圖藏本鈐有"項氏萬卷堂圖籍印"、"天籟閣"、"項元汴印"、"項子京家珍藏"、"項墨林鑒賞章"、"項墨林父秘笈之印"、"墨林山人"、"墨林秘玩"、"項篤壽印"等鑒藏印記，知此本明後期曾爲項元汴所藏。元汴字子京，號墨林山人，浙江嘉興人。明嘉靖、萬曆間在世，工繪事精鑒賞，天籟閣所藏法書名畫極一時之盛。篤壽則元汴弟也。清兵至嘉禾,項家累世收藏盡爲千夫長姑蘇汪六水所掠。汪家書散出後,康熙年間宋犖蓋於巡撫江蘇時得此書,故卷中又有"商丘宋犖收藏善本"印記。朱彝尊當於宋犖宅得觀此書,故卷後有朱氏跋文一則。乾隆時陽湖孫星衍《平津館鑒藏記書籍》及同治時獨山莫友芝《郘亭知見傳本書目》,二書雖提及此本,但卻並未著録。迨民國時潘宗周《寶禮堂宋本書録·集部》方正式著録此書,並詳述其發現收購和售出此書的全過程,其略曰:

> 《河東先生集》四十五卷、《外集》二卷,十六册。宋廖瑩中刻韓柳二集,周公謹《志雅堂雜鈔》、《癸辛雜識》屢稱其精好。明徐時泰東雅堂、郭雲鵬濟美堂刊本,相傳即覆廖刊,爲世推重。覆本且然,況其祖本。韓集舊藏豐順丁氏持静齋,知已散出,頻年蹤跡,迄無確耗。至柳集則從未之前聞,意謂久已湮没矣。忽傳山陰舊家某氏有之,急倩書估往求,至則真廖氏原本也,各卷末有篆隸"世綵廖氏刻梓家塾"八字木記,作長方、橢圓、亞字形不等,全書字均端楷,純摹率更體,紙瑩墨潤,神采奕奕。公謹謂廖氏諸書,用撫州萆鈔清江紙造,油煙墨印刷,故能如是。愛不忍釋,遂斥鉅資留之……韓集由丁氏持静齋歸於聊城楊氏海源閣,近遭兵燹,流入故都書肆,爲友人陳澄中所收,極欲得此,以爲兩美之合。世間瑰寶,余雅不願其離散,因舉以歸之,七百年僅存之秘籍,分而復合,亦書林之佳話也。(《寶禮堂宋本書録·集部》,葉十六)

此書卷中有"陳氏澄中藏書"、"祁陽陳澄中藏書印"二圖記。一九二三年羅振常蟫隱廬曾據以影印,凡二十巨册,才使此書得以廣泛流傳,只是影印本比廖氏原刻溢出《外集補遺》一卷、《龍城録》二卷、《附録》二卷、《集傳》一卷、《後序》一卷,係據明郭雲鵬"濟美堂本"補入。傅增湘所見即影印本,《藏園群書題記》曰:"近歲始有世綵堂本出世,其書出於紹興山中故家,余方游申江,聞訊急資助肆賈往致之,嗣乃爲粤人潘明訓以高價攫取,今蟫隱廬影印本是也。"(《藏園群書題記》卷十二,頁六一一)至於此本的版本淵源,傅增湘曾用鄭定本與之對勘,發現二本文字脗合,行間出校各本異文亦同,唯鄭本注文標明姓氏,廖本皆删去,故傅氏以爲廖本出自鄭本,特删去"重校添注"字樣耳。二十世紀七十年代末,中華書局出版《柳宗元集》,吴文治等先生在整理過程中曾以百家注本、五百家注本及鄭定本等與此本對勘，發現廖氏此本“實際上是鄭定本的改頭换面”，因爲此本雖然校正了一些文字錯誤，新添並改正了少數注解，但“正文和注文，都與鄭定本基本相同”（吴文治《柳宗元集校點後記》）。吴先生批評此本所失有三：（1）刻書態度極不嚴肅。書中明明直接采用了繼百家注本、五百家注本系統下來的鄭定本，然而《凡例》中不僅隻字不提，反而詭稱“新載篇章”是從沈晦本釐定次序，並指責五百家注本的“諸家注文間多龐雜”，吹嘘他以閣、京、杭、蜀及諸郡本“並加讎校”、“其間是正頗多”。（2）删除注家姓名。此書把百家注本、五百家注本和鄭定本每條注文前一直保留完好的注者姓氏一律删去，這不僅給柳文研究者帶來不便，而且使某些注文造成了不應有的混亂。（3）校勘謬誤仍多。此本雖然改正了一些文字錯誤，但紕繆依然頗多，有些訛脱衍倒甚至爲它本所無，比如《霹靂琴贊引》一文，一下就脱落“火之餘又加良焉”七字，即使百家注本、五百家注本和鄭定本，也没有出現這樣的脱誤。吴先生批評雖顯嚴厲，但也不無道理。且此本《凡例》稱：“卷帙所載篇章，諸本互有先後，今並從沈晦本所定次第。”然其編次並未一準沈晦本，而是與百家注本、五百家注本、鄭定本相同。如此本卷一《睬民詩》亦次於《貞符》後；音辨本卷三十七《爲耆老等請復尊號表二首》第二首，此本亦誤編於同卷《爲京兆府請復尊號表三首》第二首題下，而《爲耆老等請復尊號表二首》其二題文俱闕；音辨本卷四十二《重别夢得》、《三贈》二首編在《柳州寄京中親故》後，此本與百家注本、五百注本同，亦編於同卷《衡陽與夢得分路贈别》後；又《重贈二首》、《疊前》、《疊後》四首論書之作，音辨本在《韓漳州書報徹上人亡因寄二絶》後，此本同百家注本、五百家注本同，亦編於《殷賢戲批書後寄劉連州並示孟崙二童》後。可見此本《凡例》所謂“今並從沈晦本所定次第”只是一句誑人的空話，實則編次與百家注本、五百家注本及鄭定本並無二致。不過此本《凡例》言：“舊注引‘某氏云’者，並仿朱子《離騷集注》例，皆删去。”廖氏對以往各家注文删繁就簡，使集注本更加精粹，且有朱著先例，不爲不可。《凡例》其他款項如“中有增注，又諸本所闕者，今擇其的當者添入”；又“每篇題下注所作日月，皆參以《年譜》，其事關係時政及公卿拜罷日月，係博采新舊史考定”等，表明廖氏對此本還是下過一番功夫的。如百家注本、五百家注本卷三《守道論》題下注：“左氏昭公十九年，齊侯田于沛，招虞人以弓，不進。”“十九年”，此本改作“二十年”，甚是，《左傳》正作“二十年”。又如百家注本、五百家注本卷三《時令論上》題下注:“秦始皇十二年不韋死,十六年并天下,然後以十月爲歲首。”“十六年”誤,此本改爲“二十六年”,甚是,《史記》正作“二十六年”。再如百家注本、五百家注本卷十八《罵尸蟲文》題下注:“貞元中公以黨累貶永州司馬。”“貞元”誤,此本改作“永貞”,甚是,《舊唐書·憲宗紀》及文安禮《柳先生年譜》正作“永貞”,等等。但廖氏也有改錯者,如此本卷四十一《祭崔氏外甥女文》題下注“元和十三年六月二十八日卒”,“十三年”,詁訓本、百家注本作“十二年”,甚是;“十三年”當爲此本所改,大誤。“崔氏外甥”,即本書卷十三《朗州員外司户薛君妻崔氏墓誌》之“崔氏”,《墓誌》謂其卒於元和十二年,可見作“十三年”誤。然瑕不掩瑜,特别是廖氏念及以往韓柳二集“或刊韓而遺柳,或刊柳而遺韓,以故版帙大小不相侔”;魏仲舉刊五百家注韓柳二集,“韓柳”才真正並行於世,但仍有諸多不足。廖氏有鑑於此,遂將韓柳二集統一版式,統一體例,精校精刊,改正了原來注文的不少訛誤,遂使“世綵堂韓柳集”成爲宋刻唐别集中有名的雙璧,對韓柳二集傳播做出了貢獻。

元代刊行的柳集,乃《增廣注釋音辯唐柳先生集》的翻刻本,有以下兩種:

(一)《增廣注釋音辯唐柳先生集》四十三卷、《外集》二卷、《附録》一卷。國圖藏本目録卷三至四、卷三十二至三十八配明初刻本,上圖藏有殘本;天一閣藏本卷二至六、卷九至十二配明初刻本。此本半葉十三行二十三字,小字雙行同。細黑口,四周雙邊,書尚趙松雪體,爲元時福建麻沙坊刻佳槧。《楹書隅録》卷四著録有此本,謂“與元槧《文公校正昌黎集》板式字體纖毫弗差,蓋二集同時並出也。予藏明代覆本别入《海源閣目》中,即《四庫全書提要》所謂頗多譌字者。此猶是元刊原帙,張氏《藏書志》著録有毛仁友跋云‘延祐間刻’,當即此本,而佚其《外集》、《附録》耳。卷首有‘□塘王授圖書’、‘陳氏道復復生印’各印”(《楹書隅録》卷四,頁五一九)。《藏園群書經眼録》著録此本曰:“題‘南城先生童宗説注釋’,‘新安先生張敦頤音辯’,‘雲間先生潘緯音義’。元明間刊本,十三行二十三字,注雙行同,黑口,四周雙闌,上魚尾下題‘柳文幾’。鈐有‘項子京家珍藏’朱文印。(余藏)”(《藏園群書經眼録》卷十二,頁一〇七五)項元汴,字子京,今傳廖氏世綵堂本《河東先生集》即曾爲項氏所藏(見前)。另,《鐵琴銅劍樓藏書目録》卷十九著録一元刊本,爲嚴虞惇舊藏,亦似此種本子。

(二)《增廣注釋音辯唐柳先生集》四十三卷、《别集》二卷、《外集》二卷《年譜》一卷、《附録》一卷。國家圖書館、吉林市圖書館有藏本。半葉十二行二十一字,小字雙行同,細黑口,四周雙邊。此本羅振常《善本書所見録》有著録。

明代刊刻和傳鈔的柳集較多,重要傳本有十多種,其中《增廣注釋音辯唐柳先生集》,由宋歷元至明,翻刻傳鈔仍然長盛不衰,僅明代翻刻者即近十家之多。另,郭雲鵬濟美堂刻《河東先生集》,蔣之翹輯注《柳河東集》等本也各有特點,今分别介紹如下:

(一)明初刻本。明初刻《增廣注釋音辯唐柳先生集》四十三卷、《别集》二卷、《外集》二卷、《附録》一卷,國家、南京、山西師大等圖書館、上海博物館等有藏。國圖一藏本有清嚴虞惇跋,另一藏本無《外集》及《别集》,有清馮登府跋,另一藏本無《附録》一卷,有佚名録清何焯批校、清翁同龢跋並題詩;北京大學圖書館一藏本無《外集》及《附録》,有清孫星衍跋;又上圖一藏本有清章懐跋;南圖一藏本有清丁丙跋。

(二)善敬堂本。正統十三年戊辰(一四四八)善敬堂刻《增廣注釋音辯唐柳先生集》四十三卷、《别集》二卷、《外集》二卷、《附録》一卷,甘肅省圖有藏。半葉九行十八字,黑口雙魚尾,四周雙邊。卷前有宋乾道三年(一一六七)陸之淵《柳文音義序》,次劉禹錫《序》,次《諸賢姓氏》,末有"正統戊辰善敬堂刊"白文木記一個。另,此本在日本尚藏有多部,見嚴紹璗《日藏漢籍善本書録·集部·别集類》。

(三)郭刻本。郭雲鵬濟美堂刻《河東先生集》四十五卷、《外集》二卷、《龍城録》二卷、《附録》二卷、《傳》一卷。半葉九行十七字,小字雙行同,細黑口,四周雙邊,版心鐫"濟美堂"三字,每卷末有"東吴郭雲鵬校讎梓"牌記一個。卷前首劉禹錫《序》、次穆修《後序》、次沈晦《後序》、李褫《後序》、李石《跋》、韓醇《跋》。葉德輝《書林清話》將此本列爲明代刻書之精品。然而由於此本版式行款與宋世綵堂本相同,故長期以來被視爲世綵堂本的翻刻本。其實這是一種誤説。固然,二書版式行款確無兩樣,但就内容而言,二書並不存在翻刻的關係。近人羅振常在世綵堂本之影印本卷首《讀世綵堂本河東集雜識》一文中,即已指出過二本的不同。潘宗周《寶禮堂宋本書録·集部》亦謂:"濟美堂本版式相同於廖氏,注語大有增減,世傳覆廖本者,實爲讆言。陳景雲著《韓集點勘》,稱東雅堂刊韓集用世綵堂本,或因是而誤爲推測歟?”(《寶禮堂宋本書録·集部》,葉十六)潘氏此言,惜未引起世人注意,以致誤説相沿。吴文治等在校點整理《柳宗元集》的過程中,曾以多種善本互勘,發現郭氏濟美堂本的注文,與五百家注文完全相同,而與世綵堂本則多有不同;郭氏除了像廖氏那樣删去注文前注者姓氏外,並未再作任何加工。故此吴先生指出:“濟美堂本,無論正文或注釋,實際是五百家注本的直接翻刻本。有人認爲濟美堂本係翻刻世綵堂本,這是僅從其版式着眼的皮相之談。”(《柳宗元集·校點後記》)此本國家、北大、上海、天津、安徽、吉林大學、西北師大等圖書館均有藏本;南圖藏本卷三、卷四配清鈔本,有清李芝綬跋並録清沈起元批校及跋;廣東省立中山圖書館藏本有清阮學濬集評、清丁晏批點並跋。

(四)游刻本。嘉靖十六年丁酉(一五三七)游居敬寧國府與韓文併刻《柳文》四十三卷、《别集》二卷、《外集》二卷、《附録》一卷。游居敬字行簡,福建南平人,嘉靖十一年(一五三二)進士,官巡按直隸監察御史,都察院副都御史,刑部左侍郎。此本是元麻沙本《增廣注釋音辯唐柳先生集》正文的翻刻本,注文則全部被删除,故二書卷帙、篇序全同,文字校改亦不多。游《序》稱:乃取蘇閩舊刻,稍加參校而成,編次遵照李(漢)、劉(禹錫)二子所集,音切存其難者,間有訛脱,取善本釐正之。乃是對版刻情形的最好説明。半葉十一行二十二字,白口,左右雙邊。葉德輝《書林清話》列此本爲“明人刻書之精品”。此本字體采用横輕直重的宋體,槧印精良,這與宋人刻書多用顔柳二體,元代刻書多用趙松雪體相比,字體上是個明顯變化。明人刻書自成化後始用宋體,此本用宋體刊行,乃時代影響所致。今上海師大藏本有清方苞批、馬其昶跋、陳寶琛等批;山東省圖書館藏本有曹清㪚録清何焯、方苞批校。

(五)莫刻本。嘉靖三十五年丙辰(一五五六)莫如士刻韓柳文本《柳文》四十三卷、《别集》二卷、《外集》二卷、《附録》一卷。莫如士字子元,廣東新會人,嘉靖二十六年(一五四七)進士及第,官監察御史。此本半葉十一行二十二字,白口,左右雙邊,卷前有王材序。此本人稱明刻佳槧,傅增湘《藏園群書經眼録》著録曰:“按:據王材《序》言,寧國本爲游侍御所刻,已二十年,摹行既廣,輒已劆昧。莫君以御史出南畿,寧國朱守以爲言,乃重加校梓云云。是莫氏實從游刻翻雕,余細審其板式亦決不同。然則近人謂莫氏取游板改剜者,殆未深考耳。”(《藏園群書經眼録》卷十二,頁一〇七〇)

此本北師大、西北師大、吉林省等圖書館有藏本；天津圖書館一藏本有清張澍跋，另一藏本無《附録》一卷。另，日本内閣文庫、静嘉堂文庫等也有藏本，見嚴紹璗《日藏漢籍善本書録·集部·别集類》。

（六）楊刻本。明隆慶前楊紫卿刻《柳文惠公全集》四十三卷、《别集》二卷、《外集》二卷、《附録》一卷。半葉十一行二十二字，左右雙欄，白口單魚尾，魚尾上頂邊欄題"柳文"，魚尾下題卷數，再下方葉碼。行格疏朗，雕刻精審。卷前首劉禹錫《序》。卷後附韓愈《祭柳子厚文》、《柳子厚墓誌銘》二篇。正文各卷首題"柳文卷之某"。此本編次：《眎民詩》在《貞符》前；卷十無《凌司馬墓後誌》；卷三十七《爲京兆府請復尊號表三首》第二首題下，此本未誤收同卷《爲耆老等請復尊號表二首》第二首之文；卷四十二《重别夢得》、《三贈》二首，此本仍編在《柳州寄京中親故》後，未移於同卷《衡陽與夢得分路贈别》後；又《重贈二首》、《疊前》、《疊後》四首論書之作，此本仍在《韓漳州書報徹上人亡因寄二絶》後，未移於同卷《殷賢戲批書後寄劉連州並示孟崙二童》後（含所附夢得詩），編次與百家注本、五百家注本明顯不同，故當是以游刻本或其近似的本子爲底本翻刻者。然而此本今存者爲遞修本，武漢大學、山東大學、河南大學等圖書館有藏，内封面右上方小字題"同治戊辰（七年，一八六八）補刊"，左下方小字署"本祠藏版"。所謂"本祠"，指永州愚溪柳宗元祠堂（詳下），卷首除劉禹錫《序》外，還有永州知府輝發廷桂序、文安禮《年譜》、陳景雲《年譜後記》等。永州知府廷桂《序》略曰：

> 余少時讀公文，憫公遇，不覺心折，而思尚友焉。道光己酉（二十九年，一八四九），作吏湘南，竊喜償所願。顧十數年宦轍從未涉永境，又疑其有數存焉。同治甲子（三年，一八六四）擢永守，越二年始履任。桂林龔譜香明府，適筦郡釐局，出公集見贈，知集刊于寧遠楊紫卿徵士，旋爲書賈所有，賴局紳李君笠帆贖而存，余甚韙之。明年李君旋省門，歸集版於公祠……隆慶間，貢生楊一第修郡志，訂公文集行於世。祠藏舊本十六册，爲嘉慶壬申（十七年，一八一二）以前物，雖殘缺，然筆墨古拙，紙材黯黮，足爲公集魯靈光……余來永年餘，於公所記石城、袁家渴、西山諸勝境，未暇縱探，而往來愚溪，覺水色山光，悉載靈氣。既訂公集，拔公裔，釐公族譜，又適獲公題名，而荔子碑已得善本，將拓而新之，於三十餘年尚友私衷，庶幾少慰，皆初願所不及者，爰爲

之序而刊之。同治六年歲次丁卯十月既望,道銜永州府知府輝發廷桂序於愚園萬石山房。(河南大學藏同治七年戊辰、一八六八年修訂本)

據《序》可知,此本乃清同治六年丁卯(一八六七)的修訂本,所用校本乃明嘉慶壬申楊一第校刻本。而此本初刻,則爲寧遠楊紫卿本,刊行時間,當在明隆慶以前,游刻本之後。降及清同治間,書版爲書賈所得,李笠帆贖而歸之柳宗元愚溪祠堂。此本則是繼隆慶間貢生楊一第"訂公文集行於世"後之遞修本。此本數百年之後仍能遞修行世,永州知府輝發廷桂素心成之也。

(七)吕刻本。萬曆三十八年庚申(一六一〇)吕圖南刻《河東先生集》四十五卷、《外集》二卷、《龍城録》二卷、《附録》二卷、《傳》一卷,廖瑩中校正。吕圖南字爾博,福建南安縣人,萬曆二十六年進士及第。此本半葉九行十七字,白口,四周雙邊。此本乃世綵堂本的翻刻本,國家、山東大學等圖書館有藏本。另,此本有天啓三年(一六二三)寧瑞鯉重修本,上圖有藏;又有崇禎三年(一六三〇)胡士儁遞修本,清華大學圖書館有藏。

(八)蔣刻本。崇禎六年癸酉(一六三三)蔣之翹三徑草堂刻《韓柳全集》所收《唐柳河東集》四十五卷、《外集》五卷、《遺文》一卷、《附録》一卷,蔣之翹輯注。蔣之翹字楚稺,室名三徑齋、又名三徑草堂,浙江秀水人。家貧有聚書之癖,校注並刊刻韓柳二集,輯有《甲申前後集》,撰有《天啓宫詞》。此本半葉九行十七字,白口,左右雙邊。卷前首劉禹錫《序》,次《讀柳集叙説》,收録孫光憲、唐庚、歐陽修、蘇軾、黄庭堅、李朴、韓駒、司馬光、洪邁、葉夢得、張敦頤、朱熹、葉世傑、吕本中、趙善堪、黄震、王十朋、劉克莊、蔡絛、嚴羽、劉辰翁、元好問、劉定之、何孟春、廖道南、楊慎、王世貞、茅坤、何良俊、胡應麟、孫鑛、陳文燭、陳仁錫等唐宋元明人之論柳言論,較世綵堂本所載《河東集叙説》溢出二十餘家,當爲蔣氏所輯録。卷後附有《外集》五卷、《遺文》一卷、《附録》一卷,編次與其他柳集不同,當爲蔣氏新編。正集各卷首題"唐柳河東集卷第某",次行下方題"明檇李蔣之翹輯注"。蔣氏在前人輯注的基礎上,新增明人何良俊、歸有光、唐順之、茅坤、王世貞、胡應麟等人之柳文評語,因而在明刊柳集中獨具一格。此本編次,卷一《眎民詩》次《貞符》後;卷十無《凌君墓後誌》;卷四十二《重别夢得》、《三贈》二首,原在《柳州寄京中親故》後,此本編於同卷《衡陽與夢得分路贈别》後,又《重贈二首》、《疊前》、《疊後》四首論書之作,原在《韓漳州書報徹上人亡因寄二絶》

後，此本則編於《殷賢戲批書後寄劉連州並示孟崙二童》後（含所附夢得詩）；這些均與世綵堂本同，而與沈晦本編次不同。可見此本乃是以世綵堂本爲底本，再增補新注而成的。另，世綵堂本卷三十七《爲京兆府請復尊號表三首》第二首題下之文，實爲同卷《爲耆老等請復尊號表二首》第二首之文被誤編於此題下者；而《爲耆老等請復尊號表二首》第二首則題與文俱闕。此本將其文恢復爲《爲耆老等請復尊號表二首》第二首，甚是。又，卷四十四《三川震》原在《料民》前，蔣氏據《國語・周語》將其移至《料民》後；卷四十五《逐欒盈》原在《叔魚生》後，蔣氏據《國語・晉語》將其移至《叔魚生》前，似亦可從。此本今國圖藏本有清錢孫保校並跋；山西省圖藏本有清馮雲驤批；北師大圖書館藏本存二十四册，《遺文》一卷、《附録》一卷已佚。

（九）統籤本。《唐音統籤》所收《柳宗元詩》六卷，編卷三八五至三九〇，丁籤八十七，鈔本。柳宗元詩原隨本集流傳，並無單行本。到宋代爲了閱讀方便，始出現别裁另編的《柳宗元詩》一卷，陳振孫《書録解題》卷十九有著録，曰："子厚詩在唐與王摩詰、韋應物相上下，頗有陶、謝風氣，古律、絶句總一百四十五篇，在全集中不便於觀覽，因鈔出别行。"但今傳各柳集，共有詩一百六十二首，尚不包括宋永州本《外集》所收《送元暠師詩》一首。由於柳集歷代多有刊刻，故宋人别裁單行的柳詩並没有獨立的版本流傳系統，歷代柳氏詩集所收作品，都是隨時從本集中抽取出來編輯刊行的。統籤本柳詩也是如此。此本六卷，胡氏曰："集四十五卷，内詩二卷，今編爲六卷。"（《唐音統籤》第四册，頁三九四）可見也是從本集中抽取出來編輯而成的。不過柳集内詩歌並非只有二卷，而是三卷。統籤本柳詩六卷，分體編次，首卷四言詩二十二首，次卷五古三十，三卷五古三十二，四卷七古九、五律八，五卷五排八、七律十二，六卷五絶九、六絶一、七絶三十一，共十體、百六十二首。此本誤字不少，當由《統籤》卷帙浩繁，鈔成後未認真校勘所致。此本所據底本，當爲音辨本系統的游刻本或其近似的本子。如五古《感遇二首》其一"居貨損千金"句，"損"字，音辨本、游刻本同；而詁訓本、宋百家注本、世綵堂本、濟美堂本、蔣刻本皆作"捐"。如此本五古《登蒲洲石磯望横江口潭島深迴斜對香零山》"日出洲渚净"句，"净"字，音辨本、游刻本同；而詁訓本、宋百家注本、世綵堂本、濟美堂本、蔣刻本等皆作"静"。可見此本出自音辨本一系的游刻本或其近似的本子。又如此本五古《構法華寺西亭》"篔簹遺青斑"句，"斑"字，音辯本、游刻本、蔣刻本同；而詁訓本、宋百家注本、世綵堂本、濟美堂本等皆作“班”。此本七古《聞黄鸝》“令我心憶桑梓間”句，“心憶桑梓間”五字，音辨本、游居敬本同；而詁訓本、宋百家注本、世綵堂本、濟美堂本、蔣刻本等皆作“生心憶桑梓”。以上兩例同樣可以證明，此本出自音辨本一系的游刻本或其近似的本子。然而，胡氏對文字也作了校勘，如此本五古《零陵春望》“曉鶯啼遠林”句，“曉”字，音辨本、詁訓本、宋百家注本、游刻本等皆作“晚”；而鄭定本、世綵堂本、濟美堂本、蔣刻本等皆作“曉”，可見改“晚”爲“曉”乃自鄭定本始，胡氏當是參校鄭定等本將“晚”字改爲“曉”字的。

清代樸學盛行，唐集整理也蔚爲大觀，然而學者肆力柳集者卻幾無。康熙時，雖有何焯批校《王荆石先生批評柳文》十二卷，校正了柳文一些誤字，並保存了多卷現已散佚的“鄭定本”原文，有一定參考價值，校本現藏國圖；此後陳景雲《柳集點勘》，吴汝綸《柳州集點勘》，也都在柳集校勘整理方面自具其價值。但有清一代終乏像王琦之於《李太白集輯注》、仇兆鰲之於《杜詩詳注》、趙殿成之於《王右丞集箋注》等那樣的名家，十數年甚至數十年苦心孤詣，遇纇必剖，有疑斯解，以求流芳後世的扛鼎之作。不過清代宋元舊本極受重視，翻刻和傳鈔古書風氣甚盛；乾隆纂修《四庫全書》，亦多以宋元舊槧徑直入録，《四庫》收録《五百家注柳先生集》、《詁訓柳先生文集》、《增廣注釋音辯柳集》，均以宋本徑直入録，卷數編排仍能保存原貌，而這些也都爲柳集校勘整理作出了貢獻。今擇其重要者考述如下：

（一）席刻本。席啓寓《唐詩百名家全集》所收《柳河東先生詩集》三卷。席氏刊行《百名家全集》時，若所據爲宋本，則於卷後標明所據爲宋槧。此柳詩三卷未言所據爲何本，則所據非宋本無疑。據筆者考查，此本應據音辨本或其同一系統的游刻本翻刻而成。半葉十行十八字，各卷首題“柳河東先生詩集卷第某”。三卷收詩數量、編次，文字悉與游刻本同，以游刻本首卷所收詩爲第一卷，以游刻本卷四十二、卷四十三兩卷詩分别爲第二、第三兩卷。文字方面，此本保留了游刻本中的異文和反切。如此本《構法華寺西亭》“貧[illegible]遺清斑”句，“斑”字，音辨本、游刻本、蔣刻本、統籤本同；而詁訓本、宋百家注本、世綵堂本、濟美堂本皆作“班”。此本《聞黄鸝》“令我心憶桑梓間”句，“心憶桑梓間”五字，音辨本、游刻本、統籤本同；而詁訓本、宋百家注本、世綵堂本、濟美堂本、蔣刻本等皆作“生心憶桑梓”。如此本《感遇二首》其一“居貨損千金”句，“損”字，音辨本、游刻本、統籤本同；詁訓本、宋百家注本、世綵堂本、濟美堂本、蔣刻本皆作"捐"。以上諸例同樣可以證明,此本的確是音辨本或音辨本一系的游刻本的翻刻本。然因書版後疏於校讎,故仍有訛誤,又因避清諱,部分文字代之以墨釘,表明當時文禁是非常嚴格的。

(二)全唐詩本。康熙敕修《全唐詩》所收《柳宗元詩》四卷。《全唐詩》主要依據胡震亨《唐音統籤》和季振宜《全唐詩稿本》二書編纂而成。季氏《稿本》中的《柳宗元詩》不分卷,乃一鈔本,其中《鼓吹鐃歌》十二首,是由刻本《樂府詩集》所收柳宗元《鼓吹鐃歌》十二首零葉入編的;而鈔本部分,《平淮夷雅》之《皇武》與《方城》二首,蓋由季氏倩人所鈔,《貞符》以下百四十八首,則由季氏所藏另一鈔本入編(另有兩首爲配葉),半葉十一行十八字,鈔於統一刷印的格子紙上,四周雙邊,版心有"古人以鈔書爲風流罪過"十字,行楷書寫,一筆不苟,覽之令人賞心悦目。由於鈔本被拆分,唯存柳詩部分,故不明誰氏所鈔,所據何本。經筆者反復勘驗,方知其底本乃蔣刻本,删去注文而單録詩歌。如宋百家注本七律《别舍弟宗一》"零落殘魂倍黯然"句,"魂"字,蔣刻本作"紅",此鈔本亦作"紅";而音辨本、詁訓本、世綵堂本、濟美堂本、游刻本等皆作"魂"。又如宋百家注本《登蒲洲石磯望横江口潭島深迴斜對香零山》"澄明晶無垠"句,"晶"字,蔣刻本作"皛",蔣氏注曰:"皛,音了。諸本皆作'晶',非是。"可見改"晶"作"皛"始於蔣本,而此鈔本亦作"皛"。宋百家注本《構法華寺西亭》"志適忘幽潺"句,"潺"字,蔣刻本作"孱",蔣氏注曰:"孱,鉏山切。諸本皆從水,非是。孱,劣也。冀州人多謂懦弱爲孱。"是改"潺"作"孱"亦自蔣本始,而鈔本亦作"孱"。再如宋百家注本《掩役夫張進骸》"及物非吾輩"句,"輩"字,蔣刻本作"事",此鈔本亦作"事";而音辨本、詁訓本、世綵堂本、濟美堂本、游刻本等皆作"輩"。以上諸例可證,此鈔本的確是據蔣本鈔録的。文字方面,季氏對入編作品作了校勘。季氏藏有宋刻詁訓本,季氏以此本及其他柳集參校,改正了鈔本的不少訛誤,增加了一些異文和題下注,故文字較前各本轉精。康熙敕修《全唐詩》所收《柳宗元詩》四卷,便是將季氏《稿本》所收柳詩悉數收入,分編四卷而成。文字方面,編臣作了進一步校勘,删去了《稿本》中過冗的題注和夾注,增加了一些必要的題注和夾注,改正了《稿本》的一些誤字等等。如《稿本》之《登蒲洲石磯望横江口潭島深迴斜對香零山》"孤山乃北畤"句,"畤"字,乃鈔本承蔣刻本而誤,季氏未能改正;編臣則參校他本改作"峙",甚是。

再如《稿本》之《首春逢耕者》“穡人先偶耕”句,“偶”字,亦鈔本承蔣刻本致誤,季氏未能改正;編臣據其他校本改作“耦”,極是,等等。然編臣也有誤改處,如《獨覺》“古人誰盡了”句,“誰”字,《稿本》及諸柳集同;而唯《全唐詩》作“難”,當爲編臣所改,因無版本依據,當誤。但是瑕不掩瑜,與以前諸本所收柳詩相較,《全唐詩》畢竟是一個文字最精的本子。可惜宋永州本《外集》所收《送元暠師詩》一首,《全唐詩》未能補入。

民國以來整理出版的柳集主要者有以下幾種:

(一)《柳河東集》四十五卷,全六册,一九二九年上海商務印書館《萬有文庫》第一集,據宋世綵堂本排印。又有《萬有文庫薈要》本,一九三五年上海商務印書館《國學基本叢書》、《國學基本叢書簡編》本等,亦是據世綵堂本排印的。

(二)《唐柳河東集輯注》四十五卷、《外集》五卷、《遺文》一卷、《附録》一卷,上海中華書局《四部備要》本,據明蔣氏三徑草堂本校刊排印。

(三)《柳河東集》四十五卷,一九七四年五月上海人民出版社新一版,據一九五八年中華書局上海編輯所排印本增補重印,改正了斷句和文字的一些錯誤,並在集傳部分增補《唐書》本傳和《柳子厚墓誌銘》兩文,以供讀者參考(見該書《出版説明》)。

(四)《柳宗元集》,吴文治等校點,中華書局一九七九年十月排印本。此本以宋百家注本柳集爲底本,以宋世綵堂本、元刻《音辯本》、《四庫全書》所收宋《詁訓本》、宋五百家注殘本及《四庫珍本》所收五百家注本、宋鄭定殘本、宋乾道永州本《外集》等柳集及《文苑英華》、《唐文萃》諸總集爲主要校本,以蔣刻本、濟美堂本、游刻本、何焯批校《王京石先生批評柳文》、何焯批校《增廣注釋音辯唐柳先生集》等柳集及《全唐文》、《全唐詩》、《樂府詩集》諸總集爲參校本,同時吸取何焯《義門讀書記》、陳景雲《柳集點勘》、吴汝綸《柳州集點勘》等書的校勘成果編輯而成,並對注文中存在的問題進行必要的處理(《柳宗元集·點校後記》)。可以説此次校點,是柳集問世以來用功最巨、參校善本最多、吸取學界校勘成果最廣泛,態度最爲嚴謹科學的柳集整理工作,因而校勘成果也最具參考價值,出版以來受到學界一致好評。不過此本文字也有不够準確的地方,如卷二十一《裴墐崇豐二陵集禮後序》“與文物以受方國”句,校勘記曰:“‘方國’,音辯、詁訓本及《文粹》、《全唐文》作‘萬國’。”實則“萬國”二字,其取校之詁訓本作“方國”,此本誤。

又如卷二十九《始得西山宴遊記》"然後知是山之特立"句，校勘記曰："'特立'，取校諸本除世綵堂本外均作'突出'。"然則其取校之音辨本、詁訓本皆作"特出"，此本誤等等。但小疵微瑕，無妨此本成爲現今最易獲得，亦最爲學者喜愛采用的一種柳集版本。

最後附帶談談柳集評點本的問題。

柳宗元作品的評點，雖自唐伊始就有零星言論問世，然而能够集中對柳集加以評點者，就著者所知，當爲明代茅坤選評的《唐宋八大家文鈔》，後來又有清人孫琮《山曉閣評點柳柳州全集》四卷，劉禧延《柳文獨契》一卷，再就是近代林紓的《柳河東集選本》。可見評點柳集者並不多，以下對其中二種略述及之。

（一）茅鹿門先生選評《唐宋八大家文鈔原本》，何豈瞻先生手校，雲林大盛堂梓。茅坤《唐宋八大家文鈔總序》曰："世之操觚者往往謂文章與時相高下，而唐以後且薄不足爲，噫！抑不知文特以道相盛衰，時，非所論也。其間工不工，則又係乎斯人者之稟與其專一之致否何如耳。如所云則必太羹玄酒之尚，茅茨土簋之陳，而三代而下明堂玉帶雲罍犧牲之設，皆駢枝也。孔子之所謂：'其旨遠，即不詭於道也；其辭文，即道之璨然若象緯者之曲而布也。'斯固庖犧以來人文不易之統也，而豈世之云乎哉？"（録於雲林堂本《唐宋八大家文鈔》）何焯序曰："文以氣爲主。昔人謂十年讀書，十年養氣。知讀書而不知養氣，雖學極博，品極峻，議論極高，波瀾極闊，極局極變化，而不能期至乎行止之不得不然。苟氣得其養則無所不極，無所不包。如雷霆之鼓舞，風雲之翕張，雨露之潤澤，運行不息而莫窮其端倪，是皆氣之爲也。蘇次公有云：'文者氣之所形。'八家之文之所以形者在是。又曰：'氣可以養而致。'讀八家文則學者養氣之方在是。余故明其意以弁其端。康熙丙戌年冬月。長洲後學何焯豈瞻撰。"

（二）《王荆石先生批評柳文》十二卷，明王錫爵評，與韓文批評合刻本。國圖藏本有清何焯批校並跋，上圖藏本有清王蕙山録清何大年校。

另，明初流寓日本的俞良甫刻有《新刊五百家注音辯柳先生文集》四十五卷。此本，日本澀江全善《經籍訪古志》有著録，無《外集》及其他附録，卷末有俞氏記云：

> 祖在唐山福州境界，福建行省興化路莆田縣仁德里臺諫坊住人俞良甫，久住日本京城阜近，幾年勞鹿，至今喜成矣。歲次丁卯仲秋

印題。

所謂"幾年勞鹿,至今喜成",當指其刻成此書,已費數年辛勞也。俞氏在日本所刻漢籍,柳集之外還有《文選》、《傳法正宗記》及《月江語録》諸書。至於所署"丁卯"歲究爲何時,迷庵市野光彦以爲,就是日本嘉慶元年,當中國明洪武二十年丁卯(一三八七);而藤貞幹卻説"'歲次丁卯',豈謂寬永四年丁卯乎"?"寬永四年丁卯",當中國明天啓七年丁卯(一六二七)。島田翰《古文舊書考》卷三則徧考俞刻漢籍各書題記年月,斷定"丁卯"爲日本嘉慶元年。若是,島田翰以爲俞良甫蓋元人之流寓日本者。島田氏記此書版式曰:

> 每半版十行,行十八字,注雙行二十三字,左右雙邊,界長六寸七分五釐,幅五寸八分餘。目録首載序傳碑記紀,目録次附刻《誠齋集》卷九十五一卷,卷端題"新刊五百家注音辨柳先生文集卷第一"。

此本"貞"、"徵"等宋諱闕末筆,祖本當爲宋槧。所附《楊誠齋集》第九十五全卷,乃楊萬里《天問天對解》,萬曼先生以爲"蓋良甫入梓時附刻以便後人觀覽者,未必是按照原刻的。不過俞氏所刻依據何本,乃不可考"(《唐集叙録》,頁一九五)。其實俞氏所據既爲宋刻,則極可能就是魏仲舉所刊五百家注本。此本若存,則可與中土所存五百家注本殘帙相互參訂,從而獲得更多的版本信息。

【參考文獻】吴文治《柳宗元集·校點後記》,見《柳宗元集》,中華書局一九七九年十月第一版　《柳宗元著作版本源流考》,劉志盛,《圖書館》一九九〇年三期

李文公集

李翺(七七四～八三六)字習之,陳留(今屬河南開封)人。貞元十四年(七九八)進士及第,歷校書郎、國子博士、浙東觀察判官等,元和末遷考功員外郎,出刺朗、舒二州,長慶中擢禮部郎中,大和初轉諫議大夫、知制誥,三年(八二九)拜中書舍人,出刺鄭州,五年爲桂管觀察使,轉湖南觀察使,八年升刑部侍郎,出爲山南東道節度使,開成元年卒,謚曰"文"。

翺從韓愈學古文，文辭幾可追配韓愈，世稱“韓李”。清人儲欣提倡“唐宋十大家”之説，於八大家外增入翺與孫樵，可見對翺之推重。然而有關翺集的編纂情形，歷代典籍失載，故今已無從得其詳了。

入宋，《崇文總目》首先著録“《李翺文集》一卷”，稍後《新唐書·藝文志四》著録“《李翺集》十卷”。《總目》與《新唐志》乃仁宗朝官修的兩大書目，二目編纂，歐陽修均嘗參與，但二目所録同一家文集書名、卷數往往差異甚大，其緣由在於《總目》僅僅是仁宗朝崇文院館閣藏書的目録，而《新唐志》應爲當時國家藏書的實録。《總目》成書後不久，歐陽修又奉敕參與《新唐書》的編纂，負責本紀、表、志的編寫工作。而《總目》的局限性，歐陽修是清楚的。爲了使《新唐志》真實地反映當時國家的藏書實際，歐陽修奏請降大内諸閣所藏秘本，以《總目》爲藍本，大力鈔補館閣闕藏的典籍。於是“詔龍圖、天章、寶文閣、太清樓管掌内臣檢所缺書録上，于門下省謄寫。至是年（嘉祐七年——筆者）六月丁亥，秘閣上補寫御覽書籍。于《崇文總目》之外，定著一千四百七十四部，八千四百九十四卷”（姚名達《中國目録學史》，頁一六〇）。此時《新唐書》編纂雖剛告竣，但此次聲勢浩大地校書編目工作所得溢出《總目》之外的近一千五百部、八千五百卷典籍，補入《新唐志》應該是没有問題的，故而《總目》與《新唐志》所録各家文集書名和卷數往往存在不小差異，《李翺集》就是很好的例子。《總目》翺集僅只一卷，迨《新唐志》則多達十卷，此十卷本出自内府秘藏，可無疑也。

不過宋代最早提及翺集者，並非《崇文總目》，早在景祐三年（一〇三六），歐陽修嘗見一翺集，只有五十篇，歐陽修跋其後曰：“予爲西京留守推官，得此書於魏君，書伍拾篇。予嘗讀韓文，所作《哀歐陽詹文》云，詹之事既有李翺作傳，而此書亡之。惜其遺闕者多矣。景祐三年十月十七日，歐陽修跋。”（《書李翺後》，《居士外集》卷二十三）余嘉錫《四庫提要辨證》、萬曼《唐集叙録》等疑此五十篇本，或即《總目》之一卷本。筆者亦以爲然。但有學者以爲，十卷本乃歐陽氏將所獲五十篇本，分編十卷録入《新唐志》者（姚繼舜《李翺文集版本系統考》，《南昌職業技術師范學院學報》一九九五年第一期），此説恐非是。不錯，歐陽修確嘗對《昌黎集》下過一番校輯整理工夫（已見），然對翺集，未聞有整理之舉。且十卷本不僅内府有藏，社會上也有傳本，劉攽《中山詩話》載：“鄭州掘一石，刻刺史李翺詩曰：‘縣君愛磚渠，繞水恣行遊。鄙性樂山野，掘地便池溝。兩岸植芳草，中間漾清流。所向既不同，磚鑿名自修。從他後人見，景趣誰爲幽。'王深父編次入習之集。此别一李翱爾，而習之不能詩也。"(《歷代詩話》上，頁二九二)深父補詩一事，《唐詩紀事》所載同，並云所補詩題爲《戲贈詩》。但劉、計二人皆云翱不能詩，亦未嘗刺鄭州，因判詩乃别一李翱作。對此《四庫提要辨證》嘗駁之，謂《舊唐書·李翱傳》明載翱嘗刺鄭州，可證《戲贈詩》確爲翱作。《臨川文集》卷九十三載《王深父墓誌銘》，謂"深父嘗以進士補亳州衛真縣主簿，歲餘自免去"，此後以養母未再出仕，治平二年(一〇六五)卒，年四十三。據此推測，深父補詩蓋在慶曆之後，所補翱集，劉攽未記卷數，然陳振孫《書録解題》著録《李文公集》十卷和蜀本二十卷，均載有《戲贈詩》(詳下)，是深父所據翱集，應即世間所傳之十卷本。且深父所據十卷本，還載有蘇舜欽序文。舜欽景祐初進士及第，慶曆四年(一〇四四)因范仲淹引薦，任集賢殿校理兼監進奏院，慶曆八年去世，年四十一(沈文倬《蘇舜欽年譜》，見《蘇舜欽集》附録，上海古籍出版社一九八一年二月新一版)。深父於治平初去世，年四十三，是舜欽年輩遠在深父之上。舜欽整理《李翱集》並爲撰序，蓋在爲集賢校理時；陳振孫《書録解題》著録的蜀本，既有《戲贈詩》，又有舜欽《序》(詳下)。可見深父補詩的十卷本，乃舜欽整理本，載有舜欽《序》。

宋室南渡，尤袤《遂初堂書目》著録有《李翱集》，然未記卷數。晁公武《讀書志》亦載《李翱集》，作十八卷，並曰："集皆雜文，無歌詩，前有蘇舜欽序，云：'唐之文章稱韓柳，翱文雖辭不逮韓，而理過於柳。'"(《郡齋讀書志校證》卷十七，頁八八五至八八六)《文獻通考》著録同。這個十八卷本，據洪适《跋李文公集》言乃宋敏求所編，洪《跋》略曰：

> 右《李文公集》十八卷，以《唐·藝文志》校之，多八卷，蓋常山宋次道所定也。建陽小本獨多《答開元寺僧書》一篇，亦不著目。其辭反復温潤，與他文相類，而集中又有所作《鐘銘》，知其爲習之文昭昭矣。既是正之，冠以蘇公《序》，附其傳于後。(《盤洲文集》卷六三，影印文淵閣四庫全書本)

敏求，字次道，賜進士第，歷官館閣校勘、集賢校理等，神宗時爲史館修撰、集賢院學士，加龍圖閣直學士，一生多在館閣供職，元豐初卒，事跡具《宋史》卷二九一。敏求重編翱集，時間在王深父後。敏求家富藏書，又任職館閣，故其所編唐集，往往總括當時所能見到的作品，匯爲一編，如《李太白文集》、《顔魯公文集》、《孟東野詩集》等都是適例。翱集經敏求編定，卷數增至十八卷，亦情理中事。晁氏《讀書志》謂“集皆雜文，無歌詩，前有蘇舜欽序”。可見敏求所據翱集乃舜欽本，而非深父補詩本。可惜的是元明以後洪跋本無傳，敏求本從此便銷聲匿跡了；而傳世的翱集則多有闕佚。

洪适還見過一個“建陽小本”，獨多《答開元寺僧書》一篇，然尚未編排入“目”。可見《答開元寺僧書》一篇，敏求本及其所據底本均無之，至建陽小本始補入集中，這表明敏求搜討還是有所遺漏的。由洪氏“獨多”之語可知，建本無他異，大蓋也是一個十八卷本，屬於敏求本系統。洪适主要活動於高宗和孝宗二朝，晁氏《讀書志》雖纂成於淳熙初，然至淳熙末仍在修改，故《讀書志》著録的十八卷本，應即洪适本。但今人孫猛則以爲“《讀書志》著録多蜀本”，此十八卷本即二十卷蜀本（詳下）“佚去二卷者”（《郡齋讀書志校證》卷十七，頁八八六），此言恐非是。晁公武並未言所録爲殘本，《讀書志》十八卷本，當爲敏求所編全本無疑。

南宋後期，陳振孫《書録解題》曰：“《李文公集》十卷，唐山南東道節度使李翱習之撰。蜀本分二十卷。集中無詩，獨有《戲贈》一篇，拙甚，決非其作也。然《韓集》之《遠遊聯句》有習之一聯，云‘前之詎灼灼，此去信悠悠’，亦殊不工。他無一語，意者於詩非所長而不作耶。”（《直齋書録解題》卷十六，頁四八〇）振孫謂《戲贈詩》決非翱作，非是。鄭樵《通志・藝文略》亦著録“李翱集二十卷”，從卷數看，應爲蜀本。陳氏謂十卷本和蜀本均“無詩，獨有《戲贈》一篇”，因知二本屬王深父本系統。陳氏又謂，“蜀本分二十卷”。《四庫提要辨證》、羅聯添《李翱年譜・李文公集源流佚文及僞文》均將此語解釋爲：蜀本將十卷本“每卷但分爲二”，而成二十卷。如此理解《解題》之語，有兩點需要説明：(1)曹學佺謂：“《李文公集》十卷，蜀本分二十卷，有蘇舜欽序文，唐李翱習之也。”（《蜀中廣記》卷一百，影印文淵閣四庫全書本）可見蜀本和十卷本皆有舜欽《序》，屬於舜欽本的衍生本。(2)《文苑英華》卷六八八收李翱《答泗州開元寺僧書》一篇，周必大、彭叔夏校《英華》，於該《書》“其作鐘銘則必詠其形”句之“形”字下，出校曰：“蜀本有容字。”據此，蜀刻本收有《答泗州開元寺僧書》一篇。蜀本既出自十卷本，則十卷本亦應有《答泗州開元寺僧書》一篇。上文已述及，《答泗州開元寺僧書》一篇，至洪适本始正式編入翱集；若十卷本和蜀本等有詩本，並非出自洪适本，則《答泗州開元寺僧書》一篇，當爲後來補入十卷有詩本者。至於

《宋史·藝文志七》著録《李翱集》十二卷，余嘉錫起初以爲“《宋志》多脱誤，恐不足據”，後來又“疑爲二十卷之誤耳”（參姚繼舜《李翱文集版本系統考》）。筆者以爲余氏後一説法，可能性更大些。

元代翱集傳本，今知有兩種，一爲蘇刻本，即蘇天爵刻《李文公集》十八卷，此本今已無傳，然元趙汸《書所編〈李文公集〉編目後》記載有此本，其略曰：“《李文公集》十有八卷，百四篇，江浙行省參政趙郡蘇公所藏本。汸既從公傳寫，復總其篇目如上……參政公將刻梓，以廣其傳於學者，故汸竊著其爲人大略，且非排史氏之妄，以明歐陽公爲知言云。”（《東山存稿》卷五，影印文淵閣四庫全書本）趙汸，字子常，休寧人，元代處士，洪武初召修元史，乞歸，未幾卒，事跡具《明史·儒林傳》。趙氏謂此本凡十八卷，文百四篇，此蘇刻本之大概面貌。此本所據底本，趙氏没有明言，但明成化本（詳下）所據即此本，故依據成化本可間接窺見此本的大概面貌：此本凡十八卷，卷中無《答開元寺僧書》一篇，然卷十八末有《戲贈詩》一首。據此可見，應屬於蜀刻有詩本系統，而非晁氏《讀書志》著録的十八卷無詩本系統明矣。然蜀本二十卷，此本僅只十八卷，所差二卷，《四庫提要辨證》、羅聯添《李翱年譜·李文公集源流佚文及僞文》皆以爲，此類十八卷本，蓋爲二十卷蜀本，佚去二卷而成者，故卷中無《答開元寺僧書》一篇。萬曼先生以爲，此蘇刻本“似爲後來一切李集祖本，但未必即晁公武所見之本”（《唐集叙録》，頁二〇五），所言甚是。而宋以前各本，元以後均無傳焉。

元代另一傳本，乃無名氏坊刻本，李希聖嘗記此本，其略曰：“《李文公集》十八卷，元本。唐李翱撰。每版十行、行二十字……各體文共一百三首，注明‘元闕二首’。核之乃《疏引見待制官》及《歐陽詹傳》及《馬少監墓誌》也，末附《戲贈詩》一首，而目録誤作《湖憎》，其他譌字極多，蓋元時坊本也。”（《李氏雁影齋讀書記》，《蟫隱廬叢書》本）金濤聲以爲，李希聖判此本爲元坊刻本爲誤，因此書行款與明成化本相同（見《李翱集版本源流考辨》，《寧波大學學報》一九九二年第二期）。此言非是，成化本總目、子目《戲贈詩》均未誤作《湖憎》，故此本應爲元無名氏坊刻無疑。

明代刊刻和傳鈔的翱集，其主要版本有以下幾種：

（一）邢鈔本。景泰六年乙亥（一四五五）河東邢讓鈔《李文公集》十八卷。邢氏題識曰：“宋歐陽文忠公稱唐文之善，則曰‘韓李’，韓之文傳布世間者，不啻家傳人誦，李文則落落然，而後學有終身不得見焉者，兹非一大欠事與？暇日於寅友陳君緝熙所，獲覩是編，遂躬鈔録，以備一家之言云。景泰乙亥四月之吉，河東邢讓識。”（四部叢刊本，卷後附）此本乃明代翱集的最早傳本，其所據陳緝熙藏本亦不知爲何本。然此本有清徐養元翻刻本（詳下），徐刻本凡十八卷，卷中無《答開元寺僧書》一篇，卷十八末有《戲贈詩》一首，與蘇刻本同，可見此本乃是據元蘇刻本鈔寫而成者。

（二）成化本。成化十一年乙未（一四七五）馮孜刻《李文》十八卷，四册，國圖藏。此本乃翱集現存的最早刻本，半葉十行十九字（亦有二十字者），四周文武雙欄，大黑口，單黑魚尾，魚尾上有“李文”字樣，上黑口内鐫黑質白文卷第。卷前首玉融何宜《李文公集序》，次總目，總目題“唐李文公集”，下署“總一十八卷凡一百三首”，旁注“二首元闕”，次行、三行具銜名“唐山南東道節度使檢校户部尚書李翱字習之”。各卷首題“李文卷第某”，次行爲類目及首數，三行爲子目下接正文。總目所列篇目一百三首，然總目卷十脱《再請停率脩寺觀錢狀》一首，而子目、正文均載之，故此本應爲百四首，與趙汸所説蘇刻本首數合。瞿鏞曰：“明成化間邵武郡守西蜀馮師虞校刻有何宜序，凡一百三篇，卷數與《唐志》合，疑即趙郡蘇氏藏本。惟趙東山《書後》曰百四篇，此少一篇耳。（卷首有“樸學齋”、“顧孝柔懷煙閣讀書記”二朱記。）”（《鐵琴銅劍樓藏書目録》卷十九，頁二八四）瞿氏不知此本不僅卷數與《唐志》合，實際篇數亦與蘇刻本合；瞿氏之所以謂蘇刻“百四篇，此少一篇”，蓋未細檢正文，而本之何氏《序》“邵武郡守西蜀馮君師虞以唐隴西李文公所爲文一十八卷，凡一百三首，命工鋟梓”之言，因而致誤。此本卷數篇目既與蘇刻本合，則其自元蘇刻本出可無疑也。然葉德輝曰：“似馮係因得邢讓鈔本付刻者，邢識只云鈔録，不云刊行，其明證也。”（《郎園讀書志》卷七，頁三五一）葉氏判此本所據爲邢鈔本，可備一説。此本正文有脱闕，考此本總目，題下注明“闕”字者凡二首，卷十五《馬少監墓誌》，闕而未注，所以此本闕文三首，實存一百一首。又此本舛誤頗多，如總目除上述脱去一題外，卷十四《獨孤常侍墓誌》誤作《馬少監墓誌》，《任工部墓誌》誤作《李長史墓誌》。又如卷一《釋懷賦》“壯大觀於蒼生”句，“蒼”字乃“莊”字之訛。卷七《與陸傪書》“嘗書其一章曰《獲麟辭》”，“辭”字乃“解”字之誤。卷十《與本使楊尚書請停修寺觀錢狀》“天下之人以佛理詮心者寡矣”句，“詮”字乃“證”字之誤。卷十六《祭中天王文代河南鄭尹作》“宿麦重秀臣人懽悦”句，“麦”字乃“麥”字之訛。再如卷十八《題峽山寺》“嘗以爲無巴能來”句，“巴”字乃“因”字之誤，等等，其他訛誤尚多，不枚舉。可見疏於校勘，非善本也。此本張金吾《愛日精廬藏書志》卷二十九、丁日昌《持静齋書目》卷四、陸心源《皕宋樓藏書志》卷六十九、王國維《傳書堂藏善本書志》、《藏園群書經眼録》卷十二等均有著録。彭元瑞等編《天禄琳琅書目後編》卷十一“元版集部”著録《李文公集》一函，六册，凡十八卷，其實也是此本，蓋因書賈剜去卷前序文所署銜名與年月，遂使彭氏等編臣誤將此本判爲元刻。無獨有偶，莫伯驥《五十萬卷樓群書跋文·集部一》、葉德輝《郎園讀書志》卷七、羅振常《善本書所見録》等著録的所謂“宋槧李集”，實則皆爲此本。而莫、葉二人之誤，葉氏從子啓勳《拾經樓紬書録》下已詳辨之。《紬書録》曰：

> 先世父文選君，舊藏明成化乙未玉融何宜序刊《唐李文公集》十八卷，每半葉十行、每行二十字，長卷頭，葉數通連計算，上下大黑口，上黑口中分卷，黑質白文。首有湘鄉曾文正國藩手跋云：“獨山莫子偲先生定爲南宋邵武書坊本。”先世父以莫氏當時負賞鑒名，信之。今夏余從海鹽張菊生農部年伯許，見一本行欵皆同，首有成化乙未玉融何宜序，後有景祐三年七月十七日歐陽修跋，景泰乙亥四月之吉河東邢讓識。書中間有白口、小黑線口、大黑口。其白口板，魚尾上方刻一“補”字，小黑線口板，中縫魚尾左方刻一“補”字。其第六卷尾有“歲乙酉邵武府通判舒瑞補刻”一行，卷十七首有“嘉靖乙酉（下空六格）補刊”一行。乃知世父藏本，即成化刊本而佚其前後序跋者，莫氏誤以爲宋本也。其板至嘉靖乙酉，已兩次修補印行，故板口參差不一，其黑口板爲成化原刻，而所存者只第九葉、第一百五十三葉、第一百五十四葉，共三葉矣。（長沙葉氏拾經樓印本，一九三七年丁丑春月版）

據此，成化本因佚去首尾序跋，莫、葉二位版本學家遂誤判爲宋槧。而萬曼先生《唐集叙録》亦因未見原刻，稱贊莫、葉二人“終於發現”宋元舊槧，亦一時疏於聞見致誤耳。

國圖藏本印鑒有“顧孝柔懷烟閣讀書記”白文大方印，顧氏名琨，孝柔其字也，明常熟人，喜藏書，懷煙閣乃其藏書處。顧家書散出後，此本爲葉萬所得，故卷中有“樸學齋”朱文大方印。葉萬一名樹廉，字石君，明末清初吴縣人，藏書多達數千卷，精辨真贋。葉氏之後，此本爲陳揆所得，故卷中有“稽瑞樓”朱文長方印。撰字子準，常熟人，諸生，購古書手自校勘，有《稽瑞樓書目》行世。陳氏之後，此本爲瞿鏞所得，故卷中有“鐵琴銅劍樓”白文長方印。銅劍樓藏書新中國成立後由瞿鏞後人捐獻給北京（今國家）圖書館，故卷中又有“北京圖書館”朱文方印，《中華再造善本·明代編·集部》所收翱集，即據國圖藏本影印。另，浙江圖書館亦有藏本。

（三）四部叢刊本。嘉靖四年乙酉（一五二五）邵武府通判舒瑞重修成化本，國家、上海、南京等圖書館均有藏本；上海一藏本有鄧邦述跋，南京藏本有丁丙跋；《四部叢刊》初編所收《李文公集》十八卷，即據江南圖書館藏此本影印，世稱“四部叢刊本”。然叢刊本内封面背面牌記卻稱“明成化乙未刊本”，大誤。羅聯添、金濤聲等先後指出此本乃修訂本，卷六末有“歲乙酉邵武通判舒瑞補刻”一行，卷十七首有“嘉靖乙酉補刊”一行，可證此本爲嘉靖乙酉修訂本。葉啓勳更進一步指出：此本版心“有白口、小黑線口、大黑口。其白口板，魚尾上方刻一‘補’字，小黑線口板，中縫魚尾左方刻一‘補’字……其板至嘉靖乙酉，已兩次修補印行，故板口參差不一”（已見）。是此本實爲一遞修本。筆者見國圖一成化本修訂本，總目第三、四兩葉上象鼻内頂邊欄鐫一“補”字；卷一前兩葉爲線黑口，白魚尾右角内有一“補”字；卷二第九葉則爲大黑口，上象鼻内黑底白文鐫“二卷”字樣，故此葉應爲原版。金氏還將此本對勘成化本，發現保留成化原版或略加修補者不足二十片，其餘百三十多版全是補刻的，不少版心鐫有“補”字。金氏所言甚是。筆者所見國圖修訂本乃清嚴可鈞舊藏，卷二第十一、十二葉皆爲補版，版框略高，且上空二字，白口雙魚尾；卷三第十九葉亦然。原刻卷一《釋懷賦》“壯大觀於蒼生”句，“蒼”字，此本已改作“莊”字等等。金氏還言：二本文字不同者多達百四十處以上，互有正訛，並列二表明示，遂謂此重修本不啻爲“一個新的版本”（金濤聲《李翱集版本源流考辨》，《寧波大學學報》一九九二年二期）。言而有據，足可徵信。

（四）嘉靖本。嘉靖二年癸未（一五二三）黄景夔刻《李文》十八卷，國圖藏。半葉十行十九字，四周雙邊，大黑口單黑魚尾上鐫“李文”字樣，魚尾下爲葉碼，葉排長號，正文凡百五十五葉。各卷首題“李文卷第某”。卷前首黄景夔《刻唐李翱集序》、次歐陽修《讀李翱文》、下接總目，總目題《唐李文公集》，次行低四字署“總一十八卷凡一百三首，旁注“二首元闕”，三、四行具銜名“唐山南東道節度使檢校户部尚書李翱字習之”。各卷首題“李文卷第某”,次標類名及首數,下接正文。卷後附録凡收《新唐書·李翱傳》、歐陽修《書李翱後》及邢讓《題識》。黄《序》略曰:“予少嘗見《李文公翱集》,是時已知愛其文,後不再見是書。元年春,唐太史守之使朝鮮,至山海,予問是書,曰:‘有之。’遂從假其本,録而刻焉。……今翱集罕有傳者,亦以好之者少也,予是以特感於翱而有取焉耳。集增入《與開元寺僧書》一首,爲卷十八,一百六十八板云。嘉靖貳年叁月望日,賜進士兵部主事鄞都黄景夔序。”據此,此本所據底本乃朝鮮本。然今考此本,文字與叢刊本相差甚微,如成化本卷一《釋懷賦》“歷晦蚤而不離”句,“蚤”字誤;叢刊本改作“斉”,此本同。成化本卷七《與陸傪書》“嘗書其一章曰《獲麟辭》”句,“辭”字誤;叢刊本改作“解”字,此本同。成化本卷十《與本使楊尚書請停修寺觀錢狀》“天下之人以佛理詮心者寡矣”句,“詮”字誤;叢刊本改作“證”字,此本同。成化本卷十六《祭中天王文代河南鄭尹作》“宿麦重秀臣人懽悦”句,“麦”字誤;叢刊本改作“麥”字,此本同。再如成化本卷十八《題峽山寺》“嘗以爲無巴能來”句,“巴”字誤;叢刊本改作“因”字,此本同,等等,可見此本所據之朝鮮本,實爲四部叢刊本的翻刻本;此本既據朝鮮本翻刻,則應爲叢刊本的再生本。其與叢刊本的區别大略有二;一爲此本於卷六末增入《答開元寺僧書》一篇,爲二本明顯區别;再者,改正了叢刊本的一些訛誤,如叢刊本總目卷十四《馬少監墓誌》乃《獨孤常侍墓誌》之誤,《李長史墓誌》乃《任工部墓誌》之誤,此本均已改正。再如叢刊本卷十七《行已箴》,“行已誤”,此本改作“已行”,甚是,等等。然叢刊本的訛誤,朝鮮本及此本亦有照樣沿襲者,如叢刊本總目卷十脱《再請停率修寺觀錢狀》,子目不脱;此本總目亦脱此首,而子目不脱。又如叢刊本總目卷端具銜名誤作“石部尚書”,此本誤同,等等。此本莫友芝《郘亭知見傳本書目》卷十二、繆荃孫《藝風藏書記》卷六、羅振常《善本書所見録》卷四、《藏園群書經眼録》卷十二等皆有著録。

鑒藏印有“楝亭曹氏藏書”朱文長方印,“長白敷槎氏堇齋昌齡圖書印”朱文大方印,“嘉蔭簃藏書印”朱文大方印,“海虞翁氏陔南館圖書印”朱文長方印,等等。此本上圖亦有藏,其中一藏本有高尚同、張元濟跋。

(五)汲古閣本。毛晉汲古閣刻《三唐人文集》所收《李文公集》十八卷。半葉九行十九字,白口無魚尾,下象鼻内鐫“汲古閣”三字。卷前唯總目。卷後毛晉跋曰:“總集凡十有八卷,共一百三首,皆雜著,無歌詩。今逸其《疏引見待制官》及《歐陽詹傳》二首,惜無從考。邇來鈔本末附《戲贈詩》一篇云:‘縣君好磚渠,……’”因此本無詩,故毛晉此跋全録《戲贈詩》、《贈藥山僧》二首及聯句詩一聯,以補此本之闕。此本所據底本,《四庫全書總目》推測曰“或即蘇天爵家本歟”? 此言非是。據筆者考察,所據乃四部叢刊本。如成化本卷一《釋懷賦》“歷晦蚃而不離”句,“蚃”字誤;叢刊本改作“吝”,此本亦作“吝”。成化本卷七《與陸傪書》“嘗書其一章曰《獲麟辭》”句,“辭”字誤;叢刊本改作“解”字,比本同。成化本卷十《與本使楊尚書請停修寺觀錢狀》“天下之人以佛理詮心者寡矣”句,“詮”字誤;叢刊本改作“證”字,此本同。成化本卷十六《祭中天王文代河南鄭尹作》“宿麦重秀臣人懽悦”句,“麦”字誤;叢刊本改作“麥”字,此本同。再如成化本卷十八《題峽山寺》“嘗以爲無巴能來”句,“巴”字誤;叢刊本改作“因”字,此本同,等等,可見此本所據乃是四部叢刊本,可無疑也。然而叢刊本卷後歐陽修《跋》、邢讓《題識》此本則無。國圖所藏此本,乃何焯校本,目録下方鈐有“何焯私印”、“屺瞻”等鑒藏印記。何氏之後,此本爲汪士鐘所得,故首卷卷端下方鈐有“汪士鐘曾讀”朱文長方印。汪氏之後,此本蓋爲鄧邦述所得,章鈺曾借以移録何氏校記,而後於《三唐人集》卷首跋曰:“長洲何屺瞻先生手校《三唐人集》三十四卷,鄧氏群碧樓藏。此書與《三體唐詩選評》本均係真蹟,至可寶貴。壬子徂暑,邑後學章鈺審定轉録題記。”鄧氏之後,此本輾轉入藏國家圖書館。又,北京文物局藏本有潘萩瑕批校,上圖藏本有李士璵録清李芝綬跋、並迻李芝綬録清黄廷鑒校,常熟藏本有清邵齊熊批校、清邵震亨跋;臺灣藏本有清勞格校、羅振常題記。

此本清嘉慶、道光間曾加修訂,卷前首爲邵齊熊《汲古閣李文公集補序》,次補原刻卷後所闕歐陽修《跋》、邢讓《題識》。邵氏《補序》略曰:“毛子晉跋集後云:‘共一百三篇,軼《引見待制官疏》及《歐陽詹傳》。’據此尚當有一百一篇。今集中何以秖存百篇?《唐文粹》有《答開元寺僧書》一首,今爲補入,而别本又載《馬少監墓誌》,有録無文。要之,文之弗傳者正不知凡幾? 假令傳之多如韓柳歐蘇曾,則煊赫於後世也,寧止於此而已耶? 不幸而止於此,其文章之命也夫,其文章之命也夫! 嘉慶元年孟冬十月,東吴邵齊熊松阿氏補叙。”考此本卷七末的確補入《答開元寺僧書》一首,然《英華》所載翱文尚有多篇,惜此本未能悉爲補入也。另,此本在日本亦有傳本,見嚴紹璗《日藏漢籍善本書録》。

清代刊刻和傳鈔的翱集,其主要版本有以下幾種:

(一)錢鈔本。清初錢曾述古堂精鈔《李文公集》十八卷,國圖藏。半葉十三行二十字,寫於統一刷印的格子紙上,左右雙邊,白口無魚尾,中縫書有“李文公集卷某”字樣,下象鼻内鐫“述古堂”三字。行楷精鈔,一筆不苟,令人歎賞。此本卷前有歐陽修《讀李翱文》,卷後有歐陽修《書李翱後》。此本所據底本,錢氏未言。今考此本,文字與叢刊本爲近,如成化本卷一《釋懷賦》“歷晦蚤而不離”句,“蚤”字誤;叢刊本改作“吝”,此本亦作“吝”。成化本卷七《與陸傪書》“嘗書其一章曰《獲麟辭》”句,“辭”字誤;叢刊本改作“解”,此本同。成化本卷十《與本使楊尚書請停修寺觀錢狀》“天下之人以佛理詮心者寡矣”句,“詮”字誤;叢刊本改作“證”,此本同。成化本卷十六《祭中天王文代河南鄭尹作》“宿麦重秀臣人懽悦”句,“麦”字誤;叢刊本改作“麥”,此本同。再如成化本卷十八《題峽山寺》“嘗以爲無巴能來”句,“巴”字誤;叢刊本改作“因”,此本同,等等,可見此本所據乃四部叢刊本、即成化本的修訂本無疑。此本卷前另紙有周叔弢題識,述其遞藏關係甚悉,曰:“《李文公集》十八卷,虞山錢氏述古堂鈔本,遞藏泰興季氏,松江沈氏,仁和朱氏,近從臨清徐氏散出。余初見此書時,尚是舊裝一册,與《結一廬書目》合,旋爲書估改裝四册,古意遂漓矣。余嘗謂書之精神在紙光墨采中,非極渝敝,不可輕付裝潢,世之能手如錢半巖者,又不可多得耶!庚午除夕辰閲因記。弢翁。”旁鈐“自莊嚴堪”白文方印。卷中有“季振宜藏書”朱文長方印、“沈喜印”白文方印、“結一廬藏書印”朱文大方印、“周暹”白文方印等鑒藏印記。

(二)徐刻本。徐養元校刻《李習之文集》十八卷。《四庫全書總目》云:“明景泰間河東邢讓鈔本,國朝徐養元刻之,譌舛最甚。”可見此本所據乃明邢讓鈔本,因訛舛較多,非善本也。《藏園群書經眼録》著録此本曰:“《李習之文集》十八卷,唐李翱撰。清刊本,十行二十字,四周單闌。軟字體。題‘後學徐養元長善甫較’。有邗江趙漁序。(戊午)”(《藏園群書經眼録》卷十二,頁一〇八〇)此本未收《答開元寺僧書》一篇,然卷十八末有《戲贈詩》一首。

(三)四庫本。《四庫全書》所收《李文公集》十八卷。《四庫全書總目》曰:“《李文公集》十八卷,浙江鮑士恭家藏本。……其集《唐藝文志》作十八卷。趙汸《東山存稾》有《書後》一篇,稱《李文公集》十有八卷,百四篇,江浙行省參政趙郡蘇公所藏本,與《唐志》合。陳振孫《書録解題》則云,蜀本分二十卷。近時凡有二本：一爲明景泰間河東邢讓鈔本，國朝徐養元刻之，譌舛最甚。此本爲毛晉所刊，仍十八卷，或即蘇天爵家本歟！”可見此本乃是據汲古閣本録入者。然館臣謂翺集《唐藝文志》作十八卷，則非是，《四庫提要辨證》、《唐集叙録》已駁之。又館臣謂毛晉刊本所據爲蘇刻本，亦非是，乃叢刊本（已見）。《四庫總目》又曰：“陳振孫謂集中無詩，獨載《戲贈》一篇，拙甚。葉適亦謂其不長於詩，故集中無傳。惟《傳燈録》載其《贈藥山僧》一篇，韓退之《遠遊聯句》記其一聯。振孫所謂有一詩者，蓋蜀本。適所謂不載詩者，蓋即此本。毛晉跋謂，邇來鈔本，始附《戲贈》一篇，蓋未考振孫語也。然《傳燈録》一詩，得於鄭州石刻。劉攽《中山詩話》云：‘唐李習之不能詩，鄭州掘石刻，有鄭州刺史李翺詩云云。此别一李翺，非習之。《唐書》習之傳不記爲鄭州。王深甫編習之集，乃收此詩，爲不可曉。’《苕溪漁隱叢話》所論亦同。惟王楙《野客叢書》獨據僧録叙翺仕履，斷其實嘗知鄭州。諸人未考……楙乃以翺嘗爲鄭州信之，是知其一，不知其二也。至《金山志》載翺五言律詩一篇，全勦五代孫魴作，則尤近人所託，不足與辨。”（以上《四庫全書總目》卷一五〇，頁一二九一）館臣謂毛晉言“邇來鈔本始附《戲贈》一篇”，蓋未考振孫語；及謂《金山志》所載翺五律一篇，乃近人所託，皆是。但《傳燈録》載翺《贈藥山僧》乃二詩，非一詩，亦非得自鄭州石刻，鄭州石刻所載乃《戲贈詩》。又館臣謂翺未嘗刺鄭州，石刻詩非翺作，皆誤，余嘉錫《四庫提要辨證》均已駁之，甚是。

（四）清鈔本。清無名氏鈔《唐李文公集》十八卷，中山大學圖書館藏。十行二十字，卷前有何宜序。此本《藏園群書經眼録》有著録，傅氏據卷前所載何宜序，推測此本“蓋從明本傳抄者”。卷中有“大興朱氏竹君藏書之印”、“朱錫庚印”、“錫庚閲目”各印，又有朱錫庚跋。今案：錫庚乃順天大興（今北京大興）人，其父朱筠，字竹君，一字美叔，號笥河，乾隆進士，官翰林院侍讀學士等，齋號椒花吟舫，聚書數萬卷，鈐以“大興朱氏竹君藏書之印”以記之。此本既有此印，又有“朱印錫庚”，知此本原爲朱筠所藏，又傳其子錫庚者，故卷中又有錫庚跋文，其《跋》略曰：“鈔本唐李文公集十八卷……此本有成化乙未廣西承宣布政司左布政使何宜序，云邵武郡守西蜀馮君師虞以唐隴西李文公所爲文一十八卷凡百三首，命工鋟梓。成化距景泰後僅數十年，而邢讓抄本至我朝始行刊刻，決非邢本明矣。其毛晉所刊未詳源於何本，獨是本既經馮氏鋟梓，而此本何以猶復抄寫，不解何故。至數卷與東山存稿同，而趙氏作百四篇，此止百三篇，蓋闕疏引待制官一首，而歐陽詹集序乃李貽孫所撰，本不在此數，實百二首耳。至世本無蘇舜欽序，殆亡來已久，總目中所引蘇舜欽兩語蓋出於《郡齋讀書志》，恐毛晉刊本亦未必載蘇序也。道光三年春正月十有八日少河山人識。"(《藏園群書經眼録》卷十二，頁一〇七九至一〇八〇）錫庚謂此本"決非"出自邢讓本，而應自成化本出，復推測毛晉刊本未必載有蘇序，所言皆是。然謂《歐陽詹集序》乃李貽孫撰，本不在百三篇之數，則非是。據錫庚所言，翱集所佚者，除錫庚指出的《疏引待制官》一首外，尚有《歐陽詹傳》一首，蓋鈔手將《歐陽詹傳》誤爲《歐陽詹集序》了，故引出錫庚《歐陽詹集序》本不在"百三"數一番議論。此本自朱家散出後，蓋爲堪喜齋收藏，故卷中有"道光二十七年嘉平十有四日，堪喜齋購藏"跋文一則。此本自堪喜齋散出後，輾轉入藏中山大學圖書館。

（五）馮刻本。光緒元年乙亥（一八七五）馮焌光讀有用書齋刻《三唐人集》所收《唐李文公集》十八卷《補遺》一卷《附録》一卷。半葉九行十九字，左右雙欄，白口單魚尾，上象鼻内鐫"李文公集"字樣。卷前首《四庫全書總目提要》、次玉融何宜《序》、次黄景夔《序》、次總目，總目次行署"總一十八卷凡一百三首"，旁注："三首元闕。"三行署："附補遺一卷，凡八首。"卷後附《補遺》、《附録》各一卷，最後爲馮氏《新刊李文公集跋》。《補遺》凡輯録佚文八首：《仲尼不歷聘解》、《代李尚書進畫馬屏風狀》、《斷僧相打判》、《斷僧通判狀》、《秘書少監馬君墓誌》、《辨邪箴》、《八駿圖序》、《卓異記序》。《附録》凡收兩《唐書》本傳、歐陽修《讀李翱文》與《書李翱後》、邢讓《題識》、趙汸跋、毛晉跋、清全祖望《李習之論》、清吴大廷《書李文公集後》。馮《跋》略曰："甲戌秋，余購得古書數十種，中有東洋文政二年刻本《李文公集》十八卷，凡一百二篇。公務之餘，瀏覽竟帙。其行文旨趣與歐陽文忠公及蘇明允氏所論一一符協。念近時印本甚罕，付之手民。"是此本所據乃日本文政二年（一四六七）刻本。馮氏還説："惟譌字脱文，層見疊出，乃徧訪友人所藏舊槧，僅得明嘉靖二年刊本及毛氏汲古閣本，又有無名氏校本，互相參校。譌謬亦復不免，而嘉靖本尤甚。無名氏所校汲古本，似依據一宋元舊槧，然亦不能盡善。今以欽定《全唐文》中所載一一對勘，多所折衷，又獲諸本所無者八篇。"可見此本所據文政本訛脱也不少，經馮氏廣搜善本，以嘉靖本、汲古閣本、無名氏本及《全唐文》匯勘之，訂正訛誤，輯補闕佚，遂使此本文字較前各本轉精，篇數也較前各本爲全，從而成爲翱集諸古本中比較精審的本子。不過所補八篇佚文中，有誤收者，《四庫提要辨證》有甄别。此本國家、南京、安徽省等圖書館均有藏本，安徽藏本有清蕭穆批校。

新中國成立以來，有胡大浚點校《李翱集》，甘肅人民出版社一九九四年出版。

另，翱集在日本也有刊本兩種，一爲文政本，即文政二年（一四六七）刊《李文》十八卷、《附録》一卷。此本今南京圖書館有藏，唯前二卷已佚去。據金濤聲考察，日本明治四十二年（一九〇九）刊《昌平叢書》所收《李文》十八卷，就是據文政本翻刻的，保存了文政本的版本原貌（《李翱集版本源流考辨》，《寧波大學學報》一九九二年第二期）。故據昌平叢書本，可以間接窺見此本的大概面貌：此本九行十九字，白口，黑魚尾上方鐫"李文"二字，魚尾下爲卷次。卷前目録題"唐李文公集"，次行低四字署"總一十八卷凡一百三首，二首元闕"，三行低一字具銜"唐山南東道節度使檢校户部尚書"，四行平"尚"字題名"李翱字習之"，五行低一字署"第一卷賦三首"。正文各卷首題"李文卷某"，次行爲該卷類目及篇數，下接正文。由此版式及目録卷首所鐫篇數來看，文政本所據底本，蓋爲元無名氏本歟？

另一日本刊翱集乃昌平本，即日本仁孝天皇文政二年（一八一九）昌平坂學問所官版刊印《李文》十八卷、《附録》一卷。此本後收入《昌平叢書》中（參嚴紹璗《日藏漢籍善本書録·集部·别集類》）。《昌平叢書》收書六十四種，明治四十二年（一九〇九）刊行，今中國科學院圖書館有藏，此本收在第五十二函，卷末最後一葉鐫有"文政二年刊"五字，明示所據底本爲文政本。此本保存了文政本的原貌，九行十九字，白口，黑魚尾上方鐫"李文"二字，魚尾下爲卷次，卷前目録題"唐李文公集"，次行低四字題"總一十八卷凡一百三首，二首元闕"，三行低一字云"唐山南東道節度使檢校户部尚書"，四行平"尚"字題名"李翱字習之"，五行低一字云"第一卷賦三首"。正文各卷首題"李文卷某"，次行爲該卷類目及篇數，下接正文。

綜上，翱集版本有以下特點：(1)宋初流傳的一卷和十卷本，蓋唐五代所編；一卷本歐陽修嘗見之，與《崇文總目》所録疑爲同一種本子，十卷本《新唐志》載之。(2)北宋時翱集曾經多人整理，首有蘇舜欽，其整理翱集蓋在慶曆以前，並爲撰序；繼有王深父，其增補佚詩應在慶曆年後，翱集載詩即始於深父本；再有宋敏求，匯集逸佚編爲十八卷，冠以蘇《序》，建陽小本即敏求本的翻刻本，而《答開元寺僧書》一篇乃翻刻者所增。(3)南宋前期洪适重編翱集，將《答開元寺僧書》一篇補入集中，以蘇《序》冠首，翱傳殿後，晁氏《讀書志》著録即此本。此本後世無傳，故蘇《序》至今僅留下晁氏所引二句。(4)陳振孫《書録解題》著録的十卷本，蓋深父本；蜀本二十卷乃是深父本每卷分爲二卷而成者，故卷中有《戲贈詩》，而蜀本中的蘇《序》及《答開元寺僧書》蓋翻刻時增入。(5)元代蘇刻本十八卷百四篇，乃蜀本殘損二卷而成者，故屬於蜀本系統。明邢讓鈔本和成化本，均自蘇刻本出；成化本的修訂本因收入《四部叢刊》而廣泛流傳；汲古閣本亦出自成化本的修訂本，《四庫全書》據汲古閣本録入，影響也很大。而明清以來傳鈔和翻刻的本子雖多，但系統卻只有一個，即皆宗主蘇刻也。(6)元無名氏本在海外也有傳本。其回傳者，嘉靖間黄刻本所據乃朝鮮本，光緒間馮刻本所據乃日本文政本，翱集流傳之廣遠，於此可見一斑。

【參考文獻】余嘉錫《四庫提要辨證・李文公集十八卷》，中華書局一九八〇年五月版　郝潤華《〈李翱集〉版本源流考》，《圖書與情報》一九九二年四期　金濤聲《李翱集版本源流考辨》，《寧波大學學報》一九九二年二期　姚繼舜《李翱文集版本系統考》，《南昌職業技術師范學院學報》一九九五年一期

盧仝詩集

盧仝(七七五？～八三五)，濟源(今屬河南)人。初隱於濟源玉川山，因自號玉川子。復隱於少室山，家唯圖書。後卜居洛陽，破屋數間而已。韓愈爲河南令，愛其詩，厚禮之。晚歲曾赴長安，一夕宿於宰相王涯府，適逢"甘露之變"，遂與王涯同日遇害。

盧仝因遭不測，故身後作品由誰結集、結集的具體情形如何，由於典籍闕載，今已無從詳考了。

入宋，《崇文總目》卷六十一著録《玉川子詩》一卷，稍後《新唐書・藝文志四》著録同。但慶曆八年(一〇四八)，韓盈所見爲二卷本，且於友人處得佚詩十五首，韓氏遂將此十五首編爲《外集》綴後，並撰《玉川子詩外集序》予以説明，其略曰："唐玉川先生盧仝……歌詩百篇，鏤板已行于世。其爲

體峭挺嚴放，脱略拘維，特立群品之外，要夫指事措意于救物之爲，忠憤切深者矣。常愛其詩，恨不得多見其篇。近友人李生于道士崔懷玉處，又得集外一十五首，余甚喜之，以編附舊本……時慶曆八年仲冬望日，昌黎韓盈謙甫序。”（四部叢刊本《玉川子詩集》）據此可知北宋慶曆以前，盧集已有刻本行世。韓氏增編《外集》後，次年復加刊行。民國期間，孫峻跋盧永祥刻《玉川子詩集注》（詳下）謂：“余曾藏有北宋本，爲皇祐元年己丑（一〇四九）四月所雕，題曰《盧仝詩集》三卷，《外集》一卷，慶曆八年韓謙甫盈爲之序。宋刻宋印，字體絶精。”（民國間盧永祥翻刻晴川八識本，上圖藏）皇祐元年四月，上距“慶曆八年仲冬”韓盈撰《外集序》僅半年，是孫氏所説的皇祐“宋刻宋印本”，應即合《外集》爲三卷的韓刊本。這是盧集的第二個刻本，書名已改爲《盧仝詩集》。可惜孫峻只籠統贊揚韓刻本“字體絶精”，而有關韓刻本的版本詳情卻隻字未提。不過無論如何，由於韓刻本收詩增多，而且前二卷仍爲舊本的原編面貌，故韓本遂爲後世所重而屢有傳刻。

宋室南渡，晁公武《讀書志》卷十八著録《盧仝詩》一卷，表明一卷本在南宋仍有流傳。陳振孫《書録解題》著録《盧仝集》三卷，且曰：“其第三卷號集外詩，凡十首。慶曆中有韓盈者爲之序。川本止前二卷。”（《直齋書録解題》卷十九，頁五六六）則此三卷本即韓刻本無疑，唯《集外詩》爲十五首，此言十首，非是，應爲“十五首”之誤，後世傳本《外集》皆十五首。

由上可知，兩宋時期盧集至少有三種編次不同的本子：一卷本，二卷本和附有《集外詩》的三卷本。而盧集宋槧，今所知者，有以下四種：（1）舊刻本，即韓盈所見“歌詩百篇，鏤板已行於世”的二卷本，慶曆以前刊刻。這是今天所知盧集的最早刻本，宋公私書目均失載。（2）韓刻本，即慶曆八年韓盈序、皇祐元年韓盈所刻附有《集外詩》的三卷本。因此本較前此各本收詩增多，故爲世人所重，遂成後世刊刻和傳鈔的祖本。據孫峻跋，此本民國時尚存，今不知尚在天地之間否。（3）蜀刻本，即陳振孫《書録解題》著録之“川本”，此本與韓盈所見的二卷舊刻本是否爲同一種版本，因原本無傳，故不得而知，然其屬於二卷本系統的傳本應無疑議的。（4）書棚本，南宋臨安府棚北大街睦親坊南陳宅書籍鋪刻《盧仝集》三卷。陳振孫與書商陳起同時而稍晚，振孫在京師爲官時，曾與陳起有交往。據陳氏《書録解題》統計，陳氏父子所刻唐集多達六十餘種，故《書録解題》著録之盧集，蓋即書棚本。書棚本今已無傳，然傅增湘在著録明陸涓所刻盧集（詳下）時，曾推測其所據底本爲書棚本,傅氏曰:陸涓刻《盧仝詩集》二卷、《集外詩》一卷,"十行十八字,白口,雙闌。字方整,當從棚本出"(《藏園群書經眼録》卷十二,頁一〇九〇)。判盧集宋槧有書棚本,爲陸本所自出。這一推測是有根據的,陳起父子所刻書棚本唐集有一明顯特徵,即行格整齊劃一,均爲半葉十行十八字。陸刻本行格與書棚本相同,故傅氏謂陸刻本出自書棚本。再者,《解題》謂所著録的三卷本"第三卷號《集外詩》,凡十首。慶曆中有韓盈者爲之序"。這亦與陸刻本合,故陸刻本出自書棚本,完全有此可能。以上諸本宋以後逐漸散佚,今皆無傳。

元代不聞有盧集刻本。明代傳鈔和刊刻的盧集,其主要版本有以下諸種:

(一)正德本。正德間刻《盧仝詩》二卷。此本《四庫全書總目·集部·别集類存目一》在著録清孫之騄《玉川子詩集注》五卷時曾提及此本,其略曰:"盧仝詩……明正德中刊本作二卷,蓋無外集。"(《四庫全書總目》卷一七四,頁一五三四)可見正德時的確刊行過此種本子,其所據底本,蓋爲宋蜀刻二卷本。但此本除四庫館臣提及外,其餘公私書目均未見著録,可見其散逸久矣。

(二)徐刻本。徐獻忠刻《玉川子詩集》二卷、《外集》一卷。此本今亦無傳,然四部叢刊本盧集(詳下)卷末載有徐獻忠跋文一通,言其曾刊行盧集,且所據底本乃最完善的宋本。徐跋略曰:

> 玉川子詩主于奇怪而語句渾成,與唐之諸家不類,其《茶歌》、《月蝕》二篇,尤爲世所傳誦,昔之評詩者謂天地間不可無此,則玉川詩之可愛者正以其怪耳。予家藏宋刻本最爲完善,因壽之梓,與騷壇之好奇者共。後學徐獻忠跋。(《玉川子詩集》卷後,四部叢刊本)

據此可知,徐獻忠的確刻有盧集,且所據爲宋刻。獻忠字伯臣,明華亭人。徐刻本今雖無存,然四部叢刊本既載有徐氏跋文,則叢刊本應據徐本鈔出,故今據叢刊本,可以間接窺見此本的大概面貌:此本卷前有目録,卷後有徐氏跋文一則。卷一古今體詩五十一首,卷二古今體、雜著四十,《集外》古今體十五,共百六首。但卷一附見含曦上人酬盧仝《含曦酬》,卷二附見馬異《答盧仝結交詩》、徐希仁《招玉川子詠新文》,故此本實存百三首。此本分卷、首數、編次與出自書棚本的朱警本(詳下)相同,可見此本所據"宋本",

應即書棚本無疑。

（三）朱警本。嘉靖十九年庚子（一五四〇）朱警輯刻《唐百家詩·晚唐四十二家》所收《盧仝詩集》二卷、《集外詩》一卷。半葉十行十八字，左右雙欄，版心白口單魚尾下有“盧仝某”或“盧仝卷某”字樣。卷前無目録。《集外詩》卷前有韓盈序，卷後有未署名跋文五行，文字與徐刻本卷後徐獻忠跋文一字不差，然徐獻忠的署名已被删去。考此本收詩首數與徐刻本相同，附見詩三首，亦與徐刻本同，卷後跋文雖無署名，但跋爲徐獻忠所作則絶無問題。據上可見，此本乃是據徐刻本的版片，鏟去徐獻忠跋文的署名後重印入《唐百家詩》中者。又，此本《月蝕詩》“架構何可當”句，“構”字避高宗名諱不書，改刻小字“御名”，可證徐刻本所據底本，並非北宋韓刻本，而是南宋刊本。又此本半葉十行十八字，行款亦與南宋書棚本相同，故所據應爲書棚本無疑。不過此本文字偶有訛脱，情形與叢刊本多同。訛誤例，如卷二《自君之出矣》“薔思損精力”句，“薔”字誤，叢刊本同；而《樂府詩集》卷六十九收此詩作“蓄”，甚是。脱文例，如卷一《觀放魚歌》“或如□□□”句，脱三字。卷二《感古四首》其四“臨臨沖天婦嫌醜”句，下闕一句七字，叢刊本皆同，等等。這就從文字方面進一步證明，此本乃是用徐刻本的版片重印的。《百川書志》著録“《盧仝詩》二卷、《别集》一卷……詩總一百四首”，或即此本；然謂詩百四首，非是。國圖所藏此本，《集外詩》卷首韓盈《序》，被誤認作盧集之序而置於卷一之前，亦非是。南圖亦藏有此本，則不誤。

另，國圖藏一明翻宋刻《盧仝詩集》三卷，版本特點及收詩等悉如此本，蓋是用此本版片所印的單行本，封面有“宋本”、“黄蕘圃舊藏”、“常熟翁氏藏書”及“翁斌孫印”等鑒藏印記多枚。因知此本原爲黄丕烈藏書，後歸常熟翁氏。翁斌孫乃晚清名臣翁同龢嗣孫，字弢夫，江蘇常熟人。“同龢歸田時，京師典籍、碑帖匆遽間未克攜行，旋由斌孫居其宅，謹守其藏書。”（《鄭逸梅文稿·常熟翁氏捐獻書目册跋》，見鄭偉章《文獻家通考》下册，頁一二八四）故此本卷中有斌孫鑒藏印記。後來斌孫將其家藏圖籍捐贈給當時的北平（今國家）圖書館。

（四）陸刻本。嘉靖間陸涓刻《盧仝詩集》二卷、《集外詩》一卷。此本國圖有藏，一册。半葉十行十八字，左右雙邊，白口單黑魚尾下有“盧仝某”或“盧仝卷某”字樣，各卷首題“盧仝詩集卷第某”。卷前無目録，卷後陸涓跋曰：

> 玉川子詩主于奇怪而語句混成，與唐之諸家不類，其《茶歌》、《月蝕》二篇，尤爲世所傳誦，昔之評詩者謂天地間不可無此，則玉川詩之可愛者正以其怪耳。予家藏宋刻本最爲完善，因壽之梓，與騷壇之好奇者共。吴郡陸涓識。

傅增湘鑒定此本曰："字體方整，以行欵推之，當是從宋書棚本出。"（《藏園訂補郘亭知見傳本書目》卷十二下，頁一〇四〇）傅氏此鑒定非是。陸涓此跋，除"吴郡陸涓識"五字所示地望及人名不同外，其他文字全同徐獻忠跋，故此跋乃陸涓僞冒徐獻忠跋文無疑。朱警刻《唐百家詩》，書前冠以徐氏《唐詩品序》，書中所收盧集，亦是用徐刻本的版片重印的（已見）。然朱氏將盧集卷後徐氏跋文保留，而删去徐氏署名，蓋欲僅借徐跋説明盧集所據底本乃最完善之宋本，而使用徐氏書版一事，則不欲示人。至於陸氏，跋文署上自己名字，但所用版片，已非朱氏所用之徐刻本的版片，朱本《集外詩》七絶《蕭二十三赴歙州婚期二首》，此本已分爲二題二首，即《蕭二十三赴歙州婚期》"淮上客情殊冷落"，與《無題》"南方山水生時興"。可見此本所據並非宋本，而是朱警本。

此本鑒藏印記有"綺瑞樓"白文長方印，知此本原爲陳揆所藏。陳氏書散出後，此本爲瞿鏞所得，故卷中有"鐵琴銅劍樓藏"朱文長方印，《鐵琴銅劍樓藏書目録》著録有此本，其略曰："是本乃明時吴郡陸涓以家藏宋刻翻雕，蓋别一本也，其《集外詩》則韓盈所掇拾，有韓序及陸跋。"（《鐵琴銅劍樓藏書目録》卷十九，頁二八六）瞿氏過於相信陸涓跋語，謂此本所據乃宋本，大誤。傅增湘曾在瞿家見到此本，遂於《藏園群書經眼録》著録此本曰："明刊本，十行十八字，白口，雙闌。字方整，當從棚本出。末有吴郡陸涓跋五行，言以家藏宋本壽梓者。鈐有'范儀虞印'。（海虞瞿氏藏書。癸酉）"（《藏園群書經眼録》卷十二，頁一〇九〇）"海虞瞿氏"，即常熟瞿氏。海虞乃晉置縣，隋廢之，故治在今江蘇常熟縣東。傅氏謂此本"當從棚本出"，亦因陸涓僞跋致誤。傅氏乃近現代版本目録學大家，尚生此誤，版本鑒定之不易，於此可見一斑。瞿家所藏此本，新中國成立後由其後人將此本捐獻給國家。

另，陸心源《皕宋樓藏書志》著録此本一鈔本曰："《盧仝詩集》二卷、《集外詩》一卷，舊鈔本。唐盧仝撰，陸焴跋。"（《皕宋樓藏書志》卷七十，頁七九一）。《唐集叙録》謂"陸焴"乃陸涓之誤，甚是。《藏園訂補郘亭知見傳本書目》卷十二下著録一舊鈔本曰："卷末有跋云，取家藏宋本壽之梓，然則有刻本矣，時代名氏自是元［朝］〔明〕間人也。"又曰："陸氏《藏書志》亦載鈔本正同，而未言有韓序，但云陸焴跋，則余本之跋當即其人而去其名也。"（《藏園訂補郘亭知見傳本書目》卷十二下，頁一〇四〇至一〇四一）顯然莫氏所藏舊鈔本亦出自朱警本，卷後未署名的跋文乃徐獻忠作，而莫氏誤爲陸涓跋而去其名，又將陸涓誤作"陸焴"。是知將陸涓誤作"陸焴"者，乃陸心源；莫氏只是沿襲其誤而已。

（五）四十四家本。《明鈔唐四十四家詩》所收《盧仝詩集》二卷、《集外詩》一卷，國圖藏，一册。半葉十行二十字，鈔於統一刷印的格子紙上，四周文武雙欄，白口對魚尾間有"盧詩某"字樣，下爲葉碼。首卷卷端題"盧仝詩集卷第一"。卷前唯目録，卷後《集外詩》凡十五首，有韓盈序。此本文字訛脱情形亦與朱警本同。如朱警本卷一《觀放魚歌》"或如□□□，或如蚍銜珠"，前一句脱三字，此本所脱相同。朱警本卷二《自君之出矣》"嗇思損精力"句，"嗇"字誤，此本誤同，而《樂府詩集》卷九作"蓄"，甚是，等等。《月蝕詩》"架構何可當"句，"構"字，不避高宗名諱。可見此本所據底本乃是朱警本或其近似的本子。此本鑒藏印記有"曾在趙元方家"朱文長方印，"蒼巖山人書屋記"朱文長方印等。

（六）毛鈔本。明末毛扆鈔《盧仝詩集》二卷、《集外詩》一卷，上圖藏。半葉十行十八字，行楷結體，字大如錢，鈔於統一刷印的稿紙上，四周雙欄，無解行，白口單白魚尾下書"盧仝卷某"。各卷首題"盧仝詩集卷某"，下接正文。《集外詩》前有韓盈序。最後有陸涓題識。此本上卷闕第十三葉、詩六首，故只有九十七首，另附見含曦上人酬盧仝詩《含曦酬》、馬異《答盧仝結交詩》和徐希仁《招玉川子詠新文》三首。據此本卷末有陸涓題識一點看，此本所據底本當爲陸刻本。藏印有"宋本"朱文橢圓印、"毛扆之印"朱文方印、"斧季"朱文方印，知此本原爲毛扆影鈔陸刻本。毛家書散出後，乾隆時此本爲彭元瑞所得，故卷中有"南昌彭氏"、"知聖道齋藏書"朱文兩印、"遇讀者善"諸印記。彭氏之後，此本當爲錢聽默所得，故卷中有"白堤錢聽默經眼"朱文小印。錢氏之後，光緒間此本爲朱學勤所得，故卷中有"結一廬藏書印"朱文方印。另有兩印，則不知爲誰氏印鑒。

（七）明刊本。明無名氏刊《盧仝詩集》二卷、《集外詩》一卷，南圖藏。此本半葉十行十八字，四周單欄，白口雙魚尾間鐫"盧仝卷某"字樣。行楷書版，刻印精美。卷前無目録，《集外詩》卷前有韓盈序，卷後有跋文五行，雖未署名，然爲徐獻忠所作無疑。此本收詩首數及附見詩三首、文字脱誤、《月蝕詩》"架構何可當"句"構"字改刻小字"御名"，等等，均與朱警本同，可見此本乃是據朱警本翻刻的，可無疑也。

（八）明甲鈔本。明無名氏甲鈔《盧仝詩集》二卷、《集外詩》一卷，今藏南圖。卷後有無名氏跋，跋文與朱警本卷後所載徐獻忠跋文同，然無署名。據此可見，此本亦當出自朱警本。此本卷後有清丁丙跋，《善本書室藏書志》卷二十五著録有此本，丁丙稱"鈔寫絶精"，且判爲"明鈔宋本"，非是，乃自朱警本鈔出也。

（九）明乙鈔本。明無名氏乙鈔《盧仝詩集》二卷、《集外詩》一卷。半葉十行二十字，卷後有韓盈《集外詩序》和未署名的跋文一則，文字與徐獻忠跋同。凡詩百三首，另附見含曦上人酬盧仝詩《含曦酬》、馬異《答盧仝結交詩》和徐希仁《招玉川子詠新文》三首。可見此本所據底本，亦應爲朱警本。

（十）四部叢刊本。舊鈔本《玉川子詩集》二卷、《玉川子詩外集》一卷，《四部叢刊》初編所收盧集即據此本影印，世稱"四部叢刊本"。舊鈔本寫於何時，因遽難確定，姑置於此。此本半葉十二行二十四字，鈔於統一刷印的稿紙上，四周單欄，版心白口，有"玉某"字樣。卷前唯目録。《外集》冠以韓盈《序》，最後爲跋文五行，跋尾署名徐獻忠。此本卷一古今體詩五十一首，卷二古今體、雜著四十首，《外集》古今體十五首，共百六首，其中附見含曦上人酬盧仝《含曦酬》、《馬異答盧仝結交詩》和徐希仁《招玉川子詠新文》三首，故盧詩僅百三首。卷後跋文既有徐獻忠署名，則所據底本爲徐刻本無疑。然此本訛誤頗多，不如朱警本之善。如卷一《題褚遂良孫庭竹》"負霜停雪田根枝"句，"田"字誤，朱警本、統籤本作"舊"，甚是。又如卷二《走筆謝孟諫議新茶》"碧雲引風推不斷"句，"推"字誤，朱警本、統籤本作"吹"，甚是，等等。鑒藏印記有"陸時化印"白文方印、"渭南伯後"朱文方印。陸時化字潤之，號聽松，太倉人，康熙、乾隆間在世，嗜書畫，精鑒别，藏書亦富。陸游身後曾封"渭南伯"，故此"渭南伯後"當即陸時化印，時化應爲陸游後人。

另，傅增湘嘗見一明鈔本，版本特徵與此本相同，卷後亦有徐獻忠署名的跋文一則，然書名冠一"唐"字，傅氏記曰："《唐玉川子詩集》二卷《外集》一卷，唐盧仝撰。舊寫本，十二行二十四字。後有徐獻忠跋四行，云以家藏宋本壽梓。似是明鈔本。(己未)"(《藏園群書經眼録》卷十二,頁一〇九一)跋文既有徐獻忠署名,則所據底本爲徐刻本一系的本子無疑;書名所冠"唐"字,應爲後人所加,故此本所據蓋徐刻本的下位本歟?

(十一)統籤本。《唐音統籤》所收《盧仝詩》三卷,編卷三百六十四至三百六十六,丁籤七十八,寫本。此本詩分體編次,首卷五古十六首、七古九,次卷長短句二十六,第三卷長短句二十、騷體詩二、銘箴四、五律十一、五絶九、七絶八,共百五首。其中五古《送王儲詹事西遊獻兵書》三首,朱警本卷一作一首,而正文相同,故此本較朱警本溢出二首。此本《村醉二首》,朱警本卷一分爲《村醉》與《解悶》二題二首。又因此本分體編排,故朱警本《感古四首》,此本前三首題作《感古三首》編在首卷"五古"内,第四首編在次卷"長短句"内。此本所據底本,胡氏没有交代,唯曰:"宋慶曆中本,又有集外詩十五首,附集後,另爲卷,乃昌黎韓盈得之道士崔懷玉補者。今合爲一卷編,注'補'字題下,存其舊。"(《唐音統籤》第四册,頁二八〇)可見此本所據底本,亦是附有《外集》一卷的本子。朱警本《蕭二十三赴歙州婚期二首》,乃一題二首,此本同;而陸涓本分爲二題二首(見上),可見,此本所據乃朱警本。

清代刊刻和傳鈔的盧仝集主要版本有以下幾種:

(一)清初鈔本。清初鈔《百家唐詩》所收《盧仝詩》一卷、《集外詩》一卷,卷首有闕葉,國圖藏。半葉九行二十二字,端楷鈔寫,雋美秀整,鈔於統一刷印的格子紙上,四周雙欄,白口單魚尾。卷前無目録。此本文字較他本更近於朱警本,如朱警本《觀放魚歌》"或如□□□,或如虵銜珠"二句,前一句脱三字,此本脱文同。如朱警本《感古四首》其四"臨臨沖天婦嫌醜"句,下闕一句七字,此本脱文同,等等。又朱警本《集外詩》七絶《蕭二十三赴歙州婚期二首》,與朱警本同;而陸涓本分爲二題二首。然此本並非直接自朱警本寫出者,此本《月蝕詩》"架構何可當"句,"構"字不避高宗名諱,作"搆"字,與朱警本異。又朱警本《自君之出矣》"薔□損精力"句,"薔"字誤,此本又誤作"蕃",等等。可見此本所據底本並非朱警本,而是與朱警本近似的本子。此本卷末補入佚詩《逢病軍人》、《庭竹》、《山中》三首,然此本卷二已有《題褚遂良孫庭竹》,故《庭竹》一首重出。《送王儲詹事西遊獻兵書三首》,然題下卻只有一首,因知"三首"乃一首筆誤。

(二)顧鈔本。康熙間顧夏珍鈔《玉川子詩集》二卷、《集外詩》一卷。此本今藏南開大學圖書館,《中國古籍善本書目》、《中國古籍總目》均有著録。半葉十行二十字。卷前有嬰暗居士跋,卷後有未署名跋文三則。《月蝕詩》“架構何可當”句,“構”字不書,改書小字“御名”,乃避宋高宗諱。詩共一百六首,包括附見《含曦酬》、《馬異答盧仝結交詩》和《招玉川子詠新文》三首。此本卷後三則跋文,其中一則,文字與朱警本所載徐獻忠跋相同,唯無徐氏署名。由以上幾點可見,此本所據底本乃朱警本。此本卷前之嬰暗居士跋,考證此本源流、鈔寫年代及顧夏珍其人,然將未署名之徐獻忠跋,誤認作韓盈跋。嬰暗居士,即秦更年,字曼青,號嬰暗,又號東軒,江蘇揚州人。卷中有“東軒”及“嬰暗秦氏藏書”等鑒藏印記。

(三)全唐詩本。康熙敕修《全唐詩》所收《盧仝詩》三卷。康熙敕編《全唐詩》乃是在胡震亨《唐音統籤》及季振宜《全唐詩稿本》的基礎上編輯而成的。而季氏《稿本》中的《盧仝集》,則是將上述朱警本原刻入編,删去了卷二附見的《馬異答盧仝結交詩》、卷末不署名的徐獻忠跋,另於卷二末增補佚詩《逢病軍人》與《山中》七絶二首,以及五律《除夜》二首,凡四首,而把韓盈《序》調至卷首,編輯而成的,故《稿本》共百九首,其中包括附見詩《含曦酬》和《招玉川子詠新文》二首,故實百七首。文字方面,季氏用《唐文粹》、《唐詩紀事》、《萬首唐人絶句》、《樂府詩集》、《歲時雜詠》等總集及類書參校,改正了朱警本的一些訛誤,於字裏行間及天頭出校不少異文,並於卷末跋曰:“康熙八年五月初八日病中校補,季振宜記。”(《全唐詩稿本》第三十七册,頁三八五)季氏於病中仍校補《稿本》不輟,勤勉感人。康熙敕編《全唐詩》所收《盧仝詩》三卷,便是以季氏《稿本》爲底子,删去了季氏未及删除的附見詩《含曦酬》與《招玉川子詠新文》及韓盈《序》,而將季氏於卷二末輯補的佚詩四首調至卷三末,編輯而成的,故康熙敕編《全唐詩》共一百七首。文字方面,編臣用善本重加校勘,季氏改動的部分文字,編臣以爲不妥者,則重新將其改回。如朱警本《月蝕詩》“架構何可當”句,“構”字避高宗諱不書,而改刻小字“御名”二字;季氏《稿本》則將“御名”二字抹去,於“架”字前補一“構”字,編臣以爲出校位置不確,而將“構”字移於“架”字下,甚是。又如《月蝕詩》末尾“萬古更不瞽,萬萬古,更不瞽,照萬古”四句,季氏删改作“更不瞽,萬萬古”二句;編臣以爲不妥,又將其改回作原四句,等等。職是之故,《全唐詩》遂成爲一個收詩較全且文字較精的本子。

(四)康熙刻本。康熙間無名氏刻《盧仝詩》一卷。半葉十一行二十一字，版心有雙黑魚尾及"全唐詩盧仝"等字樣。卷前有無名氏題詩一首，且於首頁下題識曰："余年二十五六，未得《全唐詩》，時曾自林吉人抄得盧仝一本。"此本收詩與全唐詩本相同，顯然是據全唐詩本刊行的。

（五）孫注本。康熙間刻《晴川八識》所收孫之騄《玉川子詩注》五卷。國圖、上圖等有藏，湖南省圖藏本有清黄鉞跋。《四庫全書》存目有此本，《續修四庫全書》有影印本。此本内封面題"玉川子詩注"，半葉十行二十二字，注文統低二字。左右雙欄，粗黑口單黑魚尾下鐫"玉川子詩卷某"。卷前首錢唐沈繹祖《玉川子詩注序》，次孫之騄《玉川先生傳》，次目録。卷後無附録。各卷首題"玉川子詩集卷其"，次行下方署"仁和孫之騄晴川注"。沈氏《序》曰：

> 盧仝……先生爲詩，以雄豪放恣自喜。歲久零落，殘編逸簡，存什一於千百。孫君晴川，多方掇拾，按其科條，尋其章句，神會天解，根據典故，自有此詩，從無此注。唐詩人無慮數百家，獨嗜先生詩，味于衆人之所不味，微顯闡幽，有未易詰其所以然者……賴君發明其旨趣……工科舉之學者，或以弊無用諷君，君一笑謝。士各有好，毋溷我盧先生爲也。（康熙間刻孫注本）

沈氏謂"自有此詩，從無此注"，非是。前已述及，宋時即有孫士彪注本，然非全注。據沈氏此序，孫之騄未見孫士彪注《月蝕詩》，蓋明以後亡逸，故此本實爲孫氏創注。《四庫全書總目》著録此本曰："盧仝詩……明正德中刊本作二卷，蓋無《外集》。《全唐詩》增多二十二篇，編爲三卷。之騄又增入《櫛銘》一篇，《月詩》一篇，編爲五卷。然《月詩》見《錦繡萬花谷》，其詞不類。《櫛銘》則僅與《梳銘》異數字，乃一詩而譌爲兩題，不當重入。且彭叔夏《文苑英華辨證》據羅衮《四銘小序》，知《櫛銘》乃衮所作，《唐文粹》誤題爲盧仝。之騄均未能訂正，殊考之未詳也。仝詩故爲粗獷，非風雅之正聲。之騄嗜奇，故特注之。卷首《月蝕》一篇，考據元和庚寅時事，箋注最詳。然後幅'天若不肯信，試喚臯陶鬼一問，而今三台文昌宫'云云，應以'問'字爲句，之騄乃以'而今'字爲句，殊爲割裂。其他注亦多支蔓。如《客答蛺蝶》一首，引羅隱詩以釋"黄雀"字，不顧其人之在仝後，亦未免失檢矣。"（《四庫全書總目》卷一七四，頁一五三四）館臣謂此本輯補的佚詩二首不可靠，甚是。至謂此本《月蝕》注釋"最詳"，然後幅"天若"三句，斷句有誤；其餘各詩則"亦多支蔓",所言亦頗有道理。且此本校勘未精,文字訛誤較多(參下盧永祥本),在清人唐集注本中,實在算不上善本。此本所據底本,沈氏没有明言。從文字方面考察,應爲全唐詩本,然復經孫氏校勘,校記夾注於正文之間。總的來看此本雖有缺陷,但畢竟是盧詩的第一個全注本,創注之功,還是應予肯定的。

(六)盧校本。盧文弨校清鈔本《盧仝詩集》二卷、《集外詩》一卷,國圖藏,一册。《藏園群書經眼録》卷十二著録有此本。半葉十一行二十一字,鈔於統一刷印的格子紙上,四周雙欄,白口單魚尾下有"盧玉川集卷某"字樣。各卷首題"盧仝詩集卷第某"。《集外詩》卷前有韓盈序。此本書名、分卷、收詩、序次及文字等等,悉如朱警本,且卷後跋文,與徐獻忠跋完全相同,然無徐氏署名。《月蝕詩》"架構何可當"句,"構"字避高宗名諱不書,改書小字"御名"。《集外詩》七絶《蕭二十三赴歙州婚期二首》,不分爲兩題兩首。以上版本特徵表明,此本乃是據朱警本鈔寫者。卷一末有盧文弨跋曰:"乾隆丙午(五十一年,一七八六)四月二十一日杭東里人盧文弨校閲。"卷中有盧氏朱筆校記,卷後增補佚詩四首《逢病軍人》、《山中》及《除夜》二首。《逢病軍人》題下注曰:"以下四首見《全唐詩》。"且謂"殊不似玉川"。此本印記有"王勇"白文方印、"曾藏烏程滁氏集古齋"朱文方印、"咸豐庚申已後收藏"朱文長條印、"烏程蔣維基印"朱文方印、"國立北平圖書館藏"朱文方印。

(七)江標本。光緒間江標輯刻《唐人五十家小集》所收《盧仝詩集》二卷、《集外詩》一卷。此本内封面大字篆書"盧仝詩集",左旁小字署"南宋刻唐人集"。此本版式、書名、分卷、收詩、序次等等,與朱警本完全相同,甚至連文字的訛脱也完全一致。訛誤例,如朱警本卷二《自君之出矣》"薔思損精力"句,"薔"字誤,此本誤同。脱漏例,如卷一《觀放魚》"或如□□□,或如虵銜珠",前一句脱三字,此本同;卷二《感古四首》其四"臨臨沖天婦嫌醜"句下脱一句,此本脱闕相同,等等。可見此本所據底本乃是朱警本,而非南宋本。江標將朱警本誤認作宋本或書棚本的例子不少,《張籍集》朱警本,江氏即將其誤作書棚本,便是最好的佐證。

(八)清鈔本。清無名氏鈔《盧仝詩集》二卷、《集外詩》一卷,舊鈔本。此本原爲陸心源藏書,《皕宋樓藏書志》卷六十九著録有此本,謂有陸[焴]〔涓〕跋。這表明此本乃是據陸涓本鈔寫者。

民國時期刊刻和傳鈔的《盧仝集》，其主要版本有以下二種：

（一）石印本。民國七年戊午（一九一八）石印《盧仝詩集》二卷、《集外詩》一卷，上圖有藏。半葉十行十八字，左右雙欄。此本書品寬大，行格疏朗，字大如錢，頗便閱覽。卷前唯目録。《集外詩》前有韓盈序。最後有民國戊午季冬，洛寧縣令莊炎跋，其略曰："適行篋中攜有唐《盧仝集》三卷，已塗乙狼藉，而款式尚精雅可喜，爰命姬人洪娟影鈔付印。此本宋諱均缺末筆，且行欵與《士禮居叢書・魚元機集》相同，當爲明嘉靖時翻刻宋臨安書棚本無疑。惟寫手既非素習，印工又未精嫻，殊草草，無足觀。"可見此本所據底本，乃嘉靖覆宋臨安書棚本。比本《月蝕詩》"架構何可當"句，"構"字避高宗諱不書，改爲"御名"二小字，可證莊氏所言不虚。此本卷一録詩五十一首，卷二詩四十，《集外詩》十五，合計百三首，另附見含曦上人酬盧仝《含曦酬》、馬異《答盧仝結交詩》和徐希仁《招玉川子詠新文》三首。此本封面有壬戌春二月北溟題識，其略曰："此盧集亦[致]〔至〕佳，炳漢令洛寧時重付景刊，以廣其傳。俶仁鼓一夕之勇，施朱墨於上，且書且誦，一時之興會，異日恐不可復得，記之。"據此，比本目録卷端之題識，下鈐"儆廬"朱文長方印，卷中朱墨批語等，皆孫俶仁所爲，《集外詩》後據《全唐詩》所録佚詩四首《逢病軍人》、《山中》和《除夜》二首，亦孫氏所爲；然此四詩，盧文弨已判爲僞作。

（二）盧刻本。民國十二年癸亥（一九二三）盧永祥翻刻《晴川八識》所收《玉川子詩集注》五卷，五册，藍印本，今上海、山東省等圖書館均有庋藏。此本内封面大字隸書"玉川子詩注"，半葉十行二十二字，四周雙欄，粗黑口，雙對魚尾間鐫"玉川子詩集卷某"。卷前首盧永祥《玉川子詩集序》，次沈繹祖《玉川子詩注序》、孫之騄《玉川先生傳》，次目録。卷後附孫峻《勘譌表》一卷、孫峻跋一則。盧永祥《序》曰："《玉川子詩注》五卷，爲有清康熙間仁和孫晴川先生所纂。閲歲二百有餘，傳本較稀。永祥治兵浙中，遂爲重刻。"可見此本所據底本乃孫注本。盧氏還云："夫范陽之盧，在唐爲盛。永祥雖託遠宗，未敢附於華胄。重刻之恉，欲使故籍名篇，出於蠹燼之餘，繼此以往，得有傳本而已。杭縣孫康侯舍人峻，既爲校栞，成《校勘記》一卷，附於卷後。爲力甚勤，用並志之。癸亥二月濟陽盧永祥記。"是知盧永祥乃唐范陽盧姓之裔，此應是其翻刻此本的重要緣由。此本附《勘譌表》一卷，後有孫峻記曰："晴川公秉鐸慶元注《玉川子詩集》，惟時僻處山城，良工難選,故譌字極夥。際兹重梓……悉著表中。"孫峻,字極于,號康侯,浙江仁和人,長簿録之學,嘗佐丁丙編《武林掌故叢編》及《善本書室藏書志》,清末受命掌文瀾閣《四庫全書》,晚年以舊藏千卷捐贈浙江圖書館,其中包括《晴川八識》諸書。孫峻謂《晴川八識》本仝集"譌字極多",可見刊刻之粗率。孫峻跋曰:"余曾藏有北宋本,爲皇祐元年己丑四月所雕,題曰《盧仝詩集》三卷《外集》一卷……最爲完善……竊以《玉川子集》善本日尠,先公注本,亦不習見,訢然爲之斠刊。其原本有譌敚處,今既重梓,不敢苟同,因成《勘譌表》一卷。"孫氏用北宋韓盈本校此本,得舛訛八十餘處。此本經孫峻校勘後,洵爲善本矣。

此外,尚有朝鮮古刊本,傅增湘嘗見之,並記之曰:"《玉川先生詩集》不分卷,唐盧仝撰。朝鮮古刊本,十行十七字,全集凡七十六題。卷尾有刻書人銜名如左式:'大德五年辛丑三月日,東京官開板,别色前權知户長鄭天吕,校正麗澤齋生朴英工,監:副留守兼勸農使管局學事朝顯大夫版圖總郎金祐。'(日本内藤虎博士藏書,己巳十月二十八日閲。)"(《藏園群書經眼録》卷十二,頁一〇九一)當時朝鮮乃中華屬國,長期以來奉中國正朔,"大德五年辛丑",乃元成宗鐵穆耳大德五年辛丑(一三〇一),是此本乃十四世紀元刻本。然因未見原刻,故其所據底本,尚待有機會見到原本時再作考察。

綜上可見,《盧仝集》版本並不複雜,歸納起來,其特點有三:(1)宋代《盧仝集》有一卷本、二卷本和三卷本。其中一卷本出現最早,《崇文總目》已有著録,稍後《新唐志》及南宋晁公武《讀書志》亦有著録。三卷本,乃慶曆時韓盈輯得佚詩十五首,將其另編爲《集外詩》一卷,附於舊編二卷本之後而成。此三卷本因收詩較多,編次又合理,遂成爲書棚本及後世諸多仝集的祖本。二卷本,即韓盈所見之舊本及南宋陳振孫《書録解題》著録之川本,據陳氏言,二卷本與三卷本的區别,僅在有無《集外詩》一卷。(2)明清兩代刊刻和傳鈔的盧集,大都是三卷本的衍生本,其中朱警本進入《全唐詩》,明鈔本進入《四部叢刊》,影響都很大。其次二卷本明正德年間雖有刊行,但畢竟不多。而一卷本,明清時不見有傳本。(3)盧集注本宋時雖已出現,然非全注。全注本出現較遲,已迨清康熙年間,即孫之騄《玉川子詩集注》五卷,此本乃盧詩的創注本,功不可没,唯刊刻草草,錯訛較多。民國間杭縣孫峻以北宋本精加校勘,成《校勘記》一卷附後,由盧永祥重新上版刊行，遂成盧集注本中較好的讀本。

【參考文獻】鄭慧霞《盧仝綜論》附録一《盧仝詩集版本研究》，光明日報出版社二〇一〇年五月第一版

皇甫持正文集

皇甫湜（七七七？～八三五？）字持正，睦州新安（今浙江淳安）人。元和元年（八〇六）進士及第，三年登賢良方正科，釋褐陸渾尉。大和初入山東李逢吉幕，累官至工部郎中。裴度留守東都，辟爲判官，約卒於大和末。

持正乃韓愈門下的古文大家，然而有關持正作品的結集情形，典籍卻失載，故今已無從詳考了。持正卒，白居易《哭皇甫七郎中》詩云："《涉江》文一首，便可敵公卿。"自注曰："持王奇文甚多，《涉江》一章尤出。"（朱金城《白居易集箋校》卷二十八，上海古籍出版社一九八八年版，頁一九六四）《涉江》一文今已散逸，然白氏既云"持正奇文甚多"，表明持正作品當時已經結集。晚唐司空圖《題柳柳州集後》曰：

> 愚嘗覽韓吏部歌詩累百首，其驅駕氣勢，若掀雷抉電，撑抉於天地之垠，物狀其變，不得鼓舞而徇其呼吸也。其次，皇甫祠部文集外，所作亦爲遒逸，非無意於深密，蓋或未遑耳。（《唐文粹》卷九三，四部叢刊本）

這裏的"皇甫祠部"，學界以爲即皇甫持正。司空圖既提及持正"文集"，表明晚唐時持正集仍流行於世。然而其文集幾卷，收文幾何？與白居易所見是否爲同一種本子？因文獻無徵，今已無從知其詳了。

入宋，最早著録持正集者乃《崇文總目》，《總目》卷六十著録"《皇甫湜文集》一卷"。稍後《新唐書·藝文志四》著録"《皇甫湜集》三卷"。本書前已言及，《總目》乃崇文院館閣藏書的實録。《總目》成書後，歐陽修又奉敕參與《新唐書》編纂，爲了使《新唐志》克服《總目》的局限性，真實地反映當時國家藏書的實際，歐陽修奏請降大内諸閣所藏秘本，以《總目》爲藍本，大力鈔補館閣闕藏的典籍。於是"詔龍圖、天章、寶文閣、太清樓管掌内臣檢所缺書録上，于門下省謄寫。至是年（嘉祐七年——筆者）六月丁亥，秘閣

上補寫御覽書籍。于《崇文總目》之外，定著一千四百七十四部，八千四百九十四卷”（姚名達《中國目録學史》，頁一六〇）。此時《新唐書》編纂雖剛告竣，但溢出《總目》之外的近一千五百部、八千五百卷典籍，被補入《新唐志》應無問題。所以《總目》與《新唐志》著録的同一家文集，書名和卷數往往差異很大，持正集亦然，《總目》所録僅只一卷，迨《新唐志》則多達三卷，此三卷本應爲出自内府的秘本無疑。但一卷本與三卷本，篇目和文字有何差異？因二本今皆無傳，典籍又失載，故已無從究詳了。

宋室南渡，尤袤《遂初堂書目》著録有《皇甫湜集》，然未記卷數。晁公武《讀書志》著録“《皇甫湜文》六卷”，並記曰：

> （湜爲）裴度辟東都判官。度修福先寺，欲求碑文於白居易。湜怒曰：“近舍湜而遠取居易，請從此辭。”度謝之。湜即酣飲，援筆立就。度贈車馬繒綵甚厚，湜怒曰：“吾自爲《顧況集序》，未嘗許人，今碑字三千，一字三縑，何遇我薄邪？”度笑曰：“不羈之才也。”從而酬之。今集雜文三十八篇而已。況集序在焉，而碑已亡矣。（《郡齋讀書志校證》卷十八，頁八九七）

此六卷本不見於《崇文總目》和《新唐志》，應爲北宋末或南宋初的重編本。此後湜集基本定型，六卷本就成了歷代持正集的祖本。唯此本收録作品並不全，當時存世而失收者尚多（詳下）。晁氏謂“今集雜文三十八篇而已”。此言不確，余嘉錫謂今所見影宋刻與汲古閣本皆六卷，然第五卷《睦州録事參軍廳壁記》一篇已列入本卷子目，然卷首總目遺之，故實爲三十九篇，因疑晁氏“但數總目耳”（《四庫提要辨證》卷二十《皇甫持正集六卷》，頁一二七八）。所言甚是。晁氏此誤，影響頗大，此後的《文獻通考》、《四庫全書總目提要》及萬曼《唐集叙録》等，均沿其誤。唯明高儒《百川書志》卷十四著録《皇甫持正文集》六卷曰“文才三十九篇”。然而高氏之言並未引起後人注意，直到余嘉錫方才得以糾正。

南宋後期，陳振孫《書録解題》著録“《皇甫持正集》六卷”，並記曰：“東都修《福先寺碑》三千字，一字索三縑。其輕傲不羈，非裴晉公鉅德，殆不能容之也。今集纔數十篇，《碑》不復存，意其多所亡逸。”（《直齋書録解題》卷十六，頁四八〇）陳氏著録本雖亦六卷，然書名與晁氏《讀書志》不同，故應爲另一種版本，很可能就是王國維《兩浙古刊本考》卷下所説的“《皇甫持正集》六卷”，及陸游“父子守嚴州時所刊”之“嚴州府刊版”（《王國維遺書》第十二册，上海古籍書店影印本）。至於《宋史・藝文志七》著録的《皇甫湜集》八卷，由於著録過於簡單，此本的版本情形及文字特點均已無從考詳。元陶宗儀《南村輟耕録》卷九《陶母碑》條，記宗儀“因讀唐皇甫持正湜先生《文集》，見《陶母碑》，不覺泣數行下，追惟先妣拳拳于教子，真有陶母之志”，於是録以存照，“庶幾可以自懼也”。但今傳包括蜀刻本在内的所有六卷本中無此文。姚繼舜疑宗儀所見爲八卷本，“其篇目或卷數必定較宋刊六卷本爲多”（《皇甫湜文集版本源流考》）。此可備一説，或宗儀所見爲宋浙本，亦未可知。

宋槧持正集，除了王國維所考知的宋浙本外，就是今仍存世的蜀刻本《皇甫持正文集》六卷，國圖有藏。此本乃現存最早的持正集刻本，《續古逸叢書》、《四部叢刊》初編、《宋蜀刻本唐人集叢刊》、《中華再造善本》等所收《皇甫持正文集》六卷，均是據此本影印的。半葉十二行二十一字。卷前唯總目，各卷首題“皇甫持正文集卷第某”，次行署文體名稱，下有子目連接正文。此本雜文共三十九篇，然第五卷《睦州録事參軍廳壁記》，總目遺之，故總目只三十八篇，與晁氏《讀書志》合；又《顧況詩集序》在卷二，無《福先寺碑》，亦與晁《志》合，故此本與《讀書志》著録的六卷本，乃同一系統的本子無疑。此本宋諱至“敦”字，爲寧宗後蜀中刻本無疑，張元濟爲潘宗周所編《寶禮堂宋本書録・集部》及《四部叢刊初編書録》均判此本爲蜀刻本，甚是。晁氏《讀書志》成書於淳熙末，故所録持正集，絶非此蜀刻本，然與此蜀本顯爲同一系統的本子，則是可以確定的。

關於蜀本刊刻的時間和地點，學界曾有不同看法：或以爲北宋所槧，或判爲“建本”。姚繼舜即以爲此本“似初刊於北宋，故不避‘桓、構’二諱，至南宋光宗時再印，才削去‘敦’字末筆”，並謂“張元濟定爲‘南宋’刻本，不確”；且謂此本“凡涉及宋欽宗趙桓、宋高宗趙構名諱之字，無一缺末筆”。姚文還列舉屈守元《劉禹錫研究》對張元濟判定此本爲蜀刻本的質疑，及傅增湘致繆荃孫信定此本爲“建本”看法（《藝風堂友朋書札》下册，頁五八四），以否定此本爲蜀刻（《皇甫湜文集版本源流考》，《廣西大學學報》一九九三年一期）。其實姚文所舉否定此本爲南宋蜀刻的材料，有些是站不住腳的。先説避諱，此本卷二《孟荀言性論》“齊桓公以管仲輔之”句，“桓”字即缺末筆諱，這怎么能説此本“凡涉及宋欽宗趙桓、宋高宗趙構名諱之字，無一缺末筆”呢？可見姚文立論並不嚴謹。當然此本避諱並不嚴格，有諱者，亦有不諱者確爲事實，但這是蜀刻本唐人集的普遍現象，並非只有此本如此。再者，民國時再現於世的蜀刻唐人集尚少，傅增湘所見亦自有限，判定刻時、刻地一時還存有疑問，故傅氏致信文獻學家繆荃孫商榷也是情理中的事，故不能將那時傅增湘的看法視爲定論。後來傅氏名著《藏園群書經眼録》卷十二著録此本時，已判定此本爲“宋蜀刻本”了，若以傅氏之言定是非，自應以後者爲據。新中國成立後，北京（今國家）圖書館陸續收藏了一大批宋蜀刻本，迨二十世紀六十年代，北京圖書館編《中國版刻圖録》，在比勘了二十餘種宋蜀本唐人集的基礎上，將這些蜀刻本分爲兩個系統：一爲十一行本，約刻於南北宋之際，今存《駱賓王》、《李太白》、《王摩詰》三集；一爲十二行本，約刻於南宋中葉，除《孟浩然》、《李長吉》、《鄭守愚》三全本，《孟東野》、《元微之》二殘本外，“尚有《歐陽行周》、《皇甫持正》、《許用晦》、《張承吉》、《孫可之》、《司空一鳴》六全本，與《劉文房》、《陸宣公》、《權載之》、《韓昌黎》、《張文昌》、《劉夢得》、《姚少監》七殘本，總得十八種。此十八種唐人集元時爲翰林國史院官書，清初均爲潁川劉體仁藏書，其時聞尚存三十種”（北京圖書館編《中國版刻圖録》）。顯然《版刻圖録》以大量版本實物爲依據，分析判定包括《皇甫持正文集》在内的十八種十二行本爲南宋中期蜀中所刻，這一判斷無疑是準確可信的。又王國維曾勘驗過蜀刻本《元氏長慶集》，而後於跋中稱宋諱至“惇”字，因判其刊於南宋光宗朝（《傳書堂藏善本書志·集部》）。而此本與《元氏長慶集》皆十二行本，故此本刊於光宗以後，可確然無疑。此本鑒藏印記有“翰林國史院官書”朱文長方大印，知此本元代曾爲翰林國史院官書。元明易代，此本進入明朝内閣。正統六年（一四四一），楊士奇等奉敕所編《文淵閣書目》卷九著録《皇甫持正文集》兩部：“一部一册完全”，“一部一册闕”。兩部書名與此本完全相同，其爲蜀刻本無疑。迨萬曆三十三年（一六〇五）孫能傳等奉敕所編《内閣藏書目録》，卷三僅著録：“《皇甫持正文集》一册全，唐皇甫湜著。”這再次證明，大明内閣藏有宋蜀本。萬曆以後，内閣藏書管禁漸馳，不少善本逐漸流出宫外，此本蓋於明末清初被攜出内閣，爲劉體仁所有，故卷中有“劉體仁印”白文方印、“公㦷”朱文方印、“潁川鎦考功藏書印”朱文方印等。劉家書散出後，此本輾轉至清末民初，爲袁世凱之子寒雲所得，故卷中鈐有“寒雲鑒賞之珍”朱文橢圓印、“八經閣”白文方印、“寒雲主人”朱文方印、“克文之幗”白文方印、“寒雲藏書”朱文方印、“後百宋一廛”朱文大方印、“寒雲小印”朱文小方印及袁克文夫人“劉姌之印”白文方印、“袁劉姌”白文方印、“姌”白文方印等鑒藏印記十多枚，卷前另紙有袁克文之師大方所作七絶四首，卷後另紙有袁克文所作七律一首。袁氏移居上海後，因生活拮据，將多年收藏的圖書抵押給浙江銀行，因過期無力贖回，此本遂爲銀行家潘宗周寶禮堂所有，張元濟爲潘氏所編《寶禮堂宋本書録·集部》著録有此本。新中國成立後，潘氏將藏書捐獻給國家，此本遂歸北京(今國圖)收藏，故卷中又有“北京圖書館藏”朱文方印。此本《藏園群書經眼録》卷十二有著録，傅增湘嘗影印行世，並收入商務印書館《續古逸叢書》。

明代傳鈔和刊刻的湜集，其主要版本有以下幾種：

(一)吴鈔本。成化間吴寬叢書堂鈔《皇甫持正文集》六卷。此本今已散逸，然清代藏書家多有提及此本者，且有多種臨寫本。寬字原博，號匏庵，長洲人，成化八年(一四七二)狀元，授編修，侍孝宗於東宫，孝宗即位，遷少詹事兼侍讀學士，官至禮部尚書。寬於書無所不讀，詩文有典則，兼工書法，事蹟具《明史》本傳。寬喜鈔書，《静志居詩話》云：“匏庵遺書流傳者悉公手録，以私印記之。”鈔本用統一刷印的紅格紙，版心有“叢書堂”三字。晚年所鈔自署吏部東廂書。“手書者精采奕奕，筆法絶似蘇長公。其藏印曰古太史氏，曰延州來季子後，曰雙井村人。有《叢書堂書目》一卷。”(《江浙藏書家史略》，頁一四一)寬生活於明代前期，身居高位，又以帝師出入内廷，有便閲覽内閣所藏宋元舊槧，故凡所鈔書，世人珍若拱璧，多有臨寫而珍藏者。清道光間，黄廷鑒有此本的臨寫本，我們稱曰“黄臨本”(此本今佚)。同時的屈軼，又臨摹黄臨本，我們稱曰“屈臨本”(詳下)。屈臨本今藏上圖，所以通過屈臨本可間接窺見此本的大概面貌：此本半葉九行十九字，無框格。李天明《〈皇甫持正文集〉版本源流考》曾以屈臨本對勘宋蜀本，發現“兩本文字大致相同，這表明吴鈔本當來自宋蜀刻本”(河南大學二〇〇三級碩士學位論文。下同)。此言信然，上舉《文淵閣書目》和《内閣藏書目録》，均可作爲此本出自内府所藏宋蜀本的有力佐證。吴寬身後，此鈔本經歷代遞相庋藏，今可考知者首爲毛晉，翁同龢藏汲古閣修訂本《皇甫持正集》(詳下)卷末所録何煌跋，可以證明這一點。何氏跋曰：

> 壬寅二月春分後三日，假李明古所得毛氏鈔本校。毛氏鈔本，叢書堂舊册也。小山仲友。

此“叢書堂舊册”，即吴鈔本也。可見吴寬之後，此本爲毛晉收得。何煌，字心友，一字仲友，號小山，乃何焯胞弟。毛晉之後，此本爲錢曾所得，國圖今藏汲古閣刻《三唐人文集》所收《皇甫持正集》（詳下），卷末有吴卓信録錢曾跋語二則曰：

> 庚子正月，對雨無聊，再校一過。二月下浣，又校匏庵手刊本。
>
> 康熙乙亥孟冬，將叢書堂鈔本對校。

錢氏所謂“叢書堂鈔本”，“匏庵手刊本”，皆指此吴鈔本。“手刊”，即手鈔也。“康熙乙亥”，乃康熙三十四年（一六九五）。是前跋中的“庚子”，應爲順治十七年庚子（一六六〇）。而毛晉卒於順治十六年，錢跋未言此本爲借得，可見毛晉辭世後，此本爲錢曾收得。錢曾書散出後，此本當爲李明古購得，上引何煌跋文謂借校李明古所藏此本在“壬寅”年，此“壬寅”應爲康熙六十一年（一七二二）。李氏書散出後，此本輾轉至道光間爲黄廷鑑所得，今上圖藏有李芝綬臨摹黄臨本，簡稱“李臨本”（詳下），卷末録有黄廷鑑跋語二則，其跋曰：

> 道光改元五月，臨叢書堂匏庵先生校宋本。拙經老人廷鑑識。
>
> 是歲九月，從陳子準處假得錢遵王手校閣本再勘一過，補脱簡兩處暨可參訂者三十餘字，其大致與叢書堂校本相近也。拙叟又識。

黄氏所説“叢書堂匏庵先生校宋本”與“叢書堂校本”，顯然亦皆指此本。黄氏未言此本爲借臨，可見道光改元（一八二一）時此本已歸黄氏。黄氏庋藏此本，又親筆“臨”寫一本，我們稱爲“黄臨本”。後黄氏又用錢曾鈔本（詳下）勘之，可見對此本之珍視，且體現了乾嘉樸學的可貴精神。

黄氏校後，謂錢本與此本大致“相近”，可見錢鈔本亦出自此本。廷鑑字琴六，常熟人。“精考證。研摩群籍，手校者百數十種。館照曠閣、愛日精廬，兩家多藏書，校讎錯脱，實事求是。尤練於邑中掌故，撰《琴川三志補記》、《續記》”（《江浙藏書家史略》，頁二〇〇）。黄氏之後，此本散逸無傳。

（二）正德本。正德十五年庚辰（一五二〇）皇甫録世業堂刻《皇甫持正文集》六卷，國圖藏本，二册。半葉十行二十字，左右文武雙欄，白口單魚尾下鎸“持正集卷某”，下象鼻内鎸“世業堂”。此本開版宏敞，字大如錢，頗養眼目。卷前首王鏊重刊《皇甫持正集序》，次總目。卷後《附録》首《新唐書》本傳，次韋處厚《上宰相薦皇甫湜書》，次補《浯溪詩》，次皇甫録二子沖、涍題識，最後爲皇甫録《皇甫持正文集後序》。王鏊《序》略曰：

予以昌黎爲文，變化不可端倪，持正得其奇，翺與籍得其正，而翺又得其態度，合三子一之，庶幾昌黎之具體，則持正、可之文，世亦豈可少哉？予既刻《可之集》，《持正》未遑也。今世庸乃能嗣吾志梓之，予嘉其仕歸而不忘學，尤不忘其世裔之所從出也，爲題其端。正德十五年歲在庚辰夏六月之吉，光禄大夫柱國少傅太子太傅兼户部尚書武英殿大學士致仕王鏊序。

據此可見皇甫録刊此本，緣於鏊倡韓文之美意。此本所據底本，録《後序》言之甚悉，其略曰：

初録分司吕梁時，今少傅洞庭王公道之，謂録曰："吾近自祕閣得唐皇甫持正、孫可之二集，韓子真傳在是矣。吾將廣之，使後之學韓子者，庶乎可以緣是而求也。"題孫集云："録好古不倦，將有志於是。遂以二集授之。"録退而讀……及少傅公既刻可之，又謂録曰："持正蓋俟君耳。"嗚呼！何與韓？韓子猶以同姓爲近，持正固録同姓之裔，是不可以不梓，又况重之以少傅公之命耶！正德己卯，録二子沖、涍下第還，無以爲懷，遂命以少傅公祕閣本校梓之，以終少傅公之意。正德庚辰春二月朔，五谿居士安定皇甫録書。

此《序》兩次提及鏊自秘閣得持正集事：一爲録言，一乃鏊自言。可見鏊自内閣得持正集乃實有之事。上文已言及，明代官修兩部内閣書目，均載大明内閣藏有持正集蜀刻本，若是鏊自内閣所得持正集應爲蜀刻本。且鏊不言所得爲鈔本，故應爲蜀刻原本無疑。鏊字濟之，吴人，成化十一年（一四七五）廷試第三，授編修，弘治初遷侍講學士、充講官，正德初擢户部尚書、文淵閣大學士，加少傅兼太子太傅，事跡具《明史》本傳。鏊身居高位，又是帝王之師、文淵閣大學士，故有機會將内閣藏本攜出。録字世庸，號近峰，長洲人，弘治九年（一四九六）進士，曾官順天知府，遭劾歸鄉，著有《明紀略》、《萍溪集》等。録《後序》交代所據底本十分清楚，即鏊得自内閣的持正集，亦即蜀刻本。李天明《〈皇甫持正文集〉版本源流考》以爲，鏊攜出内閣之蜀本，乃有闕文者，其根據爲正統間楊士奇等編《文淵閣書目》載内閣所藏持正集凡二部："一部一册完全"，"一部一册闕"；降及萬曆間，孫能傳等編《内閣藏書目録》時，内閣所藏持正集便只有"一部一册全"了，那部有闕文者,應即鏨擴出内閣者;而内閣所藏完本,即今幸存之蜀本。此説有據,可信。今持此本對勘蜀全本,發現二本不僅版式相同,且此本卷一《東還賦》“尼父聘兮蔡陳一”以下脱去“困身于王者一固窮兮聖人思九州之博大胡自陷于”二十一字,恰爲蜀本一行字數,可證此本所據確爲殘蜀本。不過較之蜀刻本,此本有羨文多處,如卷一《壽顔子辯》“四者能質不能知”,下衍“有虚而靈者合焉以爲物知凡四者之合而有也而合乎是爲知”二十五字;“各旋其所知”,下衍“固化而無矣若心之知則未知其處焉而人見其知”二十字,等等。至於其他異文,尚不在少數。然而這些衍文、異文絶大多數可於《英華》和《文粹》等總集及類書中找到,蓋爲皇甫録校補之文。少數出於蜀本或此本的訛誤,所以儘管此本與蜀本文字多有不同,此本出自蜀本還是可以肯定的。此本上圖亦有庋藏。

(三)項藏本。萬曆間項靖藏無名氏鈔《皇甫持正文集》六卷,國圖藏。此本鈔於統一刷印的格子紙上,十行二十字,左右雙邊,白口,版心無任何文字。封面已殘損,然書名《皇甫持正文集》尚存。卷前唯總目。卷一《東還賦》“尼父聘兮蔡陳一”,下脱去“困身於王者一固窮兮聖人思九州之博大胡自陷於”二十一字;卷二《送丘儒序》“一人不知子也”,下脱去“他人知子一門不容子也”十字。卷一《壽顔子辯》“四者能質不能知”,下衍“有虚而靈者合焉以爲物知凡四者之合而有也而合乎是爲知”二十五字;“各旋其所知”,下衍“固化而無矣若心之知則未知其處焉而人見其知”二十字。這些訛脱舛衍均同正德本,故李天明《〈皇甫持正文集〉版本源流考》判此本“録自正德本”。然劉新征《皇甫湜研究》卻懷疑此本可能“源自宋刊本”,並舉出七例爲證(華中科技大學二〇一二年博士學位論文。下同)。筆者以爲:劉文所舉例證皆單字隻句,上文所舉此本脱衍舛訛諸例,字數皆在十至二十字以上。此本既在大的脱衍方面與正德本相同,則其自正德本出,還是非常明顯的。此本扉葉有題識曰:“持正文集爲希覯之本,而是本尚多舛誤,竟有不能讀處。其文雖以奇崛稱,想不至是。爰就其決然可疑者,略表一二于眉端,其不可句讀處,尚須搆善本校之。己未陽月,六善氏較讀一過並識。”謂此本“尚多舛誤”,此言頗中肯綮,如目録卷一,《出世》訛作“出屈世”,《喻業》,訛作“論業”,等等,均錯得離奇古怪,匪夷所思,故此本雖出明人之手,殊非善本。此本鑒藏印記有總目卷題下方鈐“檇李項藥師藏”朱文長方印記,知此本萬曆間嘗爲嘉興藏書家項靖收藏。總目卷題下方還有

"秀水朱氏潛采堂圖書"朱文方形大印，知清初此本爲項靖同邑朱彝尊收得。此本卷末，另列鈔補佚文篇目《山雞舞鏡賦》、《篤終論》、《送陸鴻漸赴越序》、《陶母碑》，又列鈔補附録《汲古閣原刻本跋》、《新刊皇甫持正文集書跋》、《新刊皇甫持正集跋》三項，這些均與清光緒間馮焌光刻本《補遺》卷内容相同（詳下），因知皆清末人手筆。然所補鈔者，只《履薄冰賦》和《鶴處雞群賦》二篇。

（四）項鈔本。項靖鈔《皇甫持正文集》六卷，勞權校，國圖藏。半葉十行二十字，白紙無框格，行楷書寫，雋秀悦目。卷前唯總目，卷後無附録。卷首另紙有項靖録晁公武《讀書志》、陳振孫《書録解題》二書有關持正集的叙録文字，下有"檇李項藥師識"題名，因知此本乃項靖鈔本。上文已述及，項靖乃明萬曆人，而國圖定此本爲"清鈔本勞權校"，非是。此本所據底本，李天明《〈皇甫持正文集〉版本源流考》據項靖題識，判其出自項藏本，所言可信。晁、陳二家叙録後，有一謌山人題記曰："孫可之得力于來無擇，無擇得力于皇甫持正，持正得力于韓退之，文章自有真訣，豈苟作者？白居易評云：'《涉江》文一首，便可敵公卿。'而此文亦缺，因歎奇文散逸，不克長留天地間何限？長水一謌山人偶識。"結體及筆畫特點與正文相同，因疑題識亦項氏手筆。一謌山人題識後，録有清錢曾跋文一則，接爲清勞權題識曰：

> 《持正文集》，宋槧不存。今世行本，汲古刊者而已。向購此本，欲相校訂，俱有脱誤，輟而勿爲一作。客杭，訪之高五秀才宰平，得過録述古堂本。用以勘此，補正良多，隨改校以毛刻。毛刻較此本固佳，而劣於鈔本甚遠也。安得更畀予善本，又參以《英華》、《文粹》諸書，並得好事者開版也邪？壬寅五月廿四日，□鄉勞權記。

旁有一"權"字朱文方印，因知此本清中葉時爲勞權購得。權客杭州，得從高秀才過録錢曾"述古堂本"，以校此本，補正良多。繼又以毛刻校此本，發現毛刻雖佳，卻遠不及錢鈔之善。此本錢曾跋文，應爲勞權迻録。此本鈐有勞權"人生一樂"、"丹鉛精舍"、"勞權之印"等鑒藏印記多枚。又有"曾藏趙元方家"朱文長方印記、"元方審定"朱文方印、"天若有情天亦老月如無恨月長圓"朱文大方印等，知權書散出後，此本爲趙元方收得。趙氏之後，此本輾轉入藏北京（今國家）圖書館。卷中還有"鹽山劉千里藏書"朱文方印、"平父"朱文方印，則未知是何人印記。

(五)汲古閣本。毛晉汲古閣刻《三唐人文集》所收《皇甫持正集》六卷。半葉九行十九字,白口無魚尾,下象鼻内鐫"汲古閣"字樣。卷前唯總目,首卷卷端次行下方署"東吴毛晉子晉訂"。卷後有毛晉跋,其略曰:

> 今摠集六卷,凡三十八篇,而碑文已亡,豈逸稿尚多耶?抑未易輕求,不苟爲人作耶?其歌詩亦不傳。洪容齋曰:"皇甫湜、李翺雖爲韓門弟子,而皆不能詩,嘗見《浯溪詩》一篇,爲元結而作,其辭云:'次山有文章,可惋只在碎。然長於指叙,約潔多餘態。心語適相應,出句多分外。於諸作者間,拔戟成一隊。中行雖富劇,粹美君可蓋。子昂感遇佳,未若君雅裁。退之全而神,上與千載對。李杜才海翻,高下非可概。文于一氣間,爲物莫與大。先王路不荒,豈不仰吾輩。石屏立衙衙,溪口揚素瀨。我思何人知,徙倚如有待。'此詩乃評論唐人文章,風格殊無可采也。"湖南毛晉識。(又見《隱湖題跋》,《明代書目題跋叢刊》下册,頁一九九二至一九九三)

此本無詩,故毛晉欲藉此《跋》輯補持正散佚的《浯溪詩》。此本所據底本,毛晉未言,然持以比勘正德本,發現文字較他本更近於正德本,如卷一《東還賦》"尼父聘兮蔡陳壹"下脱二十一字;《壽顔子辯》"四者能質不能知"下衍二十五字;"各旋其所知"下衍二十字;卷二《送丘儒序》"一人不知子也"下脱十字,等等,均與正德本相同,可見所據乃正德本。不過毛晉又參校過其他善本,故文字與正德本不盡相同。

國圖藏有此本多部,一部卷後有清吴卓信校跋並録清錢曾跋,又有清陳揆、近人瞿熙邦校並跋。熙邦乃鐵琴銅劍樓第五代傳人,其跋曰:"癸酉春,以世業堂本校一過,略有異字,均注下方。"世業堂本即正德本;以正德本校此本僅"略有異字",亦證此本出自正德本。卓信跋曰:"毛刻此書,太半已從錢校本改正。今得錢氏所校原鈔本逐一對勘,漏略頗不少也……嘉慶己卯(二十四年,一八一九)七月二十一日,寒知老人吴卓信記。"跋文下自注:"錢校本係顧氏小讀書堆影寫本。""小讀書堆"乃顧之逵書齋名,故知"小讀書堆影寫本"即顧氏影寫本,今藏國圖,所據底本乃項靖本(詳下顧影本)。此本鈐有"鐵琴銅劍樓"白文方印,《鐵琴銅劍樓藏書目録》著録此本曰:"《皇甫持正集》六卷,校本。毛刻此集大半從錢本校,而漏略處甚多。吴丈項儒據小讀書堆影寫本,用朱筆校正。子準陳丈復以吴匏菴叢書堂本用墨筆再校一過，卷末有題記云：'嘉慶庚辰三月，對雨臨校，内與朱校合者，以點誌之。陳揆志。'"(《鐵琴銅劍樓藏書目録》卷十九，頁二八四)吴倬信，字頊儒，常熟人。諸生，"購書數萬卷，坐卧其中。嘗一至關中，盡拓漢唐金石以歸"，一生著述頗豐，"道光三年卒，年六十九"(《江浙藏書家史略》，頁一四三)。新中國成立後，熙邦將包括此本在内的一大批珍藏圖籍捐獻給國家。

又，此本有嘉慶道光間修訂本，扉葉鐫"道光二十八年歲在戊申仲春海虞蘊玉山房俞氏珍藏"牌記一個。國圖所藏修訂本，其一有清初葉萬校跋，清末翁同龢跋；另一本扉葉有清章鈺臨何焯校跋並章鈺跋，卷後補刻《陶母碑》一篇，最後爲清屈軼跋文。屈跋曰：

> 右皇甫持正《陶母碑》，集本今佚，予從陶宗儀《輟耕録》鈔補。是知持正亡篇政復不少，微特福先寺三千字《碑》也。毛氏汲古閣開雕《三唐人集》，號爲精審，當時竟未蒐羅。比借吴原博校宋本，兹篇亦闕。延津之合，乃假予手，何厚幸與！道光元年秋七月，後學常熟屈軼識。

汲古閣原刻毛晉跋迻録持正佚詩《浯溪詩》，而《陶母碑》無與，故屈軼補之，又以吴鈔本校此修訂本。另一本有章鈺跋曰：

> 《三唐人集》，道光修補汲古閣本，鄧孝先持贈。孝先藏有吾邑何義門校本真跡，□□臨校，一切依仿。平昔校書頗多，此最于□。特題其而識之。壬子小暑游地天津，曙戒學人。

"曙戒學人"乃章鈺自號。鄧孝先即近代天津藏書家鄧邦述，其群碧樓藏有何焯所校持正集。此本乃仿寫何氏校文，故章氏特别重視，爲撰跋文以志之，跋文下方鈐有章鈺"長洲章氏四當齋珍藏書籍印"。此本目録葉還有"松隱廬"、"甫里佚民"、"遁叟藏書"、"弢園王氏真賞"等數枚印記，皆王韜鑒藏印記，知此本原爲王韜收藏，後轉入群碧樓中，由鄧氏持贈章氏。章氏之後，此本入藏北京(今國家)圖書館。

清代傳鈔和刊刻的持正集，其主要版本有以下幾種：

(一)錢鈔本。順治十七年庚子(一六六〇)錢曾鈔《皇甫持正文集》六卷，國圖藏。半葉九行十九字，無框格。卷前唯總目。卷後錢氏跋曰："是集余得閣本重録，復勘對一過。庚子九月廿五燈下，錢曾遵王識。"錢曾《也是園書目》、《述古堂書目》及《讀書敏求記》均著録有此本，但皆十卷，大誤。《敏求記》著録尤詳，其略曰：

> 《皇甫持正集》十卷。……是集予從閩本鈔録，因記得樂天《哭皇甫七郎中》詩："《涉江文》一首，便可敵公卿。"注云："持正奇文甚多，《涉江》一篇尤佳。"而此缺之，知持正之文亡逸者多矣。（《錢遵王讀書敏求記校證》卷四上，頁一九二）

這裏的"閩本"，顯爲錢跋中所謂的"閣本"之誤，故而《敏求記校證》於"閩"字下出校曰："〔原校〕閩作閣。〔補〕題詞本、阮本均同。"可證這裏的"閩本"，的確爲"閣本"之誤。再者此本只六卷，而錢氏三部目録皆作"十卷"，姚繼舜《皇甫湜文集版本源流考》已指出："十卷本湜集，無論閩刊原本或錢曾鈔本，均不存世。"然"林昌彝云'《皇甫持正集》十卷，刊于吾閩，其集中無《涉江》文，知爲亡佚'（《硯絓緒録》卷十六）。無名氏《福建版本志》卷五亦申其説，但均未言及十卷本之版式特徵，皆似據錢曾之語轉相鈔録而已，實未必目擊其集"（《廣西大學學報》一九九三年一期，下同）。所言甚是。"閩本"既爲"閣本"之誤，那么錢氏所據"閣本"究爲何本？姚文曰錢本"祖本不詳"。李天明《〈皇甫持正文集〉版本源流考》在比勘吴鈔本和汲古閣本後指出：此本雖與汲古閣本行款相同，然文字與汲古閣本相去甚遠；而吴鈔本的文字脱訛，"錢鈔本亦同。所以，可以肯定錢鈔本就是從吴鈔本過録而來的"。所言甚是。李文還以爲：錢曾所以稱吴鈔本爲"閣本"，乃因其得吴鈔本於汲古閣。而筆者則以爲：錢氏稱吴鈔爲"閣本"，或因吴匏庵録自内閣，錢氏因稱"閣本"，以示其珍貴與來之不易；而汲古閣本單稱曰"閣本"，則世所少見。

此本鑒藏印記除"錢曾之印"、"遵王"等印記外，尚有"義門小史"朱文方印、"壽鳳之印"朱白二文方印等，知錢曾後，此本爲何焯所得。何氏身後，此本爲黄丕烈所得，故卷中有"黄丕烈印"、"平江黄氏圖書"、"士禮居"、"蕘圃"等鑒藏印記多枚。黄氏書散出後，此本爲顧楗所得，故卷中有"善耕顧氏藏書"，"伯洪居鐘"朱白二文方印，"竹泉珍秘圖籍"白文方印。顧氏之後，近代此本經張元濟收歸上海商務印書館度藏，故卷中有"海鹽張元濟經收"朱文方印、"涵芬樓藏"、"涵芬樓"朱文長方印等鑒藏印記。涵芬樓毁於日本戰火之後，包括此本在内的一批珍貴圖書轉入國家圖書館。

（二）金藏本。雍正間金惟駿藏鈔本《皇甫持正文集》六卷，今藏國圖。半葉八行二十二字，白紙無框格。卷前唯總目，卷後無附録。此本所據底本，李天明《〈皇甫持正文集〉版本源流考》所附《歷代版本源流系統表》判其出自錢鈔本，劉新征《皇甫湜研究》亦以爲"比較接近錢鈔本"。二文判定，可以信據。此本鑒藏印記有"金惟駿印"、"漁書樓"等，知此本雍正前後爲金惟駿所藏。惟駿字昂千，嘉定人，其藏書處名"漁書樓"。此本自金家散出後，乾隆時爲彭元瑞收得，故卷中有"南昌彭氏"、"知聖道齋藏書"、"遇讀者善"等鑒藏印記。彭氏後，此本爲山東聊城海源閣所得，故卷中有"楊氏海源閣藏"、"楊紹和讀過"等鑒藏印記。楊氏書散出後，此本爲邢之襄所得，故卷中又有"邢之襄印"、"南宫邢氏珍藏善本"等鑒藏印記。新中國成立後，邢氏將此本捐獻給國家。

（三）蔣鈔本。乾隆間蔣繼軾賜書樓鈔《皇甫持正集》六卷，上圖藏。半葉九行十九字，鈔於統一刷印的黑格稿紙上，邊欄外側有"賜書樓鈔"字樣。首卷卷端下方有"東吴毛晉子晉訂"七字。卷後補録《題浯溪石》和《石佛谷》二詩。館中鑒定爲清代藏書家蔣杲鈔本，所據蓋"錫書樓鈔"四字。但此本除邊欄外"錫書樓鈔"四字外，再無蔣杲鈔寫的任何證據，相反卻有"西圃蔣氏手校鈔本"印記。李天明考證：杲字子遵，長洲人，康熙五十二年（一七一三）進士，官户部郎中，知廉州府，家富藏書，築賜書樓貯之；而蔣繼軾，字蜀瞻，號西圃，江都人，青年時家境貧寒，曾館於杲家，後與杲爲"同年進士"，以庶吉士授翰林院編修，生平喜聚書，後藏書漸富，亦起"賜書樓"藏之，"因繼軾與杲同宗，藏書樓名亦同，故後人多將二人藏書相誤。今憑此印知此本當出自繼軾之手。判爲蔣杲鈔本，實誤"。所考甚是。不過杲與繼軾並非同年進士，杲第進士在康熙癸未（四十二年，一七〇三。參《江浙藏書家史略》，頁二一四），恰早繼軾十年。至於此本所據底本，首卷卷端下方"東吴毛晉子晉訂"，可證此本出自汲古閣本。此本内封有題識曰："鈔本《皇甫持正集》，行款與毛本合，中間點畫間存古體，亦與毛本合。唯卷末多詩二首，每卷前添一子目耳，疑即從毛本鈔出。汲古刊本風行宇内，而鈔手又是乾隆間人，筆墨不鮮，何謂？子清仁兄持事，文田啓。"題識亦判出自毛本，並質疑鈔手"筆墨不鮮，何謂"？其實這正與繼軾身世相契合，蓋繼軾青年時鈔此本，因家道貧寒，故而既無力購買風行宇内的汲古閣本，鈔書所用也是一般紙墨。富貴之後，則恐不如是。此本鑒藏印記還有"結一廬藏書印”,知此本蓋自文田後,爲朱學勤所得。學勤字修伯,浙江仁和人,咸豐進士,結一廬爲其藏書處,《結一廬書目》著録“《皇甫持正集》六卷,西圃蔣氏鈔,二册”,正指繼軾此本。卷中還有“徐乃昌”印,知朱氏之後,民國時此本爲徐乃昌所得,徐氏晚年寓居上海,其家書散出後,此本輾轉入藏上海圖書館。

(四)鮑藏本。乾隆間鮑廷博知不足齋藏鈔本《皇甫持正文集》六卷,上圖藏。半葉八行二十二字,白紙無框格。此本文字較他本更近於金藏本,或據金藏本寫出者。扉葉有題識曰:“知不足齋舊藏,後歸周星詒、戴子高、莫楚生諸家。《韓文公神道碑》眉端校語,乃子高手筆。”因知此本原爲知不足齋舊藏,後爲周星詒、戴子高、莫楚生等先後庋藏。卷中鈐有“歙鮑氏知不足齋藏書”、“星詒印信”、“子高”、“獨山莫氏藏書”、“獨山莫氏銅井文房”、“秦更年印”、“曾在秦嬰闇處”等鑒藏印記,可證題識所説不虚。鮑廷博,字以文,安徽歙縣人,流寓浙江桐鄉,故自稱“歙鮑氏”,乃乾嘉時期浙江藏書大家。周星詒,字季貺,浙江山陰人,道光時官福建知府。戴子高,名望,德清人,諸生,曾從宋翔鳳治《尚書》今文學,同治時任金陵書局校勘。莫楚生,名棠,貴州獨山人,晚清藏書家莫友芝從子。秦更年,近代揚州人,晚年寓居上海。此本扉葉題識,應出秦氏手筆;據秦氏題識,知《韓文公神道碑》眉端校語,乃戴望所記。此本蓋自莫氏後歸秦氏,秦氏之後輾轉入藏上海圖書館。

(五)四庫本。乾隆敕修文淵閣《四庫全書》所收《皇甫持正集》六卷,寫本。卷前首館臣提要,卷後無題跋附録等。《四庫全書總目》著録此本曰:

> 《皇甫持正集》六卷,浙江鮑士恭家藏本。……其集《唐志》作三卷,晁公武《讀書志》作六卷,雜文三十八篇,與今本合。《唐書》本傳載湜爲度作《光福寺碑文》,酣飲援筆立就,度贈車馬繒綵甚厚。湜曰:“吾自爲《顧況集序》,未嘗許人。今碑字三千,一字三縑,何遇我薄耶?”高彦休《唐闕史》亦載是碑,並記其字數甚詳。蓋實有是作,非史之謬。然此本僅載《況集序》,而《碑文》已佚,即《集古》、《金石》二録已均不載。此碑殆唐末尚存,故彦休得見。五代兵燹,遂已亡失歟?足證此本爲宋人重編,非唐時之舊矣。(《四庫全書總目》卷一五〇,頁一二九〇至一二九一)

此本所據底本，館臣唯曰“浙江鮑士恭家藏本”。士恭乃廷博子；士恭家所藏究爲何本？館臣並未説明。姚繼舜《皇甫湜文集版本源流考》曰：“核以《四庫採進目録》附録二《浙江採集遺書總録簡目》所載湜集，注云‘汲古閣刊本’，正是毛本。”姚文還指出二本“其誤悉同”（《廣西大學學報》，一九九三年一期）。姚文的判定無疑是正確的。至於持正集實收三十九篇，而《四庫提要》沿晁公武之誤，謂三十八篇；又持正原本有詩集傳世，司空圖嘗見之，其後散逸；陸游亦嘗論定持正原有詩集行世，然館臣卻誤判湜本無詩集，等等，這些誤説，余嘉錫《四庫提要辨證》已逐一駁正，此不贅述。

（六）盧藏本。乾隆間盧址抱經樓藏鈔本《皇甫持正文集》六卷，國圖藏。盧址字青厓，乾隆間鄞縣人，諸生，“博覽嗜古，尤喜聚書，建抱經樓藏書數萬，幾出天一閣上”（《江浙藏書家史略》，頁一〇五），著有《抱經樓藏書目録》十二卷。此本半葉十行二十字，無框格。卷前有《新唐書》持正本傳、韋處厚《上宰相薦皇甫湜書》、王鏊《重刊皇甫持正集序》；卷後有皇甫録《皇甫持正文集後序》及其二子沖、涍跋。據此，知此本應鈔自正德本。又王鏊《序》題下鈐“四明盧氏抱經樓藏書記”白文長方印，知此本乃抱經樓舊藏，或爲盧氏所鈔歟？抱經樓書散出後，此本輾轉至民國間，爲天津鹽商李世珍所得，故卷中又有“延古堂李氏珍藏”白文長方印。李氏歿後，“其子以所有歸北平圖書館（今國圖前身），得值六萬金”（鄭偉章《文獻家通考》卷二十八，頁一六一五），故此本目録卷題下、卷末鈐有“國立北平圖書館考藏”白文長方印。

（七）顧影本。顧之逵影寫《皇甫持正文集》六卷，國圖藏。之逵字抱沖，“廩貢生。好讀書，其藏書處曰小讀書堆。嘉慶丁巳（二年，一七九七）卒，年四十五”（《江浙藏書家史略》，頁二二九）。此本半葉十行二十二字，白紙無框格，端楷精鈔，一筆不苟。卷前唯總目。卷後有《皇甫持正集補遺》，然僅據《輟耕録》補《陶母碑》一篇。此本所據底本，劉新征《皇甫湜研究》以爲：“此本抄自明項藏本（或與項藏本有同一母本），顧之逵再以錢鈔本校勘之，並將校語寫于此本，卻是可以肯定的。”劉文還舉四例爲證。實際上此本所用校本，不止錢鈔本一種，還有汲古閣本。另吴倬信稱此本爲“影寫”本，此本行款正與項藏本同，或此本即顧氏據項藏本影寫者。此本卷首、卷末鈐“稽瑞樓”白文長方印、“鐵琴銅劍樓”白文長方印，知顧氏之後，此本先爲常熟陳揆所得，卷六尾題前録錢曾題識一則“孫可之得文章於來無擇……"(已見),蓋即陳氏所録。陳氏之後,此本爲同邑瞿鏞收藏,《鐵琴銅劍樓藏書目録》著録此本曰:"《皇甫持正集》六卷,舊鈔本。唐皇甫湜撰。繭紙鈔本,以錢遵王藏本校過。世傳毛刻本多脱譌,如《東還賦》'尼父聘兮蔡陳一'下脱去'困身於王者一固窮兮聖人思九州之博大胡自陷於'二十一字。《送邱孺赴舉序》'一人不知子也'句下脱去'他人知子一門不容子也'十字。錢本皆不闕。卷末補寫《陶母碑》一篇。"(《鐵琴銅劍樓藏書目録》卷十九,頁二八四)新中國成立後,瞿氏後人將此本捐獻給國家。

(八)全唐文本。嘉慶敕修《全唐文》所收《皇甫湜文》三卷,寫本。此本凡收持正文四十二篇,溢出四庫本《出世》、《履薄冰賦》、《山雞舞鏡賦》、《鶴處雞群賦》、《篤終論》、《送陸鴻漸赴越序》等六篇。四庫本卷一《出世》一篇,乃歌行體詩,此本删去;其餘五篇,當爲編臣所補佚文。《全唐文·凡例》曰:"唐人别集,《四庫全書》所載,多至九十餘種,其中專以詩行者,不過十之三四,其餘文集,悉行甄録。"(《全唐文》)這是此本以四庫本爲底本的最好説明。乾隆敕修《四庫全書》,當時具有至高無上的權威,《全唐文》館臣編録湜集,四庫本自然爲首選底本。這也可從文字方面得到證明,四庫本卷一《東還賦》"尼父聘兮蔡陳一"下脱去二十一字;卷二《送邱孺赴舉序》"一人不知子也"下脱去十字,等等,此本均同,可見此本所據的確爲四庫本,然從中也可看出,館臣過分推崇《四庫全書》,未再用其他善本校勘,彌補庫本之脱漏。至於館臣所補五篇佚文,余嘉錫指出:《履薄冰賦》、《山雞舞鏡賦》、《鶴處雞群賦》分别見《英華》卷三十九、卷一百五、卷一百三十八,皆確爲湜作。"餘如《篤終論》,乃删節皇甫謐之文,《晉書》謐傳,有其全篇;《送陸鴻漸赴越序》,乃皇甫冉之作,見冉《集》卷六;《四部叢刊》三編本。不知全唐文館所據何書,遽行收入,亦足見官書之不可信矣。"(《四庫提要辨證》卷二十,頁一二八二)所考甚是。然李天明《〈皇甫持正文集〉版本源流考》指出,《履薄冰賦》復見於《全唐文》卷七三一《賈餗文》中,餗與持正爲同榜進士,又卒於同年,"《全唐文》館臣未能查明,遂使二人作品相誤"。此可備一説。

(九)屈臨本。道光間屈軼臨摹吴鈔本《皇甫持正文集》六卷,另補逸文一篇,上圖藏。軼字侃庭,自號侃甫,常熟人。"廩貢生,署南匯訓導,改兵馬司副指揮。家藏書盈二萬卷。工古文辭,尤習掌故。"(《江浙藏書家史略》,頁一五五)此本半葉九行十九字,無框格。卷末屈氏朱筆跋曰:"道光元年孟秋，從黄茂才廷鑑借臨吴匏庵尚書校宋本。侃甫。”前文已述及，“吴匏庵尚書校宋本”，即吴鈔本。“借臨”二字表明，此本乃臨寫吴鈔本者，故知此本行格、卷第、篇目、編次以及文字等等應與吴鈔本相同，因而較好地保存了吴鈔本的面貌，版本價值很大。此本卷末增補《陶母碑》一篇，應爲屈氏所輯，爲吴鈔本所無。此本卷中鈐有“臣軼私印”白文方印，及“軼”、“無佞”、“離騷經室”等屈氏藏書印鑒多枚。

（十）李臨本。咸豐三年癸丑（一八五三）李芝綬臨寫黄臨本《皇甫持正文集》六卷《補遺》一卷，上圖藏。芝綬字誠菴，原名蔚宗，字申蘭，昭文（今江蘇常熟）人。號裘杆漫叟，道光己亥（十九年，一八三九）舉人，“居鄉又與罟里瞿氏善，遂精于鑒别古籍。所藏日益富。彙編爲《静補齋書目》。光緒癸巳（十九年，一八九三）卒”（《江浙藏書家史略》，頁一四五）。此本半葉九行十九字，無框格。卷前有《四庫全書總目提要》、《唐闕史》、《新唐書·皇甫湜傳》、韋處厚《上宰相薦皇甫湜書》。卷後有《汲古閣原刻本跋》及《補遺》一卷，《補遺》篇目與光緒間馮刻本（詳下）同。卷後芝綬跋曰：

咸豐三年癸丑十月，從張子真假黄校本重臨一過。芝綬記。

據此，此本乃臨摹黄臨本者，故應與黄臨本行款相同，文字亦應一致，其版本價值唯下黄臨本一等。芝綬跋文前，有黄廷鑑臨寫吴鈔本卷後跋文二則（見上，此略），亦當爲芝綬所摹寫。此本自李家散出後，蓋爲蕭穆所得，故《補遺》卷《篤終論》題下有蕭氏題識曰：“此文見晉《皇甫謐傳》，當删。穆記。”據此，知此本卷前《四庫提要》、《唐闕史》、《新唐書·皇甫湜傳》、韋處厚《上宰相薦皇甫湜書》及卷後《汲古閣原刻本跋》與《補遺》一卷，均爲蕭穆獲此本後所加，而爲黄臨本、李臨本所無。穆字敬孚，同治時諸生，善古文，因曾國藩薦，入江南機器制造局附設翻譯館供職，寓居上海，好購藏古籍，積書至萬卷，著有《敬孚類稿》（鄭偉章《文獻家通考》卷十九，頁一〇六七）。此本蓋蕭穆晚年所得，知其精善，故校而藏之。

（十一）子冕臨本。同治三年甲子（一八六四）子冕臨校黄臨本《皇甫持正集》六卷。王國維《傳書堂藏善本書志》著録此本曰：“《皇甫持正集》六卷，校宋本。唐皇甫湜撰。黄拙叟跋：‘道光改元五月，臨叢書堂匏庵先生校宋本，拙經老人廷鑑識。’又跋：‘是歲九月，從陳子準處假得錢遵王手校本，再勘一過，補脱簡兩處暨可參訂者三十餘字，其大致與叢書堂本相近也。拙叟又識。'□子冕手跋:'同治甲子五月,從李叔蘭假黄校本重臨一過,子冕𤋮記。'下有子冕印。"王國維記述此本曰:"汲古閣本,前人臨黄拙叟校,首云鈔本,每半葉十行、行二十字。又云鈔本,每卷首有篇目。不知謂吴匏庵本,抑錢遵王本也。"(《傳書堂藏善本書志·集部》)據此,此本乃子冕從李叔蘭處假得黄臨本,臨摹於汲古閣本上。因黄廷鑑跋文中提及"匏庵先生校宋本",故王國維徑稱此本爲"校宋本",於此可見,王國維對校宋本之重視幾等宋本,惜不知此本今尚在天地之間否?

(十二)馮刻本。光緒二年丙子(一八七六)馮焌光刻《三唐人集》所收《皇甫持正文集》六卷、《補遺》一卷。此本内封面大字隸書"皇甫持正集",内封背面鐫"光緒丙子讀有用書齋校刊"牌記一個。半葉九行十九字,左右文武雙欄,白口單魚尾,上象鼻内鐫"皇甫持正集"字樣。卷前首《四庫全書總目提要》,次總目。各卷首題"皇甫持正文集卷第某",下有子目連接正文。卷後有《補遺》一卷,凡收遺文《鶴處雞群賦》、《履薄冰賦》、《山雞舞鏡賦》、《篤終論》、《送陸鴻漸赴越序》、《陶母碑》六篇。另一葉補《題浯溪石》詩。次附《新唐書·皇甫湜傳》、高彦休《唐闕史·記皇甫郎中事》、陸游《渭南文集·書跋》二首、毛晉《汲古閣原刻本跋》、王昶《金石萃編·書皇甫湜浯溪詩刻後》、吴大廷《新刊皇甫持正文集書後》,最後爲馮焌光《新刊皇甫持正文集跋》。馮《跋》述此本刊刻經過甚悉,其略曰:

> 《皇甫持正集》,《唐志》作三卷,晁公武《郡齋讀書志》作六卷,雜文三十八篇,毛氏汲古閣刊本與《讀書志》合。惟白樂天嘗稱有《涉江》文,高彦休《唐闕史》記有爲裴晉公作《福先寺碑》事,陶九成《輟耕録》又據《皇甫先生文集》録《陶母碑》文。今均不見集中,則宋元以來行世三十八篇之本,非完本也。恭讀欽定《全唐文》,所載凡四十二篇,而《陶母碑》及本集卷一《出世》之文,竟未著録。蓋蒐采群書,普行甄録,亦不能不間有所遺也。兹倩新陽趙静涵茂才,假得昭文李君升蘭傳録黄氏廷鑑所臨叢書堂吴匏庵先生校宋本,及錢遵王手校[閩]〔閣〕本讀之,多足校補毛本脱誤,乃參校付梓。復從《全唐文》補抄五篇,《輟耕録》補抄一篇,爲《補遺》一卷。又陸放翁嘗引司空表聖論詩有云:"皇甫祠部文集外,所作亦爲道逸。"以爲持正自有詩集孤行,故文集中無詩,非不作也。今考《韓昌黎詩集》有《陸渾山火一首和皇甫湜用其韻》,又有《讀皇甫湜公安園池詩》,則祠部實工吟詠,有詩集。表聖既

> 得諸目見，放翁之論亦信而有徵，惜詩集不傳於世，僅有《題浯溪石》詩刻，拓本尚存，乃抄録文集之後。又取《新唐書·列傳》，高彦休《唐闕史·記福先寺碑事》一篇，及陸氏《渭南文集·書跋》二首，毛氏《汲古閣刊本跋》，王蘭泉侍郎《金石萃編·題浯溪石詩案語》一則，附録卷末，以備鏡考皇甫氏著述大畧。至諸本字句同異，有可並存及尚有可疑者，容當合《李文公集》、《孫可之集》，更博考舊槧本集及《文苑英華》、《唐文粹》等書，並宋元以來諸家著述有關三家之集者，各爲考異，以俟好古之君子論定之。光緒二年歲次丙子夏五月，南海馮焌光謹識。

據此，此本乃是以汲古閣本爲底子，參以李臨本、錢鈔本，正訛補闕，校勘成定本後上版刊行的，故此本文字乃集衆本之善，以求一是。《補遺》卷輯録佚作，也較此前各本完備，匯集持王相關資料亦頗豐贍。正德本、汲古閣本及四庫本等卷一《東還賦》"尼父聘兮蔡陳一"句下所脱二十一字，卷二《送邱儒赴舉序》"一人不知子也"句下所脱十字等等，此本均已補上。故而此本乃持正集諸古本中最爲精審的本子，晚清及民國多家書目均著録有此本。今國圖、上圖等皆有藏本；國圖一藏本有傅增湘校跋並録何焯校跋於天頭上，頗便省覽。

（十三）清甲鈔本。清無名氏甲鈔《皇甫持正文集》六卷，國圖藏。半葉八行二十二字，無框格。卷前唯總目，卷後無題跋附録等。此本與金藏本、鮑藏本行款完全一致，文字亦較他本更近於金、鮑二藏本，且訛脱之處也與二本相近。再者，金、鮑二本卷三《制策一道》湜之對策自"下之憂勤切至也臣聞堯舜有天下爲己憂"至"兹以永有天下也今宰相之進見亦有數侍從"凡三百四十八字，錯簡入對策第四行"徵賢良方正直言極諫之士親理而問之斯亦足"之下，此本錯簡全同，這足以證明，此本乃是據金藏本抑或鮑藏本鈔出的。

（十四）徐藏本。近代徐坊藏舊鈔本《皇甫持正文集》六卷。此本王文進《文禄堂訪書記》卷四有著録，舊鈔本藍格，書衣上有徐坊題識曰"孫佩南大令得此本於趵突泉上，余適過濟，佩南即以見貽。時庚寅四月，士言。""庚寅"應爲光緒十六年（一八九〇）。"士言"即徐坊，近代著名文獻學家。孫佩南，即孫葆田，濰縣人，徐坊好友。此本卷末有徐坊跋語，其略曰：

> 右鈔本《皇甫持正文集》，附持正爲元次山作《浯溪詩》，又《唐書》本傳、《韋處厚上宰相薦湜書》。前有王鏊序，後有皇甫録序及録二子

沖、涔識語。初鏊得《皇甫持正》、《孫可之》二集於秘閣，自刻孫集，以是集授録，正德庚辰録命沖、涔校而刻之。《持正文集》宋槧久已絶響，今世通行刻本以汲古閣爲最古。此本行數、字數與鏊刻孫集同，殆出景抄録刻，世亦罕覯……庚寅四月，孫培南得此書於趵突泉中，余適過歷下，因以見貽。良友佳貺，書以志之。惜行篋無汲古閣本，不獲一校異同也。上章攝提皋月朔旦，臨清徐坊書於濟南西廓旅舍。

據此，此本乃正德本的影寫本。徐氏謂當時世所通行者爲汲古閣本，正德本則較罕見。此本乃正德本的影鈔本，故而其版本價值也很可貴。

綜上，持正集版本具有以下特點：(1)持正作品唐時已結集，白居易、司空圖皆嘗見之。《崇文總目》所載一卷本、《新唐志》所録三卷本蓋唐時舊本，今皆無傳，故二本的版本詳情今已無從考知了。(2)晁氏《讀書志》所載六卷三十九篇本，應爲宋人重編，至此持正集基本定型，且成爲後世一切持正集的祖本。(3)《宋志》所載八卷本後世無傳，故其版本情形今亦無從詳考。(4)錢曾三部書目所載十卷鈔本，實六卷之誤，其所謂“閩本”實“閣本”之訛；錢鈔六卷本今存國圖，可爲鐵證。(5)宋槧持正集，今所知者有蜀刻本和浙刻本兩種。宋浙本無傳，其版本情形不得而知。蜀刻本今存，刊於光宗以後，六卷三十九篇，與《讀書志》合，完整保存了宋六卷本的面貌，故無論文字質量抑或版本價值，都是其他古本持正集無法比擬的。(6)元明以來持正集傳本雖衆，然大體可分爲兩個系統：一爲出自蜀刻本的吴鈔本所衍生的黄臨本、錢鈔本、屈臨本、李臨本、鮑藏本、子冕臨本、清無名氏甲鈔本等形成的系統；另一爲由王鏊攜出之蜀刻本衍生的正德本、汲古閣本、項藏本、盧藏本、徐藏本、四庫本、馮刻本、蔣鈔本、全唐文本、顧影本、勞校本等形成的系統。第二系統因出現了汲古閣本、四庫本、全唐文本而影響頗大，且此系統中的馮刻本因參校了第一系統中的錢鈔本、李臨本而成爲持正集諸古本中文字精審、附録資料豐富的善本。

【參考文獻】余嘉錫《四庫提要辨證》卷二十《皇甫持正集六卷》，中華書局一九八〇年五月版　姚繼舜《皇甫湜文集版本源流考》，《廣西大學學報》一九九三年一期　李天明《〈皇甫持正文集〉版本源流考》，河南大學二〇〇三届碩士論文　劉新征《皇甫湜研究》，華中科技大學二〇一二年博士學位論文